Os Sertões

EUCLIDES DA CUNHA

Os Sertões

(Campanha de Canudos)

Introdução
Walnice Nogueira Galvão

Notas de rodapé
M. Cavalcanti Proença

Ediouro

Diretor: Edaury Cruz
Coordenadora de produção: Adriane Gozzo
Assistente de produção: Juliana Campoi
Preparação de textos: Silvana Cobucci Leite
Revisão: Mary Ferrarini e Márcia Duarte Companhone
Editora de arte: Ana Dobón
Projeto gráfico, diagramação e capa: Sopa de Letrinhas Design Editorial
Produção gráfica: Jaqueline Lavor Ronca e Elaine Batista

Dados Internacionais de Catalogação na Publicação (CIP)
(Câmara Brasileira do Livro, SP, Brasil)

Cunha, Euclides da, 1866-1909
Os sertões / Euclides da Cunha. – 3. ed. – São Paulo :
Ediouro, 2009.

"Edição comemorativa".
ISBN 978-85-00-33041-4

1. Romance brasileiro I. Título.

09-04366 CDD-869.93

Índice para catálogo sistemático:
1. Romances : Literatura brasileira 869.93

Todos os direitos reservados à Ediouro Publicações Ltda.
R. Nova Jerusalém, 345 - Bonsucesso
Rio de Janeiro - RJ - CEP: 21042-235
Tel.: (21) 3882-8200 - Fax: (21) 3882-8212/8313
www.ediouro.com.br

Sumário

Introdução 7

Cronologia da campanha 11

Nota preliminar 17

A TERRA 19

O HOMEM 71

A LUTA 203

TRAVESSIA DO CAMBAIO 231

EXPEDIÇÃO MOREIRA CÉSAR 265

QUARTA EXPEDIÇÃO 321

NOVA FASE DA LUTA 453

ÚLTIMOS DIAS 487

Notas do Autor à 2ª edição 537

Introdução Walnice Nogueira Galvão[1]

Euclides da Cunha.
Óleo. Proc. Desc. Casa Euclidiana,
São José do Rio Pardo

O acontecimento decisivo na vida de Euclides da Cunha certamente foi sua ida ao sertão da Bahia para fazer a cobertura da Guerra de Canudos, quando para lá acorreram representantes dos principais jornais brasileiros. A cobertura jornalística no próprio local foi viabilizada pelo trem e pelo telégrafo, de recente instalação no país. Na qualidade de enviado especial do jornal *O Estado* (então *A Província) de S. Paulo*, Euclides remeteu uma série de reportagens, que se tornaria célebre.

Quem era Antônio Conselheiro, do qual pouco se sabia? Líder místico católico, peregrinava pelo sertão, acompanhado de seus beatos, numa vida de penitência, proferindo sermões e capitaneando a construção ou reparação de igrejas,

1. Professora titular de teoria literária e literatura comparada da Universidade de São Paulo (USP); consultora dos números especiais dos *Cadernos de Literatura Brasileira* do Instituto Moreira Salles sobre Euclides da Cunha (2002) e Guimarães Rosa (2006) e da *Revista Brasileira* da Academia Brasileira de Letras sobre Euclides da Cunha (2009).

calçadas, cemitérios e açudes. Assim se passou perto de um quarto de século, com o séquito sempre a aumentar.

O advento da República acarretaria alterações que perturbaram o ânimo dos conselheiristas: novos impostos, separação entre Igreja e Estado, liberdade de culto e instituição do casamento civil, que contradizia frontalmente um sacramento católico.

À medida que as hostes se avolumavam, engrossadas por ex-escravos sem rumo e pelas vítimas das secas, começaram as escaramuças. Repelidos por toda parte, os peregrinos acabaram por se refugiar, por volta do ano de 1893, num lugarejo por nome Canudos, no fundo do sertão baiano e no alto das serranias. Edificaram pouco a pouco seus casebres de pau a pique, a futura "Troia de taipa" do oximoro euclidiano.

Quatro expedições, a partir de 1896, seriam necessárias para erradicar o arraial. As duas primeiras foram circunscritas e, embora derrotadas, não tiveram maiores consequências. Mas a terceira expedição seria comandada pelo coronel Moreira César, que vinha de reprimir outra insurreição no Sul, a Revolução Federalista, onde se destacara pelo rigor da repressão que exercia e à qual devia o cognome de "Corta-pescoço".

Acompanhada pela atenção de todo o país, a terceira expedição se reúne em Salvador e marcha para Canudos. Chega a atacar o arraial, mas após algumas horas de combate, sofrendo pesadas perdas, incluindo a de seu comandante, bate em retirada, debandando. Para facilitar a fuga, os soldados arremessam longe armas e munições – que seriam coletadas e entesouradas pelos canudenses, cujas armas eram obsoletas e escassas – e até peças de farda, como dólmãs ou botas.

Foi grande a celeuma provocada por mais essa derrota. Manifestações de rua nas duas principais cidades do país, Rio e São Paulo, acabaram se transformando em motins. A essa altura, Canudos passaria a ser tratado como o foco de uma conspiração monarquista orquestrada do exterior, visando à restauração do Antigo Regime e à reentronização do imperador. Todos clamavam pelo aniquilamento dessa ameaça à novel República. Os jornais trataram a derrota como uma calamidade nacional, disseminando a insegurança e o alarme por toda parte, multiplicando notícias falsas, cartas forjadas e denúncia de focos conspiratórios em nível internacional.

Prepara-se então uma quarta expedição. Um marechal viria a ser seu chefe supremo, na pessoa do ministro da Guerra. As tropas são mobilizadas em todo o país, sob o comando de cinco generais. Foi integrado nesta expedição, na qualidade simultânea de repórter e adido ao estado maior do ministro, que Euclides se tornou testemunha ocular da campanha, enviando para o jornal a série de correspondências que levaria o título de *Diário de uma expedição*. Nelas se lê que era presa da mesma lavagem cerebral que as forças armadas e os demais jornalistas, tomados todos de entusiasmo republicano e de fervor sacrificial.

O arraial calou-se, sem se render, a 5 de outubro de 1897, após ser incendiado mediante o lançamento de querosene e bastões de dinamite. Os últimos resistentes, tombados numa cova no largo das igrejas, não eram mais que quatro, dos quais dois homens, um velho e um menino. Sempre rememorado, esse final inglório tornou-se representativo daquela que foi uma guerra de extermínio contra uma população indefesa.

Liquidado o reduto rebelde, Euclides regressa e se dedica a acumular uma notável gama de saberes para enfrentar seu projeto. Só em 1902, cinco anos depois, o livro seria lançado, com êxito fulminante.

A Guerra de Canudos, como vimos, acabou por se revelar uma chacina de pobres-diabos. A reviravolta resultante foi notável: a opinião pública mudou de lado e passou a lamentar o massacre de valentes compatriotas numa luta fratricida. Ademais, deixou de ser segredo que a conduta do exército estivera longe de ser irreprochável. Revelou-se a prática de degolar em público os prisioneiros manietados, sancionada por todos, inclusive pelos comandantes.

Cinco anos, ou um pouco menos computando os trâmites editoriais, foram necessários para a verdadeira metamorfose que vai das reportagens a *Os Sertões*: cinco anos e uma ambição enciclopédica. Euclides procederia a estudos sobre

Casa em que Euclides da Cunha escreveu *Os Sertões*. Alunos em frente à casa em 1907.
Casa Euclidiana, São José do Rio Pardo

A Terra, que aparecem na primeira parte, interessado que ficou pela formação geológica da região, detendo-se na flora e na fauna, nos determinantes da seca endêmica naquelas paragens, na aridez de deserto que ali reina. Nessa parte encontram-se páginas da mais alta arte. Na segunda parte, O Homem, o autor estuda as correntes de povoamento e as teorias da miscigenação para compreender a genealogia do sertanejo e analisar o conjunto de fatores que deu origem a um líder extraordinário como Antônio Conselheiro. O restante do livro é dedicado à luta, com base no que viu, mas também em materiais como as reportagens de outros jornais, as ordens do dia dos militares, os relatórios de governo.

Tamanha quantidade de informações heterogêneas nem sempre encontra uma síntese perfeita, e o leitor notará que podem atravancar a leitura, aparecendo sob o discurso unificador constituído pelo estilo de Euclides. Torturado, emocional, quase sempre grandiloquente, este "livro vingador", como o próprio autor o denominou, ressoa como o discurso de um tribuno. Preso aos esquemas deterministas tão correntes no Naturalismo literário, é indispensável, mas não de leitura amena. Todavia, escancara suas belezas para o leitor que se der ao trabalho de compreendê-lo.

Teve grande papel, à época, como peça da *mea-culpa* que se espalhou pelo país quando se soube que os canudenses não passavam de um punhado de bravos apanhados nas malhas de um equívoco. As manifestações de pesar foram inúmeras, sendo preciso exorcizar a fúria sanguinária que se apoderara de todos, sem nenhuma razão. Depois da Guerra de Canudos não mais haveria perigo de restauração da monarquia: o sacrifício dos pobres servira para consolidar a República.

Ficou evidente que a fé no progresso trazido pela extinção do trono e do cativeiro, transformando o Brasil numa nação moderna, parecera estar sendo contestada por uma irrupção de atraso, ignorância e superstição encarnada num levante religioso. Quando a modernização decide se impor – e isso em toda parte do mundo, mesmo hoje e a qualquer momento – leva de roldão em seu caminho outras formas de vida que não se coadunem com seus desígnios. Não é só a construção de uma barragem ou a grilagem de terras ou o alinhamento da economia de um país à globalização: como se viu, também a implantação de uma República acarreta tais consequências.

Cronologia da campanha

1896

Outubro. O dr. Arlindo Leôni, juiz de direito de Juazeiro, telegrafa ao governador da Bahia solicitando providências para garantir a povoação, a qual, segundo constava, seria assaltada pelos jagunços de Antônio Conselheiro.

4 de novembro. O general Sólon, comandante do 3º distrito militar, satisfaz a requisição solicitada pelo governador da Bahia: uma força de 100 praças sob o comando do tenente Manuel da Silva Pires Ferreira e um médico.

7 de novembro. Segue a força para Juazeiro, onde chega nesse mesmo dia, pela manhã, e estaciona até o dia 12.

12 de novembro. Segue a força para Uauá, onde chega a 19.

21 de novembro. A força é atacada, de madrugada, em Uauá, pelos jagunços. Estes perderam 150 homens, e aquela contou 10 mortos e 16 feridos. O médico enlouquece. Retirada para Juazeiro.

25 de novembro. Segue da Bahia para Queimadas uma força de 200 praças e 11 oficiais, sob o comando do major Febrônio de Brito.

Dezembro. Segue a força para Monte Santo com um reforço de mais 100 praças da Bahia.

29 de dezembro. Chega a Monte Santo (543 praças, 14 oficiais e 3 médicos).

1897

12 de janeiro. Segue a força para Canudos.

14 de janeiro. Chega a Laje de Dentro. Continua a marcha.

15 de janeiro. Bivaque em Ipueiras.

17 de janeiro. Prossegue para Penedo. Bivaque em Mulungu.

18 de janeiro. Acampa no Rancho do Vigário. Acabam-se as munições de boca.

18 de janeiro. Travessia do Cambaio. Primeiro combate: 4 mortos e 20 e tantos feridos; 115 jagunços mortos. Bivaque em Tabuleirinhos.

19 de janeiro. Prossegue a força para Canudos. Segundo combate: 4 mortos e 30 e tantos feridos; mais de 300 jagunços mortos. Retirada. Vaia. Terceiro combate em Bendegó de Baixo: 20 jagunços mortos.

20 de janeiro. Prossegue a retirada para Monte Santo.

3 de fevereiro. Moreira César embarca, no Rio de Janeiro, para a Bahia, comandando a primeira expedição regular.

8 de fevereiro. A expedição chega a Queimadas (1.300 homens).

20 de fevereiro. Chega a Monte Santo.

21 de fevereiro. Segue para Canudos (1.281 homens).

2 de março. Chega ao Angico (11 horas da manhã) e ao alto da Favela (1 hora da tarde). Assalto ao arraial. Moreira César é mortalmente ferido.

3 de março. Falece Moreira César. Retirada. Vaia. Morte de Salomão da Rocha e do coronel Tamarindo.

5 de abril. Ordem do dia do general Artur Oscar, organizando as forças da 4ª expedição: 6 brigadas em 2 colunas (generais João da Silva Barbosa e Cláudio Amaral Savaget).

16 de junho. Parte de Jeremoabo a coluna Savaget (2.350 homens).

19 de junho. Parte de Monte Santo o general Artur Oscar com a 1ª e 3ª brigadas (1.933 homens).

22 de junho. Reúnem-se, à noite, em Juá, as brigadas da 1ª coluna.

23 de junho. Seguem para Aracati.

24 de junho. Seguem para Juetê.

25 de junho. Chega a Cocorobó a coluna Savaget. Primeiro combate: 178 baixas (27 mortos). É ferido o general Savaget.

26 de junho. De Cocorobó a Macambira; segundo combate: 148 baixas (40 mortos).

27 de junho. Chega ao alto da Favela a primeira coluna com o general A. Oscar: 75 baixas. Chega também a Canudos a coluna Savaget.

28 de junho. Combate e canhoneio: 524 baixas.

1º de julho. Os jagunços assaltam o acampamento.

13 de julho. Chegam recursos de gêneros.

18 de julho. Assalto das forças ao arraial: 947 baixas.

31 de julho. Reúne-se em Queimadas a nova brigada Girard: 1.042 praças e 68 oficiais.

3 de agosto. Parte de Queimadas a brigada Girard, comandada por um coronel.

10 de agosto. Parte de Monte Santo, para Canudos, dirigida pelo major Henrique José de Magalhães.

Soldado a cavalo.
Gravura de Aldemir Martins para a edição de *Os Sertões* de 1968

14 de agosto. Chega a Juetê.

15 de agosto. É atacada no Rancho do Vigário: perdem-se 91 bois. Chegam à Bahia mais duas brigadas formando uma divisão sob o comando do general Carlos Eugênio.

24 de agosto. Bombardeio das igrejas de Canudos pelo Withworth 32. É derrubado o sino.

6 de setembro. Caem as torres da igreja nova.

7 de setembro. Conquista-se a Fazenda Velha. Trincheira Sete de Setembro. Toma-se a estrada do Calumbi.

15 de setembro. Combate de Coxomongó; tomam-se aos jagunços duas trincheiras e 13 cargueiros.

22 de setembro. Falece Antônio Conselheiro.

24 de setembro. Completa-se o cerco de Canudos até o Cambaio. Primeiros prisioneiros.

26 de setembro. À noite, 4 ataques violentos dos jagunços.

27 de setembro. À noite, 18 ataques dos jagunços.

Batalhão.
Fotografia de Flávio de Barros. Casa Euclidiana, São José do Rio Pardo

28 de setembro. Não replicam ao canhoneio pela manhã e à tarde; mas tiroteiam das 6 da tarde às 5 da manhã de 29.

1º de outubro. Assalto final. São arrojadas em Canudos 90 bombas de dinamite. Morte de Tupi Caldas. 567 baixas.

2 de outubro. Entregam-se 300 e tantos prisioneiros (mulheres, velhos e crianças).

5 de outubro. Morte dos 4 derradeiros defensores de Canudos.

6 de outubro. Exumação do cadáver de Antônio Conselheiro.

Nota preliminar

Euclides da Cunha aos 9 anos.
Casa Euclidiana, São José do Rio Pardo

Escrito nos raros intervalos de folga de uma carreira fatigante, este livro, que a princípio se resumia à história da Campanha de Canudos, perdeu toda a atualidade, remorada a sua publicação em virtude de causas que temos por escusado apontar.

Demos-lhe, por isso, outra feição, tornando apenas variante de assunto geral o tema, a princípio dominante, que o sugeriu.

Intentamos esboçar, palidamente embora, ante o olhar de futuros historiadores, os traços atuais mais expressivos das sub-raças sertanejas do Brasil. E fazemo-lo porque a sua instabilidade de complexo de fatores múltiplos e diversamente combinados, aliada às vicissitudes históricas e deplorável situação mental em que jazem, as tornam talvez efêmeras, destinadas a próximo desaparecimento ante as exigências crescentes da civilização e a concorrência material intensiva das correntes migratórias que começam a invadir profundamente a nossa terra.

O *jagunço* destemeroso, o *tabaréu* ingênuo e o *caipira* simplório serão em breve tipos relegados às tradições evanescentes, ou extintas.

Primeiros efeitos de variados cruzamentos, destinavam-se talvez à formação dos princípios imediatos de uma grande raça. Faltou-lhes, porém, uma situação de parada ou equilíbrio, que lhes não permite mais a velocidade adquirida pela marcha dos povos neste século. Retardatários hoje, amanhã se extinguirão de todo.

A civilização avançará nos sertões impelida por essa implacável "força motriz da História" que Gumplowicz, maior do que Hobbes, lobrigou, num lance genial, no esmagamento inevitável das raças fracas pelas raças fortes.

A Campanha de Canudos tem por isto a significação inegável de um primeiro assalto, em luta talvez longa. Nem enfraquece o asserto o termo-la realizado nós, filhos do mesmo solo, porque, etnologicamente indefinidos, sem tradições nacionais uniformes, vivendo parasitariamente à beira do Atlântico dos princípios civilizadores elaborados na Europa, e armados pela indústria alemã — tivemos na ação um papel singular de mercenários inconscientes. Além disto, mal unidos àqueles extraordinários patrícios pelo solo em parte desconhecido, deles de todo nos separa uma coordenada histórica — o tempo.

Aquela campanha lembra um refluxo para o passado.

E foi, na significação integral da palavra, um crime.

Denunciemo-lo.

E tanto quanto o permitir a firmeza do nosso espírito, façamos jus ao admirável conceito de Taine sobre o narrador sincero que encara a história como ela o merece.

> *... il s'irrite contre les demi-vérités qui sont des demi-faussetés, contre les auteurs qui n'altèrent ni une date, ni une généalogie, mais dénaturent les sentiments et les mœurs, qui gardent le dessin des événements et en changent la couleur, qui copient les faits et défigurent l'âme: il veut sentir en barbare, parmi les barbares, et, parmi les anciens, en ancien.*

São Paulo, 1901

Euclides da Cunha

A TERRA

A seca.
J.B. Andersen para a edição alemã de *Os Sertões*, Biblioteca Municipal de São Paulo

I. Preliminares. A entrada do sertão. *Terra ignota*.
Em caminho para Monte Santo. Primeiras impressões.
Um sonho de geólogo.

II. Golpe de vista do alto de Monte Santo. Do alto da Favela.

III. O clima. Higrômetros singulares.

IV. As secas. Hipóteses sobre a sua gênese. As caatingas.

V. Uma categoria geográfica que Hegel não citou.
Como se faz um deserto. Como se extingue o deserto.
O martírio secular da terra.

Cenas de combate.
Gravura de Alfredo Aquino para a edição de *Os Sertões* de 1975

I. Preliminares

O planalto central do Brasil desce, nos litorais do sul, em escarpas inteiriças, altas e abruptas. Assoberba os mares; e desata-se em chapadões nivelados pelos visos das cordilheiras marítimas, distendidas do Rio Grande a Minas. Mas ao derivar para as terras setentrionais diminui gradualmente de altitude, ao mesmo tempo que descamba para a costa oriental em andares, ou repetidos socalcos, que o despem da primitiva grandeza afastando-o consideravelmente para o interior.

De sorte que quem o contorna, seguindo para o norte, observa notáveis mudanças de relevos: a princípio o traço contínuo e dominante das montanhas, precintando-o, com destaque saliente, sobre a linha projetante das praias; depois, no segmento de orla marítima entre o Rio de Janeiro e o Espírito Santo, um aparelho litoral revolto, feito da envergadura desarticulada das serras, riçado de cumeadas e corroído de angras, e escancelando-se em baías, e repartindo-se em ilhas, e desagregando-se em recifes desnudos, à maneira de escombros do conflito secular que ali se trava entre os mares e a terra; em seguida, transposto o 15º paralelo, a atenuação de todos os acidentes — serranias que se arredondam e suavizam as linhas dos taludes, fracionadas em morros de encostas indistintas no horizonte que se amplia; até que, em plena faixa costeira da Bahia, o olhar, livre dos anteparos de serras que até lá o repulsam e abreviam, se dilata em cheio para o ocidente, mergulhando no âmago da terra amplíssima lentamente emergindo num ondear longínquo de chapadas...

Este *facies* geográfico resume a morfogenia do grande maciço continental.

Demonstra-o análise mais íntima feita por um corte meridiano qualquer, acompanhando a bacia do S. Francisco.

Vê-se, de fato, que três formações geognósticas díspares, de idades mal determinadas, aí se substituem, ou se entrelaçam, em estratificações discordantes, formando o predomínio exclusivo de umas, ou a combinação de todas, os traços variáveis da fisionomia da terra. Surgem primeiro as possantes massas gnaissegraníticas, que a partir do extremo sul se encurvam em desmedido

Mapa.
Esboço Geológico de Canudos. Procedência desconhecida

anfiteatro, alteando as paisagens admiráveis que tanto encantam e iludem as vistas inexpertas dos forasteiros. A princípio abeiradas do mar progridem em sucessivas cadeias, sem rebentos laterais, até às raias do litoral paulista, feito dilatado muro de arrimo sustentando as formações sedimentares do interior. A terra sobranceia o oceano, dominante, do fastígio das escarpas; e quem a alcança, como quem vinga a rampa de um majestoso palco, justifica todos os exageros descritivos — do gongorismo de Rocha Pita às extravagâncias geniais de Buckle — que fazem deste país região privilegiada, onde a natureza armou a sua mais portentosa oficina.

É que, de feito, sob o tríplice aspecto astronômico, topográfico e geológico — nenhuma se afigura tão afeiçoada à Vida.

Transmontadas as serras, sob a linha fulgurante do trópico, veem-se, estirados para o ocidente e norte, extensos chapadões cuja urdidura de camadas horizontais de grés argiloso, intercaladas de emersões calcárias, ou diques de rochas eruptivas básicas, do mesmo passo lhes explica a exuberância sem par e as áreas complanadas e vastas. A terra atrai irresistivelmente o homem, arrebatando-o na própria correnteza dos rios que, do Iguaçu ao Tietê, traçando originalíssima rede hidrográfica, correm da costa para os sertões, como se nascessem nos mares e canalizassem as suas energias eternas para os recessos das matas opulentas. Rasgam facilmente aqueles estratos em traçados uniformes, sem talvegues deprimidos, e dão ao conjunto dos terrenos até além do Paraná a feição de largos plainos ondulados, desmedidos.

Entretanto, para leste a natureza é diversa.

Estereografa-se, duramente, nas placas rígidas dos afloramentos gnáissicos; e o talude dos planaltos dobra-se no socalco da Mantiqueira, onde se encaixa o Paraíba, ou desfaz-se em rebentos que, após apontoarem as alturas de píncaros centralizados pelo Itatiaia, levam até ao âmago de Minas as paisagens alpestres do litoral. Mas ao penetrar-se este estado nota-se, malgrado o tumultuar das serranias, lenta descensão geral para o norte. Como nos altos chapadões de São Paulo e do Paraná, todas as caudais revelam este pendor insensível com derivarem em leitos contorcidos e vencendo, contrafeitas, o antagonismo permanente das montanhas: o Rio Grande rompe, rasgando-a com a força viva da corrente, a serra da Canastra, e, norteados pela meridiana, abrem-se adiante os fundos vales de erosão do rio das Velhas e do S. Francisco. Ao mesmo tempo, transpostas as sublevações que vão de Barbacena a Ouro Preto, as formações primitivas desaparecem, mesmo nas maiores eminências, e jazem sotopostas a complexas séries de xistos metamórficos, infiltrados de veeiros fartos, nas paragens lendárias do ouro.

A mudança estrutural origina quadros naturais mais imponentes que os da borda marítima. A região continua alpestre. O caráter das rochas, exposto nas abas dos cerros de quartzito, ou nas grimpas em que se empilham as placas do itacolomito avassalando as alturas, aviva todos os acidentes, desde os maciços que vão de Ouro Branco a Sabará, à zona diamantina expandindo-se para nordeste nas chapadas que se desenrolam nivelando-se às cimas da serra do

Espinhaço; e esta, apesar da sugestiva denominação de Eschwege, mal sobressai, entre aquelas lombadas definidoras de uma situação dominante. Dali descem, acachoantes, para o levante, tombando em catadupas ou saltando *travessões* sucessivos, todos os rios que do Jequitinhonha ao Doce procuram os terraços inferiores do planalto arrimados à serra dos Aimorés; e volvem águas remansadas para o poente os que se destinam à bacia de captação do S. Francisco, em cujo vale, depois de percorridas ao sul as interessantes formações calcárias do rio das Velhas, salpintadas de lagos, solapadas de sumidouros e ribeirões subterrâneos, onde se abrem as cavernas do homem pré-histórico de Lund, se acentuam outras transições na contextura superficial do solo.

De fato, as camadas anteriores, que vimos superpostas às rochas graníticas, decaem, por sua vez, sotopondo-se a outras, mais modernas, de espessos estratos de grés.

Novo horizonte geológico reponta com um traço original e interessante. Mal estudado embora, caracteriza-o notável significação orográfica porque as cordilheiras dominantes do sul ali se extinguem, soterradas, numa inumação estupenda, pelos possantes estratos mais recentes, que as circundam. A terra, porém, permanece elevada, alongando-se em planuras amplas, ou avultando em falsas montanhas, de denudação, descendo em aclives fortes, mas tendo os dorsos alargados em plainos inscritos num horizonte de nível, apenas apontoado a leste pelos vértices dos albardões distantes, que perlongam a costa.

Verifica-se, assim, a tendência para um aplainamento geral.

Porque neste coincidir das terras altas do interior e a depressão das formações arqueanas, a região montanhosa de Minas se vai prendendo, sem ressaltos, à extensa zona dos tabuleiros do norte.

A serra do Grão-Mogol, raiando as lindes da Bahia, é o primeiro espécime dessas esplêndidas chapadas imitando cordilheiras, que tanto perturbam aos geógrafos descuidados; e as demais que a convizinham, da do Cabral, mais próxima, à da Mata da Corda alongando-se para Goiás, modelam-se de maneira idêntica. Os sulcos de erosão que as retalham são cortes geológicos expressivos. Ostentam em plano vertical, sucedendo-se a partir da base, as mesmas rochas que vimos se substituírem em alongado roteiro pela superfície: embaixo os rebentos graníticos decaídos pelo fundo dos vales, em cômoros esparsos; a meia encosta, inclinadas, as placas xistosas mais recentes; no alto, sobrepujando-as, ou circuitando-lhes os flancos em vales monoclínicos, os lençóis de grés, predominantes e oferecendo aos agentes meteóricos plasticidade admirável aos mais caprichosos modelos. Sem linhas de cumeadas, as maiores serranias nada mais são que planuras altas, extensas rechãs terminando de chofre em encostas abruptas, na molduragem golpeante do regime torrencial sobre o terreno permeável e móvel. Caindo por ali há séculos as fortes enxurradas, derivando a princípio em linhas divagantes de drenagem, foram pouco a pouco reprofundando-as, talhando-as em quebradas que se fizeram *canyons*, e se fizeram vales em declive, até orlarem de escarpamentos e despenhadeiros aqueles plainos soerguidos. E consoante a resistência dos materiais trabalhados variaram nos aspectos: aqui apontam, rijamente, sobre as áreas de nível, os últimos fragmentos das rochas enterradas, desvendando-se em fraguedos que mal relembram, na altura, o antiquíssimo "Himalaia brasileiro", desbarrancado, em desintegração contínua, por todo o curso das idades; adiante, mais caprichosos, se escalonam em alinhamentos incorretos de *menires* colossais, ou em círculos enormes, recordando na disposição dos grandes blocos superpostos, em rimas, muramentos desmantelados de ciclópicos coliseus em ruínas; ou então, pelos visos das escarpas, oblíquos e sobranceando as planuras que, interopostos, ladeiam, lembram aduelas desconformes, restos da monstruosa abóbada da antiga cordilheira, desabada...

Mas desaparecem de todo em vários pontos.

Aldemir Martins para a edição de *Os Sertões* de 1968

Estiram-se então planuras vastas. Galgando-as pelos taludes, que as soerguem dando-lhes a aparência exata de *tabuleiros* suspensos, topam-se, a centenas de metros, extensas áreas ampliando-se, boleadas, pelos quadrantes, numa prolongação indefinida, de mares. É a paragem formosíssima dos *campos gerais*, expandida em chapadões ondulantes — grandes tablados onde campeia a sociedade rude dos vaqueiros...

Atravessemo-la.

Adiante, a partir de Monte Alto, estas conformações naturais se bipartem: no rumo firme do norte a série do grés figura-se progredir até ao *platô* arenoso do Açuruá, associando-se ao calcário que aviva as paisagens na orla do grande rio, prendendo-as às linhas dos cerros talhados em diáclase, tão bem expressos no perfil fantástico do Bom Jesus da Lapa; enquanto para nordeste, graças a degradações intensas (porque a serra Geral segue por ali como anteparo aos alísios, condensando-os em diluvianos aguaceiros), se desvendam, ressurgindo, as formações antigas.

Desenterram-se as montanhas.

Reponta a região diamantina, na Bahia, revivendo inteiramente a de Minas, como um desdobramento ou antes um prolongamento, porque é a mesma formação mineira rasgando, afinal, os lençóis de grés, e alteando-se com os mesmos contornos alpestres e perturbados, nos alcantis que irradiam da Tromba ou avultam para o norte nos xistos huronianos das cadeias paralelas de Sincorá.

Deste ponto em diante, porém, o eixo da serra Geral se fragmenta, indefinido. Desfaz-se. A cordilheira eriça-se de contrafortes e talhados de onde saltam, acachoando, em despenhos, para o levante, as nascentes do Paraguaçu, e um dédalo de serranias tortuosas, pouco elevadas mas inúmeras, cruza-se embaralhadamente sobre o largo dos *gerais*, cobrindo-os. Transmuda-se o caráter topográfico, retratando o desapoderado embater dos elementos, que ali reagem há milênios entre montanhas derruídas, e a queda, até então gradativa, dos planaltos, começa a derivar em desnivelamentos consideráveis. Revela-os o S. Francisco, no vivo infletir com que torce para o levante, indicando do mesmo passo a transformação geral da região.

Esta é mais deprimida e mais revolta.

Cai para os terraços inferiores, entre um tumultuar de morros, incoerentemente esparsos. Último rebento da serra principal, a da Itiúba reúne-lhe alguns galhos indecisos, fundindo as expansões setentrionais das da Furna, Cocais e Sincorá. Alteia-se um momento, mas descai logo para todos os rumos: para o norte, originando a corredeira de quatrocentos quilômetros a jusante do

Sobradinho; para o sul, em segmentos dispersos que vão até além do Monte Santo; e para leste, passando sob as chapadas de Jeremoabo, até se desvendar no salto prodigioso de Paulo Afonso.

E o observador que seguindo este itinerário deixa as paragens em que se revezam, em contraste belíssimo, a amplitude dos gerais e o fastígio das montanhas, ao atingir aquele ponto estaca surpreendido...

A entrada do sertão

Está sobre um socalco do maciço continental, ao norte.

Demarca-o de uma banda, abrangendo dois quadrantes, em semicírculo, o rio de S. Francisco; e de outra, encurvando também para sudeste, numa normal à direção primitiva, o curso flexuoso do Itapicuruaçu. Segundo a mediana, correndo quase paralelo entre aqueles, com o mesmo descambar expressivo para a costa, vê-se o traço de um outro rio, o Vaza-Barris, o *Irapiranga* dos tapuias, cujo trecho de Jeremoabo para as cabeceiras é uma fantasia de cartógrafo. De fato, no estupendo degrau, por onde descem para o mar ou para jusante de Paulo Afonso as rampas esbarrancadas do planalto, não há situações de equilíbrio para uma rede hidrográfica normal. Ali reina a drenagem caótica das torrentes, imprimindo naquele recanto da Bahia *facies* excepcional e selvagem.

Terra ignota

Abordando-o, compreende-se que até hoje escasseiem sobre tão grande trato de território, que quase abarcaria a Holanda (9°11' — 10°20' de lat. e 4° — 3° de long. O. R. J.), notícias exatas ou pormenorizadas. As nossas melhores cartas enfeixando informes escassos, lá têm um claro expressivo, um hiato, *Terra ignota*, em que se aventura o rabisco de um rio problemático ou idealização de uma corda de serras.

É que transpondo o Itapicuru, pelo lado do sul, as mais avançadas turmas de povoadores estacaram em vilarejos minúsculos — Maçacará, Cumbe ou Bom Conselho — entre os quais o decaído Monte Santo tem visos de cidade: transmontada a Itiúba, a sudoeste, disseminaram-se pelos povoados que a abeiram acompanhando insignificantes cursos de água, ou pelas raras fazendas de gado, estremados todos por uma tapera obscura — Uauá; ao norte e a leste pararam às margens do S. Francisco, entre Capim Grosso e Santo Antônio da Glória.

Apenas naquele último rumo se avantajou uma vila secular, Jeremoabo, balizando o máximo esforço de penetração em tais lugares, evitados sempre pelas vagas humanas, que vinham do litoral baiano procurando o interior.

Uma ou outra o cortou, rápida, fugindo, sem deixar traços.

Nenhuma lá se fixou. Não se podia fixar. O estranho território, a menos de quarenta léguas da antiga metrópole, predestinava-se a atravessar absolutamente esquecido os quatrocentos anos da nossa história. Porque enquanto as bandeiras do sul lhe paravam à beira e envesgando, depois, pelos flancos da Itiúba, se lançavam para Pernambuco e Piauí até ao Maranhão, as do levante, repelidas pela barreira intransponível de Paulo Afonso, iam procurar no Paraguaçu e rios que lhe demoram ao sul linhas de acesso mais praticáveis. Deixavam-no de permeio, inabordável, ignoto.

É que mesmo trilhando o último daqueles rumos, adstritas a itinerário menos longo, as salteava impressionadoramente o aspecto estranho da terra, repontando em transições imprevistas.

Deixando a orla marítima e seguindo em cheio para o ocidente, tinham, transcorridas poucas léguas, amolentada ou desinfluída a atração das *entradas* aventurosas, e extinta a miragem do litoral opulento. Logo a partir de Camaçari as formações antigas cobrem-se de escassas manchas terciárias, alternando com exíguas bacias cretáceas, revestidas do terreno arenoso de Alagoinhas que mal esgarçam, a leste, as emersões calcárias de Inhambupe. A vegetação em roda transmuda-se, copiando estas alternativas com a precisão de um decalque. Rarefazem-se as matas, ou empobrecem. Extinguem-se, por fim, depois de lançarem rebentos esparsos pelo topo das serranias; e estas mesmo, aqui e ali, cada vez mais raras, ilham-se ou avançam em

Cenas de combate.
Gravura de Alfredo Aquino para a edição de *Os Sertões* de 1975

promontório nas planuras desnudas dos campos, onde uma flora característica — arbustos flexuosos entressachados de bromélias rubras — prepondera exclusiva em largas áreas, mal dominada pela vegetação vigorosa irradiante da Pojuca sobre o *massapé* feraz das camadas cretáceas decompostas.

Deste lugar em diante, reaparecem os terrenos terciários esterilizadores, sobre os mais antigos que, entretanto, depois, dominam em toda a zona centralizada em Serrinha. Os morros do Lopes e do Lajedo aprumam-se, à maneira de disformes pirâmides de blocos arredondados e lisos; e os que se sucedem, beirando de um e outro lado as abas das serras da Saúde e da Itiúba, até Vila Nova da Rainha e Juazeiro, copiam-lhes os mesmos contornos das encostas estaladas, exumando a ossatura partida das montanhas.

O observador tem a impressão de seguir torneando a truncadura malgradada da borda de um planalto.

Calca, de fato, estrada três vezes secular, histórica vereda por onde avançavam os rudes sertanistas nas suas excursões para o interior.

Não a alteraram nunca.

Não a variou, mais tarde, a civilização, justapondo aos rastros do bandeirante os trilhos de uma via férrea.

Porque o caminho em cuja longura de cem léguas, da Bahia ao Juazeiro, se entroncam numerosíssimos desvios para o poente e para o sul jamais comportou, a partir de seu trecho médio, variante apreciável para leste e para o norte.

Calcando-o, em demanda do Piauí, Pernambuco, Maranhão e Pará, os povoadores, consoante vários destinos, dividiam-se em Serrinha. E progredindo para Juazeiro, ou volvendo à direita, pela estrada real do Bom Conselho que desde o século XVII os levava a Santo Antônio da Glória e Pernambuco — uns e outros contorneavam sempre, evitando-a sempre, a paragem sinistra e desolada, subtraindo-se a uma travessia torturante.

De sorte que aquelas duas linhas de penetração, que vão interferir o S. Francisco em pontos afastados — Juazeiro e Santo Antônio da Glória —, formavam, desde aqueles tempos, as lindes de um deserto.

Em caminho para Monte Santo

No entanto quem se abalança a atravessá-lo, partindo de Queimadas para nordeste, não se surpreende a princípio. Recurvo em meandros, o Itapicuru alenta vegetação vivaz; e as barrancas pedregosas do Jacurici debruam-se de pequenas matas. O terreno, areento e chão, permite travessia desafogada e rápida. Aos lados do caminho ondulam tabuleiros rasos. A pedra, aflorando em lajedos horizontais, mal movimenta o solo, esgarçando a tênue capa das areias que o revestem.

Veem-se, porém, depois, lugares que se vão tornando crescentemente áridos.

Varada a estreita faixa de cerrados, que perlongam aquele último rio, está-se em pleno *agreste*, no dizer expressivo dos matutos: arbúsculos quase sem pega sobre a terra escassa, enredados de esgalhos de onde irrompem, solitários, cereus rígidos e silentes, dando ao conjunto a aparência de uma margem de deserto. E o *facies* daquele sertão inóspito vai-se esboçando, lenta e impressionadoramente...

Galga-se uma ondulação qualquer — e ele se desvenda ou se deixa adivinhar, ao longe, no quadro tristonho de um horizonte monótono em que se esbate, uniforme, sem um traço diversamente colorido, o pardo requeimado das *caatingas*.

Intercorrem ainda paragens menos estéreis, e nos trechos em que se operou a decomposição *in situ* do granito, originando algumas manchas argilosas, as copas virentes dos ouricurizeiros circuitam — parênteses breves abertos na aridez geral — as bordas das *ipueiras*. Estas lagoas mortas, segundo a bela etimologia indígena, demarcam obrigatória escala ao caminhante. Associando-se às cacimbas e *caldeirões*, em que se abre a pedra, são-lhe recurso único na viagem penosíssima. Verdadeiros oásis, têm, contudo, não raro, um aspecto lúgubre: localizadas em depressões, entre colinas nuas, envoltas pelos *mandacarus* despidos e tristes, como espectros de árvores; ou num colo de chapada, recortando-se com destaque no chão poento e pardo, graças à placa verde-negra das algas unicelulares que as revestem.

Algumas denotam um esforço dos filhos do sertão. Encontram-se, orlando-as, erguidos como represas entre as encostas, toscos muramentos de pedra seca. Lembram monumentos de uma sociedade obscura. Patrimônio comum dos que por ali se agitam nas aperturas do clima feroz, vêm, em geral, de remoto passado. Delinearam-nos os que se afoitaram primeiro com as vicissitudes de uma entrada naquelas bandas. E persistem indestrutíveis, porque o sertanejo, por mais escoteiro que siga, jamais deixa de levar uma pedra que calce as suas junturas vacilantes.

Mas transpostos estes pontos — imperfeita cópia das barragens romanas remanescentes na Tunísia —, entra-se outra vez nos areais exsicados. E avançando célere, sobretudo nos trechos em que se sucedem pequenas ondulações todas da mesma forma e do mesmo modo dispostas, o viajante mais rápido tem a sensação da imobilidade. Patenteiam-se-lhe, uniformes, os mesmos quadros, num horizonte invariável que se afasta à medida que ele avança. Raras vezes, como no povoado minúsculo de Cansanção, larga emersão de terreno fértil se recama de vegetação virente.

Despontam vivendas pobres, algumas desertas pela retirada dos vaqueiros que a seca espavoriu; em ruínas, outras; agravando todas, no aspecto paupérrimo, o traço melancólico das paisagens...

Nas cercanias de Quirinquinquá, porém, começa a movimentar-se o solo. O pequeno sítio ali ereto alevanta-se já sobre alta expansão granítica, e atentando-se para o norte divisa-se região diversa — riçada de vales e serranias, perdendo-se ao longe em grimpas fugitivas. A serra de Monte Santo, com um perfil de todo oposto aos redondos contornos que lhe desenhou o ilustre Martius, empina-se, a pique, na frente, em possante dique de quartzito branco, de azulados tons, em relevo sobre a massa gnáissica que constitui toda a base do solo. Dominante sobre a várzea que se estende para sudeste, com a linha de cumeadas quase retilínea, o seu enorme paredão, vincado pelas linhas dos estratos, expostas pela erosão eólia, afigura-se cortina de muralha monumental. Termina em crista altíssima, extremando-lhe o desenvolvimento no rumo de 13° NE, a cavaleiro da vila que se lhe erige no sopé. Centraliza um horizonte vasto. Observa-se, então, que, atenuados para o sul e leste, os acidentes predominantes da terra progridem avassalando os quadrantes do norte.

O sítio do Caldeirão, três léguas adiante, ergue-se à margem dessa sublevação metamórfica; e alcançando-o, e transpondo-o, entra-se, afinal, em cheio, no sertão adusto...

Primeiras impressões

É uma paragem impressionadora.

As condições estruturais da terra lá se vincularam à violência máxima dos agentes exteriores para o desenho de relevos estupendos. O regime torrencial dos climas excessivos, sobrevindo, de súbito, depois das insolações demoradas, e embatendo naqueles pendores, expôs há muito, arrebatando-lhes para longe todos os elementos degradados, as séries mais antigas daqueles últimos rebentos das montanhas: todas as variedades cristalinas, e os quartzitos ásperos, e as filades e calcários, revezando-se ou entrelaçando-se, repontando duramente a cada passo, mal cobertos por uma flora tolhiça — dispondo-se em cenários em que ressalta, predominante, o aspecto atormentado das paisagens.

Porque o que estas denunciam — no enterroado do chão, no desmantelo dos cerros quase desnudos, no contorcido dos leitos secos dos ribeirões efêmeros, no constrito das gargantas e no quase convulsivo de uma flora decídua embaralhada em esgalhos — é de algum modo o martírio da terra, brutalmente golpeada pelos elementos variáveis, distribuídos por todas as modalidades climáticas. De um lado a extrema secura dos ares, no estio, facilitando pela irradiação noturna a perda instantânea do calor absorvido pelas rochas expostas às soalheiras, impõe-lhes a alternativa de alturas e quedas termométricas repentinas; e daí um jogar de dilatações e contrações que as disjunge, abrindo-as segundo os planos de menor resistência. De outro, as chuvas que fecham, de improviso, os ciclos adurentes das secas, precipitam estas reações demoradas.

As forças que trabalham a terra atacam-na na contextura íntima e na superfície, sem intervalos na ação demolidora, substituindo-se, com intercadência invariável, nas duas estações únicas da região.

Dissociam-na nos verões queimosos; degradam-na nos invernos torrenciais. Vão do desequilíbrio molecular, agindo surdamente, à dinâmica portentosa das tormentas. Ligam-se e completam-se. E consoante o preponderar de uma e outra, ou o entrelaçamento de ambas, modificam-se os aspectos naturais. As mesmas assomadas gnáissicas, caprichosamente cindidas em planos quase geométricos, à maneira de silhares, que surgem em numerosos pontos, dando, às vezes, a ilusão de encontrar-se, de repente, naqueles ermos vazios, majestosas ruinarias de castelos — adiante se cercam de fraguedos, em desordem, mal seguros sobre as bases estreitas, em ângulo de queda, incumbentes e instáveis, feito *loghans* oscilantes, ou grandes desmoronamentos de *dolmens*; e mais longe desaparecem sob acervos de blocos, com a imagem perfeita desses "mares de pedra" tão característicos dos lugares onde imperam os regimes excessivos. Pelas abas dos cerros, que tumultuam em roda — restos de velhíssimas chapadas corroídas — se derramam ora em alinhamentos relembrando velhos caminhos de geleiras, ora esparsos a esmo, espessos lastros de seixos e lajes fraturadas, delatando idênticas violências. As arestas dos fragmentos, onde persistem ainda cimentados ao quartzo os cristais de feldspato, são novos atestados desses efeitos físicos e mecânicos que despedaçando as rochas, sem que se decomponham os seus elementos formadores, se avantajaram ao vagar dos agentes químicos em função dos fatos meteorológicos normais.

Deste modo se tem a cada passo, em todos os pontos, um lineamento incisivo de rudeza extrema. Atenuando-o em parte, deparam-se várzeas deprimidas, sedes de antigos lagos, extintos agora em ipueiras apauladas, que demarcam os pousos dos vaqueiros. Recortam-nas, no entanto, abertos em caixão, os leitos as mais das vezes secos de ribeirões que só se enchem nas breves estações das chuvas. Obstruídos, na maioria, de espessos lastros de blocos entre os quais, fora das enchentes súbitas, defluem tênues fios de água, são uma reprodução completa dos *uedes* que marginam o Saara. Despontam-lhes, em geral normais às barrancas, estratos de um talcoxisto azul-escuro em placas brunidas reverberando a luz em fulgurar metálico — e sobre elas, cobrindo extensas áreas, camadas menos resistentes de argila vermelha, cindidas de veios de quartzo, interceptando-lhes, discordantes, os planos estratigráficos. Estas últimas formações, silurianas talvez, cobrem de todo as demais à medida que se caminha para NE e apropriam-se a contornos mais corretos. Esclarecem a gênese dos tabuleiros rasos, que se desatam, cobertos de uma vegetação resistente, de mangabeiras, até Jeremoabo.

Para o norte, porém, inclinam-se mais fortemente as camadas. Sucedem-se cômoros despidos, de pendores resvalantes, descaindo em quebradas onde enxurram torrentes periódicas, solapando-os; e pelos seus topos divisam-se, alinhadas em fileiras, destacadas em lâminas, as mesmas infiltrações quartzosas, expostas pela decomposição dos xistos em que se embebem.

À luz crua dos dias sertanejos aqueles cerros aspérrimos rebrilham, estonteadoramente — ofuscantes, num irradiar ardentíssimo...

As erosões constantes quebram, porém, a continuidade desses estratos que ademais, noutros pontos, desaparecem sob as formações calcárias. Mas o conjunto pouco se transmuda. À feição ruiniforme destas casa-se bem à dos outros acidentes. E nos trechos em que elas se estiram, planas, pelo solo, desabrigadas de todo ante a acidez corrosiva dos aguaceiros tempestuosos, crivam-se, escarificadas, de cavidades circulares e acanaladuras fundas, diminutas mas inúmeras, tangenciando-se em quinas de rebordos cortantes, em pontas e duríssimos estrepes que impossibilitam as marchas.

Deste modo, por qualquer vereda, sucedem-se acidentes pouco elevados mas abruptos, pelos quais tornejam os caminhos, quando não se justapõem por muitas léguas aos leitos vazios dos ribeirões esgotados. E por mais inexperto que seja o observador — ao deixar as perspectivas majestosas, que se desdobram ao sul, trocando-as pelos cenários emocionantes daquela natureza torturada, tem a impressão persistente de calcar o fundo recém-sublevado de um mar extinto, tendo ainda estereotipada naquelas camadas rígidas a agitação das ondas e das voragens...

Um sonho de geólogo

É uma sugestão empolgante.

Vai-se de boa sombra com um naturalista algo romântico,[2] imaginando-se que por ali turbilhonaram, largo tempo, na idade terciária, as vagas e as correntes.

Porque, a despeito da escassez de dados permitindo uma dessas profecias retrospectivas, no dizer elegante de Huxley, capaz de esboçar a situação daquela zona em idades remotas, todos os caracteres que sumariamos reforçam a concepção aventurosa.

Alentam-na ainda: o estranho desnudamento da terra; os alinhamentos notáveis em que jazem os materiais fraturados, orlando, em verdadeiras curvas de nível, os flancos das serranias; as escarpas dos tabuleiros terminando em taludes a prumo, que recordam falésias; e até certo ponto, os restos da fauna pliocena, que fazem dos *caldeirões* enormes ossuários de mastodontes, cheios de vértebras desconjuntadas e partidas, como se ali a vida fosse, de chofre, salteada e extinta pelas energias revoltas de um cataclismo.

Há também a presunção derivada de situação anterior, exposta em dados positivos. As pesquisas de Frederick Hartt, de fato, estabelecem, nas terras circunjacentes a Paulo Afonso, a existência de inegáveis bacias cretáceas; e sendo os fósseis que as definem idênticos aos encontrados no Peru e México, e contemporâneos dos que Agassiz descobriu no Panamá — todos estes elementos se acolchetam no deduzir-se que vasto oceano cretáceo rolou as suas ondas sobre as terras fronteiras das duas Américas, ligando o Atlântico ao Pacífico. Cobria, assim, grande parte dos estados setentrionais brasileiros, indo bater contra os terraços superiores dos planaltos, onde extensos depósitos sedimentários denunciam idade mais antiga, o paleozoico médio.

Então, destacadas das grandes ilhas emergentes, as grimpas mais altas das nossas cordilheiras mal apontavam ao norte, na solidão imensa das águas...

Não existiam os Andes, e o Amazonas, largo canal entre as altiplanuras das Guianas e as do continente, separava-as, ilhadas. Para as bandas do sul o maciço

2. Em. Liais.

de Goiás — o mais antigo do Mundo — segundo a bela dedução de Gerber, o de Minas e parte do planalto paulista, onde fulgurava, em plena atividade, o vulcão de Caldas, constituíam o núcleo do continente futuro...

Porque se operava lentamente uma sublevação geral: as massas graníticas alteavam-se ao norte arrastando o conjunto geral das terras numa rotação vagarosa em torno de um eixo, imaginado por Em. Liais entre os chapadões de Barbacena e a Bolívia. Simultaneamente, ao abrir-se a época terciária, se realiza o fato prodigioso do alevantamento dos Andes; novas terras afloram nas águas; tranca-se, num extremo, o canal amazônico, transmudando-se no maior dos rios; ampliam-se os arquipélagos esparsos, e ganglionam-se em istmos, e

Detalhe de gravura de Aldemir Martins para a edição de *Os Sertões* de 1968

fundem-se; arredondam-se, maiores, os contornos das costas; e integra-se, lentamente, a América.

Então os terrenos da extrema setentrional da Bahia, que se resumiam nos cachopos de quartzito de Monte Santo e visos da Itiúba, esparsos pelas águas, avolumaram-se, num ascender contínuo. Mas nesse vagaroso altear-se, enquanto as regiões mais altas, recém-desvendadas, se salpintavam de lagos, toda a parte média daquela escarpa permanecia imersa. Uma corrente impetuosa, de que é forma decaída a atual da nossa costa, enlaçava-a. E embatendo-a longamente, enquanto o resto do país, ao sul, se erigia já constituído, e corroendo-a, e triturando-a, remoinhando para oeste e arrebatando todos os materiais desagregados, modelava aquele recanto da Bahia até que ele emergisse de todo, seguindo o movimento geral das terras, feito informe amontoado de montanhas derruídas.

O regime desértico ali se firmou, então, em flagrante antagonismo com as disposições geográficas: sobre uma escarpa, onde nada recorda as depressões sem escoamento dos desertos clássicos.

Acredita-se que a região incipiente ainda está se preparando para a Vida: o líquen ainda ataca a pedra, fecundando a terra. E lutando tenazmente com o flagelar do clima, uma flora de resistência rara por ali entretece a trama das raízes, obstando, em parte, que as torrentes arrebatem todos os princípios exsolvidos — acumulando-os pouco a pouco na conquista da paragem desolada cujos contornos suaviza — sem impedir, contudo, nos estios longos, as insolações inclementes e as águas selvagens, degradando o solo.

Daí a impressão dolorosa que nos domina ao atravessarmos aquele ignoto trecho de sertão — quase um deserto — quer se aperte entre as dobras de serranias nuas ou se estire, monotonamente, em descampados grandes...

II. Do alto do Monte Santo

Do alto da serra do Monte Santo atentando-se para a região, estendida em torno num raio de quinze léguas, nota-se, como num mapa em relevo, a sua conformação orográfica. E vê-se que as cordas de serras, ao invés de se alongarem para o nascente, medianas aos traçados do Vaza-Barris e Itapicuru, formando-lhes o *divortium aquarum*, progridem para o norte.

Mostram-no as serras Grande e do Atanásio, correndo, e a princípio distintas, uma para NO e outra para N e fundindo-se na do Acaru, onde abrolham os mananciais intermitentes do Bendegó e seus tributários efêmeros. Unificadas, aliam-se às de Caraíbas e do Lopes e nestas de novo se embebem, formando-se as massas do Cambaio, de onde irradiam as pequenas cadeias do Coxomongó e Calumbi, e para o noroeste os píncaros torreantes do Caipã. Obediente à mesma tendência, a do Aracati, lançando-se a NO, à borda dos tabuleiros de Jeremoabo, progride, descontínua, naquele rumo e, depois de entalhada pelo Vaza-Barris em Cocorobó, inflete para o poente, repartindo-se nas da Canabrava e Poço de Cima, que a prolongam. Todas traçam, afinal, elíptica curva fechada ao sul por um morro, o da Favela, em torno de larga planura ondeante onde se erigia o arraial de Canudos — e daí para o norte de novo se dispersam e descaem até acabarem em chapadas altas à borda do S. Francisco.

Deste modo, no ascender para o norte, procurando o chapadão que o Parnaíba escava, aquele talude dos planaltos parece dobrar-se num ressalto, perturbando toda a área de drenagem do S. Francisco abaixo da confluência do Patamoté, num traçado de torrentes sem nome, inapreciáveis na mais favorável escala, e impondo ao Vaza-Barris um curso tortuoso do qual ele se liberta em Jeremoabo, ao infletir para a costa.

Este é um rio sem afluentes. Falta-lhe conformidade com o declive da terra. Os seus pequenos tributários, o Bendegó e o Caraíbas, volvendo águas transitórias, dentro dos leitos rudemente escavados, não traduzem as depressões do solo. Têm a existência fugitiva das estações chuvosas. São, antes, canais de esgotamento, abertos a esmo pelos enxurros — ou correntes velozes que, adstritas aos relevos topográficos mais próximos, estão, não raro, em desarmonia com as disposições orográficas gerais. São rios que sobem. Enchem-se de súbito; transbordam, reprofundam os leitos, anulando o obstáculo do declive geral do solo; rolam por alguns dias para o rio principal; e desaparecem, volvendo ao primitivo aspecto de valovalos em torcicolos, cheios de pedras, e secos.

O próprio Vaza-Barris, rio sem nascentes em cujo leito viçam gramíneas e pastam os rebanhos, não teria o traçado atual se corrente perene lhe assegurasse um perfil de equilíbrio, através de esforço contínuo e longo. A sua função como agente geológico é revolucionária. As mais das vezes *cortado*, fracionando-se em gânglios estagnados, ou seco, à maneira de larga estrada poenta e tortuosa, quando cresce, *empanzinado*, nas cheias, captando as águas selvagens que estrepitam nos pendores, volve por algumas semanas águas barrentas e revoltas, extinguindo-se logo em esgotamento completo, vazando, como o indica o dizer português, substituindo-lhe com vantagem a antiga denominação indígena. É uma onda tombando das vertentes da Itiúba, multiplicando a energia da corrente no apertado dos desfiladeiros, e correndo veloz entre barrancos, ou entalada em serras, até Jeremoabo.

Vimos como a natureza, em roda, lhe imita o regime brutal — calcando-o em terreno agro, sem os cenários opulentos das serras e dos tabuleiros ou dos sem-fins das chapadas — mas feito um misto em que tais disposições naturais se baralham, em confusão pasmosa: planícies que de perto revelam séries de cômoros, retalhados de algares; morros que o contraste das várzeas faz de grande altura e estão poucas dezenas de metros sobre o solo, e tabuleiros que em sendo percorridos mostram a acidentação caótica de boqueirões escancelados e brutos. Nada mais dos belos efeitos das denudações lentas, no remodelar os pendores, no desapertar os horizontes e no desatar — amplíssimos — os *gerais* pelo teso das cordilheiras, dando aos quadros naturais a encantadora grandeza de perspectivas em que o céu e a terra se fundem em difusão longínqua e surpreendedora de cores...

Entretanto, inesperado quadro esperava o viandante que subia, depois desta travessia em que supõe pisar escombros de terremotos, as ondulações mais próximas de Canudos.

Rio Vaza-Barris às margens de Canudos.
Procedência desconhecida

Do alto da Favela

Galgava o topo da Favela. Volvia em volta o olhar, para abranger de um lance o conjunto da terra. — E nada mais divisava recordando-lhe os cenários contemplados. Tinha na frente a antítese do que vira. Ali estavam os mesmos acidentes e o mesmo chão, embaixo, fundamente revolto, sob o indumento áspero dos pedregais e caatingas estonadas... Mas a reunião de tantos traços incorretos e duros — arregoados divagantes de algares, sulcos de despenhadeiros, socavas de bocainas, criava-lhe perspectiva inteiramente nova. E quase compreendia que os matutos crendeiros, de imaginativa ingênua, acreditassem que "ali era o céu...".

O arraial, adiante e embaixo, erigia-se no mesmo solo perturbado. Mas vistos daquele ponto, de permeio a distância suavizando-lhes as encostas e aplainando-os — todos os serrotes breves e inúmeros, projetando-se em plano inferior e estendendo-se, uniformes, pelos quadrantes, davam-lhe a ilusão de uma planície ondulante e grande.

Em roda uma elipse majestosa de montanhas...

A Canabrava, a nordeste, de perfil abaulado e simples; a do Poço de Cima, próxima, mais íngreme e alta; a de Cocorobó, no levante, ondulando em seladas, dispersa em esporões; as vertentes retilíneas do Calumbi ao sul; as grimpas do Cambaio, no correr para o poente; e, para o norte, os contornos agitados do Caipã — ligam-se e articulam-se no infletir gradual traçando, fechada, a curva desmedida.

Vendo ao longe, quase de nível, trancando-lhe o horizonte, aquelas grimpas altaneiras, o observador tinha a impressão alentadora de se achar sobre platô elevadíssimo, páramo incomparável repousando sobre as serras.

Na planície rugada, embaixo, mal se lobrigavam os pequenos cursos d'água, divagando, serpeantes...

Um único se distinguia, o Vaza-Barris. Atravessava-a, torcendo-se em meandros. Presa numa dessas voltas via-se uma depressão maior, circundada de colinas... E atulhando-a, enchendo-a toda de confusos tetos incontáveis, um acervo enorme de casebres...

III. O clima

Dos breves apontamentos indicados resulta que os caracteres geológicos e topográficos, a par dos demais agentes físicos, mutuam naqueles lugares as influências características de modo a não se poder afirmar qual o preponderante.

Se, por um lado, as condições genéticas reagem fortemente sobre os últimos, estes, por sua vez, contribuíram para o agravamento daquelas; — e todas persistem nas influências recíprocas. Deste perene conflito feito num círculo vicioso indefinido, ressalta a significação mesológica do local. Não há abrangê-la em todas as modalidades. Escasseiam-nos as observações mais comuns, mercê da proverbial indiferença com que nos volvemos às coisas desta terra, com uma inércia cômoda de mendigos fartos.

Nenhum pioneiro da ciência suportou ainda as agruras daquele rincão sertanejo, em prazo suficiente para o definir.

Martius por lá passou, com a mira essencial de observar o aerólito, que tombara à margem do Bendegó e era já, desde 1810, conhecido nas academias europeias, graças a F. Mornay e Wollaston. Rompendo, porém, a região selvagem, *desertus australis*, como a batizou, mal atentou para a terra recamada de uma flora extravagante, *silva horrida*, no seu latim alarmado. Os que o antecederam e sucederam palmilharam, ferretoados da canícula, as mesmas trilhas rápidas, de quem foge. De sorte que sempre evitado, aquele sertão, até hoje desconhecido, ainda o será por muito tempo.

O que se segue são vagas conjecturas. Atravessamo-lo no prelúdio de um estio ardente e, vendo-o apenas nessa quadra, vimo-lo sob o pior aspecto. O que escrevemos tem o traço defeituoso dessa impressão isolada, desfavorecida, ademais, por um meio contraposto à serenidade do pensamento, tolhido pelas emoções da guerra. Além disto os dados de um termômetro único e de um aneroide suspeito, misérrimo arsenal científico com que ali lidamos, nem mesmo vagos lineamentos darão de climas que divergem segundo as menores disposições topográficas, criando aspectos díspares entre lugares limítrofes.

O de Monte Santo, por exemplo, que é, ao primeiro comparar, muito superior ao de Queimadas, diverge do dos lugares que lhe demoram ao norte, sem a continuidade que era lícito prever de sua situação intermédia. A proximidade das massas montanhosas torna-o estável, lembrando um regime marítimo em pleno continente: escala térmica oscilando em amplitudes insignificantes; firmamento onde a transparência dos ares é completa e a limpidez inalterável; e ventos reinantes, o SE no inverno e o NE no estio — alternando-se com rigorismo raro. Mas está insulado. Para qualquer das bandas, deixa-o o viajante num dia de viagem. Se vai para o norte, salteiam-no transições fortíssimas: a temperatura aumenta; carrega-se o azul dos céus; embaciam-se os ares; e as ventanias rolam desorientadamente de todos os quadrantes — ante a tiragem intensa dos terrenos desabrigados, que dali por diante se estiram.

Ao mesmo tempo espelha-se o regime excessivo: o termômetro oscila em graus disparatados passando, já em outubro, dos dias com 35° à sombra para as madrugadas frias.

No ascender do verão acentua-se o desequilíbrio. Crescem a um tempo as máximas e as mínimas, até que no fastígio das secas transcorram as horas num intermitir inaturável de dias queimosos e noites enregeladas.

A terra desnuda tendo contrapostas, em permanente conflito, as capacidades emissiva e absorvente dos materiais que a formam, do mesmo passo armazena os ardores das soalheiras e deles se esgota, de improviso. Insola-se e enregela-se, em 24 horas. Fere-a o sol e ela absorve-lhe os raios, e multiplica-os e reflete-os, e refrata-os, num reverberar ofuscante: pelo topo dos cerros, pelo esbarrancado das encostas, incendeiam-se as acendalhas da sílica fraturada, rebrilhantes, numa trama vibrátil de centelhas; a atmosfera junto ao chão vibra num ondular vivíssimo de bocas de fornalha em que se pressente visível, no expandir das colunas aquecidas, a efervescência dos ares; e o dia, incomparável no fulgor, fulmina a natureza silenciosa, em cujo seio se abate, imóvel, na quietude de um longo espasmo, a galhada sem folhas da flora sucumbida.

Desce a noite, sem crepúsculo, de chofre — um salto da treva por cima de uma franja vermelha do poente — e todo este calor se perde no espaço numa irradiação intensíssima, caindo a temperatura de súbito, numa queda única, assombrosa...

Ocorrem, todavia, variantes cruéis. Propelidas pelo nordeste, espessas nuvens, tufando em *cumulus*, pairam ao entardecer sobre as areias incendidas. Desaparece o sol e a coluna mercurial permanece imóvel, ou, de preferência, sobe. A noite sobrevém em fogo; a terra irradia como um sol escuro, porque se sente uma dolorosa impressão de faúlhas invisíveis; mas toda a ardência reflui sobre ela, recambiada pelas nuvens. O barômetro cai, como nas proximidades das tormentas; e mal se respira no bochorno inaturável em que toda a adustão golfada pela soalheira se concentra numa hora única da noite.

Por um contraste explicável, este fato jamais sucede nos paroxismos estivais das secas, em que prevalece a intercadência de dias esbraseados e noites frigidíssimas, agravando todas as angústias dos martirizados sertanejos.

Copiando o mesmo singular desequilíbrio das forças que trabalham a terra, os ventos ali chegam, em geral, turbilhonando revoltos, em rebojos largos. E, nos meses em que se acentua, o nordeste grava em tudo sinais que lhe recordam o rumo.

Estas agitações dos ares desaparecem, entretanto, por longos meses, reinando calmarias pesadas — ares imóveis sob a placidez luminosa dos dias causticantes. Imperceptíveis exercem-se, então, as correntes ascensionais dos vapores aquecidos sugando à terra a umidade exígua; e quando se prolongam, esboçando o prelúdio entristecedor da seca, a secura da atmosfera atinge a graus anormalíssimos.

Higrômetros singulares

Não a observamos através do rigorismo de processos clássicos, mas graças a higrômetros inesperados e bizarros.

Percorrendo certa vez, nos fins de setembro, as cercanias de Canudos, fugindo à monotonia de um canhoneio frouxo de tiros espaçados e soturnos, encontramos, no descer de uma encosta, anfiteatro irregular, onde as colinas se dispunham circulando um vale único. Pequenos arbustos, icozeiros virentes viçando em tufos intermeados de *palmatórias* de flores rutilantes, davam ao lugar a aparência exata de algum velho jardim em abandono. Ao lado uma árvore única, uma quixabeira alta, sobranceando a vegetação franzina.

O sol poente desatava, longa, a sua sombra pelo chão, e protegido por ela — braços largamente abertos, face volvida para os céus — um soldado descansava.

Descansava... havia três meses.

Morrera no assalto de 18 de julho. A coronha da Mannlicher estrondada, o cinturão e o boné jogados a uma banda, e a farda em tiras, diziam que sucumbira em luta corpo a corpo com adversário possante. Caíra, certo, derreando-se à violenta pancada que lhe sulcara a fronte, manchada de uma escara preta. E ao enterrar-se, dias depois, os mortos, não fora percebido. Não compartira, por isto, a vala comum de menos de um côvado de fundo em que eram jogados, formando pela última vez juntos, os companheiros abatidos na batalha. O destino que o removera do lar desprotegido fizera-lhe afinal uma concessão: livrara-o da promiscuidade lúgubre de um fosso repugnante; e deixara-o ali havia três meses — braços largamente abertos, rosto voltado para os céus, para os sóis ardentes, para os luares claros, para as estrelas fulgurantes...

E estava intacto. Murchara apenas. Mumificara conservando os traços fisionômicos, de modo a incutir a ilusão exata de um lutador cansado, retemperando-se em tranquilo sono, à sombra daquela árvore benfazeja. Nem um verme — o mais vulgar dos trágicos analistas da matéria — lhe maculdara os tecidos. Volvia ao turbilhão da vida sem decomposição repugnante, numa exaustão imperceptível. Era um aparelho revelando de modo absoluto, mas sugestivo, a secura extrema dos ares.

Gravura de Alfredo Aquino
para a edição de *Os Sertões* de 1975

Os cavalos mortos naquele mesmo dia semelhavam espécimes empalhados, de museus. O pescoço apenas mais alongado e fino, as pernas ressequidas e o arcabouço engelhado e duro.

À entrada do acampamento, em Canudos, um deles, sobre todos, se destacava impressionadoramente. Fora a montada de um valente, o alferes Wanderley; e abatera-se, morto juntamente com o cavaleiro. Ao resvalar, porém, estrebuchando malferido, pela rampa íngreme, quedou, adiante, à meia encosta, entalado entre fraguedos. Ficou quase em pé, com as patas dianteiras firmes num ressalto da pedra... E ali estacou feito um animal fantástico, aprumado sobre a ladeira, num quase curvetear, no último arremesso da carga paralisada, com todas as aparências de vida, sobretudo quando, ao passarem as rajadas ríspidas do nordeste, se lhe agitavam as longas crinas ondulantes...

Quando aquelas lufadas, caindo a súbitas, se compunham com as colunas ascendentes, em remoinhos turbilhonantes, à maneira de minúsculos ciclones, sentia-se, maior, a exsicação do ambiente adusto: cada partícula de areia suspensa do solo gretado e duro irradiava em todos os sentidos, feito um foco calorífico, a surda combustão da terra.

Fora disto — nas longas calmarias, fenômenos ópticos bizarros.

Do topo da Favela, se a prumo dardejava o sol e a atmosfera estagnada imobilizava a natureza em torno, atentando-se para os descampados, ao longe, não se distinguia o solo.

O olhar fascinado perturbava-se no desequilíbrio das camadas desigualmente aquecidas, parecendo varar através de um prisma desmedido e intáctil, e não distinguia a base das montanhas, como que suspensas. Então, ao norte da Canabrava, numa enorme expansão dos plainos perturbados, via-se um ondular estonteador; estranho palpitar de vagas longínquas; a ilusão maravilhosa de um seio de mar, largo, irisado, sobre que caísse, e refrangesse, e ressaltasse a luz esparsa em cintilações ofuscantes...

IV. As secas

O sertão de Canudos é um índice sumariando a fisiografia dos sertões do norte. Resume-os, enfeixa os seus aspectos predominantes numa escala reduzida. É-lhes de algum modo uma zona central comum.

De fato, a inflexão peninsular, estremada pelo cabo de S. Roque, faz que para ele convirjam as lindes interiores de seis estados — Sergipe, Alagoas, Pernambuco, Paraíba, Ceará e Piauí — que o tocam ou demoram distantes poucas léguas.

Desse modo é natural que as vicissitudes climáticas daqueles nele se exercitem com a mesma intensidade, nomeadamente em sua manifestação mais incisiva, definida numa palavra que é o terror máximo dos rudes patrícios que por ali se agitam, a seca.

Escusamo-nos de longamente a estudar, averbando o desbarate dos mais robustos espíritos no aprofundar-lhe a gênese, tateantes ao través de sem-número de agentes complexos e fugitivos. Indiquemos, porém, inscrita num traçado de números inflexíveis, esta fatalidade inexorável.

De fato, os seus ciclos — porque o são no rigorismo técnico do termo — abrem-se e encerram-se com um ritmo tão notável, que recordam o desdobramento de uma lei natural, ainda ignorada.

Revelou-o, pela primeira vez, o senador Tomás Pompeu, traçando um quadro por si mesmo bastante eloquente, em que os aparecimentos das secas, no século passado e atual, se defrontam em paralelismo singular, sendo de presumir que ligeiras discrepâncias indiquem apenas defeitos de observação ou desvios na tradição oral que as registrou.

De qualquer modo ressalta à simples contemplação uma coincidência repetida bastante para que se remova a intrusão do acaso.

Assim, para citarmos apenas as maiores, as secas de 1710-1711, 1723-1727, 1736-1737, 1744-1745, 1777-1778, do século XVIII, se justapõem às de 1808-1809, 1824-1825, 1835-1837, 1844-1845, 1877-1879, do atual.

Esta coincidência, espelhando-se quase invariável, como se surgisse do decalque de uma quadra sobre outra, acentua-se ainda na identidade das quadras remansadas e longas, que, em ambas, atreguaram a progressão dos estragos.

De fato, sendo, no século passado, o maior interregno de 32 anos (1745-1777), houve no nosso outro absolutamente igual e, o que é sobremaneira notável, com a correspondência exatíssima das datas (1845-1877).

Continuando num exame mais íntimo do quadro, destacam-se novos dados fixos e positivos, aparecendo com um rigorismo de incógnitas que se desvendam. Observa-se, então, uma cadência raro perturbada na marcha do flagelo, intercortado de intervalos pouco díspares entre 9 e 12 anos, e sucedendo-se de maneira a permitirem previsões seguras sobre a sua irrupção.

Entretanto, apesar desta simplicidade extrema nos resultados imediatos, o problema, que se pode traduzir na fórmula aritmética mais simples, permanece insolúvel.

Hipóteses sobre a gênese das secas

Impressionado pela razão desta progressão raro alterada, e fixando-a um tanto forçadamente em onze anos, um naturalista, o barão de Capanema, teve o pensamento de rastrear nos fatos extraterrestres, tão característicos pelos períodos invioláveis em que se sucedem, a sua origem remota. E encontrou na regularidade com que repontam e se extinguem, intermitentemente, as manchas da fotosfera solar um símile completo.

De fato, aqueles núcleos obscuros, alguns mais vastos que a terra, negrejando dentro da cercadura fulgurante das fáculas, lentamente derivando à feição da rotação do Sol, têm, entre o máximo e o mínimo da intensidade, um período que pode variar de 9 a 12 anos. E como desde muito a intuição genial de Herschel lhes descobrira o influxo apreciável na dosagem de calor emitido para a terra, a correlação surgia inabalável, neste estear-se em dados geométricos e físicos acolchetando-se num efeito único.

Restava equiparar o mínimo das manchas, anteparo à irradiação do grande astro, ao fastígio das secas no planeta torturado — de modo a patentear, cômpares, os períodos de umas e outras.

Falhou neste ponto, em que pese à sua forma atraentíssima, a teoria planeada: raramente coincidem as datas do paroxismo estival, no norte, com as daquele.

O malogro desta tentativa, entretanto, denuncia menos a desvalia de uma aproximação imposta rigorosamente por circunstâncias tão notáveis, do que o exclusivismo de atentar-se para uma causa única. Porque a questão, com a complexidade imanente aos fatos concretos, se atém, de preferência, a razões secundárias, mais próximas e enérgicas, e estas, em modalidades progredindo, contínuas, da natureza do solo à disposição geográfica, só serão definitivamente sistematizadas quando extensa série de observações permitir a definição dos agentes preponderantes do clima sertanejo.

Como quer que seja, o penoso regime dos estados do norte está em função de agentes desordenados e fugitivos, sem leis ainda definidas, sujeitas às perturbações locais, derivadas da natureza da terra, e a reações mais amplas, promanadas das disposições geográficas. Daí as correntes aéreas que o desequilibram e variam.

Determina-o em grande parte, e talvez de modo preponderante, a monção de nordeste, oriunda da forte aspiração dos planaltos interiores que, em vasta superfície alargada até ao Mato Grosso, são, como se sabe, sede de grandes depressões barométricas, no estio. Atraído por estas, o nordeste vivo, ao entrar, de dezembro a março, pelas costas setentrionais, é singularmente favorecido pela própria conformação da terra, na passagem célere por sobre os chapadões desnudos que, irradiando intensamente, lhe alteiam o ponto de saturação diminuindo as probabilidades das chuvas, e repelindo-o, de modo a lhe permitir acarretar para os recessos do continente, intacta, sobre os mananciais dos grandes rios, toda a umidade absorvida na travessia dos mares.

De fato, a disposição orográfica dos sertões, à parte ligeiras variantes — cordas de serras que se alinham para nordeste paralelamente à monção reinante —, facilita a travessia desta. Canaliza-a. Não a contrabate num antagonismo de encostas, abarreirando-a, alteando-a, provocando-lhe o resfriamento, e a condensação em chuvas.

Um dos motivos das secas repousa, assim, na disposição topográfica.

Falta às terras flageladas do norte uma alta serrania que, correndo em direção perpendicular àquele vento, determine a *dynamic colding*, consoante um dizer expressivo.

Um fato natural de ordem mais elevada esclarece esta hipótese.

Assim é que as secas aparecem sempre entre duas datas fixadas há muito pela prática dos sertanejos, de 12 de dezembro a 19 de março. Fora de tais limites não há um exemplo único de extinção de secas. Se os atravessam, prolongam-se fatalmente por todo o decorrer do ano, até que se reabra outra vez aquela quadra. Sendo assim e lembrando-nos que é precisamente dentro deste intervalo que a longa faixa das calmas equatoriais, no seu lento oscilar em torno do equador, paira no zênite daqueles estados, levando a borda até aos extremos da Bahia, não poderemos considerá-la, para o caso, com a função de uma montanha ideal que, correndo de leste a oeste e corrigindo momentaneamente lastimável disposição orográfica, se anteponha à monção e lhe provoque a parada, a ascensão das correntes, o resfriamento subsequente e a condensação imediata nos aguaceiros diluvianos que tombam então, de súbito, sobre os sertões?

Este desfiar de conjecturas tem o valor único de indicar quantos fatores remotos podem incidir numa questão que duplamente nos interessa, pelo seu traço superior na ciência, e pelo seu significado mais íntimo no envolver o destino de extenso trato do nosso país. Remove, por isto, a segundo plano o influxo até hoje inutilmente agitado dos alísios, e é de alguma sorte fortalecido pela intuição do próprio sertanejo para quem a persistência do nordeste — o vento da seca, como o batiza expressivamente — equivale à permanência de uma situação irremediável e crudelíssima.

As quadras benéficas chegam de improviso.

Depois de dois ou três anos, como de 1877-1879, em que a insolação rescalda intensamente as chapadas desnudas, a sua própria intensidade origina um reagente inevitável. Decai afinal, por toda a parte, de modo considerável,

A seca.
J.B. Andersen para a edição alemã de *Os Sertões*, Biblioteca Municipal de São Paulo

a pressão atmosférica. Apruma-se, maior e mais bem definida, a barreira das correntes ascensionais dos ares aquecidos, antepostas às que entram pelo litoral. E entrechocadas umas e outras, num desencadear de tufões violentos, alteiam-se, retalhadas de raios, nublando em minutos o firmamento todo, desfazendo-se logo depois em aguaceiros fortes sobre os desertos recrestados.

Então parece tornar-se visível o anteparo das colunas ascendentes, que determinam o fenômeno, na colisão formidável com o nordeste.

Segundo numerosas testemunhas — as primeiras bátegas despenhadas da altura não atingem a terra. A meio caminho se evaporam entre as camadas referventes que sobem, e volvem, repelidas, às nuvens, para, outra vez condensando-se, precipitarem-se de novo e novamente refluírem; até tocarem o solo que a princípio não umedecem, tornando ainda aos espaços com rapidez maior, numa vaporização quase, como se houvessem caído sobre chapas incandescentes, para mais uma vez descerem, numa permuta rápida e contínua, até que se formem, afinal, os primeiros fios de água derivando pelas pedras, as primeiras torrentes em despenhos pelas encostas, afluindo em regatos já avolumados entre as quebradas, concentrando-se tumultuariamente em ribeirões correntosos; adensando-se, estes, em rios barrentos traçados ao acaso, à feição dos declives, em cujas correntezas passam velozmente os esgalhos das árvores arrancadas, rolando todos e arrebentando na mesma onda, no mesmo caos de águas revoltas e escuras...

Se ao assalto subitâneo se sucedem as chuvas regulares, transmudam-se os sertões, revivescendo. Passam, porém, não raro, num giro célere, de ciclone. A drenagem rápida do terreno e a evaporação, que se estabelece logo mais viva, tornam-nos, outra vez, desolados e áridos. E penetrando-lhes a atmosfera ardente, os ventos duplicam a capacidade higrométrica, e vão, dia a dia, absorvendo a umidade exígua da terra — reabrindo o ciclo inflexível das secas...

As caatingas

Então, a travessia das veredas sertanejas é mais exaustiva que a de uma *estepe* nua.

Nesta, ao menos, o viajante tem o desafogo de um horizonte largo e a perspectiva das planuras francas.

Ao passo que a caatinga o afoga; abrevia-lhe o olhar; agride-o e estonteia-o; enlaça-o na trama espinescente e não o atrai; repulsa-o com as folhas urticantes, com o espinho, com os gravetos estalados em lanças; e desdobra-se-lhe na frente léguas e léguas, imutável no aspecto desolado: árvores sem folhas, de galhos estorcidos e secos, revoltos, entrecruzados, apontando rijamente no espaço ou estirando-se flexuosos pelo solo, lembrando um bracejar imenso, de tortura, da flora agonizante...

Embora esta não tenha as espécies reduzidas dos desertos — mimosas tolhiças ou eufórbias ásperas sobre o tapete das gramíneas murchas — e se afigure farta de vegetais distintos, as suas árvores, vistas em conjunto, semelham uma só família de poucos gêneros, quase reduzida a uma espécie invariável, divergindo apenas no tamanho, tendo todas a mesma conformação, a mesma aparência de vegetais morrendo, quase sem troncos, em esgalhos logo ao irromper do chão. É que por um efeito explicável de adaptação às condições estreitas do meio ingrato, evolvendo penosamente em círculos estreitos, aquelas mesmo que tanto se diversificam nas matas ali se talham por um molde único. Transmudam-se e em lenta metamorfose vão tendendo para limitadíssimo número de tipos caracterizados pelos atributos dos que possuem maior capacidade de resistência.

Esta impõe-se, tenaz e inflexível.

A luta pela vida que nas florestas se traduz como uma tendência irreprimível para a luz, desatando-se os arbustos em cipós, elásticos, distensos, fugindo ao afogado das sombras e alteando-se presos mais aos raios do sol do que aos troncos seculares — ali, de todo oposta, é mais obscura, é mais original, é mais comovedora. O sol é o inimigo que é forçoso evitar, iludir ou combater. E evitando-o pressente-se de algum modo, como o indicaremos adiante, a inumação da flora moribunda, enterrando-se os caules pelo solo. Mas como este, por seu turno, é áspero e duro, exsicado pelas drenagens dos pendores ou esterilizado pela sucção dos estratos completando as insolações, entre dois meios desfavoráveis — espaços candentes e terrenos agros —, as plantas mais robustas trazem no aspecto anormalíssimo, impressos, todos os estigmas desta batalha surda.

As leguminosas, altaneiras noutros lugares, ali se tornam anãs. Ao mesmo tempo ampliam o âmbito das frondes, alargando a superfície de contato com o ar, para a absorção dos escassos elementos nele difundidos. Atrofiam as raízes mestras batendo contra o subsolo impenetrável e substituem-nas pela expansão irradiante das radículas secundárias, ganglionando-as em tubérculos túmidos de seiva. Amiúdam as folhas. Fitam-nas rijamente, duras como cisalhas, à ponta dos galhos para diminuírem o campo da insolação. Revestem de um indumento protetor os frutos, rígidos, às vezes, como estróbilos. Dão-lhes na deiscência

Barracão de zinco onde Euclides escreveu *Os Sertões*, perto da ponte em reconstrução sobre o Rio Pardo

perfeita com que as vagens se abrem, estalando como se houvessem molas de aço, admiráveis aparelhos para propagação das sementes, espalhando-as profusamente pelo chão. E têm, todas, sem excetuar uma única, no perfume suavíssimo das flores,[3] anteparos intácteis que nas noites frias sobre elas se alevantam e se arqueiam obstando a que sofram de chofre as quedas de temperatura, tendas invisíveis e encantadoras, resguardando-as...

Assim disposta, a árvore aparelha-se para reagir contra o regime bruto.

Ajusta-se sobre os sertões o cautério das secas; esterilizam-se os ares urentes; empedra-se o chão, gretando, recrestado; ruge o nordeste nos ermos; e, como um cilício dilacerador, a caatinga estende sobre a terra as ramagens de espinhos... Mas, reduzidas todas as funções, a planta, *estivando*, em vida latente, alimenta-se das reservas que armazena nas quadras remansadas e rompe os estios, pronta a transfigurar-se entre os deslumbramentos da primavera.

Algumas, em terrenos mais favoráveis, iludem ainda melhor as intempéries, em disposição singularíssima.

Veem-se, numerosos, aglomerados em capões ou salpintando isolados, as macegas, arbúsculos de pouco mais de um metro de alto, de largas folhas espessas e luzidias, exuberando floração ridente em meio da desolação geral. São os cajueiros anões, os típicos *anacardia humilis* das chapadas áridas, os *cajuís* dos indígenas. Estes vegetais estranhos, quando ablaqueados em roda, mostram raízes que se entranham a surpreendente profundura. Não há desenraizá-los.

3. Veja-se a bela indução de Tyndall.

O eixo descendente aumenta-lhes maior à medida que se escava. Por fim se nota que ele vai repartindo-se em divisões dicotômicas. Progride pela terra dentro até a um caule único e vigoroso, embaixo.

Não são raízes, são galhos. E os pequeninos arbúsculos, esparsos, ou repontando em tufos, abrangendo às vezes largas áreas, uma árvore única e enorme, inteiramente soterrada.

Espancado pelas canículas, fustigado dos sóis, roído dos enxurros, torturado pelos ventos, o vegetal parece derrear-se aos embates desses elementos antagônicos e abroquelar-se daquele modo, invisível, no solo sobre que alevanta apenas os mais altos renovos da fronde majestosa.

Outros, sem esta conformação, se aparelham de outra sorte.

As águas que fogem no volver selvagem das torrentes ou entre as camadas inclinadas dos xistos ficam retidas, longo tempo, nas espatas das bromélias, aviventando-as. No pino dos verões, um pé de macambira é para o matuto sequioso um copo d'água cristalina e pura. Os *caroás* verdoengos, de flores triunfais e altas; os gravatás e ananases bravos, trançados em touceiras impenetráveis, copiam-lhe a mesma forma, adrede feita àquelas paragens estéreis. As suas folhas ensiformes, lisas e lustrosas, como as da maioria dos vegetais sertanejos, facilitam a condensação dos vapores escassos trazidos pelos ventos, por maneira a debelar-se o perigo máximo à vida vegetativa, resultante de larga evaporação pelas folhas, esgotando e vencendo a absorção pelas radículas.

Sucedem-se outros, diversamente apercebidos, sob novos aprestos, mas igualmente resistentes.

As *nopáleas* e *cactos*, nativas em toda a parte, entram na categoria das fontes vegetais, de Saint-Hilaire. Tipos clássicos da flora desértica, mais resistentes que os demais, quando decaem a seu lado, fulminadas, as árvores todas, persistem inalteráveis ou mais vívidos talvez. Afeiçoaram-se aos regimes bárbaros; repelem os climas benignos em que estiolam e definham. Ao passo que o ambiente em fogo dos desertos parece estimular melhor a circulação da seiva entre os seus cladódios túmidos.

As *favelas*, anônimas ainda na ciência — ignoradas dos sábios, conhecidas demais pelos tabaréus — talvez um futuro gênero *cauterium* das leguminosas, têm, nas folhas de células alongadas em vilosidades, notáveis aprestos de condensação, absorção e defesa. Por um lado, a sua epiderme, ao resfriar-se, à noite, muito abaixo da temperatura do ar, provoca, a despeito da secura deste, breves precipitações de orvalho; por outro, a mão que a toca, toca uma chapa incandescente de ardência inaturável.

Ora quando, ao revés das anteriores, as espécies não se mostram tão bem armadas para a reação vitoriosa, observam-se dispositivos porventura mais interessantes; unem-se, intimamente abraçadas, transmudando-se em plantas sociais. Não podendo revidar isoladas, disciplinam-se, congregam-se, arregimentam-se. São deste número todas as cesalpinas e as *catingueiras*, constituindo, nos trechos em que aparecem, sessenta por cento das caatingas; os *alecrins-dos-tabuleiros*, e os *canudos-de-pito*, heliotrópios arbustivos de caule oco, pintalgado de branco e flores em espigas, destinados a emprestar o nome ao mais lendário dos vilarejos...

Não estão no quadro das plantas sociais brasileiras, de Humboldt, e é possível que as primeiras vicejem, noutros climas, isoladas. Ali se associam. E, estreitamente solidárias as suas raízes, no subsolo, em apertada trama, retêm as águas, retêm as terras que se desagregam, e formam, ao cabo, num longo esforço, o solo arável em que nascem, vencendo, pela capilaridade do inextricável tecido de radículas enredadas em malhas numerosas, a sucção insaciável dos estratos e das areias. E vivem. Vivem é o termo — porque há, no fato, um traço superior à passividade da evolução vegetativa...

O juazeiro

Têm o mesmo caráter os juazeiros, que raro perdem as folhas de um verde intenso, adrede modeladas às reações vigorosas da luz. Sucedem-se meses e anos ardentes. Empobrece-se inteiramente o solo aspérrimo. Mas, nessas quadras cruéis, em que as soalheiras se agravam, às vezes com os incêndios espontaneamente acesos pelas ventanias atritando rijamente os galhos secos e estonados — sobre o depauperamento geral da vida, em roda, eles agitam as ramagens virentes, alheios às estações, floridos sempre, salpintando o deserto com as flores cor de ouro, álacres, esbatidas no pardo dos restolhos — à maneira de oásis verdejantes e festivos.

A dureza dos elementos cresce, entretanto, em certas quadras, ao ponto de os desnudar: é que se enterroaram há muito os fundos das cacimbas, e os leitos endurecidos das ipueiras mostram, feito enormes carimbos, em moldes, os rastros velhos das boiadas; e o sertão de todo se impropriou à vida.

Então, sobre a natureza morta, apenas se alteiam os *cereus* esguios e silentes, aprumando os caules circulares repartidos em colunas poliédricas e uniformes, na simetria impecável de enormes candelabros. E avultando ao descer das tardes breves sobre aqueles ermos, quando os abotoam grandes frutos vermelhos destacando-se, nítidos, à meia-luz dos crepúsculos, eles dão a ilusão emocionante de círios enormes, fincados a esmo no solo, espalhados pelas chapadas, e acesos...

Caracterizam a flora caprichosa na plenitude do estio.

Os *mandacarus* (*Cereus jaramacaru*) atingindo notável altura, raro aparecendo em grupos, assomando isolados acima da vegetação caótica, são novidade atraente, a princípio. Atuam pelo contraste. Aprumam-se tesos, triunfalmente, enquanto por toda a banda a flora se deprime. O olhar perturbado pelo acomodar-se à contemplação penosa dos acervos de ramalhos estorcidos descansa e retifica-se percorrendo os seus caules direitos e corretos. No fim de algum tempo, porém, são uma obsessão acabrunhadora. Gravam em tudo monotonia inaturável, sucedendo-se constantes, uniformes, idênticos todos, todos do mesmo porte, igualmente afastados, distribuídos com uma ordem singular pelo deserto.

Os *xiquexiques* (*Cactus peruvianus*) são uma variante de proporções inferiores, fracionando-se em ramos fervilhantes de espinhos, recurvos e rasteiros, recamados de flores alvíssimas. Procuram os lugares ásperos e ardentes. São os vegetais clássicos dos areais queimosos. Aprazem-se no leito abrasante das lajes graníticas feridas pelos sóis.

Têm como sócios inseparáveis neste *habitat*, que as próprias orquídeas evitam, os *cabeças-de-frade*, deselegantes e monstruosos melocactos de forma elipsoidal, acanalada, de gomos espinescentes, convergindo-lhes no vértice superior formado por uma flor única, intensamente rubra. Aparecem, de modo inexplicável, sobre a pedra nua, dando, realmente, no tamanho, na conformação, no modo por que se espalham, a imagem singular de cabeças decepadas e sanguinolentas jogadas por ali, a esmo, numa desordem trágica. É que estreitíssima frincha lhes permitiu insinuar, através da rocha, a raiz longa e capilar até à parte inferior onde acaso existam, livres de evaporação, uns restos de umidade.

E a vasta família, revestindo todos os aspectos, decai, a pouco e pouco, até os *quipás* reptantes, espinhosos, humílimos, trançados sobre a terra à maneira de espartos de um capacho dilacerador; às ripsálides serpeantes, flexuosas, como víboras verdes pelos ramos, de parceria com os frágeis cactos epífitas, de um glauco empalecido, presos por adligantes aos estípites dos ouricurizeiros, fugindo do solo bárbaro para o remanso da copa da palmeira.

Aqui, ali, outras modalidades: as *palmatórias-do-inferno*, opúntias de palmas diminutas, diabolicamente eriçadas de espinhos — com o vivo carmim das cochonilhas que alimentam; orladas de flores rutilantes, quebrando alacremente a tristeza solene das paisagens...

E pouco mais especializa quem anda, pelos dias claros, por aqueles ermos, entre árvores sem folhas e sem flores. Toda a flora, como em uma derrubada, se mistura em baralhamento indescritível. É a *catanduva*, mato doente, da etimologia indígena, dolorosamente caída sobre o seu terrível leito de espinhos!

Vingado um cômoro qualquer, postas em torno as vistas, perturba-as o mesmo cenário desolador: a vegetação agonizante, doente e informe, exausta, num espasmo doloroso...

É a *silva æstu aphylla*, a *silva horrida*, de Martius, abrindo no seio iluminado da natureza tropical um vácuo de deserto.

Compreende-se, então, a verdade da frase paradoxal de Auguste de Saint-Hilaire: "Há, ali, toda a melancolia dos invernos, com um sol ardente e os ardores do verão!"

A luz crua dos dias longos flameja sobre a terra imóvel e não a anima. Reverberam as infiltrações de quartzo pelos cerros calcários, desordenadamente esparsos pelos ermos, num alvejar de banquisas; e oscilando à ponta dos ramos secos das árvores inteiriçadas, dependuram-se as tilândsias alvacentas, lembrando flocos esgarçados de neve, dando ao conjunto o aspecto de uma paisagem glacial, de vegetação hibernante, nos gelos...

A tormenta

Mas no empardecer de uma tarde qualquer, de março, rápidas tardes sem crepúsculos, prestes afogadas na noite, as estrelas pela primeira vez cintilam vivamente.

Nuvens volumosas abarreiram ao longe os horizontes, recortando-os em relevos imponentes de montanhas negras.

Sobem vagarosamente; incham, bolhando em lentos e desmesurados rebojos, na altura; enquanto os ventos tumultuam nos plainos, sacudindo e retorcendo as galhadas.

Embruscado em minutos, o firmamento golpeia-se de relâmpagos precípites, sucessivos, sarjando fundamente a imprimadura negra da tormenta. Reboam ruidosamente as trovoadas fortes. As bátegas de chuva tombam, grossas, espaçadamente, sobre o chão, adunando-se logo em aguaceiro diluviano...

Ressurreição da flora

E ao tornar da travessia o viajante, pasmo, não vê mais o deserto.

Sobre o solo, que as amarílis atapetam, ressurge triunfalmente a flora tropical.

É uma mutação de apoteose.

Os mulungus rotundos, à borda das cacimbas cheias, estadeiam a púrpura das largas flores vermelhas, sem esperar pelas folhas; as caraíbas e baraúnas altas refrondescem à margem dos ribeirões refertos; ramalham, ressoantes, os marizeiros esgalhados, à passagem das virações suaves; assomam, vivazes, amortecendo as truncaduras das quebradas, as quixabeiras de folhas pequeninas e frutos que lembram contas de ônix; mais virentes, adensam-se os icozeiros pelas várzeas, sob o ondular festivo das copas dos ouricuris: ondeiam, móveis, avivando a paisagem, acamando-se nos plainos, arredondando as encostas, as moitas floridas do alecrim-dos-tabuleiros, de caules finos e flexíveis; as umburanas perfumam os ares, filtrando-os nas frondes enfolhadas, e — dominando a revivescência geral — não já pela altura senão pelo gracioso do porte, os umbuzeiros alevantam dois metros sobre o chão, irradiantes em círculo, os galhos numerosos.

O umbuzeiro

É a árvore sagrada do sertão. Sócia fiel das rápidas horas felizes e longos dias amargos dos vaqueiros. Representa o mais frisante exemplo de adaptação da flora sertaneja. Foi, talvez, de talhe mais vigoroso e alto — e veio descaindo, pouco a pouco, numa intercadência de estios flamívomos e invernos torrenciais, modificando-se à feição do meio, desinvoluindo, até se preparar para a resistência e reagindo, por fim, desafiando as secas duradouras, sustentando-se nas quadras miseráveis mercê da energia vital que economiza nas estações benéficas, das reservas guardadas em grande cópia nas raízes.

E reparte-as com o homem. Se não existisse o umbuzeiro, aquele trato de sertão, tão estéril que nele escasseiam os carnaubais tão providencialmente dispersos nos que o convizinham até ao Ceará, estaria despovoado. O umbu é para o infeliz matuto que ali vive o mesmo que a *mauritia*, para os garaúnos dos *llanos*.

Alimenta-o e mitiga-lhe a sede. Abre-lhe o seio acariciador e amigo, onde os ramos recurvos e entrelaçados parecem de propósito feitos para a armação das redes bamboantes. E ao chegarem os tempos felizes dá-lhe os frutos de sabor esquisito para o preparo da *umbuzada* tradicional.

O gado, mesmo nos dias de abastança, cobiça o sumo acidulado das suas folhas. Realça-se-lhe, então, o porte, levantada, em recorte firme, a copa arredondada, num plano perfeito sobre o chão, à altura atingida pelos bois mais altos, ao modo de plantas ornamentais entregues à solicitude de práticos jardineiros. Assim decotadas semelham grandes calotas esféricas. Dominam a flora sertaneja nos tempos felizes, como os cereus melancólicos nos paroxismos estivais.

A jurema

As juremas, prediletas dos caboclos — o seu haxixe capitoso, fornecendo-lhes, grátis, inestimável beberagem, que os revigora depois das caminhadas longas, extinguindo-lhes as fadigas em momentos, feito um filtro mágico —, derramam-se em sebes, impenetráveis tranqueiras disfarçadas em folhas diminutas; refrondam os marizeiros raros — misteriosas árvores que pressagiam a volta das chuvas e das épocas aneladas do *verde* e o termo da *magrém*[4] — quando, em pleno flagelar da seca, lhes porejam na casca ressequida dos troncos algumas gotas d'água; reverdecem os angicos; lourejam os juás em moitas; e as baraúnas de flores em cachos, e os araticuns à ourela dos banhados... mas, destacando-se, esparsos pelas chapadas, ou no bolear dos cerros, os umbuzeiros, estrelando flores alvíssimas, abrolhando em folhas, que passam em fugitivos cambiantes de um verde pálido ao róseo vivo dos rebentos novos, atraem melhor o olhar, são a nota mais feliz do cenário deslumbrante.

O sertão é um paraíso

E o sertão é um paraíso...

Ressurge ao mesmo tempo a fauna resistente das caatingas: disparam pelas baixadas úmidas os caititus esquivos; passam, em varas, pelas tigueras, num estrídulo estrepitar de maxilas percutindo, os queixadas de canela ruiva; correm pelos tabuleiros altos, em bandos, esporeando-se com os ferrões de sob as asas, as emas velocíssimas; e as seriemas de vozes lamentosas, e as sericoias vibrantes, cantam nos balsedos, à fímbria dos banhados onde vem beber o tapir estacando um momento no seu trote brutal, inflexivelmente retilíneo, pela caatinga, derribando árvores; e as próprias suçuaranas, aterrando os mocós espertos que se aninham aos pares nas luras dos fraguedos, pulam, alegres, nas macegas altas, antes de quedarem nas tocaias traiçoeiras aos veados ariscos ou novilhos desgarrados...

---

4. *Verde* e *magrém*, termos com que os matutos denominam as quadras chuvosas e as secas.

Manhãs sertanejas

Sucedem-se manhãs sem par, em que o irradiar do levante incendido retinge a púrpura das eritrinas e destaca melhor, engrinaldando as umburanas de casca arroxeada, os festões multicores das bignônias. Animam-se os ares numa palpitação de asas, céleres, ruflando. Sulcam-nos notas de clarins estranhos. Num tumultuar de desencontrados voos passam, em bandos, as pombas bravas que remigram, e rolam as turbas turbulentas das maritacas estridentes... enquanto feliz, deslembrado de mágoas, segue o campeiro pelos *arrastadores*, tangendo a boiada farta, e entoando a cantiga predileta...

Assim se vão os dias.

Passam-se um, dois, seis meses venturosos, derivados da exuberância da terra, até que surdamente, imperceptivelmente, num ritmo maldito, se despeguem, a pouco e pouco, e caiam, as folhas e as flores, e a seca se desenhe outra vez nas ramagens mortas das árvores decíduas...

Aldemir Martins
para a edição de
Os Sertões de 1968

V. Uma categoria geográfica que Hegel não citou

Resumamos; enfeixemos estas linhas esparsas.

Hegel delineou três categorias geográficas como elementos fundamentais colaborando com outros no reagir sobre o homem, criando diferenciações étnicas:

As estepes de vegetação tolhiça, ou vastas planícies áridas; os vales férteis, profusamente irrigados; os litorais e as ilhas.

Os *llanos* da Venezuela; as savanas que alargam o vale do Mississippi, os pampas desmedidos e o próprio Atacama desatado sobre os Andes — vasto terraço onde vagueiam dunas — inscrevem-se rigorosamente nos primeiros.

Em que pese aos estios longos, às trombas formidáveis de areia, e ao saltear de súbitas inundações, não se incompatibilizam com a vida.

Mas não fixam o homem à terra.

A sua flora rudimentar, de gramíneas e ciperáceas, revizando vigorosa nas quadras pluviosas, é um incentivo à vida pastoril, às sociedades errantes dos pegureiros, passando móveis, num constante armar e desarmar de tendas, por aqueles plainos — rápidas, dispersas aos primeiros fulgores do verão.

Não atraem. Patenteiam sempre o mesmo cenário de uma monotonia acabrunhadora, com a variante única da cor: um oceano imóvel, sem vagas e sem praias.

Têm a força centrífuga do deserto: repelem; desunem; dispersam. Não se podem ligar à humanidade pelo vínculo nupcial do sulco dos arados. São um isolador étnico como as cordilheiras e o mar, ou as estepes da Mongólia, varejadas, em corridas doidas, pelas catervas turbulentas dos tártaros errabundos.

Aos sertões do norte, porém, que à primeira vista se lhes equiparam, falta um lugar no quadro do pensador germânico.

Ao atravessá-los no estio, crê-se que entram, de molde, naquela primeira subdivisão; ao atravessá-los no inverno, acredita-se que são parte essencial da segunda.

Barbaramente estéreis; maravilhosamente exuberantes...

Na plenitude das secas são positivamente o deserto. Mas quando estas não se prolongam a ponto de originarem penosíssimos êxodos, o homem luta como as árvores, com as reservas armazenadas nos dias de abastança e, neste combate feroz, anônimo, terrivelmente obscuro, afogado na solidão das chapadas, a natureza não o abandona de todo. Ampara-o muito além das horas de desesperança, que acompanham o esgotamento das últimas cacimbas.

Ao sobrevir das chuvas, a terra, como vimos, transfigura-se em mutações fantásticas, contrastando com a desolação anterior. Os vales secos fazem-se rios. Insulam-se os cômoros escalvados, repentinamente verdejantes. A vegetação recama de flores, cobrindo-os, os grotões escancelados, e disfarça a dureza das barrancas, e arredonda em colinas os acervos de blocos disjungidos — de sorte que as chapadas grandes, intermeadas de convales, se ligam em curvas mais suaves aos tabuleiros altos. Cai a temperatura. Com o desaparecer das soalheiras anula-se a secura anormal dos ares. Novos tons na paisagem: a transparência do espaço salienta as linhas mais ligeiras, em todas as variantes da forma e da cor.

Dilatam-se os horizontes. O firmamento, sem o azul carregado dos desertos, alteia-se, mais profundo, ante o expandir revivescente da terra.

E o sertão é um vale fértil. É um pomar vastíssimo, sem dono.

Depois tudo isto se acaba. Voltam os dias torturantes; a atmosfera asfixiadora; o empedramento do solo; a nudez da flora; e nas ocasiões em que os estios se ligam sem a intermitência das chuvas — o espasmo assombrador da seca.

A natureza compraz-se em um jogo de antíteses.

Eles impõem por isto uma divisão especial naquele quadro. A mais interessante e expressiva de todas — posta, como mediadora, entre os vales nimiamente férteis e as estepes mais áridas.

Relegando a outras páginas a sua significação como fator de diferenciação étnica, vejamos o seu papel na economia da terra.

A natureza não cria normalmente os desertos. Combate-os, repulsa-os. Desdobram-se, lacunas inexplicáveis, às vezes sob as linhas astronômicas definidoras da exuberância máxima da vida. Expressos no tipo clássico do Saara — que é um termo genérico da região maninha dilatada do Atlântico ao Índico, entrando pelo Egito e pela Síria, assumindo todos os aspectos da enorme depressão africana ao platô arábico ardentíssimo de Nedjed e avançando daí para as areias do *bejabãs*, na Pérsia — são tão ilógicos que o maior dos naturalistas lobrigou a gênese daquele na ação tumultuária de um cataclismo, uma irrupção do Atlântico, precipitando-se, águas revoltas, num irresistível remoinhar de correntes, sobre o norte da África e desnudando-a furiosamente.

Esta explicação de Humboldt, embora se erija apenas como hipótese brilhante, tem um significado superior.

Extinta a preponderância do calor central e normalizados os climas, do extremo norte e do extremo sul, a partir dos pólos inabitáveis, a existência vegetativa progride para a linha equinocial. Sob esta ficam as zonas exuberantes por excelência, onde os arbustos de outras se fazem árvores e o regime, oscilando em duas estações únicas, determina uniformidade favorável à evolução dos organismos simples, presos diretamente às variações do meio. A fatalidade astronômica da inclinação da eclíptica, que coloca a terra em condições biológicas inferiores às de outros planetas, mal se percebe nas paragens onde uma montanha única sintetiza, do sopé às cumeadas, todos os climas do mundo.

Seca.
Gravura de Alfredo Aquino para a edição de *Os Sertões* de 1975

Entretanto, por elas passa, interferindo a fronteira ideal dos hemisférios, o equador termal, de traçado perturbadíssimo de inflexões vivas, partindo-se nos pontos singulares em que a vida é impossível; passando dos desertos às florestas, do Saara, que o repuxa para o norte, à Índia opulentíssima, depois de tangenciar a ponta meridional da Arábia paupérrima; varando o Pacífico num longo traço — rarefeito colar de ilhas desertas e escalvadas — e abeirando, depois, em lento descambar para o sul, a *Hylæa* portentosa do Amazonas.

Da extrema aridez à exuberância extrema...

É que a morfologia da terra viola as leis gerais dos climas. Mas todas as vezes que o *facies* geográfico não as combate de todo, a natureza reage. Em luta surda, cujos efeitos fogem ao próprio raio dos ciclos históricos, mas emocionante, para quem consegue lobrigá-la ao través dos séculos sem conta, entorpecida sempre pelos agentes adversos, mas tenaz, incoercível, num evolver seguro, a terra, como um organismo, se transmuda por intuscepção, indiferente aos elementos que lhe tumultuam à face.

De sorte que se as largas depressões eternamente condenadas, a exemplo da Austrália, permanecem estéreis, se anulam, noutros pontos, os desertos.

A própria temperatura abrasada acaba por lhes dar um mínimo de pressão atraindo o afluxo das chuvas; e as areias móveis, riscadas pelos ventos, negando largo tempo a pega à planta mais humilde, imobilizam-se, a pouco e pouco, presas nas radículas das gramíneas; o chão ingrato e a rocha estéril decaem sob a ação imperceptível dos liquens, que preparam a vinda das lecídeas frágeis; e por fim, os platôs desnudos, *llanos* e pampas de vegetação escassa, as savanas e as estepes mais vivazes da Ásia central, surgem, num crescendo, refletindo sucessivas fases de transfigurações maravilhosas.

Como se faz um deserto

Ora, os sertões do norte, a despeito de uma esterilidade menor, contrapostos a este critério natural, figuram talvez o ponto singular de uma evolução regressiva.

Imaginamo-los há pouco, numa retrospecção em que, certo, a fantasia se insurgiu contra a gravidade da ciência, a emergirem, geologicamente modernos, de um vasto mar terciário.

À parte essa hipótese absolutamente instável, porém, o certo é que um complexo de circunstâncias lhes tem dificultado regime contínuo, favorecendo flora mais vivaz.

Esboçamos anteriormente algumas.

Esquecemo-nos, todavia, de um agente geológico notável — o homem.

Este, de fato, não raro reage brutalmente sobre a terra e entre nós, nomeadamente, assumiu, em todo o decorrer da história, o papel de um terrível fazedor de desertos.

Começou isto por um desastroso legado indígena.

Na agricultura primitiva dos silvícolas era instrumento fundamental — o fogo.

Entalhadas as árvores pelos cortantes *djis* de diorito; encoivarados, depois de secos, os ramos, alastravam-lhes por cima, crepitando, as *caiçaras*, em bulcão de fumo, tangidas pelos ventos. Inscreviam, depois, nas cercas de troncos combustos das *caiçaras*, a área em cinzas onde fora a mata exuberante. Cultivavam-na. Renovavam o mesmo processo na estação seguinte, até que, de todo exaurida aquela mancha de terra fosse, imprestável, abandonada em *caapuera* — mato extinto — como o denuncia a etimologia tupi, jazendo dali por diante irremediavelmente estéril porque, por uma circunstância digna de nota, as famílias vegetais que surgiam subsecutivamente no terreno calcinado eram sempre de tipos arbustivos enfezados, de todo distintos dos da selva primitiva. O aborígine prosseguia abrindo novas roças, novas derrubadas, novas queimas, alargando o círculo dos estragos em novas *caapueras*, que ainda uma vez deixava para formar outras noutros pontos, aparecendo maninhas, num evolver enfezado, inaptas para reagir com os elementos exteriores, agravando, à medida que se ampliavam, os rigores do próprio clima que as flagelava, e entretecidas de carrascais, afogadas em macegas, espelhando aqui o aspecto adoentado da *catanduva* sinistra, além a braveza convulsiva da *caatinga* brancacenta.

Veio depois o colonizador e copiou o mesmo proceder. Engravesceu-o ainda com o adotar, exclusivo, no centro do país, fora da estreita faixa dos canaviais da costa, o regime francamente pastoril.

Abriram-se desde o alvorecer do século XVII, nos sertões abusivamente sesmados, enormíssimos campos, compáscuos sem divisas, estendendo-se pelas chapadas em fora.

Abria-os, de idêntico modo, o fogo livremente aceso, sem aceiros, avassalando largos espaços, solto nas lufadas violentas do nordeste. Aliou-se-lhe ao mesmo tempo o sertanista ganancioso e bravo, em busca do silvícola e do ouro. Afogado nos recessos de uma flora estupenda que lhe escurentava as vistas e sombreava perigosamente as tocaias do tapuia e as tocas do canguçu temido, dilacerou-a golpeando-a de chamas, para desafogar os horizontes e destacar bem perceptíveis, tufando nos descampados limpos, as montanhas que o norteavam, balizando a marcha das bandeiras.

Atacou a fundo a terra, escarificando-a nas explorações a céu aberto; esterilizou-a com os lastros das grupiaras; feriu-a a pontaços de alvião; degradou-a corroendo-a com as águas selvagens das torrentes; e deixou, aqui, ali, em toda a parte, para sempre estéreis, avermelhando nos ermos com o intenso colorido das argilas revolvidas, onde não medra a planta mais exígua, as grandes *catas*, vazias e tristonhas, com a sua feição sugestiva de imensas cidades mortas, derruídas...

Ora, estas selvatiquezas atravessaram toda a nossa história. Ainda em meados deste século, no atestar de velhos habitantes das povoações ribeirinhas do S. Francisco, os exploradores que em 1830 avançaram, a partir da margem esquerda daquele rio, carregando em vasilhas de couro indispensáveis provisões de água, tinham, na frente, alumiando-lhes a rota, abrindo-lhes a estrada e devastando a terra, o mesmo batedor sinistro, o incêndio. Durante meses seguidos viram, eles, no poente, entrando pelas noites dentro, o reflexo rubro das queimadas.

Imaginem-se os resultados de semelhante processo aplicado, sem variantes, no decorrer de séculos...

Previu-os o próprio governo colonial. Desde 1713 sucessivos decretos visaram opor-lhes paradeiros. E ao terminar a seca lendária de 1791-1792, a *grande seca*, como dizem ainda os velhos sertanejos, que sacrificou todo o norte, da Bahia ao Ceará, o governo da metrópole figura-se tê-la atribuído aos inconvenientes apontados, estabelecendo desde logo, como corretivo único, severa proibição ao corte das florestas.

Esta preocupação dominou-o por muito tempo. Mostram-no-lo as cartas régias de 17 de março de 1796, nomeando um juiz conservador das matas; e a 11 de junho de 1799, decretando que "se coíba a indiscreta e desordenada ambição dos habitantes (da Bahia e Pernambuco) que têm assolado a ferro e fogo preciosas matas... que tanto abundavam e já hoje ficam a distâncias consideráveis, etc.

Aí estão dizeres preciosos relativos diretamente à região que palidamente descrevemos.

Há outros, cômpares na eloquência.

Deletreando-se antigos roteiros dos sertanistas do norte, destemerosos caatingueiros que pleiteavam parelhas com os bandeirantes do sul, nota-se a cada passo uma alusão incisiva à bruteza das paragens que atravessavam, perquirindo as chapadas, em busca das "minas de prata" de Melchior Moreira — e passando quase todos à margem do sertão de Canudos, com escala em Monte Santo, então o *Piquaraçá* dos tapuias. E falam nos "campos frios (certamente à noite, pela irradiação intensa do solo desabrigado) cortando léguas de caatinga sem água nem caravatá que a tivesse e com raízes de umbu e mandacaru, remediando a gente" no penoso desbravar das veredas.[5]

Já nessa época, como se vê, tinham função proverbial as plantas, para as quais, hoje, apelam os nossos sertanejos.

É que o mal é antigo. Colaborando com os elementos meteorológicos, com o nordeste, com a sucção dos estratos, com as caníbulas, com a erosão eólia,

5. Carta de Pedro Barbosa Leal ao conde de Sabugosa.

com as tempestades subitâneas — o homem fez-se uma componente nefasta entre as forças daquele clima demolidor. Se o não criou, transmudou-o, agravando-o. Deu um auxiliar à degradação das tormentas, o machado do caatingueiro; um supletivo à insolação, a queimada.

Fez, talvez, o deserto. Mas pode extingui-lo ainda, corrigindo o passado. E a tarefa não é insuperável. Di-lo uma comparação histórica.

Como se extingue o deserto

Quem atravessa as planícies elevadas da Tunísia, entre Beja e Bizerta, à ourela do Saara, encontra ainda, no desembocar dos vales, atravessando normalmente o curso caprichoso e em torcicolos dos uedes, restos de antigas construções romanas. Velhos muradais derruídos, embrechados de silhares e blocos rolados, cobertos em parte pelos detritos de enxurros de vinte séculos, aqueles legados dos grandes colonizadores delatam a um tempo a sua atividade inteligente e o desleixo bárbaro dos árabes que os substituíram.

Os romanos, depois da tarefa da destruição de Cartago, tinham posto ombros à empresa incomparavelmente mais séria de vencer a natureza antagonista. E ali deixaram belíssimo traço de sua expansão histórica.

Perceberam com segurança o vício original da região, estéril menos pela escassez das chuvas do que pela sua péssima distribuição adstrita aos relevos topográficos. Corrigiram-no. O regime torrencial que ali aparece, intensíssimo em certas quadras, determinando alturas pluviométricas maiores que as de outros países férteis e exuberantes, era, como nos sertões do nosso país, além de inútil, nefasto. Caía sobre a terra desabrigada, desarraigando a vegetação mal presa a um solo endurecido; turbilhonava por algumas semanas nos regatos transbordantes, alagando as planícies; e desaparecia logo, derivando em escarpamentos, pelo norte e pelo levante, no Mediterrâneo, deixando o solo, depois de uma revivescência transitória, mais desnudo e estéril. O deserto, ao sul, parecia avançar, dominando a paragem toda, vingando-lhe os últimos acidentes que não tolhiam a propulsão do *simoun*.

Os romanos fizeram-no recuar. Encadearam as torrentes; represaram as correntezas fortes, e aquele regime brutal, tenazmente combatido e bloqueado, cedeu, submetido inteiramente, numa rede de barragens. Excluído o alvitre de irrigações sistemáticas dificílimas, conseguiram que as águas permanecessem mais longo tempo sobre a terra. As ravinas, recortando-se em gânglios estagnados, dividiram-se em açudes abarreirados pelas muralhas que trancavam os vales, e os uedes, parando, intumesciam-se entre os morros, conservando largo tempo as grandes massas líquidas, até então perdidas, ou levando-as, no transbordarem, em canais laterais aos lugares próximos mais baixos, onde se abriam em sangradouros e levadas, irradiantes por toda a parte, e embebendo o solo. De sorte que este sistema de represas, além de outras vantagens, criara um esboço de irrigação geral. Ademais, todas aquelas superfícies líquidas, esparsas em grande número e não resumidas a um Quixadá único — monumental e inútil — expostas à evaporação, acabaram reagindo sobre o clima, melhorando-o. Por fim a Tunísia, onde haviam aproado os filhos prediletos dos fenícios, mas que até então se reduzira a um litoral povoado de traficantes ou númidas erradios, com suas tendas de tetos curvos branqueando nos areais como quilhas encalhadas — se fez, transfigurada, a terra clássica da agricultura antiga. Foi o celeiro da Itália; a fornecedora, quase exclusiva, de trigo, dos romanos.

Os franceses, hoje, copiam-lhes em grande parte os processos, sem necessitarem alevantar muramentos monumentais e dispendiosos. Represam por estacadas, entre muros de pedras secas e terras, à maneira de palancas, os uedes mais bem dispostos, e talham pelo alto das suas bordas, em toda a largura das serranias que os ladeiam, condutos derivando para os terrenos circunjacentes, em redes irrigadoras.

Deste modo as águas selvagens estacam, remansam-se, sem adquirir a força acumulada das inundações violentas, disseminando-se, afinal, estas, amortecidas, em milhares de válvulas, pelas derivações cruzadas. E a histórica paragem, liberta da apatia do muslim inerte, transmuda-se volvendo de novo à fisionomia antiga. A França salva os restos da opulenta herança da civilização romana, depois desse declínio de séculos.

Ora, quando se traçar, sem grande precisão embora, a carta hipsométrica dos sertões do norte, ver-se-á que eles se apropriam a uma tentativa idêntica, de resultados igualmente seguros.

A ideia não é nova. Sugeriu-a há muito, em memoráveis sessões do Instituto Politécnico do Rio, em 1877, o belo espírito do conselheiro Beaurepaire Rohan, talvez sugestionado pelo mesmo símile, que acima apontamos.

Das discussões então travadas, onde se enterreiraram os melhores cientistas do tempo — da sólida experiência de Capanema à mentalidade rara de André Rebouças — foi a única coisa prática, factível, verdadeiramente útil que ficou.

Idearam-se, naquela ocasião, luxuosas cisternas de alvenarias; miríades de poços artesianos, perfurando as chapadas; depósitos colossais, ou armazéns desmedidos para as reservas acumuladas; açudes vastos, feitos cáspios artificiais; e por fim, como para caracterizar bem o desbarate completo da engenharia, ante a enormidade do problema, estupendos alambiques para a destilação das águas do Atlântico!...

O alvitre mais modesto, porém, efeito imediato de um ensinamento histórico, sugerido pelo mais elementar dos exemplos, suplanta-os. Porque é, além de prático, evidentemente o mais lógico.

O martírio secular da terra

Realmente, entre os agentes determinantes da seca se intercalam, de modo apreciável, a estrutura e a conformação do solo. Qualquer que seja a intensidade das causas complexas e mais remotas que anteriormente esboçamos, a influência daquelas é manifesta desde que se considere que a capacidade absorvente e emissiva dos terrenos expostos, a inclinação dos estratos, que os retalham, e a rudeza dos relevos topográficos, agravam, do mesmo passo, a crestadura dos estios e a degradação intensiva das torrentes. De sorte que, saindo das insolações demoradas para as inundações subitâneas, a terra, mal protegida por uma vegetação decídua, que as primeiras requeimam e as segundas erradicam, se deixa, a pouco e pouco, invadir pelo regime francamente desértico.

As fortes tempestades que apagam o incêndio surdo das secas, em que pese à revivescência que acarretam, preparam de algum modo a região para maiores vicissitudes. Desnudam-na rudemente, expondo-a cada vez mais desabrigada aos verões seguintes; sulcam-na numa molduragem de contornos ásperos; golpeiam-na e esterilizam-na; e ao desaparecerem, deixam-na ainda mais desnuda ante a adustão dos sóis. O regime decorre num intermitir deplorável, que lembra um círculo vicioso de catástrofes.[6]

6. "... é digno de mencionar-se o forte declive para o mar que existe nos terrenos do sertão, onde correm os seus rios... Logo que cai uma chuva nesses pedregosos tabuleiros, de rara vegetação, as águas seguem incontinenti pelos sulcos ou regos, produzindo verdadeiras avalanches que tudo destroem em sua passagem..."
(I. Yoffily, *Notas sobre a Paraíba*).

Deste modo a medida única a adotar-se deve consistir no corretivo destas disposições naturais. Pondo de lado os fatores determinantes do flagelo, oriundos da fatalidade de leis astronômicas ou geográficas inacessíveis à intervenção humana, são, aquelas, as únicas passíveis de modificações apreciáveis.

O processo que indicamos, em breve recordação histórica, pela sua própria simplicidade dispensa inúteis pormenores técnicos.

A França copia-o hoje, sem variantes, revivendo uo traçado de construções velhíssimas.

Abarreirados os vales, inteligentemente escolhidos, em pontos pouco intervalados, por toda a extensão do território sertanejo, três consequências inevitáveis decorreriam: atenuar-se-iam de modo considerável a drenagem violenta do solo, e as suas consequências lastimáveis; formar-se-lhes-iam à ourela, inscritas na rede das derivações, fecundas áreas de cultura; e fixar-se-ia uma situação de

Imagem da seca.
Gravura de Aldemir Martins para a edição de ***Os Sertões*** de 1968

equilíbrio para a instabilidade do clima, porque os numerosos e pequenos açudes uniformemente distribuídos e constituindo dilatada superfície de evaporação, teriam, naturalmente, no correr dos tempos, a influência moderadora de um mar interior, de importância extrema.

Não há alvitrar-se outro recurso. As cisternas, poços artesianos e raros, ou longamente espaçados lagos como o de Quixadá, têm um valor local, inapreciável. Visam, de um modo geral, atenuar a última das consequências da seca — a sede; e o que há a combater e a debelar nos sertões do norte — é o deserto.

O martírio do homem, ali, é o reflexo da tortura maior, mais ampla, abrangendo a economia geral da Vida.

Nasce do martírio secular da terra...

O HOMEM

Canudos destruída.
Técnica mista sobre papel, Tripoli Gaudenzi

I. Complexidade do problema etnológico no Brasil. Variabilidade do meio físico e sua reflexão na história. Ação do meio na fase inicial da formação das raças. A formação brasileira no norte.

II. Gênese do jagunço; colaterais prováveis dos paulistas. Função histórica do rio S. Francisco. O vaqueiro, mediador entre o bandeirante e o padre. Fundações jesuíticas na Bahia. Um parêntese irritante. Causas favoráveis à formação mestiça dos sertões, distinguindo-a dos cruzamentos no litoral. Uma raça forte.

III. O sertanejo. Tipos díspares: o jagunço e o gaúcho. Os vaqueiros. Servidão inconsciente, vida primitiva. A *vaquejada* e a *arribada*. Tradições. A seca. Insulamento no deserto.

Religião mestiça; seus fatores históricos.
Caráter variável da religiosidade sertaneja:
a Pedra Bonita e Monte Santo. As missões atuais.
IV. Antônio Conselheiro, documento vivo de atavismo.
Um gnóstico bronco. Grande homem pelo avesso, representante natural do meio em que nasceu.
Antecedentes de família: os Maciéis. Uma vida bem auspiciada.
Primeiros reveses; e a queda. Como se faz um monstro.
Peregrinações e martírios. Lendas. As prédicas.
Preceitos de montanista. Profecias.
Um heresiarca do século II em plena Idade Moderna.
Tentativas de reação legal. Hégira para o sertão.
V. Canudos — Antecedentes — aspecto original — e crescimento vertiginoso. Regime da *urbs*. Polícia de bandidos.
População multiforme. O templo. Estrada para o céu. As rezas.
Agrupamentos bizarros. Por que não pregar contra a República?
Uma missão abortada. Maldição sobre a Jerusalém de taipa.

I. Complexidade do problema etnológico no Brasil

Adstrita às influências que mutuam, em graus variáveis, três elementos étnicos, a gênese das raças mestiças do Brasil é um problema que por muito tempo ainda desafiará o esforço dos melhores espíritos.

Está apenas delineado.

Entretanto, no domínio das investigações antropológicas brasileiras se encontram nomes altamente encarecedores do nosso movimento intelectual. Os estudos sobre a pré-história indígena patenteiam modelos de observação sutil e conceito crítico brilhante, mercê dos quais parece definitivamente firmado, contravindo ao pensar dos caprichosos construtores da ponte Alêutica, o autoctonismo das raças americanas.

Neste belo esforço, rematado pela profunda elaboração paleontológica de Wilhelm Lund, destacam-se o nome de Morton, a intuição genial de Frederico Hartt, a inteiriça organização científica de Meyer, a rara lucidez de Trajano de Moura, e muitos outros cujos trabalhos reforçam os de Nott e Gordon no definir, de uma maneira geral mas completa, a América como um centro de criação desligado do grande viveiro da Ásia Central. Erige-se autônomo entre as raças o *homo americanus*.

A face primordial da questão ficou assim aclarada. Quer resultem do "homem da Lagoa Santa" cruzado com o pré-colombiano dos "sambaquis"; ou se derivem, altamente modificados por

Euclides aos 20 anos, quando ingressou na carreira militar.

ulteriores cruzamentos e pelo meio, de alguma raça invasora do norte, de que se supõem oriundos os tupis tão numerosos na época do descobrimento — os nossos silvícolas, com seus frisantes caracteres antropológicos, podem ser considerados tipos evanescentes de velhas raças autóctones da nossa terra.

Esclarecida deste modo a preliminar da origem do elemento indígena, as investigações convergiram para a definição da sua psicologia especial; e enfeixaram-se, ainda, em algumas conclusões seguras.

Não precisamos revivê-las. Sobre faltar-nos competência, nos desviaríamos muito de um objetivo prefixado.

Os dois outros elementos formadores, alienígenas, não originaram idênticas tentativas. O negro banto, ou cafre, com as suas várias modalidades, foi até neste ponto o nosso eterno desprotegido. Somente nos últimos tempos um investigador tenaz, Nina Rodrigues, subordinou a uma análise cuidadosa a sua religiosidade original e interessante. Qualquer, porém, que tenha sido o ramo africano para aqui transplantado trouxe, certo, os atributos preponderantes do *homo afer*, filho das paragens adustas e bárbaras, onde a seleção natural, mais que em quaisquer outras, se faz pelo exercício intensivo da ferocidade e da força.

Quanto ao fator aristocrático de nossa *gens*, o português, que nos liga à vibrátil estrutura intelectual do celta, está, por sua vez, malgrado o complicado caldeamento de onde emerge, de todo caracterizado.

Conhecemos, deste modo, os três elementos essenciais, e, imperfeitamente embora, o meio físico diferenciador — e ainda, sob todas as suas formas, as condições históricas adversas ou favoráveis que sobre eles reagiram. No considerar, porém, todas as alternativas e todas as fases intermédias desse entrelaçamento de tipos antropológicos de graus díspares nos atributos físicos e psíquicos, sob os influxos de um meio variável, capaz de diversos climas, tendo discordantes aspectos e opostas condições de vida, pode afirmar-se que pouco nos temos avantajado. Escrevemos todas as variáveis de uma fórmula intricada, traduzindo sério problema; mas não desvendamos todas as incógnitas.

É que, evidentemente, não basta, para o nosso caso, que postos uns diante de outros o negro banto, o indo-guarani e o branco, apliquemos ao conjunto a lei antropológica de Broca. Esta é abstrata e irredutível. Não nos diz quais os reagentes que podem atenuar o influxo da raça mais numerosa ou mais forte, e causas que o extingam ou atenuem quando ao contrário da combinação binária, que pressupõe, despontam três fatores diversos, adstritos às vicissitudes da história e dos climas.

É uma regra que nos orienta apenas no indagarmos a verdade. Modifica-se, como todas as leis, à pressão dos dados objetivos. Mas ainda quando por extravagante indisciplina mental alguém tentasse aplicá-la, de todo despeada da intervenção daqueles, não simplificaria o problema.

É fácil demonstrar.

Abstraiamos de inúmeras causas perturbadoras, e consideremos os três elementos constituintes de nossa raça em si mesmos, intactas as capacidades que lhes são próprias.

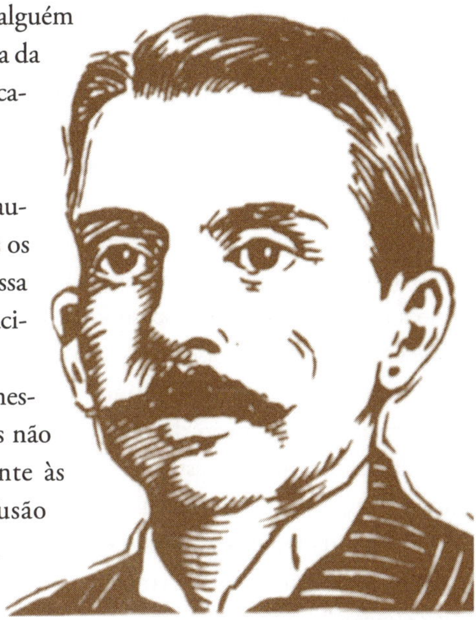

Euclides da Cunha.
Gravura em metal

Vemos, de pronto, que, mesmo nesta hipótese favorável, deles não resulta o produto único imanente às combinações binárias, numa fusão imediata em que se justaponham ou se resumam os seus caracteres, unificados e convergentes num tipo intermediário. Ao contrário a combinação ternária inevitável determina, no caso mais simples, três outras, binárias. Os elementos iniciais não se resumem, não se unificam; desdobram-se; originam número igual de subformações — substituindo-se pelos derivados, sem redução alguma, em uma mestiçagem embaralhada onde se destacam como produtos mais característicos o *mulato*, o *mameluco* ou *curiboca*, e o *cafuz*.[7] As sedes iniciais das indagações deslocam-se apenas mais perturbadas, graças a reações que não exprimem uma redução, mas um desdobramento. E o estudo destas subcategorias substitui o das raças elementares agravando-o e dificultando-o, desde que se considere que aquelas comportam, por sua vez, inúmeras modalidades consoante as dosagens variáveis do sangue.

O brasileiro, tipo abstrato que se procura, mesmo no caso favorável acima afirmado, só pode surgir de um entrelaçamento consideravelmente complexo.

Teoricamente ele seria o *pardo*, para que convergem os cruzamentos sucessivos do mulato, do cariboca e do cafuz.

Avaliando-se, porém, as condições históricas que têm atuado, diferentes nos diferentes tratos do território; as disparidades climáticas que nestes oca-

---

7. Respectivamente, produtos do negro e do branco; do branco e do tupi (*cari-boc*, que procede do branco); do tupi e do negro.
Abrange-os como termo genérico, embora de preferência aplicado ao segundo, a palavra *mameluco* ou melhor *mamaluco*. *Mamã-ruca*, tirado da mistura. De *mamã* – misturar e *ruca* – tirar.

sionam reações diversas diversamente suportadas pelas raças constituintes; a maior ou menor densidade com que estas cruzaram nos vários pontos do país; e atendendo-se ainda à intrusão — pelas armas na quadra colonial e pelas imigrações em nossos dias — de outros povos, fato que por sua vez não foi e não é uniforme, vê-se bem que a realidade daquela formação é altamente duvidosa, senão absurda.

Como quer que seja, estas rápidas considerações explicam as disparidades de vistas que reinam entre os nossos antropólogos. Forrando-se, em geral, à tarefa penosa de subordinar as suas pesquisas a condições tão complexas, têm atendido sobremaneira ao preponderar das capacidades étnicas. Ora, a despeito da grave influência destas, e não a negamos, elas foram entre nós levadas ao exagero, determinando a irrupção de uma meia-ciência difundida num extravagar de fantasias, sobre ousadas, estéreis. Há como que um excesso de subjetivismo no ânimo dos que entre nós, nos últimos tempos, cogitam de coisas tão sérias, com uma volubilidade algo escandalosa, atentas às proporções do assunto. Começam excluindo em grande parte os materiais objetivos oferecidos pelas circunstâncias mesológica e histórica.

Jogam, depois, e entrelaçam, e fundem as três raças consoante os caprichos que os impelem no momento. E fazem repontar desta metaquímica sonhadora alguns precipitados fictícios.

Alguns firmando preliminarmente, com autoridade discutível, a função secundária do meio físico e decretando preparatoriamente a extinção quase completa do silvícola e a influência decrescente do africano depois da abolição do tráfico, preveem a vitória final do branco, mais numeroso e mais forte, como termo geral de uma série para o qual tendem o mulato, forma cada vez mais diluída do negro, e o caboclo, em que se apagam, mais depressa ainda, os traços característicos do aborígine.

Outros dão maiores largas aos devaneios. Ampliam a influência do último. E arquitetam fantasias que caem ao mais breve choque da crítica; devaneios a que nem faltam a metrificação e as rimas, porque invadem a ciência na vibração rítmica dos versos de Gonçalves Dias.

Outros vão terra a terra demais. Exageram a influência do africano, capaz, com efeito, de reagir em muitos pontos contra a absorção da raça superior. Surge o mulato. Proclamam-no o mais característico tipo da nossa subcategoria étnica.

O assunto assim vai derivando multiforme e dúbio.

Acreditamos que isto sucede porque o escopo essencial destas investigações se tem reduzido à pesquisa de um tipo étnico único, quando há, certo, muitos.

Não temos unidade de raça.

Não a teremos, talvez, nunca.

Predestinamo-nos à formação de uma raça histórica em futuro remoto, se o permitir dilatado tempo de vida nacional autônoma. Invertemos, sob este aspecto, a ordem natural dos fatos. A nossa evolução biológica reclama a garantia da evolução social.

Estamos condenados à civilização.

Ou progredimos, ou desaparecemos.

A afirmativa é segura.

Não a sugere apenas essa heterogeneidade de elementos ancestrais. Reforça-a outro elemento igualmente ponderável: um meio físico amplíssimo e variável, completado pelo variar de situações históricas, que dele em grande parte decorreram.

A este propósito não será desnecessário considerá-lo por alguns momentos.

Variabilidade do meio físico

Contravindo à opinião dos que demarcam aos países quentes um desenvolvimento de 30° de latitude, o Brasil está longe de se incluir todo em tal categoria. Sob um duplo aspecto, astronômico e geográfico, aquele limite é exagerado. Além de ultrapassar a demarcação teórica vulgar, exclui os relevos naturais que atenuam ou reforçam os agentes meteorológicos, criando climas equatoriais em altas latitudes ou regimes temperados entre os trópicos. Toda a climatologia, inscrita nos amplos lineamentos das leis cosmológicas gerais, desponta em qualquer parte adicta de preferência às causas naturais mais próximas e particulares. Um clima é como que a tradução fisiológica de uma condição geográfica. E definindo-o deste modo concluímos que o nosso país, pela sua própria estrutura, se impropria a um regime uniforme.

Demonstram-no os resultados mais recentes, e são os únicos dignos de fé, das indagações meteorológicas. Estas o subdividem em três zonas claramente distintas: a francamente tropical, que se expande pelos estados do norte até ao sul da Bahia, com uma temperatura média de 26°; a temperada, de S. Paulo ao Rio Grande, pelo Paraná e Santa Catarina, entre os isotermos 15° e 20°; e, como transição, — a subtropical, alongando-se pelo centro e norte de alguns estados, de Minas ao Paraná.

Aí estão, claras, as divisas de três *habitats* distintos.

Ora, mesmo entre as linhas mais ou menos seguras destes, despontam modalidades que ainda os diversificam.

Indiquemo-las a traços rápidos.

A disposição orográfica brasileira, possantes massas sublevadas que se orientam perlongando o litoral perpendicularmente ao rumo do SE, determina as primeiras distinções em largos tratos de território que demoram ao oriente, criando anomalia climatológica expressiva.

De fato, o clima, aí inteiramente subordinado ao *facies* geográfico, viola as leis gerais que o regulam. A partir dos trópicos para o equador a sua caracterização astronômica, pelas latitudes, cede às causas secundárias perturbadoras. Define-se, anormalmente, pelas longitudes.

É um fato conhecido. Na extensa faixa da costa, que vai da Bahia à Paraíba, se veem transições mais acentuadas, acompanhando os paralelos, no rumo do ocidente, do que os meridianos, demandando o norte. As diferenças no regime e nos aspectos naturais, que segundo este rumo são imperceptíveis, patenteiam-se, claras, no primeiro. Distendida até às paragens setentrionais extremas, a mesma natureza exuberante ostenta-se sem variantes nas grandes matas que debruam a costa, fazendo que a observação rápida do estrangeiro prefigure dilatada região vivaz e feracíssima. Entretanto a partir do 13° paralelo as florestas mascaram vastos territórios estéreis, retratando nas áreas desnudas as inclemências de um clima em que os graus termométrico e higrométrico progridem em relação inversa, extremando-se exageradamente.

Revela-o curta viagem para o ocidente, a partir de um ponto qualquer daquela costa. Quebra-se o encanto de ilusão belíssima. A natureza empobrece-se; despe-se das grandes matas; abdica o fastígio das montanhas; erma-se e deprime-se — transmudando-se nos sertões exsicados e bárbaros, onde correm rios efêmeros, e desatam-se chapadas nuas, sucedendo-se, indefinidas, formando o palco desmedido para os quadros dolorosos das secas.

O contraste é empolgante.

Distantes menos de cinquenta léguas, apresentam-se regiões de todo opostas, criando opostas condições à vida.

Entra-se, de surpresa, no deserto.

E, certo, as vagas humanas que nos dois primeiros séculos do povoamento embateram as plagas do norte tiveram na translação para o ocidente, demandando o interior, obstáculos mais sérios que a rota agitada dos mares e das montanhas, na travessia das caatingas ralas e decíduas. O malogro da expansão baiana, que entretanto precedera à paulista no devassar os recessos do país, é exemplo frisante.

O mesmo não sucede, porém, dos trópicos para o sul.

Aí a urdidura geológica da terra, matriz de sua morfogenia interessante, persiste inalterável, abrangendo extensas superfícies para o interior, criando as mesmas condições favoráveis, a mesma flora, um clima altamente melhorado pela altitude, e a mesma feição animadora dos aspectos naturais.

A larga antemural da cordilheira granítica, derivando a prumo para o mar, nas vertentes interiores descamba suavemente em vastos plainos ondulados.

É a escarpa abrupta e viva dos planaltos.

Sobre estes os cenários, sem os traços exageradamente dominadores das montanhas, revelam-se mais opulentos e amplos. A terra patenteia essa *manageability of nature*, de que nos fala Buckle, e o clima, temperado quente, desafia na benignidade o admirável regime da Europa meridional. Não o regula mais, como mais para o norte, exclusivamente, o SE. Rolando dos altos chapadões do interior, o NO prepondera então, em toda extensíssima zona que vai das terras elevadas de Minas e do Rio ao Paraná, passando por S. Paulo.

Ora, estas largas divisões, apenas esboçadas, mostram já uma diferença essencial entre o sul e o norte, absolutamente distintos pelo regime meteorológico, pela disposição da terra e pela transição variável entre o sertão e a costa.

Descendo à análise mais íntima desvendaremos aspectos particulares mais incisivos ainda.

Tomemos os casos mais expressivos, evitando extensa explanação do assunto.

Vimos em páginas anteriores que o SE, sendo o regulador predominante do clima na costa oriental, é substituído, nos estados do sul, pelo NO e nas extremas setentrionais pelo NE. Ora, estes, por sua vez, desaparecem no âmago dos planaltos, ante o SO que, como um hausto possante dos pampeiros, se lança pelo Mato Grosso, originando desproporcionadas amplitudes termométricas, agravando a instabilidade do clima continental, e submetendo as terras centrais a um regime brutal, diverso dos que vimos rapidamente delineando.

Com efeito, a natureza em Mato Grosso balanceia os exageros de Buckle. É excepcional e nitidamente destacada. Nenhuma se lhe assemelha. Toda a imponência selvagem, toda a exuberância inconceptível, unidas à brutalidade máxima dos elementos, que o preeminente pensador, em precipitada generalização, ideou no Brasil, ali estão francas, rompentes em cenários portentosos. Contemplando-as, mesmo através da frieza das observações de naturalistas pouco

Sertanejos.
Gravura de Aldemir Martins para a edição de *Os Sertões* de 1968.

vezados a efeitos descritivos, vê-se que aquele regime climatológico anômalo é o mais fundo traço da nossa variabilidade mesológica.

Nenhum se lhe equipara, no jogar das antíteses. A sua feição aparente é a de benignidade extrema: — a terra afeiçoada à vida; a natureza fecunda erguida na apoteose triunfal dos dias deslumbrantes e calmos; e o solo abrolhando em vegetação fantástica — farto, irrigado de rios que irradiam pelos quatro pontos cardeais. Mas esta placidez opulenta esconde, paradoxalmente, germes de cataclismos, que irrompendo, sempre com um ritmo inquebrável, no estio, traindo-se nos mesmos prenúncios infalíveis ali tombam com a finalidade irresistível de uma lei.

Mal poderemos traçá-los. Esbocemo-los.

Depois de soprarem por alguns dias as rajadas quentes e úmidas de NE, os ares imobilizam-se, por algum tempo, estagnados. Então "a natureza como que se abate extática, assustada; nem as grimpas das árvores balouçam; as matas, numa quietude medonha, parecem sólidos inteiriços. As aves se achegam nos ninhos, suspendendo os voos e se escondem".[8]

Mas, volvendo-se o olhar para os céus, nem uma nuvem! O firmamento límpido arqueia-se alumiado ainda por um sol obscurecido, de eclipse. A pressão, entretanto, decai vagarosamente, numa descensão contínua, afogando a vida. Por momentos um *cumulus* compacto, de bordas acobreado-escuras, negreja no horizonte, ao sul. Deste ponto sopra, logo depois, uma viração, cuja velocidade cresce rápida em ventanias fortes. A temperatura cai em minutos e, minutos depois, os tufões sacodem violentamente a terra. Fulguram relâmpagos; estrugem trovoadas nos céus já de todo bruscos e um aguaceiro torrencial desce logo sobre aquelas vastas superfícies, apagando, numa inundação única, o *divortium aquarum* indeciso que as atravessa, adunando todas as nascentes dos rios e embaralhando-lhes os leitos em alagados indefinidos...

É um assalto subitâneo. O cataclismo irrompe arrebatadamente na espiral vibrante de um ciclone. Descolmam-se as casas; dobram-se, rangendo, e partem-se, estalando, os carandás seculares; ilham-se os morros; alagoam-se os plainos...

E uma hora depois o sol irradia triunfalmente no céu puríssimo! A passarada irrequieta descanta pelas frondes gotejantes; suavizam os ares virações suaves — e o homem, deixando os refúgios a que se acolhera trêmulo, contempla os estragos entre a revivescência universal da vida. Os troncos e galhos das árvores rachadas pelos raios, estorcidas pelos ventos; as choupanas estruídas, colmos por terra; as últimas ondas barrentas dos ribeirões, transbordantes; a erva acamada pelos campos, como se sobre eles passassem búfalos em tropel — mal relembram a investida fulminante do flagelo...

Dias depois, os ventos rodam outra vez, vagarosamente, para leste; e a temperatura começa a subir de novo; a pressão a pouco e pouco diminui; e cresce continuamente o mal-estar, até que se reate nos ares imobilizados a componente formidável do pampeiro e ressurja, estrugidora, a tormenta, em rodéos turbilhonantes, enquadrada pelo mesmo cenário lúgubre, revivendo o mesmo ciclo, o mesmo círculo vicioso de catástrofes.

Ora — avançando para o norte — desponta, contrastando com tais manifestações, o clima do Pará. Os brasileiros de outras latitudes mal o compreendem, mesmo através das lúcidas observações de Bates. Madrugadas tépidas,

8. Dr. João Severiano da Fonseca, *Viagem ao redor do Brasil.*

de 23° centígrados, sucedendo-se inesperadamente a noites chuvosas; dias que irrompem como apoteoses fulgurantes, revelando transmutações inopinadas: árvores, na véspera despidas, aparecendo juncadas de flores; brejos apaulados transmudando-se em prados. E logo depois, no círculo estreitíssimo de vinte e quatro horas, mutações completas: florestas silenciosas, galhos mal vestidos pelas folhas requeimadas ou murchas; ares vazios e mudos; ramos viúvos das flores recém-abertas, cujas pétalas exsicadas se despegam e caem, mortas, sobre a terra imóvel sob o espasmo enervante de um bochorno de 35°, à sombra. "Na manhã seguinte, o sol se alevanta sem nuvens e deste modo se completa o ciclo — primavera, verão e outono num só dia tropical."[9]

A constância de tal clima faz que se não percebam as estações que, entretanto, como em um índice abreviado, se delineiam nas horas sucessivas de um só dia, sem que a temperatura quotidiana tenha durante todo o ano uma oscilação maior que 1° ou 1,5°. Assim a vida se equilibra numa constância imperturbável.

Entretanto, a um lado, para o ocidente, no Alto Amazonas manifestações diversas caracterizam novo *habitat*. E este, não há negá-lo, impõe aclimação penosa a todos os filhos dos próprios territórios limítrofes.

Ali, no pleno dos estios quentes, quando se diluem, mortas nos ares parados, as últimas lufadas de leste, o termômetro é substituído pelo higrômetro na definição do clima. As existências derivam numa alternativa dolorosa de vazantes e enchentes dos grandes rios. Estas alteiam-se sempre de um modo assombrador. O Amazonas referto salta fora do leito, levanta em poucos dias o nível das águas, de dezessete metros; expande-se em alagados vastos, em *furos*, em *paraná-mirins*, entrecruzados em rede complicadíssima de mediterrâneo cindido de correntes fortes, dentre as quais emergem, ilhados, os *igapós* verdejantes.

A enchente é uma parada na vida. Preso nas malhas dos *igarapés*, o homem aguarda, então, com estoicismo raro ante a fatalidade incoercível, o termo daquele inverno paradoxal, de temperaturas altas. A vazante é o verão. É a revivescência da atividade rudimentar dos que ali se agitam, do único modo compatível com uma natureza que se demasia em manifestações díspares tornando impossível a continuidade de quaisquer esforços.

Tal regime acarreta o parasitismo franco. O homem bebe o leite da vida sugando os vasos túmidos das sifônias...

Mas neste clima singular e típico destacam-se outras anomalias, que ainda mais o agravam. Não bastam as intermitências de cheias e estiagens, sobrevindo

9. Draenrt, *O clima do Brasil.*

rítmicas como a sístole e a diástole da maior artéria na terra. Outros fatos tornam ao forasteiro inúteis todas as tentativas de aclimação real.

Muitas vezes, em plena enchente, em abril ou maio, no correr de um dia calmoso e claro, dentro da atmosfera ardente do Amazonas difundem-se rajadas frigidíssimas do sul.

É como uma bafagem enregelada do polo...

O termômetro desce, então, logo, numa queda única e forte, de improviso. Estabelece-se por alguns dias uma situação inaturável.

Os *regatões* espertos que esporeados pela ganância se avantajam até ali, e os próprios silvícolas enrijados pela adaptação, acolhem-se aos *tijupás*, tiritantes, abeirando-se das fogueiras. Cessam os trabalhos. Abre-se um novo hiato nas atividades. Despovoam-se aquelas grandes solidões alagadas; morrem os peixes nos rios, enregelados; morrem as aves nas matas silenciosas, ou emigram; esvaziam-se os ninhos; as próprias feras desaparecem, encafurnadas nas tocas mais

Os Sertões.
J.B. Andersen para a edição alemã de *Os Sertões*. Biblioteca Municipal de São Paulo

profundas; — e aquela natureza maravilhosa do equador, toda remodelada pela reação esplêndida dos sóis, patenteia um simulacro crudelíssimo de desolamento polar e lúgubre. É o tempo da *friagem.*

Terminemos, porém, esses debuxos rápidos.

Os sertões do norte, vimo-lo anteriormente, refletem, por sua vez, novos regimes, novas exigências biológicas. Ali a mesma intercadência de quadras remansadas e dolorosas se espelha, mais duramente talvez, sob outras formas.

Ora se considerarmos que estes vários aspectos climáticos não exprimem casos excepcionais, mas aparecem todos, desde as tormentas do Mato Grosso aos ciclos das secas do norte, com a feição periódica imanente às leis naturais invioláveis, conviremos em que há no nosso meio físico variabilidade completa.

Daí os erros em que incidem os que generalizam, estudando a nossa fisiologia própria, a ação exclusiva de um clima tropical. Esta exercita-se, sem dúvida, originando patologia *sui generis*, em quase toda a faixa marítima do norte e em grande parte dos estados que lhe correspondem, até ao Mato Grosso. O calor úmido das paragens amazonenses, por exemplo, deprime e exaure. Modela organizações tolhiças em que toda a atividade cede ao permanente desequilíbrio entre as energias impulsivas das funções periféricas fortemente excitadas e a apatia das funções centrais: inteligências marasmáticas, adormidas sob o explodir das paixões; inervações periclitantes, em que pese à acuidade dos sentidos, e mal reparadas ou refeitas pelo sangue empobrecido nas hematoses incompletas...

Daí todas as idiossincrasias de uma fisiologia excepcional: o pulmão que se reduz, pela deficiência da função, e é substituído, na eliminação obrigatória do carbono, pelo fígado, sobre o qual desce pesadamente a sobrecarga da vida: organizações combalidas pela alternativa persistente de exaltações impulsivas e apatias enervadoras, sem a vibratilidade, sem o tônus muscular enérgico dos temperamentos robustos e sanguíneos. A seleção natural, em tal meio, opera-se à custa de compromissos graves com as funções centrais, do cérebro, numa progressão inversa prejudicialíssima entre o desenvolvimento intelectual e o físico, firmando inexoravelmente a vitória das expansões instintivas e visando o ideal de uma adaptação que tem, como consequências únicas, a máxima energia orgânica, a mínima fortaleza moral. A aclimação traduz uma evolução regressiva. O tipo deperece num esvaecimento contínuo, que se lhe transmite à descendência até à extinção total. Como o inglês nas Barbadas, na Tasmânia ou na Austrália, o português no Amazonas, se foge ao cruzamento, no fim de poucas gerações tem alterados os caracteres físicos e morais de uma maneira profunda, desde a tez, que se acobreia pelos sóis e pela eliminação incompleta do carbono, ao temperamento, que se debilita despido das qualidades primitivas.

A raça inferior, o selvagem bronco, domina-o; aliado ao meio vence-o, esmaga-o, anula-o na concorrência formidável ao impaludismo, ao hepatismo, às pirexias esgotantes, às canículas abrasadoras, e aos alagadiços maleitosos.

Isto não acontece em grande parte do Brasil central e em todos os lugares do sul.

Mesmo na maior parte dos sertões setentrionais o calor seco, altamente corrigido pelos fortes movimentos aéreos provindos dos quadrantes de leste, origina disposições mais animadoras e tem ação estimulante mais benéfica.

E volvendo ao sul, no território que no norte de Minas para o sudoeste progride ao Rio Grande, deparam-se condições incomparavelmente superiores:

Uma temperatura anual média oscilando de 17° a 20°, num jogo mais harmônico de estações; um regime mais fixo das chuvas que, preponderantes no verão, se distribuem no outono e na primavera de modo favorável às culturas. Atingindo o inverno, a impressão de um clima europeu é precisa: sopra o SO frigidíssimo sacudindo chuvisqueiros finos e esgarçando garoas; a neve rendilha as vidraças; gelam os banhados, e as geadas branqueiam pelos campos...

... E a sua reflexão na história

A nossa história traduz notavelmente estas modalidades mesológicas.

Considerando-a sob uma feição geral, fora da ação perturbadora de pormenores inexpressivos, vemos, logo na fase colonial, esboçarem-se situações diversas.

Enfeudado o território, dividido pelos donatários felizes, e iniciando-se o povoamento do país com idênticos elementos, sob a mesma indiferença da metrópole, voltada ainda para as últimas miragens da "Índia portentosa", abriu-se separação radical entre o sul e o norte.

Não precisamos rememorar os fatos decisivos das duas regiões. São duas histórias distintas, em que se averbam movimentos e tendências opostas. Duas sociedades em formação, alheadas por destinos rivais — uma de todo indiferente ao modo de ser da outra, ambas, entretanto, evolvendo sob os influxos de uma administração única. Ao passo que no sul se debuxavam novas tendências, uma subdivisão maior na atividade, maior vigor no povo mais heterogêneo, mais vivaz, mais prático e aventureiro, um largo movimento progressista em suma — tudo isto contrastava com as agitações, às vezes mais brilhantes mas sempre menos fecundas, do norte — capitanias esparsas e incoerentes, jungidas à mesma rotina, amorfas e imóveis, em função estreita dos alvarás da corte remota.

A história é ali mais teatral, porém menos eloquente.

Surgem heróis, mas a estatura avulta-lhes, maior, pelo contraste com o meio; belas páginas vibrantes mas truncadas, sem objetivo certo, em que colaboram, de todo desquitadas entre si, as três raças formadoras.

Mesmo no período culminante, a luta com os holandeses, acampam, claramente distintos em suas tendas de campanha, os negros de Henrique Dias, os índios de Camarão e os lusitanos de Vieira. Mal unidos na guerra, distanciam-se na paz. O drama de Palmares, as correrias dos silvícolas, os conflitos na orla dos sertões, violam a transitória convergência contra o batavo.

Preso no litoral, entre o sertão inabordável e os mares, o velho agregado colonial tendia a chegar ao nosso tempo, imutável, sob o emperramento de uma centralização estúpida, realizando a anomalia de deslocar para uma terra nova o ambiente moral de uma sociedade velha.

Bateu-o, felizmente, a onda impetuosa do sul.

Aqui, a aclimação mais pronta, em meio menos adverso, emprestou, cedo, mais vigor aos forasteiros. Da absorção das primeiras tribos surgiram os cruzados das conquistas sertanejas, os mamalucos audazes. O *paulista* — e a significação histórica deste nome abrange os filhos do Rio de Janeiro, Minas, S. Paulo e regiões do sul — erigiu-se como um tipo autônomo, aventuroso, rebelde, libérrimo, com a feição perfeita de um dominador da terra, emancipando-se, insurrecto, da tutela longínqua, e afastando-se do mar e dos galeões da metrópole, investindo com os sertões desconhecidos, delineando a epopeia inédita das bandeiras...

Este movimento admirável reflete o influxo das condições mesológicas. Não houvera distinção alguma entre os colonizadores de um e outro lado. Em todos prevaleciam os mesmos elementos, que eram o desespero de Duarte Coelho.

"Piores qua na terra que peste..."

Mas no sul a força viva restante no temperamento dos que vinham de romper o mar imoto não se delia num clima enervante; tinha nova componente na própria força da terra; não se dispersava em adaptações difíceis. Alterava-se, melhorando. O homem sentia-se forte. Deslocado apenas o teatro dos grandes cometimentos, podia volver para o sertão impérvio a mesma audácia que o precipitara nos périplos africanos.

Além disto — frisemos este ponto escandalizando embora os nossos minúsculos historiógrafos — a disposição orográfica libertava-o da preocupação de defender o litoral, onde aprovava a cobiça do estrangeiro.

— VII —

(Photogravura da pag. 19 do ex. da 3.ª edição, corrigido por Euclydes da Cunha.)

— 19 —

Porque, a despeito da escassez de dados permittindo a prophecia retrospectiva, no dizer elegante de Huxley, capaz de esboçar a situação daquella zona em edades remotas, todos os caracteres apontados reforçam a concepção aventurosa.

Alentam-n'a ainda: o estranho desnudamento da terra; os alinhamentos notaveis em que jazem os materiaes fracturados, orlando, em curvas de nivel, os flancos das serranias; os escarpamentos dos taboleiros terminando em taludes a prumo, que recordam *falaises*; e até certo ponto, os restos da fauna pliocene que fazem dos «*caldeirões*» enormes ossuarios de mastodontes, cheios de vertebras desconjunctadas e partidas, como se alli a vida fosse, de chofre, salteada e extincta pelas energias revoltas de um cataclysmo.

Ha tambem a presumpção derivada de situação anterior, firmada em dados positivos. As pesquisas de Fred Hartt, de facto, estabelecem, nas terras circumjacentes a Paulo Affonso, a existencia de bacias cretaceas; e sendo os fosseis que as definem identicos aos encontrados no Perú e Mexico, e contemporaneos dos que Agassiz descobriu no Panamá — todos estes elementos se acolchetam no deduzir-se que vasto oceano cretaceo rolou suas ondas sobre as terras fronteiras das duas Americas, ligando o Atlantico ao Pacifico. Cobria assim, grande parte dos estados septentrionaes brazileiros indo bater contra os terraços superiores dos planaltos, onde extensos depositos sedimentarios, denunciam edade mais antiga, o paleozoico medio. Então, destacadas das grandes ilhas emergentes, as grimpas mais altas das nossas cordilheiras mal apontavam ao norte, na solidão immensa das aguas . . .

Não existiam os Andes, e o Amazonas, largo canal entre as terras elevadas das Guyanas e as do continente, separava as ilhadas. Para as bandas do sul o massiço de Goyaz — o mais antigo do Mundo — segundo a bella deducção de Gerber, o de Minas e parte do planalto paulista, em cuja borda foi

2

Fac-símile da p. 19 da 3ª edição de *Os Sertões*, corrigida por Euclides da Cunha.

A serra do Mar tem um notável perfil em nossa história. A prumo sobre o Atlântico desdobra-se como a cortina de baluarte desmedido. De encontro às suas escarpas embatia, flagílima, a ânsia guerreira dos Cavendish e dos Fenton. No alto, volvendo o olhar em cheio para os chapadões, o forasteiro sentia-se em segurança. Estava sobre ameias intransponíveis que o punham do mesmo passo a cavaleiro do invasor e da metrópole. Transposta, a montanha — arqueada como a precinta de pedra de um continente — era um isolador étnico e um isolador histórico. Anulava o apego irreprimível ao litoral, que se exercia ao norte; reduzia-o a estreita faixa de mangues e restingas, ante a qual se amorteciam todas as cobiças, e alteava, sobranceira às frotas, intangível no recesso das matas, a atração misteriosa das minas...

Ainda mais — o seu relevo especial torna-a um condensador de primeira ordem, no precipitar a evaporação oceânica.

Os rios que se derivam pelas suas vertentes nascem de algum modo no mar. Rolam as águas num sentido oposto à costa. Entranham-se no interior, correndo em cheio para os sertões. Dão ao forasteiro a sugestão irresistível das *entradas*.

A terra atrai o homem; chama-o para o seio fecundo; encanta-o pelo aspecto formosíssimo; arrebata-o, afinal, irresistivelmente, na correnteza dos rios.

Daí o traçado eloquentíssimo do Tietê, diretriz preponderante nesse domínio do solo. Enquanto no S. Francisco, no Parnaíba, no Amazonas, e em todos os cursos d'água da borda oriental, o acesso para o interior seguia ao arrepio das correntes, ou embatia nas cachoeiras que tombam dos socalcos dos planaltos, ele levava os sertanistas, sem uma remada, para o rio Grande e daí ao Paraná e ao Paranaíba. Era a penetração em Minas, em Goiás, em Santa Catarina, no Rio Grande do Sul, no Mato Grosso, no Brasil inteiro. Segundo estas linhas de menor resistência, que definem os lineamentos mais claros da expansão colonial, não se opunham, como ao norte, renteando o passo às bandeiras, a esterilidade da terra, a barreira intangível dos descampados brutos.

Assim é fácil mostrar como esta distinção de ordem física esclarece as anomalias e contrastes entre os sucessos nos dois pontos do país, sobretudo no período agudo da crise colonial, no século XVII.

Enquanto o domínio holandês, centralizando-se em Pernambuco, reagia por toda a costa oriental, da Bahia ao Maranhão, e se travavam recontros memoráveis em que, solidárias, enterreiravam o inimigo comum as nossas três raças formadoras, o sulista, absolutamente alheio àquela agitação, revelava, na rebeldia aos decretos da metrópole, completo divórcio com aqueles lutadores. Era quase um inimigo tão perigoso quanto o batavo. Um povo estranho de mestiços levantadiços, expandindo outras tendências, norteado por outros destinos, pisando, resoluto, em demanda de outros rumos, bulas e alvarás entibiadores. Volvia-se em luta aberta com a corte portuguesa, numa reação tenaz contra os jesuítas. Estes, olvidando o holandês e dirigindo-se com Ruiz de Montoya a Madri e Díaz Taño a Roma, apontavam-no como inimigo mais sério.

De feito, enquanto em Pernambuco as tropas de van Schkoppe preparavam o governo de Nassau, em São Paulo se arquitetava o drama sombrio de Guaíra. E quando a restauração em Portugal veio alentar em toda a linha a repulsa ao invasor, congregando de novo os combatentes exaustos, os sulistas frisavam ainda mais esta separação de destinos, aproveitando-se do mesmo fato para estadearem a autonomia franca, no reinado de um minuto de Amador Bueno.

Não temos contraste maior na nossa história. Está nele a sua feição verdadeiramente nacional. Fora disto mal a vislumbramos nas cortes espetaculosas dos governadores, na Bahia, onde imperava a Companhia de Jesus com o privilégio da conquista das almas, eufemismo casuístico disfarçando o monopólio do braço indígena.

Na plenitude do século XVII o contraste se acentua.

Os homens do sul irradiam pelo país inteiro. Abordam as raias extremas do equador. Até aos últimos quartéis do século XVIII, o povoamento segue as trilhas embaralhadas das bandeiras. Seguiam sucessivas, incansáveis, com a fatalidade de uma lei, porque traduziam, com efeito, uma queda de potenciais, as grandes caravanas guerreiras, vagas humanas desencadeadas em todos os quadrantes, invadindo a própria terra, batendo-a em todos os pontos, descobrindo-a depois do descobrimento, desvendando-lhe o seio rutilante das minas.

Fora do litoral, em que se refletia a decadência da metrópole e todos os vícios de uma nacionalidade em decomposição insanável, aqueles sertanistas, avantajando-se às terras extremas de Pernambuco ao Amazonas, semelhavam uma outra raça, no arrojo temerário e resistência aos reveses.

Quando as correrias do bárbaro ameaçavam a Bahia, ou Pernambuco, ou a Paraíba, e os quilombos se escalonavam pelas matas, nos últimos refúgios do africano revoltoso — o sulista, di-lo a grosseira odisseia de Palmares, surgia como o debelador clássico desses perigos, o empreiteiro predileto das grandes hecatombes.

É que o filho do norte não tinha um meio físico, que o blindasse de igual soma de energias. Se tal acontecesse, as bandeiras irromperiam também do oriente e do norte e, esmagado num movimento convergente, o elemento indígena desapareceria sem traços remanescentes. Mas o colono nortista, nas entradas para oeste ou para o sul, batia logo de encontro à natureza adversa. Refluía prestes ao litoral sem o atrevimento dos dominadores, dos que se sentem à vontade sobre uma terra amiga, sem as ousadias oriundas da própria atração das paragens opulentas e acessíveis. As explorações ali iniciadas, na segunda metade do século XVI, por Sebastião Tourinho, no rio Doce, Bastião Álvares, no S. Francisco, e Gabriel Soares, pelo norte da Bahia até às cabeceiras do Paraguaçu, embora tivessem depois os estímulos enérgicos das Minas de Prata de Belchior Dias, são um pálido arremedo das arremetidas do *Anhanguera* ou de um Pascoal de Araújo.

Apertados entre os canaviais da costa e o sertão, entre o mar e o deserto, num bloqueio engravecido pela ação do clima, perderam todo o aprumo e este espírito de revolta, eloquentíssimo, que ruge em todas as páginas da história do sul.

Tal contraste não se baseia, por certo, em causas étnicas primordiais.

Delineada, deste modo, a influência mesológica em nosso movimento histórico, deduz-se a que exerceu sobre a nossa formação étnica.

Ação do meio na fase inicial da formação das raças

Volvamos ao ponto de partida.

Convindo em que o meio não forma as raças, no nosso caso especial variou demais nos diversos pontos do território as dosagens de três elementos essenciais. Preparou o advento de sub-raças diferentes pela própria diversidade das condições de adaptação. Além disto (é hoje fato inegável) as condições exteriores atuam gravemente sobre as próprias sociedades constituídas, que se deslocam em migrações seculares aparelhadas embora pelos recursos de uma cultura superior. Se isto se verifica nas raças de todo definidas abordando outros climas, protegidas pelo ambiente de uma civilização, que é como o plasma sanguíneo desses grandes organismos coletivos, que não diremos da nossa situação muito diversa? Neste caso — é evidente — a justaposição dos caracteres coincide com íntima transfusão de tendências e a longa fase de transformação correspondente erige-se como período de fraqueza, nas capacidades das raças que se cruzam, alteando o valor relativo da influência do meio. Este como que estampa, então, melhor, no corpo em fusão, os seus traços característicos. Sem nos arriscarmos demais a paralelo ousado, podemos dizer que para essas reações biológicas complexas, ele tem agentes mais enérgicos que para as reações químicas da matéria.

Ao calor e à luz, que se exercitam em ambas, adicionam-se, então, a disposição da terra, as modalidades do clima e essa ação de presença inegável, essa espécie de força catalítica misteriosa que difundem os vários aspectos da natureza.

Entre nós, vimo-lo, a intensidade destes últimos está longe da uniformidade proclamada. Distribuíram, como o indica a história, de modo diverso as nossas camadas étnicas, originando uma mestiçagem dissímil.

Não há um tipo antropológico brasileiro.

A formação brasileira no norte

Procuremos, porém, neste intricado caldeamento a miragem fugitiva de uma sub-raça, efêmera talvez. Inaptos para discriminar as nossas raças nascentes, acolhamo-nos ao nosso assunto. Definamos rapidamente os antecedentes históricos do jagunço.

Ante o que vimos a formação brasileira do norte é mui diversa da do sul. As circunstâncias históricas, em grande parte oriundas das circunstâncias físicas, originaram diferenças iniciais no enlace das raças, prolongando-as até ao nosso tempo.

A marcha do povoamento, do Maranhão à Bahia, revela-as.

Os primeiros povoadores

Foi vagaroso. As gentes portuguesas não abordavam o litoral do norte robustecidas pela força viva das migrações compactas, grandes massas invasoras capazes, ainda que destacadas do torrão nativo, de conservar, pelo número, todas as qualidades adquiridas em longo tirocínio histórico. Vinham esparsas, parceladas em pequenas levas de degredados ou colonos contrafeitos, sem o desempeno viril dos conquistadores.

Deslumbrava-as ainda o Oriente.

Batalha de Guararapes (detalhe).
Domínio holandês. Victor Meirelles. Museu Nacional de Belas Artes, RJ

O Brasil era a terra do exílio; vasto presídio com que se amedrontavam os heréticos e os relapsos, todos os passíveis do *morra per ello* da sombria justiça daqueles tempos. Deste modo nos primeiros tempos o número reduzido de povoadores contrasta com a vastidão da terra e a grandeza da população indígena. As instruções dadas, em 1615, ao capitão Fragoso de Albuquerque, a fim de regular com o embaixador espanhol em França o tratado de tréguas com La Ravardière, são claras a respeito. Ali se afirma "que as terras do Brasil não estão despovoadas porque nelas existem mais de três mil portugueses".

Isto para o Brasil todo — mais de cem anos após o descobrimento...

Segundo observa Aires de Casal[10] "a população crescia tão devagar que na época da perda do Sr. D. Sebastião (1580) ainda não havia um estabelecimento fora da ilha de Itamaracá cujos vizinhos andavam por uns 200, com 3 engenhos de açúcar".

Quando alguns anos mais tarde se povoou melhor a Bahia, a desproporção entre o elemento europeu e os dois outros continuou desfavorável, em progressão aritmética perfeita. Segundo Fernão Cardim, ali existiam 2.000 brancos, 4.000 negros e 6.000 índios. É visível durante muito tempo a predominância do elemento autóctone. Nos primeiros cruzados, portanto, ele deve ter influído muito.

Os forasteiros que aproavam àquelas plagas eram, ademais, de molde para essa mistura em larga escala. Homens de guerra, sem lares, afeitos à

10. *Corografia brasílica*, p. 195.

vida solta dos acampamentos, ou degredados e aventureiros corrompidos, norteava-os a todos como um aforismo o *ultra aequinoctialem non peccari*, na frase de Barleus. A mancebia com as caboclas descambou logo em franca devassidão, de que nem o clero se isentava. O padre Nóbrega definiu bem o fato, na célebre carta ao rei (1549) em que, pintando com ingênuo realismo a dissociação dos costumes, declara estar o interior do país cheio de filhos de cristãos, multiplicando-se segundo os hábitos gentílicos. Achava conveniente que lhe enviassem órfãs, ou mesmo mulheres *que fossem erradas, que todas achariam maridos, por ser a terra larga e grossa*. A primeira mestiçagem fez-se, pois, nos primeiros tempos, intensamente, entre o europeu e o silvícola. "Desde cedo, di-lo Casal, os tupiniquins, gentios de boa índole, foram cristianizados e aparentados com os europeus, sendo inúmeros os brancos naturais do país com casta tupiniquina."

Por outro lado, embora existissem em grande cópia mesmo no reino, os africanos tiveram, no primeiro século, uma função inferior. Em muitos lugares rareavam. Eram poucos, diz aquele narrador sincero, no Rio Grande do Norte "onde os índios há largo tempo que foram reduzidos, apesar da sua ferocidade e cujos descendentes por meio das alianças com os europeus e africanos têm aumentado as classes dos brancos e dos pardos".

Estes excertos são expressivos.

Sem ideia alguma preconcebida, pode-se afirmar que a extinção do indígena, no norte, proveio, segundo o pensar de Varnhagen, mais em virtude de cruzamentos sucessivos que de verdadeiro extermínio.

Sabe-se ainda que havia no ânimo dos donatários a preocupação de aproveitar-lhes o mais possível a aliança, captando-lhes o apego. Este proceder refletia os intuitos da metrópole. Demonstram-no-lo as sucessivas cartas régias que, de 1570 a 1758 — em que pese "a uma série nunca interrompida de hesitações e contradições"[11] — apareceram como minorativo à ganância dos colonos visando à escravização do selvagem. Sendo que algumas, como a de 1680, estendiam a proteção ao ponto de decretar que se concedessem ao gentio terras "ainda mesmo as já dadas a outros de sesmaria" visto que deviam ter preferência os mesmos índios "naturais senhores da terra".

11. João Francisco Lisboa.

Os jesuítas

Contribuiu para esta tentativa persistente de incorporação a Companhia de Jesus que, obrigando-se no sul a transigências forçadas, dominava no norte. Excluindo quaisquer intenções condenáveis, os jesuítas ali realizaram tarefa nobilitadora. Foram ao menos rivais do colono ganancioso. No embate estúpido da perversidade contra a barbaria, apareceu uma função digna àqueles eternos condenados. Fizeram muito. Eram os únicos homens disciplinados do seu tempo. Embora quimérica a tentativa de alçar o estado mental do aborígine às abstrações do monoteísmo, ela teve o valor de o atrair por muito tempo, até à intervenção oportuna de Pombal, para a nossa história.

Jesuita José de Anchieta escrevendo na praia.
Benedito Calixto. Museu Paulista, SP

O curso das missões, no norte, em todo o trato de terras do Maranhão à Bahia, patenteia sobretudo um lento esforço de penetração no âmago das terras sertanejas, das fraldas da Ibiapaba às da Itiúba, que completa de algum modo a movimentação febril das bandeiras. Se estas difundiam largamente o sangue das três raças pelas novas paragens descobertas, provocando um entrelaçamento geral, a despeito das perturbações que acarretavam — os aldeamentos, centros da força atrativa do apostolado, fundiam as malocas em aldeias; unificavam as cabildas; integravam as tribos. Penetrando fundo nos sertões, graças a um esforço secular, os missionários salvaram em parte este fator das nossas raças. Surpreendidos vários historiadores pela vinda, em grandíssima escala, do africano, que iniciada em fins do século XVI nunca mais parou até ao nosso (1850) e considerando que ele foi o melhor aliado do português na quadra colonial, dão-lhe geralmente influência exagerada na formação do sertanejo do norte. Entretanto, em que pese a esta invasão de vencidos e infelizes, e à sua fecundidade rara, e a suas qualidades de adaptação, apuradas na África adusta, é discutível que ela tenha atingido profundamente os sertões.

É certo que o consórcio afro-lusitano era velho, anterior mesmo ao descobrimento, porque se consumara desde o século XV, com os azenegues e jalofos de Gil Eanes e Antão Gonçalves. Em 1530 salpintavam as ruas de Lisboa mais de dez mil negros, e o mesmo sucedia noutros lugares. Em Évora tinham maioria sobre os brancos.

Os versos de um contemporâneo, Garcia de Rezende, são um documento:

Vemos no reyno metter,
Tantos captivos crescer,
Irem-se os naturaes
Que, se assim fôr, serão mais
Elles que nós, a meu ver.

A gênese do mulato

Assim a gênese do mulato teve uma sede fora do nosso país. A primeira mestiçagem com o africano operou-se na metrópole. Entre nós, naturalmente, cresceu. A raça dominada, porém, teve, aqui, dirimidas pela situação social, as faculdades de desenvolvimento. Organização potente afeita à humildade extrema, sem as rebeldias do índio, o negro teve, de pronto, sobre os ombros toda a pressão da vida colonial. Era a besta de carga adstrita a trabalhos sem folga. As velhas ordenações, estatuindo o "como se podem enjeitar os escravos e bestas por os acharem doentes ou mancos", denunciam a brutalidade da época. Além disto — insistamos num ponto incontroverso —, as numerosas importações de escravos se acumulavam no litoral. A grande tarja negra debruava a costa da Bahia ao Maranhão, mas pouco penetrava o interior. Mesmo em franca revolta, o negro humilde feito quilombola temeroso, agrupando-se nos mocambos, parecia evitar o âmago do país. Palmares, com seus trinta mil mocambeiros, distava afinal poucas léguas da costa.

Nesta última a uberdade da terra fixara simultaneamente dois elementos, libertando o indígena. A cultura extensiva da cana, importada da Madeira, determinara o olvido dos sertões. Já antes da invasão holandesa[12] do Rio Grande do Norte à Bahia havia cento e sessenta engenhos. E esta exploração, em dilatada escala, progrediu depois em rápido crescendo.

O elemento africano de algum modo estacou nos vastos canaviais da costa, agrilhoado à terra e determinando cruzamento de todo diverso do que se fazia no recesso das capitanias. Aí campeava, livre, o indígena inapto ao trabalho e rebelde sempre, ou mal tolhido nos aldeamentos pela tenacidade dos missionários. A escravidão negra, constituindo-se derivativo ao egoísmo dos colonos, deixava aqueles mais desembaraçados que no sul, nos esforços da catequese. Os próprios sertanistas ao chegarem, ultimando as rotas atrevidas, àquelas paragens, tinham extinta a combatividade.

Alguns, como Domingos Sertão, cerravam a vida aventureira, atraídos pelos lucros das *fazendas de criação*, abertas naqueles grandes latifúndios.

Deste modo se estabeleceu distinção perfeita entre os cruzamentos realizados no sertão e no litoral.

Com efeito, admitido em ambos como denominador comum o elemento branco, o *mulato* erige-se como resultado principal do último e o *curiboca* do primeiro.

12. Diogo de Campos Moreno. *Livro que dá razão do Estado do Brasil.*

II. Gênese dos jagunços

A demonstração é positiva. Há um notável traço de originalidade na gênese da população sertaneja, não diremos do norte, mas do Brasil subtropical.

Esbocemo-lo; e para não nos delongarmos demais, afastemo-nos pouco do teatro em que se desenrolou o drama histórico de Canudos, percorrendo rapidamente o rio de S. Francisco, "o grande caminho da civilização brasileira", conforme o dizer feliz de um historiador.[13]

Vimos, de relance, em páginas anteriores, que ele atravessa as regiões mais díspares. Ampla nas cabeceiras, a sua dilatada bacia colhe na rede de numerosos afluentes a metade de Minas, na zona das montanhas e das florestas. Estreita-se depois passando na parte mediana pela paragem formosíssima dos *gerais*. No curso inferior, a jusante de Juazeiro, constrita entre pendores que a desnivelam torcendo-a para o mar, torna-se pobre de tributários, quase todos efêmeros, derivando, apertada por uma corredeira única de centenares de quilômetros, até Paulo Afonso — e corta a região maninha das caatingas.

Ora, sob esta tríplice disposição, é um diagrama da nossa marcha histórica, refletindo, paralelamente, as suas modalidades variáveis.

Balanceia a influência do Tietê.

Enquanto este, de traçado incomparavelmente mais próprio à penetração colonizadora, se tornou o caminho predileto dos sertanistas visando sobretudo a escravização e o *descimento* do gentio, o S. Francisco foi, nas altas cabeceiras, a sede essencial da agitação mineira, no curso inferior o teatro das missões, e na região média a terra clássica do regime pastoril, único compatível com a situação econômica e social da colônia.

Bateram-lhe por igual as margens o *bandeirante*, o *jesuíta* e o *vaqueiro*.

Quando, mais tarde, maior cópia de documentos permitir a reconstrução da vida colonial, do século XVII ao fim do XVIII, é possível que o último, de todo

13. João Ribeiro. *História do Brasil*.

olvidado ainda, avulte com o destaque que merece na formação da nossa gente. Bravo e destemeroso como o primeiro, resignado e tenaz como o segundo, tinha a vantagem de um atributo supletivo que faltou a ambos — a fixação ao solo.

As bandeiras, sob os dois aspectos que mostram, já destacados, já confundidos, investindo com a terra ou com o homem, buscando o ouro ou o escravo, desvendavam desmedidas paragens, que não povoavam e deixavam porventura mais desertas, passando rápidas sobre as "malocas" e as "catas".

A sua história, às vezes inextricável como os dizeres adrede obscuros dos roteiros, traduz a sucessão e enlace destes estímulos únicos, revezando-se quer consoante a índole dos aventureiros, quer de acordo com a maior ou menor praticabilidade das empresas planeadas. E neste permanente oscilar entre aqueles dois desígnios, a sua função realmente útil, no desvendar o desconhecido, repontava como incidente obrigado, consequência inevitável em que se não cuidava.

Assim é que extinta com a expedição de Glimmer (1601) a visão enganadora da serra das Esmeraldas, que desde meados do século XVI atraíra para os flancos do Espinhaço, um após outros, inacessíveis a constantes malogros, Bruzzo Spinosa, Sebastião Tourinho, Dias Adorno e Martins Carvalho, e desaparecendo ao norte o país encantado que idealizara a imaginação romântica de Gabriel Soares, grande parte do século XVII é dominada pelas lendas sombrias dos caçadores de escravos, centralizados pela figura brutalmente heroica de Antônio Raposo. É que se haviam apagado quase que ao mesmo tempo as miragens da misteriosa Sabarabuçu e as das Minas de Prata, eternamente inatingíveis; até que, renovadas pelas pesquisas indecisas de Pais Leme, que avivou, depois de um apagamento quase secular, as veredas de Glimmer; alentadas pelas oitavas de ouro de Arzão pisando em 1693 as mesmas trilhas de Tourinho e Adorno; e ao cabo francamente ressurgindo logo depois com Bartolomeu Bueno, em Itaberaba, e Miguel Garcia, no Ribeirão do Carmo, as *entradas* sertanejas volvessem

Escravos.
Jean-Baptiste Debret. Biblioteca Municipal de São Paulo

ao anelo primitivo e, irradiando do distrito de Ouro Preto, se espraiassem de novo, mais fortes, pelo país inteiro.

Ora, durante este período em que, aparentemente, só se observam, no litoral a luta contra o batavo e no âmago dos planaltos o espantoso ondular das bandeiras, surgira na região que interfere o médio S. Francisco um notável povoamento do qual os resultados somente depois apareceram.

Função histórica do rio S. Francisco

Formara-se obscuramente. Determinaram-no, em começo, as *entradas* à procura das minas de Moreia que, embora anônimas e sem brilho, parecem ter-se prolongado até ao governo de Lencastre, levando até às serranias de Macaúbas, além do Paramirim, sucessivas turmas de povoadores.[14] Vedado nos caminhos diretos e normais à costa, mais curtos porém interrompidos pelos paredões das serras ou trancados pelas matas, o acesso fazia-se pelo S. Francisco. Abrindo aos exploradores duas entradas únicas, à nascente e à foz, levando os homens do sul ao encontro dos homens do norte, o grande rio erigia-se desde o princípio com a feição de um unificador étnico, longo traço de união entre as duas sociedades que se não conheciam. Porque provindos dos mais diversos pontos e origens, ou fossem os paulistas de Domingos Sertão, ou os baianos de Garcia d'Ávila, ou os pernambucanos de Francisco Caldas, com os seus pequenos exércitos de tabajaras aliados, ou mesmo os portugueses de Manuel Nunes Viana, que dali partiu da sua fazenda do Escuro, em Carinhanha, para comandar os *emboabas* no Rio das Mortes, os forasteiros, ao atingirem o âmago daquele sertão, raro voltavam.

A terra, do mesmo passo exuberante e acessível, compensava-lhes a miragem desfeita das minas cobiçadas. A sua estrutura geológica original criando conformações topográficas em que as serranias, últimos esporões e contrafortes da cordilheira marítima, têm a atenuante dos tabuleiros vastos; a sua flora complexa e variável, em que se entrelaçam florestas sem a vastidão e o trançado impenetrável das do litoral, com o "mimoso" das planuras e o "agreste" das chapadas desafogadas, todas, salteadamente, nos vastos claros das caatingas; a sua conformação hidrográfica especial de afluentes que se ajustam, quase simétricos, para o ocidente e o oriente ligando-a, de um lado à costa, de outro, ao centro dos planaltos — foram laços preciosos para a fusão desses elementos

14. Carta do coronel Pedro Barbosa Leal ao conde de Sabugosa, 1725. Veja-se F. A. Pereira da Costa, *Em prol da integridade do território de Pernambuco*, e Pedro Taques, *Nobliarquia paulista.*

esparsos, atraindo-os, entrelaçando-os. E o regime pastoril ali se esboçou como uma sugestão dominadora dos *gerais.*

Nem faltava para isto, sobre a rara fecundidade do solo recamado de pastagens naturais, um elemento essencial, o sal, gratuito, nas baixadas salobras dos "barreiros".[15]

Constituiu-se, desta maneira favorecida, a extensa zona de criação de gado que já no alvorecer do século XVIII ia das raias setentrionais de Minas a Goiás, ao Piauí, aos extremos do Maranhão e Ceará pelo ocidente e norte, e às serranias das lavras baianas, a leste. Povoara-se e crescera autônoma e forte, mas obscura, desadorada dos cronistas do tempo, de todo esquecida não já pela metrópole longínqua senão pelos próprios governadores e vice-reis. Não produzia impostos ou rendas que interessassem o egoísmo da coroa. Refletia, entretanto, contraposta à turbulência do litoral e às aventuras das minas, "o quase único aspecto tranquilo da nossa cultura".[16] À parte os raros contingentes de povoadores pernambucanos e baianos, a maioria dos criadores opulentos, que ali se formaram, vinha do sul, constituída pela mesma gente entusiasta e enérgica das bandeiras.

Os jagunços: colaterais prováveis dos paulistas

Segundo o que se colhe em preciosas páginas de Pedro Taques,[17] foram numerosas as famílias de S. Paulo que, em contínuas migrações, procuraram aqueles rincões longínquos e acredita-se, aceitando o conceito de um historiógrafo perspicaz, que o "vale de S. Francisco, já aliás muito povoado de paulistas e de seus descendentes desde o século XVII, tornou-se uma como colônia quase

15. "Todos os animais buscam com sofreguidão esses lugares, não só mamíferos como aves e reptis. O gado lambe o chão atolando-se nas poças, bebe com delícia aquela água e come o barro." – Escrangnolle Taunay.
Tratando dos lugares a montante da Barra do Rio Grande, diz Aires de Casal: "Há várias lagoas pequenas em maior ou menor distância do rio, todas de água mais ou menos salobra, em cujas margens o calor do sol faz aparecer sal como geada. A água destas lagoas (e mesmo a doce) filtrada por uma porção de terra adjacente em cochos de pau ou de couro finamente furados e exposta em tabuleiros ao tempo, em oito dias cristaliza ficando sal alvo como marinho.
Quase todo esse sal sobe para o centro de Minas Gerais". *Corografia brasílica,* II, p. 169.

16. João Ribeiro.

17. *Nobliarquia paulistana.*

exclusiva deles".[18] É natural por isto que Bartolomeu Bueno, ao descobrir Goiás, visse, surpreendido, sinais evidentes de predecessores, anônimos pioneiros que ali tinham chegado, certo, pelo levante, transmontando a serra de Paranã; e que ao se reabrir em 1697 o ciclo mais notável das pesquisas do ouro, nas agitadas e ruidosas vagas de imigrantes, que rolavam dos flancos orientais da serra do Espinhaço ao talvegue do rio das Velhas, passassem mais fortes talvez, talvez precedendo as demais no descobrimento das minas de Caeté, e sulcando-as de meio a meio, e avançando em direção contrária como um refluxo promanado do norte, as turmas dos "baianos", termo que como o de "paulista" se tornara genérico no abranger os povoadores setentrionais.[19]

O vaqueiro

É que já se formara no vale médio do grande rio uma raça de cruzados idênticos àqueles mamalucos estrênuos que tinham nascido em S. Paulo. E não nos demasiamos em arrojada hipótese admitindo que este tipo extraordinário do paulista, surgido e decaindo logo no sul, numa degeneração completa ao ponto de declinar no próprio território que lhe deu o nome, ali renascesse e, sem os perigos das migrações e do cruzamento, se conservasse prolongando, intacta, ao nosso tempo, a índole varonil e aventureira dos avós.

Porque ali ficaram, inteiramente divorciados do resto do Brasil e do mundo, murados a leste pela serra Geral, tolhidos no ocidente pelos amplos campos gerais, que se desatam para o Piauí e que ainda hoje o sertanejo acredita sem fins.

O meio atraía-os e guardava-os.

As entradas de um e outro lado da meridiana, impróprias à dispersão, facilitavam antes o entrelaçamento dos extremos do país. Ligavam-nos no espaço e no tempo. Estabelecendo no interior a contiguidade do povoamento, que faltava ainda em parte na costa, e surgindo entre os nortistas que lutavam pela autonomia da pátria nascente e os sulistas, que lhe alargavam a área, abastecendo-os por igual com as fartas boiadas que subiam para o vale do rio das Velhas ou

18. Dr. João Mendes de Almeida, *Notas genealógicas*, p. 258.

19. Diz o professor Orville Derby: "Conforme Antonil, as descobertas na região de Caeté foram anteriores às do rio das Velhas ou de Sabará e neste caso é de presumir que foram feitas por mineiros de Ouro Preto – passando para o oeste das cabeceiras de Santa Bárbara, ou talvez por baianos vindos do norte. A importância que tiveram certos baianos nos acontecimentos de 1709 e a referência de Antonil ao capitão Luís do Couto, que da Bahia foi para esta paragem com três irmãos 'grandes mineiros', favorecem esta última hipótese", etc. *Os primeiros descobrimentos de ouro em Minas Gerais.*

Domingos Jorge Velho, bandeirante.
Benedito Calixto. Museu Paulista, SP

desciam até às cabeceiras do Parnaíba, aquela rude sociedade, incompreendida e olvidada, era o cerne vigoroso da nossa nacionalidade.

Os primeiros sertanistas que a criaram, tendo suplantado em toda a linha o selvagem, depois de o dominarem escravizaram-no e captaram-no, aproveitando-lhe a índole na nova indústria que abraçavam.

Veio subsequentemente o cruzamento inevitável. E despontou logo uma raça de curibocas puros quase sem mescla de sangue africano, facilmente denunciada, hoje, pelo tipo normal daqueles sertanejos. Nasciam de um amplexo feroz de vitoriosos e vencidos. Criaram-se numa sociedade revolta e aventurosa, sobre a terra farta; e tiveram, ampliando os seus atributos ancestrais, uma rude escola de força e coragem naqueles gerais amplíssimos, onde ainda hoje ruge impune o jaguar e vagueia a ema velocíssima, ou nas serranias de flancos despedaçados pela mineração superficial, quando as lavras baianas, mais tarde, lhes deram esse derivativo à faina dos *rodeios*.

Fora longo traçar-lhes a evolução do caráter. Caldeadas a índole aventureira do colono e a impulsividade do indígena, tiveram, ulteriormente, o cultivo do próprio meio que lhes propiciou, pelo insulamento, a conservação dos atributos e hábitos avoengos, ligeiramente modificados apenas consoante as novas exigências da vida. — E ali estão com as suas vestes características, os seus hábitos antigos, o seu estranho aferro às tradições mais remotas, o seu sentimento religioso levado até ao fanatismo, e o seu exagerado ponto de honra, e o seu folclore belíssimo de rimas de três séculos...

Raça forte e antiga, de caracteres definidos e imutáveis mesmo nas maiores crises — quando a roupa de couro do vaqueiro se faz a armadura flexível do jagunço — oriunda de elementos convergentes de todos os pontos, porém diversa das demais deste país, ela é inegavelmente um expressivo exemplo do quanto importam as reações do meio. Expandindo-se pelos sertões limítrofes ou próximos, de Goiás, Piauí, Maranhão, Ceará e Pernambuco, tem um caráter de originalidade completa expresso mesmo nas fundações que erigiu. Todos os povoados, vilas ou cidades, que lhe animam hoje o território, têm uma origem uniforme bem destacada da dos demais que demoram ao norte e ao sul.

Enquanto deste lado se levantaram nas cercanias das minas ou à margem das catas, e no extremo norte a partir de dilatada linha entre a Itiúba e Ibiapaba sobre o local de antigas aldeias das missões, ali surgiram, todas, de antigas fazendas de gado.

Escusamo-nos de apontar exemplos por demais numerosos. Quem considera as povoações do S. Francisco, das nascentes à foz, assiste à sucessão dos três casos apontados.

Deixa as regiões alpestres, cidades alcandoradas sobre serras, refletindo o arrojo incomparável das bandeiras; atravessa depois os grandes *gerais*, desmedidas arenas feitas à sociedade rude, libérrima e forte dos vaqueiros; e atinge por fim as paragens pouco apetecidas, amaninhadas pelas secas, eleitas aos roteiros lentos e penosos das missões...

É o que indicam, completando estes ligeiros confrontos, os traçados das fundações jesuíticas, no trato de terras que há pouco demarcamos.

Fundações jesuíticas na Bahia

Com efeito, ali, totalmente diversos na origem, os atuais povoados sertanejos se formaram de velhas aldeias de índios, arrebatadas, em 1758, do poder dos padres pela política severa de Pombal. Resumindo-nos aos que ainda hoje existem, próximos e em torno do lugar onde existia há cinco anos a Troia de taipa dos jagunços, vemos, mesmo em tão estreita área, os melhores exemplos.

De fato, em toda esta superfície de terras, que abusivas concessões de sesmarias subordinaram à posse de uma só família, a de Garcia d'Ávila (Casa da Torre), acham-se povoados antiquíssimos. De Itapicuru de Cima a Jeremoabo e daí acompanhando o S. Francisco até os sertões de Rodelas e Cabrobó, avançaram logo no século XVII as missões num lento caminhar que continuaria até ao nosso tempo.

Não tiveram um historiador.

A extraordinária empresa apenas se retrata, hoje, em raros documentos, escassos demais para traçarem a sua continuidade. Os que existem, porém, são eloquentes para o caso especial que consideramos. Dizem, de modo iniludível, que enquanto o negro se agitava na azáfama do litoral, o indígena se fixava em aldeamentos que se tornariam cidades. A solicitude calculada do jesuíta e a rara abnegação dos capuchinhos e franciscanos incorporavam as tribos à nossa vida nacional; e quando no alvorecer do século XVIII os paulistas irromperam em Pambu e na Jacobina, deram de vista, surpresos, nas paróquias que, ali, já centralizavam cabildas. O primeiro daqueles lugares, vinte e duas léguas a montante de Paulo Afonso, desde 1682 se incorporava à administração da metrópole. Um capuchinho dominava-o, desfazendo as dissensões tribais e imperando, humílimo, sobre os morubixabas mansos. No segundo preponderava, igualmente exclusivo, o elemento indígena da velhíssima missão do Saí.

Jeremoabo aparece, já em 1698, como julgado, o que permite admitir-se-lhe origem muito mais remota. Aí o elemento indígena se mesclava ligeiramente com o africano, o *canhembora* ao *quilombola*.[20] Incomparavelmente mais animado do que hoje, o humilde lugarejo desviava para si, não raro, a atenção de João de Lencastre, governador-geral do Brasil, principalmente quando se exacerbavam as rivalidades dos chefes índios, munidos com as patentes, perfeitamente legais, de capitães. Em 1702 a primeira missão dos franciscanos disciplinou aqueles lugares, tornando-se mais eficaz que as ameaças do governo. Harmonizaram-se as cabildas; e o afluxo de silvícolas captados pela igreja foi tal que em um só dia o vigário de Itapicuru batizou 3.700 catecúmenos.[21]

Perto se erigia, também vetusta, a missão de Maçacará, onde, em 1687, tinha o opulento Garcia d'Ávila uma companhia de seu regimento.[22] Mais para o sul avultavam outras: Natuba, também bastante antiga aldeia, erecta pelos jesuítas; Inhambupe, que no elevar-se a paróquia originou larga controvérsia entre os padres e o rico sesmeiro precitado; Itapicuru (1639), fundada pelos franciscanos.

Mais para o norte, ao começar o século XVIII, o povoamento, com os mesmos elementos, continuou mais intenso, diretamente favorecido pela metrópole.

Na segunda metade do século XVII surgia no sertão de Rodelas a vanguarda das bandeiras do sul. Domingos Sertão centralizou na sua fazenda do Sobrado o círculo animado da vida sertaneja. A ação desse rude sertanista, naquela região, não tem tido o relevo que merece. Quase na confluência das capitanias setentrionais, próximo ao mesmo tempo do Piauí, do Ceará, de Pernambuco e da Bahia, o rústico *landlord* colonial aplicou no trato de suas cinquenta fazendas de criação a índole aventurosa e irrequieta dos curibocas. Ostentando como os outros dominadores do solo um feudalismo achamboado — que o levava a transmudar em vassalos os foreiros humildes e em servos os tapuias mansos — o bandeirante atingindo aquelas paragens, e havendo conseguido o seu ideal de riqueza e poderio, aliava-se na mesma função integradora ao seu tenaz e humilde adversário, o padre. É que a metrópole, no norte, secundava, sem vacilar, os

20. *Quilombola*, negro foragido nos quilombos. *Canhembora* (*cãnybora*), índio fugido. É singular a identidade da forma, significação e som destas palavras que surgindo, a primeira na África e a segunda no Brasil, destinam-se a caracterizar a mesma desdita de duas raças de origens tão afastadas!

21. José Freire de Monterroyo Mascarenhas, *Os orizes conquistados*.

22. Livro 3º, pat, gov. fl. 272.

esforços deste último. Firmara-se desde muito o princípio de combater o índio com o próprio índio, de sorte que cada aldeamento de catecúmenos era um reduto ante as incursões dos silvícolas soltos e indomáveis.

Ao terminar o século XVII, Lencastre fundou com o indígena catequizado o arraial da Barra, para atenuar as depredações dos acaroazes e mocoazes. E daquele ponto à feição da corrente do S. Francisco, sucederam-se os aldeamentos e as missões, em N. S. do Pilar, Sorobabé, Pambu, Aracapá, Pontal, Pajeú, etc. É evidente, pois, que precisamente no trecho dos sertões baianos mais ligados aos dos demais estados do norte — em toda a orla do sertão de Canudos — se estabeleceu desde o alvorecer da nossa história um farto povoamento, em que sobressaía o aborígine amalgamando-se ao branco e ao negro, sem que estes se avolumassem ao ponto de dirimir a sua influência inegável.

As fundações ulteriores à expulsão dos jesuítas calcaram-se no mesmo método. Do final do século XVIII ao nosso, em Pombal, no Cumbe, em Bom Conselho e Monte Santo, etc., perseverantes missionários, de que é modelo belíssimo Apolônio de Todi, continuaram até aos nossos dias o apostolado penoso.

Ora toda essa população perdida num recanto dos sertões lá permaneceu até agora, reproduzindo-se livre de elementos estranhos, como que insulada, e realizando, por isso mesmo, a máxima intensidade de cruzamento uniforme capaz de justificar o aparecimento de um tipo mestiço bem definido, completo.

Enquanto mil causas perturbadoras complicavam a mestiçagem no litoral revolvido pelas imigrações e pela guerra; e noutros pontos centrais outros empeços irrompiam no rastro das bandeiras — ali, a população indígena, aliada aos raros mocambeiros foragidos, brancos escapos à justiça ou aventureiros audazes, persistiu dominante.

Causas favoráveis à formação mestiça dos sertões distinguindo-a dos cruzamentos no litoral

Não sofismemos a história. Causas muito enérgicas determinaram o insulamento e conservação da autóctone. Destaquemo-las.

Foram, primeiro, as grandes concessões de sesmarias, definidoras da feição mais durável do nosso feudalismo tacanho.

Os possuidores do solo, de que são modelos clássicos os herdeiros de Antônio Guedes de Brito, eram ciosos dos dilatados latifúndios, sem raias, avassalando a terra. A custo toleravam a intervenção da própria metrópole. A ereção de capelas, ou paróquias, em suas terras fazia-se sempre através de controvérsias com os padres; e embora estes afinal ganhassem a partida caíam de algum modo sob o domínio dos grandes potentados. Estes dificultavam a entrada de novos povoadores ou concorrentes e tornavam as fazendas de criação, dispersas em torno das freguesias recém-formadas, poderosos centros de atração à raça mestiça que delas promanava.

Assim, esta se desenvolveu fora do influxo de outros elementos. E entregues à vida pastoril, a que por índole se afeiçoavam, os curibocas ou cafuzos trigueiros, antecedentes diretos dos vaqueiros atuais, divorciados inteiramente das gentes do sul e da colonização intensa do litoral, evolveram, adquirindo uma fisionomia original. Como que se criaram num país diverso.

A carta régia de 7 de fevereiro de 1701 foi, depois, uma medida supletiva desse isolamento. Proibira, cominando severas penas aos infratores, quaisquer comunicações daquela parte dos sertões com o sul, com as minas de S. Paulo. Nem mesmo as relações comerciais foram toleradas; interditas as mais simples trocas de produtos.

Ora, além destes motivos, sobreleva-se, considerando a gênese do sertanejo no extremo norte, um outro: o meio físico dos sertões em todo o vasto território que se alonga do leito do Vaza-Barris ao do Parnaíba, no ocidente. Vimos-lhe a fisionomia original: a flora agressiva, o clima impiedoso, as secas periódicas, o solo estéril crespo de serranias desnudas, insulado entre os esplendores do majestoso *araxá*[23] do centro dos planaltos e as grandes matas, que acompanham e orlam a curvatura das costas. Esta região ingrata para a qual o próprio tupi tinha um termo sugestivo, *pora-pora-eima,*[24] remanescente ainda numa das serranias que a fecham pelo levante (Borborema), foi o asilo do tapuia. Batidos pelo português, pelo negro e pelo tupi coligados, refluindo ante o número, os indômitos *cariris* encontraram proteção singular naquele colo duro da terra, escalavrado pelas tormentas, endurado pela ossamenta rígida das pedras, ressequido pelas soalheiras, esvurmando espinheirais e caatingas. Ali se amorteciam, caindo no vácuo das chapadas, onde ademais nenhuns indícios se mostravam dos minérios apetecidos, os arremessos das *bandeiras*. A *tapui-retama*[25]

23. Segundo Couto de Magalhães, decompõe-se este belo vocábulo em *ara*, dia, e *echá*, ver, avistar. Araxá – lugar de onde se avista primeiro o sol; por extensão, terras altas dos chapadões do interior.

24. Lugar despovoado, estéril.

25. *Tapui-retama*, região do tapuia.

misteriosa ataviara-se para o estoicismo do missionário. As suas veredas, multívias e longas, retratavam a marcha lenta, torturante e dolorosa dos apóstolos. As bandeiras que a alcançavam decampavam logo, seguindo, rápidas, fugindo, buscando outras paragens.

Capitanias hereditárias.
Mapoteca do Ministério das Relações Exteriores, Brasília

Assombrava-as a terra, que se modelara para as grandes batalhas silenciosas da Fé. Deixavam-na, sem que nada lhes determinasse a volta; e deixavam em paz o gentio.

Daí a circunstância revelada por uma observação feliz, de predominarem ainda hoje, nas denominações geográficas daqueles lugares, termos de origem tapuia resistentes às absorções do português e do tupi, que se exercitaram noutros pontos. Sem nos delongarmos demais, resumamos às terras circunjacentes a Canudos a exemplificação deste fato de linguagem, que tão bem traduz uma vicissitude histórica.

"Transpondo o S. Francisco em direção ao sul, penetra-se de novo numa região ingrata pela inclemência do céu, e vai-se atravessando a bacia elevada do Vaza-Barris, antes de ganhar os trechos esparsos e mais deprimidos das chapadas baianas que, depois do salto de Paulo Afonso, depois de Canudos e de Monte Santo, levam a Itiúba, ao Tombador e ao Açuruá. Aí, nesse trecho do pátrio território, aliás dos mais ingratos, onde outrora se refugiaram os perseguidos destroços dos orizes, procás e cariris, de novo aparecem, designando os lugares, os nomes bárbaros de procedência tapuia, que nem o português nem o tupi logrou suplantar.

Leem-se então no mapa da região com a mesma frequência dos acidentes topográficos os nomes como Pambu, Patamoté, Uauá, Bendegó, Cumbe, Maçacará, Cocorobó, Jeremoabo, Tragagó, Canché, Xorroxó, Quincuncá, Conchó, Centocé, Açuruá, Xiquexique, Jequié, Sincorá, Caculé ou Catolé, Orobó, Mocujé e outros, igualmente bárbaros e estranhos."[26]

É natural que grandes populações sertanejas, de par com as que se constituíam no médio S. Francisco, se formassem ali com a dosagem preponderante do sangue tapuia. E lá ficassem ablegadas, evolvendo em círculo apertado durante três séculos, até à nossa idade, num abandono completo, de todo alheias aos nossos destinos, guardando, intactas, as tradições do passado. De sorte que, hoje, quem atravessa aqueles lugares observa uma uniformidade notável entre os que os povoam: feições e estaturas variando ligeiramente em torno de um modelo único, dando a impressão de um tipo antropológico invariável, logo ao primeiro lance de vistas distinto do mestiço proteiforme do litoral. Porque enquanto este patenteia todos os cambiantes da cor e se erige ainda indefinido, segundo o predomínio variável dos seus agentes formadores, o homem do sertão parece feito por um molde único, revelando quase os mesmos caracteres físicos, a mesma tez, variando brevemente do mamaluco bronzeado ao cafuz trigueiro;

26. Teodoro Sampaio. *Da expansão da língua tupi e do seu predomínio na geografia nacional.*

cabelo corredio e duro ou levemente ondeado; a mesma envergadura atlética, e os mesmos caracteres morais traduzindo-se nas mesmas superstições, nos mesmos vícios, e nas mesmas virtudes.

A uniformidade, sob estes vários aspectos, é impressionadora. O sertanejo do norte é, inegavelmente, o tipo de uma subcategoria étnica já constituída.

Um parêntese irritante

Abramos um parêntese...

A mistura de raças mui diversas é, na maioria dos casos, prejudicial. Ante as conclusões do evolucionismo, ainda quando reaja sobre o produto o influxo de uma raça superior, despontam vivíssimos estigmas da inferior. A mestiçagem extremada é um retrocesso. O indo-europeu, o negro e o brasílio-guarani ou o tapuia exprimem estádios evolutivos que se fronteiam, e o cruzamento, sobre obliterar as qualidades preeminentes do primeiro, é um estimulante à revivescência dos atributos primitivos dos últimos. De sorte que o mestiço – traço de união entre as raças, breve existência individual em que se comprimem esforços seculares — é, quase sempre, um desequilibrado. Foville compara-os, de um modo geral, aos histéricos. Mas o desequilíbrio nervoso, em tal caso, é incurável: não há terapêutica para este embater de tendências antagonistas, de raças repentinamente aproximadas, fundidas num organismo isolado. Não se compreende que após divergirem extremamente, através de largos períodos entre os quais a história é um momento, possam dois ou três povos convergir, de súbito, combinando constituições mentais diversas, anulando em pouco tempo distinções resultantes de um lento trabalho seletivo. Como nas somas algébricas, as qualidades dos elementos que se justapõem não se acrescentam, subtraem-se ou destroem-se segundo os caracteres positivos e negativos em presença. E o mestiço — mulato, mamaluco ou cafuz — menos que um intermediário, é um decaído, sem a energia física dos ascendentes selvagens, sem a altitude intelectual dos ancestrais superiores. Contrastando com a fecundidade que acaso possua, ele revela casos de hibridez moral extraordinários: espíritos fulgurantes, às vezes, mas frágeis, irrequietos, inconstantes, deslumbrando um momento e extinguindo-se prestes, feridos pela fatalidade das leis biológicas, chumbados ao plano inferior da raça menos favorecida. Impotente para formar qualquer solidariedade entre as gerações opostas, de que resulta, reflete-lhes os vários aspectos predominantes num jogo permanente de antíteses. E quando avulta — não são raros os casos —, capaz das grandes generalizações ou de associar as mais complexas relações abstratas, todo esse vigor mental repousa (salvante os casos excepcionais cujo destaque justifica o conceito) sobre uma moralidade rudimentar, em que se pressente o automatismo impulsivo das raças inferiores.

É que nessa concorrência admirável dos povos, evolvendo todos em luta sem tréguas, na qual a seleção capitaliza atributos que a hereditariedade conserva, o mestiço é um intruso. Não lutou; não é uma integração de esforços; é alguma coisa de dispersivo e dissolvente; surge, de repente, sem caracteres próprios, oscilando entre influxos opostos de legados discordes. A tendência à regressão às raças matrizes caracteriza a sua instabilidade. É a tendência instintiva a uma situação de equilíbrio. As leis naturais pelo próprio jogo parecem extinguir, a pouco e pouco, o produto anômalo que as viola, afogando-o nas próprias fontes geradoras. O mulato despreza então, irresistivelmente, o negro e procura com uma tenacidade ansiosíssima cruzamentos que apaguem na sua prole o estigma da fronte escurecida; o mamaluco faz-se o bandeirante inexorável, precipitando-se, ferozmente, sobre as cabildas aterradas...

Esta tendência é expressiva. Reata, de algum modo, a série contínua da evolução, que a mestiçagem partira. A raça superior torna-se o objetivo remoto para onde tendem os mestiços deprimidos e estes, procurando-a, obedecem ao próprio instinto da conservação e da defesa. É que são invioláveis as leis do desenvolvimento das espécies; e se toda a sutileza dos missionários tem sido impotente para afeiçoar o espírito do selvagem às mais simples concepções de um estado mental superior; se não há esforços que consigam do africano, entregue à solicitude dos melhores mestres, o aproximar-se sequer do nível intelectual médio do indo-europeu — porque todo o homem é antes de tudo uma integração de esforços da raça a que pertence e o seu cérebro uma herança, — como compreender-se a normalidade do tipo antropológico que aparece, de improviso, enfeixando tendências tão opostas?

Uma raça forte

Entretanto a observação cuidadosa do sertanejo do norte mostra atenuado esse antagonismo de tendências e uma quase fixidez nos caracteres fisiológicos do tipo emergente.

Este fato, que contrabate, ao parecer, as linhas anteriores, é a sua contraprova frisante.

Com efeito, é inegável que para a feição anormal dos mestiços de raças mui diversas contribui bastante o fato de acarretar o elemento étnico mais elevado mais elevadas condições de vida, de onde decorre a acomodação penosa e difícil para aqueles. E desde que desça sobre eles a sobrecarga intelectual e moral de uma civilização, o desequilíbrio é inevitável.

A índole incoerente, desigual e revolta do mestiço como que denota um íntimo e intenso esforço de eliminação dos atributos que lhe impedem a vida num meio mais adiantado e complexo. Reflete — em círculo diminuto — esse combate surdo e formidável, que é a própria luta pela vida das raças, luta comovedora e eterna caracterizada pelo belo axioma de Gumplowicz como a força motriz da história. O grande professor de Gratz não a considerou sob este aspecto. A verdade, porém, é que se todo o elemento étnico forte "tende subordinar ao seu destino o elemento mais fraco ante o qual se acha", encontra na mestiçagem um caso perturbador. A expansão irresistível do seu círculo singenético, porém, por tal forma iludida, retarda-se apenas. Não se extingue. A luta transmuda-se, tornando-se mais grave. Volve do caso vulgar, do extermínio franco da raça inferior pela guerra, à sua eliminação lenta, à sua absorção vagarosa, à sua diluição no cruzamento. E durante o curso deste processo redutor, os mestiços emergentes, variáveis, com todas as nuanças da cor, da forma e do caráter, sem feições definidas, sem vigor, e as mais das vezes inviáveis, nada mais são, em última análise, do que os mutilados inevitáveis do conflito que perdura, imperceptível, pelo correr das idades.

É que neste caso a raça forte não destrói a fraca pelas armas, esmaga-a pela civilização.

Ora os nossos rudes patrícios dos sertões do norte forraram-se a esta última. O abandono em que jazeram teve função benéfica. Libertou-os da adaptação penosíssima a um estádio social superior, e, simultaneamente, evitou que descambassem para as aberrações e vícios dos meios adiantados.

A fusão entre eles operou-se em circunstâncias mais compatíveis com os elementos inferiores. O fator étnico preeminente transmitindo-lhes as tendências civilizadoras não lhes impôs a civilização.

Este fato destaca fundamentalmente a mestiçagem dos sertões da do litoral. São formações distintas, senão pelos elementos, pelas condições do meio. O contraste entre ambas ressalta ao paralelo mais simples. O sertanejo tomando em larga escala, do selvagem, a intimidade com o meio físico, que ao invés de deprimir enrija o seu organismo potente, reflete, na índole e nos costumes, das outras raças formadoras apenas aqueles atributos mais ajustáveis à sua fase social incipiente.

É um retrógrado; não é um degenerado. Por isto mesmo que as vicissitudes históricas o libertaram, na fase delicadíssima da sua formação, das exigências desproporcionadas de uma cultura de empréstimo, prepararam-no para a conquistar um dia.

A sua evolução psíquica, por mais demorada que esteja destinada a ser, tem, agora, a garantia de um tipo fisicamente constituído e forte. Aquela raça cruzada surge autônoma e, de algum modo, original, transfigurando, pela própria combinação, todos os atributos herdados; de sorte que, despeada afinal da existência selvagem, pode alcançar a vida civilizada por isto mesmo que não a atingiu de repente.

Aparece logicamente.

Ao invés da inversão extravagante que se observa nas cidades do litoral, onde funções altamente complexas se impõem a órgãos mal constituídos, comprimindo-os e atrofiando-os antes do pleno desenvolvimento — nos sertões a integridade orgânica do mestiço desponta inteiriça e robusta, imune de estranhas mesclas, capaz de evolver, diferenciando-se, acomodando-se a novos e mais altos destinos, porque é a sólida base física do desenvolvimento moral ulterior.

Deixemos, porém, este divagar pouco atraente.

Prossigamos considerando diretamente a figura original dos nossos patrícios retardatários. Isto sem método, despretensiosamente, evitando os garbosos neologismos etnológicos.

Faltaram-nos, do mesmo passo, tempo e competência para nos enredarmos em fantasias psíquico-geométricas, que hoje se exageram num quase materialismo filosófico, medindo o ângulo facial, ou traçando a *norma verticalis* dos jagunços.

Se nos embaraçássemos nas imaginosas linhas dessa espécie de topografia psíquica, de que tanto se tem abusado, talvez não os compreendêssemos melhor. Sejamos simples copistas.

Reproduzamos, intactas, todas as impressões, verdadeiras ou ilusórias, que tivemos quando, de repente, acompanhando a celeridade de uma marcha militar, demos de frente, numa volta do sertão, com aqueles desconhecidos singulares, que ali estão — abandonados — há três séculos.

III. O sertanejo

O sertanejo é, antes de tudo, um forte. Não tem o raquitismo exaustivo dos mestiços neurastênicos do litoral.

A sua aparência, entretanto, ao primeiro lance de vista, revela o contrário. Falta-lhe a plástica impecável, o desempeno, a estrutura corretíssima das organizações atléticas.

É desgracioso, desengonçado, torto. Hércules-Quasímodo, reflete no aspecto a fealdade típica dos fracos. O andar sem firmeza, sem aprumo, quase gingante e sinuoso, aparenta a translação de membros desarticulados. Agrava-o a postura normalmente abatida, num manifestar de displicência que lhe dá um caráter de humildade deprimente. A pé, quando parado, recosta-se invariavelmente ao primeiro umbral ou parede que encontra; a cavalo, se sofreia o animal para trocar duas palavras com um conhecido, cai logo sobre um dos estribos, descansando sobre a espenda da sela. Caminhando, mesmo a passo rápido, não traça trajetória retilínea e firme. Avança celeremente, num bambolear característico, de que parecem ser o traço geométrico os meandros das trilhas sertanejas. E se na marcha estaca pelo motivo mais vulgar, para enrolar um cigarro, bater o isqueiro, ou travar ligeira conversa com um amigo, cai logo — cai é o termo — de cócoras, atravessando largo tempo numa posição de equilíbrio instável, em que todo o seu corpo fica suspenso pelos dedos grandes dos pés, sentado sobre os calcanhares, com uma simplicidade a um tempo ridícula e adorável.

É o homem permanentemente fatigado.

Reflete a preguiça invencível, a atonia muscular perene, em tudo: na palavra remorada, no gesto contrafeito, no andar desaprumado, na cadência langorosa das modinhas, na tendência constante à imobilidade e à quietude.

Entretanto, toda esta aparência de cansaço ilude.

Nada é mais surpreendedor do que vê-lo desaparecer de improviso. Naquela organização combalida operam-se, em segundos, transmutações completas. Basta o aparecimento de qualquer incidente exigindo-lhe o desencadear das energias adormidas. O homem transfigura-se. Empertiga-se, estadeando novos relevos, novas linhas na estatura e no gesto; e a cabeça firma-se-lhe, alta, sobre os ombros possantes, aclarada pelo olhar desassombrado e forte; e corrigem-se-lhe, prestes, numa descarga nervosa instantânea, todos os efeitos do relaxamento habitual dos órgãos; e da figura vulgar do tabaréu canhestro, reponta, inesperadamente, o aspecto dominador de um titã acobreado e potente, num desdobramento surpreendente de força e agilidade extraordinárias.

Este contraste impõe-se ao mais leve exame. Revela-se a todo o momento, em todos os pormenores da vida sertaneja — caracterizado sempre pela intercadência impressionadora entre extremos impulsos e apatias longas.

É impossível idear-se cavaleiro mais chucro e deselegante; sem posição, pernas coladas ao bojo da montaria, tronco pendido para a frente e oscilando à feição da andadura dos pequenos cavalos do sertão, desferrados e maltratados, resistentes e rápidos como poucos. Nesta atitude indolente, acompanhando morosamente, a passo, pelas chapadas, o passo tardo das boiadas, o vaqueiro preguiçoso quase transforma o *campião* que cavalga na rede amolecedora em que atravessa dois terços da existência.

Mas se uma rês *alevantada* envereda, esquiva, adiante, pela caatinga *garranchenta*, ou se uma ponta de gado, ao longe, se tresmalha, ei-lo em momentos transformado, cravando os acicates de rosetas largas nas ilhargas da montaria e partindo como um dardo, atufando-se velozmente nos dédalos inextricáveis das juremas.

Vimo-lo neste *steeple chase* bárbaro.

Não há contê-lo, então, no ímpeto. Que se lhe antolhem quebradas, acervos de pedras, coivaras, moitas de espinhos ou barrancas de ribeirões, nada lhe impede encalçar o garrote desgarrado, porque por onde *passa o boi passa o vaqueiro com o seu cavalo...*

Colado ao dorso deste, confundindo-se com ele, graças à pressão dos jarretes firmes, realiza a criação bizarra de um centauro bronco: emergindo inopinadamente nas clareiras; mergulhando nas macegas altas; saltando valos e ipueiras; vingando cômoros alçados; rompendo, célere, pelos espinheirais mordentes; precipitando-se, a toda brida, no largo dos tabuleiros...

A sua compleição robusta ostenta-se, nesse momento, em toda a plenitude. Como que é o cavaleiro robusto que empresta vigor ao cavalo pequenino e frágil, sustendo-o nas rédeas improvisadas de caroá, suspendendo-o nas esporas, arrojando-o na carreira — estribando curto, pernas encolhidas, joelhos fincados para a frente, torso colado no arção, — *escanchado no rastro* do novilho esquivo: aqui curvando-se agilíssimo, sob um ramalho, que lhe roça quase pela sela; além desmontando, de repente, como um acrobata, agarrado às crinas do animal, para fugir ao embate de um tronco percebido no último momento e galgando, logo depois, num pulo, o selim; — e galopando sempre, através de todos os obstáculos, sopesando à destra sem a perder nunca, sem a deixar no inextricável dos cipoais, a longa aguilhada de ponta de ferro encastoado em couro, que por si só constituiria, noutras mãos, sérios obstáculos à travessia...

Mas terminada a refrega, restituída ao rebanho a rês dominada, ei-lo, de novo caído sobre o lombilho retovado, outra vez desgracioso e inerte, oscilando à feição da andadura lenta, com a aparência triste de um inválido esmorecido.

Tipos díspares: o jagunço e o gaúcho

O *gaúcho* do sul, ao encontrá-lo nesse instante, sobreolhá-lo-ia comiserado.

O vaqueiro do norte é a sua antítese. Na postura, no gesto, na palavra, na índole e nos hábitos não há equipará-los. O primeiro, filho dos plainos sem fins, afeito às correrias fáceis nos pampas e adaptado a uma natureza carinhosa que o encanta, tem, certo, feição mais cavalheirosa e atraente. A luta pela vida não lhe assume o caráter selvagem da dos sertões do norte. Não conhece os horrores da seca e os combates cruentos com a terra árida e exsicada. Não o entristecem as cenas periódicas da devastação e da miséria, o quadro assombrador da absoluta pobreza do solo calcinado, exaurido pela adustão dos sóis bravios do equador. Não tem, no meio das horas tranquilas da felicidade, a preocupação do futuro, que é sempre uma ameaça, tornando aquela instável e fugitiva. Desperta para a vida amando a natureza deslumbrante que o aviventa; e passa pela vida, aventureiro, jovial, diserto, valente e fanfarrão, despreocupado, tendo o trabalho como uma diversão que lhe permite as *disparadas*, domando distâncias, nas pastagens planas, tendo aos ombros, palpitando aos ventos, o pala inseparável, como uma flâmula festivamente desdobrada.

As suas vestes são um traje de festa, ante a vestimenta rústica do vaqueiro. As amplas *bombachas*, adrede talhadas para a movimentação fácil sobre os *baguais*, no galope fechado ou no corcovear raivoso, não se estragam em espinhos dilaceradores de caatingas. O seu poncho vistoso jamais fica perdido, embaraçado nos esgalhos das árvores garranchentas. E, rompendo pelas coxilhas, arrebatadamente na marcha do redomão desensofrido, calçando as largas botas russilhonas, em que retinem as rosetas das esporas de prata; lenço de seda, encarnado, ao pescoço; coberto pelo sombreiro de enormes abas flexíveis, e tendo à cinta, rebrilhando, presas pela *guaiaca*, a pistola e a faca — é um vitorioso jovial e forte. O cavalo, sócio inseparável desta existência algo romanesca, é quase objeto de luxo. Demonstra-o o arreamento complicado e espetaculoso. O gaúcho andrajoso sobre um *pingo* bem aperado está decente, está corretíssimo. Pode atravessar sem vexames os vilarejos em festa.

Da esquerda para a direita: cabo clarim, sargento e soldado da artilharia a cavalo. O soldado usa peças de vestuário gaúcho.

O vaqueiro

O vaqueiro, porém, criou-se em condições opostas, em uma intermitência, raro perturbada, de horas felizes e horas cruéis, de abastança e misérias — tendo sobre a cabeça, como ameaça perene, o sol, arrastando de envolta no volver das estações períodos sucessivos de devastações e desgraças.

Atravessou a mocidade numa intercadência de catástrofes. Fez-se homem, quase sem ter sido criança. Salteou-o, logo, intercalando-lhe agruras nas horas festivas da infância, o espantalho das secas no sertão. Cedo encarou a existência pela sua face tormentosa. É um condenado à vida. Compreendeu-se envolvido em combate sem tréguas, exigindo-lhe imperiosamente a convergência de todas as energias.

Fez-se forte, esperto, resignado e prático.

Aprestou-se, cedo, para a luta.

O seu aspecto recorda, vagamente, à primeira vista, o de guerreiro antigo exausto da refrega. As vestes são uma armadura. Envolto no *gibão* de couro curtido, de bode ou de vaqueta; apertado no colete também de couro; calçando as *perneiras*, de couro curtido ainda, muito justas, cosidas às pernas e subindo até as virilhas, articuladas em *joelheiras* de sola; e resguardados os pés e as mãos pelas *luvas* e *guarda-pés* de pele de veado — é como a forma grosseira de um campeador medieval desgarrado em nosso tempo.

Esta armadura, porém, de um vermelho pardo, como se fosse de bronze flexível, não tem cintilações, não rebrilha ferida pelo sol. É fosca e poenta. Envolve ao combatente de uma batalha sem vitórias...

A sela da montaria, feita por ele mesmo, imita o lombilho rio-grandense, mas é mais curta e cavada, sem os apetrechos luxuosos daquele. São acessórios uma manta de pele de bode, um couro resistente, cobrindo as ancas do animal, *peitorais* que lhe resguardam o peito, e as *joelheiras* apresilhadas às juntas.

Este equipamento do homem e do cavalo talha-se à feição do meio. Vestidos doutro modo não romperiam, incólumes, as caatingas e os pedregais cortantes.

Nada mais monótono e feio, entretanto, do que esta vestimenta original, de uma só cor — o pardo avermelhado do couro curtido — sem uma variante, sem uma lista sequer diversamente colorida. Apenas, de longe em longe, nas raras *encamisadas*, em que aos descantes da viola o matuto deslembra as horas fatigadas, surge uma novidade — um colete vistoso de pele de gato-do-mato ou de suçuarana, com o pelo mosqueado virado para fora, ou uma bromélia rubra e álacre fincada no chapéu de couro.

Isto, porém, é incidente passageiro e raro.

Extintas as horas do folguedo, o sertanejo perde o desgarre folgazão largamente expandido nos *sapateados*, em que o estalo seco das alpercatas sobre o chão se parte nos tinidos das esporas e soalhas dos pandeiros, acompanhando a cadência das violas vibrando nos *rasgados* — e cai na postura habitual, tosco, deselegante e anguloso, num estranho manifestar de desnervamento e cansaço extraordinários.

Ora, nada mais explicável do que este permanente contraste entre extremas manifestações de força e agilidade e longos intervalos de apatia.

Perfeita tradução moral dos agentes físicos da sua terra, o sertanejo do norte teve uma árdua aprendizagem de reveses. Afez-se, cedo, a encontrá-los, de chofre, e a reagir, de pronto.

Atravessa a vida entre ciladas, surpresas repentinas de uma natureza incompreensível, e não perde um minuto de tréguas. É o batalhador perenemente combalido e exausto, perenemente audacioso e forte; preparando-se sempre para um recontro que não vence e em que se não deixa vencer; passando da máxima quietude à máxima agitação; da rede preguiçosa e cômoda para o lombilho duro, que o arrebata, como um raio, pelos *arrastadores* estreitos, em busca das malhadas. Reflete, nestas aparências que se contrabatem, a própria natureza que o rodeia — passiva ante o jogo dos elementos e passando, sem transição sensível, de uma estação à outra, da maior exuberância à penúria dos desertos incendidos, sob o reverberar dos estios abrasantes.

É inconstante como ela. É natural que o seja. Viver é adaptar-se. Ela talhou-o à sua imagem: bárbaro, impetuoso, abrupto...

O gaúcho

O gaúcho, o *pealador* valente, é, certo, inimitável numa carga guerreira; precipitando-se, ao ressoar estrídulo dos clarins vibrantes, pelos pampas, com o conto da lança enristada, firme no estribo; atufando-se loucamente nos *entreveros*; desaparecendo, com um grito triunfal, na voragem do combate, onde espadanam cintilações de espadas; transmudando o cavalo em projétil e varando quadrados e levando de rojo o adversário no rompão das ferraduras, ou tombando, prestes, na luta, em que entra com despreocupação soberana pela vida.

O jagunço

O jagunço é menos teatralmente heroico; é mais tenaz; é mais resistente; é mais perigoso; é mais forte; é mais duro.

Raro assume esta feição romanesca e gloriosa. Procura o adversário com o propósito firme de o destruir, seja como for.

Está afeiçoado aos prélios obscuros e longos, sem expansões entusiásticas. A sua vida é uma conquista arduamente feita, em faina diuturna. Guarda-a como capital precioso. Não esperdiça a mais ligeira contração muscular, a mais leve vibração nervosa sem a certeza do resultado. Calcula friamente o pugilato. Ao *riscar da faca* não dá um golpe em falso. Ao apontar a lazarina longa ou o trabuco pesado, *dorme na pontaria*...

Se, ineficaz o arremesso fulminante, o contrário enterreirado não baqueia, o gaúcho, vencido ou pulseado, é fragílimo nas aperturas de uma situação inferior ou indecisa.

O jagunço, não. Recua. Mas no recuar é mais temeroso ainda. É um negacear demoníaco. O adversário tem, daquela hora em diante, visando-o pelo cano da espingarda, um ódio inextinguível, oculto no sombreado das tocaias...

Os vaqueiros

Esta oposição de caracteres acentua-se nas quadras normais.

Assim todo sertanejo é vaqueiro. À parte a agricultura rudimentar das *plantações da vazante* pela beira dos rios, para a aquisição de cereais de primeira necessidade, a criação de gado é, ali, a sorte de trabalho menos impropriada ao homem e à terra.

Entretanto não há vislumbrar nas fazendas do sertão a azáfama festiva das *estâncias* do sul.

Parar o rodeio é para o gaúcho uma festa diária, de que as cavalhadas espetaculosas são ampliação apenas. No âmbito estreito das mangueiras ou em pleno campo, ajuntando o gado costeado ou encalçando os bois esquivos pelas sangas e banhados, os pealadores, capatazes e peões, preando à ilhapa dos laços o potro bravio, ou fazendo tombar, fulminado pelas bolas silvantes, o touro alçado, nas evoluções rápidas das carreiras, como se tirassem *argolinhas*, seguem no alarido e na alacridade de uma diversão tumultuosa. Nos trabalhos mais calmos, quando nos rodeios marcam o gado, curam-lhe as feridas, apartam os que se destinam às charqueadas, separam os novilhos *tambeiros* ou escolhem os *baguais* condenados às chilenas do domador, — o mesmo fogo que incandesce as marcas dá as brasas para os ágapes rudes de assados com couro ou ferve a água para o chimarrão amargo.

Decorre-lhes a vida variada e farta.

Servidão inconsciente

O mesmo não acontece ao norte. Ao contrário do estancieiro, o fazendeiro dos sertões vive no litoral, longe dos dilatados domínios que nunca viu, às vezes. Herdaram velho vício histórico. Como os opulentos sesmeiros da colônia, usufruem, parasitariamente, as rendas das suas terras, sem divisas fixas. Os vaqueiros são-lhes servos submissos.

Graças a um contrato pelo qual percebem certa percentagem dos produtos, ali ficam, anônimos — nascendo, vivendo e morrendo na mesma quadra de terra — perdidos nos *arrastadores* e mocambos; e cuidando, a vida inteira, fielmente, dos rebanhos que lhes não pertencem.

O verdadeiro dono, ausente, conhece-lhes a fidelidade sem par. Não os fiscaliza. Sabe-lhes, quando muito, os nomes.

Envoltos, então, no traje característico, os sertanejos encourados erguem a choupana de pau a pique à borda das cacimbas, rapidamente, como se armassem tendas; e entregam-se, abnegados, à servidão que não avaliam.

7º Batalhão de Infantaria.

A primeira coisa que fazem é aprender o *a b c* e, afinal, toda a exigência da arte em que são eméritos: conhecer os *ferros* das suas fazendas e os das circunvizinhas. Chamam-se assim os sinais de todos os feitios, ou letras, ou desenhos caprichosos como siglas, impressos, por tatuagem a fogo, nas ancas do animal, completados pelos cortes, em pequenos ângulos, nas orelhas. *Ferrado* o boi, está garantido. Pode romper tranqueiras e tresmalhar-se. Leva, indelével, a indicação que o reporá na *solta*[27] primitiva. Porque o vaqueiro, não se contentando com ter de cor os ferros de sua fazenda, aprende os das demais. Chega, às vezes, por

27. Pastagens sem cerca, às vezes muito afastadas dos sítios. Têm o nome particular de *logrador*, quando mais próximas, estão em lugares aprazíveis.

extraordinário esforço de memória, a conhecer, uma por uma, não só as reses de que cuida, como as dos vizinhos, incluindo-lhes a genealogia e hábitos característicos, e os nomes, e as idades, etc. Deste modo, quando surge no seu *logrador* um animal alheio, cuja marca conhece, o restitui de pronto. No caso contrário, conserva o intruso, tratando-o como aos demais. Mas não o leva à feira anual, nem o aplica em trabalho algum; deixa-o morrer de velho. Não lhe pertence.

Se é uma vaca e dá cria, ferra a esta com o mesmo sinal desconhecido, que reproduz com perfeição admirável; e assim pratica com toda a descendência daquela. De quatro em quatro bezerros, porém, separa um para si. É a sua paga. Estabelece com o patrão desconhecido o mesmo convênio que tem com o outro. E cumpre estritamente, sem juízes e sem testemunhas, o estranho contrato, que ninguém escreveu ou sugeriu.

Sucede muitas vezes ser decifrada, afinal, uma marca somente depois de muitos anos, e o criador feliz receber, ao invés da peça única que lhe fugira e da qual se deslembrara, uma ponta de gado, todos os produtos dela.

Parece fantasia este fato, vulgar, entretanto, nos sertões.

Indicamo-lo como traço encantador da probidade dos matutos. Os grandes proprietários da terra e dos rebanhos a conhecem. Têm, todos, com o vaqueiro o mesmo trato de parceria resumido na cláusula única de lhe darem, em troca dos cuidados que ele despende, um quarto dos produtos da fazenda. E sabem que nunca se violará a percentagem.

O ajuste de contas faz-se no fim do inverno e realiza-se, ordinariamente, sem que esteja presente a parte mais interessada. É formalidade dispensável. O vaqueiro separa escrupulosamente a grande maioria de novas cabeças pertencentes ao patrão (nas quais imprime o sinal da fazenda) das poucas, um quarto, que lhe couberam por sorte. Grava nestas o seu sinal particular; e conserva-as ou vende-as. Escreve ao patrão,[28] dando-lhe conta minuciosa de todo o movimento do sítio, alongando-se aos mínimos pormenores; e continua na faina ininterrupta.

Esta, ainda que, em dadas ocasiões, fatigante, é a mais rudimentar possível. Não existe no norte uma indústria pastoril. O gado vive e multiplica-se à gandaia. Ferrados em junho, os garrotes novos perdem-se nas caatingas, com o resto das malhadas. Ali os rareiam epizootias intensas, em que se sobrelevam

28. Subscrevendo as cartas repugna-lhe a fórmula vulgar: *amº e criado*; substitui-a ingenuamente por outra: *seu amigo vaqueiro F.*
Às vezes noticiando um desastre, um extravio de boiada, é de uma concessão alarmante:
"Patrão e amigo.
Participo-lhe que a sua boiada está no *despotismo*. Somente quatro bois deram o couro às varas. O resto *trovejou no mundo*".

o *rengue* e o *mal triste.* Os vaqueiros mal procuram atenuá-las. Restringem a atividade às corridas desabaladas pelos arrastadores. Se a bicheira devasta a tropa, sabem de específico mais eficaz que o mercúrio: a reza. Não precisam de ver o animal doente. Voltam-se apenas na direção em que ele se acha e rezam, tracejando no chão inextricáveis linhas cabalísticas. Ou então, o que é ainda mais transcendente, curam-no pelo rastro.

E assim passam numa agitação estéril.

Raro, um incidente, uma variante alegre, quebra a sua vida monótona.

Solidários todos, auxiliam-se incondicionalmente em todas as conjunturas. Se foge a algum um boi levantadiço, toma da *guiada,*[29] põe pernas ao campeão, e ei-lo escanchado no rastro, jogado pelas veredas tiradas a facão. Se não pode levar avante a empresa, *pede campo,* frase característica daquela cavalaria rústica, aos companheiros mais vizinhos, e lá seguem todos, aos dez, aos vinte, rápidos, ruidosos, amigos — *campeando,* voando pelos tombadores e esquadrinhando as caatingas até que o bruto, *desautorizado, dê a venta* no termo da corrida, ou tombe, de rijo, mancornado às mãos possantes que se lhe aferram aos chifres.

A vaquejada

Esta solidariedade de esforços evidencia-se melhor na *vaquejada,* trabalho consistindo essencialmente no reunir, e discriminar depois, os gados de diferentes fazendas convizinhas, que por ali vivem em comum, de mistura em um compáscuo único e enorme, sem cercas e sem valos.

Realizam-na de junho a julho.

Escolhido um lugar mais ou menos central, as mais das vezes uma várzea complanada e limpa, o *rodeador,* congrega-se a vaqueirama das vizinhanças. Concertam nos dispositivos da empresa. Distribuem-se as funções que a cada um caberão na lide. E para logo, irradiantes pela superfície da arena, arremetem com as caatingas que a envolvem os encourados atléticos.

O quadro tem a movimentação selvagem e assombrosa de uma corrida de tártaros.

29. Nome dado ao ferrão alongado, aguilhada.

Desaparecem em minutos os sertanejos, perdendo-se no matagal circundante. O rodeio permanece por algum tempo deserto...

De repente estruge ao lado um estrídulo tropel de cascos sobre pedras, um estrépito de galhos estalando, um estalar de chifres embatendo; tufa nos ares, em novelos, uma nuvem de pó; rompe, a súbitas, na clareira, embolada, uma ponta de gado; e, logo após, sobre o cavalo que estaca esbarrado, o vaqueiro, teso nos estribos...

Traz apenas exígua parte do rebanho. Entrega-a aos companheiros que ali ficam, *de esteira*; e volve em galope desabalado, renovando a pesquisa. Enquanto outros repontam além, mais outros, sucessivamente, por toda a banda, por todo o âmbito do rodeio, que se anima, e tumultua em disparos: bois às marradas ou escarvando o chão, cavalos curveteando, confundidos e embaralhados sobre os plainos vibrantes num prolongado rumor de terremoto. Aos lados, na caatinga, os menos felizes se agitam às voltas com os marruás recalcitrantes. O touro largado ou o garrote vadio em geral refoge à revista. Afunda na caatinga. Segue-o o vaqueiro. Cose-se-lhe no rastro. Vai com ele às últimas bibocas. Não o larga; até que surja o ensejo para um ato decisivo: alcançar repentinamente o fugitivo, de arranco; cair logo para o lado da sela, suspenso num estribo e uma das mãos presa às crinas do cavalo; agarrar com a outra a cauda do boi em disparada e com um repelão fortíssimo, de banda, derribá-lo pesadamente em terra... Põe-lhe depois a *peia* ou a máscara de couro, levando-o jugulado ou vendado para o rodeador.

Ali o recebem ruidosamente os companheiros. Conta-lhes a façanha. Contam-lhe outras idênticas; e trocam-se as impressões heroicas numa adjetivação *ad hoc*, que vai num crescendo do *destalado* ríspido ao *temero* pronunciado num trêmulo enrouquecido e longo.

Depois, ao findar do dia, a última tarefa: contam as cabeças reunidas. Apartam-nas. Separam-se, seguindo cada um para sua fazenda tangendo por diante as reses respectivas. E pelos ermos ecoam melancolicamente as notas do *aboiado*...[30]

Entretanto, mesmo ao cabo desta faina penosa, surgem outras maiores.

A arribada

Segue a boiada vagarosamente, à cadência daquele canto triste e preguiçoso. Escanchado, desgraciosamente, na sela, o vaqueiro, que a revê unida e acrescida de

30. *Aboiar*: cantar à frente do gado; toada pouco variada e triste, serve para guiar e pacificar as reses e sobre estas exercer muita influência quando saudosa e em viagem (Juvenal Galeno, *Lendas e canções populares*).

novas crias, rumina os lucros prováveis: o que toca ao patrão, e o que lhe toca a ele, pelo trato feito. Vai dali mesmo contando as peças destinadas à feira; considera, aqui, um velho boi que ele conhece há dez anos e nunca levou à feira, mercê de uma amizade antiga; além um mumbica claudicante, em cujo flanco se enterra estrepe agudo, que é preciso arrancar; mais longe, mascarado, a cabeça alta e desafiadora, seguindo apenas guiado pela compressão dos outros, o garrote bravo, que subjugou, pegando-o, *de saia*, e derrubando-o, na caatinga; acolá, soberbo, caminhando folgado, porque os demais o respeitam, abrindo-lhe em roda um claro, largo pescoço, envergadura de búfalo, o touro vigoroso, inveja de toda a redondeza, cujas armas rígidas e curtas relembram, estaladas, rombas e cheias de terra, guampaços formidáveis, em luta com os rivais possantes, nos logradouros; além, para toda a banda, outras peças, conhecidas todas, revivendo-lhe todas, uma a uma, um incidente, um pormenor qualquer da sua existência primitiva e simples.

E prosseguem, em ordem, lentos, ao toar merencório da cantiga, que parece acalentá-los, embalando-os com o refrão monótono:

Ê cou mansaô...
Ê cou... ê caô!...

ecoando saudoso nos descampados mudos...

Estouro da boiada

De súbito, porém, ondula um frêmito sulcando, num estremeção repentino, aqueles centenares de dorsos luzidios. Há uma parada instantânea. Entrebatem-se, enredam-se, trançam-se e alteiam-se fisgando vivamente o espaço, e inclinam-se, e embaralham-se milhares de chifres. Vibra uma trepidação no solo; e a boiada *estoura*...[31]

A boiada arranca.

Nada explica, às vezes, o acontecimento, aliás vulgar, que é o desespero dos campeiros.

Origina-o o incidente mais trivial — o súbito voo rasteiro de uma araquã ou a corrida de um mocó esquivo. Uma rês se espanta e o contágio, uma descarga nervosa subitânea, transfunde o espanto sobre o rebanho inteiro. É

31. *Estourar*, *arrancar*, ou *arribar* a boiada são sinônimos do mesmo fato que nos sertões do norte reproduzem, talvez mais intensas, as *disparadas* dos pampas.

um solavanco único, assombroso, atirando, de pancada, por diante, revoltos, misturando-se embolados, em vertiginosos disparos, aqueles maciços corpos tão normalmente tardos e morosos.

E lá se vão: não há mais contê-los ou alcançá-los. Acamam-se as caatingas, árvores dobradas, partidas, estalando em lascas e gravetos; desbordam de repente as baixadas num marulho de chifres; estrepitam, britando e esfarelando as pedras, torrentes de cascos pelos tombadores; rola surdamente pelos tabuleiros ruído soturno e longo de trovão longínquo...

Destroem-se em minutos, feito montes de leivas, antigas roças penosamente cultivadas; extinguem-se, em lameiros revolvidos, as ipueiras rasas; abatem-se, apisoados, os pousos; ou esvaziam-se, deixando-os os habitantes espavoridos, fugindo para os lados, evitando o rumo retilíneo em que se despenha a "arribada", — milhares de corpos que são um corpo único, monstruoso, informe, indescritível, de animal fantástico, precipitado na carreira doida. E sobre este tumulto, arrodeando-o, ou arremessando-se impetuoso na esteira de destroços, que deixa após si aquela avalanche viva, largado numa disparada estupenda sobre barrancas, e valos, e cerros, e galhadas — enristado o ferrão, rédeas soltas, soltos os estribos, estirado sobre o lombilho, preso às crinas do cavalo — o vaqueiro!

Já se lhe têm associado, em caminho, os companheiros, que escutaram, de longe, o estouro da boiada. Renova-se a lida: novos esforços, novos arremessos, novas façanhas, novos riscos e novos perigos, a despender, a atravessar e a vencer, até que o boiadão, não já pelo trabalho dos que o encalçam e rebatem pelos flancos senão pelo cansaço, a pouco e pouco afrouxe e estaque, inteiramente abombado.

Reaviam-no à vereda da fazenda; e ressoam, de novo, pelos ermos, entristecedoramente, as notas melancólicas do aboiado.

Tradições

Volvem os vaqueiros ao pouso e ali, nas redes bamboantes, relatando as peripécias da vaquejada ou famosas aventuras de feira, passam as horas matando, na significação completa do termo, o tempo, e desalterando-se com a *umbuzada* saborosíssima, ou merendando a iguaria incomparável de jerimum com leite.

Se a quadra é propícia, e vão bem as plantações da vazante, e viça o *panasco* e o *mimoso* nas soltas dilatadas, e nada revela o aparecimento da seca, refinam a ociosidade nos braços da preguiça benfazeja. Seguem para as vilas se por lá se fazem festas de cavalhadas e mouramas, divertimentos anacrônicos que os povoados sertanejos reproduzem, intactos, com os mesmos programas de há três séculos. E entre eles a exótica *encamisada*, que é o mais curioso exemplo do aferro às mais remotas tradições. Velhíssima cópia das vetustas quadras dos fossados ou arrancadas noturnas, na Península, contra os castelos árabes, e de todo esquecida na terra onde nasceu, onde a sua mesma significação é hoje inusitado arcaísmo,[32] esta diversão dispendiosa e interessante, feita à luz de lanternas e archotes, com os seus longos cortejos de homens a pé, vestidos de branco, ou à maneira de muçulmanos, e outros a cavalo em animais estranhamente ajaezados, desfilando rápidos, em escaramuças e simulados recontros, é o encanto máximo dos matutos folgazãos.

24º Batalhão de Infantaria.

Danças

Nem todos, porém, a compartem. Baldos de recursos para se alongarem das rancharias, agitam-se, então, nos folguedos costumeiros. Encourados de novo, seguem para os sambas e cateretês ruidosos, os solteiros, famanazes no desafio, sobraçando os machetes, que vibram no *choradinho* ou *baião*, e os casa-

32. *Encamisada*: (Ant.) assalto noturno em que as tropas vestiam camisões por disfarce (C. Figueredo, *Novo dicionário da língua portuguesa*).

dos levando toda a *obrigação*, a família. Nas choupanas em festa recebem-se os convivas com estrepitosas salvas de ronqueiras e como em geral não há espaço para tantos, arma-se fora, no terreiro varrido, revestido de ramagens, mobiliado de cepos, e troncos, e raros tamboretes, mas imenso, alumiado pelo luar e pelas estrelas, o salão do baile. *Despontam o dia* com uns largos tragos de aguardente, a *teimosa*. E rompem estridulamente os sapateados vivos.

Um cabra destalado ralha na viola. Serenam, em vagarosos meneios, as caboclas bonitas. Revoluteia, "brabo e corado", o sertanejo moço.

Desafios

Nos intervalos travam-se os desafios.

Enterreiram-se, adversários, dois cantores rudes. As rimas saltam e casam-se em quadras muita vez belíssimas.[33]

Nas horas de Deus, amém,
Não é zombaria, não!
Desafio o mundo inteiro
Pra cantar nesta função!

O adversário retruca logo, levantando-lhe o último verso da quadra:

Pra cantar nesta função,
Amigo, meu camarada,
Aceita teu desafio
O ***fama*** *deste sertão!*

É o começo da luta que só termina quando um dos bardos se engasga numa rima difícil e titubeia, repinicando nervosamente o machete, sob uma

33. *Famanaz do desafio*: grande repentista.
Choradinho e baião: danças vulgares do norte.
Despontar o dia: o primeiro gole de qualquer bebida no começo da função.
Destalado, brabo e corado, bala e onça, destabocado e outros: são termos comuns significando todo indivíduo forte, hábil, etc.
Serenar na dança: dançar muito vagarosamente, sem fazer barulho com os pés.
Ralhar na viola: tocar ruidosamente com habilidade.
A denominaçao *teimosa*, dada à cachaça, é de uma filosofia adorável. Nada diz melhor a atração que ela exerce sobre aqueles valentes e o desejo nunca realizado que eles têm, de evitá-la.

avalanche de risos saudando-lhe a derrota. E a noite vai deslizando rápida no folguedo que se generaliza, até que as *barras venham quebrando* e cantem as sericoias nas ipueiras, dando o sinal de debandar ao agrupamento folgazão.

Terminada a festa volvem os vaqueiros à tarefa rude ou à rede preguiçosa.

Alguns, de ano em ano, arrancam dos pousos tranquilos para remotas paragens. Transpõem o S. Francisco; mergulham nos *gerais* enormes do ocidente, vastos planaltos indefinidos em que se confundem as bacias daquele e do Tocantins em alagados de onde partem os rios indiferentemente para o levante e para o poente; e penetram em Goiás, ou, avantajando-se mais para o norte, as serras do Piauí.

Vão à compra de gados. Aqueles lugares longínquos, pobres e obscuros vilarejos que o Porto Nacional estrema, animam-se, então, passageiramente, com a romaria dos *baianos*. São os autocratas das feiras. Dentro da armadura de couro, galhardos, brandindo a *guiada*, sobre os cavalos ariscos, entram naqueles vilarejos com um desgarre atrevido de triunfadores felizes. E ao tornarem — quando não se perdem para todo o sempre, sem tino, na *travessia* perigosa dos descampados uniformes — reatam a mesma vida monótona e primitiva...

A seca

De repente, uma variante trágica.

Aproxima-se a seca.

O sertanejo adivinha-a e prefixa-a graças ao ritmo singular com que se desencadeia o flagelo.

Entretanto não foge logo, abandonando a terra a pouco e pouco invadida pelo limbo candente que irradia do Ceará.

Buckle, em página notável, assinala a anomalia de se não afeiçoar nunca, o homem, às calamidades naturais que o rodeiam. Nenhum povo tem mais pavor aos terremotos que o peruano; e no Peru as crianças ao nascerem têm o berço embalado pelas vibrações da terra.

Mas o nosso sertanejo faz exceção à regra. A seca não o apavora. É um complemento à sua vida tormentosa, emoldurando-a em cenários tremendos. Enfrenta-a, estoico. Apesar das dolorosas tradições que conhece através de um sem-número de terríveis episódios, alimenta a todo o transe esperanças de uma resistência impossível.

Com os escassos recursos das próprias observações e das dos seus maiores, em que ensinamentos práticos se misturam a extravagantes crendices, tem procurado estudar o mal, para o conhecer, suportar e suplantar. Aparelha-se com singular serenidade para a luta. Dois ou três meses antes do solstício de verão, especa e fortalece os muros dos açudes, ou limpa as cacimbas. Faz os roçados e arregoa as estreitas faixas de solo arável à orla dos ribeirões. Está preparado para as plantações ligeiras à vinda das primeiras chuvas.

Procura em seguida desvendar o futuro. Volve o olhar para as alturas; atenta longamente nos quadrantes; e perquire os traços mais fugitivos das paisagens...

Os sintomas do flagelo despontam-lhe, então, encadeados em série, sucedendo-se inflexíveis, como sinais comemorativos de uma moléstia cíclica, da sezão assombradora da terra. Passam as "chuvas do caju" em outubro, rápidas, em chuvisqueiros prestes delidos nos ares ardentes, sem deixarem traços; e *pintam* as caatingas, aqui, ali, por toda a parte, mosqueadas de tufos pardos de árvores marcescentes, cada vez mais numerosas e maiores, lembrando cinzeiros de uma combustão abafada, sem chamas; e greta-se o chão; e abaixa-se vagarosamente o nível das cacimbas... Do mesmo passo nota que os dias, estuando logo ao alvorecer, transcorrem abrasantes, à medida que as noites se vão tornando cada vez mais frias. A atmosfera absorve-lhe, com avidez de esponja, o suor na fronte, enquanto a armadura de couro, sem mais a flexibilidade primitiva, se lhe endurece aos ombros, esturrada, rígida, feito uma couraça de bronze. E ao descer das tardes, dia a dia menores e sem crepúsculos, considera, entristecido, nos ares, em bandos, as primeiras aves emigrantes, transvoando a outros climas...

É o prelúdio da sua desgraça.

Vê-o acentuar-se, num crescendo, até dezembro.

Precautela-se: revista, apreensivo, as malhadas. Percorre os logradouros longos. Procura entre as chapadas que se esterilizam várzeas mais benignas para onde tange os rebanhos. E espera, resignado, o dia 13 daquele mês. Porque em tal data, usança avoenga lhe faculta sondar o futuro, interrogando a Providência.

É a experiência tradicional de Santa Luzia. No dia 12 ao anoitecer expõe ao relento, em linha, seis pedrinhas de sal, que representam, em ordem sucessiva da esquerda para a direita, os seis meses vindouros, de janeiro a junho. Ao alvorecer de 13 observa-as: se estão intactas, pressagiam a seca; se a primeira apenas se deliu, transmudada em aljôfar límpido, é certa a chuva em janeiro; se a segunda, em fevereiro; se a maioria ou todas, é inevitável o inverno benfazejo.[34]

---

34. "Conta-se que no Ceará fizeram esta experiência diante do naturalista George Gardner; mas o sábio, fazendo observações metereológicas, e chegando a um resultado diferente do atestado pela santa,

Esta experiência é belíssima. Em que pese ao estigma supersticioso, tem base positiva, e é aceitável desde que se considere que dela se colhe a maior ou menor dosagem de vapor d'água nos ares, e, dedutivamente, maiores ou menores probabilidades de depressões barométricas, capazes de atrair o afluxo das chuvas.

Entretanto, embora tradicional, esta prova deixa ainda vacilante o sertanejo. Nem sempre desanima, ante os seus piores vaticínios. Aguarda, paciente, o equinócio da primavera, para definitiva consulta aos elementos. Atravessa três longos meses de expectativa ansiosa e no dia de S. José, 19 de março, procura novo augúrio, o último.

Aquele dia é para ele o índice dos meses subsequentes. Retrata-lhe, abreviadas em doze horas, todas as alternativas climáticas vindouras. Se durante ele chove, será chuvoso o inverno; se, ao contrário, o sol atravessa abrasadoramente o firmamento claro, estão por terra todas as suas esperanças.

A seca é inevitável.

Insulamento no deserto

Então se transfigura. Não é mais o indolente incorrigível ou o impulsivo violento, vivendo às disparadas pelos arrastadores. Transcende a sua situação rudimentar. Resignado e tenaz, com a placabilidade superior dos fortes, encara de fito a fatalidade incoercível; e reage. O heroísmo tem nos sertões, para todo o sempre perdidas, tragédias espantosas. Não há revivê-las ou episodiá-las. Surgem de uma luta que ninguém descreve — a insurreição da terra contra o homem. A princípio este reza, olhos postos na altura. O seu primeiro amparo é a fé religiosa. Sobraçando os santos milagreiros, cruzes alçadas, andores erguidos, bandeiras do Divino ruflando, lá se vão, descampados em fora, famílias inteiras — não já os fortes e sadios senão os próprios velhos combalidos e enfermos claudicantes, carregando aos ombros e à cabeça as pedras dos caminhos, mudando os santos de uns para outros lugares. Ecoam largos dias, monótonas, pelos ermos, por onde passam as lentas procissões propiciatórias, as ladainhas tristes. Rebrilham longas noites nas chapadas, pervagantes, as velas dos penitentes... Mas os céus persistem sinistramente claros; o sol fulmina a terra; progride o espasmo assombrador da seca. O matuto considera a prole apavorada; contempla entristecido os bois

exclamou em seu português atravessado: *Non! Non! Luzia mentiu...*" (Silvio Romero, *Estudo sobre a poesia popular no Brasil*).

sucumbidos, que se agrupam sobre as fundagens das ipueiras, ou, ao longe, em grupos erradios e lentos, pescoços dobrados, acaroados com o chão, em mugidos prantivos "farejando a água"; — e sem que se lhe amorteça a crença, sem duvidar da Providência que o esmaga, murmurando às mesmas horas as preces costumeiras, apresta-se ao sacrifício. Arremete de alvião e enxada com a terra, buscando nos estratos inferiores a água que fugiu da superfície. Atinge-os às vezes; outras, após enormes fadigas, esbarra em uma laje que lhe anula todo o esforço despendido; e outras vezes, o que é mais corrente, depois de desvendar tênue lençol líquido subterrâneo, o vê desaparecer um, dois dias passados, evaporando-se sugado pelo solo. Acompanha-o tenazmente, reprofundando a mina, em cata do tesouro fugitivo. Volve, por fim, exausto, à beira da própria cova que abriu, feito um desenterrado. Mas como frugalidade rara lhe permite passar os dias com alguns manelos de paçoca, não se lhe afrouxa, tão de pronto, o ânimo.

Ali está, em torno, a caatinga, o seu celeiro agreste. Esquadrinha-o. Talha em pedaços os mandacarus que desalteram, ou as ramas verdoengas dos juazeiros que alimentam os magros bois famintos; derruba os estípites dos ouricuris e rala-os, amassa-os, cozinha-os, fazendo um pão sinistro, o *bró*, que incha os ventres num enfarte ilusório, empanzinando o faminto; atesta os jiraus de coquilhos; arranca as raízes túmidas dos umbuzeiros, que lhe dessedentam os filhos, reservando para si o sumo adstringente dos cladódios do xiquexique, que enrouquece ou extingue a voz de quem o bebe, e demasia-se em trabalhos, apelando infatigável para todos os recursos, — forte e carinhoso — defendendo-se e estendendo à prole abatida e aos rebanhos confiados a energia sobre-humana.

Baldam-se-lhe, porém, os esforços.

A natureza não o combate apenas com o deserto. Povoa-a, contrastando com a fuga das seriemas, que emigram para outros *tabuleiros*, e jandaias, que fogem para o litoral remoto, uma fauna cruel. Miríades de morcegos agravam a *magrém*, abatendo-se sobre o gado, dizimando-o. Chocalham as cascavéis, inúmeras, tanto mais numerosas quanto mais ardente o estio, entre as macegas recrestadas.

À noite, a suçuarana traiçoeira e ladra, que lhe rouba os bezerros e os novilhos, vem beirar a sua rancharia pobre.

É mais um inimigo a suplantar.

Afugenta-a e espanta-a, precipitando-se com um tição aceso no terreiro deserto. E se ela não recua, assalta-a. Mas não a tiro, porque sabe que, desviada a mira, ou pouco eficaz o chumbo, a onça, "vindo em cima da fumaça", é invencível.

O pugilato é mais comovente. O atleta enfraquecido, tendo à mão esquerda a forquilha e à direita a faca, irrita e desafia a fera, provoca-lhe o bote e apara-a no ar, trespassando-a de um golpe.

Nem sempre, porém, pode aventurar-se à façanha arriscada. Uma moléstia extravagante completa a sua desdita — a hemeralopia. Esta falsa cegueira é paradoxalmente feita pelas reações da luz; nasce dos dias claros e quentes, dos firmamentos fulgurantes, do vivo ondular dos ares em fogo sobre a terra nua. É uma pletora do olhar. Mal o sol se esconde no poente a vítima nada mais vê. Está cega. A noite afoga-a, de súbito, antes de envolver a terra. E na manhã seguinte a vista extinta lhe revive, acendendo-se no primeiro lampejo do levante, para se apagar, de novo, à tarde, com intermitência dolorosa.

Renasce-lhe com ela a energia. Ainda se não considera vencido. Restam-lhe, para desalterar e sustentar os filhos, os talos tenros, os *mangarás* das bromélias selvagens. Ilude-os com essas iguarias bárbaras.

Segue, a pé agora, porque se lhe parte o coração só de olhar para o cavalo, para os logradouros. Contempla ali a ruína da fazenda: bois espectrais, vivos não se sabe como, caídos sob as árvores mortas, mal soerguendo o arcabouço murcho sobre as pernas secas, marchando vagarosamente, cambaleantes; bois mortos há dias e intactos, que os próprios urubus rejeitam, porque não rompem a bicadas as suas peles esturradas; bois jururus, em roda da clareira de chão entorroado onde foi a aguada predileta; e, o que mais lhe dói, os que ainda não de todo exaustos o procuram, e o circundam, confiantes, urrando em longo apelo triste que parece um choro.

E nem um cereus avulta mais em torno; foram ruminadas as últimas ramas verdes dos juás...

Trançam-se, porém, ao lado, impenetráveis renques de macambiras. É ainda um recurso. Incendeia-os, batendo o isqueiro nas acendalhas das folhas ressequidas para os despir, em combustão rápida, dos espinhos. E quando os rolos de fumo se enovelam e se diluem no ar puríssimo, veem-se, correndo de todos os lados, em tropel moroso de estropiados, os magros bois famintos, em busca do último repasto...

Por fim tudo se esgota e a situação não muda. Não há probabilidade sequer de chuvas. A casca dos marizeiros não transuda, prenunciando-as. O nordeste persiste intenso, rolante, pelas chapadas, zunindo em prolongações uivadas na galhada estrepitante das caatingas e o sol alastra, reverberando no firmamento claro, os incêndios inextinguíveis da canícula. O sertanejo, assoberbado de reveses, dobra-se afinal.

Passa certo dia, à sua porta, a primeira turma de "retirantes". Vê-a, assombrado, atravessar o terreiro, miseranda, desaparecendo adiante numa nuvem de poeira, na curva do caminho... No outro dia, outra. E outras. É o sertão que se esvazia.

Não resiste mais. Amatula-se num daqueles bandos, que lá se vão caminho em fora, debruando de ossadas as veredas, e lá se vai ele no êxodo penosíssimo para a costa, para as serras distantes, para quaisquer lugares onde o não mate o elemento primordial da vida.

Atinge-os. Salva-se.

Passam-se meses. Acaba-se o flagelo. Ei-lo de volta. Vence-o saudade do sertão. Remigra. E torna feliz, revigorado, cantando; esquecido de infortúnios, buscando as mesmas horas passageiras da ventura perdidiça e instável, os mesmos dias longos de transes e provações demoradas.

Religião mestiça

Insulado deste modo no país que o não conhece, em luta aberta com o meio, que lhe parece haver estampado na organização e no temperamento a sua rudeza extraordinária, nômade ou mal fixo à terra, o sertanejo não tem, por bem dizer, ainda capacidade orgânica para se afeiçoar a situação mais alta.

O círculo estreito da atividade remorou-lhe o aperfeiçoamento psíquico. Está na fase religiosa de um monoteísmo incompreendido, eivado de misticismo extravagante, em que se rebate o fetichismo do índio e do africano. É o homem primitivo, audacioso e forte, mas ao mesmo tempo crédulo, deixando-se facilmente arrebatar pelas superstições mais absurdas. Uma análise destas revelaria a fusão de estádios emocionais distintos.

A sua religião é como ele — mestiça.

Resumo dos caracteres físicos e fisiológicos das raças de que surge, sumaria-lhes identicamente as qualidades morais. É um índice da vida de três povos. E as suas crenças singulares traduzem essa aproximação violenta de tendências distintas. É desnecessário descrevê-las. As lendas arrepiadoras do *caapora* travesso e maldoso, atravessando célere, montado em caititu arisco, as chapadas desertas, nas noites misteriosas de luares claros; os *sacis* diabólicos, de barrete vermelho à cabeça, assaltando o viandante retardatário, nas noites aziagas das sextas-feiras, de parceria com os *lobisomens* e *mulas-sem-cabeça* noctívagos; todos os mal-assombramentos, todas as tentações do *maldito* ou do diabo — esse trágico emissário dos rancores celestes em comissão na terra; as rezas dirigidas a S. Campeiro, canonizado *in partibus*, ao qual se acendem velas pelos campos, para que favoreça a descoberta de objetos perdidos; as benzeduras cabalísticas para curar os animais, para *amassar* e *vender* sezões: todas as visualidades, todas as aparições fantásticas, todas as profecias esdrúxulas de messias insanos; e as romarias piedosas; e as missões; e as penitências... todas as manifestações complexas de religiosidade indefinida, são explicáveis.

Influência do catolicismo peninsular.
O casamento de D. Manuel e Dona Leonor de Castela. Óleo do séc. XVI. Museu de São Roque, Lisboa

Fatores históricos da religião mestiça

Não seria difícil caracterizá-las como uma mestiçagem de crenças. Ali estão, francos, o antropismo do selvagem, o animismo do africano e, o que é mais, o próprio aspecto emocional da raça superior, na época do descobrimento e da colonização.

Este último é um caso notável de atavismo, na história.

Considerando as agitações religiosas do sertão e os evangelizadores e messias singulares, que, intermitentemente, o atravessam, ascetas mortificados de flagícios, encalçados sempre pelos sequazes numerosos, que fanatizam, que arrastam, que dominam, que endoidecem — espontaneamente recordamos a fase mais crítica da alma portuguesa, a partir do final do século XVI, quando, depois de haver por momentos centralizado a história, o mais interessante dos povos caiu, de súbito, em decomposição rápida, mal disfarçada pela corte oriental de D. Manuel.

O povoamento do Brasil fez-se, intenso, com D. João III, precisamente no fastígio de completo desequilíbrio moral, quando "todos os terrores da Idade Média tinham cristalizado no catolicismo peninsular".

Uma grande herança de abusões extravagantes, extinta na orla marítima pelo influxo modificador de outras crenças e de outras raças, no sertão ficou intacta. Trouxeram-na as gentes impressionáveis, que afluíram para a nossa terra, depois de desfeito no Oriente o sonho miraculoso da Índia. Vinham cheias daquele misticismo feroz, em que o fervor religioso reverberava à candência forte das fogueiras inquisitoriais, lavrando intensas na Península. Eram parcelas do mesmo povo que em Lisboa, sob a obsessão dolorosa dos milagres e assaltado de súbitas alucinações, via, sobre o paço dos reis, ataúdes agoureiros, línguas de flamas misteriosas, catervas de mouros de albornozes brancos, passando processionalmente; combates de paladinos nas alturas... E da mesma gente que após Alcácer-Quibir, em plena "caquexia nacional", segundo o dizer vigoroso de Oliveira Martins, procurava, ante a ruína iminente, como salvação única, a fórmula superior das esperanças messiânicas.

De feito, considerando as desordens sertanejas, hoje, e os messias insanos que as provocam, irresistivelmente nos assaltam, empolgantes, as figuras dos profetas peninsulares de outrora — o rei *de Penamacor*, o rei *da Ericeira*, errantes pelas faldas das serras, devotados ao martírio, arrebatando na mesma idealização, na mesma insânia, no mesmo sonho doentio, as multidões crendeiras.

Esta justaposição histórica calca-se sobre três séculos. Mas é exata, completa, sem dobras. Imóvel o tempo sobre a rústica sociedade sertaneja, despeada do movimento geral da evolução humana, ela respira ainda na mesma atmosfera moral dos iluminados que encalçavam, doidos, o Miguelinho ou o Bandarra. Nem lhe falta, para completar o símile, o misticismo político do *sebastianismo.* Extinto em Portugal, ele persiste todo, hoje, de modo singularmente impressionador, nos sertões do norte.

Mas não antecipemos.

Caráter variável da religiosidade sertaneja

Estes estigmas atávicos tiveram entre nós, favoráveis, as reações do meio, determinando psicologia especial.

O homem dos sertões — pelo que esboçamos — mais do que qualquer outro está em função imediata da terra. É uma variável dependente no jogar dos elementos. Da consciência da fraqueza para os debelar, resulta, mais forte, este apelar constante para o maravilhoso, esta condição inferior de pupilo estúpido da divindade. Em paragens mais benéficas a necessidade de uma tutela sobrenatural não seria tão imperiosa. Ali, porém, as tendências pessoais como que se acolchetam às vicissitudes externas e deste entrelaçamento resulta, copiando o contraste que observamos entre a exaltação impulsiva e a apatia enervadora da atividade, a indiferença fatalista pelo futuro e a exaltação religiosa. Os ensinamentos dos missionários não poderiam exercitar-se estremes das tendências gerais da sua época. Por isto, como um palimpsesto, a consciência imperfeita dos matutos revela nas quadras agitadas, rompendo dentre os ideais belíssimos do catolicismo incompreendido, todos os estigmas de estádio inferior.

É que, mesmo em períodos normais, a sua religião é indefinida e vária. Da mesma forma que os negros *hauçás*, adaptando à liturgia todo o ritual *iorubano*, realizam o fato anômalo, mas vulgar mesmo na capital da Bahia, de seguirem para as solenidades da Igreja por ordem dos fetiches, os sertanejos, herdeiros infelizes de vícios seculares, saem das missas consagradas para os ágapes selvagens dos *candomblés* africanos ou *poracês* do tupi. Não espanta que patenteiem, na religiosidade indefinida, antinomias surpreendentes.

Quem vê a família sertaneja, ao cair da noite, ante o oratório tosco ou registo paupérrimo, à meia-luz das candeias de azeite, orando pelas almas dos mortos queridos, ou procurando alentos à vida tormentosa, encanta-se.

O culto dos mortos é impressionador. Nos lugares remotos, longe dos povoados, inumam-nos à beira das estradas, para que não fiquem de todo em abandono, para que os rodeiem sempre as preces dos viandantes, para que nos ângulos da cruz deponham estes, sempre, uma flor, um ramo, uma recordação fugaz mas renovada sempre. E o vaqueiro, que segue arrebatadamente, estaca, prestes, o cavalo, ante o humilde monumento — uma cruz sobre pedras arrumadas — e, a cabeça descoberta, passa vagaroso, rezando pela salvação de quem ele nunca viu talvez, talvez de um inimigo.

A terra é o exílio insuportável, o morto um bem-aventurado sempre.

O falecimento de uma criança é um dia de festa. Ressoam as violas na cabana dos pobres pais, jubilosos entre as lágrimas; referve o samba turbulento; vibram nos ares, fortes, as coplas dos desafios, enquanto, a uma banda, entre duas velas de carnaúba, coroado de flores, o anjinho exposto espelha, no último sorriso paralisado, a felicidade suprema da volta para os céus, para a felicidade eterna — que é a preocupação dominadora daquelas almas ingênuas e primitivas.

No entanto há traços repulsivos no quadro desta religiosidade de aspectos tão interessantes, aberrações brutais, que a derrancam ou maculam.

A "Pedra Bonita"

As agitações sertanejas, do Maranhão à Bahia, não tiveram ainda um historiador. Não as esboçaremos sequer. Tomemos um fato, entre muitos, ao acaso.

No termo de Pajeú, em Pernambuco, os últimos rebentos das formações graníticas da costa se alteiam, em formas caprichosas, na *serra Talhada*, dominando, majestosos, toda a região em torno e convergindo em largo anfiteatro acessível apenas por estreita garganta, entre muralhas a pique. No âmbito daquele, como púlpito gigantesco, ergue-se um bloco solitário — a *Pedra Bonita*.

Este lugar foi, em 1837, teatro de cenas que recordam as sinistras solenidades religiosas dos achantis. Um mamaluco ou cafuz, um iluminado, ali congregou toda a população dos sítios convizinhos e, engrimpando-se à pedra, anunciava, convicto, o próximo advento do reino encantado do rei D. Sebastião. Quebrada a pedra, a que subira, não a pancadas de marreta, mas pela ação miraculosa do sangue das crianças, esparzido sobre ela em holocausto, o grande rei irromperia envolto de sua guarda fulgurante, castigando, inexorável, a humanidade ingrata, mas cumulando de riquezas os que houvessem contribuído para o *desencanto*.

Passou pelo sertão um frêmito de nevrose...

O transviado encontrara meio propício ao contágio da sua insânia. Em torno da ara monstruosa comprimiam-se as mães erguendo os filhos pequeninos e lutavam, procurando-lhes a primazia no sacrifício... O sangue espadanava sobre a rocha jorrando, acumulando-se em torno; e afirmam os jornais do tempo, em cópia tal que, depois de desfeita aquela lúgubre farsa, era impossível a permanência no lugar infeccionado.

Por outro lado, fatos igualmente impressionadores contrabatem tais aberrações. A alma de um matuto é inerte ante as influências que a agitam. De acordo com estas pode ir da extrema brutalidade ao máximo devotamento.

Vimo-la, neste instante, desvairada pelo fanatismo. Vejamo-la transfigurada pela fé.

Monte Santo

Monte Santo é um lugar lendário.

Quando, no século XVII, as descobertas das minas determinaram a atração do interior sobre o litoral, os aventureiros que ao norte investiam com o sertão, demandando as serras da Jacobina, arrebatados pela miragem das minas de prata e rastreando o itinerário enigmático de Belchior Dias, ali estacionavam longo tempo. A serra solitária — a *Piquaraçá* dos roteiros caprichosos — dominando os horizontes, norteava-lhes a marcha vacilante.

Além disto, atraía-os por si mesma, irresistivelmente.

Vista de Monte Santo.

É que em um de seus flancos, escritas em caligrafia ciclópica com grandes pedras arrumadas, apareciam letras singulares — um A, um L e um S — ladeadas por uma cruz, de modo a fazerem crer que estava ali e não avante, para o ocidente ou para o sul, o *eldorado* apetecido.

Esquadrinharam-na, porém, debalde os êmulos do Muribeca astuto, seguindo, afinal, para outros rumos, com as suas tropas de potiguaras mansos e forasteiros armados de biscainhos...

A serra desapareceu outra vez entre as chapadas que domina...

No fim do século passado, porém, descobriu-a um missionário — Apolônio de Todi. Vindo da missão de Maçacará, o maior apóstolo do norte impressionou-se tanto com o aspecto da montanha, "achando-a semelhante ao calvário de Jerusalém", que planeou logo a ereção de uma capela. Ia ser a primeira do mais tosco e do mais imponente templo da fé religiosa.

Descreve o sacerdote, longamente, o começo e o curso dos trabalhos e o auxílio franco que lhe deram os povoadores dos lugares próximos. Pinta a última solenidade, procissão majestosa e lenta ascendendo a montanha, entre as rajadas de tufão violento que se alteou das planícies apagando as tochas; e, por fim, o sermão terminal da penitência, exortando o povo a "que nos dias santos viesse visitar os santos lugares, já que vivia em tão grande desamparo das coisas espirituais".

"E aqui, termina, sem pensar em mais nada disse que daí em diante não chamariam mais *serra de Piquaraçá*, mas sim *Monte Santo.*"

E fez-se o templo prodigioso, monumento erguido pela natureza e pela fé, mais alto que as mais altas catedrais da terra.

A população sertaneja completou a empresa do missionário.

Hoje, quem sobe a extensa *via-sacra* de três quilômetros de comprimento, em que se erigem, a espaços, vinte e cinco capelas de alvenaria, encerrando painéis dos *passos*, avalia a constância e a tenacidade do esforço despendido.

Amparada por muros capeados; calçada em certos trechos; tendo, noutros, como leito, a rocha viva talhada em degraus, ou rampeada, aquela estrada branca, de quartzito, onde ressoam, há cem anos, as litanias das procissões da quaresma e têm passado legiões de penitentes, é um prodígio de engenharia rude e audaciosa. Começa investindo com a montanha, segundo a normal de máximo declive, em rampa de cerca de vinte graus. Na quarta ou quinta capelinha inflecte à esquerda e progride menos íngreme. Adiante, a partir da capela maior — ermida interessantíssima erecta num ressalto da pedra a cavaleiro do abismo, volta à direita, diminuindo de declive até à linha de cumeadas. Segue por esta segundo uma selada breve. Depois se alteia, de improviso, retilínea, em ladeira forte, arremetendo com o vértice pontiagudo do monte, até ao *Calvário*, no alto!

À medida que ascende, ofegante, estacionando nos *passos*, o observador depara perspectivas que seguem num crescendo de grandezas soberanas: primeiro os planos das chapadas e tabuleiros, esbatidos embaixo em planícies vastas; depois as serranias remotas, agrupadas, longe, em todos os quadrantes; e, atingindo o alto, o olhar a cavaleiro das serras — o espaço indefinido, a emoção estranha de altura imensa, realçada pelo aspecto da pequena vila, embaixo, mal percebida na confusão caótica dos telhados.

Tropas do Gen. Carlos Eugenio e estado-maior em Monte Santo.
Foto de Flávio de Barros. Casa Euclidiana, São José do Rio Pardo

E quando, pela *Semana Santa*, convergem ali as famílias da redondeza e passam os crentes pelos mesmos flancos em que vaguearam outrora, inquietos de ambição, os aventureiros ambiciosos, vê-se que Apolônio de Todi, mais hábil que o Muribeca, decifrou o segredo das grandes letras de pedra, descobrindo o *eldorado* maravilhoso, a mina opulentíssima oculta no deserto...

As missões atuais

Infelizmente o apóstolo não teve continuadores. Salvo raríssimas exceções, o missionário moderno é um agente prejudicialíssimo no agravar todos os desequilíbrios do estado emocional dos *tabaréus*. Sem a altitude dos que o antecederam, a sua ação é negativa: destrói, apaga e perverte o que incutiram de bom naqueles espíritos ingênuos os ensinamentos dos primeiros evangelizadores, dos quais não tem o talento e não tem a arte surpreendente da transfiguração das almas. Segue vulgarmente processo inverso do daqueles: não aconselha e consola, aterra e amaldiçoa; não ora, esbraveja. É brutal e traiçoeiro. Surge das dobras do hábito escuro como da sombra de uma emboscada armada à credulidade incondicional dos que o escutam. Sobe ao púlpito das igrejas do sertão e não alevanta a imagem arrebatadora dos céus; descreve o inferno truculento e flamívomo, numa algaravia de frases rebarbativas a que completam gestos de maluco e esgares de truão.

É ridículo, e é medonho. Tem o privilégio estranho das bufonerias melodramáticas. As parvoíces saem-lhe da boca trágicas.

Não traça ante os matutos simples a feição honesta e superior da vida — não a conhece; mas brama em todos os tons contra o pecado; esboça grosseiros quadros de torturas; e espalha sobre o auditório fulminado avalanches de penitências, extravagando largo tempo, em palavrear interminável, fungando as pitadas habituais e engendrando catástrofes, abrindo alternativamente a caixa de rapé e a boceta de Pandora...

E alucina o sertanejo crédulo; alucina-o, deprime-o, perverte-o.

Fiéis rezando.
Técnica mista sobre papel. Tripoli Gaudenzi

Os "Serenos"

Busquemos um exemplo único, o último.

Em 1850 os sertões de Cariri foram alvorotados pelas depredações dos *Serenos*, exercitando o roubo em larga escala.

Aquela denominação indicava *companhias de penitentes* que à noite, nas encruzilhadas ermas, em torno das cruzes misteriosas, se agrupavam, adoidadamente, numa agitação macabra de flagelantes, impondo-se o cilício dos espinhos, das urtigas e outros duros tratos de penitência. Ora, aqueles agitados saíram certo dia, repentinamente, da matriz do Crato, dispersos, em desalinho — mulheres em prantos, homens apreensivos, crianças trementes — em procura dos flagícios duramente impostos. Dentro da igreja, missionários recém-vindos haviam profetizado próximo fim do mundo. Deus o dissera — em mau português, em mau italiano e em mau latim — estava farto dos desmandos da terra...

E os desvairados foram pelos sertões em fora, esmolando, chorando, rezando, numa mandria deprimente, e como a caridade pública não os podia satisfazer a todos, acabaram — roubando.

Era fatal. Os instrutores do crime foram, afinal, infelicitar outros lugares e a justiça a custo reprimiu o banditismo incipiente.[35]

---

35. *A memória sobre o estado da Bahia*, publicação oficial feita em 1893, pormenoriza a criação de Monte Santo.
Sobre a *Pedra Bonita*, leia-se o livro de Araripe Júnior, *O reino encantado*, onde o acontecimento, brilhantemente romanceado, se desdobra com todos os seus aspectos emocionantes.

IV. Antônio Conselheiro, documento vivo de atavismo

É natural que estas camadas profundas da nossa estratificação étnica se sublevassem numa anticlinal extraordinária — Antônio Conselheiro...

A imagem é corretíssima.

Da mesma forma que o geólogo interpretando a inclinação e a orientação dos estratos truncados de antigas formações esboça o perfil de uma montanha extinta, o historiador só pode avaliar a altitude daquele homem, que por si nada valeu, considerando a psicologia da sociedade que o criou. Isolado, ele se perde na turba dos nevróticos vulgares. Pode ser incluído numa modalidade qualquer de psicose progressiva. Mas posto em função do meio, assombra. É uma diátese, e é uma síntese. As fases singulares da sua existência não são, talvez, períodos sucessivos de uma moléstia grave, mas são, com certeza, resumo abreviado dos aspectos predominantes de mal social gravíssimo. Por isto o infeliz, destinado à solicitude dos médicos, veio, impelido por uma potência superior, bater de encontro a uma civilização, indo para a história como poderia ter ido para o hospício. Porque ele para o historiador não foi um desequilibrado. Apareceu como integração de caracteres diferenciais — vagos, indecisos, mal percebidos quando dispersos na multidão, mas enérgicos e definidos, quando resumidos numa individualidade.

Todas as crenças ingênuas, do fetichismo bárbaro às aberrações católicas, todas as tendências impulsivas das raças inferiores, livremente exercitadas na indisciplina da vida sertaneja, se condensaram no seu misticismo feroz e extravagante. Ele foi, simultaneamente, o elemento ativo e passivo da agitação de que surgiu. O temperamento mais impressionável apenas fê-lo absorver as crenças ambientes, a princípio numa quase passividade pela própria receptividade mórbida do espírito torturado de reveses, e elas refluíram, depois, mais fortemente, sobre o próprio meio de onde haviam partido, partindo da sua consciência delirante.

É difícil traçar no fenômeno a linha divisória entre as tendências pessoais e as tendências coletivas: a vida resumida do homem é um capítulo instantâneo da vida de sua sociedade...

Antônio Conselheiro.
Gravura de Alfredo Aquino para a edição de *Os Sertões* de 1975

Acompanhar a primeira é seguir paralelamente e com mais rapidez a segunda; acompanhá-las juntas é observar a mais completa mutualidade de influxos.

Considerando em torno, o falso apóstolo, que o próprio excesso de subjetivismo predispusera à revolta contra a ordem natural, como que observou a fórmula do próprio delírio. Não era um incompreendido. A multidão aclamava-o representante natural das suas aspirações mais altas. Não foi, por isto, além. Não deslizou para a demência. No gravitar contínuo para o mínimo de uma curva, para o completo obscurecimento da razão, o meio reagindo por sua vez amparou-o, corrigindo-o, fazendo-o estabelecer encadeamento nunca destruído nas mais exageradas concepções, certa ordem no próprio desvario, coerência indestrutível em todos os atos e disciplina rara em todas as paixões, de sorte que ao atravessar, largos anos, nas práticas ascéticas, o sertão alvorotado, tinha na atitude, na palavra e no gesto, a tranquilidade, a altitude e a resignação soberana de um apóstolo antigo.

Doente grave, só lhe pode ser aplicado o conceito da paranoia, de Tanzi e Riva.

Em seu desvio ideativo vibrou sempre, a bem dizer exclusiva, a nota étnica. Foi um documento raro de atavismo.

A constituição mórbida levando-o a interpretar caprichosamente as condições objetivas, e alterando-lhe as relações com o mundo exterior, traduz-se fundamentalmente como uma regressão ao estádio mental dos tipos ancestrais da espécie.

Um gnóstico bronco

Evitada a intrusão dispensável de um médico, um antropologista encontrá-lo-ia normal, marcando logicamente certo nível da mentalidade humana, recuando no tempo, fixando uma fase remota da evolução. O que o primeiro caracterizaria como caso franco de delírio sistematizado, na fase persecutória ou de grandezas, o segundo indicaria como fenômeno de incompatibilidade com as exigências superiores da civilização — um anacronismo palmar, a revivescência de atributos psíquicos remotíssimos. Os traços mais típicos do seu misticismo estranho, mas naturalíssimo para nós, já foram, dentro de nossa era, aspectos religiosos vulgares. Deixando mesmo de lado o influxo das raças inferiores, vimo-los há pouco, de relance, em período angustioso da vida portuguesa.

Poderíamos apontá-los em cenário mais amplo. Bastava que volvêssemos aos primeiros dias da Igreja, quando o gnosticismo universal se erigia como transição obrigatória entre o paganismo e o cristianismo, na última fase do mundo romano em que, precedendo o assalto dos bárbaros, a literatura latina do Ocidente declinou, de súbito, mal substituída pelos sofistas e letrados tacanhos de Bizâncio.

Com efeito, os montanistas da Frígia, os adamitas infames, os ofiólatras, os maniqueus bifrontes entre o ideal cristão emergente e o budismo antigo, os discípulos de Marcos, os encratistas abstinentes e macerados de flagícios, todas as seitas em que se fracionava a religião nascente, com os seus doutores histéricos e exegeses hiperbólicas, forneceriam hoje casos repugnantes de insânia. E foram normais. Acolchetaram-se bem a todas as tendências da época em que as extravagâncias de Alexandre Abnótico abalavam a Roma de Marco Aurélio, com as suas procissões fantásticas, os seus mistérios e os seus sacrifícios tremendos de leões lançados vivos ao Danúbio, com solenidades imponentes presididas pelo imperador filósofo...

A história repete-se.

Antônio Conselheiro foi um gnóstico bronco.

Veremos mais longe a exação do símile.

Grande homem pelo avesso

Paranoico indiferente, este dizer, talvez, mesmo não lhe possa ser ajustado, inteiro. A regressão ideativa que patenteou, caracterizando-lhe o temperamento vesânico, é, certo, um caso notável de degenerescência intelectual, mas não o isolou — incompreendido, desequilibrado, retrógrado, rebelde — no meio em que agiu.

Ao contrário, este fortaleceu-o. Era o profeta, o emissário das alturas, transfigurado por ilapso estupendo, mas adstrito a todas as contingências humanas, passível do sofrimento e da morte, e tendo uma função exclusiva: apontar aos pecadores o caminho da salvação. Satisfez-se sempre com este papel de delegado dos céus. Não foi além. Era o servo jungido à tarefa dura; e lá se foi, caminho dos sertões bravios, largo tempo, arrastando a carcaça claudicante, arrebatado por aquela ideia fixa, mas de algum modo lúcido em todos os atos, impressionando pela firmeza nunca abalada e seguindo para um objetivo fixo com finalidade irresistível.

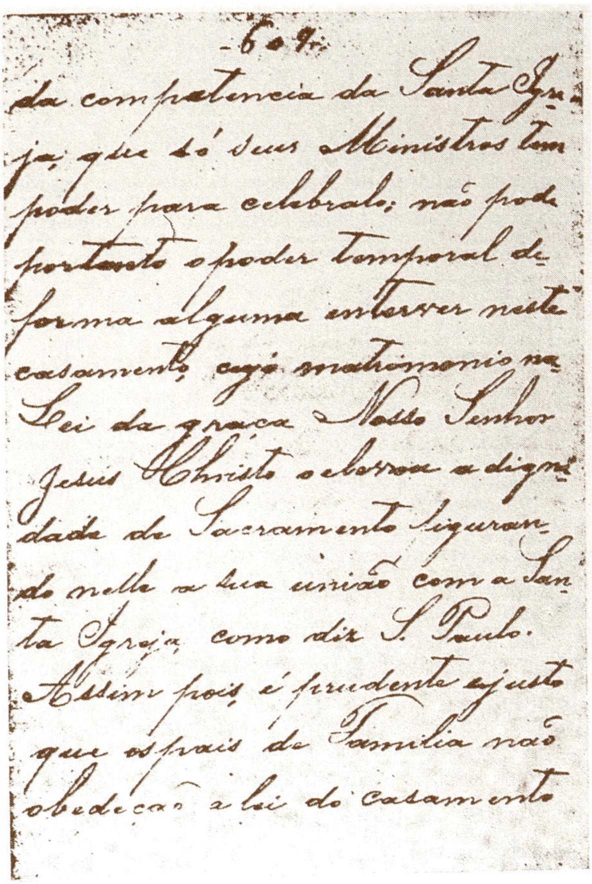
da competencia da Santa Igre-
ja; que só seus Ministros tem
poder para celebralo; não pode
portanto o poder temporal de
forma alguma intervir neste
casamento, cujo matrimonio na
Lei da graça Nosso Senhor
Jesus Christo elevou a digni-
dade de Sacramento figuran-
do nelle a sua união com a San-
ta Igreja, como diz S. Paulo.
Assim pois é prudente e justo
que os pais de Familia não
obedeção a lei do casamento

Trecho do manuscrito de Antônio Conselheiro contra o casamento.
Instituto Histórico e Geográfico Brasileiro

A sua frágil consciência oscilava em torno dessa posição média, expressa pela linha ideal que Maudsley lamenta não se poder traçar entre o bom senso e a insânia.

Parou aí indefinidamente, nas fronteiras oscilantes da loucura, nessa zona mental onde se confundem facínoras e heróis, reformadores brilhantes e aleijões tacanhos, e se acotovelam gênios e degenerados. Não a transpôs. Recalcado pela disciplina vigorosa de uma sociedade culta, a sua nevrose explodiria na revolta, o seu misticismo comprimido esmagaria a razão. Ali, vibrando a primeira uníssona com o sentimento ambiente, difundido o segundo pelas almas todas que em torno se congregavam, se normalizaram.

Representante natural do meio em que nasceu

O fator sociológico, que cultivara a psicose mística do indivíduo, limitou-a sem a comprimir, numa harmonia salvadora. De sorte que o espírito, predisposto para a rebeldia franca contra a ordem natural, cedeu à única reação de que era passível. Cristalizou num ambiente propício de erros e superstições comuns.

Antecedentes de família: Os Maciéis

A sua biografia compendia e resume a existência da sociedade sertaneja. Esclarece o conceito etiológico da doença que o vitimou. Delineemo-la de passagem.

"Os Maciéis que formavam, nos sertões entre Quixeramobim e Tamboril, uma família numerosa de homens válidos, ágeis, inteligentes e bravos, vivendo de vaqueirice e pequena criação, vieram, pela lei fatal dos tempos, a fazer parte dos grandes fastos criminais do Ceará, em uma guerra de família. Seus êmulos foram os Araújos, que formavam uma família rica, filiada a outras das mais antigas do norte da província.

Viviam na mesma região, tendo como sede principal a povoação de Boa Viagem, que demora cerca de dez léguas de Quixeramobim.

Foi uma das lutas mais sangrentas dos sertões do Ceará, a que se travou entre estes dois grupos de homens, desiguais na fortuna e posição oficial, ambos embravecidos na prática das violências, e numerosos."

Assim começa o narrador consciencioso[36] breve notícia sobre a genealogia de Antônio Conselheiro.

Os fatos criminosos a que se refere são um episódio apenas entre as *razzias*, quase permanentes, da vida turbulenta dos sertões. Copiam mil outros de que ressaltam, evidentes, a prepotência sem freios dos mandões de aldeia e a exploração pecaminosa por eles exercida sobre a bravura instintiva do sertanejo. Luta de famílias — é uma variante apenas de tantas outras, que ali surgem, intermináveis, comprometendo as próprias descendências que esposam as desavenças dos avós, criando uma quase predisposição fisiológica e tornando hereditários os rancores e as vinganças.

Lutas entre Maciéis e Araújos

Surgiu de incidente mínimo: pretensos roubos cometidos pelos Maciéis em propriedade de família numerosa, a dos Araújos.

Tudo indicava serem aqueles vítimas de acusação descabida. Eram "homens vigorosos, simpáticos, bem-apessoados, verdadeiros e serviçais" gozando em toda a redondeza de reputação invejável.

Araújo da Costa e um seu parente, Silvestre Rodrigues Veras, não viam, porém, com bons olhos a família pobre que lhes balanceava a influência, sem a justificativa de vastos latifúndios e boiadas grandes. Criadores opulentos, senhores de baraço e cutelo, vezados a fazer justiça por si mesmos, concertaram em dar exemplar castigo aos delinquentes. E como estes eram bravos até a temeridade, chamaram a postos a guarda pretoriana dos capangas.

Assim apercebidos, abalaram na expedição criminosa para Quixeramobim.

Mas volveram logo depois, contra a expectativa geral, em derrota. Os Maciéis, reunida toda a parentela, rapazes desempenados e temerosos, haviam-se afrontado com a malta assalariada, repelindo-a vigorosamente, suplantando-a, espavorindo-a.

O fato passou em 1833.

Batidos, mal sofreando o desapontamento e a cólera, os potentados, cuja imbecilidade triunfante passara por tão duro trato, apelaram para recursos mais enérgicos. Não faltavam então, como não faltam hoje, facínoras de fama que lhes alugassem a coragem. Conseguiram dois, dos melhores: José Joaquim de Meneses, pernambucano sanhudo, célebre pela rivalidade sanguinolenta com

36. Coronel João Brígido dos Santos.

os Mourões famosos; e um cangaceiro terrível, Vicente Lopes, de Aracatiaçu. Reunida a matula turbulenta, a que se ligaram os filhos e genros de Silvestre, seguiu, de pronto, para a empreitada criminosa.

Ao acercarem-se, porém, da vivenda dos Maciéis, os sicários — embora fossem em maior número — temeram-lhes a resistência. Propuseram-lhes que se entregassem, garantindo-lhes, sob palavra, a vida. Aqueles, certos de não poderem resistir por muito tempo, aquiesceram. Renderam-se. A palavra de honra dos bandidos teve, porém, o valor que poderia ter. Quando seguiam debaixo de escolta e algemados, para a cadeia de Sobral, logo no primeiro dia da viagem foram os presos trucidados. Morreram nessa ocasião, entre outros, o chefe da família, Antônio Maciel, e um avô de Antônio Conselheiro.[37]

Mas um tio deste, Miguel Carlos, logrou escapar. Manietado e além disto com as pernas amarradas por baixo da barriga do cavalo que montava, a sua fuga é inexplicável. Afirma-a, contudo, a sisudez de cronista sincero.[38]

Ora, os Araújos tinham deixado fugir o seu pior adversário. Perseguiram-no. Bem armados, bem montados, encalçaram-no, prestes, em montaria bárbara, como se fossem sobre rastros de suçuarana bravia. O foragido, porém, emérito batedor de matas, seguido na fuga por uma irmã, iludiu por algum tempo a escolta perseguidora chefiada por Pedro Martins Veras; e no sítio da "Passagem", perto de Quixeramobim, ocultou-se, exausto, numa choupana abandonada, coberta de ramos de oiticica.

Ali chegaram, em breve, rastreando-o, os perseguidores. Eram nove horas da manhã. Houve então uma refrega desigual e tremenda. O temerário sertanejo, embora estropiado e doente de um pé que luxara, afrontou-se com a horda assaltante, estendendo logo em terra a um certo Teotônio, desordeiro façanhudo, que se avantajara aos demais. Este caiu transversalmente à soleira da porta, impedindo-a que se fechasse. A irmã de Miguel Carlos, quando procurava arrastá-lo dali, caiu atravessada por uma bala. Alvejara-a o próprio Pedro Veras, que pagou logo a façanha, levando à queima-roupa uma carga de chumbo. Morto o cabecilha, os agressores recuaram por momentos, o suficiente para que o assaltado trancasse rapidamente a porta.

Isto feito, o casebre fez-se um reduto. Pelas frinchas das paredes estourava de minuto em minuto um tiro de espingarda. Os bandidos não ousaram investi-lo; mas foram de cobardia feroz. Atearam fogo à cobertura de folhas.

---

37. Manuel Ximenes, falando em suas memórias destes dois infelizes, diz que nunca tinham dito mal deles, nem os próprios inimigos, que acusaram a seus filhos; e põe em dúvida mesmo a participação destes nos roubos aludidos.

38. Manuel Ximenes, *Memórias*.

O efeito foi pronto. Mal podendo respirar no abrigo em chamas, Miguel Carlos resolve abandoná-lo. Derrama toda a água de um pote na direção do fundo da choupana, apagando momentaneamente as brasas e, saltando por sobre o cadáver da irmã, arroja-se, de clavina sobraçada e *parnaíba* em punho, contra o círculo assaltante. Rompe-o e afunda na caatinga...

Tempos depois um dos Araújos contratou casamento com a filha de rico criador de Tapaiara; e no dia das núpcias, já perto da igreja, tombou varado por uma bala, entre o alarma dos convivas e o desespero da noiva desditosa.

Velava, inextinguivelmente, a vingança do sertanejo...

Este tinha, agora, uma sócia no rancor justificado e fundo, outra irmã, Helena Maciel, a "Nêmesis da família", conforme o dizer do cronista referido. A sua vida transcorria em lances perigosos, muitos dos quais desconhecidos senão fabulados pela imaginação fecunda dos matutos. O certo, porém, é que, desfazendo a urdidura de todas as tocaias, não raro lhe caiu sob a faca o espião incauto que o rastreava, em Quixeramobim.

Diz a narrativa a que acima nos reportamos:

"Parece que Miguel Carlos tinha ali protetores que o garantiam. O que é certo é que, não obstante a sorte que tivera aquele seu apaniguado, costumava estar na vila.

Uma noite, estando à porta da loja de Manuel Procópio de Freitas, viu entrar um indivíduo, que procurava comprar aguardente. Dando-o como espião, falou em matá-lo ali mesmo, mas sendo detido pelo dono da casa, tratou de acompanhar o suspeito, e o matou, à faca, ao sair da vila, no riacho da Palha.

Uma manhã, finalmente, saiu da casa de Antônio Caetano de Oliveira, casado com uma sua parenta, e foi banhar-se no rio, que corre por trás dessa casa, situada quase no extremo da praça principal da vila, junto à garganta que conduz à pequena praça Cotovelo. Nos fundos da casa indicada era então a embocadura do riacho da Palha, que em forma quase circular contornava aquela praça, e de inverno constituía uma cinta lindíssima de águas represadas. Miguel Carlos estava já despido, como muitos companheiros, quando surgiu um grupo de inimigos, que o esperavam acocorados por entre o denso *mata-pasto*. Estranhos e parentes de Miguel Carlos, tomando as roupas depostas na areia, e vestindo-as ao mesmo tempo que corriam, puseram-se em fuga. Em ceroulas somente, e com a sua faca em punho, ele correu também na direção dos fundos de uma casa, que quase enfrenta com a embocadura do riacho da Palha; casa na qual morava em 1845 Manuel Francisco da Costa. Miguel Carlos chegou a abrir o portão do quintal, de varas, da casa indicada; mas, quando quis fechá-lo, foi prostrado por um tiro, partido do séquito que o perseguia. Outros dizem que isto se dera quando ele passava pelo buraco da cerca de uma vazante que havia por ali. Agonizava, caído, com a sua faca na mão, quando Manuel de Araújo, chefe do bando, irmão do noivo outrora assassinado, pegando-o por uma perna, lhe cravou uma faca. Moribundo, Miguel Carlos lhe respondeu no mesmo instante com outra facada na carótida, morrendo ambos instantaneamente, este por baixo daquele! Helena Maciel, correndo em fúria ao lugar do conflito, pisou a pés a cara do matador de seu irmão, dizendo-se satisfeita da perda dele pelo fim que dera ao seu inimigo!

Pretendem que os sicários tinham passado a noite em casa de Inácio Mendes Guerreiro, da família de Araújo, agente do correio da Vila. Vinham a título de prender os Maciéis; mas, só no propósito de matá-los.

Antônio Conselheiro.
Litografia publicada no volante *Breve notícia sobre o célebre Antônio Conselheiro*, que circulou em Pernambuco durante a Guerra de Canudos, em 1897

Helena não se abateu com esta desgraça. Nêmesis da família, imolou um inimigo aos manes do seu irmão. Foi ela, como ousou confessar muitos anos depois, quem mandou espancar barbaramente a André Jacinto de Sousa Pimentel, moço de família importante da Vila, aparentado com os Araújos, a quem atribuía os avisos que estes recebiam em Boa Viagem, das vindas de Miguel Carlos. Desse espancamento resultou uma lesão cardíaca, que fez morrer em transes horrorosos o infeliz, em verdade culpado dessa derradeira agressão dos Araújos.

O fato de ter sido o crime perpetrado por soldados do destacamento de linha, ao mando do alferes Francisco Gregório Pinto, homem insolente, de baixa educação e origem, com quem Pimentel andava inimizado, fez acreditar muito tempo que fora esse oficial mal reputado o autor do crime.

Helena deixara-se ficar queda e silenciosa.

Inúmeras vítimas anônimas fez esta luta sertaneja, que dizimava os sequazes das duas famílias, sendo o último dos Maciéis — Antônio Maciel, irmão de Miguel Carlos, morto em Boa Viagem. Ficou célebre muito tempo a valentia de Miguel Carlos e era por ele e seus parentes a estima e respeito dos coevos, testemunhas da energia dessa família, dentre a qual surgiram tantos homens de esforço, para uma luta com poderosos tais, como os da Boa Viagem e Tamboril."[39]

Não prossigamos.

Uma vida bem auspiciada

Nada se sabe ao certo sobre o papel que coube a Vicente Mendes Maciel, pai de Antônio Vicente Mendes Maciel (o Conselheiro), nesta luta deplorável. Os seus contemporâneos pintam-no como "homem irascível mas de excelente caráter, meio visionário e desconfiado, mas de tanta capacidade que sendo analfabeto negociava largamente em fazendas, trazendo tudo perfeitamente contado e medido de memória, sem mesmo ter escrita para os devedores".

O filho, sob a disciplina de um pai de honradez proverbial e ríspido, teve educação que de algum modo o isolou da turbulência da família. Indicam-no

39. Coronel João Brígido, *Crimes célebres do Ceará. Os Araújos e os Maciéis.*

testemunhas de vista, ainda existentes, como adolescente tranquilo e tímido, sem o entusiasmo feliz dos que seguem as primeiras escalas da vida; retraído, avesso à troça, raro deixando a casa de negócio do pai, em Quixeramobim, de todo entregue aos misteres de caixeiro consciencioso, deixando passar e desaparecer vazia a quadra triunfal dos vinte anos. Todas as histórias, ou lendas entretecidas de exageros, segundo o hábito dos narradores do sertão, em que eram muita vez protagonistas os seus próprios parentes, eram-lhe entoadas em torno evidenciando-lhes sempre a coragem tradicional e rara. A sugestão das narrativas, porém, tinha o corretivo enérgico da ríspida sisudez do velho Mendes Maciel e não abalava o ânimo do rapaz. Talvez ficasse latente, pronta a se expandir em condições mais favoráveis. O certo é que falecendo aquele em 1855, vinte anos depois dos trágicos sucessos que rememoramos, Antônio Maciel prosseguiu na mesma vida corretíssima e calma.

Arrostando com a tarefa de velar por três irmãs solteiras revelou abnegação rara. Somente depois de as ter casado procurou, por sua vez, um enlace que lhe foi nefasto.

Primeiros reveses

Data daí a sua existência dramática. A mulher foi a sobrecarga adicionada à tremenda tara hereditária, que desequilibraria uma vida iniciada sob os melhores auspícios.

A partir de 1858 todos os seus atos denotam uma transformação de caráter. Perde os hábitos sedentários. Incompatibilidades de gênio com a esposa ou, o que é mais verossímil, a péssima índole desta tornam instável a sua situação.

Em poucos anos vive em diversas vilas e povoados. Adota diversas profissões.

Nesta agitação, porém, percebe-se a luta de um caráter que se não deixa abater. Tendo ficado sem bens de fortuna, Antônio Maciel, nesta fase preparatória de sua vida, a despeito das desordens no lar, ao chegar a qualquer nova sede de residência procura logo um emprego, um meio qualquer honesto, de subsistência. Em 1859, mudando-se para Sobral, emprega-se como caixeiro. Demora-se, porém, pouco ali. Segue para Campo Grande, onde desempenha as funções modestas de escrivão do Juiz de Paz. Daí, sem grande demora, se desloca para Ipu. Faz-se solicitador, ou requerente no fórum.

Nota-se já em tudo isto um crescendo para profissões menos trabalhosas, exigindo cada vez menos a constância do esforço; o contínuo despear-se da disciplina primitiva, a tendência acentuada para a atividade mais irrequieta e mais estéril, o descambar para a vadiagem franca. Ia-se-lhe ao mesmo tempo, na desarmonia do lar, a antiga serenidade.

Este período de vida mostra-o, todavia, aparelhado de sentimentos dignos. Ali estavam, em torno, permanentes lutas partidárias abrindo-lhe carreira aventurosa, em que poderia entrar como tantos outros, ligando-se aos condutícios de qualquer conquistador de urnas, para o que tinha o prestígio tradicional da família. Evitou-as sempre. E na descensão contínua, percebe-se alguém que perde o terreno, mas lentamente, reagindo, numa exaustão dolorosa.

A queda

De repente, surge-lhe revés violento. O plano inclinado daquela vida em declive termina, de golpe, em queda formidável. Foge-lhe a mulher, em Ipu, raptada por um policial. Foi o desfecho. Fulminado de vergonha, o infeliz procura o recesso dos sertões, paragens desconhecidas, onde lhe não saibam o nome; o abrigo da absoluta obscuridade.

Desce para o sul do Ceará.

Ao passar em Paus Brancos, na estrada do Crato, fere com ímpeto de alucinado, à noite, um parente, que o hospedara. Fazem-se breves inquirições policiais, tolhidas logo pela própria vítima reconhecendo a não culpabilidade do agressor. Salva-se da prisão. Prossegue depois para o sul, à toa, na direção do Crato. E desaparece...

Passaram-se dez anos. O moço infeliz de Quixeramobim ficou de todo esquecido. Apenas uma ou outra vez lhe recordavam o nome e o termo escandaloso da existência, em que era *magna pars* um Lovelace de coturno reiuno, um sargento de polícia.

Graças a este incidente, algo ridículo, ficara nas paragens natais breve resquício de sua lembrança.

Morrera por assim dizer.

Como se faz um monstro

... E surgia na Bahia o anacoreta sombrio, cabelos crescidos até aos ombros, barba inculta e longa; face escaveirada; olhar fulgurante; monstruoso, dentro de um hábito azul de brim americano; abordoado ao clássico bastão, em que se apoia o passo tardo dos peregrinos...

É desconhecida a sua existência durante tão largo período. Um velho caboclo, preso em Canudos nos últimos dias da campanha, disse-me algo a respeito, mas vagamente, sem precisar datas, sem pormenores característicos. Conhecera-o nos sertões de Pernambuco, um ou dois anos depois da partida do Crato. Das palavras desta testemunha, concluí que Antônio Maciel, ainda moço, já impressionava vivamente a imaginação dos sertanejos. Aparecia por aqueles lugares sem destino fixo, errante. Nada referia sobre o passado. Praticava em frases breves e raros monossílabos. Andava sem rumo certo, de um pouso para outro, indiferente à vida e aos perigos, alimentando-se mal e ocasionalmente, dormindo ao relento à beira dos caminhos, numa penitência demorada e rude...

Tornou-se logo alguma coisa de fantástico ou *mal-assombrado* para aquelas gentes simples. Ao abeirar-se das rancharias dos tropeiros aquele velho singular, de pouco mais de trinta anos, fazia que cessassem os improvisos e as violas festivas.

Era natural. Ele surdia — esquálido e macerado — dentro do hábito escorrido, sem relevos, mudo, como uma sombra, das chapadas povoadas de duendes...

Passava, buscando outros lugares, deixando absortos os matutos supersticiosos.

Dominava-os, por fim, sem o querer.

No seio de uma sociedade primitiva que pelas qualidades étnicas e influxo das *santas missões* malévolas compreendia melhor a vida pelo incompreendido dos milagres, o seu viver misterioso

Antônio Conselheiro.

rodeou-o logo de não vulgar prestígio, agravando-lhe, talvez, o temperamento delirante. A pouco e pouco todo o domínio que, sem cálculo, derramava em torno parece haver refluído sobre si mesmo. Todas as conjecturas ou lendas que para logo o circundaram fizeram o ambiente propício ao germinar do próprio desvario. A sua insânia estava, ali, exteriorizada. Espelhavam-na a admiração intensa e o respeito absoluto que o tornaram em pouco tempo árbitro incondicional de todas as divergências ou brigas, conselheiro predileto em todas as decisões. A multidão poupara-lhe o indagar torturante acerca do próprio estado emotivo, o esforço dessas interrogativas angustiosas e dessa intuspecção delirante, entre os quais evolve a loucura nos cérebros abalados. Remodelava-o à sua imagem. Criava-o. Ampliava-lhe, desmesuradamente, a vida, lançando-lhe dentro os erros de dois mil anos.

Precisava de alguém que lhe traduzisse a idealização indefinida, e a guiasse nas trilhas misteriosas para os céus...

O evangelizador surgiu, monstruoso, mas autômato.

Aquele dominador foi um títere. Agiu passivo, como uma sombra. Mas esta condensava o obscurantismo de três raças.

E cresceu tanto que se projetou na história...

Peregrinações e martírios

Dos sertões de Pernambuco passou aos de Sergipe, aparecendo na cidade de Itabaiana em 1874.

Ali chegou, como em toda a parte, desconhecido e suspeito, impressionando pelos trajes esquisitos — camisolão azul, sem cintura; chapéu de abas largas, derrubadas; e sandálias. Às costas um surrão de couro em que trazia papel, pena e tinta, a *Missão abreviada* e as *Horas marianas*.

Vivia de esmolas, das quais recusava qualquer excesso, pedindo apenas o sustento de cada dia. Procurava os pousos solitários. Não aceitava leito algum, além de uma tábua nua e, na falta desta, o chão duro.

Assim pervagou largo tempo, até aparecer nos sertões, ao norte da Bahia. Ia-lhe crescendo o prestígio. Já não seguia só. Encalçavam-no na rota desnorteada os primeiros fiéis. Não os chamara. Chegavam-lhe espontâneos, felizes por atravessarem com ele os mesmos dias de provações e misérias. Eram, no geral, gente ínfima e suspeita, avessa ao trabalho, farândola de vencidos da vida, vezada à mândria e à rapina.

Um dos adeptos carregava o templo único, então, da religião minúscula e nascente: um oratório tosco, de cedro, encerrando a imagem do Cristo.

Nas paradas pelos caminhos prendiam-no a um galho de árvore; e, genuflexos, rezavam. Entravam com ele, triunfalmente erguido, pelos vilarejos e povoados, num coro de ladainhas.

Assim se apresentou o *Conselheiro*, em 1876, na vila do *Itapicuru de Cima*. Já tinha grande renome.

Di-lo documento expressivo publicado aquele ano, na capital do Império.

"Apareceu no sertão do norte um indivíduo, que se diz chamar Antônio Conselheiro, e que exerce grande influência no espírito das classes populares servindo-se de seu exterior misterioso e costumes ascéticos, com que impõe à ignorância e à simplicidade. Deixou crescer a barba e cabelos, veste uma túnica de algodão e alimenta-se tenuemente, sendo quase uma múmia. Acompanhado de duas professas, vive a rezar terços e ladainhas e a pregar e a dar conselhos às multidões, que reúne, onde lhe permitem os párocos; e, movendo sentimentos religiosos, vai arrebanhando o povo e guiando-o a seu gosto. Revela ser homem inteligente, mas sem cultura."[40]

Estes dizeres, rigorosamente verídicos, de um anuário impresso centenares de léguas de distância, delatam bem a fama que ele já granjeara.

Lendas

Entretanto a vila de Itapicuru esteve para ser o fecho da sua carreira extraordinária. Foi, ali, naquele mesmo ano, entre o espanto dos fiéis, inopinadamente preso. Determinara a prisão uma falsidade, que o seu modo de vida excepcional e as antigas desordens domésticas de algum modo justificavam: diziam-no assassino da esposa e da própria mãe.

Era uma lenda arrepiadora.

Contavam que a última, desadorando a nora, imaginara perdê-la. Revelara, por isto, ao filho, que era traído; e como este, surpreso, lhe exigisse provas do delito, propôs-se apresentá-las sem tardança. Aconselhou-o a que fantasiasse qualquer viagem, permanecendo, porém, nos arredores, porque veria, à noite, invadir-lhe o lar o sedutor que o desonrara. Aceito o alvitre, o infeliz, caval-

40. Folhinha Laemmert, de 1877.

gando e afastando-se cerca de meia légua, torceu depois de rédeas, tornando, furtivamente, por desfrequentados desvios, para uma espera adrede escolhida, de onde pudesse observar bem e agir de pronto.

Ali quedou longas horas, até lobrigar, de fato, noite velha, um vulto aproximando-se de sua vivenda. Viu-o achegar-se cautelosamente e galgar uma das janelas. E não lhe deu tempo para entrar. Abateu-o com um tiro.

Penetrou, em seguida, de um salto, no lar e fulminou com outra descarga a esposa infiel, adormecida.

Voltou, depois, para reconhecer o homem que matara... E viu com horror que era sua própria mãe, que se disfarçara daquele modo para a consecução do plano diabólico.

Fugira, então, na mesma hora, apavorado, doido, abandonando tudo, ao acaso, pelos sertões em fora...

A imaginação popular, como se vê, começava a romancear-lhe a vida, com um traço vigoroso de originalidade trágica.

O asceta

Como quer que fosse, porém, o certo é que em 1876 a repressão legal o atingiu quando já se ultimara a evolução do seu espírito, imerso de todo no sonho de onde não mais despertaria. O asceta despontava, inteiriço, da rudeza disciplinar de quinze anos de penitência. Requintara nessa aprendizagem de martírios, que tanto preconizam os velhos luminares da Igreja. Vinha do tirocínio brutal da fome, da sede, das fadigas, das angústias recalcadas e das misérias fundas. Não tinha dores desconhecidas. A epiderme seca rugava-se-lhe como uma couraça amolgada e rota sobre a carne morta. Anestesiara-a com a própria dor; macerara-a e sarjara-a de cilícios mais duros que os buréis de esparto; trouxera-a, de rojo, pelas pedras dos caminhos; esturrara-a nos rescaldos das secas; inteiriçara-a nos relentos frios; adormecera-a, em transitórios repousos, nos leitos dilacerantes das caatingas...

Abeirara muitas vezes a morte nos jejuns prolongados, com requinte de ascetismo que surpreenderia Tertuliano, esse sombrio propagandista da eliminação lenta da matéria, "descarregando-se do seu sangue, fardo pesado e importuno da alma impaciente por fugir...".[41]

Para quem estava neste tirocínio de amarguras, aquela ordem de prisão era incidente mínimo. Recebeu-a indiferente. Proibiu aos fiéis que o defendessem.

41. *De Jejunio.*

Entregou-se. Levaram-no à capital da Bahia. Ali, a sua fisionomia estranha: face morta, rígida como uma máscara, sem olhar e sem risos; pálpebras descidas dentro de órbitas profundas; e o seu entrajar singularíssimo; e o seu aspecto repugnante, de desenterrado, dentro do camisolão comprido, feito uma mortalha preta; e os longos cabelos corredios e poentos caindo pelos ombros, emaranhando-se nos pelos duros da barba descuidada, que descia até a cintura — aferroaram a curiosidade geral.

Crentes de Conselheiro.
Carvão sobre papel. Tripoli Gaudenzi

Passou pelas ruas entre ovações de esconjuros e "pelos sinais" dos crentes assustados e das beatas retransidas de sustos.

Interrogaram-no os juízes estupefatos.

Acusavam-no de velhos crimes, cometidos no torrão nativo. Ouviu o interrogatório e as acusações, e não murmurou sequer, revestido de impassibilidade marmórea.

A escolta que o trouxera, soube-se depois, espancara-o covardemente nas estradas. Não formulou a mais leve queixa.

Quedou na tranquila indiferença superior de um estoico.

Apenas — e este pormenor curioso ouvimo-lo a pessoa insuspeita — no dia do embarque para o Ceará pediu às autoridades que o livrassem da curiosidade pública, a única coisa que o vexava.

Chegando à terra natal, reconhecida a improcedência da denúncia, é posto em liberdade. E no mesmo ano reaparece na Bahia entre os discípulos, que o aguardavam sempre.

Esta volta — coincidindo, segundo afirmam, com o dia que prefixara, no momento de ser preso — tomou aspectos de milagre.

Tresdobrou a sua influência.

Vagueia, então, algum tempo, pelos sertões de Curaçá, estacionando (1877) de preferência em Xorroxó, lugarejo de poucas centenas de habitantes, cuja feira movimentada congrega a maioria dos povoadores daquele trecho do S. Francisco. Uma capela elegante indica-lhe, ainda hoje, a estadia. E mais venerável talvez, pequena árvore, à entrada da vila, que foi muito tempo objeto de uma fitolatria extraordinária. À sua sombra descansara o peregrino. Era um arbusto sagrado. À sua sombra curavam-se os crédulos doentes; as suas folhas eram panaceia infalível.

O povo começava a grande série de milagres de que não cogitava talvez o infeliz...

De 1877 a 1887 erra por aqueles sertões, em todos os sentidos, chegando mesmo até ao litoral, em Vila do Conde (1887).

Em toda esta área não há, talvez, uma cidade ou povoado onde não tenha aparecido. Alagoinhas, Inhambupe, Bom Conselho, Jeremoabo, Cumbe, Mocambo, Maçacará, Pombal, Monte Santo, Tucano e outros, viram-no chegar, acompanhado da farândola de fiéis. Em quase todas deixava um traço de passagem: aqui um cemitério arruinado, de muros reconstruídos; além uma igreja renovada; adiante uma capela que se erguia, elegante sempre.

A sua entrada nos povoados, seguido pela multidão contrita, em silêncio, alevantando imagens, cruzes e bandeiras do Divino, era solene e impressionadora. Paralisavam-se as ocupações normais. Ermavam-se as oficinas e as culturas. A população convergia para a vila onde, em compensação, avultava o movimento das feiras; e durante alguns dias, eclipsando as autoridades locais, o penitente errante e humilde monopolizava o mando, fazia-se autoridade única.

Erguiam-se na praça, revestidas de folhagens, as latadas, onde à tarde entoavam, os devotos, terços e ladainhas; e quando era grande a concorrência, improvisava-se um palanque ao lado do barracão da feira, no centro do largo, para que a palavra do profeta pudesse irradiar para todos os pontos e edificar todos os crentes.

As prédicas

Ele ali subia e pregava. Era assombroso, afirmam testemunhas existentes. Uma oratória bárbara e arrepiadora, feita de excertos truncados das *Horas marianas*, desconexa, abstrusa, agravada, às vezes, pela ousadia extrema das citações latinas; transcorrendo em frases sacudidas; misto inextricável e confuso de conselhos dogmáticos, preceitos vulgares da moral cristã e de profecias esdrúxulas...

Era truanesco e era pavoroso.

Imagine-se um bufão arrebatado numa visão do Apocalipse...

Parco de gestos, falava largo tempo, olhos em terra, sem encarar a multidão abatida sob a algaravia, que derivava demoradamente, ao arrepio do bom senso, em melopeia fatigante.

Tinha, entretanto, ao que parece, a preocupação do efeito produzido por uma ou outra frase mais incisiva. Enunciava-a e emudecia: alevantava a cabeça, descerrava de golpe as pálpebras; viam-se-lhe então os olhos extremamente negros e vivos, e o olhar — uma cintilação ofuscante... Ninguém ousava contemplá-lo. A multidão sucumbida abaixava, por sua vez, as vistas, fascinada, sob o estranho hipnotismo daquela insânia formidável.

E o grande desventurado realizava, nesta ocasião, o seu único milagre: conseguia não se tornar ridículo...

Nestas prédicas, em que fazia vitoriosa concorrência aos capuchinhos vagabundos das missões, estadeava o sistema religioso incongruente e vago. Ora, quem as ouviu não se forra a aproximações históricas sugestivas. Relendo as páginas memoráveis[42] em que Renan faz ressurgir, pelo galvanismo do seu belo estilo, os adoidados chefes de seita dos primeiros séculos, nota-se a revivescência integral de suas aberrações extintas. Não há desejar mais completa reprodução do mesmo sistema, das mesmas imagens, das mesmas fórmulas hiperbólicas, das mesmas palavras quase. É um exemplo belíssimo da identidade dos estados evolutivos entre os povos. O retrógrado do sertão reproduz o *facies* dos místicos do passado. Considerando-o, sente-se o efeito maravilhoso de uma perspectiva através dos séculos...

Está fora do nosso tempo. Está de todo entre esses retardatários que Fouillée compara, em imagem feliz, *à des coureurs sur le champ de la civilisation, de plus en plus en retard.*

42. *Marc-Aurèle.*

Preceitos de montanista

É um dissidente do molde exato de Themison. Insurge-se contra a Igreja romana, e vibra-lhe objurgatórias, estadeando o mesmo argumento que aquele: ela perdeu a sua glória e obedece a Satanás. Esboça uma moral que é a tradução justalinear da de Montano: a castidade exagerada ao máximo horror pela mulher, contrastando com a licença absoluta para o amor livre, atingindo quase à extinção do casamento.

O frígio pregava-a, talvez como o cearense, pelos ressaibos remanescentes das desditas conjugais. Ambos proíbem severamente que as moças se ataviem; bramam contra as vestes realçadoras; insistem do mesmo modo, especialmente, sobre o luxo dos toucados; e — o que é singularíssimo — cominam, ambos, o mesmo castigo a este pecado: o demônio dos cabelos, punindo as vaidosas com dilaceradores pentes de espinho.

A beleza era-lhes a face tentadora de Satã. O Conselheiro extremou-se mesmo no mostrar por ela invencível horror. Nunca mais olhou para uma mulher. Falava de costas mesmo às beatas velhas, feitas para amansarem sátiros.

Prédica.
Otoniel Fernandes Neto. Casa Euclidiana, São José do Rio Pardo

Profecias

Ora, esta identidade avulta, mais frisante, quando se comparam com as do passado as concepções absurdas do esmaniado apóstolo sertanejo. Como os montanistas, ele surgia no epílogo da terra... O mesmo milenarismo extravagante, o mesmo pavor do Anticristo despontando na derrocada universal da vida. O fim do mundo próximo...

Que os fiéis abandonassem todos os haveres, tudo quanto os maculasse com um leve traço da vaidade. Todas as fortunas estavam a pique da catástrofe iminente e fora temeridade inútil conservá-las.

Que abdicassem as venturas mais fugazes e fizessem da vida um purgatório duro; e não a manchassem nunca com o sacrilégio de um sorriso. O Juízo Final aproximava-se, inflexível.

Prenunciavam-se anos sucessivos de desgraças:[43]

> *... Em 1896 hade rebanhos mil correr da praia para o certão; então o certão virará praia e a praia virará certão.*
> *Em 1897 haverá muito pasto e pouco rasto e um só pastor e um só rebanho.*
> *Em 1898 haverá muitos chapéos e poucas cabeças.*
> *Em 1899 ficarão as aguas em sangue e o planeta hade apparecer no nascente com o raio do sol que o ramo se confrontará na terra e a terra em algum lugar se confrontará no céu...*
> *Hade chover uma grande chuva de estrelas e ahi será o fim do mundo. Em 1900 se apagarão as luzes. Deus disse no Evangelho: eu tenho um rebanho que anda fóra deste aprisco e é preciso que se reunam porque ha um só pastor e um só rebanho!*

Como os antigos, o predestinado atingia a terra pela vontade divina. Fora o próprio Cristo que pressagiara a sua vinda, quando

> *na hora nona, descansando no monte das Oliveiras, um dos seus apóstolos perguntou: Senhor! para o fim desta edade que signaes vós deixaes?*

43. Os dizeres destas profecias estavam escritos em grande número de pequenos cadernos encontrados em Canudos.
Os que aí vão foram, lá mesmo, copiados de um deles, pertencente ao secretário do comandante-em--chefe da campanha.

Elle respondeu: muitos signaes na Lua, no sol e nas Estrellas. Hade apparecer um Anjo mandado por meu pae terno, pregando sermão pelas portas, fazendo povoações nos desertos, fazendo egrejas e capellinhas e dando seus conselhos...

E no meio desse extravagar adoidado, rompendo dentre o messianismo religioso, o messianismo da raça levando-o à insurreição contra a forma republicana:

Em verdade vos digo, quando as nações brigam com as nações, o Brazil com o Brazil, a Inglaterra com a Inglaterra, a Prussia com a Prussia, das ondas do mar D. Sebastião sahirá com todo o seu exercito.
Desde o principio do mundo que encantou com todo seu exercito e o restituio em guerra.
E quando encantou-se afincou a espada na pedra, ella foi até os corpos e elle disse: Adeus mundo!
Até mil e tantos a dois mil não chegarás!
Neste dia quando sahir com o seu exercito tira a todos no fio da espada deste papel da Republica.
O fim desta guerra se acabará na Santa Casa de Roma e o sangue hade ir até a junta grossa...

Um heresiarca do século II em plena Idade Moderna

O profetismo tinha, como se vê, na sua boca, o mesmo tom com que despontou na Frígia, avançando para o Ocidente. Anunciava, idêntico, o juízo de Deus, a desgraça dos poderosos, o esmagamento do mundo profano, o reino de mil anos e suas delícias.

Não haverá, com efeito, nisto, um traço superior do judaísmo? Não há encobri-lo. Ademais este voltar-se à idade de ouro dos apóstolos e sibilistas, revivendo vetustas ilusões, não é uma novidade. É o permanente refluxo do cristianismo para o seu berço judaico. Montano reproduz-se em toda a história, mais ou menos alterado consoante o caráter dos povos, mas delatando, na mesma rebeldia contra a hierarquia eclesiástica, na mesma exploração do sobrenatural, e no mesmo ansiar pelos céus, a feição primitivamente sonhadora da velha religião, antes que a deformassem os sofistas canonizados dos concílios.

A exemplo de seus comparsas do passado, Antônio Conselheiro era um pietista ansiando pelo reino de Deus, prometido, delongado sempre e, ao cabo, de todo esquecido pela Igreja ortodoxa do século II.

Abeirara-se apenas do catolicismo mal compreendido.

Tentativas de reação legal

Coerente com a missão a que se devotara, ordenava, depois destas homilias, penitências que de ordinário redundavam em benefício das localidades. Reconstruíam-se templos abatidos; renovavam-se cemitérios em abandono; erigiam-se construções novas e elegantes. Os pedreiros e carpinteiros trabalhavam de graça; os abastados forneciam, grátis, os materiais indispensáveis; o povo carregava pedras. Durante dias seguidos, na azáfama piedosa, se agitavam os operários cujos salários se averbavam nos céus.

E terminada a empresa o predestinado abalava... para onde? Ao acaso, tomando a primeira vereda, pelos sertões em fora, pelas chapadas multívias, sem olhar sequer para os que o encalçavam.

Não o contrariava o antagonismo de um adversário perigoso, o padre. A dar-se crédito a testemunho valioso,[44] aquele, em geral, estimulava-lhe ou permitia-lhe as práticas pelas quais, sem nada usufruir, promovia todos os atos de onde saem os rendimentos do clero: batizados, desobrigas, festas e novenas.

Os vigários toleravam com boa sombra os despropósitos do Santo endemoninhado que ao menos lhes acrescia a côngrua reduzida. Percebeu-o, em 1882, o arcebispo da Bahia, procurando por paradeiro a esta transigência, senão mal disfarçada proteção, por uma circular dirigida a todos os párocos.

44. "Quando por ali passamos (no Cumbe, em 1887) achava-se na povoação um célebre *Conselheiro*, sujeito baixo, moreno, acaboclado, de barbas e cabelos pretos e crescidos, vestido de camisolão azul, morando sozinho numa desmobiliada casa, onde se apinhavam as beatas e afluíam os presentes com os quais se alimentava.
... O povo costuma afluir em massa aos atos do *Conselheiro*, a cujo aceno cegamente obedece e resistirá ainda mesmo a qualquer ordem legal, por cuja razão os vigários o deixam impunemente *passar por santo* tanto mais quanto ele nada ganha e, ao contrário, promove os batizados, casamentos, desobrigas, festas, novenas, tudo mais em que consistem os vastos rendimentos da Igreja" (Tenente-coronel Durval Vieira de Aguiar, *Descrições práticas da província da Bahia*).

> *Chegando ao nosso conhecimento, que pelas freguesias do centro deste arcebispado, anda um indivíduo denominado Antônio Conselheiro, pregando ao povo, que se reúne para ouvi-lo, doutrinas supersticiosas e uma moral excessivamente rígida*[45] *com que está perturbando as consciências e enfraquecendo, não pouco, a autoridade dos párocos destes lugares, ordenamos a V. Revma., que não consinta em sua freguesia semelhante abuso, fazendo saber aos Paroquianos que lhes proibimos absolutamente, de se reunirem para ouvir tal pregação, visto como, competindo na Igreja católica, somente aos ministros da religião, a missão santa de doutrinar os povos, um secular, quem quer que ele seja, ainda quando muito instruído e virtuoso, não tem autoridade para exercê-la.*
>
> *Entretanto sirva isto para excitar cada vez mais o zelo de V. Revma., no exercício do ministério da pregação, a fim de que os seus paroquianos, suficientemente instruídos, não se deixem levar por todo o vento de doutrina etc.*[46]

Foi inútil a intervenção da Igreja.

Antônio Conselheiro continuou sem embaraços a sua marcha de desnorteado apóstolo, pervagando nos sertões. E como se desejasse reviver sempre a lembrança da primeira perseguição sofrida, volve constantemente ao Itapicuru, cuja autoridade policial, por fim, apelou para os poderes constituídos, em ofício onde, depois de historiar ligeiramente os antecedentes do agitador, disse:[47]

> *... Fez neste termo seu acampamento e presentemente está no referido arraial construindo uma capela a expensas do povo.*
>
> *Conquanto esta obra seja de algum melhoramento, aliás dispensável, para o lugar, todavia os excessos e sacrifícios não compensam este bem, e, pelo modo por que estão os ânimos, é mais que justo e fundado o receio de grandes desgraças.*
>
> *Para que V. Sa. saiba quem é Antônio Conselheiro, basta dizer que é acompanhado por centenas e centenas de pessoas, que ouvem-no e cumprem suas ordens de preferência às do vigário da paróquia.*
>
> *O fanatismo não tem mais limites e assim é que, sem medo de erro, e firmado em fatos, posso afirmar que adoram-no, como se fosse um Deus vivo.*
>
> *Nos dias de sermões, terços e ladainhas, o ajuntamento sobe a mil pessoas. Na construção desta capela, cuja féria semanal é de quase cem mil réis, décuplo*

45. Uma moral excessivamente rígida!...

46. Circular dirigida, em 16 de fevereiro de 1882, ao clero baiano pelo arcebispo D. Luís.

47. Ofício dirigido em novembro de 1886 ao chefe de polícia da Bahia pelo delegado de Itapicuru.

do que devia ser pago, estão empregados cearenses, aos quais Antônio Conselheiro presta a mais cega proteção, tolerando e dissimulando os atentados que cometem, e esse dinheiro sai dos crédulos e ignorantes, que, além de não trabalharem, vendem o pouco que possuem e até furtam para que não haja a menor falta, sem falar nas quantias arrecadadas que têm sido remetidas para outras obras do Xorroxó, termo do Capim Grosso.

E depois de apontar a última tropelia dos fanáticos:

Havendo desinteligência entre o grupo de Antônio Conselheiro e o vigário de Inhambupe, está aquele municiado como se tivesse de ferir uma batalha campal, e consta que estão à espera que o vigário vá ao lugar denominado Junco para assassiná-lo. Faz medo aos transeuntes passar por alto, vendo aqueles malvados munidos de cacetes, facas, facões, clavinotes; e ai daquele que for suspeito de ser infenso a Antônio Conselheiro.

Ao que se figura, este apelo, feito em termos tão alarmantes, não foi correspondido. Nenhuma providência se tomou até meados de 1887, quando a diocese da Bahia interveio de novo, oficiando o arcebispo ao presidente da província, pedindo providências que contivessem o "indivíduo Antônio Vicente Mendes Maciel que, pregando doutrinas subversivas, fazia um grande mal à religião e ao Estado, distraindo o povo de suas obrigações e arrastando-o após si, procurando convencer de que era Espírito Santo, etc.".

Ante o reclamo, o presidente daquela província dirigiu-se ao ministro do Império, pedindo um lugar para o tresloucado no hospício de alienados do Rio. O ministro respondeu ao presidente contrapondo o notável argumento de não haver, naquele estabelecimento, lugar algum vago; e o presidente oficiou de novo ao prelado, tornando-o ciente da resolução admirável do governo.

Assim se abriu e se fechou o ciclo das providências legais que se fizeram durante o Império.

Mais lendas

O *Conselheiro* continuou sem tropeços na missão pervertedora, avultando na imaginação popular.

Apareciam as primeiras lendas.

Não as arquivaremos todas.

Fundou o arraial do Bom Jesus; e contam as gentes assombradas que em certa ocasião, quando se construía a belíssima igreja que lá está, esforçando-se debalde dez operários por erguerem pesado baldrame, o predestinado trepou sobre o madeiro e ordenou, em seguida, que dois homens apenas o levantem; e o que não haviam conseguido tantos, realizaram os dois, rapidamente, sem esforço algum...

Outra vez — ouvi o estranho caso a pessoas que se não haviam deixado fanatizar! — chegou a Monte Santo e determinou que se fizesse uma procissão pela montanha acima, até a última capela, no alto. Iniciou-se à tarde a cerimônia. A multidão derivou, lenta, pela encosta clivosa, entoando benditos, estacionando nos *passos*, contrita. Ele seguia na frente — grave e sinistro — descoberto, agitada pela ventania forte a cabeleira longa, arrimando-se ao bordão inseparável. Desceu a noite. Acenderam-se as tochas dos penitentes, e a procissão, estendida na linha de cumeadas, traçou uma estrada luminosa no dorso da montanha...

Ao chegar à Santa Cruz, no alto, Antônio Conselheiro, ofegante, senta-se no primeiro degrau da tosca escada de pedra, e queda-se estático, contemplando os céus, o olhar imerso nas estrelas...

Antônio Conselheiro pregando.
Gravura de Aldemir Martins para a edição de *Os Sertões* de 1968

A primeira onda de fiéis enche logo o âmbito restrito da capela, enquanto outros permanecem fora ajoelhados sobre a rocha aspérrima.

O contemplativo, então, levanta-se. Mal sofreia o cansaço. Entre alas respeitosas, penetra, por sua vez, na capela, pendida para o chão a cabeça, humílimo e abatido, arfando.

Ao abeirar-se do altar-mor, porém, ergue o rosto pálido, emoldurado pelos cabelos em desalinho. E a multidão estremece toda, assombrada... Duas lágrimas sangrentas rolam, vagarosamente, no rosto imaculado da Virgem Santíssima...

Estas e outras lendas são ainda correntes no sertão. É natural. Espécie de grande homem pelo avesso, Antônio Conselheiro reunia no misticismo doentio todos os erros e superstições que formam o coeficiente de redução da nossa nacionalidade. Arrastava o povo sertanejo não porque o dominasse, mas porque o dominavam as aberrações daquele. Favorecia-o o meio e ele realizava, às vezes, como vimos, o absurdo de ser útil. Obedecia à finalidade irresistível de velhos impulsos ancestrais; e jugulado por ela espelhava em todos os atos a placabilidade de um evangelista incomparável.

De feito, amortecia-lhe a nevrose inexplicável placidez.

Certo dia o vigário de uma freguesia sertaneja vê chegar à sua porta um homem extremamente magro e sucumbido: longos cabelos despenteados pelos ombros, longas barbas descendo pelo peito; uma velha figura de peregrino a que não faltavam o crucifixo tradicional, suspenso a um lado entre as camândulas da cintura, e o manto poento e gasto, e a borracha d'água, e o bordão comprido...

O povo oprimido do sertão afluía em massa nas estradas que levavam a Canudos.
Nanquim sobre papel. Tripoli Gaudenzi

Dá-lhe o pároco com que se alimente, aceita um pedaço de pão apenas; oferece-lhe um leito, prefere uma tábua sobre que se deita sem cobertas, vestido, sem mesmo desatacar as sandálias.

No outro dia o singularíssimo hóspede, que poucas palavras até então pronunciara, pede ao padre lhe conceda pregar por ocasião da festa que ia realizar-se na igreja.

— Irmão, não tendes ordens; a Igreja não permite que pregueis.

— Deixai-me, então, fazer a *via-sacra*.

— Também não posso, vou eu fazê-la, contraveio mais uma vez o sacerdote.

O peregrino, então, encarou-o fito por algum tempo, e sem dizer palavra tirou de sob a túnica um lenço. Sacudiu o pó das alpercatas. E partiu.

Era o clássico protesto inofensivo e tranquilo dos apóstolos.

Hégira para o sertão

A reação, porém, crescendo, malignou-lhe o ânimo. Dominador incondicional, principiou de se irritar ante a menor contrariedade.

Certa vez, em Natuba, estando ausente o vigário, com quem não estava em boas graças, apareceu e mandou carregar pedras para consertos da igreja. Chega o padre; vê a invasão dos domínios sagrados; irrita-se e resolve por embargos à desordem. Era homem prático; apelou para o egoísmo humano.

Tendo a Câmara, dias antes, imposto aos proprietários o calçamento dos passeios das casas, cedeu ao povo, para tal fim, as pedras já acumuladas.

O Conselheiro não se limitou, desta vez, a sacudir as sandálias. Saiu-lhe da boca a primeira maldição, às portas da cidade ingrata; e partiu.

Tempos depois, a pedido do mesmo vigário, certa influência política do local o chamou. O templo desabava, em ruínas; o mato invadira todo o cemitério; e a freguesia era pobre. Só podia renová-los quem tão bem dispunha dos matutos crédulos. O apóstolo deferiu ao convite. Mas fê-lo através de imposições discricionárias, relembrando, com altaneria destoante da pacatez antiga, a afronta recebida.

Iam-no tornando mau.

Viu a República com maus olhos e pregou, coerente, a rebeldia contra as novas leis. Assumiu desde 1893 uma feição combatente inteiramente nova.

Originou-a fato de pouca monta.

Decretada a autonomia dos municípios, as Câmaras das localidades do interior da Bahia tinham afixado nas tábuas tradicionais, que substituem a imprensa, editais para a cobrança de impostos, etc.

Ao surgir esta novidade Antônio Conselheiro estava em Bom Conselho. Irritou-o a imposição; e planeou revide imediato. Reuniu o povo num dia de feira e, entre gritos sediciosos e estrepitar de foguetes, mandou queimar as tábuas numa fogueira, no largo. Levantou a voz sobre o "auto de fé", que a fraqueza das autoridades não impedira, e pregou abertamente a insurreição contra as leis.

Avaliou, depois, a gravidade do atentado.

Deixou a vila, tomando pela estrada de Monte Santo, para o norte.

O acontecimento repercutira na capital, de onde partiu numerosa força de polícia para prender o rebelde e dissolver os grupos turbulentos. Estes naquela época não excediam a duzentos homens. A tropa alcançou-os em Massete, lugar desabrigado e estéril entre Tucano e Cumbe, nas cercanias das serras do Ovó. As trinta praças, bem armadas, atacaram impetuosamente a turba de penitentes depauperados, certas de os destroçarem à primeira descarga. Deram, porém, de frente, com os jagunços destemerosos. Foram inteiramente desbaratadas, precipitando-se na fuga, de que fora o primeiro a dar exemplo o próprio comandante.

Esta batalha minúscula teria, infelizmente, mais tarde, muitas cópias ampliadas.

Realizada a façanha, os crentes acompanharam, reatando a marcha, a hégira do profeta. Não procuravam mais os povoados, como dantes. Demandavam o deserto.

O desbarato da tropa prenunciava-lhes perseguições mais vigorosas; e, certos do amparo da natureza selvagem, contavam com a vitória enterreirando entre as caatingas os novos contendores. Estes partiram, de fato, sem perda de tempo, da Bahia, em número de oitenta praças, de linha. Mas não prosseguiram além de Serrinha, de onde tornaram sem se aventurarem com o sertão. Antônio Conselheiro, porém, não se iludiu com o inexplicável recuo, que o salvara. Arrastou a matula de fiéis, a que se aliavam, dia a dia, dezenas de prosélitos, pelas trilhas sertanejas fora, seguindo prefixado rumo.

Conhecia o sertão. Percorrera-o todo numa romaria ininterrupta de vinte anos. Sabia de paragens ignotas de onde o não arrancariam. Marcara-as já talvez, prevenindo futuras vicissitudes.

Endireitou, rumo firme, em cheio para o norte.

Os crentes acompanharam-no. Não inquiriram para onde seguiam. E atravessaram serranias íngremes, tabuleiros estéreis e chapadas rasas, longos dias, vagarosamente, na marcha cadenciada pelo toar das ladainhas e pelo passo tardo do profeta...

V. Canudos: antecedentes

Canudos, velha fazenda de gado à beira do Vaza-Barris, era, em 1890, uma tapera de cerca de cinquenta capuabas de pau a pique.

Já em 1876, segundo o testemunho de um sacerdote, que ali fora, como tantos outros, e nomeadamente o vigário de Cumbe, em visita espiritual às gentes de todo despeadas da terra, lá se aglomerava, agregada à fazenda então ainda florescente, população suspeita e ociosa, "armada até aos dentes" e "cuja ocupação, quase exclusiva, consistia em beber aguardente e pitar uns esquisitos cachimbos de barro em canudos de metro de extensão",[48] de tubos naturalmente fornecidos pelas solanáceas (*canudos-de-pito*), vicejantes em grande cópia à beira do rio.

Assim, antes da vinda do Conselheiro, já o lugarejo obscuro — e o seu nome claramente se explica — tinha, como a maioria dos que jazem desconhecidos pelos nossos sertões, muitos germes da desordem e do crime. Estava, porém, em plena decadência quando lá chegou aquele em 1893: tijupares em abandono; vazios os pousos; e, no alto de um esporão da Favela, destelhada, reduzida às paredes exteriores, a antiga vivenda senhoril, em ruínas...

Data daquele ano a sua revivescência e crescimento rápido. O aldeamento efêmero dos matutos vadios, centralizado pela igreja velha, que já existia, ia transmudar-se, ampliando-se em pouco tempo, na Troia de taipa dos jagunços.

Era o lugar sagrado, cingido de montanhas, onde não penetraria a ação do governo maldito.

A sua topografia interessante modelava-o ante a imaginação daquelas gentes simples como o primeiro degrau, amplíssimo e alto, para os céus...

48. Padre V. F. P., vigário de Itu. Informações manuscritas (1898).

Crescimento vertiginoso

Não surpreende que para lá convergissem, partindo de todos os pontos, turmas sucessivas de povoadores convergentes das vilas e povoados mais remotos.

Diz uma testemunha:[49] "Alguns lugares desta comarca e de outras circunvizinhas, e até do estado de Sergipe, ficaram desabitados, tal a aluvião de famílias que subiam para os Canudos, lugar escolhido por Antônio Conselheiro para o centro de suas operações. Causava dó verem-se expostos à venda nas feiras, extraordinária quantidade de gado cavalar, vacum, caprino, etc., além de outros objetos, por preços de nonada, como terrenos, casas, etc. O anelo extremo era vender, apurar algum dinheiro e ir reparti-lo com o Santo Conselheiro".

Assim se mudavam os lares.

Inhambupe, Tucano, Cumbe, Itapicuru, Bom Conselho, Natuba, Maçacará, Monte Santo, Jeremoabo, Uauá, e demais lugares próximos; Entre Rios, Mundo Novo, Jacobina, Itabaiana e outros sítios remotos, forneciam constantes contingentes. Os raros viajantes que se arriscavam a viagens naquele sertão topavam grupos sucessivos de fiéis que seguiam, ajoujados de fardos, carregando as mobílias toscas, as canastras e os oratórios, para o lugar eleito. Isoladas a princípio, essas turmas adunavam-se pelos caminhos, aliando-se a outras, chegando, afinal, conjuntas, a Canudos.

O arraial crescia vertiginosamente, coalhando as colinas.

A edificação rudimentar permitia à multidão sem lares fazer até doze casas por dia; — e, à medida que se formava, a tapera colossal parecia estereografar a feição moral da sociedade ali acoutada. Era a objetivação daquela insânia imensa. Documento iniludível permitindo o corpo de delito direto sobre os desmandos de um povo.

Aquilo se fazia a esmo, adoidadamente.

Aspecto original

A *urbs* monstruosa, de barro, definia bem a *civitas* sinistra do erro. O povoado novo surgia, dentro de algumas semanas, já feito ruínas. Nascia velho. Visto de longe, desdobrado pelos cômoros, atulhando as canhadas, cobrindo área enorme, truncado nas quebradas, revolto nos pendores — tinha o aspecto perfeito de uma cidade cujo solo houvesse sido sacudido e brutalmente dobrado por um terremoto.

---

49. Barão de Jeremoabo.

Não se distinguiam as ruas. Substituía-as dédalo desesperador de becos estreitíssimos, mal separando o baralhamento caótico dos casebres feitos ao acaso, testadas volvidas para todos os pontos, cumeeiras orientando-se para todos os rumos, como se tudo aquilo fosse construído, febrilmente, numa noite, por uma multidão de loucos...

Feitas de pau a pique e divididas em três compartimentos minúsculos, as casas eram paródia grosseira da antiga morada romana: um vestíbulo exíguo, um átrio servindo ao mesmo tempo de cozinha, sala de jantar e de recepção; e uma alcova lateral, furna escuríssima mal revelada por uma porta estreita e baixa. Cobertas de camadas espessas de vinte centímetros, de barro, sobre ramos de icó, lembravam as choupanas dos gauleses de César. Traíam a fase transitória entre a caverna primitiva e a casa. Se as edificações em suas modalidades evolutivas objetivam a personalidade humana, o casebre de teto de argila dos jagunços equiparado ao *wigwan* dos peles-vermelhas sugeria paralelo deplorável. O mesmo desconforto e, sobretudo, a mesma pobreza repugnante, traduzindo de certo modo, mais do que a miséria do homem, a decrepitude da raça.

Quando o olhar se acomodava à penumbra daqueles cômodos exíguos, lobrigava, invariavelmente, trastes raros e grosseiros: um banco tosco; dois ou três banquinhos com a forma de escabelos; igual número de caixas de cedro, ou canastras; um jirau pendido do teto; e as redes. Eram toda a mobília. Nem camas,

Arraial de Canudos.
Museu Histórico Nacional, RJ

nem mesas. Pendurados aos cantos, viam-se insignificantes acessórios: o *bogó*, ou borracha, espécie de balde de couro para o transporte de água; pares de caçuás (jacás de cipó) e os *aiós*, bolsa de caça, feita das fibras de *caroá*. Ao fundo do único quarto, um oratório tosco. Neste, copiando a mesma feição achamboada do conjunto, santos mal-acabados, imagens de linhas duras, objetivavam a religião mestiça em traços incisivos de manipansos: Santo Antônios proteiformes e africanizados, de aspecto bronco, de fetiches; Marias Santíssimas, feias como megeras...

Casa de taipa em Canudos.
Fotografia de Flávio de Barros. Casa Euclidiana, São José do Rio Pardo

Por fim as armas — a mesma revivescência de estádios remotos: o facão *jacaré*, de folha larga e forte; a *parnaíba* dos cangaceiros, longa como uma espada; o ferrão ou *guiada*, de três metros de comprido, sem a elegância das lanças, reproduzindo os piques antigos; os cacetes ocos e cheios pela metade de chumbo, pesados como montantes; as bestas e as espingardas.

Entre estas últimas, gradações completas, desde a de cano fino, carregada com escumilha, até à "legítima de Braga", cevada com chumbo grosso, ao trabuco brutal ao modo de uma colubrina portátil, capaz de arremessar calhaus e pontas de chifre, à lazarina ligeira, ou ao bacamarte de boca de sino.

Nada mais. De nada mais necessitava aquela gente. Canudos surgia com a feição média entre a de um acampamento de guerreiros e a de um vasto *kraal* africano. A ausência de ruas, as praças que, à parte a das igrejas, nada mais eram que o fundo comum dos quintais, e os casebres unidos, tornavam-no como vivenda única, amplíssima, estendida pelas colinas, e destinada a abrigar por pouco tempo o *clã* tumultuário de Antônio Conselheiro.

Sem a alvura reveladora das paredes caiadas e telhados encaliçados, a certa distância era invisível. Confundia-se com o próprio chão. Aparecia, de perto, de chofre, constrito numa volta do Vaza-Barris, que o limitava do levante ao sul abarcando-o.

Emoldurava-o uma natureza morta: paisagens tristes; colinas nuas, uniformes, prolongando-se, ondeantes, até às serranias distantes, sem uma nesga de mato; rasgadas de lascas de talcoxisto, mal revestidas, em raros pontos, de acervos de bromélias, encimadas, noutros, pelos cactos esguios e solitários. O monte da Favela, ao sul, empolava-se mais alto, tendo no sopé, fronteira à praça, alguns pés de quixabeiras, agrupados em horto selvagem. À meia encosta via-se solitária, em ruínas, a antiga casa da fazenda...

A uma banda, perto e dominante, um contraforte, o morro dos *Pelados*, termina de chofre em barranca a prumo sobre o rio e este, dali por diante progredindo numa inflexão forte para montante, abarca o povoado em leito escavado e fundo, como um fosso. Ali vão ter quebradas de bordas a pique, abertas pelas erosões intensas por onde, no inverno, rolam acachoando afluentes efêmeros tendo os nomes falsos de rios: o Mucuim, o Umburanas, e outro, que sucessos ulteriores denominariam da "Providência".

Canudos, assim circunvalado quase todo pelo Vaza-Barris, embatia ao sul contra as vertentes da Favela e dominado no ocidente pelas lombas mais altas de flancos em escarpa em que se comprimia aquele nas enchentes, desatava-se para o levante segundo o expandir dos plainos ondulados. As montanhas longínquas fechavam-se em roda, formando, quase contínua, uma elipse de eixos dilatados. Feito postigos em baluarte desmedido, abriam-se, estreitas, as gargantas em que passavam os caminhos: o do Uauá, estrangulado entre os pendores fortes do Caipã; o de Jeremoabo, insinuando-se nos desfiladeiros de Cocorobó; o do Cambaio, em aclives, investindo com as vertentes do Calumbi; e o do Rosário.

Ora, por estas veredas, prendendo, no se ligarem a outras trilhas, o povoado nascente ao fundo dos sertões do Piauí, Ceará, Pernambuco e Sergipe — chegavam sucessivas caravanas de fiéis. Vinham de todos os pontos, carregando os haveres todos; e, transpostas as últimas voltas do caminho, quando divisavam o campanário humilde da antiga capela, caíam genuflexos sobre o chão aspérrimo. Estava atingido o termo da romagem. Estavam salvos da

CANUDOS E SUAS CERCANIAS

ESC. $\frac{1}{18000}$

De acôrdo com a planta levantada pela Comissão de engenharia junto à última expedição

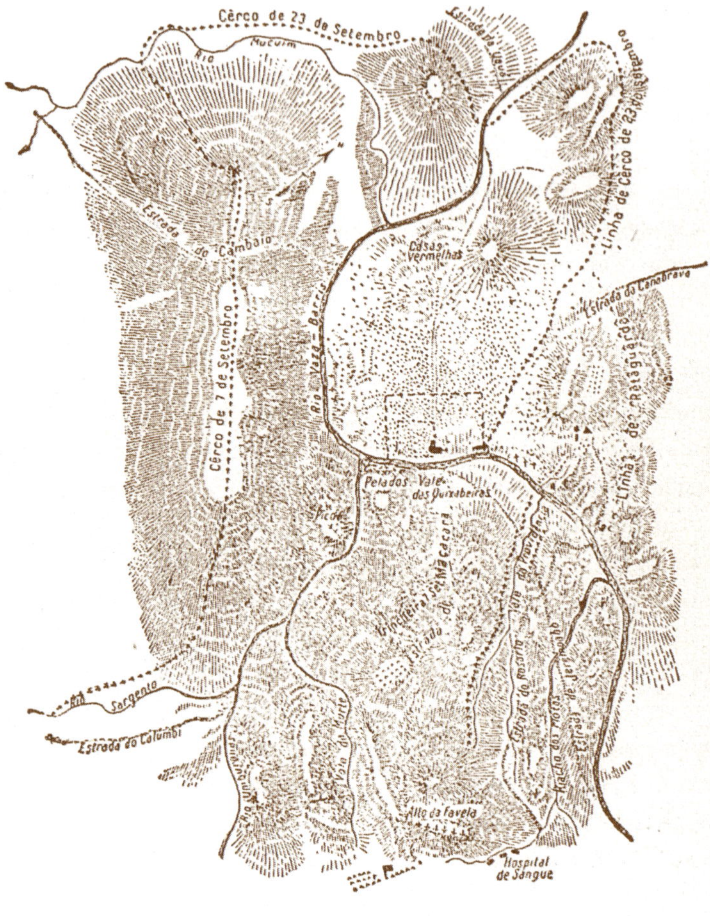

P^^^^	*Acampamentos*	⛪	*Igreja nova, Latada e Santuário*
† † †	*Pontos Artilhados*	▬+	*Igreja velha*
○	*Comissão de Engenharia*	†††	*Cemitério até 18 de julho*
▮	*Quartel da 1ª Coluna*	††††	*Nôvo Cemitério*
▲	*Quartel-General*	— — — —	*Cêrco de 25 de setembro*
●	*Quartel-Mestre General*	-.........	*Cêrco de 1 a 5 de outubro*
▬	*Hospital de Sangue*	⁘	*Casas*

Canudos e suas cercanias.
Mapa original elaborado pelo cel. Siqueira de Meneses. Casa Euclidiana, São José do Rio Pardo

pavorosa hecatombe, que vaticinavam as profecias do evangelizador. Pisavam, afinal, a terra da promissão — Canaã sagrada, que o Bom Jesus isolara do resto do mundo por uma cintura de serras...

Chegavam, estropiados da jornada longa, mas felizes. Acampavam à gandaia pelo alto dos cômoros. À noite acendiam-se as fogueiras nos pousos dos peregrinos relentados. Uma faixa fulgurante enlaçava o arraial; e, uníssonas, entrecruzavam-se, ressoando nos pousos e nas casas, as vozes da multidão penitente, na melopeia plangente dos benditos.

Ao clarear da manhã entregavam-se à azáfama da construção dos casebres. Estes, a princípio apinhando-se próximos à depressão em que se erigia a primitiva igreja, e descendo desnivelados ao viés das encostas breves até ao rio, começavam a salpintar, esparsos, o terreno rugado, mais longe.

Construções ligeiras, distantes do núcleo compacto da casaria, pareciam obedecer ao traçado de um plano de defesa. Sucediam-se escalonadas, ladeando os caminhos. Marginavam o de Jeremoabo, erectas numa e outra margem do Vaza-Barris, para jusante, até Trabubu e o ribeirão de Macambira. Pontilhavam o do Rosário, transpondo o rio e contornando a Favela. Espalhavam-se pelos cerros, que se sucediam inúmeros segundo o rumo de Uauá. Inscritas em cercas impenetráveis de gravatás, plantados na borda de um fosso envolvente, cada uma era, do mesmo passo, um lar e um reduto. Dispunham-se formando linhas irregulares de baluartes.

Porque a cidade selvagem, desde o princípio, tinha em torno, acompanhando-a no crescimento rápido, um círculo formidável de trincheiras cavadas em todos os pendores, enfiando todas as veredas, planos de fogo volvidos, rasantes com o chão, para todos os rumos. Veladas por touceiras inextricáveis de macambiras ou lascas de pedras, não se revelavam a distância. Vindo do levante, o viajor que as abeirasse, ao divisar, esparsas sobre os cerros, as choupanas exíguas à maneira de guaritas, acreditaria topar uma rancharia esparsa de vaqueiros inofensivos. Atingia, de repente, a casaria compacta, surpreso, como se caísse numa tocaia.

Para quem viesse do sul, porém, pelo Rosário ou Calumbi, galgado o alto da Favela, ou as ladeiras fortes que se derivam para o rio Sargento, o casario aparecia a um quilômetro, ao norte, esbatido num plano inferior, francamente exposto, de modo a se poder num lance único de vista aquilatar-lhe as condições de defesa.

Eram na aparência deploráveis. O arraial parecia disposto para o choque das cargas fulminantes, rolando impetuosas, com a força viva de uma queda, pelos aclives abruptos. O inimigo, livre de escaladas penosas, varejá-lo-ia em tiros mergulhantes. Podia assediá-lo todo, batendo todas as entradas, com uma bateria única.

Tinha, entretanto, condições táticas preexcelentes. Compreendera-as algum Vauban inculto...

Fechado ao sul pelo morro, descendo escancelado de gargantas até ao rio, fechavam-no, a oeste, uma muralha e um valo. De fato, infletindo naquele rumo, o Vaza-Barris, comprimido entre as últimas casas e as escarpas a pique dos morros sobranceiros, torcia para o norte feito um *canyon* fundo. A sua curva forte rodeava, circunvalando-a, a depressão em que se erigia o povoado, que se trancava a leste pelas colinas, a oeste e norte pelas ladeiras das terras mais altas, que dali se intumescem até aos contrafortes extremos do Cambaio e do Caipã; e ao sul pela montanha.

Romeiros de Canudos.
Técnica mista sobre papel. Tripoli Gaudenzi

Canudos era uma tapera dentro de uma furna. A praça das igrejas, rente ao rio, demarcava-lhe a área mais baixa. Dali, segundo um eixo orientado ao norte, se expandia alteando-se a pouco e pouco, em plano inclinado breve, feito um vale largo, em declive. Lá dentro se apertavam os casebres, atulhando toda a baixada, subindo, mais esparsos, pelas encostas de leste, transbordando, afinal, nas exíguas vivendas que vimos salpintando, raras, o alto dos cerros minados de trincheiras. A grei revoltosa — como se vê — não se ilhava em uma eminência, assoberbando os horizontes, a cavaleiro dos assaltos. Entocara-se. Naquela região belíssima, em que as linhas de cumeadas se rebatem no plano alto dos tabuleiros, escolhera precisamente o trecho que recorda uma vala comum enorme...

Regime da *urbs*

Lá se firmou logo um regime modelado pela religiosidade do apóstolo extravagante.

Jugulada pelo seu prestígio, a população tinha, engravescidas, todas as condições do estádio social inferior. Na falta da irmandade do sangue, a consanguinidade moral dera-lhe a forma exata de um *clã*, em que as leis eram o arbítrio do chefe e a justiça as suas decisões irrevogáveis. Canudos estereotipava o *facies* dúbio dos primeiros agrupamentos bárbaros.

O sertanejo simples transmudava-se, penetrando-o, no fanático destemeroso e bruto. Absorvia-o a psicose coletiva. E adotava, ao cabo, o nome até então consagrado aos turbulentos de feira, aos valentões das refregas eleitorais e saqueadores de cidades — *jagunço.*

População multiforme

De sorte que ao fim de algum tempo a população constituída dos mais díspares elementos, do crente fervoroso abdicando de si todas as comodidades da vida noutras paragens, ao bandido solto, que lá chegava de clavinote ao ombro em busca de novo campo de façanhas, se fez a comunidade homogênea e uniforme, massa inconsciente e bruta, crescendo sem evolver, sem órgãos e sem funções especializadas, pela só justaposição mecânica de levas sucessivas, à maneira de um polipeiro humano. É natural que absorvesse, intactas, todas as tendências do homem extraordinário do qual a aparência proteica — de santo exilado na terra, de fetiche de carne e osso e de bonzo claudicante — estava adrede talhada para reviver os estigmas degenerativos de três raças.

Aceitando, às cegas, tudo quanto lhe ensinara aquele; imersa de todo no sonho religioso; vivendo sob a preocupação doentia de outra vida, resumia o mundo na linha de serranias que a cingiam. Não cogitava de instituições garantidoras de um destino na terra.

Eram-lhe inúteis. Canudos era o cosmos.

E este mesmo transitório e breve: um ponto de passagem, uma escala terminal, de onde decampariam sem demora; o último pouso na travessia de um deserto — a terra. Os jagunços errantes ali armavam pela derradeira vez as tendas, na romaria miraculosa para os céus...

Nada queriam desta vida. Por isto a propriedade tornou-se-lhes uma forma exagerada do coletivismo tribal dos beduínos: apropriação pessoal apenas de objetos móveis e das casas, comunidade absoluta da terra, das pastagens, dos rebanhos e dos escassos produtos das culturas, cujos donos recebiam exígua quota parte, revertendo o resto para a *companhia*. Os recém-vindos entregavam ao Conselheiro noventa e nove por cento do que traziam, incluindo os santos destinados ao santuário comum. Reputavam-se felizes com a migalha restante. Bastava-lhes de sobra. O profeta ensinara-lhes a temer o pecado mortal do bem-estar mais breve. Voluntários da miséria e da dor, eram venturosos na medida das provações sofridas. Viam-se bem, vendo-se em andrajos. Este desprendimento, levado às últimas consequências, chegava a despi-los das belas qualidades morais, longamente apuradas na existência patriarcal dos sertões. Para Antônio Conselheiro — e neste ponto ele ainda copia velhos modelos históricos — a virtude era como que o reflexo superior da vaidade. Uma quase impiedade. A tentativa de enobrecer a existência na terra implicava de certo modo a indiferença pela felicidade sobrenatural iminente, o olvido do *além* maravilhoso anelado.

O seu senso moral deprimido só compreendia a posse deste pelo contraste das agruras suportadas.

De todas as páginas de catecismos que soletrara ficara-lhe preceito único:

Bem-aventurados os que sofrem...

A extrema dor era a extrema-unção. O sofrimento duro a absolvição plenária; a teriaga infalível para a peçonha dos maiores vícios.

Que os homens se desmandassem ou agissem virtuosamente — era questão somenos.[50] Consentia de boa feição que errassem, mas que todas as impurezas, todas as escorralhas de uma vida infame, saíssem, afinal, gota a gota, nas lágrimas vertidas.

Ao saber de caso escandaloso em que a lubricidade de um devasso

50. Montanus ne prenait même pas la peine d'interdire un acte devenu absolument insignifiant, du moment que l'humanité en était à son dernier soir. La porte se trouvait ainsi ouverte à la débauche (Renan, *Marc-Aurèle,* p. 215).

maculara incauta donzela teve, certa vez, uma frase ferozmente cínica, que os sertanejos repetiam depois sem lhe aquilatarem a torpeza:

Seguiu o destino de todas: passou por baixo da árvore do bem e do mal!

Não é para admirar que se esboçasse logo, em Canudos, a promiscuidade de um hetairismo infrene. Os filhos espúrios não tinham à fronte o labéu indelével da origem, a situação infamante dos *bänklings* entre os germanos. Eram legião.

Porque o dominador, se não estimulava, tolerava o amor livre. Nos *conselhos* diários não cogitava da vida conjugal, traçando normas aos casais ingênuos. E era lógico. Contados os últimos dias do mundo, fora malbaratá-los agitando preceitos vãos, quando o cataclismo iminente viria, em breve, apagar para sempre as uniões mais íntimas, dispersar os lares e confundir no mesmo vórtice todas as virtudes e todas as abominações. O que urgia era antecipá-lo pelas provações e pelo martírio. Pregava, então, os jejuns prolongados, as agonias da fome, a lenta exaustão da vida. Dava o exemplo fazendo constar, pelos fiéis mais íntimos, que atravessava os dias alimentando-se com um pires de farinha. Conta-se que em certo dia foi visitado por um crente abastado das cercanias. Repartiu com ele a refeição escassa; e este — milagre que abalou o arraial inteiro! — saiu do banquete minúsculo, repleto, empanzinado, como se volvesse de festim soberbo.

Esse regime severo tinha efeito duplo: tornava, pela própria debilidade, mais vibrátil a inervação enferma dos crentes e preparava-os para as aperturas dos assédios, talvez previstos. Era, talvez, intenção recôndita de Antônio Conselheiro. Nem de outro modo se compreende que permitisse assistissem no arraial indivíduos cuja índole se contrapunha à sua placabilidade humilde.

Canudos era o homizio de famigerados facínoras. Ali chegavam, de permeio com os matutos crédulos e vaqueiros iludidos, sinistros heróis da faca e da garrucha. E estes foram logo os mais quistos daquele homem singular, os seus ajudantes-de-ordens prediletos, garantindo-lhe a autoridade inviolável. Eram, por um contraste natural, os seus melhores discípulos. A seita esdrúxula — caso de simbiose moral em que o belo ideal cristão surgia monstruoso dentre aberrações fetichistas — tinha os seus naturais representantes nos batistas truculentos, capazes de carregar os bacamartes homicidas com as contas dos rosários...

Polícia de bandidos

Graças a seus braços fortes, Antônio Conselheiro dominava o arraial, corrigindo os que saíam das trilhas demarcadas. Na cadeia ali paradoxalmente instituída — a *poeira*, no dizer dos jagunços — viam-se, diariamente, presos pelos que haviam cometido a leve falta de alguns homicídios os que haviam perpetrado o crime abominável de faltar às rezas.

Inexorável para as pequenas culpas, nulíssima para os grandes atentados, a justiça era, como tudo o mais, antinômica, no *clã* policiado por facínoras. Visava uma delinquência especial, traduzindo-se na inversão completa do conceito do crime. Exercitava-se, não raro duramente, cominando penas severíssimas sobre leves faltas.

O uso da aguardente, por exemplo, era delito sério. Ai! do dipsomaníaco incorrigível que rompesse o interdito imposto!

Conta-se que de uma feita alguns tropeiros inexpertos, vindos do Juazeiro, foram ter a Canudos, levando alguns barris do líquido inconcesso. Atraía-os o engodo de lucro inevitável. Levavam a eterna cúmplice das horas ociosas dos matutos. Ao chegarem, porém, tiveram, depois de descarregarem na praça a carga valiosa, desagradável surpresa. Viram ali mesmo, abertos os barris, a machado,

Jagunços.
Gravura de Aldemir Martins para a edição de *Os Sertões* de 1968

e inutilizado o contrabando sacrílego. E volveram rápidos, desapontados, tendo às mãos, ao invés do ganho apetecido, o ardor de muitas dúzias de palmatoadas, amargos bolos com que os presenteara aquela gente ingrata.

Este caso é expressivo. Sólida experiência ensinara ao Conselheiro todos os perigos que adviriam deste *haxixe* nacional. Interdizia-o menos por debelar um vício que para prevenir desordens. Mas, fora do povoado, estas podiam espalhar-se à larga. Dali partiam bandos turbulentos arremetendo com os arredores. Toda a sorte de tropelias era permitida, desde que aumentasse o patrimônio da grei. Em 1894, as algaras, chefiadas por valentões de nota, tornaram-se alarmantes. Foram em um crescendo tal de depredações e desacatos, que despertaram a atenção dos poderes constituídos, originando mesmo calorosa e inútil discussão na Assembleia Estadual da Bahia.

Depredações

Em dilatado raio em torno de Canudos, talavam-se fazendas, saqueavam-se lugarejos, conquistavam-se cidades! No Bom Conselho, uma horda atrevida, depois de se apossar da vila, pô-la em estado de sítio, dispersou as autoridades, a começar pelo juiz da comarca e, como entreato hilariante na *razzia* escandalosa, torturou o escrivão dos casamentos que se viu em palpos de aranha para impedir que os crentes sarcásticos lhe abrissem, tosquiando-o, uma coroa larga, que lhe justificasse o invadir as atribuições sagradas do vigário.

Os desordeiros volviam cheios de despojos para o arraial, onde ninguém lhes tomava conta dos desmandos.

Muitas vezes, diz o testemunho unânime da população sertaneja, tais expedições eram sugeridas por intuito diverso. Alguns fiéis abastados tinham veleidades políticas. Sobrevinha a quadra eleitoral. Os grandes conquistadores de urnas que, a exemplo de milhares de comparsas disseminados neste país, transformam a fantasia do sufrágio universal na clava de Hércules da nossa dignidade, apelavam para o Conselheiro.

Canudos fazia-se, então, provisoriamente, o quartel das guardas pretorianas dos capangas, que de lá partiam, trilhando rumos prefixos, para reforçarem, a pau e a tiro, a soberania popular, expressa na imbecilidade triunfante de um régulo qualquer; e para o estraçoamento das atas; e para as mazorcas periódicas que a lei marca, denominando-as "eleições", eufemismo que é entre nós o mais vivo traço das ousadias da linguagem. A nossa civilização de empréstimo arregimentava, como sempre o fez, o banditismo sertanejo.

Ora, estas arrancadas eram um ensinamento. Eram úteis. Eram exercícios práticos indispensáveis ao preparo para recontros mais valentes. Compreendera-as, talvez, assim, o Conselheiro. Tolerava-as. No arraial, porém, exigia, digamos em falta de outro termo — porque os léxicos não o têm para exprimir um tumulto disciplinado —, ordem inalterável. Ali permaneciam, inofensivos porque eram inválidos, os seus melhores crentes: mulheres, crianças, velhos alquebrados, doentes inúteis. Viviam parasitariamente da solicitude do chefe, que lhes era o Santo protetor, ao qual saudavam entoando versos há vinte e tantos anos correntes nos sertões:

Do céu veio uma luz
Que Jesus Cristo mandou.
Santo Antônio Aparecido
Dos castigos nos livrou!

Quem ouvir e não aprender
Quem souber e não ensinar
No dia do Juízo
A sua alma penará! [51]

Estas velhas quadras, que a tradição guardara, lembravam ao infeliz os primeiros dias da vida atormentada e avivavam-lhe, porventura, os últimos traços da vaidade, no confronto vantajoso com o santo milagreiro por excelência.

O certo é que abria aos desventurados os celeiros fartos pelas esmolas e produtos do trabalho comum. Compreendia que aquela massa, na aparência inútil, era o cerne vigoroso do arraial. Formavam-na os eleitos, felizes por terem aos ombros os frangalhos imundos, esfiapados sambenitos de uma penitência que lhes fora a própria vida; bem-aventurados porque o passo trôpego, remorado pelas muletas e pelas anquiloses, lhes era a celeridade máxima, no avançar para a felicidade eterna.

O templo

Além disto ali os aguardava, no termo da jornada, a última penitência: a construção do templo.

---

51. Sílvio Romero, *Estudos sobre a poesia popular no Brasil.* O escritor transcrevia aquelas quadras em 1879, precedendo-as com o seguinte comentário: "Era um missionário a seu jeito. Com tão poucos recursos fanatizou as povoações que visitou, que o tinham por *Santo Antônio Aparecido*". Já em 1879!...

A antiga capela não bastava. Era frágil e pequena. Mal sobranceava os colmos achatados. Retratava por demais, no aspecto modestíssimo, a pureza principal da religião antiga.

Era necessário que se lhe contrapusesse a *arx* monstruosa, erigida como se fosse o molde monumental da seita combatente.

Começou a erigir-se a igreja nova. Desde antemanhã enquanto uns se entregavam às culturas ou tangiam os rebanhos de cabras, ou abalavam para *fazer o saco* nas vilas próximas, e outros, dispersando-se em piquetes vigilantes, estacionavam nas cercanias, bombeando quem chegava, o resto do povo moirejava na missão sagrada.

Defrontando o antigo, o novo templo erguia-se no outro extremo da praça. Era retangular, e vasto, e pesado. As paredes mestras, espessas, recordavam muralhas de reduto. Durante muito tempo teria esta feição anômala, antes que as duas torres muito altas, com ousadias de um gótico rude e imperfeito, o transfigurassem.

É que a catedral admirável dos jagunços tinha essa eloquência silenciosa dos edifícios, de que nos fala Bossuet...

Devia ser como foi. Devia surgir, mole formidável e bruta, da extrema fraqueza humana, alteada pelos músculos gastos dos velhos, pelos braços débeis das mulheres e das crianças. Cabia-lhe a forma dúbia de santuário e de antro, de fortaleza e de templo, irmanando no mesmo âmbito, onde ressoariam mais tarde as ladainhas e as balas, a suprema piedade e os supremos rancores...

Delineara-a o próprio Conselheiro. Velho arquiteto de igrejas, requintara no monumento que lhe cerraria a carreira. Levantava, volvida para o levante, aquela fachada estupenda, sem módulos, sem proporções, sem regras; de estilo indecifrável; mascarada de frisos grosseiros e volutas impossíveis cabriolando num delírio de curvas incorretas; rasgada de ogivas horrorosas, esburacada de troneiras; informe e brutal, feito a testada de um hipogeu desenterrado; como se tentasse objetivar, a pedra e cal, a própria desordem do espírito delirante.

Era a sua obra-prima. Ali passava os dias, sobre os andaimes altos e bailéus bamboantes. O povo enxameando embaixo, na azáfama do transporte dos materiais, estremecia muita vez ao vê-lo passar, lentamente, sobre as tábuas flexuosas e oscilantes, impassível, sem um tremor no rosto bronzeado e rígido, feito uma cariátide errante sobre o edifício monstruoso.

Não faltavam braços para a tarefa. Não cessavam reforços e recursos à sociedade acampada no deserto. Metade, por assim dizer, das gentes de Tucano e de Itapicuru para lá abalou. De Alagoinhas, Feira de Santana e Santa Luzia, ia toda a sorte de auxílios. De Jeremoabo, Bom Conselho e Simão Dias, grandes fornecimentos de gados.

Não assombravam aos recém-vindos os quadros que se lhes antolhavam. Tinham-nos como obrigatória prova, desafiando-lhes a fé inabalável.

Estrada para o céu

Os ingênuos contos sertanejos desde muito lhes haviam revelado as estradas fascinadoramente traiçoeiras que levam ao Inferno. Canudos, imunda antessala do Paraíso, pobre peristilo dos céus, devia ser assim mesmo — repugnante, aterrador, horrendo...

Entretanto, lá tinham ido, muitos, alimentando esperanças singulares. "Os aliciadores da seita se ocupam em persuadir o povo de que todo aquele que se quiser salvar precisa vir para Canudos, porque nos outros lugares tudo está contaminado e perdido pela República. Ali, porém, nem é preciso trabalhar, é a terra da promissão, onde corre um rio de leite e são de cuscuz de milho as barrancas." [52]

Chegavam.

Deparavam o Vaza-Barris seco, ou *empanzinado*, volvendo apenas águas barrentas das enchentes, entre os flancos entorroados das colinas...

Tinham esvaecida a miragem feliz; mas não se despeavam do misticismo lamentável...

As rezas

Ao cair da tarde, a voz do sino apelidava os fiéis para a oração. Cessavam os trabalhos. O povo adensava-se sob a *latada* coberta de folhagens. Derramava-se pela praça. Ajoelhava.

Difundia-se nos ares o coro da primeira reza.

A noite sobrevinha, prestes, mal prenunciada pelo crepúsculo sertanejo, fugitivo e breve como o dos desertos.

Fulguravam as fogueiras, que era costume acenderem-se acompanhando o perímetro do largo. E os seus clarões vacilantes emolduravam a cena meio afogada nas sombras.

Consoante antiga praxe, ou, melhor, capricho de Antônio Conselheiro, a multidão repartia-se, separados os sexos, em dois agrupamentos destacados. E em cada um deles um baralhamento enorme de contrastes...

52. *Vide* relatório de fr. João Evangelista de Monte Marciano.

Romeiros de Belo Monte.
Pintura de Tripoli Gaudenzi

Agrupamentos bizarros

Ali estavam, gafadas de pecados velhos, serodiamente penitenciados, as beatas — êmulas das bruxas das igrejas — revestidas da capona preta lembrando a holandilha fúnebre da Inquisição; as *solteiras*, termo que nos sertões tem o pior dos significados, desenvoltas e despejadas, *soltas* na gandaíce sem freios; as *moças donzelas* ou *moças damas*, recatadas e tímidas; e honestas mães de família; nivelando-se pelas mesmas rezas.

Faces murchas de velhas — esgrouviados viragos em cuja boca deve ser um pecado mortal a prece —; rostos austeros de matronas simples; fisionomias ingênuas de raparigas crédulas, misturavam-se em conjunto estranho.

Todas as idades, todos os tipos, todas as cores...

Grenhas maltratadas de crioulas retintas; cabelos corredios e duros, de caboclas; trunfas escandalosas, de africanas; madeixas castanhas e louras de brancas legítimas, embaralhavam-se, sem uma fita, sem um grampo, sem uma flor, o toucado ou a coifa mais pobre. Nos vestuários singelos, de algodão ou de chita, deselegantes e escorridos, não havia lobrigar-se a garridice menos pretensiosa: um xale de lã, uma mantilha ou um lenço de cor, atenuando a monotonia das vestes encardidas quase reduzidas a saias e camisas estraçoadas, deixando expostos os peitos cobertos de rosários, de verônicas, de cruzes, de figas, de amuletos, de dentes de animais, de bentinhos, ou de nôminas encerrando *cartas santas*, únicos atavios que perdoava a ascese exigente do evangelizador. Aqui, ali, extremando-se a relanços naqueles acervos de trapos, um ou outro rosto formosíssimo, em que ressurgiam, suplantando impressionadoramente a miséria e o sombreado das outras faces rebarbativas, as linhas dessa beleza imortal que o tipo judaico conserva imutável através dos tempos. Madonas emparceiradas a fúrias, belos olhos profundos, em cujos negrumes afuzila o desvario místico; frontes adoráveis, mal escampadas sob os cabelos em desalinho, eram profanação cruel afogando-se naquela matulagem repugnante que exsudava do mesmo passo o fartum engulhento das carcaças imundas e o lento salmear dos *benditos* lúgubres como responsórios...

A revezes, as fogueiras quase abafadas, vasquejando sob nuvens de fumo, crepitam, revivendo ao sopro da viração noturna e chofrando precípites clarões sobre a turba. Destaca-se, então, mais compacto, o grupo varonil dos homens, mostrando idênticos contrastes: vaqueiros rudes e fortes, trocando, como heróis decaídos, a bela armadura de couro pelo uniforme reles de brim americano; criadores, ricos outrora, felizes pelo abandono das boiadas e dos pousos animados; e menos numerosos, porém mais em destaque, gandaieiros de todos os matizes, recidivos de todos os delitos.

Na claridade amortecida dos braseiros esbatem-se os seus perfis interessantes e vários. Já são famosos alguns. Prestigia-os o renome de arriscadas aventuras, que a imaginação popular romanceia e amplia. Lugar-tenentes do ditador humilde, tomam armados a frente do ajuntamento. Mas não há distinguir-se-lhes neste instante, na atitude e no gesto, o desgarre provocante dos valentões incorrigíveis.

De joelhos, mãos enclavinhadas sobre o peito, o olhar tençoeiro e mau esvai-se-lhes contemplativo e vago...

José Venâncio, o terror da Volta Grande, deslembra-se das dezoito mortes cometidas e do espantalho dos processos à revelia, dobrando, contrito, a fronte para a terra.

Ladeia-o o afoito Pajeú, rosto de bronze vincado de apófises duras, mal aprumado o arcabouço atlético. Estático, mãos postas, volve, como as suçuaranas em noite de luar, olhar absorto para os céus. Logo após o seu ajudante-de-ordens inseparável, Lalau, queda-se igualmente humílimo, joelhos dobrados sobre o trabuco carregado. Chiquinho e João da Mota, dois irmãos aos quais estava entregue o comando dos piquetes vigilantes nas entradas de Cocorobó e Uauá, aparecem unidos, desfiando, crédulos, as contas do mesmo rosário. Pedrão, cafuz entroncado e bruto, que com trinta homens escolhidos guardava as vertentes da Canabrava, mal se distingue, afastado, próximo de um digno êmulo de tropelias. Estêvão, negro reforçado, disforme, corpo tatuado à bala e à faca, que lograra vingar centenas de conflitos graças à disvulnerabilidade rara. Era o guarda do Cambaio.

Joaquim *Tranca-Pés*, outro espécime de guerrilheiro sanhudo, que velava no Angico, ombreia com o *Major Sariema*, de estatura mais elegante, lidador sem posição fixa, destemeroso mas irrequieto, talhado para as arrancadas subitâneas e atrevidas. Antepõe-se-lhe, no aspecto, o tragicômico Raimundo *Boca-Torta*, do Itapicuru, espécie de funâmbulo patibular, face contorcida em esgar ferino, como um traumatismo hediondo. O ágil *Chico Ema*, a quem se confiara coluna volante de espias, surge junto a um cabecilha de primeira linha, Norberto, predestinado à chefia suprema nos últimos dias de Canudos.

Quinquim de Coiqui, um crente abnegado que alcançaria a primeira vitória sobre a tropa legal; *Antônio Fogueteiro*, do Pau Ferro, incansável aliciador de prosélitos; *José Gamo*; *Fabrício de Cocobocó*...

A massa restante dos fiéis volve-lhes, intermitentes, nos intervalos dos *kyries* inçados de silabadas incríveis, olhares carinhosos, refertos de esperanças.

O velho Macambira, pouco afeiçoado à luta, de *coração mole*, segundo o dizer expressivo dos matutos, mas espírito infernal no gizar tocaias incríveis; espécie de *Imanus* decrépito, mas perigoso ainda, tomba de bruços no chão, tendo ao lado o filho, Joaquim, criança arrojada e impávida, que figuraria em belo lance de heroísmo, mais tarde.

Alheio à credulidade geral, um explorador solerte, Vila Nova, finge que ora, remascando cifras. E na frente de todos, o comandante da praça, o *chefe do povo*, o astuto João Abade, abrange no olhar dominador a turba genuflexa.

No meio destes perfis trágicos uma figura ridícula, Antônio *Beato*, mulato espigado, magríssimo, adelgaçado pelos jejuns, muito da privança do Conselheiro; meio sacristão, meio soldado, misseiro de bacamarte, espiando, observando, indagando, insinuando-se jeitosamente pelas casas, esquadrinhando todos os recantos do arraial, e transmitindo a todo instante ao chefe supremo, que raro abandonava o *santuário*, as novidades existentes. Completa-o, como um prolongamento, José Félix, o *Taramela*, quinhoneiro da mesma predileção, guarda das igrejas, chaveiro e mordomo do Conselheiro, tendo sob as ordens as beatas de vestidos azuis cingidas de cordas de linho, encarregadas da roupa, da refeição exígua daquele e de acenderem diariamente as fogueiras para as rezas.

E um tipo adorável, Manuel Quadrado, olhando para tudo aquilo com indiferença nobilitadora. Era o curandeiro; o médico. Na multidão suspeita a natureza tinha, afinal, um devoto, alheio à desordem, vivendo num investigar perene pelas drogarias primitivas das matas.

As rezas, em geral, prolongavam-se. Percorridas todas as escalas das ladainhas, todas as contas dos rosários, rimados todos os benditos, restava ainda a cerimônia final do culto, remate obrigado daquelas.

Era o "*beija*" das imagens.

O "*beija*" das imagens

Instituíra-o o Conselheiro, completando no ritual fetichista a transmutação do cristianismo incompreendido.

Antônio Beatinho, o altareiro, tomava de um crucifixo; contemplava-o com o olhar diluído de um faquir em êxtase; aconchegava-o do peito, prostrando-se profundamente; imprimia-lhe ósculo prolongado; e entregava-o, com gesto amolentado, ao fiel mais próximo, que lhe copiava, sem variantes, a mímica reverente. Depois erguia uma virgem santa, reeditando os mesmos atos; depois o Bom Jesus. E lá vinham, sucessivamente, todos os santos, e registros, e verônicas, e cruzes, vagarosamente, entregues à multidão sequiosa, passando, um a um, por todas as mãos, por todas as bocas e por todos os peitos. Ouviam-se os beijos chirriantes, inúmeros e, num crescendo, extinguindo-lhes a assonância surda, o vozear indistinto das prédicas balbuciadas à meia-voz, dos mea-culpas ansiosamente socados nos peitos arfantes e das primeiras exclamações abafadas, reprimidas ainda, para que se não perturbasse a solenidade.

O misticismo de cada um, porém, ia-se a pouco e pouco confundindo na nevrose coletiva. De espaço a espaço a agitação crescia, como se o tumulto invadisse a assembleia, adstrito às fórmulas de programa preestabelecido, à medida que passavam as sagradas relíquias. Por fim as últimas saíam, entregues pelo Beato, quando as primeiras alcançavam as derradeiras filas dos crentes. E cumulava-se a ebriez e o estonteamento daquelas almas simples. Desbordavam as emoções isoladas, confundindo-se repentinamente, avolumando-se, presas no contágio irreprimível da mesma febre; e, como se as forças sobrenaturais, que o animismo ingênuo emprestava às imagens, penetrassem afinal as consciências, desequilibrando-as em violentos abalos, salteava a multidão um desvairamento irreprimível. Estrugiam exclamações entre piedosas e coléricas; desatavam-se movimentos impulsivos, de iluminados; estalavam gritos lancinantes, de desmaios.

Apertando ao peito as imagens babujadas de saliva, mulheres alucinadas tombavam escabujando nas contorções violentas da histeria, crianças assustadiças desandavam em choros; e, invadido pela mesma aura de loucura, o grupo varonil dos lutadores, dentre o estrépito, e os tinidos, e o estardalhaço das armas entrebatidas, vibrava no mesmo *ictus* assombroso, em que explodia, desapoderadamente, o misticismo bárbaro...

Mas de repente o tumulto cessava.

Todos se quedavam ofegantes, olhares presos no extremo da latada junto à porta do *Santuário*, aberta e enquadrando a figura singular de Antônio Conselheiro.

Este abeirava-se de uma mesa pequena. E pregava...

Por que não pregar contra a República?

Pregava contra a República; é certo.

O antagonismo era inevitável. Era um derivativo à exacerbação mística; uma variante forçada ao delírio religioso.

Mas não traduzia o mais pálido intuito político: o jagunço é tão inapto para apreender a forma republicana como a monárquico-constitucional.

Ambas lhe são abstrações inacessíveis. É espontaneamente adversário de ambas. Está na fase evolutiva em que só é conceptível o império de um chefe sacerdotal ou guerreiro.

Insistamos sobre esta verdade: a guerra de Canudos foi um refluxo em nossa história. Tivemos, inopinadamente, ressurrecta e em armas em nossa frente, uma sociedade velha, uma sociedade morta, galvanizada por um doido. Não a conhecemos. Não podíamos conhecê-la. Os aventureiros do século XVII, porém, nela topariam relações antigas, da mesma sorte que os iluminados da Idade Média se sentiriam à vontade, neste século, entre os *demonopatas* de Verzegnis ou entre os *Stundistas* da Rússia. Porque essas psicoses epidêmicas despontam em todos os tempos e em todos os lugares como anacronismos palmares, contrastes inevitáveis na evolução desigual dos povos, patentes sobretudo quando um largo movimento civilizador lhes impele vigorosamente as camadas superiores.

Os *perfectionistas* exagerados rompem, então, ilógicos, dentre o industrialismo triunfante da América do norte, e a sombria *Stürmisch*, inexplicavelmente inspirada pelo gênio de Klopstock, comparte o berço da renascença alemã...

Entre nós o fenômeno foi porventura ainda mais explicável.

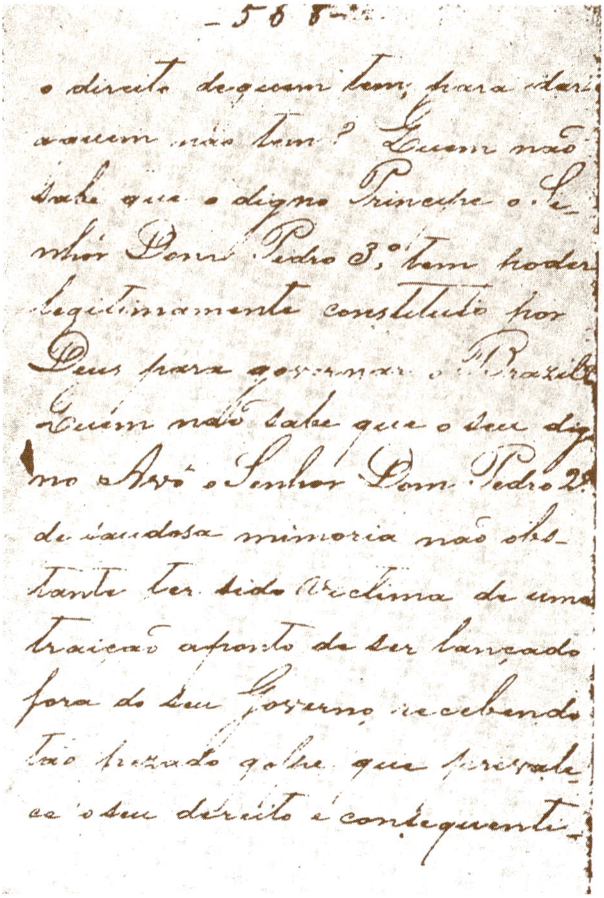
-568-
o direito de quem tem, para dar
a quem não tem? Quem não
sabe que o digno Principe o Se-
nhor Dom Pedro 3º tem poder
legitimamente constituido por
Deus para governar o Brazil
Quem não sabe que o seu dig-
no Avô o Senhor Dom Pedro 2º
de saudosa memoria não obs-
tante ter sido victima de uma
traição aponto de ser lançado
fora do seu governo recebendo
tão pezado golpe que prevale-
ce o seu direito é consequente-

Página de manuscrito de Antônio Conselheiro em que se sustenta o direito de D. Pedro III ao trono do Brasil.
Instituto Histórico e Geográfico Brasileiro

Vivendo quatrocentos anos no litoral vastíssimo, em que palejam reflexos da vida civilizada, tivemos de improviso, como herança inesperada, a República. Ascendemos, de chofre, arrebatados na caudal dos ideais modernos, deixando na penumbra secular em que jazem, no âmago do país, um terço da nossa gente. Iludidos por uma civilização de empréstimo; respigando, em faina cega de copistas, tudo o que de melhor existe nos códigos orgânicos de outras nações, tornamos, revolucionariamente, fugindo ao transigir mais ligeiro com as exigências da nossa própria nacionalidade, mais fundo o contraste entre o nosso modo de viver e o daqueles rudes patrícios mais estrangeiros nesta terra do que os imigrantes da Europa. Porque não no-los separa um mar, separam-no-los três séculos...

E quando pela nossa imprevidência inegável deixamos que entre eles se formasse um núcleo de maníacos, não vimos o traço superior do acontecimento. Abreviamos o espírito ao conceito estreito de uma preocupação partidária. Tivemos um espanto comprometedor ante aquelas aberrações monstruosas; e, com arrojo digno de melhores causas, batemo-los a carga de baionetas, reeditando por nossa vez o passado, numa *entrada* inglória, reabrindo nas paragens infelizes as trilhas apagadas das bandeiras...

Vimos no agitador sertanejo, do qual a revolta era um aspecto da própria rebeldia contra a ordem natural, adversário sério, estrênuo paladino do extinto regime, capaz de derruir as instituições nascentes.

E Canudos era a Vendeia...

Entretanto, quando nos últimos dias do arraial foi permitido o ingresso nos casebres estraçoados, salteou o ânimo dos triunfadores decepção dolorosa. A vitória duramente alcançada dera-lhes direito à devassa dos lares em ruínas. Nada se eximiu à curiosidade insaciável.

Ora, no mais pobre dos saques que registra a história, onde foram despojos opimos imagens mutiladas e rosários de coco, o que mais acirrava a cobiça dos vitoriosos eram as cartas, quaisquer escritos e, principalmente, os desgraciosos versos encontrados. Pobres papéis, em que a ortografia bárbara corria parelha com os mais ingênuos absurdos e a escrita irregular e feia parecia fotografar o pensamento torturado, eles resumiam a psicologia da luta. Valiam tudo porque nada valiam. Registravam as prédicas de Antônio Conselheiro; e, lendo-as, põe-se de manifesto quanto eram elas afinal inócuas, refletindo o turvamento intelectual de um infeliz. Porque o que nelas vibra, em todas as linhas, é a mesma religiosidade difusa e incongruente, bem pouca significação política permitindo emprestar-se às tendências messiânicas expostas. O rebelado arremetia com a ordem constituída porque se lhe afigurava iminente o reino de delícias prometido. Prenunciava-o a República — pecado mortal de um povo — heresia suprema indicadora do triunfo efêmero do Anticristo. Os rudes poetas, rimando-lhe os desvarios em quadras incolores, sem a espontaneidade forte dos improvisos sertanejos, deixaram bem vivos documentos nos versos disparatados, que deletreamos pensando, como Renan, que há, rude e eloquente, a segunda Bíblia do gênero humano, nesse gaguejar do povo.

Copiemos ao acaso alguns:

Sahiu D. Pedro segundo
Para o reyno de Lisboa
Acabosse a monarquia
O Brazil ficou atôa!

A República era a impiedade:

Garantidos pela lei
Aquelles malvados estão
Nós temos a lei de Deus
Elles tem a lei do ***cão!***
Bem desgraçados são elles
Pra fazerem a eleição
Abatendo a lei de Deus
Suspendendo a lei do ***cão!***

Casamento vão fazendo
Só para o povo illudir
Vão casar o povo todo
No casamento civil!

O governo demoníaco, porém, desaparecerá em breve:

D. Sebastião já chegou
E traz muito regimento
Acabando com o civil
E fazendo o casamento!

O Anti-Christo nasceu
Para o Brazil governar
Mas ahi está o ***Conselheiro***
Para delle nos livrar!

Visita nos vem fazer
Nosso rei D. Sebastião.
Coitado daquelle pobre
Que estiver na lei do ***cão!*** [53]

A lei do cão...

Este era o apotegma mais elevado da seita. Resumia-lhe o programa. Dispensa todos os comentários.

---

53. Conservamos os originais destas quadras, cuja ortografia alteramos em parte.

Eram, realmente, fragílimos aqueles pobres rebelados...

Requeriam outra reação. Obrigavam-nos a outra luta.

Entretanto enviamo-lhes o legislador Comblain; e esse argumento único, incisivo, supremo e moralizador — a bala.

Mas antes tentou-se empresa mais nobre e mais prática.

Uma missão abortada

Em 1895, em certa manhã de maio, no alto de um contraforte da Favela, apareceu, ladeada de duas outras, figura estranha àqueles lugares. Era um missionário capuchinho.

Considerou por instantes o arraial imenso, embaixo. Desceu devagar a encosta.

Daniel vai penetrar na furna dos leões...

Acompanhemo-lo.

Seguido de frei Caetano de S. Leo e do vigário do Cumbe, frei João Evangelista de Monte Marciano passa o rio e abeira-se dos primeiros casebres. Alcança a praça desbordante de povo "perto de mil homens armados de bacamartes, garrucha, facão, etc."; e tem a impressão de haver caído, de súbito, no meio de um acampamento de beduínos. Não se lhe entibia, porém, o ânimo blindado pela fortaleza tranquila dos apóstolos. Passa, impassível, por diante da Capela, em cuja porta se adensam mais compactos agrupamentos. Envereda logo por um beco tortuoso. Atravessa-o, seguido dos companheiros de apostolado. Enquanto às portas os moradores surpreendidos saem a vê-los, "ar irrequieto e o olhar ao mesmo tempo indagador e sinistro, denunciando consciências perturbadas e intenções hostis".

Chega por fim à casa do velho vigário do Cumbe (que não se abria havia mais de ano, porque a tanto remontava a sua ausência, ressentido por desacato que sofrera) e mal se refaz da jornada extenuadora. Comoviam-no o espetáculo dos infelizes que acabava de encontrar armados até aos dentes, e o quadro emocionante daquela Tebaida turbulenta.

Antolham-se-lhe novas impressões desagradáveis.

A breve trecho passam-lhe à porta oito defuntos levados sem sinal algum religioso para o cemitério, ao fundo da igreja velha: oito redes de caroá sob que arcavam carregadores ofegantes passando, rápidos, ansiosos por alijá-las, como se na cidade sinistra o morto fosse um desertor do martírio, indigno da atenção mais breve.

Entrementes, correra a nova da chegada, sem que o Conselheiro se abalasse ao encontro dos emissários da Igreja. Permanecera indiferente, assistindo aos trabalhos de reconstrução da Capela. Procuraram-no, então, os padres.

Deixam a casa. Tomam de novo pela viela sinuosa. Entram na praça. Atravessam-na, sem que o menor brado hostil os perturbe, e ao chegarem à sede dos trabalhos "os magotes de homens cerram fileiras junto à porta da Capela" abrindo-lhes extensa ala.

Do ajuntamento temeroso parte animadora saudação de paz: "Louvado seja Nosso Senhor Jesus Cristo!", à qual era de praxe a resposta:

"Para sempre seja louvado tão bom Senhor!"

Entram no pequeno templo e acham-se diante de Antônio Conselheiro, que os acolhe com boa sombra; e, com a placabilidade habitual, dirige-lhes a mesma saudação pacífica.

Retrato do Conselheiro

"Vestia túnica de azulão, tinha a cabeça descoberta e empunhava um bordão. Os cabelos crescidos sem nenhum trato, a caírem sobre os ombros; as longas barbas grisalhas mais para brancas; os olhos fundos raramente levantados para fitar alguém; o rosto comprido de uma palidez quase cadavérica; o porte grave e ar penitente" impressionaram grandemente os recém-vindos.[54]

Reanima-os, contudo, recepção quase cordial. De encontro ao que previam, o Conselheiro parece aprazer-se da visita. Quebra a habitual reserva e o obstinado mutismo. Informa-os do andamento dos trabalhos; convida-os a visitá-los; e presta-se de boa feição a servir-lhes de guia pelos repartimentos do edifício. E lá seguem todos, vagarosos, guiados pelo velho solitário que orçava nesse tempo dos sessenta anos, e cujo corpo franzino, arcado sobre o bordão, avançava em andar remorado, sacudido de instante a instante, por súbitos acessos de tosse...

Não se podiam exigir melhores preliminares à missão.

Aquele agasalho era meia vitória. Mas coube ao missionário anulá-la, desajeitadamente. Ao atingirem o coro, como se achassem um tanto afastados do grosso dos fiéis, que os seguiam a distância, pareceu-lhe que a oportunidade era de molde para interpelação decisiva.

Era uma precipitação, sobre inútil, contraproducente. O insucesso sobreveio, inevitável.

---

54. Acompanhe-se o *Relatório* de frei Monte Marciano.

Antônio Conselheiro.
Otoniel Fernandes Neto. Casa Euclidiana, São José do Rio Pardo

... "Aproveitei a ocasião de estarmos quase a sós e disse-lhe que o fim a que eu ia era todo de paz e que assim muito estranhava só enxergar ali homens armados e não podia deixar de condenar que se reunissem em lugar tão pobre tantas famílias entregues à ociosidade, num abandono e misérias tais que diariamente se davam de 8 a 9 óbitos. Por isto, de ordem, e em nome do sr. Arcebispo ia abrir uma santa missão e aconselhar o povo a dispersar-se e a voltar aos lares e ao trabalho no interesse de cada um e para o bem geral."

Esta intransigência, este mal sopitado assomo, partindo a finura diplomática nas arestas rígidas do dogma, não teria, certo, o beneplácito de S. Gregório — o Grande — a quem não escandalizaram os ritos bárbaros dos saxônios; e foi um desafio imprudente.

"Enquanto isto dizia, a capela e o coro enchiam-se de gente e ainda não acabara eu de falar e já eles a uma voz clamavam:

— Nós queremos acompanhar o nosso Conselheiro!"

Era a desordem iminente. Sobresteve-a, porém, a placidez admirável, a mansuetude — por que não dizer cristã? — de Antônio Conselheiro. Que o próprio missionário fale:

"Este os fez calar e voltando-se para mim disse:

— É para minha guarda que tenho comigo estes homens armados porque V. Revma. há de saber que a polícia atacou-me e quis matar-me no lugar chamado Masseté, onde houve mortes de um e outro lado. No tempo da monarquia deixei-me prender porque reconhecia o governo, hoje não, porque não reconheço a República."

Esta explicação, de forma respeitosa e clara, não satisfez o capuchinho, que tinha a coragem de um crente mas não o tato finíssimo de um apóstolo. Contraveio, parafraseando a *Prima Petri*:

" — Senhor, se é católico, deve considerar que a Igreja condena as revoltas e, aceitando todas as formas de governo, ensina que os poderes constituídos regem os povos em nome de Deus."

Era quase, sem variantes, a própria frase de S. Paulo, em pleno reinado de Nero...

E continuou:

"É assim em toda parte: a França, que é uma das principais nações da Europa, foi monarquia por muitos séculos mas há mais de 20 anos é República; e todo o povo, sem exceção dos monarquistas de lá, obedece às autoridades e às leis do governo."

Frei Monte Marciano, nesse remoer nulíssimas considerações políticas, insciente da significação real da desordem sertaneja, diz por si mesmo as causas do insucesso. Desdobrou, afinal, inteira, a estatura anômala de propagandista, faltando apenas ter sob as dobras do hábito a escopeta do cura de Santa Cruz:

"Nós mesmos aqui no Brasil, a principiar do bispo até o último católico, reconhecemos o governo atual; somente vós não vos quereis sujeitar?

É mau pensar esse, é uma doutrina errada a vossa!"

A frase final vibrou como uma apóstrofe. De dentro da multidão partiu, pronta, a réplica arrogante:

"V. Revma. é que tem uma falsa doutrina e não o nosso *Conselheiro*!"

Desta vez ainda o tumulto, prestes a explodir, retraiu-se a um gesto lento do Conselheiro que, voltando-se para o missionário, disse:

"Eu não desarmo a minha gente, mas também não estorvo a santa missão."

Esta iniciava-se agora sob maus auspícios. Apesar disto correu em paz até ao quarto dia, e concorridíssima: cerca de cinco mil assistentes, entre os quais todos os homens válidos se destacavam:

"... carregando bacamartes, garruchas, espingardas, pistolas e facões; de cartucheira à cinta e gorro à cabeça, na atitude de quem vai à guerra."

Assistia-as também o Conselheiro, ao lado do altar, atento e impassível como um fiscal severo, "deixando escapar alguma vez gestos de desaprovação que os maiorais da grei confirmavam com incisivos protestos".

Estes, contudo, ao que parece, não tinham gravidade alguma. Apenas um ou outro exaltado, violando velho privilégio, se permitia sulcar de apartes a oratória sagrada.

Assim que, praticando o pregador sobre o jejum, como meio de mortificar a matéria e refrear as paixões, pela sobriedade, sem entretanto exigir demoradas angústias, porque "podia-se jejuar muitas vezes comendo carne ao jantar e tomando pela manhã uma chávena de café", tolheu-lhe o sermão, irreverente e irônica contradita:

"Ora! Isto não é jejum, é comer a fartar!"

No quarto dia da missão, porém, reincidindo o capuchinho no descabido tema político, pioraram as coisas. Começou intensa propaganda contra a "pregação do padre *maçom protestante e republicano*", "emissário do governo e que de inteligência com este ia abrir caminho à tropa que viria de surpresa prender o Conselheiro e exterminar a todos eles".

Não se temeu aquele, da rebelião emergente. Afrontou-se com ela, acirrando-a temerariamente. Escolheu como assunto da prédica subsequente o homicídio e, sem se furtar aos perigos da arrojada tese, falando em corda na casa do enforcado, espraiou-se em alusões imprudentes que temos por escusado registrar.

A reação foi imediata. Chefiava-a João Abade, cujo apito, vibrando estridulamente na praça, congregou todos os fiéis. O caso passou em 20 de maio, sétimo da missão. Reunidos, arrancaram dali em algazarra estrepitante de vivas ao Bom Jesus e ao Divino Espírito Santo, na direção da casa em que se acolhiam os visitantes, fazendo-lhes sentir que deles não careciam para a salvação eterna.

Estava extinta a missão. Excetuando "55 casamentos de amancebados, 102 batizados e mais de 400 confissões", o resultado fora nulo, ou antes negativo.

Maldição sobre a Jerusalém de taipa

O missionário, "como outrora os apóstolos às portas das cidades que os repeliam, sacudiu o pó das sandálias" apelando para o *veredictum* tremendo da Justiça Divina...

E abalou, furtando-se a seguro pelos becos, acompanhado dos dois sócios de reveses...

Galga a estrada coleante, entre os declives da Favela.

Atinge o alto da montanha. Para um momento...

Considera pela última vez o povoado, embaixo...

É invadido de súbita onda de tristeza. Equipara-se "ao Divino Mestre diante de Jerusalém".

Mas amaldiçoou...

A LUTA

Alto comando da 4ª expedição em Canudos.

Preliminares

I. Antecedentes.

II. Causas próximas da luta. Uauá.

III. Preparativos da reação. A guerra das caatingas.

IV. Autonomia duvidosa.

Retrato de Euclides da Cunha, por Presciliano.

Preliminares

Quando se tornou urgente pacificar o sertão de Canudos, o governo da Bahia estava a braços com outras insurreições. A cidade de Lençóis fora investida por atrevida malta de facínoras, e as suas incursões alastravam-se pelas Lavras Diamantinas; o povoado de Barra do Mendes caíra às mãos de outros turbulentos; e em Jequié se cometia toda a sorte de atentados.

Frontispício da primeira edição de *Os Sertões*.

I. Antecedentes

O mal era antigo.

O trato de território que recortam as cadeias de Sincorá até às margens do S. Francisco era, havia muito, dilatado teatro de tropelias às gentes indisciplinadas do sertão.

Opulentada de esplêndidas minas, aquela paragem, malsina-a a própria opulência. Procuram-na há duzentos anos irrequietos aventureiros ferrotoados pelo anelo de espantosas riquezas, e eles, esquadrinhando afanosamente os flancos das suas serranias e as nascentes dos rios, fizeram mais do que amaninhar a terra com a ruinaria das catas e o indumento áspero das grupiaras: legaram à prole erradia e, de contágio, aos rudes vaqueiros que os seguiram, a mesma vida desenvolta e inútil livremente expandida na região fecunda, onde por muitos anos foram moeda corrente o ouro em pó e o diamante bruto.

De sorte que, sem precisarem despertar pela cultura as energias de um solo em que não se fixam e atravessam na faina desnorteada de faiscadores, conservaram na ociosidade turbulenta a índole aventureira dos avós, antigos fazedores de desertos. E como, a pouco e pouco, se foram exaurindo os cascalhos e afundando os veeiros, o banditismo franco impôs-se-lhes como derivativo à vida desmandada.

O *jagunço*, saqueador de cidades, sucedeu ao *garimpeiro*, saqueador da terra. O mandão político substituiu o *capangueiro* decaído.

A transição é antes de tudo um belo caso de reação mesológica.

Caracterizemo-la, de relance.

Vimos como se formaram ali os mamalucos bravos e diligentes, interpostos tão a propósito, na quadra colonial, entre o torvelinho das bandeiras e o curso das missões, como elemento conservador formando o cerne da nossa nacionalidade nascente e criando uma situação de equilíbrio entre o desvario das pesquisas mineiras e as utopias românticas do apostolado. Ora, aqueles homens, depois de esboçarem talvez a única feição útil da nossa atividade naqueles tempos, tiveram desde o começo do século XVIII, quando se desvendaram as lavras do Rio de Contas à Jacobina, perigosos agentes que se lhes não derrancaram o caráter varonil os nortearam a lamentáveis destinos. De feito, transmudaram-se em contato com os sertanistas gananciosos. Estes vinham, então, do oriente, espavorindo a ferro e fogo o selvagem e fundando povoados que, ao revés dos já existentes, não tinham o germe de uma fazenda de gado, mas as ruínas das malocas. Bateram rudemente a região, estacionando largo tempo ante a barreira de serras que vão de Caetité para o norte; e quando as minas esgotadas lhes demandaram aparelhos para a exploração intensiva, tiveram, logo adiante, entre as matas que vão de Macaúbas a Açuruá, novas paragens opulentas, atraindo-os para o âmago das terras.

Devassaram-nas até nova barreira, o rio S. Francisco. Transpuseram-na. Na frente, indefinido, se lhes antolhou, cavado nos chapadões, aquele maravilhoso vale do Rio das Éguas, tão aurífero que o ouvidor de Jacobina em carta dirigida à rainha Maria I (1794), afirmava "que as suas minas eram a coisa mais rica de que nunca se descobriu nos domínios de Sua Majestade".

Naquele ponto se abeiravam das lindes de Goiás.

Não deram mais um passo além. Ultimara-se uma empresa deplorável. Pelos campos de criação avermelhavam, nodoando-os, os montões de argila revolvida das catas entorroadas; e da envergadura atlética do vaqueiro surgira, destemeroso, o jagunço. A nossa história tão malsinada de indisciplinados heróis adquiria um de seus mais sombrios atores. Fez-se a metamorfose da situação anterior: de par com a sociedade robusta e tranquila dos campeiros, uma outra caracterizando-se pelo nomadismo desenvolto, pela combatividade irrequieta, e por uma ociosidade singular sulcada de tropelias.

Imaginemos que dentro do arcabouço titânico do vaqueiro estale, de súbito, a vibratibilidade incomparável do bandeirante. Teremos o jagunço.

É um produto histórico expressivo. Nascendo de cruzamento tardio entre colaterais, que o meio físico já diversificara, resume os atributos essenciais de uns e outros — na atividade bifronte que oscila, hoje, das vaquejadas trabalhosas às incursões dos quadrilheiros. E a terra, aquela incomparável terra que mesmo quando abrangida pelas secas, desnuda e empobrecida, ainda lhe sustenta os rebanhos nas baixadas salinas dos barreiros, ampara-o de idêntico modo ante as exigências da vida combatente: dá-lhe grátis em toda a parte o salitre para a composição da pólvora, enquanto as balas, luxuosos projetis feitos de chumbo e prata, lá estão, incontáveis, na galena argentífera do Açuruá...[55]

---

55. *Vide Descrições práticas da província da Bahia* pelo tenente-coronel Durval Vieira de Aguiar.

É natural que desde o começo do século passado a história dramática dos povoados do S. Francisco começasse a refletir uma situação anômala.[56] E embora em todas as narrativas emocionantes, que a formam, se destaquem rivalidades partidárias e desmandos impunes de uma política intolerável de potentados locais, todas as desordens, surgindo sempre precisamente nos lugares em que se ostentou, outrora, mais ativa a ânsia mineradora, denunciam a gênese remota que esboçamos.

Exemplifiquemos. Todo o vale do Rio das Éguas e, para o norte, o do Rio Preto, formam a pátria original dos homens mais bravos e mais inúteis da nossa terra.[57] Dali abalam para as algaras aventurosas alugando a bravura aos potentados, e têm sempre, culminando-lhas, o incêndio e o saque de vilas e cidades, em todo o vale do grande rio. Avançando contra a corrente já chegaram, em 1879, à cidade mineira de Januária, que conquistaram, tornando a Carinhanha, de onde haviam partido, carregados de despojos. Desta vila para o norte a história das depredações avulta cada vez maior, até Xiquexique, lendária nas campanhas eleitorais do Império.

Não há traçá-la em meia dúzia de páginas. O mais obscuro daqueles arraiais tem a sua tradição especial e sinistra.

Um único, talvez, se destaca sob outro aspecto, o de Bom Jesus da Lapa. É a Meca dos sertanejos. A sua conformação original, ostentando-se na serra de grimpas altaneiras, que ressoam como sinos; abrindo-se na gruta de âmbito caprichoso semelhando a nave de uma igreja, escassamente aclarada; tendo pendidos dos tetos grandes candelabros de estalactites; prolongando-se em corredores cheios de velhos ossuários diluvianos; e a lenda emocionante do monge que ali viveu em companhia de uma onça — tornaram-no objetivo predileto de romarias piedosas, convergentes dos mais longínquos lugares, de Sergipe, Piauí e Goiás.

Ora, entre as dádivas que jazem em considerável cópia no chão e às paredes do estranho templo, o visitante observa, de par com as imagens e as relíquias, um traço sombrio de religiosidade singular: facas e espingardas.

O clavinoteiro ali entra, contrito, descoberto. Traz à mão o chapéu de couro, e a arma à bandoleira. Tomba genuflexo, a fronte abatida sobre o chão úmido do calcário transudante...

---

56. Caetano Pinto de Miranda Montenegro, vindo em 1804 de Cuiabá ao Recife, andando 670 léguas, passou pela Barra do Rio Grande, e no relatório que enviou ao visconde de Anadia diz, referindo-se àqueles lugares, que "em nenhuma parte dos domínios portugueses a vida dos homens tem menos segurança" (Liv. 16. *Corr. da Corte,* 1804-1808).

57. "Quem precisa de jagunços no Rio S. Francisco manda-os contratar nesse grande viveiro. O clavinote com a munição é o preço; o mais arranjam facilmente conforme o valor da impunidade que a influência do patrão oferece" (tenente-coronel Durval, *idem*).

Batalha em Canudos.
Nanquim sobre papel. Tripoli Gaudenzi

E reza. Sonda longo tempo, batendo no peito, as velhas culpas. Ao cabo cumpre devotamente a *promessa* que fizera para que lhe fosse favorável o último conflito que travara: entrega ao Bom Jesus o trabuco famoso, tendo na coronha alguns talhos de canivete lembrando o número de mortes cometidas. Sai desapertado de remorsos, feliz pelo tributo que rendeu. Amatula-se de novo à quadrilha. Reata a vida temerosa.

Pilão Arcado, outrora florescente e hoje deserta, na derradeira fase de uma decadência que começou em 1856; Xiquexique, onde durante decênios se digladiaram liberais e conservadores; Macaúbas, Monte Alegre e outras, e todas as fazendas de seus termos, delatam, nas vivendas derruídas ou esburacadas à bala, esse velho regime de desmandos.

São lugares em que se normalizou a desordem esteada no banditismo disciplinado.

O conceito é paradoxal, mas exato.

Porque há, de fato, uma ordem notável entre os jagunços. Vaidosos de seu papel de bravos condutícios e batendo-se lealmente pelo mandão que os chefia, restringem as desordens às minúsculas batalhas em que entram, militarmente, arregimentados.

O saque das povoações que conquistam, têm-no como direito de guerra, e neste ponto os absolve a história inteira.

Fora disto, são raros os casos de roubos, que consideram desaire e indigno labéu. O mais frágil *positivo* pode atravessar, inerme e indene, procurando o litoral, aquelas matas e campos, com os *picuás* atestados de diamantes e pepitas. Não lhe faltará um só no termo da viagem. O forasteiro, alheio às lutas partidárias, atravessa-os igualmente imune.

Não raro um mascate, seguindo por ali, com seus cargueiros rengueando ao peso das caixas preciosas, estaca — tremendo — ao ver aparecer inesperadamente um grupo de jagunços, acampados na volta do caminho...

Mas perde em momentos o medo. O clavinoteiro-chefe aproxima-se. Saúda-o com boa sombra; dirige-lhe a palavra, risonho; e mete-lhe à bulha o terror, galhofeiro. Depois lhe exige um tributo — um cigarro. Acende-o numa pancada única do isqueiro; e deixa-o passar, levando, intactas, a vida e a fortuna.

São numerosos os casos deste teor revelando notável nobreza entre aqueles valentes desgarrados.

Cerca de dez ou oito léguas de Xiquexique demora a sua capital, o arraial de Santo Inácio, ereto entre montanhas e inacessível até hoje a todas as diligências policiais.

Estas, de ordinário, conseguem pacificar os lugares conflagrados, tornando-se interventoras neutras ante as facções combatentes. É uma ação diplomática entre potências. A justiça armada parlamenta com os criminosos; balanceia as condições de um e outro partido; discute; evita os ultimatos; e acaba ratificando verdadeiros tratados de paz, sancionando a soberania da capangagem impune.

Assim os estigmas hereditários da população mestiça se têm fortalecido na própria transigência das leis.

Não surpreende que hajam crescido, avassalando todo o vale do S. Francisco, e desbordando para o norte.

Porque o *cangaceiro*[58] da Paraíba e Pernambuco é um produto idêntico, com diverso nome. Distingue-o do jagunço talvez a nulíssima variante da arma predileta: a *parnaíba*, de lâmina rígida e longa, suplanta a fama tradicional do clavinote de boca de sino. As duas sociedades irmãs tiveram, entretanto, longo afastamento que as isolou uma da outra. Os *cangaceiros* nas incursões para o sul, e os *jagunços* nas incursões para o norte, defrontavam-se, sem se unirem, separados pelo valado em declive de Paulo Afonso.

A insurreição da comarca de Monte Santo ia ligá-las.

A campanha de Canudos despontou da convergência espontânea de todas estas forças desvairadas, perdidas nos sertões.

---

58. Derivado de *cangaço*, complexo de armas que trazem os malfeitores. "O assassino foi à feira debaixo de seu *cangaço*, dizem os habitantes do sertão" (Franklin Távora, *O cabeleira*).

II. Causas próximas da luta

Determinou-a incidente desvalioso.

Antônio Conselheiro adquirira em Juazeiro certa quantidade de madeira, que não podiam fornecer-lhe as caatingas paupérrimas de Canudos. Contratara o negócio com um dos representantes da autoridade daquela cidade. Mas ao terminar o prazo ajustado para o recebimento do material, que se aplicaria no remate da igreja nova, não lho entregaram. Tudo denuncia que o distrato foi adrede feito, visando o rompimento anelado.

O principal representante da justiça do Juazeiro tinha velha dívida a saldar com o agitador sertanejo, desde a época em que sendo juiz do Bom Conselho fora coagido a abandonar precipitadamente a comarca, assaltada pelos adeptos daquele.

Aproveitou, por isto, a situação, que surgia a talho para a desafronta. Sabia que o adversário revidaria à provocação mais ligeira. De fato, ante a violação do trato aquele retrucou com a ameaça de uma investida sobre a bela povoação do S. Francisco: as madeiras seriam de lá arrebatadas, à força.

O caso passou em dias de outubro de 1896.

Historiemos, adstritos a documentos oficiais:

"Era esta a situação[59] quando recebi do Dr. Arlindo Leoni, Juiz de Direito de Juazeiro, um telegrama urgente comunicando-me correrem boatos mais ou menos fundados de que aquela florescente cidade seria por aqueles dias assaltada por gente de Antônio Conselheiro, pelo que solicitava providências para garantir a população e evitar o êxodo que da parte desta já se ia iniciando. Respondi-lhe que o governo não podia mover força por simples boatos e recomendei, entretanto, que mandasse vigiar as estradas em distância e verificado o movimento dos bandidos, avisasse por telegrama, pois o governo ficava prevenido para enviar incontinenti, em trem expresso, a força necessária para rechaçá-los e garantir a cidade.

59. Mensagem do governador da Bahia ao presidente da República — 1897.

Desfalcada a força policial aquartelada nesta Capital, em virtude das diligências a que anteriormente me referi, requisitei do Sr. General comandante do distrito 100 praças de linha, a fim de seguirem para Juazeiro, apenas me chegasse aviso do Juiz de Direito daquela comarca. Poucos dias depois recebi daquele magistrado um telegrama em que me afirmava estarem os sequazes de Antônio Conselheiro distantes do Juazeiro pouco mais ou menos dois dias de viagem. Dei conhecimento do fato ao Sr. General que, satisfazendo a minha requisição, fez seguir em trem expresso e sob o comando do Tenente Pires Ferreira, a força preparada, a qual devia ali proceder de acordo com o Juiz de Direito.

Esse distinto oficial, chegando ao Juazeiro, combinou com aquela autoridade seguir ao encontro dos bandidos, a fim de evitar que eles invadissem a cidade."

Não se podem imaginar móveis mais insignificantes para sucessos tão graves. O trecho acima extratado, entretanto, diz de modo claro que, desdenhando os antecedentes da questão, o governo da Bahia não lhe deu a importância merecida.

Antônio Conselheiro há vinte e dois anos, desde 1874, era famoso em todo o interior do norte e mesmo nas cidades do litoral até onde chegavam, entretecidos de exageros e quase lendários, os episódios mais interessantes de sua vida romanesca; dia a dia ampliara o domínio sobre as gentes sertanejas; vinha de uma peregrinação incomparável, de um quarto de século, por todos os recantos do sertão, onde deixara como enormes marcos, demarcando-lhe a passagem, as torres de dezenas de igrejas que construíra; fundara o arraial de Bom Jesus, quase uma cidade; de Xorroxó à vila do Conde, de Itapicuru a Jeremoabo, não havia uma só vila, ou lugarejo obscuro, em que não contasse adeptos fervorosos, e não lhe devesse a reconstrução de um cemitério, a posse de um templo ou a dádiva providencial de um açude; insurgira-se desde muito, atrevidamente, contra a nova ordem política e pisara, impune, sobre as cinzas dos editais das câmaras de cidades que invadira; destroçara completamente, em 1893, forte diligência policial, em Massetê, e fizera voltar outra, de 80 praças de linha, que seguira até Serrinha; em 1894, fora, no Congresso Estadual da Bahia, assunto de calorosa discussão na qual, impugnando a proposta de um deputado, chamando a atenção dos poderes públicos para a "parte dos sertões perturbada pelo indivíduo Antônio Conselheiro", outros eleitos do povo, e entre eles um sacerdote, apresentaram-no como benemérito do qual os conselhos se modelavam pela ortodoxia cristã mais rígida; fizera voltar, abortícia, em 1895, a missão apostólica planeada pelo arcebispado baiano, e no Relatório alarmante a propósito escrito por frei João Evangelista, afirmara o missionário a existência, em Canudos — excluídas as mulheres, as crianças, os velhos e os enfermos — de mil homens, mil homens robustos e destemerosos "armados até aos dentes"; por fim, sabia-se que ele imperava sobre extensa zona dificultando o acesso à cidadela em que se entocara, porque a dedicação dos seus sequazes era incondicional, e fora do círculo dos fiéis que o rodeavam havia, em toda a parte, a cumplicidade obrigatória dos que o temiam... E achou-se suficiente para debelar uma situação de tal porte uma força de cem soldados.

Relata o general Frederico Solon, comandante do 3º distrito militar:

"A 4 de novembro do ano findo (1896), em obediência à ordem já referida, prontamente satisfiz a requisição, pessoalmente feita pelo Dr. Governador do Estado, de uma força de cem praças da guarnição para ir bater os fanáticos do arraial de Canudos, asseverando-me que, para tal fim, era aquele número mais que suficiente.

Confiado no inteiro conhecimento, que ele devia ter, de tudo quanto se passava no interior de seu Estado, não hesitei; fazendo-lhe apresentar, sem demora, o bravo Tenente Manuel da Silva Pires Ferreira, do 9º Batalhão de Infantaria, a fim de receber as suas ordens e instruções, o qual, para cumpri-las, seguiu, a 7 do dito mês, para Juazeiro, ponto terminal da estrada de ferro, na margem direita do Rio S. Francisco, comandando 3 oficiais e 104 praças de pré daquele Corpo, conduzindo apenas uma pequena ambulância, fazendo eu seguir logo depois um médico com mais alguns recursos para o exercício de sua profissão. O mais correu pelo Estado."

Arraial de Canudos visto pela estrada do Rosário.

Aquele punhado de soldados foi recebido com surpresa em Juazeiro, onde chegou a 7 de novembro, pela manhã.

Não obstou a fuga de grande parte da população, subtraindo-se ao assalto iminente. Aumentou-a. Conhecendo a situação, os habitantes viram, de pronto, que um contingente tão diminuto tinha o valor negativo de exercer maior atração sobre a horda invasora.

Previram a derrota inevitável. E enquanto os partidários encobertos do *Conselheiro*, que os havia em toda a roda, se rejubilavam, prefigurando-a, alguns homens sinceros pediram ao comandante expedicionário para não seguir avante.

As dificuldades encontradas na aquisição de elementos essenciais à marcha ali retiveram a força até ao dia 12 em que partiu, ao anoitecer, quando, certo, já chegara a Canudos a nova da investida.[60] Partiu sem os recursos indispensáveis a uma travessia de 200 quilômetros, em terreno agro e despovoado, orientada por dois guias contratados em Juazeiro.

De sorte que logo em princípio o comandante reconheceu inexequível dar à marcha uma norma capaz de poupar as forças das praças. No sertão, mesmo antes do pleno estio, é impossível o caminhar de homens equipados, ajoujados de mochilas e cantis, depois das dez horas da manhã. Pelos tabuleiros o dia desdobra-se abrasador, sem sombras; a terra nua reverbera os ardores da canícula, multiplicando-os; e sob o influxo exaustivo de uma temperatura altíssima aceleram-se de modo pasmoso as funções vitais, determinando assaltos súbitos de cansaço. Por outro lado raro é possível o itinerário disposto de maneira a aproveitarem-se as horas da madrugada ou da noite. É forçoso avançar a despeito das soalheiras fortes até às cacimbas dos pousos dos vaqueiros.

Além disto, aqueles lugares estão, como vimos, entre os mais desconhecidos da nossa terra. Poucos se têm afrontado com o aspérrimo vale do Vaza-Barris que, das vertentes orientais da Itiúba até Jeremoabo, se prolonga inóspito, desfrequentado, tendo, de léguas em léguas, esparsas, insignificantes vivendas. É o trecho da Bahia mais assolado pelas secas.

Por um contraste explicável ante as disposições orográficas, rodeiam-no, contudo, paragens exuberantes: ao norte o belo sertão de Curaçá e as várzeas feracíssimas estendidas para leste até Santo Antônio da Glória, perlongando a margem direita do S. Francisco; a oeste as terras fecundas centralizadas em Vila Nova da Rainha. Emolduram, porém, o deserto. O Vaza-Barris, quase sempre seco, atravessa-o feito um uede tortuoso e longo.

---

60. Pormenor curioso: a força seguiu a 12, ao anoitecer, para não seguir a 13, dia aziago. E ia combater o fanatismo...

Piores que os *gerais, onde ficam vários,*[61] às vezes, os mais atilados *pombeiros,*[62] sem rumo, desnorteados pela uniformidade dos plainos indefinidos, as paisagens sucedem-se, uniformes e mais melancólicas mostrando os mais selvagens modelos, engravescidos por uma flora aterradora.

A própria caatinga assume um aspecto novo. E uma melhor caracterização da flora sertaneja, segundo os vários cambiantes que apresenta acarretando denominações diversas, talvez a definisse mais acertadamente como a paragem clássica das *catanduvas*, progredindo, extensa, para o levante e para o sul até às cercanias de Monte Santo.[63]

A pequena expedição penetrou-a logo ao segundo dia de viagem, quando, depois de repousar bivacando duas léguas além de Juazeiro, teve que calcar, seguidamente, quarenta quilômetros de estrada deserta, até uma ipueira minúscula, a lagoa do Boi, onde havia uns restos de água. Dali por diante caminhou no deserto com escalas por Caraibinhas, Mari, Mocambo, Rancharia e outros pousos solitários, ou fazendas. Alguns estavam abandonados. O estio prenunciava a seca.

Os raros moradores, ou por evitá-la, ou aterrados pelas novas alarmantes, haviam abalado para o norte tangendo por diante os rebanhos de cabras, únicos animais afeitos àquele clima e àquele solo.

Uauá

A tropa chegou exausta a Uauá no dia 19, depois de uma travessia penosíssima.

Este arraial — duas ruas desembocando numa praça irregular — é o ponto mais animado daquele trecho do sertão. Como a maior parte dos vilarejos pomposamente gravados nos nossos mapas, é uma espécie de transição entre maloca e aldeia — agrupamento desgracioso de cerca de cem casas malfeitas e tijupares pobres, de aspecto deprimido e tristonho.

Alcançam-no quatro estradas que, a partir de Jeremoabo passando em Canudos, de Monte Santo, de Juazeiro e Patamoté, conduzem para a sua feira, aos sábados, grande número de *tabaréus*, sem recursos para viagens longas a lugares

61. *Ficar vário*: diz-se do viajante que perde o rumo na uniformidade das chapadas.

62. *Pombeiro-positivo*: camarada.

63. *Caatanduva, cahiva*: mato ruim (*caa*, mato; *ahiva*, mau) (Beaurepaire Rohan, *Dicionário de vocábulos brasileiros*).

mais prósperos. Ali chegam por ocasião das festas como se procurassem opulenta capital das *terras grandes*:[64] entrajados das melhores vestes, ou encourados de novo; pasmos ante os mostradores de duas ou três casas de negócio, e contemplando no barracão da feira, no largo, os produtos de uma indústria pobre em que aparecem, como valiosos espécimens, *courinhos* curtidos e redes de caroá. Nos demais dias, aberta uma ou outra venda, deserta a praça, Uauá figura-se um local abandonado. E foi num destes que a população recolhida, aguardando a passagem das horas mais ardentes, despertou surpreendida por uma vibração de cornetas.

Era a tropa.

Entrou pela rua em continuação à estrada e fez alto no largo. Foi um sucesso. Entre curiosos e tímidos os habitantes atentavam para os soldados — poentos, malfirmes na formatura, tendo aos ombros as espingardas cujas baionetas fulguravam — como se vissem exército brilhante.

Ensarilhadas as armas, a força acantonou.

Fez-se em torno um círculo de vigilância: postaram-se sentinelas à saída dos quatro caminhos e nomeou-se o pessoal das rondas.

Feito praça de guerra, o vilarejo obscuro era, entretanto, uma escala transitória. A expedição, depois de breve descanso, devia abalar imediatamente para Canudos, ao alvorecer do dia subsequente, 20. Não o fez. Ali, como em toda a parte, variavam, díspares, as informações, impedindo ajuizar-se sobre as coisas.

De sorte que todo aquele dia foi despendido inutilmente, em indagações, sendo resolvido o acometimento para o imediato, depois de demora prejudicialíssima. E ao cair da noite operou-se um incidente só explicado na manhã seguinte: a população, quase na totalidade, fugira. Deixara as vivendas, sem ser percebida, em pequenos grupos deslizando, furtivos, entre os claros das guardas avançadas. No repentino êxodo lá se foram os próprios doentes, famílias inteiras, ao acaso, pela noite dentro, dispartindo espavoridos, descampados em fora.

Ora, este fato era um aviso. Uauá, como os demais lugares convizinhos, estava sob o domínio de Canudos. Habitavam-no dedicados adeptos de Antônio Conselheiro; de sorte que mal a força fizera alto no largo, haviam-se aqueles precipitado para o arraial ameaçado, onde chegaram no amanhecer de 20, levando o alarma...

Aquela fuga de uma população em massa delatava que os emissários haviam tido tempo de voltar prevenindo os moradores do contra-ataque, resolvido pelos homens de Canudos. Ficaria, assim, o campo livre aos lutadores.

---

64. *Terras grandes*: frase vaga com que os matutos designam o litoral que não conhecem. Com ela abrangem o Rio de Janeiro, a Bahia, Roma e Jerusalém — que idealizam próximas umas de outras e muito afastadas do sertão. É o resto do mundo, a civilização inteira, que temem e evitam.

Os expedicionários não ligaram, porém, grande importância ao caso. Aprestaram-se para continuar a marcha na manhã seguinte; e inscientes da gravidade das coisas repousaram tranquilamente, acantonados.

Primeiro combate

Despertou-os o adversário, que imaginavam ir surpreender.

Na madrugada de 21 desenhou-se no extremo da várzea o agrupamento dos jagunços...

Um coro longínquo esbatia-se na mudez da terra ainda adormida, reboando longamente nos ermos desolados. A multidão guerreira avançava para Uauá, derivando à toada vagarosa dos *kyries*, rezando. Parecia uma procissão de penitência, dessas a que há muito se afeiçoaram os matutos crendeiros para abrandarem os céus quando os estios longos geram os flagícios das secas.

O caso é original e verídico. Evitando as vantagens de uma arrancada noturna, os sertanejos chegavam com o dia e anunciavam-se de longe. Despertavam os adversários para a luta.

Mas não tinham, ao primeiro lance de vistas, aparências guerreiras. Guiavam-nos símbolos de paz: a bandeira do Divino e, ladeando-a, nos braços fortes de um crente possante, grande cruz de madeira, alta como um cruzeiro. Os combatentes armados de velhas espingardas, de chuços de vaqueiros, de foices e varapaus, perdiam-se no grosso dos fiéis que alteavam, inermes, vultos e imagens dos santos prediletos, e palmas ressequidas retiradas dos altares. Alguns, como nas romarias piedosas, tinham à cabeça as pedras dos caminhos, e desfiavam rosários de coco. Equiparava aos flagelos naturais, que ali descem periódicos, a vinda dos soldados. Seguiam para a batalha rezando, cantando — como se procurassem decisiva prova às suas almas religiosas.

Eram muitos. Três mil, disseram depois informantes exagerados, triplicando talvez o número. Mas avançavam sem ordem. Um pelotão escasso de infantaria que os aguardasse, distribuído pelas caatingas envolventes, dispersá-los-ia em alguns minutos.

O arraial na frente, porém, não revelava lutadores a postos. Dormia.

A multidão aproximou-se, tudo o indica, até beirar a linha de sentinelas avançadas. E despertou-as. Os vedetas estremunhando, surpresos, dispararam, à toa, as carabinas e refluíram precipitadamente para a praça que ficava à retaguarda, deixando em poder dos agressores um companheiro, espostejado à faca. Foi, então, o alarma: soldados correndo estonteadamente pelo largo e pelas ruas; saindo, seminus, pelas portas; saltando pelas janelas; vestindo-se e armando-se às carreiras e às encontroadas... Não formaram. Mal se distendeu às pressas, dirigida por um sargento, incorreta linha de atiradores. Porque os jagunços lá chegaram logo, de envolta com os fugitivos. E o recontro empenhou-se brutalmente, braço a braço, adversários enleados entre disparos de garruchas e revólveres, pancadas de cacetes e coronhas, embates de facões e sabres — adiante, sobre a frágil linha de defesa. Esta cedeu logo. E a turba fanatizada, entre vivas ao "Bom Jesus" e ao "Conselheiro", e silvos estridentes de apitos de taquara, desdobrada, ondulante, a bandeira do Divino, erguidos para os ares os santos e as armas, seguindo empós o curiboca audaz que levava meio inclinada em aríete a grande cruz de madeira — atravessou o largo arrebatadamente...

Este movimento foi instantâneo e foi, afinal, a única manobra percebida pelos que testemunhavam a ação. Dali por diante não a descrevem os próprios protagonistas. Foi uma desordem de feira turbulenta.

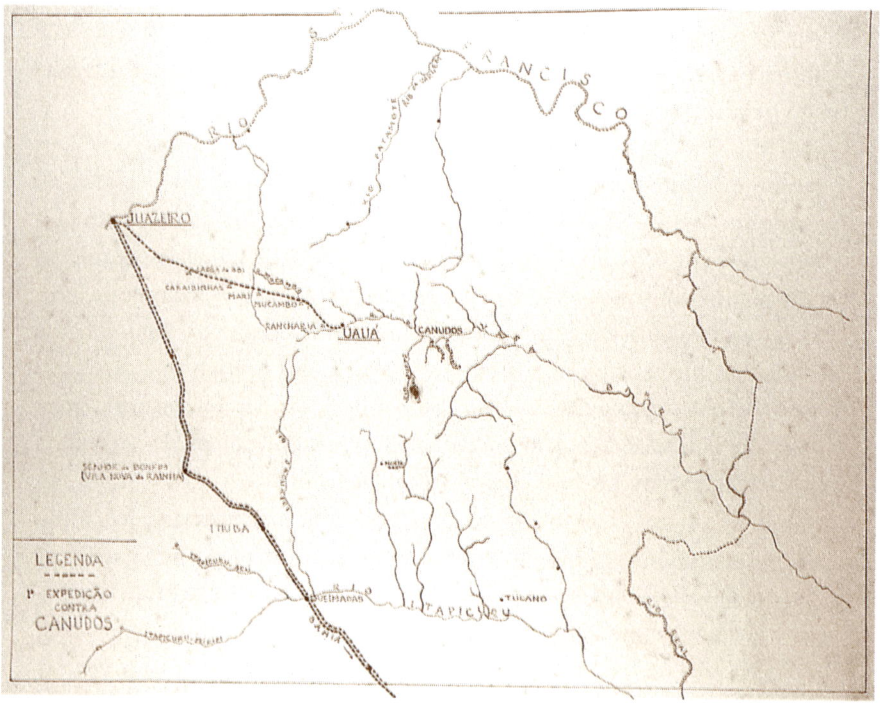

Mapa da 1ª Expedição contra Canudos.
Mapa original elaborado pelo cel. Siqueira de Meneses. Casa Euclidiana, São José do Rio Pardo

Na maioria, as praças, protegidas pelas casas, e abrindo-lhes as paredes em seteiras, volveram à defensiva franca.

Foi a salvação. Os matutos conjuntos à roda dos símbolos sacrossantos, no largo, começaram a ser fuzilados em massa. Baquearam em grande número; e tornou-se-lhes a luta desigual a despeito da vantagem numérica. Batidos pelas armas de repetição, opunham um disparo de clavinote a cem tiros de Comblain. Enquanto o soldado os alvejava em descargas nutridas, os jagunços revolviam os aiós, tirando sucessivamente a pólvora, a bucha e as balas no demorado processo de carga de seu armamento grosseiro; enfiando depois pelo cano largo do trabuco a vareta; cevando-o devagar, socando lá dentro aqueles ingredientes como se enchessem uma mina; escorvando-o depois; aperrando-o afinal, e ao cabo disparando-o; realizando o heroísmo de uma imobilidade de dois minutos na estonteadora ebriez do tiroteio...

Renunciaram, por isto, transcorrido algum tempo, à operação inexequível. Caíram sobre os contrários, de facão desembainhado e ferrão em riste, vibrando as foices reluzentes.

Mas foi-lhes ainda nefasta esta arremetida doida. Rareavam-se-lhes as fileiras sem vantagem contra adversários abrigados, ou aparecendo de golpe nas janelas, que se abriam em explosões de descargas. Numa delas, um alferes, serodiamente espertado, bateu-se longo tempo, quase desnudo, abocando, sobre o peitoril, a carabina ao peito dos assaltantes, sem errar um tiro; até cair, morto, sobre o leito em que dormira e não tivera tempo de deixar.

O conflito continuou, deste modo, ferozmente, cerca de quatro horas, sem episódios dignos de nota e sem vislumbrar um único movimento tático; batendo-se cada um por conta própria, consoante as circunstâncias. No quintal da casa em que se aboletara, o comandante se ateve à missão única compatível com a desordem: distribuía, jogando-os por sobre a cerca, cartuchos, sofregamente retirados, às mancheias, dos cunhetes abertos a machado.

Reunidos sempre em volta da bandeira do Divino, estraçoada de balas e vermelha como um pendão de guerra, os jagunços enfiavam pelas ruas. Contorneavam o arraial. Volviam ao largo, vozeando imprecações e vivas, em ronda desnorteada e célere. E foram, lentamente, nesses giros revoltos, abandonando a ação e dispersando-se pelas cercanias. Reconheciam a inutilidade dos esforços feitos, ou imaginavam atrair os antagonistas para o plaino desafogado da várzea.

Como quer que fosse, abandonaram, a pouco e pouco, o campo. Em breve, ao longe, desapareceu, listrando uma ponta das caatingas, a bandeira sagrada que reconduziam a Canudos.

Os soldados não os encalçaram. Estavam exaustos.

Uauá patenteava quadro lastimoso. Lavravam incêndios em vários pontos. Sobre os soalhos e balcões ensanguentados, à soleira das portas, pelas ruas e na praça, onde dardejava o sol, contorciam-se os feridos e estendiam-se os mortos.

Entre estes, dezenas de sertanejos — cento e cinquenta — diz a parte oficial do combate, número desconforme ante as dez mortes — um alferes, um sargento, seis praças e os dois guias — e 16 feridos da expedição. Apesar disto, o comandante, com setenta homens válidos, renunciou prosseguir na empresa. Assombrara-o o assalto. Vira de perto o arrojo dos matutos. Apavorara-o a própria vitória, se tal nome cabe ao sucedido, pois as suas consequências o desanimavam. O médico da força enlouquecera... Desvairara-o o aspecto da peleja. Quedava-se, inútil, ante os feridos, alguns graves.

A retirada impunha-se, por tudo isto, urgente, antes da noite, ou de um outro recontro, ideia que fazia tremer aqueles triunfadores. Resolveram-na logo. Mal inumados na capela de Uauá os companheiros mortos, largaram dali sob um sol ardentíssimo.

Foi como uma fuga.

A travessia para Juazeiro fez-se a marchas forçadas, em quatro dias. E quando lá chegou o bando dos expedicionários, fardas em trapos, feridos, estropiados, combalidos, davam a imagem da derrota. Parecia que lhes vinham em cima, nos rastros, os jagunços. A população alarmou-se, reatando o êxodo. Ficaram de fogos acesos na estação da via férrea todas as locomotivas. Arregimentaram-se todos os habitantes válidos, dispostos ao combate. E as linhas do telégrafo transmitiram ao país inteiro o prelúdio da guerra sertaneja...

Na retaguarda a artilharia, indefesa, foi dizimada.
Aquarela sobre papel. Tripoli Gaudenzi

III. Preparativos da reação

O revés de Uauá requeria reação segura.

Esta, porém, preparou-se sob extemporânea disparidade de vistas entre o chefe da força federal na Bahia e o governador do Estado. Ao otimismo deste, resumindo a agitação sertaneja a desordem vulgar acessível às diligências policiais, contrapunha-se aquele, considerando-a mais séria, capaz de determinar verdadeiras operações de guerra.

De tal modo, a segunda expedição organizou-se sem um plano firme, sem responsabilidades definidas, através de explicações recíprocas entre as duas autoridades independentes e iguais. Compôs-se a princípio de 100 praças e 8 oficiais de linha, e 100 praças e 3 oficiais da força estadual.

Assim constituída, seguiu, a 25 de novembro, para Queimadas, sob o comando de um major do 9º Batalhão de Infantaria, Febrônio de Brito.

Simultaneamente o comandante do Distrito apelava para o governo federal requisitando, para a aparelhar melhor, 4 metralhadoras Nordenfeldt, 2 canhões Krupp, de campanha, e mais 250 soldados: 100 do 26º Batalhão, de Aracaju, e 150 do 33º , de Alagoas.

Todo esse aparato era justificável. Sucediam-se informações alarmantes, dando, dia a dia, realce à gravidade das coisas. À parte os exageros que houvessem, delas se colhia a grandeza do número de rebeldes e os sérios empecilhos inerentes à região selvagem em que se acoutavam.

Estas novas, porém, baralhavam-nas sem-número de versões contraditórias agravadas pelos interesses inconfessáveis de uma falsa política sobre a qual nos dispensamos de discorrer.

Nem os apontaremos, embora largo tempo se perdesse, inútil, nesse agitar estéril de minudências desvaliosas — enquanto as linhas telegráficas vibravam da orla dos sertões para o Brasil inteiro, e permanecia, expectante, em Queimadas, o chefe da nova expedição, à frente de 243 praças de pré.

Baldo de recursos e a braços com toda espécie de dificuldades; oscilando no desencontro das informações; ora em desalentos, afigurando-se-lhe insuperável a empresa; ora cheio de inesperadas esperanças no alcançar o fim que se propunha, dali abalou somente em dezembro, para Monte Santo, ao tempo que lhe era mandado da Bahia novo reforço, de 100 praças.

Esta avançada já ia adscrita a um plano de campanha.

O comandante do Distrito compreendera a situação. Planeara atacar a revolta por dois pontos, fazendo avançar para um objetivo único não uma, mas duas colunas, sob a direção geral do coronel do 9º de Infantaria Pedro Nunes Tamarindo. Era um plano compatível com as circunstâncias da luta: estabelecer antes de tudo um cerco a distância; bater os insurretos parceladamente e apertá-los, ao cabo, em movimentos envolventes de forças pouco numerosas e adestradas.

Realmente, libertas, estas, da morosidade própria às grandes massas, ajustar-se-iam melhor às escabrosidades do terreno, e do mesmo passo enfraqueceriam todas as causas de insucesso. Por outro lado, por mais original que seja o método combatente dos matutos — guerrilheiros impalpáveis dentro da tática estonteadora da fuga! — rola todo neste círculo único. Não se desenvolve num plano qualquer, permitindo dar aos grupos dispersos o centro unificador de um objetivo prefixado. Atacá-los, atraindo-os para diferentes pontos, é vencê-los.

Foi o que perceberam, desde muito, os nossos patrícios de há cem anos. Práticos nas vicissitudes das lutas sertanejas tinham organização militar correlativa[65] — visando à formação sistemática de "tropas irregulares", que, sem o embaraço das unidades táticas inalteráveis, e sem formaturas, agissem folgadamente no trançado das matas e sobre as asperezas do solo, auxiliando, reforçando e esclarecendo a ação das tropas regulares.

Daí as façanhas que crivam a nossa história nos XVII e XVIII séculos; o sem conto de revoltas debeladas ou quilombos dissolvidos por aqueles minúsculos exércitos de capitães-do-mato, através de batalhas ferocíssimas e sem nome. Imitando o próprio sistema do africano e do índio, os sertanistas dominavam-nos graças à mesma norma que se traduz por uma fórmula paradoxal: — dividir para fortalecer.

Devíamos, num transe igual, adotá-la. Era sem dúvida um recuo inevitável à guerra primitiva. Mas quando não o impusesse o jagunço solerte e bravo, impunha-o a natureza excepcional, que o defendia.

Vejamos.

---

65. *Vide* a *Revista do Instituto Histórico e Geográfico Brasileiro*. As instruções régias de 24 de fevereiro de 1775 ao capitão-general das Minas.

A guerra das caatingas

Os doutores na arte de matar que hoje, na Europa, invadem escandalosamente a ciência, perturbando-lhe o remanso com um retinir de esporas insolentes — e formulam leis para a guerra pondo em equação as batalhas, têm definido bem o papel das florestas como agente tático precioso, de ofensiva ou defensiva. E ririam os sábios *feldmarechais* guerreiros de cujas mãos caiu o *franquisque* heroico trocado pelo lápis calculista — se ouvissem a alguém que às caatingas pobres cabe função mais definida e grave que às grandes matas virgens.

Assassinato.
Gravura de Alfredo Aquino para a edição de *Os Sertões* de 1975

Porque estas, malgrado a sua importância para a defesa do território — orlando as fronteiras e quebrando o embate às invasões, impedindo mobilizações rápidas e impossibilitando a translação das artilharias — se tornam de algum modo neutras no curso das campanhas. Podem favorecer, indiferentemente, aos dois beligerantes oferecendo a ambos a mesma penumbra às emboscadas, dificultando-lhes por igual as manobras ou todos os desdobramentos em que a estratégia desencadeia os exércitos. São uma variável nas fórmulas do problema tenebroso da guerra, capaz dos mais opostos valores.

Ao passo que as caatingas são um aliado incorruptível do sertanejo em revolta. Entram também de certo modo na luta. Armam-se para o combate;

agridem. Trançam-se, impenetráveis, ante o forasteiro, mas abrem-se em trilhas multívias, para o matuto que ali nasceu e cresceu.

E o jagunço faz-se o guerrilheiro-tugue, intangível...

As caatingas não o escondem apenas, amparam-no.

Ao avistá-las, no verão, uma coluna em marcha não se surpreende. Segue pelos caminhos em torcicolos, aforradamente. E os soldados, devassando com as vistas o matagal sem folhas, nem pensam no inimigo. Reagindo à canícula e com o desalinho natural às marchas, prosseguem envoltos no vozear confuso das conversas travadas em toda a linha, virguladas de tinidos de armas, cindidas de risos joviais mal sofreados.

É que nada pode assustá-los. Certo, se os adversários imprudentes com eles se afrontarem, serão varridos em momentos. Aqueles esgalhos far-se-ão em estilhas a um breve choque de espadas e não é crível que os gravetos finos quebrem o arranco das manobras prontas. E lá se vão, marchando, tranquilamente heroicos...

De repente, pelos seus flancos, estoura, perto, um tiro... A bala passa, rechinante, ou estende, morto, em terra, um homem. Sucedem-se, pausadas, outras, passando sobre as tropas, em sibilos longos. Cem, duzentos olhos, mil olhos perscrutadores, volvem-se, impacientes, em roda. Nada veem.

Há a primeira surpresa. Um fluxo de espanto corre de uma a outra ponta das fileiras.

E os tiros continuam raros, mas insistentes e compassados, pela esquerda, pela direita, pela frente agora, irrompendo de toda a banda...

Então estranha ansiedade invade os mais provados valentes, ante o antagonista que vê e não é visto. Forma-se celeremente em atiradores uma companhia, mal destacada da massa de batalhões constritos na vereda estreita. Distende-se pela orla da caatinga. Ouve-se uma voz de comando; e um turbilhão de balas rola estrugidoramente dentro das galhadas...

Mas constantes, longamente intercalados sempre, zunem os projetis dos atiradores invisíveis batendo em cheio nas fileiras.

A situação rapidamente engravesce, exigindo resoluções enérgicas. Destacam-se outras unidades combatentes, escalonando-se por toda a extensão do caminho, prontas à primeira voz; — e o comandante resolve carregar contra o desconhecido. Carrega-se contra os duendes. A força, de baionetas caladas, rompe, impetuosa, o matagal numa expansão irradiante de cargas. Avança com rapidez. Os adversários parecem recuar apenas. Nesse momento surge o antagonismo formidável da caatinga.

As secções precipitam-se para os pontos onde estalam os estampidos e estacam ante uma barreira flexível, mas impenetrável, de juremas. Enredam-se no cipoal que as agrilhoa, que lhes arrebata das mãos as armas, e não vingam transpô-lo. Contornam-no. Volvem aos lados. Vê-se um como rastilho de queimada: uma linha de baionetas enfiando pelos gravetos secos. Lampeja por momentos entre os raios do sol joeirados pelas árvores sem folhas; e parte-se, faiscando, adiante, dispersa, batendo contra espessos renques de xiquexiques, unidos como quadrados cheios, de falanges, intransponíveis, fervilhando espinhos...

Circuitam-nos, estonteadamente, os soldados. Espalham-se, correm, à toa, num labirinto de galhos. Caem, presos pelos laços corredios dos quipás reptantes; ou estacam, pernas imobilizadas por fortíssimos tentáculos. Debatem-se desesperadamente até deixarem em pedaços as fardas, entre as garras felinas de acúleos recurvos das macambiras...

Impotentes estadeiam, imprecando, o desapontamento e a raiva, agitando-se furiosos e inúteis. Por fim a ordem dispersa do combate faz-se a dispersão do tumulto. Atiram a esmo, sem pontarias, numa indisciplina de fogo que vitima os próprios companheiros. Seguem reforços. Os mesmos transes reproduzem-se maiores, acrescidas a confusão e a desordem; — enquanto em torno, circulando-os, rítmicos, fulminantes, seguros, terríveis, bem apontados, caem inflexivelmente os projetis do adversário.

De repente cessam. Desaparece o inimigo que ninguém viu.

As secções voltam desfalcadas para a coluna, depois de inúteis pesquisas nas macegas. E voltam como se saíssem de recontro braço a braço, com selvagens: vestes em tiras; armas estrondadas ou perdidas; golpeados de gilvazes; claudicando, estropiados; mal reprimindo o doer infernal das folhas urticantes; frechados de espinhos...

Reorganiza-se a tropa. Renova-se a marcha. A coluna, estirada a dois de fundo, deriva pelas veredas em fora, estampando no cinzento da paisagem o traço vigoroso das fardas azuis listradas de vermelho e o coruscar intenso das baionetas ondulantes. Alonga-se; afasta-se; desaparece.

Passam-se minutos. No lugar da refrega, então, surgem, dentre moitas esparsas, cinco, dez, vinte homens no máximo. Deslizam, rápidos, em silêncio, entre os arbúsculos secos...

Agrupam-se na estrada. Consideram por momentos a tropa, indistinta, ao longe; e sopesando as espingardas ainda aquecidas, tomam precípites pelas veredas dos pousos ignorados.

A força vai prosseguindo mais cautelosa agora.

Subjugam o ânimo dos combatentes, caminhando em silêncio, o império angustioso do inimigo impalpável e a expectativa torturante dos assaltos imprevistos. O comandante rodeia-os de melhores resguardos: ladeiam-nos companhias dispersas, pelos flancos: duzentos metros na frente, além da vanguarda, norteia-os um esquadrão de praças escolhidas.

No descair da encosta agreste, porém, escancela-se um sulco de quebrada que é preciso transpor. Felizmente as barrancas, esterilizadas dos enxurros, estão limpas: escassos restolhos de gramíneas; cactos esguios avultando raros, entre blocos em montes; ramalhos mortos de umbuzeiros alvejando na estonadura da seca...

Desce por ali a guarda da frente. Seguem-se-lhe os primeiros batalhões. Escoam-se, vagarosas, as brigadas pela ladeira agreste. Embaixo, coleando nas voltas do vale estreito já está toda a vanguarda, armas fulgurantes, feridas pelo sol, feito uma torrente escura transudando raios...

E um estremecimento, choque convulsivo e irreprimível, fá-la estacar de súbito.

Passa, ressoando, uma bala.

Desta vez os tiros partem, lentos, de um só ponto, do alto, parecendo feitos por um atirador único.

A disciplina contém as fileiras; debela o pânico emergente; e como anteriormente, uma secção se destaca e vai, encosta acima, rastreando a direção dos estampidos. O torvelinho dos ecos numerosos, porém, torna aquela variável; e os tiros não revelados, porque o fumo não se condensa naqueles ares ardentes, continuam lentos, assustadores, seguros.

Afinal cessam. Soldados esparsos pelos pendores pesquisam-nos inutilmente.

Volvem exaustos. Vibram os clarins. A tropa renova a marcha com algumas praças de menos. E quando as últimas armas desaparecem, ao longe, na última ondulação do solo, desenterra-se de montões de blocos — feito uma cariátide sinistra em ruínas ciclópicas — um rosto bronzeado e duro; depois um torso de atleta, encourado e rude; e transpondo velozmente as ladeiras vivas desaparece, em momentos, o trágico caçador de brigadas...

Estas seguem desinfluídas de todo. Daí por diante velhos lutadores têm pavores de criança. Há estremecimentos em cada volta do caminho, a cada estalido seco nas macegas. O exército sente na própria força a própria fraqueza.

Sem plasticidade segue numa exaustão contínua pelos ermos, atormentado no golpear das ciladas, lentamente sangrado pelo inimigo, que o assombra e que foge.

A luta é desigual. A força militar decai a um plano inferior. Batem-na o homem e a terra. E quando o sertão estua nos bochornos dos estios longos não é difícil prever a quem cabe a vitória. Enquanto o minotauro, impotente

Cena de mortos.
Gravura de Alfredo Aquino para a edição de *Os Sertões* de 1975

e possante, inerme com a sua envergadura de aço e grifos de baionetas, sente a garganta exsicar-se-lhe de sede e, aos primeiros sintomas da fome, reflui à retaguarda, fugindo ante o deserto ameaçador e estéril, aquela flora agressiva abre ao sertanejo um seio carinhoso e amigo.

Então — nas quadras indecisas entre a *seca* e o *verde*, quando se topam os últimos fios de água no lodo das ipueiras e as últimas folhas amarelecidas nas ramas das baraúnas, e o forasteiro se assusta e foge ante o flagelo iminente, aquele segue feliz nas travessias longas, pelos desvios das veredas, firme na rota como quem conhece a palmo todos os recantos do imenso lar sem teto. Nem lhe importa que a jornada se alongue, e as habitações rareiem, e se extingam as cacimbas, e escasseiem, nas baixadas, os abrigos transitórios, onde sesteiam os vaqueiros fatigados.

Cercam-lhe relações antigas. Todas aquelas árvores são para ele velhas companheiras. Conhece-as todas. Nasceram juntos; cresceram irmãmente; cresceram através das mesmas dificuldades, lutando com as mesmas agruras, sócios dos mesmos dias remansados.

O *umbu* desaltera-o e dá-lhe a sombra escassa das derradeiras folhas; o *araticum*, o *ouricuri* virente, a *mari* elegante, a *quixaba* de frutos pequeninos, alimentam-no a fartar; as palmatórias, despidas em combustão rápida dos espinhos numerosos, os *mandacarus* talhados a facão, ou as folhas dos *juás* sustentam-lhe o cavalo; os últimos lhe dão ainda a cobertura para o rancho provisório; os *carоás* fibrosos fazem-se cordas flexíveis e resistentes... E se é preciso avançar a despeito da noite, e o olhar afogado no escuro apenas lobriga a fosforescência azulada das *cunanãs* dependurando-se pelos galhos como grinaldas fantásticas, basta-lhe partir e acender um ramo verde de *candombá* e agitar pelas veredas, espantando as suçuaranas deslumbradas, um archote fulgurante...

A natureza toda protege o sertanejo. Talha-o como Anteu, indomável. É um titã bronzeado fazendo vacilar a marcha dos exércitos.

IV. Autonomia duvidosa

Ia-o demonstrar a campanha emergente... cópia mais ampla de outras que em todo o norte têm aparecido, permitindo aquilatar-se de antemão tais dificuldades.

As medidas planeadas pelo general Sólon denotavam, portanto, exata previsão de sucessos semelhantes, na luta excepcionalíssima para a qual nenhum Jomini delineara regras, porque invertia até os preceitos vulgares da arte militar.

Malgrado os defeitos do confronto, Canudos era a nossa Vendeia. O *chouan* e as charnecas emparelham-se bem com o jagunço e as caatingas. O mesmo misticismo, gênese da mesma aspiração política; as mesmas ousadias servidas pelas mesmas astúcias, e a mesma natureza adversa, permitiam que se lembrasse aquele lendário recanto da Bretanha, onde uma revolta, depois de fazer recuar exércitos destinados a um passeio militar por toda a Europa, só cedeu ante as divisões volantes de um general sem fama, "as colunas infernais" do general Turreau — pouco numerosas mas céleres, imitando a própria fugacidade dos vendeanos, até encurralá-los num círculo de dezesseis campos entrincheirados.

Não se olhou, porém, para o ensinamento histórico.

É que se preestabelecera a vitória inevitável sobre a rebeldia sertaneja insignificante.

O governo baiano afirmou "serem mais que suficientes as medidas tomadas para debelar e extinguir o grupo de fanáticos e não haver necessidade de reforçar a força federal para tal diligência, pois as medidas tomadas pelo comandante do distrito significavam mais prevenção que receio"; e aditava "não ser tão numeroso o grupo de Antônio Conselheiro, indo pouco além de quinhentos homens, etc.".

Contravinha o chefe militar entendendo ter a repressão legal vingado o círculo das diligências policiais, cumprindo-lhe não mais prender criminosos "mas extirpar o móvel de decomposição moral que se observava no arraial de Canudos em manifesto desprestígio à autoridade e às instituições", acrescentando que a força federal deveria seguir bastante forte para se subtrair à contingência de "retiradas prejudiciais e indecorosas". O governo estadual, porém, agindo dentro do elástico art. 6º da Constituição de 24 de fevereiro, cerrou a controvérsia levantando o espantalho de uma ameaça à soberania do Estado, e repelindo a intervenção que lhe implicava incompetência para manter a ordem nos seus próprios domínios. Deslembrara-se que em documento público se confessara desarmado para suplantar a revolta e que apelando para os recursos da União justificava, naturalmente, a intervenção que procurava encobrir.

Vinha serôdio o falar em soberania apisoada pelos turbulentos impunes. Ademais ninguém se iludia ante a situação sertaneja. Acima do desequilibrado que a dirigia estava toda uma sociedade de retardatários. O ambiente moral dos sertões favorecia o contágio e o alastramento da nevrose. A desordem, local ainda, podia ser núcleo de uma conflagração em todo o interior do norte. De sorte que a intervenção federal exprimia o significado superior dos próprios princípios federativos: era a colaboração dos estados numa questão que interessava não já à Bahia, mas ao país inteiro.

Foi o que sucedeu. A nação inteira interveio. Mas sobre as bandeiras vindas de todos os pontos, do extremo norte e do extremo sul, do Rio Grande ao Amazonas, pairou sempre, intangível, miraculosamente erguida pelos exegetas constitucionais, a soberania do Estado...

Para a resguardar melhor foi removido da Bahia o chefe da força militar, que traçara a sua atitude retilineamente pela lei. E somente depois disto a coluna do major Febrônio — até então oscilante entre Monte Santo e Queimadas e objetivando nas contramarchas as vacilações do governo — seguiu reforçada pela tropa policial e adstrita às deliberações do governo baiano.

Perdera-se esterilmente o tempo — que o adversário aproveitara, aparelhando-se a um revide enérgico. Num raio de três léguas em roda de Canudos, fizera-se o deserto. Para todos os rumos e por todas as estradas e em todos os lugares, os escombros carbonizados das fazendas e dos pousos, avultavam, insulando o arraial num grande círculo isolador, de ruínas. Estava pronto o cenário para um emocionante drama da nossa história.

TRAVESSIA DO CAMBAIO

Oficiais do 28º Batalhão de Infantaria.
Foto de Flávio de Barros. Museu da República

I. Monte Santo. Triunfos antecipados.

II. Incompreensão da campanha. Em marcha para Canudos.

III. O Cambaio. Baluartes *sine calcii linimenti.* Primeiro recontro. Episódio dramático.

IV. Nos Tabuleirinhos. Segundo combate. A *Legio Fulminata* de João Abade. Novo milagre de Antônio Conselheiro.

V. Retirada.

VI. Procissão dos jiraus.

Euclides, tenente do exército aos 25 anos.

I. Monte Santo

No dia 29 de dezembro entraram os expedicionários em Monte Santo.

O povoado de frei Apolônio de Todi ia, a partir daquela data, celebrizar-se como base das operações de todas as arremetidas contra Canudos. Era o que mais se avantajava por aqueles sertões em fora na direção do objetivo da campanha, permitindo, além disto, mais rápidas comunicações com o litoral, por intermédio da estação de Queimadas.

A tais requisitos aliavam-se outros.

Vimos-lhe em páginas anteriores a gênese tocante.

Não dissemos, porém, que, criando-o, o estoico Anchieta do norte aquilatara bem as condições privilegiadas do local.

De fato, a vila — ereta no sopé da serrania de onde promana a única fonte perene da redondeza — contrasta, insulada, com a esterilidade ambiente. Decorre isto de sua situação topográfica. A sublevação de rochas primitivas que se alteiam aos lados, para o norte e para leste, levanta-se como anteparo aos ventos regulares, que até lá progridem, e torna-se condensador admirável dos escassos vapores que ainda os impregnam, graças ao resfriamento decorrente de uma ascensão repentina pelos flancos das serranias. Depõem-se, então, aqueles, em chuvas quase regulares, originando regime climatológico mais suportável, a dois passos dos sertões estéreis para onde rolam mais secos, os ventos, depois da travessia.

De sorte que, enquanto em roda se desenrolam plainos desolados, num raio de alguns quilômetros partindo de Monte Santo se estende região incomparavelmente mais vivaz. Recortam-na pequenos cursos d'água resistentes às secas. Pelas baixadas, para onde descaem os morros, notam-se rudimentos de florestas, transmudando-se as caatingas em cerradões virentes; e o rio de Cariacá com seus tributários minúsculos, embora efêmero como os demais das cercanias, não se esgota de todo nas maiores secas: fraciona-se, retalhado em cacimbas reduzidas a imperceptíveis filetes deslizando entre pedras, mas permitindo ainda que resistam ao flagelo os habitantes convizinhos.

É natural que seja Monte Santo, desde muito, uma paragem remansada, predileta aos que se aventuram naquele sertão bravio. Não surgia pela primeira vez na história. Muito antes dos que agora o procuravam, outros expedicionários, porventura mais destemerosos e, com certeza, mais interessantes, por ali haviam passado, norteados por outros desígnios. Mas quer para os bandeirantes do século XVII, quer para os soldados destes tempos, o lugar predestinado constituiu-se escala transitória e breve, mal relumbrando em acontecimentos de maior monta. Não deixa, contudo, de ser expressiva a sua função histórica, entre devassadores de sertões distintos por opostos intuitos e desunidos por três séculos, porém tendo — como veremos — a afinidade dos mesmos rancores e das mesmas arrancadas violentas.

Ali estacionara o pai de Robério Dias, Belchior Moreia, na sua rota atrevida "do rio Real para as serras da Jacobina pelo rio Itapicuru acima, buscando os sertões de Maçacará". E em torno desta *entrada*, continuaram outras, orientadas pelos roteiros confusos, nos quais, todavia, o antigo nome da serra — Piquaraçá — se lê sempre, demarcando uma paragem benfazeja naqueles terrenos agros.

Por isto centralizou, de algum modo, a primeira agitação feita em torno das lendárias "Minas de Prata", desde as pesquisas inúteis do Muribeca, que até lá chegara e não passara avante, "com pouco efeito e pouca diligência", até ao tenaz Pedro Barbosa Leal, acompanhando as trilhas de Moreia e estacionando por muitos dias na montanha, onde marcas indecifráveis denotavam a passagem de antecessores igualmente audazes.

Passaram-se, porém, os tempos. Ficou perdida no sertão a serrania misteriosa onde muitos imaginavam, talvez, a sede do *eldorado* apetecido, até que Apolônio de Todi a transformasse em templo majestoso e rude, como vimos.

E hoje quem segue pelo caminho de Queimadas, trilhando um solo abrolhando cactos e pedras, ao divisá-la, das cercanias de Quirinquinquá, duas léguas aquém — estaca: volve em cheio para o levante a vista deslumbrada, e acredita que o ondular dos ares referventes e a fascinação da luz lhe alteiam defronte, entre o firmamento claro e as chapadas amplas, uma miragem estonteadora e grande.

A serra feita dessa massa de quartzito, tão própria às arquiteturas monumentais da terra, alteia-se, ao longe, acrescida a altitude pelas várzeas deprimidas em torno. Lança, retilínea, a linha de cumeadas. A vertente oriental cai, a pique, lembrando uma muralha, sobre o vilarejo. Este ali se encosta, sobre o socalco breve, humílimo, assoberbado pela majestade da montanha.

Entretanto é por esta acima até ao vértice que se prolonga, saindo da praça, a mais bela de suas ruas — a *via-sacra* dos sertões, macadamizada de quartzo alvíssimo, por onde têm passado multidões sem conta em um século de romarias. A religiosidade ingênua dos matutos ali talhou, em milhares de degraus, coleante, em caracol pelas ladeiras sucessivas, aquela vereda branca de sílica, longa de mais de dois quilômetros, como se construísse uma escada para os céus...

Esta ilusão é empolgante ao longe.

Veem-se as capelinhas alvas, que a pontilham a espaços, subindo a princípio em rampa fortíssima, derivando depois, tornejantes, à feição dos pendores; alteando-se sempre, eretas sobre despenhadeiros, perdendo-se nas alturas, cada vez menores, diluídas a pouco e pouco no azul puríssimo dos ares, até à última, no alto...

E quem segue pelo caminho de Queimadas, atravessando um esboço de deserto, onde agoniza uma flora de gravetos — arbustos que nos esgalhos revoltos retratam contorções de espasmos, cardos agarrados a pedras ao modo de tentáculos constritores, bromélias desabotoando em floração sanguinolenta — avança rápido, ansiando pela paragem que o arrebata.

Chega; e não sofreia doloroso desapontamento.

A estrada vai até à praça, retangular, em declive, de chão estriado de enxurros. No centro o indefectível barracão da feira tem, ao lado, pequena igreja, e de outro o único ornamento da vila — um tamarineiro, secular talvez. Em torno casas baixas e velhas; e, sobressaído, um sobrado único que seria mais tarde o quartel-general das tropas.

O exército se instalou em Monte Santo.
Fotografia de Flávio de Barros, Casa Euclidiana, São José do Rio Pardo

Monte Santo, afinal, resume-se naquele largo. Ali desembocam pequenas ruas, descendo umas em ladeiras para larga sanga apaulada; abrindo outras para a várzea; outras embatendo, sem saídas, contra a serra.

Esta por sua vez, de perto, perde parte do encanto. Parece diminuir de altitude. Sem mais o perfil regular que assume a distância, tem, revestindo-lhe as encostas, uma flora de vivacidade inexplicável, arraigada na pedra, brotando pelas frinchas dos estratos e vivendo apenas das reações maravilhosas da luz. As capelinhas, tão brancas de longe, por sua vez aparecem exíguas e descuradas. E a estrada ciclópica de muros laterais, de alvenaria, a desabarem em certos trechos, cheia de degraus fendidos, tortuosa, lembra uma enorme escadaria em ruínas. O povoado, triste e de todo decadente, reflete o mesmo abandono, traindo os desalentos de uma raça que morre, desconhecida à história, entre paredes de taipa. Nada recorda o encanto clássico das aldeias. As casas baixas, unidas umas contra as outras, feitas à feição dos acidentes do solo, têm todas a mesma forma — tetos deprimidos sobre quatro muros de barro — gizadas todas por esse estilo brutalmente chato a que tanto se afeiçoavam os primitivos colonizadores. Algumas devem ter cem anos. As mais novas, copiando-lhes, linha a linha, os contornos desgraciosos, por sua vez nascem velhas.

Deste modo, Monte Santo surge desgracioso dentro de uma natureza que lhe cria em roda — como um parêntese naquele sertão aspérrimo — situação aprazível e ridente.

A campanha incipiente ia agravar o seu aspecto. Menos que arraial obscuro, transformá-lo-ia em grandíssimo quartel acaçapado, envolto de casernas.

Triunfos antecipados

Ali acantonaram as 543 praças, 14 oficiais combatentes e 3 médicos — toda a *primeira expedição* regular contra Canudos. Era uma massa heterogênea de três cascos de batalhões, o 9º, o 26º e o 33º, tendo, adidas, duzentas e tantas praças de polícia e pequena divisão de artilharia, dois canhões Krupp 7 1/2 e duas metralhadoras Nordenfeldt.

Menos de uma brigada, pouco mais de um batalhão completo.

Entretanto, afinados pelo otimismo oficial, as autoridades receberam os lutadores em triunfo, antes da batalha. Engalanou-se o vilarejo pobre, transfigurando-se, ataviado de bandeiras e ramagens, com o ornamento supletivo dos vivos fortes das fardas e irradiação das armas.

E fez-se um dia de festa. A missão mais concorrida, a mais animada feira, jamais tiveram tanto brilho. Tudo aquilo era uma novidade estupenda.

Ao chegarem da rota fatigante, rompendo, surpreendidos, pelas ruas cheias de combatentes, os vaqueiros amarravam o *campião* à sombra do tamarineiro, na praça, e iam quedar-se, longo tempo, contemplando as *peças* em que tanto ouviam falar e nunca haviam visto, capazes de esboroar montanhas e abalar com um só tiro, mais forte que o de mil *roqueiras*, o sertão inteiro. E aqueles titãs, enrijados pelos climas duros, estremeciam dentro das armaduras de couro considerando as armas portentosas da civilização.

Galgavam, muitos, logo, os lombilhos retovados e largavam, transidos de susto, da vila, demandando a caatinga. Alguns volviam à toda a brida para o norte, tocando para Canudos. Ninguém os percebia. Na alacridade dos festejos, não se distinguiam os emissários solertes de Antônio Conselheiro — espiando, observando, indagando, contando o número de praças, examinando todo o trem de guerra e desaparecendo depois, rápidos, precipitando-se para a aldeia sagrada.

Outros ali ficavam, encapotados, contemplando tudo aquilo com ironia cruel, certos do prelúdio hilariante de um drama doloroso. O profeta não podia errar: a sua vitória era fatal. Dissera-o — os invasores não veriam sequer as torres das igrejas sacrossantas.

Acendiam-se recônditos altares. E o riso dos soldados, e o estrépito das botas, percutindo as calçadas, e o vibrar dos clarins, e os vivas entusiásticos das ruas coavam-se pelas paredes, penetravam as frestas das casas e iam perturbar, lá dentro, as preces abafadas dos fiéis genuflexos...

No banquete, preparado na melhor vivenda, ao mesmo tempo se ostentava o mais simples e emocionante gênero de oratória — a eloquência militar, esta eloquência singular do soldado, que é tanto mais expressiva quanto é mais rude — feita de frases sacudidas e breves, como as vozes de comando, e em que as palavras mágicas — Pátria, Glória e Liberdade — ditas em todos os tons, são toda a matéria-prima dos períodos retumbantes. Os rebeldes seriam destruídos a ferro e fogo... Como as rodas dos carros de Shiva, as rodas dos canhões Krupp, rodando pelas chapadas amplas, rodando pelas serranias altas, rodando pelos tabuleiros vastos, deixariam sulcos sanguinolentos. Era preciso um grande exemplo e uma lição. Os rudes impenitentes, os criminosos retardatários, que tinham a gravíssima culpa de um apego estúpido às mais antigas tradições, requeriam corretivo enérgico. Era preciso que saíssem afinal da barbaria em que escandalizavam o nosso tempo, e entrassem repentinamente pela civilização adentro, a pranchadas.

O exemplo seria dado. Era a convicção geral. Dizia-o a despreocupação e todo o arrebatamento feliz de uma população inteira; e a alegria ruidosa e vibrante dos oficiais e das praças; e toda aquela festa — ali — na véspera dos combates, a dois passos do sertão referto de emboscadas...

À tarde grupos ruidosos salpintavam a praça. Derivavam pelos becos. Espalhavam-se pelas cercanias. Atraídos pela novidade de uma perspectiva rara, outros ascendiam a montanha, pela ladeira sinuosa orlada de capelinhas brancas.

Paravam nos *passos*, refazendo-se para a ascensão exaustiva. Examinavam, curiosos, os registros e estampas, que pendiam às paredes, e os altares toscos; e subiam.

No "alto da Santa Cruz", batidos pelas lufadas fortes do nordeste, consideravam em torno.

Ali estava — defronte — o sertão...

Uma breve opressão salteava os mais tímidos; mas desaparecia prestes. Volviam tranquilos para a vila, onde se acendiam as primeiras luzes, ao cair da noite...

Decididamente a campanha começara bem auspiciada.

Monte Santo antecipara-lhe as honras da vitória.

II. Incompreensão da campanha

Foi um mal.

Sob a sugestão de um aparato bélico, de parada, os habitantes preestabeleceram o triunfo; invadida pelo contágio desta crença espontânea, a tropa, por sua vez, compartiu-lhes as esperanças.

Firmara-se, de antemão, a derrota dos fanáticos.

Ora, nos sucessos guerreiros entra, como elemento paradoxal embora, a preocupação da derrota. Está nela o melhor estímulo dos que vencem. A história militar é toda feita de contrastes singulares. Além disto a guerra é uma coisa monstruosa e ilógica em tudo. Na sua maneira atual é uma organização técnica superior. Mas inquinam-na todos os estigmas do banditismo original. Sobranceiras ao rigorismo da estratégia, aos preceitos da tática, à segurança dos aparelhos sinistros, a toda a altitude de uma arte sombria, que põe dentro da frieza de uma fórmula matemática o arrebentamento de um *shrapnel* e subordina a parábolas invioláveis o curso violento das balas, permanecem — intactas — todas as brutalidades do homem primitivo. E estas são, ainda, a *vis a tergo* dos combates.

A certeza do perigo estimula-as. A certeza da vitória deprime-as.

Ora, a expedição ia, na opinão de toda a gente, positivamente — vencer. A consciência do perigo determinaria mobilização rápida e um investir surpreendedor com o adversário. A certeza do sucesso imobilizou-a quinze dias em Monte Santo.

Analisemos o caso. O comandante expedicionário deixara em Queimadas grande parte de munições, para não protelar por mais tempo a marcha e impedir que os inimigos ainda mais se robustecessem. Assim, teve o intento de uma arremetida fulminante. Revoltado com as dificuldades que encontrara, entre as quais se notava quase completa carência de elementos de transporte, dispusera-se a ir celeremente ao couto dos rebeldes, embora levando apenas a munição que as praças pudessem carregar nas patronas. Isto, porém, não se realizou. De sorte que a partida rápida de uma localidade condena a demora inconsequente na outra. Esta somente se justificaria se, ponderando melhor a seriedade das coisas, ele a aproveitasse para agremiar melhores elementos, fazendo, principalmente, vir de Queimadas o resto dos trens de guerra. Os inconvenientes de uma longa pausa, justificá-los-iam as vantagens adquiridas. Ganharia em força o que perdesse em celeridade. Às aventuras de um plano temerário, resumindo-se numa investida e num assalto, substituiria operação mais lenta e mais segura. Não fez isto. Fez o inverso: depois de longa inatividade em Monte Santo, a expedição partiu ainda menos aparelhada do que quando ali chegara quinze dias antes, abandonando, ainda uma vez, parte dos restos de um trem de guerra já muitíssimo reduzido. Entretanto, contravindo ao modo de ver dos propagandistas de uma vitória fácil, chegavam constantes informações sobre o número de recursos dos fanáticos. E no disparatado das opiniões — entre as que elevavam aquele, no máximo, a quinhentos, e as que o firmavam, decuplicando-o, no mínimo, em cinco mil, cumpria inferir-se uma média razoável. Além disto, de envolta num sussurrar de cautelosas denúncias e mal boquejados avisos, esboçava-se a hipótese de uma traição. Apontavam-se influentes mandões locais, cujas velhas relações com o Conselheiro sugeriam, veemente, a presunção de que o estivessem auxiliando à socapa, fornecendo-lhe recursos e instruindo-o dos menores movimentos da investida. Ainda mais, sabia-se que a tropa, quando mesmo o maior sigilo rodeasse as deliberações, seria, no avançar, precedida e ladeada pelos espias espertos do inimigo, muitos dos quais, verificou-se depois, dentro da própria vila acotovelavam os expedicionários. Uma surpresa, depois de tantos dias perdidos e em tais circunstâncias, era inadmissível. Em Canudos saberiam da estrada escolhida para linha de operações com antecedência bastante para se fortificarem os seus trechos mais difíceis, de sorte que, reeditando o caso de Uauá, o alcance do arraial preestabelecia a preliminar de um combate em caminho. Assim a partida da base de operações, do modo por que se fez, foi um erro de ofício. A expedição endireitava para o objetivo da luta como se voltasse de uma campanha. Abandonando novamente parte das munições, seguia como se, pobre de recursos em Queimadas, paupérrima de recursos em Monte Santo, ela fosse abastecer-se — em Canudos... Desarmava-se à medida que se aproximava do inimigo. Afrontava-se com o desconhecido, ao acaso, tendo o amparo único da fragilidade da nossa bravura impulsiva.

A derrota era inevitável.

Porque a tais deslizes se aditaram outros, denunciando a mais completa ignorância da guerra.

Revela-a a ordem do dia organizadora das forças atacantes.

Gen. Arthur Oscar e seu estado-maior em Canudos.
Fotografia de Flávio de Barros. Museu da República

Escassa como uma ordem qualquer distribuindo contingentes, não há rastrear-se nela a mais fugaz indicação sobre o desdobramento, formaturas ou manobras das unidades combatentes, consoante os vários casos fáceis de prever. Não há uma palavra sobre inevitáveis assaltos repentinos. Nada, afinal, visando uma distribuição de unidades, de acordo com os caracteres especiais do adversário e do terreno. Adstrito a uns rudimentos de tática prussiana, transplantados às nossas ordenanças, o chefe expedicionário, como se levasse o pequeno corpo de exército para algum campo esmoitado da Bélgica, dividiu-o em três colunas, parecendo dispô-lo, de antemão, para recontros em que lhe fosse dado entrar repartido em atiradores, reforço e apoio. Nada mais, além desse subordinar-se a uns tantos moldes rígidos de velhos ditames clássicos de guerra.

Ora estes eram inadaptáveis no momento.

Segundo o exato conceito de Von der Goltz, qualquer organização militar deve refletir alguma coisa do temperamento nacional. Entre a incoercível tática prussiana, em que é tudo a precisão mecânica da bala, e a nervosa tática latina, em que é tudo o arrojo cavalheiresco da espada, tínhamos a esgrima perigosa com os guerrilheiros esquivos cuja força estava na própria fraqueza, na fuga sistemática, num vai e vem doudejante de arrancadas e recuos, dispersos, escapantes no seio da natureza protetora. Eram por igual inúteis as cargas e as descargas. Contra tais antagonistas e num tal terreno não havia supor-se a probabilidade de se estender a mais apagada linha de combate. Não havia até a possibilidade de um combate, no rigorismo técnico do termo. A luta, digamos com mais acerto, uma montaria a homens, uma batida brutal em torno à ceva monstruosa de Canudos, ia reduzir-se a ataques ferozes, a esperas ardilosas, a súbitas refregas, instantâneos recontros em que fora absurdo admitir-se que se pudessem desenvolver as fases principais daquele, entre os dois extremos dos fogos violentos, que o iniciam, ao epílogo delirante das cargas de baioneta. Função do homem e do solo, aquela guerra devia impulsionar-se a golpes de mão de estrategista revolucionário e inovador. Nela iam surgir, tumultuariamente, fundidas, penetrando-se, simultâneas, todas as situações, naturalmente distintas, em que se pode encontrar qualquer força em operações — a de repouso, a de marcha e a de combate. O exército marchando pronto a encontrar o inimigo em todas as voltas dos caminhos, ou a vê-lo romper dentre as próprias fileiras surpreendidas, devia repousar nos alinhamentos da batalha.

Nada se deliberou quanto a condições tão imperiosas. O comandante limitou-se a formar três colunas e a ir para a frente, pondo diante da astúcia sutil dos jagunços a potência ronceira de três falanges compactas — homens inermes carregando armas magníficas. Ora, um chefe militar deve ter algo de psicólogo. Por mais mecanizado que fique o soldado pela disciplina, tendendo para esse sinistro ideal de *homúnculo*, feito um feixe de ossos amarrados por um feixe de músculos, energias inconscientes sobre alavancas rígidas, sem nervos, sem temperamento, sem arbítrio, agindo como um autômato pela vibração dos clarins, transfiguram-no as emoções da guerra. E a marcha nos sertões desperta-as a todo o instante. Trilhando veredas desconhecidas, envolto por uma natureza selvagem e pobre, o nosso soldado, que é corajoso na frente do inimigo, acobarda-se, invadido de temores, todas as vezes que este, sem aparecer, se revela, impalpável, dentro das tocaias. Assim, se um tiroteio das guardas da frente se constitui, na campanha, aviso salutar ao resto dos lutadores, naquelas circunstâncias anormais era um perigo. Quase sempre as secções se baralhavam, sacudidas pelo mesmo espanto, numa desordem súbita, tendendo a um refluxo instintivo para a retaguarda.

Era natural que fossem previstas estas conjunturas inevitáveis. Para atenuá-las, as diversas unidades deviam seguir com o máximo afastamento, embora agissem, no primeiro momento, completamente isoladas. Este dispositivo, além de lhes altear o ânimo, pela certeza de um pronto auxílio por parte das que fora da ação imediata do inimigo podiam acometê-lo levando a força moral do ataque, evitava o alastramento do pânico e facultava um desdobramento desafogado. Embora a direção dos vários movimentos escapasse da autoridade de um comando único, substituída pela iniciativa mais eficaz dos comandantes de pequenas unidades, agindo autônomas de acordo com as circunstâncias do momento, impunha-se largo fracionamento das colunas. Era parodiar a norma guerreira do adversário, seguindo-a paralelamente, em traçados mais firmes e opondo-lhe a mesma dispersão, única capaz de amortecer as causas de insucesso, de anular o efeito de repentinas emboscadas, de criar melhores recursos de reação, e de acarretar, ao cabo, a vitória, do único modo por que esta poderia ser alcançada, feito uma soma de sucessivos ataques parciais.

Militares em luta.
Gravura de Alfredo Aquino para a edição de *Os Sertões* de 1975

Em síntese, as forças, dispersas em marcha, a partir da base das operações, deviam ir, a pouco e pouco, apertando os fanáticos, concentrar-se em Canudos.

Fez-se sempre o contrário. Partiam unidas, em colunas, dentro da estrutura maciça das brigadas. Avançavam emboladas pelos caminhos em fora. Iam dispersar-se, repentinamente — em Canudos...

Em marcha para Canudos

Foi nestas condições desfavoráveis que partiram a 12 de janeiro de 1897.

Tomaram pela estrada do Cambaio.

É a mais curta e a mais acidentada. Ilude a princípio, perlongando o vale do Cariacá, numa cinta de terrenos férteis sombreados de cerradões que prefiguram verdadeiras matas.

Transcorridos alguns quilômetros, porém, acidenta-se; perturba-se em trilhas pedregosas e torna-se menos praticável à medida que se avizinha do sopé da serra do Acaru. Dali por diante se encurva para leste transmontando a serrania por três ladeiras sucessivas, até galgar o sítio da Laje de Dentro, alçado trezentos metros sobre o vale.

Gastaram-se dois dias para atingir-se este ponto. A artilharia reduzia a marcha. Ascendiam penosamente os Krupps, enquanto os sapadores na frente reparavam a estrada, desentulhando-a e destocando-a, ou abrindo desvios contornantes, evitando fortíssimos declives. E a tropa, que tinha as condições de sucesso na mobilidade, paralisava-se presa no travão daquelas massas metálicas.

Transposta a Laje de Dentro e a divisória das vertentes do Itapicuru e do Vaza-Barris, a estrada desce. Torna-se, porém, mais séria a travessia, metendo-se no acidentado de contrafortes, de onde fluem os tributários efêmeros do Bendegó. A bacia de captação deste desenha-se, então, ligando as abas de três serras, a do Acaru, a Grande e do Atanásio, que se articulam em desmedida curva. A expedição entrou por aquele vale fundo como uma furna até a um outro sítio, Ipueiras, onde acampou. Foi uma temeridade. O acampamento, envolto de fraguedos, centralizaria os fogos do inimigo, se este aparecesse pelo topo dos morros. Felizmente não chegavam até lá os jagunços. De sorte que na antemanhã seguinte, rumo firme ao norte, a tropa prosseguiu para Penedo, salva de uma posição dificílima.

Tinha meio caminho andado. As estradas pioravam, crivadas de veredas, serpeando em morros, alçando-se em rampas, caindo em grotões, desabrigadas, sem sombras...

Até Mulungu, duas léguas além de Penedo, os sapadores estradaram o solo para os canhões, e a jornada remorava-se no passo tardo da divisão que os guarnecia.

Entretanto, era imprescindível a máxima celeridade. Tornava-se suspeita a paragem: restos de fogueiras à margem do caminho e vivendas incendiadas davam sinais do inimigo. Em Mulungu, à noite, eles se tornaram evidentes.

Alarmou-se o acampamento. Tinham-se distinguido, próximos, encobertos na sombra, rondando em torno, vultos fugazes, de espias. Os soldados dormiram em armas. E no amanhecer de 17 a expedição que se encravara nas montanhas, muito aquém ainda de um objetivo que podia ser atingido em três dias de marcha, começou de ser terrivelmente torturada.

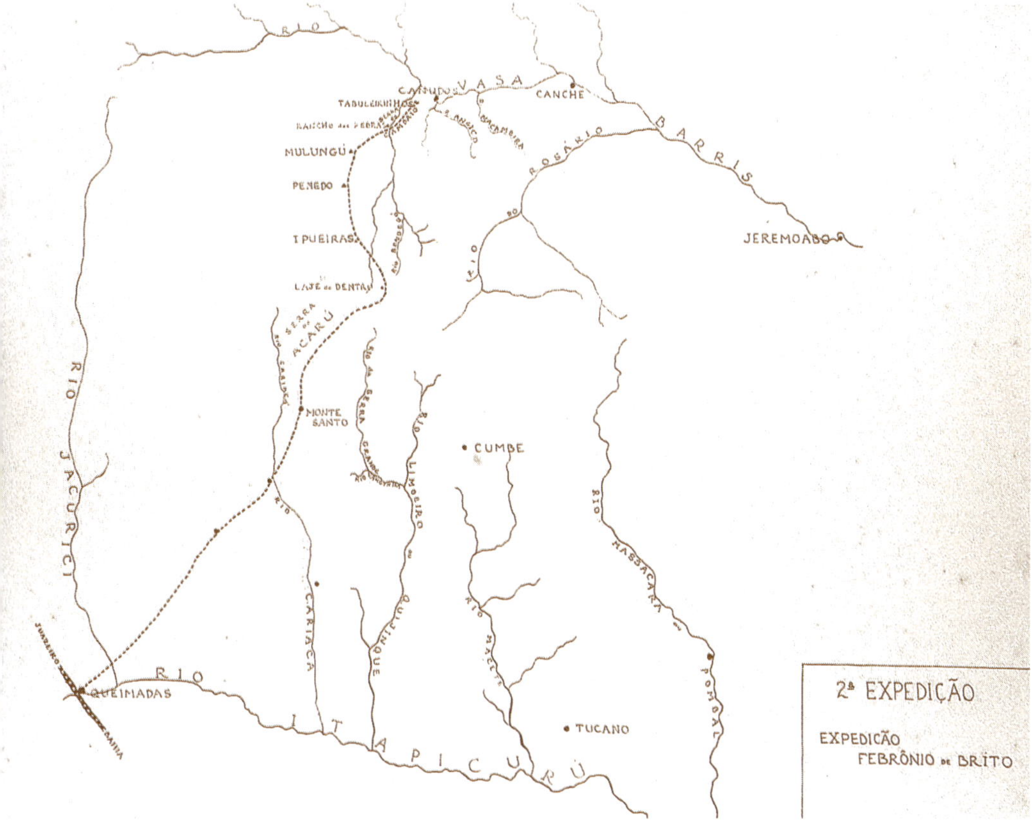

Mapa da 2ª Expedição comandada por Febrônio de Brito.
Mapa original elaborado pelo cel. Siqueira de Meneses. Casa Euclidiana, São José do Rio Pardo

Acabaram-se as munições de boca. Foram abatidos os dois últimos bois para quinhentos e tantos combatentes. Isto valia por um combate perdido. A feição da luta agravava-se em plena marcha, antes de se dar um tiro. Prosseguir para Canudos, poucas léguas distante, era quase a salvação. Era lutar pela vida.

Completando o transe, desapareceram à noite, em grande parte, os cargueiros contratados em Monte Santo. E sob o pretexto de providenciar para urgente remessa de munições, o comissário daquela vila largou para ignoradas paragens — e não voltou.

Alguém, entretanto, salvou a lealdade sertaneja, o guia Domingos Jesuíno. Conduziu as tropas para a frente até ao Rancho das Pedras, onde acamparam.

Estavam cerca de duas léguas de Canudos.

E à noite um observador que do acampamento atentasse para o norte distinguiria talvez, escassas, em bruxuleios longínquos, fulgindo e extinguindo-se, intermitentes, muito altas, como estrelas rubras entre nevoeiros, algumas luzes vacilantes. Demarcavam as posições inimigas.

Ao alvorecer, desdobraram-se imponentes.

III. O Cambaio

As massas do Cambaio amontoavam-se na frente, dispostas de modo caprichoso, fundamente recortadas de gargantas longas e circulantes como fossos, ou alteando-se em patamares sucessivos, lembrando desmedidas bermas de algum baluarte derruído, de titãs.

A imagem é perfeita. São vulgares naquele trato dos sertões esses aspectos originais da terra. As lendas das "cidades encantadas", na Bahia, que têm conseguido dar à fantasia dos matutos o complemento de sérias indagações de homens estudiosos, originando pesquisas que fora descabido relembrar, não têm outra origem.[66]

E não se acredite que as exagere a imaginação daquelas gentes simples, iludindo tanto a expectativa dos graves respigadores que por ali têm perlustrado, levando ansioso anelo de sábias sociedades ou institutos, onde se debateu o caso interessante. Frios observadores atravessando escoteiros aquele estranho vale do Vaza-Barris têm estacado, pasmos, ao defrontar

> *serras de pedra naturalmente sobrepostas formando fortalezas e redutos inexpugnáveis com tal perfeição que parecem obras de "arte".*[67]

Às vezes esta ilusão se amplia.

Surgem necrópoles vastas. Os morros, cuja estrutura se desvenda em pontiagudas apófises, em rimas de blocos, em alinhamentos de penedias, caprichosamente repartidos, semelham, de fato, grandes cidades mortas ante as quais o matuto passa, medroso, sem desfitar a espora dos ilhais do cavalo em disparada, imaginando lá dentro uma população silenciosa e trágica de *almas do outro mundo...*

---

66. *Vide* tomo 10, e outros, da *Revista do Instituto Histórico e Geográfico Brasileiro.*

67. Tenente-coronel Durval de Aguiar, *Descrições práticas,* etc.

São deste tipo as "casinhas" que se veem para lá do Aracati, perto da estrada de Jeremoabo a Bom Conselho; e outras, despontando por todos aqueles lugares e imprimindo um traço singularmente misterioso naquelas paisagens melancólicas.

Baluartes *sine calcii linimenti*

A serra do Cambaio é um desses monumentos rudes.

Certo ninguém lhe pode enxergar geométricas linhas de cortinas ou parapeitos bojando em redentes circuitados de fossos. Eram piores aqueles redutos bárbaros. Erigiam-se à têmpera dos que os guarneciam. E a distância, indistintos os ressaltes das pedras e desfeitos os vincos das quebradas, o conjunto da serra incute, de fato, no observador, a impressão de topar, de súbito, fraldejando-a, subindo por elas em patamares sucessivos e estendidas pelas vertentes, as barbacãs de velhíssimos castelos, onde houvessem embatido, outrora, assaltos sobre assaltos que os desmantelaram e aluíram, reduzindo-os a montões de silhares em desordem, mal aglomerados em enormes hemiciclos, sucedendo-se em renques de plintos, e torres, e pilastras truncadas, avultando mais ao longe no aspecto pinturesco de grandes colunatas derruídas...

Porque o Cambaio é uma montanha em ruínas. Surge, disforme, rachando sob o periódico embate de tormentas súbitas e insolações intensas, disjungida e estalada — num desmoronamento secular e lento.

A estrada para Canudos não a torneja. Ajusta-se-lhe, retilínea, às ilhargas, subindo em declive, constrangida entre escarpas, mergulhando por fim, feito um túnel, na angustura de um desfiladeiro. A tropa por ali enfiou...

Naquela hora matinal a montanha deslumbrava. Batendo nas arestas das laje em pedaços, os raios do sol refrangiam em vibrações intensas alastrando-se pelas assomadas, e dando a ilusão de movimentos febris, fulgores vivos de armas cintilantes, como se em rápidas manobras forças numerosas ao longe se apercebessem para o combate. Os binóculos, entretanto, percorriam inutilmente as encostas desertas. O inimigo traía-se apenas na feição ameaçadora da terra. Encantoara-se. Rentes com o chão, rebatidos nas dobras do terreno, entaliscados nas crastas — esparsos, imóveis, expectantes — dedos presos aos gatilhos dos clavinotes, os sertanejos quedavam, em silêncio, tenteando as pontarias, olhos fitos nas colunas ainda distantes, embaixo, marchando após os exploradores que esquadrinhavam cautelosamente as cercanias.

Caminhavam vagarosamente. Atulhavam as primeiras ladeiras cortadas

Sertaneja fumando cachimbo.
Gravura de Aldemir Martins para a edição de *Os Sertões* de 1968

à meia encosta. Seguiam devagar, sem aprumo, emperradas pelos canhões onde se revezavam soldados ofegantes em auxílio aos muares impotentes à tração vingando aqueles declives.

E foi nesta situação que as surpresou o inimigo.

Dentre as frinchas, dentre os esconderijos, dentre as moitas esparsas, aprumados no alto dos muramentos rudes, ou em despenhos ao viés das vertentes — apareceram os jagunços, num repentino deflagrar de tiros.

Toda a expedição caiu, de ponta a ponta, debaixo das trincheiras do Cambaio.

Primeiro recontro

O recontro fez-se em vozeria em que, através dos costumeiros vivas ao "Bom Jesus" e ao "nosso Conselheiro", rompiam brados escandalosos de linguagem solta, apóstrofes insolentes, e entre outras uma frase desafiadora que no decorrer da campanha soaria invariável como um estribilho irônico:

"Avança! *fraqueza* do governo!"

Houve uma vacilação em toda a linha. A vanguarda estacou e pareceu recuar. Conteve-a, porém, uma voz imperiosa. O major Febrônio rompeu pelas fileiras alarmadas e centralizou a resistência — em réplica fulminante e admirável, atentas as desvantajosas condições em que se realizou. Conteirados rapidamente, os canhões bombardearam os matutos à queima-roupa, e estes, vendo pela primeira vez aquelas armas poderosas, que decuplavam o efeito despedaçando pedras, debandaram, tontos, numa dispersão instantânea.

Aproveitando este refluxo foi feita a investida, iniciada de pronto pelas cento e tantas praças do 33º de Infantaria. Tropeçando, escorregando nas lajens, contornando-as, ou transpondo-as aos saltos, insinuando-se pelos talhados, atirando a esmo para a frente, as praças arremeteram com as rampas; e logo depois a linha do assalto se estirou, tortuosa e ondulante, extremada à direita pelo 9º e à esquerda pelo 16º e a polícia baiana.

O combate generalizou-se em minutos, e, como era de prever, as linhas romperam-se de encontro aos obstáculos do terreno. Foi um avançar em desordem. Fracionados, galgando penhascos a pulso, carabinas presas aos dentes pelas bandoleiras, ou abordoando-se às armas, os combatentes arremeteram em tumulto — sem o mínimo simulacro de formatura, confundidos batalhões e companhias — vagas humanas raivando contra os morros, num marulho de corpos, arrebentando em descargas, espadanando brilhos de aço, e estrugindo em estampidos sobre que passavam, estrídulas, as notas dos clarins soando a carga.

Embaixo, na ladeira em que ficara a artilharia, os animais de tração e os cargueiros, espavoridos pelas balas, partindo os tirantes, sacudindo fora canastras e bruacas, desapareciam a galope ou tombavam pelos taludes íngremes. Acompanhou-os o resto dos tropeiros, fugindo, surdos às intimativas feitas com revólveres engatilhados, e agravando o tumulto.

No alto, mais longe, pelo teso da serra, reapareciam os sertanejos. Pareciam dispostos em duas sortes de lutadores: os que se agitavam, velozes, surgindo e desaparecendo, às carreiras, e os que permaneciam firmes nas posições alterosas. A cavaleiro do assalto, estes iludiam de modo engenhoso a carência de espingardas e o lento processo de carregamento das que possuíam. Para isto se dispunham em grupos de três ou quatro rodeando a um atirador único, pelas mãos do qual passavam, sucessivamente, as armas carregadas pelos companheiros invisíveis, sentados no fundo da trincheira. De sorte que se alguma bala fazia baquear o clavinoteiro, substituía-o logo qualquer dos outros. Os soldados viam tombar, mas ressurgir imediatamente, indistinto pelo fumo, o mesmo busto, apontando-lhes a espingarda. Alvejavam-no de novo. Viam-no outra vez cair, de bruços, baleado. Mas viam outra vez erguer-se, invulnerável, assombroso, terrível, abatendo-se e aprumando-se, o atirador fantástico.

João Grande

Este ardil foi logo descoberto pelas diminutas frações atacantes que se avantajaram até às canhoneiras mais altas. Chegaram ali esparsas. A fugacidade do inimigo e o terreno davam por si mesmos à tropa a distribuição tática mais própria, circunstância que, aliada ao pequeno alcance das armas daquele, tornara a expedição quase indene. Os únicos tropeços à escalada eram as asperezas do solo. As cargas amorteciam-se nas escarpas. Não as esperavam os jagunços. Certos da inferioridade de seu armamento bruto, pareciam desejar apenas que ali ficassem, como ficaram, a maior parte das balas destinadas a Canudos. E falseavam a peleja franca. Via-se entre eles, sopesando o clavinote curto, um negro corpulento e ágil. Era o chefe, João Grande. Desencadeava as manobras, estadeando ardilezas de facínora provecto nas correrias do sertão. Imitavam-lhe os movimentos, as carreiras, os saltos, as figurações selvagens, os sertanejos amotinados — num vai e vem de avançadas e recuos, ora dispersos, ora agrupados, ou desfilando em fileiras sucessivas, ou repartindo-se extremamente rarefeitos; e a rojões, rolantes pelos pendores, subindo, descendo, atacando, fugindo, baqueando trespassados de balas, muitos; malferidos, outros, em plena descida, e rolando até ao meio das praças, que os acabavam a coice de armas.

Desapareciam inteiramente, às vezes.

Os projetis das Mannlichers estralavam à toa na ossamenta rígida da serra. As secções avançadas ascendiam, porém, mais rápidas, pelas barrancas, conquistando o terreno, até que outra irrupção repentina do adversário lhes tomasse a frente, ou as aferrasse de soslaio. Algumas, então, paravam. Algumas recuavam mesmo, tolhidas de espanto, sem que as animassem oficiais acobardados, cujos nomes pouparam as partes oficiais, mas não os comentários acerbos dos companheiros. A maior parte reagia. Rompia o espingardeamento à queima-roupa sobre os fanáticos, dizimando-os, espalhando-os, em grandes correrias pelos cerros.

Por fim o rude cabecilha predispô-los, ao que se figura, a recontro decisivo, braço a braço. O seu perfil de gorila destacou-se, temerariamente, à frente de um bando de súbito congregado. Num belo movimento heroico avançou sobre a arti-

Uma das armas utilizadas na Campanha de Canudos pelas tropas federais.
Casa Euclidiana, São José do Rio Pardo

lharia. Cortou-lhe, porém, o passo a explosão de uma lanterneta estraçoando-o e aos caudatários mais próximos, enquanto os demais fugiam para as posições primitivas de envolta, agora, com as avançadas da tropa. Contingentes misturados de todos os corpos saltavam afinal dentro das últimas trincheiras à direita, perdendo o oficial que até lá os levara, Venceslau Leal.

Estava conquistada a montanha após três horas de conflito. A vitória, porém, resultava da coragem cega junta à mais completa indisciplina de fogo — e compreende-se que mais tarde a ordem do dia relativa ao feito desse preeminente lugar às praças graduadas. Os seus cabos de guerra foram os cabos de esquadra. Sobre os jagunços em fuga confluíram cargas em desordem: soldados em grupos, turbas sem comando disparando à toa as carabinas, num fanfarrear irritante e numa alacridade feroz de monteiros no último lance de uma batida a javardos.

Os jagunços escapavam-se-lhes adiante. Perseguiram-nos.

A artilharia, embaixo, começou a rodar, puxada a pulso, pelas ladeiras acima.

Realizara-se a travessia; e, tirante o dispêndio de munições, eram poucas as perdas — quatro mortos e vinte e tantos feridos. Em troca os sertanejos deixavam cento e quinze cadáveres, contados rigorosamente.

Episódio trágico

Fora uma hecatombe. Cumulou-a um episódio trágico.

A algara tumultuária teve um desfecho teatral.

Foi no volver das últimas bicadas da serra...

Ali sobre barranca agreste, avergoada de algares, se alteava, oblíqua e mal tocando por um dos extremos o solo, imensa laje presa entre duas outras que a sustinham pelo atrito, semelhando um *dólmen* abatido. Este abrigo coberto tinha, na frente, a barbacã de um muro de rocha viva. Nele se acoutaram muitos sertanejos — cerca de quarenta, segundo um espectador do quadro — [68] provavelmente os que possuíam as derradeiras cargas dos trabucos.

A terra protetora dava aos vencidos o último reduto.

Aproveitaram-no. Abriram sobre os perseguidores um tiroteio escasso, e fizeram-nos estacar um momento, fazendo parar, mais longe, a artilharia que se aprestou a bombardear o pequeno grupo de temerários.

O bombardeio reduziu-se a um tiro. A granada partiu levemente desviada do alvo, e foi arrebentar numa das junturas em que se engastava a pedra. Dilatou-a. Abriu-a, de alto a baixo.

E o bloco despregado desceu pesadamente, em baque surdo, sobre os infelizes, sepultando-os...

Reatou-se a marcha. Adiante, numa exaustão crescente, percebida no rarear dos tiros, os últimos defensores do Cambaio tocavam para Canudos. Desapareceram, por fim.

Alguns morriam agarrados aos canhões fumegantes.
Aquarela sobre papel. Tripoli Gaudenzi

68. Dr. Albertazzi, médico da expedição.

IV. Nos "Tabuleirinhos"

As colunas chegaram à tarde em Tabuleirinhos, quase à orla do arraial, e não prosseguiram aproveitando o ímpeto da marcha perseguidora. Combalidos da refrega e famintos desde a véspera, tiveram apenas abrandada a sede na água impura da lagoa minúscula do *Cipó*, e acamparam. Fizeram-no, porém, com o desleixo das fadigas acumuladas e, talvez, também com a ilusão enganadora do triunfo recente. De sorte que não pressentiram, em torno, a sobrerrolda dos jagunços. Porque a nova da investida chegara ao arraial com os foragidos; e para quebrar o ímpeto do invasor sobrestante, grande número de lutadores de lá partiu. Meteram-se, imperceptíveis, pelas caatingas; e aproximaram-se do acampamento.

À noite circularam-no. A tropa adormeceu sob a guarda terrível do inimigo...

Segundo combate

Ao amanhecer, porém, nada lho revelou; e, formadas cedo, as colunas dispuseram-se ao último arranco sobre o arraial, depois de um quarto de hora a marche-marche sobre o terreno, que ali é desafogado e chão.

Mas antes de abalarem sobreveio ligeiro contratempo. Um *shrapnel* emperrara na alma de um dos canhões resistindo a todos os esforços para a extração. Adotou-se, então, o melhor dos alvitres: disparar o Krupp na direção provável de Canudos.

Seria uma aldravada batendo às portas do arraial, anunciando estrepitosamente o visitante importuno e perigoso.

De fato, o tiro partiu... E a tropa foi salteada por toda a banda! Reeditou-se o episódio de Uauá. Abandonando as espingardas imperfeitas pelos varapaus, pelos fueiros dos carros, pelas foices, pelas forquilhas, pelas aguilhadas longas e pelos facões de folha larga, os sertanejos enterreiraram-na, surgindo em grita, todos a um tempo, como se aquele disparo lhes fosse um sinal prefixo para o assalto.

Felizmente os expedicionários, em ordem de marcha, tinham prontas as armas para a réplica, que se realizou logo em descargas rolantes e nutridas.

Mas os jagunços não recuaram. O arremesso da investida jogara-os dentro dos intervalos dos pelotões. E pela primeira vez os soldados viam, de perto, as faces trigueiras daqueles antagonistas, até então esquivos, afeitos às correrias velozes nas montanhas...

Emboscada.
Gravura de Alfredo Aquino para a edição de *Os Sertões* de 1975

A primeira vítima foi um cabo do 9º. Morreu matando.

Ficou trespassado na sua baioneta o jagunço que o abatera atravessando-o com o ferrão de vaqueiro.

A onda assaltante passou sobre os dois cadáveres.

Tomara-lhe a frente um mamaluco possante — rosto de bronze afeiado pela pátina das sardas — de envergadura de gladiador sobressaindo no tumulto. Este campeador terrível ficou desconhecido à história. Perdeu-se-lhe o nome. Mas não a imprecação altiva que arrojou sobre a vozeria e sobre os estampidos, ao saltar sobre o canhão da direita, que abarcou nos braços musculosos, como se estrangulasse um monstro:

"Viram, canalhas, o que é ter coragem?!"

A guarnição da peça recuara espavorida, enquanto ela rodava, arrastada a braço, apresada.

Era o desastre iminente.

Avaliou-o o comandante expedicionário, que tudo indica ter sido o melhor soldado da própria expedição que dirigiu. Animou valentemente os companheiros atônitos e, dando-lhes o exemplo, precipitou-se contra o grupo. E a luta travou-se braço a braço, brutalmente, sem armas, a punhadas, quase surda: um torvelinho de corpos enleados, de onde se difundiam estertores de estrangulados, ronquidos de peitos ofegantes, baques de quedas violentas...

O canhão retomado volveu à posição primitiva. As coisas, porém, não melhoraram. Apenas repelidos os jagunços, num retroceder repentino que não era uma fuga, mas uma negaça perigosa, fervilhavam no matagal rarefeito, em roda: vultos céleres, fugazes, indistintos, aparecendo e desaparecendo nos claros das galhadas. Novamente esparsos e intangíveis, punham, ressoantes, sobre os contrários, os projetis grosseiros — pontas de chifre, seixos rolados, e pontes de pregos — de sua velha ferramenta da morte, desde muito desusada.[69] Renovavam o duelo a distância, antepondo as espingardas de pederneira e os trabucos de cano largo às Mannlichers fulminantes. Volviam ao sistema habitual de guerra, o que era delongar indefinidamente a ação, dando-lhe um caráter mais sério que o do ataque violento anterior; fazendo-a derivar cruelmente monótona, sem peripécias, na iteração fatigante dos mesmos incidentes, até ao esgotamento completo do adversário que, relativamente incólume, cairia afinal exausto de os bater, vencido pelo cansaço de minúsculas vitórias, num esfalfamento trágico de algozes enfastiados de matar; punhos amolecidos e frouxos pelo multiplicado dos golpes; forças perdidas em arremessos doidos contra o vácuo.

A situação desenhou-se insanável.

Restava aos invasores um recurso em desespero de causa: — o avançar aforradamente, deslocando o campo do combate, e cair sobre o arraial, assaltantes e assaltados, tendo às ilhargas os guerrilheiros atrevidos, e talvez na frente, antes da entrada daquele, outros reforços tolhendo-lhes o passo. Mas nesse pelejar em marcha de três quilômetros, as munições, prodigamente gastas na façanha prejudicial do Cambaio, talvez se extinguissem em caminho e não podia alvitrar-se o meio extremo de se ultimar a empresa a choques de armas brancas, ante a sobrecarga muscular dos soldados famintos e combalidos, a que se aditavam cerca de setenta feridos, agitando-se, inúteis, na desordem.

Estava, além disto, excluída a hipótese eficaz de um bombardeio preliminar: restavam apenas vinte tiros de artilharia.

A retirada impôs-se urgente e inevitável. Reunida em plena refrega a oficialidade, o comandante definiu-lhe a situação e determinou que optasse por uma

69. Os incidentes desta jornada, devo-os ao depoimento fidedigno do Dr. Albertazzi.

das pontas do dilema: o prosseguimento da luta até ao sacrifício completo ou o seu abandono imediato. Foi aceita a última sob a condição expressa de não se deixar uma única arma, um único ferido e não ficar um único cadáver insepulto.

Este recuo, entretanto, era de todo contraposto aos resultados diretos do combate. Como na véspera, as perdas sofridas de um e outro lado estavam fora de qualquer paralelo. A tropa perdera apenas quatro homens, excluídos trinta e tantos feridos, ao passo que os contrários, desconhecido o número dos últimos, foram dizimados.

Um dos médicos[70] contou rapidamente mais de trezentos cadáveres. Tingira-se a água impura da lagoa do Cipó, e o sol, batendo de chapa na sua superfície, destacava-a sinistramente no pardo escuro da terra requeimada, como uma nódoa amplíssima, de sangue...

A *Legio Fulminata* de João Abade

A retirada foi a salvação. Mas o investir de arranco com o arraial, arrostando tudo, talvez fosse a vitória.

Desvendemos — arquivando depoimentos de testemunhas contestes — um dos casos originais dessa campanha. Algum tempo depois de travado o conflito em Tabuleirinhos, os habitantes de Canudos, impressionados com a intensidade dos tiroteios, alarmaram-se; e prevendo as consequências que adviriam se os soldados ali chegassem, de chofre, caindo sobre a beataria medrosa, João Abade reuniu o resto dos homens válidos, cerca de seiscentos, seguindo em reforço aos companheiros. A meio caminho, porém, a sua coluna foi inopinadamente colhida pelas balas. Atirando contra os primeiros agressores no lugar do encontro, os soldados mal apontavam; de sorte que, na maior parte, os tiros, partindo em trajetórias altas, se lançavam segundo o alcance máximo das armas. Ora, todos estes projetis perdidos, passando sobre os combatentes, iam cair, adiante, no meio da gente de João Abade. Os jagunços, perplexos, viam os companheiros baqueando, como fulminados; percebiam o assovio tenuíssimo das balas e não lobrigavam o inimigo. Em torno os arbúsculos estonados e raros não permitiam tocaias; os cerros mais próximos viam-se desnudos, desertos. E as balas desciam incessantes, aqui, ali, de soslaio, de frente, pelo centro da legião surpreendida, pontilhando-a de mortos — como uma chuva silenciosa de raios... Um assombro supersticioso sombreou logo nos rostos mais enérgicos. Volveram, atônitos, as

70. Dr. Edgar Henrique Albertazzi.

vistas para o firmamento ofuscante, varado pelos ramos descendentes das parábolas invisíveis; e não houve, depois, contê-los. Precipitaram-se, desapoderadamente, para Canudos, onde chegaram originando alarma espantoso.

Não havia ilusão possível: o inimigo, dispondo de engenhos de tal ordem, ali estaria em breve, sobrestante, no rastro dos derradeiros defensores do arraial. Quebrou-se o encanto do Conselheiro. Tonto de pavor, o povo ingênuo perdeu, em momentos, as crenças que o haviam empolgado. Bandos de fugitivos, sobraçando trouxas estavanadamente feitas, porfiavam na fuga, atravessando, rápidos, a praça e os becos, demandando as caatingas, sem que os contivessem os cabecilhas mais prestigiosos; enquanto as mulheres, em desalinho, em gritos, soluçando, clamando, numa algazarra indefinível, mas ainda fascinadas, agitando os relicários, rezando, se agrupavam à porta do *Santuário*, implorando a presença do evangelizador.

Novo milagre do Conselheiro

Mas Antônio Conselheiro, que nos dias normais mesmo evitava encará-las, naquelas aperturas estabeleceu separação completa. Subiu com meia dúzia de fiéis para os andaimes altos da igreja nova, e fez retirar, depois, a escada.

O agrupamento agitado ficou embaixo, imprecando, chorando, rezando. Não o olhou sequer o apóstolo esquivo, atravessando impassível sobre as tábuas que inflectiam, rangendo. Atentou para o povoado revolto, em que se atropelavam, prófugos, os desertores da fé, e preparou-se para o martírio inevitável...

Neste comenos sobreveio a nova de que a força recuava.

Foi um milagre. A desordem desfechava em prodígio.

V. Retirada

Começara, de fato, a retirada.

Extintas as esperanças de sucesso, resta aos exércitos infelizes o recurso desse oscilar entre a derrota e o triunfo, numa luta sem vitórias em que, entretanto, o vencido vence em cada passo que consegue dar para a frente, pisando, indomável, o território do inimigo — e conquistando a golpes de armas todas as voltas dos caminhos.

Ora, a retirada do major Febrônio se, pelo restrito do campo em que se operou, não se equipara a outros feitos memoráveis, pelas circunstâncias que a enquadraram é um dos episódios mais emocionantes de nossa história militar. Os soldados batiam-se ia para dois dias, sem alimento algum, entre os quais mediava o armistício enganador de uma noite de alarmas; cerca de setenta feridos

Ataque militar.
Técnica mista sobre papel. Tripoli Gaudenzi

enfraqueciam as fileiras; grande número de estropiados mal carregavam as armas; os mais robustos deixavam a linha de fogo para arrastarem os canhões ou arcavam sobre feixes de espingardas, ou, ainda, em padiolas, transportavam malferidos e agonizantes; — e, na frente desta multidão revolta, se estendia uma estrada de cem quilômetros, em sertão maninho, inçado de tocaias...

Ao perceberem o movimento, os jagunços encalçaram-na.

Capitaneava-os, agora, um mestiço de bravura inexcedível e ferocidade rara, Pajeú. Legítimo cafuz, no seu temperamento impulsivo acolchetavam-se todas as tendências das raças inferiores que o formavam. Era o tipo completo do lutador primitivo — ingênuo, feroz e destemeroso — simples e mau, brutal e infantil, valente por instinto, herói sem o saber — um belo caso de retroatividade atávica, forma retardatária de troglodita sanhudo aprumando-se ali com o mesmo arrojo com que, nas velhas idades, vibrava o machado de sílex à porta das cavernas...

Este bárbaro ardiloso distribuiu os companheiros pelas caatingas, ladeando as colunas.

Estas marchavam lutando. Dado um último choque partindo o círculo assaltante, começou a desfilar pelas veredas ladeirentas, sem que se lobrigasse neste movimento gravíssimo, o mais sério das guerras, o mais breve resquício de preceitos táticos, onde avulta a clássica formatura em escalões, permitindo às unidades combatentes alternarem-se na repulsa.

É que a expedição perdera de todo em todo a estrutura militar, nivelados oficiais e praças de pré pelo mesmo sacrifício. Enquanto o comandante, cujo ânimo não afrouxara, procurava os pontos mais arriscados; enquanto capitães e subalternos, sobraçando carabinas, se precipitavam, de mistura com as praças de pré, em cargas feitas sem vozes de comando, um sargento, contra todas as praxes, dirigia a vanguarda.

Desta maneira penetraram de novo nas gargantas do Cambaio. Ali estava a mesma passagem temerosa, estreitando-se em gargantas, ou içada à meia encosta, num releixo sobre os abismos; entalando-se entre escarpas; aberta a esmo ao viés das vertentes; sobranceada em todo o percurso pelas trincheiras alterosas. Uma variante apenas: de bruços ou de supino sobre as pedras, desenlapando-se à boca das furnas, esparsos pelas encostas, viam-se os jagunços vitimados na véspera.

Os companheiros sobreviventes passavam-lhes, agora, de permeio, parecendo uma turba vingadora de demônios entre caída multidão de espectros...

Não arremetiam mais em chusma sobre a linha, desafiando as últimas granadas; flanqueavam-na, em correrias pelos altos, deixando que agisse, quase exclusiva, a sua arma formidável — a terra. Esta bastava-lhes. O curiboca que partira a lazarina ou perdera o ferrão no torvelinho volvia o olhar em torno — e a montanha era um arsenal. Ali estavam blocos esparsos ou arrumados em pilhas vacilantes prestes a desencadear o potencial de quedas violentas, pelos declives. Abarcava-os; transmudava a espingarda imprestável em alavanca; e os monólitos abalados oscilavam, e caíam, e rolavam, a princípio em rumo incerto entre as dobras do terreno, depois, mais rápidos, pelas normais de máximo declive, despenhando-se, por fim, vertiginosamente, em saltos espantosos; e batendo contra as outras pedras, e esfarelando-as em estilhas, passavam como balas rasas monstruosas sobre as tropas apavoradas.

Estas, embaixo, salvavam-se cobertas pelo ângulo morto do próprio caminho à meia encosta, sob uma avalanche de blocos e graeiros. As fadigas da marcha abatiam-nas mais que o inimigo. O sol culminara ardente e a luz crua do dia tropical, caindo na região pedregosa e despida, refluía aos espaços num flamejar de queimadas grandes alastrando-se pelas serras.

A natureza toda quedava-se imóvel naquele deslumbramento, sob o espasmo da canícula. Os próprios tiros mal quebravam o silêncio: não havia ecos nos ares rarefeitos, irrespiráveis. Os estampidos estalavam, secos, sem ressoarem; e a brutalidade humana rolava surdamente dentro da quietude universal das coisas...

A travessia das trincheiras foi lenta.

Entretanto, os sertanejos por bem dizer não agrediam.

Num tripúdio de símios amotinados pareciam haver transmudado tudo aquilo num passatempo doloroso e num apedrejamento. Desfilavam pelos altos em corrimaças turbulentas e ruidosas. Os lutadores embaixo seguiam como atores infelizes, no epílogo de um drama mal representado. Toda a agitação de dois dias sucessivos de combates e provações tinha o repentino desfecho de uma arruaça sinistra. Piores que as descargas, ouviam brados irônicos e irritantes, cindidos de longos assovios e cachinadas estrídulas, como se os encalçasse uma matula barulhenta de garotos incorrigíveis.

Assim chegaram, ao fim de três horas de marcha, a Bendegó de Baixo. Salvou-os a admirável posição desse lugar, breve planalto em que se complana a estrada, permitindo mais eficazes recursos de defesa.

O último recontro aí se fez, ao cair da noite, à meia-luz dos rápidos crepúsculos do sertão.

Foi breve, mas temeroso. Os jagunços deram a última investida com a artilharia, que timbravam em arrebatar à tropa. As metralhadoras, porém, disparadas a cavaleiro, rechaçaram-nos; e, varridos à metralha, deixando vinte mortos, rolaram para as baixadas, perdendo-se na noite...

Estavam findas as horas de provações.

Um incidente providencial completou o sucesso. Fustigado talvez pelas balas, um rebanho de cabras ariscas invadiu o acampamento, quase ao tempo em que refluíam os sertanejos repelidos. Foi uma diversão feliz. Homens absolutamente exaustos apostaram carreiras doidas com os velozes animais em torno dos quais a força circulou delirante de alegria, prefigurando os regalos de um banquete, após dois dias de jejum forçado; e, uma hora depois, acocorados em torno das fogueiras, dilacerando carnes apenas sapecadas — andrajosos, imundos, repugnantes — agrupavam-se, tintos pelos clarões dos braseiros, os heróis infelizes, como um bando de canibais famulentos em repasto bárbaro...

A expedição, no outro dia, cedo, prosseguiu para Monte Santo.

Não havia um homem válido. Aqueles mesmos que carregavam os companheiros sucumbidos claudicavam, a cada passo, com os pés sangrando, varados de espinhos e cortados pelas pedras. Cobertos de chapéus de palha grosseiros, fardas em trapos, alguns tragicamente ridículos mal velando a nudez com os capotes em pedaços, mal alinhando-se em simulacro de formatura, entraram pelo arraial lembrando uma turma de retirantes, batidos dos sóis bravios, fugindo à desolação e à miséria.

A população recebeu-os em silêncio.

Combate em Canudos.
Cena do filme *Guerra de Canudos*

VI. Procissão dos jiraus

Naquele mesmo dia, à tarde, animaram-se de novo as encostas do Cambaio. O fragor dos combates, porém, trocara-se pela assonância das litanias melancólicas. Lentamente, caminhando para Canudos, extensa procissão derivava pelas serras. Os crentes substituíam os batalhadores e volviam para o arraial, carregando aos ombros, em toscos pálios de jiraus de paus roliços amarrados com cipós, os cadáveres dos mártires da fé.

O dia fora despendido na lúgubre pesquisa, a que se dedicara a população inteira. Haviam-se esquadrinhado todas as anfractuosidades, e todos os dédalos rasgados entre pedras, e todos os algares fundos, e todas as taliscas apertadas...

Muitos lutadores ao baquearem pelas ladeiras, em resvalos, tinham caído em barrocais e grotas; outros, mal seguros pelas arestas pontiagudas das rochas atravessando-lhes as vestes, balouçavam-se sobre abismos; e, descendo às grotas profundas, e alando-se aos vértices dos fraguedos abruptos, colhiam-nos os companheiros compassivos.

À tarde ultimava-se a missão piedosa.

Faltavam poucos, os que a tropa queimara.

O fúnebre cortejo seguia agora para Canudos...

Muito baixo no horizonte, o sol descia vagarosamente, tangenciando com o limbo rutilante o extremo das chapadas remotas e o seu último clarão, a cavaleiro das sombras, que já se adunavam nas baixadas, caía sobre o dorso da montanha... Aclarou-o por momentos. Iluminou, fugaz, o préstito, que seguia à cadência das rezas. Deslizou, insensivelmente, subindo, à medida que lentamente ascendiam as sombras, até ao alto, onde os seus últimos raios cintilaram nos píncaros altaneiros. Estes fulguravam por instantes, como enormes círios, prestes acesos, prestes apagados, bruxuleando na meia-luz do crepúsculo.

Brilharam as primeiras estrelas. Rutilando na altura, a cruz resplandecente de Órion alevantava-se sobre os sertões...

Grupo de romeiros em direção a Canudos.
Pintura de Tripoli Gaudenzi

EXPEDIÇÃO MOREIRA CÉSAR

Batalhão.
Fotografia de Flávio de Barros. Casa Euclidiana, São José do Rio Pardo

I. O coronel Antônio Moreira César e o meio que o celebrizou. Primeira expedição regular. Como a aguardam os jagunços.

II. Partida de Monte Santo. Primeiros erros. Nova estrada. Psicologia do soldado.

III. O primeiro encontro, Pitombas. "Em acelerado!" Dois cartões de visita a Antônio Conselheiro. No alto da Favela. Um olhar sobre Canudos.

IV. A ordem de batalha e o terreno. Cidadela-mundéu. Ataques. Saque antes do triunfo. Recuo. Ao bater da Ave-Maria.

V. Sobre o alto do Mário.

VI. Retirada; debandada; fuga. Um arsenal ao ar livre e uma diversão cruel.

Retratos de pai e mãe de Euclides: Manuel Rodrigues Pimenta e Eudóxia Moreira da Cunha.
Anônimo, Casa Euclidiana, São José do Rio Pardo

Casa em São José do Rio Pardo, SP, onde morou Euclides da Cunha de 1898 a 1901, e hoje é um museu.
Casa Euclidiana, São José do Rio Pardo

I. Moreira César e o meio que o celebrizou

O novo insucesso das armas legais, imprevisto para toda a gente, coincidia com uma fase crítica da nossa história.

A pique ainda das lastimáveis consequências de sanguinolenta guerra civil, que rematara ininterrupta série de sedições e revoltas, emergentes desde os primeiros dias do novo regime, a sociedade brasileira, em 1897, tinha alto grau de receptividade para a intrusão de todos os elementos revolucionários e dispersivos. E quando mais tarde alguém se abalançar a definir, à luz de expressivos documentos, a sua psicologia interessante naquela quadra, demonstrará a inadaptabilidade do povo à legislação superior do sistema político recém-inaugurado, como se este, pelo avantajar-se em demasia ao curso de uma evolução vagarosa, tivesse, como efeito predominante, alastrar sobre o país, que se amolentara no marasmo monárquico, intenso espírito de desordem, precipitando a República por um declive onde os desastres repontavam, ritmicamente, delatando a marcha cíclica de uma moléstia.

O governo civil, iniciado em 1894, não tivera a base essencial de uma opinião pública organizada. Encontrara o país dividido em vitoriosos e vencidos. E quedara na impotência de corrigir uma situação que, não sendo francamente revolucionária e não sendo também normal, repelia por igual os recursos extremos da força e o influxo sereno das leis. Estava defronte de uma sociedade que progredindo em saltos, da máxima frouxidão ao rigorismo máximo, das conspirações incessantes aos estados de sítio repetidos, parecia espelhar incisivo contraste entre a sua organização intelectual imperfeita e a organização política incompreendida.

De sorte que, lhe sendo impossível substituir o lento trabalho de evolução para alevantar a primeira ao nível da última, deixava que se verificasse o fenômeno inverso: a significação superior dos princípios democráticos decaía — sofismada, invertida, anulada.

Floriano Peixoto

Não havia obstar essa descensão. O governo anterior, do marechal Floriano Peixoto, tivera, pelas circunstâncias especialíssimas que o rodearam, função combatente e demolidora. Mas no abater a indisciplina emergente de sucessivas sedições, agravara a instabilidade social e fora de algum modo contraproducente, violando flagrantemente um programa preestabelecido. Assim é que, nascendo do revide triunfante contra um golpe de Estado violador das garantias constitucionais, criara o processo da suspensão de garantias; abraçado tenazmente à Constituição, afogava-a; fazendo da Legalidade a maior síntese de seus desígnios, aquela palavra, distendida à consagração de todos os crimes, transmudara-se na fórmula antinômica de uma terra sem leis. De sorte que o inflexível *marechal de ferro* tivera, talvez involuntariamente, porque a sua figura original é ainda um intricado enigma, desfeita a missão a que se devotara. Apelando, nas aperturas das crises que o assoberbaram, incondicionalmente, para todos os recursos, para todos os meios e para todos os adeptos, surgissem de onde surgissem, agia inteiramente fora da amplitude da opinião nacional, entre as paixões e interesses de um partido que, salvante bem raras exceções, congregava todos os medíocres ambiciosos que, por instinto natural de defesa, evitam as imposições severas de um meio social mais culto. E ao debelar, nos últimos dias de seu governo, a Revolta de Setembro, que enfeixara todas as rebeldias contrariadas e todos os tumultos dos anos anteriores, formara, latentes, prestes a explodir, os germes de mais perigosos levantes.

Destruíra e criara revoltosos. Abatera a desordem com a desordem. Ao deixar o poder não levara todos os que o haviam acompanhado nos transes dificílimos do governo. Ficaram muitos agitadores, robustecidos numa intensa aprendizagem de tropelias, e estes viam-se contrafeitos no plano secundário a que naturalmente volviam. Traziam o movimento irreprimível de uma carreira fácil e vertiginosa demais para estacar de súbito: dilataram-na pela nova situação adentro.

Viu-se, então, um caso vulgaríssimo de psicologia coletiva: colhida de surpresa, a maioria do país inerte e absolutamente neutral, constituiu-se veículo propício à transmissão de todos os elementos condenáveis que cada cidadão, isoladamente, deplorava. Segundo o processo instintivo, que lembra na esfera social a herança de remotíssima predisposição biológica, tão bem expressa no *mimetismo psíquico* de que nos fala Scipio Shigele, as maiorias conscientes, mas tímidas, revestiam-se, em parte, da mesma feição moral dos medíocres atrevidos que lhes

Mal. Floriano Peixoto.
Almeida Jr. Museu Paulista, SP

tomavam a frente. Surgiram, então, na tribuna, na imprensa e nas ruas — sobretudo nas ruas — individualidades que nas situações normais tombariam à pressão do próprio ridículo. Sem ideais, sem orientação nobilitadora, peados num estreito círculo de ideias, em que entusiasmo suspeito pela República se aliava a nativismo extemporâneo e à cópia grosseira de um jacobinismo pouco lisonjeiro à história — aqueles agitadores começaram a viver da exploração pecaminosa de um cadáver. O túmulo do marechal Floriano Peixoto foi transmudado na arca de aliança da rebeldia impenitente e o nome do grande homem fez-se a palavra de ordem da desordem.

A retração criminosa da maioria pensante do país permitia todos os excessos; e no meio da indiferença geral todas as mediocridades irritadiças conseguiram imprimir àquela quadra, felizmente transitória e breve, o traço mais vivo que a caracteriza. Não lhes bastavam as cisões remanescentes, nem os assustava uma situação econômica desesperadora: anelavam avolumar aquelas e tornar a última insolúvel. E como o exército se erigia, ilogicamente, desde o movimento abolicionista até à proclamação da República, em elemento ponderador das agitações nacionais, cortejavam-no, captavam-no, atraíam-no afanosamente e imprudentemente.

Ora, de todo o exército, um coronel de infantaria, Antônio Moreira César, era quem parecia haver herdado a tenacidade rara do grande debelador de revoltas.

O fetichismo político exigia manipansos de farda.

Escolheram-no para novo ídolo.

Moreira César

E à nova do desastre, avolumando a gravidade da luta nos sertões, o governo não descobriu quem melhor lhe pudesse balancear as exigências gravíssimas. Escolheu-o para chefe da expedição vingadora.

Em torno do nomeado criara-se uma legenda de bravura.

Recém-vindo de Santa Catarina, onde fora o principal ator no epílogo da campanha federalista do Rio Grande, tinha excepcional renome feito de aclamações e apodos, consoante o modo de julgar incoerente e extremado da época em que eram vivos os mínimos incidentes da guerra civil distendida da baía do Rio de Janeiro para o sul, pela revolta da esquadra.

Entre dois extremos, do arrojo de Gumercindo Saraiva à abnegação de Gomes Carneiro, a opinião nacional oscilava espelhando os mais díspares conceitos no aquilatar vitoriosos e vencidos; e nessa instabilidade, nesse baralhamento, nesse afogueado expandir da nossa sentimentalidade suspeita, o que de fato se fazia em todos os tons, com todas as cores e sob aspectos vários — era a caricatura do heroísmo. Os heróis, imortais de quarto de hora, destinados à suprema consagração de uma placa à esquina das ruas, entravam, surpreendidos e de repente, pela história dentro, aos encontrões, como intrusos desapontados, sem que se pudesse saber se eram bandidos ou santos, envoltos de panegíricos e convícios, surgindo entre ditirambos ferventes, ironias diabólicas e invectivas despiedadas, da sangueira de Inhanduí, da chacina de Campo Osório, do cerco memorável da Lapa, dos barrocais do Pico do Diabo, ou do platonismo marcial de Itararé.

Irrompiam a granel. Eram legião. Todos saudados; amaldiçoados todos.

Ora, entre eles o coronel Moreira César era figura à parte.

Surpreendiam-se igualmente ao vê-lo admiradores e adversários.

O aspecto reduzia-lhe a fama. De figura diminuta — um tórax desfibrado sobre pernas arcadas em parênteses — era organicamente inapto para a carreira que abraçara.

Faltava-lhe esse aprumo e compleição inteiriça que no soldado são a base física da coragem.

Apertado na farda, que raro deixava, o dólmã feito para ombros de adolescente frágil agravava-lhe a postura.

A fisionomia inexpressiva e mórbida completava-lhe o porte desgracioso e exíguo. Nada, absolutamente, traía a energia surpreendedora e temibilidade rara de que dera provas, naquele rosto de convalescente sem uma linha original e firme: — pálido, alongado pela calva em que se expandia a fronte bombeada, e mal alumiado por olhar mortiço, velado de tristeza permanente.

Era uma face imóvel como um molde de cera, tendo a impenetrabilidade oriunda da própria atonia muscular. Os grandes paroxismos da cólera e a alacridade mais forte ali deviam amortecer-se inapercebidos, na lassidão dos tecidos, deixando-a sempre fixamente impassível e rígida.

Soldado a cavalo.
Gravura de Alfredo Aquino para a edição de *Os Sertões* de 1975

Aos que pela primeira vez o viam custava-lhes admitir que estivesse naquele homem de gesto lento e frio, maneiras corteses e algo tímidas, o campeador brilhante, ou o demônio crudelíssimo que idealizavam. Não tinha os traços característicos nem de um, nem de outro. Isto, talvez, porque fosse as duas coisas ao mesmo tempo.

Justificavam-se os que o aplaudiam e os que o invectivavam. Naquela individualidade singular entrechocavam-se, antinômicas, tendências monstruosas e qualidades superiores, umas e outras no máximo grau de intensidade. Era tenaz, paciente, dedicado, leal, impávido, cruel, vingativo, ambicioso. Uma alma proteiforme constrangida em organização fragílima.

Aqueles atributos, porém, velava-os reserva cautelosa e sistemática. Um único homem os percebeu ou decifrou bem, o marechal Floriano Peixoto. Tinha para isto a afinidade de inclinações idênticas. Aproveitou-o, na ocasião oportuna, como Luís XI aproveitaria Bayard, se pudesse enxertar na bravura romanesca do cavaleiro sem mácula as astúcias de Fra Diavolo.

Moreira César estava longe da altitude do primeiro e mais longe ainda da depressão moral do último. Não seria, entretanto, imperdoável exagero considerá-lo misto reduzido de ambos. Alguma coisa de grande e incompleto, como se a evolução prodigiosa do predestinado parasse, antes da seleção final dos requisitos raros com que o aparelhara, precisamente na fase crítica em que ele fosse definir-se como herói ou como facínora. Assim, era um desequilibrado. Em sua alma a extrema dedicação esvaía-se no extremo ódio, a calma soberana em desabrimentos repentinos e a bravura cavalheiresca na barbaridade revoltante.

Tinha o temperamento desigual e bizarro de um epiléptico provado, encobrindo a instabilidade nervosa de doente grave em placidez enganadora.

Entretanto, não raro, a sua serenidade partia-se rota pelos movimentos impulsivos da moléstia que somente mais tarde, mercê de comoções violentas, se desvendou inteiramente nas manifestações físicas dos ataques. E se pudéssemos acompanhar a sua vida assistiríamos ao desdobramento contínuo do mal, que lhe imprimiu, como a outros sócios de desdita, um feitio original e interessante, definido por uma sucessão por demais eloquente de atos que, aparecendo intercalados por períodos de calma crescentemente reduzidos, constituem os pontos determinantes da curva inflexível em que o arrebatava a fatalidade biológica.

De feito, eram correntes entre os seus companheiros de armas os episódios frisantes que, de tempos a tempos, com ritmo inabalável, lhe interferiam a linha de uma carreira militar correta como poucas.

Fora longo rememorá-los, além do perigo de incidirmos no arquivar versões exageradas ou falsas.

À parte, porém, todos os casos duvidosos, definidos sempre pelo traço preponderante de vias de fato violentíssimas — aqui o ultraje, a rebencadas, de um médico militar; além a arremetida à faca, felizmente tolhida em tempo, contra um oficial argentino, por certa palavra mal compreendida — apontemos, de relance, os mais geralmente conhecidos.

Um, sobretudo, dera relevo à sua energia selvagem.

Foi em 1884, no Rio de Janeiro. Um jornalista, ou melhor, um alucinado, criara, agindo libérrimo graças à frouxidão das leis repressivas, escândalo permanente de insultos intoleráveis na Corte do antigo Império; e tendo respingado sobre o exército parte das alusões indecorosas, que por igual abrangiam todas as classes, do último cidadão ao monarca, foi infelizmente resolvida por alguns oficiais, como supremo recurso, a justiça fulminante e desesperadora do linchamento.

Assim se fez. E entre os subalternos encarregados de executar a sentença — em plena rua, em pleno dia, diante da justiça armada pelos Comblains de toda a força policial em armas — figurava, mais graduado, o capitão Moreira César, ainda moço, à volta dos trinta anos, e tendo já em seus assentamentos, averbados, merecidos elogios por várias comissões exemplarmente cumpridas. E foi o mais afoito, o mais impiedoso, o primeiro talvez no esfaquear pelas costas a vítima, exatamente na ocasião em que ela, num carro, sentada ao lado de autoridade superior do próprio exército, se acolhera ao patrocínio imediato das leis...

O crime acarretou-lhe a transferência para Mato Grosso, e dessa Sibéria canicular do nosso exército tornou somente após a proclamação da República.

Vimo-lo nessa época.

Era ainda capitão e, embora nunca houvesse arrancado da espada em combate, recordava um triunfador. Nos dias ainda vacilantes do novo regime, o governo parecia desejar ter perto de si aquele esteio firme — o homem para as crises perigosas e para as grandes temeridades. A sua figura de menino atravessava os quartéis e as ruas envolta de murmúrio simpático e louvaminheiro, comentando-lhe em lisonjarias os lances capitais da vida, acerca dos quais, entretanto, era de todo muda uma fé de ofício de burocrata inofensivo e tímido, repleta de encômios ao desempenho de missões pacíficas.

Por um contraste expressivo, nos documentos da profissão guerreira é que estava a placabilidade de uma existência acidentada, revolta e turbulenta em que, não raro, relampagueara a faca, ao lado da espada inteiramente virgem.

Esta saiu-lhe da bainha, afinal, nos últimos anos da existência. Em 1893, já coronel, porque galgara velozmente três postos em dois anos, ao declarar-se a revolta da armada, o marechal Floriano destacou-o armado de poderes discricionários para Santa Catarina, como uma barreira à conflagração que se reanimara no sul e ameaçava os estados limítrofes. Seguiu; e em ponto algum do nosso território pesou tão firme e tão estrangulador o guante dos estados de sítio.

Os fuzilamentos que ali se fizeram, com triste aparato de imperdoável maldade, dizem-no de sobra. Abalaram tanto a opinião nacional que, ao terminar a revolta, o governo civil, recém-inaugurado, pediu contas de tais sucessos ao principal responsável. A resposta, pelo telégrafo, foi pronta. Um "não", simples, seco, atrevido, cortante, um dardo batendo em cheio a curiosidade imprudente dos poderes constituídos, sem o atavio, sem o rodeio, sem a ressalva da explicação mais breve.

Meses depois chamaram-no ao Rio de Janeiro.

Embarca com o seu batalhão, o 7º, num navio mercante; e em pleno mar, com surpresa dos próprios companheiros, prende o comandante. Assaltara-o — sem que para tal houvesse o mínimo pretexto — a suspeita de uma traição, um desvio na rota, adrede disposto para o perder e aos soldados. O ato seria absolutamente inexplicável se não o caracterizássemos como aspecto particular da desorganização psíquica que o vitimava.

Não lhe diminuiu, contudo, o prestígio. Fez-se dono do batalhão que comandava; deu-lhe um pessoal que ultrapassava, de muito, o número regulamentar de praças, entre as quais — em manifesta violação da lei — dezenas de crianças que não podiam carregar as armas; e, imperando incondicionalmente, organizou o melhor corpo do exército, porque nos longos intervalos lúcidos patenteava francas qualidades eminentes e raras de chefe disciplinador e inteligente, contrastando com os paroxismos da exaltação intermitente.

Estes tornaram-se, por fim, mais ostensivos e repetidos — num crescendo inflexível.

Nomeado para a expedição contra Canudos, estadeou-os numa série de desatinos culminados afinal por uma catástrofe.

Vê-los-emos em breve, extremados por dois ímpetos de impulsivo: a partida caprichosa de Monte Santo, de improviso, com espanto de seu próprio estado-maior, precisamente na véspera do dia prefixo em detalhe para a marcha; e, três dias mais tarde, o arremesso contra o arraial, de mil e tantos homens exaustos de uma carreira de léguas, precisamente na véspera do dia marcado para o assalto.

Estes últimos fatos, e a sua identidade está no objetivarem a mesma nevrose, tiveram a intercorrência dos ataques.

Foram uma revelação.

Todos os acidentes singulares de sua existência desconexa, viu-se afinal que eram sinais comemorativos enfeixando uma diagnose única e segura...

Realmente, a epilepsia alimenta-se de paixões; avoluma-se no próprio expandir das emoções subitâneas e fortes; mas, quando, ainda larvada, ou traduzindo-se em uma alienação apenas afetiva, solapa surdamente as consciências, parece ter na livre manifestação daquelas um derivativo salvador atenuando os seus efeitos. De sorte que, sem exagero de frase, se pode dizer que há muitas vezes num crime, ou num lance raro de heroísmo, o equivalente mecânico de um ataque. Contido o braço homicida, ou imobilizado, de chofre, o herói no arremesso glorioso, o doente pode surgir, *ex abrupto*, sucumbindo ao acesso. Daí esses atos inesperados, incompreensíveis ou brutais, em que a vítima procura iludir instintivamente o próprio mal, buscando muitas vezes o crime como um derivativo à loucura.

Durante longo tempo numa semiconsciência de seu estado, numa série de delírios breves e fugazes, que ninguém percebe, que nem ela às vezes percebe, sente crescer a instabilidade da vida. E luta tenazmente. Os intervalos lúcidos fazem-se-lhe ponto de apoio à consciência vacilante à procura de motivos inibitórios numa ponderação cada vez mais penosa das condições normais ambientes. Aqueles, entretanto, a pouco e pouco se enfraquecem. A inteligência abalada afinal mal se subordina às condições exteriores ou relaciona os fatos e, em contínuo descair, baralha-os, perturba-os, inverte-os, deforma-os. O doente cai, então, no estado crepuscular, segundo uma expressão feliz, e condensa no cérebro, como se fosse a soma de todos os delírios anteriores, instável, pronto a desencadear-se em ações violentas, que o podem atirar no crime ou, acidentalmente, na glória, o potencial da loucura.

Cabe à sociedade, nessa ocasião, dar-lhe a camisa de força ou a púrpura.

Porque o princípio geral da relatividade abrange as mesmas paixões coletivas. Se um grande homem pode impor-se a um grande povo pela influência deslumbradora do gênio, os degenerados perigosos fascinam com igual vigor as multidões tacanhas.

Ora, entre nós, se exercitava o domínio do *caput mortuum* das sociedades. Despontavam, efêmeras, individualidades singulares; e entre elas o coronel César destacava-se em relevo forte, como se a niilidade do seu passado salientasse melhor a energia feroz que desdobrara nos últimos tempos.

É cedo ainda para que se lhe defina a altitude relativa e a depressão do meio em que surgiu. Na apreciação dos fatos o tempo substitui o espaço para a localização das imagens: o historiador precisa de certo afastamento dos quadros que contempla.

Cerremos esta página perigosa...

Primeira expedição regular

Deferindo ao convite que lhe fora feito, o coronel Moreira César seguiu a 3 de fevereiro para a Bahia, levando o batalhão que comandava, o 7º de Infantaria, entregue à direção do major Rafael Augusto da Cunha Matos; uma bateria do 2º Regimento de Artilharia, comandada pelo capitão José Agostinho Salomão da Rocha; e um esquadrão do 9º de Cavalaria, do capitão Pedreira Franco.

Era o núcleo da brigada de três armas, que se constituiu logo com a celeridade que as circunstâncias demandavam, ligando-se-lhe três outros corpos, desfalcados todos; o 16º que estava em S. João d'El-Rei, de onde abalou dirigido pelo coronel Sousa Meneses, com 28 oficiais e 290 praças; cerca de 140 soldados do 33º; o 9º, de Infantaria, do coronel Pedro Nunes Tamarindo, e pequenos contingentes da força estadual baiana.

O chefe expedicionário não se demorou na Bahia. Recolhida toda a força que lá estava, prosseguiu imediatamente para Queimadas, onde, cinco dias apenas depois que partira da capital da República, a 8 de fevereiro, estava toda a expedição reunida — quase 1.300 combatentes, fartamente municiados com quinze milhões de cartuchos e setenta tiros de artilharia.

A mobilização fora, como se vê, um prodígio de rapidez. Continuou rápida. Deixando em Queimadas, "1ª base de operações", sob o comando de um tenente, platônica guarnição de 80 doentes e 70 crianças, que não suportavam o peso das mochilas, seguiu o grosso da tropa para a "2ª base de operações", Monte Santo, onde a 20 estava pronta para a investida.

Chegara, porém, mal auspiciada. Um dia antes a inervação doentia do comandante explodira numa convulsão epileptiforme, em plena estrada,

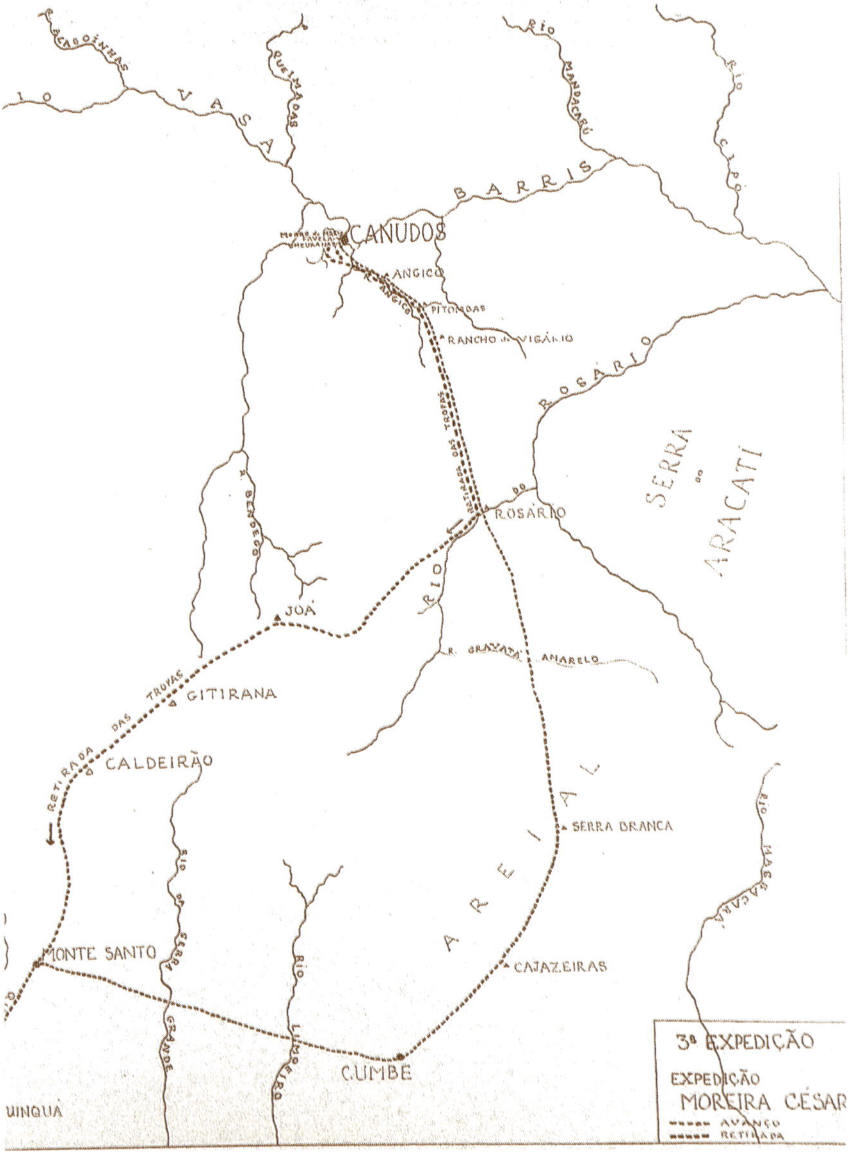

Mapa da 3ª Expedição Moreira César.
Mapa orginal elaborado pelo cel. Siqueira de Meneses. Casa Euclidiana, São José do Rio Pardo

antes do sítio de Quirinquinquá; e fora de caráter tal que os cinco médicos do corpo de saúde previram uma reprodução de lastimáveis consequências. Os principais chefes de corpos, porém, bem que cientes de um diagnóstico, que implicava seriamente a firmeza e as responsabilidades do comando-geral ante as condições severas da luta, forraram-se, cautelosos e tímidos, à menor deliberação a respeito.

O coronel Moreira César abeirava-se do objetivo da campanha condenado pelos próprios médicos que comandava.

É natural que não fossem as operações concertadas com a indispensável lucidez e que as inquinassem, desde o primeiro passo nos caminhos, todos os erros e inexplicáveis descuidos e inexplicável olvido de preceitos rudimentares, já rudemente corrigidos ou expostos com a maior clareza nos desastres anteriores. Nada se resolveu de acordo com as circunstâncias especialíssimas da empresa. Ficou dominando todas as decisões um plano único, um plano de delegado policial enérgico: lançar a marche-marche mil e tantas baionetas dentro de Canudos.

Isto no menor tempo possível. Os engenheiros militares Domingos Alves Leite e Alfredo do Nascimento, tenentes do estado-maior de 1ª classe, adidos à brigada, tiveram uma semana para reconhecer a paragem desconhecida e áspera. Na exiguidade de tal prazo não lhes era possível a escolha de pontos estratégicos, que firmassem uma linha de operações indispensável. O vertiginoso mesmo dos levantamentos militares estava aquém dessa missão de afogadilho, adstrita a trianguladas fantásticas — bases medidas a olho, visadas divagantes pelos topos indistintos das serras, distâncias averbadas nos ponteiros dos podômetros presos às botas dos operadores apressados. Estes esclareciam-se inquirindo os raros habitantes dos lugares percorridos: era o arquivar longuras calcadas numa unidade traiçoeira, a légua, de estimativa exagerada pelo amor-próprio do matuto vezado às caminhadas longas; rumos desesperadamente embaralhados ou linhas de ensaios em que um erro de cinco graus era um primor de rigorismo; informes sobre acidentes, contextura do solo e aguadas, de existência problemática e dúbia.

Subordinaram ao comandante o levantamento feito. Foi, sem maior exame, aprovado.

De acordo com ele escolheu-se a nova estrada. Envolvente a do Cambaio, pelo levante, e mais longa de nove ou dez léguas, tinha, ao que se figurava, a vantagem de se arredar da zona montanhosa. Largando de Monte Santo, as forças demandariam o arraial do Cumbe no rumo seguro de ESE, e, atingido este, inflectindo, rota em cheio para o norte, fraldejando as abas da serra de Aracati, em marcha contornante, a pouco e pouco rumando a NNO, iriam interferir no sítio do Rosário a antiga estrada de Maçacará. Escolhido este caminho não se cogitou de o transformar em linha de operações, pela escolha de dois ou três pontos defensáveis, garantidos de guarnições que, mesmo diminutas, pudessem estear a resistência, dado que houvesse um insucesso, um recuo ou uma retirada.

Crítica

Ninguém cogitava na mais passageira hipótese de um revés. A exploração realizada fora até um transigir dispensável com as velharias da estratégia: bastava o olhar perspícuo do guia, capitão Jesuíno, para aclarar a rota.

Sabia-se, no entanto, que esta atravessaria longos trechos de caatingas exigindo aberturas de picadas, e extenso areal de quarenta quilômetros onde, naquela quadra, na plenitude do estio, não se compreendia a viagem sem que os combatentes fossem arcando sob carregamento de água, a exemplo das legiões romanas na Tunísia. Para obviar este inconveniente, levaram uma bomba artesiana, como se fossem conhecidas as camadas profundas da terra, pelos que lhe ignoravam a própria superfície; e houvesse, entre as fileiras, argutos rabdomantes capazes de marcar, com a varinha misteriosa, o ponto exato em que existisse o lençol líquido a aproveitar-se. Veremos a sua função mais longe.

Entretanto ia-se marchar para o desconhecido, por veredas desfrequentadas, porque todas as travessias por ali se resumem no trecho de uma estrada secular, a de Bom Conselho a Jeremoabo, contornando e evitando pelo levante os agros tabuleiros que lhe demoram ao norte, e descem insensivelmente para o Vaza-Barris, formando no ligeiro *divortium aquarum*, entre este e o Itapicuru, desmedidos areais sem o mais exíguo regato, porque absorvem, numa sucção de esponja, os mais impetuosos aguaceiros.

A jornada pressupunha-se longa e inçada de tropeços: 150 quilômetros, um mínimo de vinte e cinco léguas, que valiam por uma longura décupla, ante o despovoamento e maninhez da terra. Era natural que se garantisse ao menos a pretensa base de operações, para que se não insulasse inteiramente a tropa no deserto. Apesar disto, Monte Santo, com as suas péssimas condições de defesa, dominada pela serrania a prumo, de onde meia dúzia de inimigos podiam batê-la toda, a salvo, ficaria sob o comando do coronel Meneses com uma guarnição deficiente de poucas dezenas de praças. De sorte que os jagunços poderiam facilmente tomá-la, enquanto o resto da tropa seguisse para Canudos. Não o fizeram. Mas era de presumir que o fizessem porque lá chegavam informes acordes todos no assegurar que os sertanejos se aparelhavam fortemente para a luta.

Cresce a população de Canudos

Eram certas as notícias.

Canudos aumentara em três semanas de modo extraordinário. A nova do último triunfo sobre a expedição Febrônio, avolumada pelos que a espalhavam, romanceada já de numerosos episódios, destruíra as últimas vacilações dos crentes que até então tinham temido procurar o falanstério de Antônio Conselheiro.

Como nos primeiros tempos da fundação, a todo o momento, pelo alto das colinas, apontavam grupos de peregrinos em demanda da paragem lendária — trazendo tudo, todos os haveres; muitos carregando em redes os parentes enfermos, moribundos ansiando pelo último sono naquele solo sacrossanto, ou cegos, paralíticos e lázaros, destinando-se ao milagre, à cura imediata, a um simples gesto do taumaturgo venerado. Eram, como sempre, toda a sorte de gente: pequenos criadores, vaqueiros, crédulos e possantes, de parceria, na mesma congérie, com os vários tipos da mangalaça sertaneja; ingênuas mães de família, irmanadas a zabaneiras incorrigíveis e trêfegas. No coice dessas procissões, viam-se, invariavelmente, sem compartirem das litanias entoadas, estranhos, seguindo sós, como de sobrerrolda ao movimento dos fiéis, os bandidos soltos — capangas em disponibilidade, procurando um teatro maior à índole aventureira e à valentia impulsiva. No correr do dia, pelas estradas do Calumbi, de Maçacará, de Jeremoabo e de Uauá, convergindo dos quadrantes, chegavam cargueiros repletos de toda a sorte de mantimentos, enviados diretamente a Canudos pelos adeptos que de longe o avitualhavam, em Vila Nova da Rainha, Alagoinhas, em todos os lugares. Havia abastança e um entusiasmo forte.

Como aguardam os jagunços a *nova expedição*

Logo ao apontar da manhã distribuíam-se os trabalhos. Não faltavam braços; havia-os até de sobra. Destacavam-se piquetes vigilantes, de vinte homens cada um, ao mando de cabecilha de confiança, para vários pontos de acesso — em

Cocorobó, junto à confluência do Macambira, na baixada das Umburanas e no alto da Favela, a fim de renderem os que ali haviam atravessado a noite, velando. Seguiam para as insignificantes plantações, estiradas pelas duas margens do rio, os que na véspera já tinham pago o tributo de se entregarem ao serviço comum. Dirigiam-se para as obras da igreja, outros; e outros — os mais ardilosos e vivos — para mais longe, para Monte Santo, para o Cumbe, para Queimadas, em comissões delicadas, indagando acerca dos novos invasores, confabulando com os fiéis que naquelas localidades se afrontavam com a vigilância das autoridades, adquirindo armamentos, ajeitando contrabandos afinal fáceis de serem feitos, espiando tudo, de tudo inquirindo cautelosamente.

E partiam felizes. Pelos caminhos fora passavam pequenos grupos ruidosos, carregando armas ou ferramentas de trabalho, cantando. Olvidavam os morticínios anteriores. No ânimo de muitos repontava a esperança de que os deixariam, afinal, na quietude da existência simples do sertão.

Trincheiras

Os chefes, porém, não se iludiam. Premunidos de cautelas, concertaram na defesa urgente. Pelos dias ardentes, viam-se os sertanejos, esparsos sobre o alto dos cerros e à ourela dos caminhos, rolando, carregando ou amontoando pedras, rasgando a terra à picareta e à enxada numa faina incessante. Construíam trincheiras.

O sistema era, pela rapidez, um ideal de fortificação passageira: aberta cavidade circular ou elíptica, em que pudesse ocultar-se e mover-se à vontade o atirador, bordavam-na de pequenos espaldões de pedras justapostas, com interstícios para se enfiar o cano das espingardas. As placas de talcoxisto, facilmente extraídas com todas as formas desejadas, facilitavam a tarefa. Explicam o extraordinário número desses fojos tremendos que, progredindo, regularmente intervalados, para todos os rumos, crivando a terra toda em roda de Canudos, semelhavam canhoneiras incontáveis de uma fortaleza monstruosa e sem muros. Eram locadas, cruzando os fogos sobre as veredas, de tal modo que, sobretudo nos longos trechos onde aquelas seguem aproveitando o leito seco dos riachos, tornavam dificílima a travessia à tropa mais robusta e ligeira. E como previssem que esta, procurando escapar àquelas passagens perigosas, volvesse aos lados assaltando e conquistando as trincheiras que as orlavam, fizeram próximas, no alto das barrancas, outras mais distantes e identicamente dispostas, em que pudessem acolher e continuar o combate os atiradores repelidos. De sorte que, seguindo pelos caminhos ou abandonando-os, os antagonistas seriam sempre colhidos numa rede de balas.

É que os rebeldes dispensavam quaisquer ensinamentos para estes preparativos. A terra era um admirável modelo: serrotes empinando-se em redutos, rios escavando-se em passagens cobertas e fossos; e, por toda a parte, as caatingas trançadas em abatizes naturais. Escolhiam os arbustos mais altos e frondentes. Trançavam-lhes jeitosamente os galhos interiores, sem lhes desfazer a fronde, de modo a se formar, dois metros sobre o chão, pequeno jirau suspenso, capaz de suportar comodamente um ou dois atiradores invisíveis, ocultos na folhagem. Eram uma usança avoenga, aqueles mirantes singulares com os quais desde muito vezavam tocaiar os canguçus bravios. Os *mutás*[71] dos indígenas intercalavam-se, deste modo, destacadamente, completando o alinhamento das trincheiras. Ou então dispositivos mais sérios. Descobriam um cerro coroado de grandes blocos redondos, em acervos. Desentupiam as suas junturas e as largas brechas, onde viçavam cardos e bromélias; abriam-nas como postigos estreitos, mascarados de espessos renques de gravatás; limpavam depois os repartimentos interiores; e moviam-se, por fim, folgadamente, entre os corredores do monstruoso *blockauss* dominante sobre as várzeas e os caminhos, e de onde podiam, sem riscos, alvejar os mais remotos pontos.

Batalha em Canudos.
Gravura de Alfredo Aquino para edição de *Os Sertões* de 1975

71. *Mutá*: espécie de palanque, sobre o qual se espera a caça.

Armas

Não ficavam nisto os preparativos. Reparavam-se as armas. No arraial estrugia a orquestra estridente das bigornas, à cadência dos malhos e marrões: enrijando e maleando as foices entortadas; aguçando e aceirando os ferrões buídos; temperando as lâminas largas das *facas de arrasto*, compridas como espadas; retesando os arcos, que lembram uma transição entre as armas dos selvagens e a antiga besta de polé; consertando a fecharia perra das velhas espingardas e garruchas. E das tendas abrasantes irrompia um ressoar metálico de arsenais ativos.

Pólvora

Não era suficiente a pólvora adquirida nas vilas próximas, faziam-na: tinham o carvão, tinham o salitre, apanhado à flor da terra mais para o norte, junto ao S. Francisco, e tinham, desde muito, o enxofre. O explosivo surgia perfeito, de uma dosagem segura, rivalizando bem com os que adotavam nas caçadas.

Balas

Não faltavam balas. A goela larga dos bacamartes aceitava tudo: seixos rolados, pedaços de pregos, pontas de chifres, cacos de garrafas, esquírolas de pedras.

Lutadores

Por fim não faltavam lutadores *famanazes*, cujas aventuras de pasmar corriam pelo sertão inteiro.

Porque a universalidade do sentimento religioso, de par com o instinto da desordem, ali agremiara não baianos apenas senão filhos de todos os estados limítrofes. Entre o "jagunço" do S. Francisco e o "cangaceiro" dos Cariris, surgiam, sob todos os matizes, os valentões tradicionais dos conflitos sertanejos, variando até então apenas no nome, nas sedições parceladas, dos "calangros", dos "balaios" ou dos "cabanos".

Correra nos sertões um toque de chamada...

João Abade

Dia a dia chegavam ao arraial singulares recém-vindos, absolutamente desconhecidos. Vinham "debaixo do cangaço": a capanga atestada de balas e o polvarinho cheio; a garrucha de dois canos atravessada à cinta, de onde pendia a *parnaíba* inseparável; à bandoleira, o clavinote de boca de sino. Nada mais. Entravam pelo largo, sem que lhes indagassem a procedência, como se fossem antigos conhecidos. Recebia-os o astuto João Abade que, pleiteando-lhes parelhas na turbulência, tinha a ascendência de uma argúcia rara e uns laivos de superioridade mental, graças talvez à circunstância de haver estudado no liceu de uma das capitais do norte, de onde fugira após haver assassinado a noiva, o seu primeiro crime. O certo é que os dominava e disciplinava. "Comandante da rua", título inexplicável naquele labirinto de bitesgas, sem abandonar o povoado exercia-lhe absoluto domínio que estendia pela redondeza, num raio de cinco léguas em volta, percorrida continuamente pelas rondas velozes dos piquetes.

Obedeciam-no incondicionalmente. Naquela dispersão de ofícios, múltiplos e variáveis, onde ombreavam o tabaréu crendeiro e o facínora despejado, estabelecera-se raro entrelaçamento de esforços; e a mais perfeita conformidade de vistas volvidas para um objetivo único: reagir à invasão iminente.

Houve, todavia, segundo o revelaram alguns prisioneiros no termo da campanha, uma parada súbita na azáfama guerreira, um como sobressalto, estuporando a grei revoltosa e pondo-a a pique de dissolução repentina: foi quando, voltando dos diversos pontos os emissários, que tinham ido indagar sobre a marcha invasora, trouxeram, a par de informações seguras quanto ao número de armamento dos soldados, o renome do novo comandante.

Imobilizou a atividade febril dos jagunços a síncope de um espanto extraordinário. Exagerara-se demais na distensão das mais extravagantes fantasias a temibilidade daquele. Era o Anticristo, vindo jungir à derradeira prova os penitentes infelizes. Imaginaram-no herói de grande número de batalhas, quatorze como especificou um rude poeta sertanejo, no canto que depois consagrou à campanha; e prefiguraram a devastação dos lares, dias de tortura sem nome, a par duríssimos tratos. Canudos dissolvido à bala, e a fogo, e à espada...

Deram-lhe um apelido lúgubre — "Corta-cabeças"...

Segundo depois se soube, nenhuma das expedições foi aguardada com ansiedade igual. Houve mesmo algumas deserções, rareando principalmente as fileiras que deviam tornar-se mais fortes, a dos adventícios perigosos que para lá iam não já sob o estímulo de uma crença senão pelo anelo dos desmandos e dos conflitos. Os piquetes, ao tornarem dos arredores, chegavam desfalcados de alguns daqueles sinistros companheiros.

Mas esse movimento de temor redundara em movimento seletivo. Expungira o arraial de incrédulos e tímidos. A grande maioria dos verdadeiros crentes permaneceu resignada.

Procissões

Desinfluído embora, o povo volvera-se para a última instância da fé religiosa. E não raro, então, atirando para o lado as armas emperradas, o arraial inteiro saía em longas procissões de penitência pelos descampados.

Cessaram, de chofre, os contingentes de peregrinos. Cessou o mourejar febril dos preparativos bélicos. Os piquetes que diariamente, ao clarear das manhãs, seguiam para diversos pontos, não mais passavam pelas veredas entoando as cantigas altas e festivas; embrenhavam-se, cautos, pelas moitas, quedando-se largas horas, silenciosos, vigilantes.

Rezas

Nesta situação aflitíssima, saiu a campo, alentando os combatentes robustos mas apreensivos, a legião fragílima da beataria numerosa. Ao anoitecer, acesas as fogueiras, a multidão, genuflexa, prolongava além do tempo consagrado as rezas, dentro da latada.

Esta, entressachada de ramas aromáticas de caçatinga, tinha, estremando-a, à porta do *Santuário*, uma pequena mesa de pinho coberta de toalha alvíssima.

Abeirava-a, ao findar dos terços, uma figura estranha.

Revestido da longa camisa de azulão, que lhe descia, sem cintura, desgraciosamente, escorrida pelo corpo alquebrado abaixo; torso dobrado, fronte abatida e olhos baixos, Antônio Conselheiro aparecia. Quedava longo tempo, imóvel e mudo, ante a multidão silenciosa e queda. Erguia lentamente a face macilenta, de súbito iluminada por olhar fulgurante e fixo. E pregava.

A noite descia de todo e o arraial repousava sob o império do evangelista humílimo e formidável...

II. Partida de Monte Santo

Iam partir as tropas a 22 de fevereiro. E consoante a praxe, na véspera, à tarde, formaram numa revista em ordem de marcha para que se lhes avaliassem o equipamento e as armas.

A partida realizar-se-ia no dia subsequente, irrevogavelmente. Determinara-a "ordem de detalhe".

Neste pressuposto alinharam-se os batalhões num quadrado, perlongando as faces do largo de Monte Santo.

Ali estavam: o 7º, com efetivo superior ao normal, comandado interinamente pelo major Rafael Augusto da Cunha Matos; o 9º, que pela terceira vez se aprestava à luta, ligeiramente desfalcado, sob o mando do coronel Pedro Nunes Tamarindo; frações do 33º e 16º, dirigidas pelo capitão Joaquim Quirino Vilarim; a bateria de quatro Krupps do 2º Regimento, comandada pelo capitão José Salomão Agostinho da Rocha; um esquadrão de cinquenta praças do 9º de Cavalaria, ao mando do capitão Pedreira Franco; contingentes da polícia baiana; corpo de saúde chefiado pelo dr. Ferreira Nina; e comissão de engenharia. Excetuavam-se setenta praças do 16º, que ficariam com o coronel Sousa Meneses guarnecendo a vila.

Eram ao todo 1.281 homens — tendo cada um 220 cartuchos nas patronas e cargueiros, à parte a reserva de 60.000 tiros no comboio geral.

Fez-se a revista. Mas contra a expectativa geral, ao invés da voz do ensarilhar armas e debandar, ressoou a corneta ao lado do comando-em-chefe, dando a de "coluna de marcha".

O coronel Moreira César, deixando depois, a galope, o lugar onde até então permanecera, tomou-lhe logo a frente.

Iniciava-se quase ao cair da noite a marcha para Canudos.

O fato foi de todo em todo inesperado. Mas não houve o mais leve murmúrio nas fileiras. A surpresa, retratando-se em todos os olhares, não perturbou o rigor da manobra. Retumbaram os tambores na vanguarda; deslocaram-se sucessivamente as secções, desfilando, adiante, a dois de fundo, ao penetrarem o caminho estreito; abalou o trem da artilharia; rodaram os comboios...

Um quarto de hora depois, os habitantes de Monte Santo viam desaparecer, ao longe, na última curva da estrada, a terceira expedição contra Canudos.

Primeiros erros

A vanguarda chegou em três dias ao Cumbe sem o resto da força, que ficara retardada algumas horas — com o comandante retido numa fazenda próxima por outro ataque de epilepsia.

E na antemanhã de 26, tendo alcançado na véspera o sítio de Cajazeiras, a duas e meia léguas do Cumbe, abalaram rumo direto ao norte, para serra Branca, mais de três léguas na frente.

Esta parte do sertão, na orla dos tabuleiros que se dilatam até Jeremoabo, diverge muito das que temos rapidamente bosquejado. É menos revolta e é mais árida. Rareiam os cerros de flancos abruptos e estiram-se chapadas grandes. O aspecto menos revolto da terra, porém, encobre empeços porventura mais sérios. O solo arenoso e chato, sem depressões em que se mantenham, reagindo aos estios, as cacimbas salvadoras, é absolutamente estéril. E como as maiores chuvas ao caírem, longamente intervaladas, mal o embebem, prestes desaparecendo sorvidas pelos areais, cobre-o flora mais rarefeita, transmudando-se as caatingas em catanduvas.

Na plenitude do estio de novembro a março, a desolação é completa. Quem por ali se aventura tem a impressão de varar por uma roçada enorme de galhos secos e entrançados, onde a faúlha de um isqueiro ateia súbitos incêndios, se acaso estes não se alastram espontaneamente no fastígio das secas, nos meios-dias quentes, quando o nordeste atrita rijamente as galhadas. Completa-se então a ação esterilizadora do clima, e por maneira tal que naquele trato dos sertões — sem um povoado e onde passam, rápidos, raros viajantes pela estrada de Jeremoabo a Bom Conselho — inscrito em vasto círculo irregular tendo como pontos determinantes os povoados que o abeiram, do Cumbe ao sul, a Santo Antônio da Glória ao norte, de Jeremoabo a leste, a Monte Santo a oeste, se opera lentamente a formação de um deserto.

As árvores escasseiam. Dominando a vegetação inteira, quase exclusivos em certos trechos, enredam-se, em todos os pontos, mirrados arbúsculos de mangabeiras, único vegetal que ali medra sem decair, graças ao látex protetor que lhe permite, depois das soalheiras e das queimadas, cobrir de folhas e de flores os troncos carbonizados, à volta das estações propícias.

Nova estrada

Mas a expedição por ali enveredava na quadra mais imprópria. E tinha que caminhar, de arranco, sob temperatura altíssima que esgotava os soldados e não os insolava mercê da secura extrema dos ares, até ao ponto prefixado, onde a existência de uma cacimba facultaria a alta.

A travessia foi penosamente feita. O terreno inconsistente e móvel fugia sob os passos aos caminhantes; remorava a tração das carretas absorvendo as rodas até ao meio dos raios; opunha, salteadamente, flexíveis barreiras de espinheirais, que era forçoso destramar a facão; e reduplicava, no reverberar intenso das areias, a adustão da canícula. De sorte que ao chegar, à tarde, à serra Branca, a tropa estava exausta. Exausta e sequiosa. Caminhara oito horas sem parar, em pleno ardor do sol bravio do verão.

Mas para a sede inaturável que resulta da quase completa depleção das veias esgotadas pelo suor, encontraram-se, ali, na profundura de uma cava, alguns litros d'água.

Fora previsto o transe, como vimos. Procurou-se cravar o tubo da bomba artesiana. A operação,

Roupas utilizadas pelos militares republicanos.
Casa Euclidiana, São José do Rio Pardo

porém, — e os seus efeitos eram impacientemente aguardados, — resultou inútil. Era inexequível. Ao invés de um bate-estacas que facilitasse a penetração da sonda, haviam conduzido aparelho de função inteiramente oposta, um macaco de levantar pesos.

Ante o singularíssimo contratempo, só havia alvitrar-se a partida imediata, malgrado a distância percorrida, para o sítio do Rosário, seis léguas mais longe.

A tropa combalida abalou à tarde.

A noite colheu-a na marcha, feita ao brilho das estrelas, varando pelas veredas rendilhadas de espinhos...

Calcula-se o que foi essa jornada de oito ou dez léguas, sem folga. Mil e tantos homens penetrando, quase em cambaleios, torturados de sede, acurvados sob as armas, em pleno território inimigo. O tropear soturno das fileiras, o estrépito dos reparos e carretas, os tinidos das armas, esbatiam-se na calada do ermo; e naquela assonância ilhada no silêncio se afogavam imperceptíveis estalidos nas macegas.

Ladeavam a tropa — em rastejamentos à ourela dos desvios — os espias dos jagunços.

Ninguém cuidava neles. Abatidos de um dia inteiro de viagem os expedicionários, deslembrados da luta, iam sob o anelo exclusivo do pouso apetecido. Seguiam imprudentemente, de todo entregues ao tino e lealdade dos guias.

Mas afinal pararam, em plena estrada: alguns estropiados perdiam-se distanciados à retaguarda e os mais robustos mesmo a custo caminhavam. Foi uma alta breve, ilusório descanso: praças caídas ao longo dos caminhos, oficiais dormindo, os que dormiam, com as rédeas dos cavalos enleadas aos punhos. E reatada a marcha, na antemanhã seguinte, reconheceram que estavam na zona perigosa. Cinzas de fogueiras a cada passo encontradas e algumas ainda mornas; restos de repastos em que eram preexcelente vitualha jabutis assados e quartos de cabrito; rastros frescos na areia, entranhando-se tortuosamente nas caatingas, diziam que os sertanejos ali tinham estado, e passado também a noite, rodeando-os, invisíveis, nas rondas cautelosas.

Na Porteira Velha a vanguarda parece mesmo havê-los surpreendido, ocasionando precípite debandada. Ficaram junto à fogueira uma pistola de dois canos e um ferrão de vaqueiro.

O Rosário foi alcançado antes do meio-dia, ao tempo que caía violento e transitório aguaceiro, como soem sobrevir durante aquela quadra nos sertões. Aquele sítio, destinado a celebrizar-se no correr da campanha, era o que eram os demais das cercanias; uma ou duas casas pequenas de telha-vã, sem soalho; ladeadas de uma cerca de achas, ou paus roliços; fronteando um terreiro limpo com algumas árvores franzinas; e tendo, pouco distante, a cacimba ou a ipueira que determinou a escolha do local.

A expedição ali acampou. Estava no âmago do território inimigo; e, ao que se figura, invadiram-na pela primeira vez as apreensões da guerra.

Di-lo incidente expressivo.

No dia 1º de março, precisamente na hora em que outra chuva passageira e forte caía sobre a tropa desabrigada, estrugiram as notas de um alarma. O inimigo certo aproveitara o ensejo para sobressaltar os invasores, ligando-se ao furor dos elementos e surgindo naquele chuveiro, de improviso, armas disparadas no fragor da trovoada que abalava a altura...

Correndo e caindo, resvalando no chão escorregadio e encharcado; esbarrando-se em carreiras cruzadas sob o fustigar das bátegas, oficiais e praças procuravam a formatura impossível, vestindo-se, apresilhando cinturões e talins, armando-se às carreiras; surdos às discordes vozes de comando; alinhando secções e companhias ao acaso, num tumulto. E daquele enredamento de fileiras, rompeu aforradamente, de arremesso, um cavaleiro isolado, sem ordenanças, precipitando-se a galope entre os soldados tontos, e lançando-se pela estrada, na direção provável do inimigo, mal alcançado pelo engenheiro militar Domingos Leite.

Era o coronel Moreira César.

Felizmente o inimigo imaginário, a quem ia entregar-se, procurando-o naquela arremetida inútil, era um comboio de gêneros enviados por um fazendeiro amigo, das cercanias.[72]

Tirante este incidente o dia passou em completa paz, tendo vindo à tarde um correio de Monte Santo e cavalos para o esquadrão que até ali viajara em muares imprestáveis.

E na alta madrugada do dia 2, os batalhões marcharam para o Angico onde chegaram às 11 horas da manhã, acampando dentro do grande curral do sítio em abandono.

Estava assente o plano definitivo da rota, adrede concebido de modo a diminuir o esfalfamento das marchas forçadas anteriores: descansando todo o resto do dia no Rancho do Vigário a tropa abalaria, a 3, para o Angico, andando apenas uns oito quilômetros, e ali, novamente descansando, pernoitaria. Decampando a 4, iria diretamente sobre Canudos, depois de caminhar pouco mais de légua e meia. Como estavam em pleno território inimigo, tomaram-se

72. Coronel da Guarda Nacional José Américo C. de Souza Velho, dono dos sítios de "Caimbê" e "Olhos d'Água". Foi quem aconselhou a estrada à expedição.

dispositivos para garantir o acampamento, rodeando-o de piquetes e sentinelas circulantes.

O coronel César internou-se na caatinga próxima, onde mandou armar a sua barraca. Ali, não ocultou aos chefes dos corpos a segurança absoluta que tinha na vitória. Apresentaram-lhe vários alvitres atinentes a rodearem de maiores resguardos a investida, um dos quais, aventado pelo comandante do 7º, impunha a modificação preliminar da ordem até então adotada na marcha. Sugeria a divisão em duas, da coluna até então unida, destinando-se uma forte vanguarda para o reconhecimento e o primeiro combate; entrando a outra na ação, como reforço. Desse modo, se por qualquer circunstância se verificassem poderosos os recursos do adversário, tornar-se-ia factível um recuo em ordem para Monte Santo, onde se reorganizariam, aumentadas, as forças.

Contra o que era de esperar, o chefe expedicionário não desadorou o alvitre. A tropa prosseguiria a 3, pelo amanhecer, adstrita a um plano lucidamente traçado.

Em marcha para o Angico

Entretanto ao marchar para o Angico levava uma ordem que era a mesma da partida do Cumbe: na frente um piquete de exploradores montados; um guia, Manuel Rosendo, experimentado e bravo, e a comissão de engenharia; uma companhia de atiradores do 7º, comandada pelo tenente Figueira; a ala direita do 7º com o major Cunha Matos, marchando de costado, levando no centro o respectivo comboio de munições; 1ª Divisão do 2º Regimento, sob a imediata direção de Salomão da Rocha; ala esquerda da 7º, dirigida pelo capitão Alberto Gavião Pereira Pinto; 2ª Divisão de Artilharia, do 1º tenente Marcos Pradel de Azambuja; ala direita do 9º, sob o mando do coronel Tamarindo, separada da esquerda, dirigida pelo capitão Filipe Simões, pelo respectivo comboio.

À retaguarda o corpo de saúde; contingentes do 16º, do capitão Quirino Vilarim; e o comboio geral guardado pela polícia baiana.

Por último a cavalaria. O coronel César, na vanguarda, ia entre a companhia de atiradores e a ala direita do 7º.

Tinham partido às cinco horas da manhã. Alcançavam a região característica dos arredores de Canudos: fortemente riçada de serranias vestidas de vegetação raquítica, de cardos e bromélias; recortada de regatos derivando em torcicolos — num crescente enrugamento da terra cada vez mais adversa, onde a vinda recente das chuvas ainda não estendera a vestimenta efêmera da flora revivente, velando-lhe os pedroiços e os algares.

Os chuvisqueiros da véspera, como sucede na plenitude do estio, haviam passado sem deixar traços. O solo requeimado absorvera-os e repelira-os, permanecendo ressequido e agro. Em roda, até aonde se estendia o olhar, pelo bolear dos cerros, pelas rechãs que se estiram nos altos, pelas várzeas que os circuitam, pelas serranias de flancos degradados, por toda a parte, o mesmo tom nas paisagens a um tempo impressionadoras e monótonas: a natureza imóvel, caída num grande espasmo, sem uma flor sobre as ramagens nuas, sem um bater de asas nos ares quietos e serenos...

A coluna em marcha, estirada numa linha de três quilômetros, cortava-a em longo risco negro e tortuoso.

Viam-se, adiante e próximos, ao norte, as últimas serranias que rodeiam Canudos, sem que este abeirar-se do objetivo da luta conturbasse o ânimo dos soldados.

Psicologia do soldado brasileiro

Seguiam tranquilamente a passo ordinário e seguro.

Da extensa linha da brigada evolava-se um murmúrio vago de milhares de sílabas emitidas à meia-voz, aqui, ali, repentinamente salteadas de risos joviais. Os nossos soldados estadeavam o seu atributo preeminente naquela alacridade singular com que se aproximavam do inimigo. Homens de todas as cores, amálgamas de diversas raças, parece que no sobrevir dos lances perigosos e no abalo de emoções fortíssimas, lhes preponderam, exclusivas, no ânimo, por uma lei qualquer de psicologia coletiva, os instintos guerreiros, a imprevidência dos selvagens, a inconsciência do perigo, o desapego à vida e o arremesso fatalista para a morte.

Seguem para a batalha como para algum folguedo turbulento. Intoleráveis na paz que os molifica, e infirma, e relaxa; inclassificáveis nas paradas das ruas, em que passam sem garbo, sem aprumo, corcundas sob a espingarda desastradamente manejada, a guerra é o seu melhor campo de instrução e o inimigo o instrutor predileto, transmudando-os em poucos dias, disciplinando-os, enrijando-os, dando-lhes em pouco tempo, nos exercícios extenuadores da marcha e do combate, o que nunca tiveram nas capitais festivas, — a altivez do porte, a segurança do passo, a precisão do tiro, a celeridade das cargas. Não sucumbem à provação. São inimitáveis no caminhar dias a fio pelos mais malgradados caminhos. Não boquejam a reclamação mais breve nas piores aperturas; e nenhuns se lhes emparelham no resistir à fome, atravessando largos dias à *brisa*, segundo o dizer de seu calão pinturesco. Depois dos mais angustiosos transes, vimos valentes escaveirados meterem à bulha o martírio e troçarem, rindo, com a miséria.

No combate, certo, nenhum é capaz de entrar e sair, como o prussiano, com um podômetro preso à bota — é desordenado, é revolto, é turbulento, é um garoto heroico e terrível, arrojando contra o adversário, de par com a bala ou a pranchada, um dito zombeteiro e irônico. Por isto se impropria ao desdobramento das grandes massas nas campanhas clássicas. Manietam-no as formaturas corretas. Estonteia-o o mecanismo da manobra complexa. Tortura-o a obrigação de combater adstrito ao ritmo das cornetas; e de bom grado obediente aos amplos movimentos da estratégia, seguindo, impassível, para os pontos mais difíceis, quando o inimigo lhe chega à ponta do sabre quer combater a seu modo. Bate-se, então, sem rancor, mas estrepitosamente, fanfarrão, folgando entre as cutiladas e as balas, arriscando-se doidamente, barateando a bravura. Fá-lo, porém, de olhos fixos nos chefes que o dirigem e de cuja energia parece viver exclusivamente. De sorte que à mínima vacilação daqueles tem, de chofre, extintas todas as ousadias e cai num abatimento instantâneo salteado de desânimos invencíveis.

Ora naquela ocasião tudo vaticinava aos expedicionários a vitória. Com tal chefe não havia cogitar em reveses. E endireitavam firmes para a frente, impacientes por virem às mãos com o adversário esquivo. Vendiam escandalosamente a pele do urso sertanejo. Gizavam antecipadas façanhas; coisas de pasmar, depois, aos ouvintes crédulos e tímidos; cenas joco-trágicas — lá dentro, na tapera monstruosa, quando a varressem a tiro. E faziam planos bizarros, projetos prematuros, iniciados todos por uma preliminar ingênua: "Quando eu voltar..."

Alguns, às vezes, saíam-se com um pensamento extravagante, e no burburinho confuso passava, sulcando-o, um ondular de risos mal contidos...

Além disto, aquela manhã resplandecente os alentava. O belo firmamento dos sertões arqueava-se sobre a terra — irisado — passando em transições suavíssimas do zênite azul à púrpura deslumbrante do oriente.

Ademais o adversário que deixara livre até ali o caminho, desdenhando os melhores trechos para o cortar, ameaçava-os de um único contratempo sério: o toparem vazio o arraial sedicioso.

Assustava-os esse desapontamento provável; a campanha transformada em passeio militar penoso; a volta inglória, sem o dispêndio de um cartucho.

III. Pitombas

Iam nestas disposições admiráveis quando chegaram a Pitombas.

O pequeno ribeirão que ali corre, recortando fundamente o solo, ora ladeia, ora atravessa a estrada, interrompendo-a, serpeante. Por fim a deixa antes de chegar ao sítio a que dá o nome, arqueando-se em volta longa, um quase semicírculo de que o caminho é a corda.

O primeiro encontro

Tomou por esta a tropa. E quando a vanguarda lhe atingiu o meio, estourou uma descarga de meia dúzia de tiros.

Era afinal o inimigo.

Algum piquete de sobrerronda à expedição, ou ali aguardando-a, que aproveitara a conformação favorável do terreno para um ataque instantâneo, ferindo-a de soslaio, e furtando-se a seguro pelas passagens cobertas das ribanceiras do rio.

Soldados brasileiros.
Fotografia de Flávio de Barros. Casa Euclidiana, São José do Rio Pardo

Mas atirara com firmeza: abatera, mortalmente ferido, um dos subalternos da companhia de atiradores, o alferes Poly, além de seis a sete soldados. Descarregara as armas e fugira a tempo de escapar à réplica, que foi pronta.

Para logo conteirados os canhões da divisão Salomão, a metralha explodiu no matagal rasteiro. Os arbustos dobraram acamando-se, como à passagem de ventanias ríspidas. Varreram-no.

Logo depois nos ares, ainda ressoante dos estampidos, correu triunfalmente o ritmo de uma carga e, destacando-se, desenvolvida em atiradores, do grosso da coluna, a ala direita do 7º lançou-se na direção do inimigo, atufando-se nas macegas, a marche-marche, roçando-as a baioneta.

Foi uma diversão gloriosa e rápida.

O inimigo furtara-se ao recontro. Volvidos minutos, a ala tornou à linha da coluna entre aclamações, enquanto o antigo toque de "trindades" era agora o sinal da vitória, soava em vibrações altíssimas. O comandante em chefe abraçou, num lance de alegria sincera, o oficial feliz que dera aquele repelão valente no antagonista, e considerou auspicioso o encontro. Era quase para lastimar tanto aparelho bélico, tanta gente, tão luxuosa encenação em campanha destinada a liquidar-se com meia dúzia de disparos.

"Esta gente está desarmada"

As armas dos jagunços eram ridículas. Como despojo, os soldados encontraram uma espingarda *pica-pau*, leve e de cano finíssimo, sobre a barranca. Estava carregada. O coronel César, mesmo a cavalo, disparou-a para o ar. Um tiro insignificante, de matar passarinho.

— "Esta gente está desarmada...", disse tranquilamente.

E reatou-se a marcha, mais rápida agora, a passos estugados, ficando em Pitombas os médicos e feridos, sob a proteção do contingente policial e resto da cavalaria. O grosso dos combatentes perdeu-se logo adiante, em avançada célere. Quebrara-se, de vez, o encanto do inimigo. Os atiradores e flanqueadores, na vanguarda, batiam o caminho e embrenhavam-se nas caatingas, rastreando os espias que acaso por ali houvesse, desinçando-as das tocaias prováveis, ou procurando alcançar os fugitivos que endireitavam para Canudos.

O recontro fora um choque galvânico. A tropa, a marche-marche, prosseguia, agora, sob a atração irreprimível da luta, nessa ebriez mental perigosíssima, que estonteia o soldado duplamente fortalecido pela certeza da própria força e a licença absoluta para as brutalidades máximas.

Cena de combate, em Canudos.
Nanquim com ecoline sobre papel. Tripoli Gaudenzi

O pânico e a bravura

Porque num exército que persegue há o mesmo automatismo impulsivo dos exércitos que fogem. O pânico e a bravura doida, o extremo pavor e a audácia extrema, confundem-se no mesmo aspecto. O mesmo estonteamento e o mesmo tropear precipitado entre os maiores obstáculos, e a mesma vertigem, e a mesma nevrose torturante abalando as fileiras, e a mesma ansiedade dolorosa, estimulam e alucinam com idêntico vigor o homem que foge à morte e o homem que quer matar. É que um exército é, antes de tudo, uma multidão, "acervo de elementos heterogêneos em que basta irromper uma centelha de paixão para determinar súbita metamorfose, numa espécie de geração espontânea em virtude da qual milhares de indivíduos diversos se fazem um animal único, fera anônima e monstruosa caminhando para dado objetivo com finalidade irresistível". Somente a fortaleza moral de um chefe pode obstar esta transfiguração deplorável, descendo, lúcida e inflexível, impondo uma diretriz em que se retifique o tumulto. Os grandes estrategistas têm, instintivamente, compreendido que a primeira vitória a alcançar nas guerras está no debelar esse contágio de emoções violentas e essa instabilidade de sentimentos que com a mesma intensidade lançam o combatente nos mais sérios perigos e na fuga. Um plano de guerra riscado a compasso numa carta exige almas inertes — máquinas de matar — firmemente encarrilhadas nas linhas que preestabelece.

Mas estavam longe deste ideal sinistro os soldados do coronel Moreira César, e este ao invés de reprimir a agitação ia ampliá-la. Far-se-ia o expoente da nevrose.

Sobreviera, entretanto, ensejo para normalizar a situação.

Chegaram ao Angico, ponto predeterminado da última parada. Ali, estatuíra-se em detalhe, repousariam. Decampariam pela manhã do dia seguinte: cairiam sobre Canudos após duas horas de marcha. O ímpeto que trazia a tropa, porém, teve uma componente favorável nas tendências arrojadas do chefe. Obsediava-o o anseio de vir logo às mãos com o adversário.

A alta no Angico foi de um quarto de hora; o indispensável para mandar tocar a oficiais; reuni-los sobre pequena ondulação dominante sobre os batalhões, ofegantes em torno; e apresentar-lhes, olvidando o axioma de que nada se pode tentar com soldados fatigados, o alvitre de prosseguirem naquela arremetida até ao arraial:

— Meus camaradas! Como sabem estou visivelmente enfermo. Há muitos dias não me alimento; mas Canudos está muito perto... vamos tomá-lo!

Foi aceito o alvitre.

— Vamos almoçar em Canudos! — disse, alto.

Respondeu-lhe uma ovação da soldadesca.

A marcha prosseguiu. Eram 11 horas da manhã.

Dispersa na frente a companhia de atiradores revolvia as moiteiras, dentre as quais, distantes, raros tiros, espaçados, de adversários em fuga, estrondavam, como se tivessem o intuito único de a atraírem e ao resto da tropa; espelhando estratégia ardilosa, armada a arrebatá-la até ao arraial naquelas condições desfavoráveis — combalida e exausta de uma marcha de seis horas.

"Em acelerado"

Há um atestado iniludível desta arrancada louca, encurtando o fôlego dos soldados perto da batalha: para que se não remorasse o passo de carga da infantaria, foi permitido às praças arrojarem de si as mochilas, cantis e bornais, e todas as peças do equipamento, excluídos os cartuchos e as armas, que a cavalaria, à retaguarda, ia recolhendo, à medida que encontrava.

Neste avançar desapoderado, galgaram a achada breve do alto das Umburanas. Canudos devia estar muito perto, ao alcance da artilharia. A força fez alto...

Dois cartões de visita ao Conselheiro

O guia Jesuíno, consultado, apontou com segurança a direção do arraial. Moreira César pôs em batalha a divisão Pradel e, graduada a alça de mira para três quilômetros, mandou dar dois tiros segundo o rumo indicado.

— Lá vão dois cartões de visita ao Conselheiro... — disse, quase jovial, com o humorismo superior de um forte.

A frase passou como um frêmito entre as fileiras. Aclamações. Renovou-se a investida febrilmente.

O sol dardejava a prumo. Transpondo os últimos acidentes fortes do terreno, os batalhões abalaram, dentro de uma nuvem pesada e cálida, de poeira.

De súbito, surpreendeu-os a vista de Canudos.

Estavam no alto da Favela.

Um olhar sobre Canudos

Ali estava, afinal, a tapera enorme que as expedições anteriores não haviam logrado atingir.

Aparecia, de improviso, toda, numa depressão mais ampla da planície ondulada. E no primeiro momento, antes que o olhar pudesse acomodar-se àquele montão de casebres, presos em rede inextricável de becos estreitíssimos e dizendo em parte para a grande praça onde se fronteavam as igrejas, o observador tinha a impressão exata de topar, inesperadamente, uma cidade vasta. Feito grande fosso escavado, à esquerda, no sopé das colinas mais altas, o Vaza-Barris abarcava-a e inflectia depois, endireitando em cheio para leste, rolando lentamente as primeiras águas da enchente. A casaria compacta em roda da praça a pouco e pouco se ampliava, distendendo-se, avassalando os cerros para leste e para o norte até às últimas vivendas isoladas, distantes, como guaritas dispersas — sem que uma parede branca ou telhado encaliçado quebrasse a monotonia daquele conjunto assombroso de cinco mil casebres impactos numa ruga da terra. As duas igrejas destacavam-se, nítidas. A nova, à esquerda do observador — ainda incompleta, tendo aprumadas as espessas e altas paredes mestras, envoltas de andaimes e bailéus, mascarada ainda de madeiramento confuso de traves, vigas e baldrames, de onde se alteavam as pernas rígidas das cábreas com os moitões oscilantes; — erguida dominadoramente sobre as demais construções, assoberbando a planície extensa; e ampla, retangular, firmemente assente sobre o solo, patenteando nos largos muros grandes blocos dispostos numa amarração perfeita — tinha, com efeito, a feição completa de um baluarte formidável. Mais humilde, construída pelo molde comum das capelas sertanejas, enfrentava-a a igreja velha. E mais para a direita, dentro de uma cerca tosca, salpintado de cruzes pequenas e malfeitas — sem um canteiro, sem um arbusto, sem uma flor — aparecia um cemitério de sepulturas rasas, uma tibicuera triste. Defrontando-as, do outro lado do rio, breve área complanada contrastava com o ondear das colinas estéreis: algumas árvores esparsas, pequenos renques de palmatórias rutilantes e as ramagens virentes de seis pés de quixabeiras davam-lhe o aspecto de um jardim agreste. Aí caía a encosta de um esporão do morro da Favela, avantajando-se até ao rio, onde acabava em corte abrupto. Estes últimos rebentos da serrania tinham a denominação apropriada de Pelados, pelo desnudo das faldas. Acompanhando o espigão na ladeira, que para eles descamba em boléus, via-se, a meio caminho, uma casa em ruínas, a Fazenda Velha. Sobranceava-a um socalco forte, o Alto do Mário.

No fastígio da montanha, a tropa.

Chegada da força

Chegaram primeiro a vanguarda do 7º e a artilharia, repulsando violento ataque pela direita, enquanto o resto da infantaria galgava as últimas ladeiras. Mal atentaram para o arraial. Os canhões alinharam-se em batalha, ao tempo que chegavam os primeiros pelotões embaralhados e arfando — e abriram o canhoneio disparando todos a um tempo, em tiros mergulhantes.

Não havia errar o alvo desmedido. Viram-se os efeitos das primeiras balas em vários pontos; explodindo dentro dos casebres e estraçoando-os, e enterroando-os; atirando pelos ares tetos de argilas e vigamentos em estilhas; pulverizando as paredes de adobes; ateando os primeiros incêndios...

Em breve sobre a casaria fulminada se enovelou e se adensou, compacta, uma nuvem de poeira e de fumo, cobrindo-a.

Não a divisou mais o resto dos combatentes. O troar solene da artilharia estrugia os ares; reboava longamente por todo o âmbito daqueles ermos, na assonância ensurdecedora dos ecos refluídos das montanhas...

Rebate

Mas, passados minutos, começaram a ouvir-se, nítidas dentro da vibração dos estampidos, precípites vozes argentinas. O sino da igreja velha batia, embaixo, congregando os fiéis para a batalha.

Esta não se travara ainda.

À parte ligeiro ataque de flanco, feito por alguns guerrilheiros contra a artilharia, nenhuma resistência tinham oposto os sertanejos. As forças desenvolveram-se pelo espigão aladeirado, sem que uma só descarga perturbasse o desdobramento; e a fuzilaria principiou, em descargas rolantes e nutridas, sem pontarias. Oitocentas espingardas arrebentando, inclinadas, tiros rasantes, pelo tombador do morro...

Entre os claros do fumo lobrigava-se o arraial. Era uma colmeia alarmada: grupos inúmeros, dispersos, entrecruzando-se no largo, derivando às carreiras pelas barrancas do rio, dirigindo-se para as igrejas, rompendo, sopesando as armas, dos becos; saltando pelos tetos...

Alguns pareciam em fuga, ao longe, no extremo do arraial, pervagantes na orla das caatingas, desaparecendo no descair das colinas. Outros aparentavam incrível tranquilidade, atravessando a passo tardo a praça, alheios ao tumulto e às balas respingadas da montanha.

Toda uma companhia do 7º, naquele momento, fez fogo, por alguns minutos, sobre um jagunço, que vinha pela estrada de Uauá. E o sertanejo não apressava o andar. Parava às vezes. Via-se o vulto impassível aprumar-se ao longe considerando a força por instantes, e prosseguir depois, tranquilamente. Era um desafio irritante. Surpreendidos, os soldados atiravam nervosamente sobre o ser excepcional, que parecia comprazer-se em ser alvo de um exército. Em dado momento ele sentou-se à beira do caminho e pareceu bater o isqueiro, acendendo o cachimbo. Os soldados riram. O vulto levantou-se e encobriu-se, lento e lento, entre as primeiras casas.

Dali nem um tiro partira. Diminuíra a agitação da praça. Cortavam-na os últimos retardatários. Viram-se passar, correndo, carregando ou arrastando pelo braço crianças, as últimas mulheres, na direção da latada, procurando o anteparo dos largos muros da igreja nova.

IV. A ordem de batalha

Por fim emudeceu o sino.

A força começou a descer, estirada pelas encostas e justaposta às vertentes. Deslumbrava num irradiar de centenares de baionetas. Considerando-a, o chefe expedicionário disse ao comandante de uma das companhias do 7º, junto ao qual se achava:

— Vamos tomar o arraial sem disparar mais um tiro!... a baioneta!

Era uma hora da tarde.

Feita a descida, a infantaria desenvolveu-se, em parte, no vale das quixabeiras estremada à direita pelo 7º, que se alinhara segundo o traçado do Vaza-Barris, e à esquerda pelo 9º e 16º mal distendidos em terreno impróprio. A artilharia, no centro, sobre o último esporão dos morros avançado e a prumo sobre o rio, fronteira e de nível com as cimalhas da igreja nova — fez-se o eixo desta tenalha prestes a fechar-se, apertando os flancos do arraial.

Era a mais rudimentar das ordens de combate: a ordem paralela simples, feita para os casos excepcionalíssimos de batalhas campais, em que a superioridade do número e da bravura, excluindo manobras mais complexas, permitam, em terreno uniforme, a ação simultânea e igual de todas as unidades combatentes.

O terreno. Crítica

Ali era inconceptível. Centralizada pela eminência onde estavam os canhões, a frente do assalto tinha, ao lado umas de outras, formas topográficas opostas: à direita, breve área de nível, facultando investida fácil porque o rio, naquele ponto, além de raso, corre entre bordas deprimidas; à esquerda, a terra mais revolta descaindo em recostos resvalantes e separada do arraial por um fosso profundo. A observação mais rápida indicava, porém, que estas disposições da extrema esquerda, sendo de todo desfavoráveis para os lutadores que devessem

Combate entre canudense e soldado.
Gravura de Aldemir Martins para a edição de *Os Sertões* de 1968

percorrê-las rapidamente correndo para o assalto, eram, por outro lado, elemento tático de primeira ordem para uma reserva que ali estacionasse, de prontidão, destinando-se a uma diversão ligeira ou a intervir oportunamente, segundo as modalidades ulteriores do recontro. Deste modo, o relevo geral do solo ensinava, por si mesmo, a ordem oblíqua, simples ou reforçada numa das alas, e, ao invés do ataque simultâneo, o ataque parcial pela direita firmemente apoiado pela artilharia, cujo efeito, atirando a cerca de pouco mais de cem metros do inimigo, seria fulminante.

Além disto, não havia mais surpresas naquela luta e, caso o adversário desdobrasse, de súbito, imprevistos recursos de defesa, as tropas de reforço, agindo fora do círculo tumultuário do combate, poderiam mais desafogadamente mover-se, segundo as eventualidades emergentes, em manobras decisivas, visando objetivos firmes. O coronel Moreira César, porém, desdenhara essas condições imperiosas e, arrojando à batalha toda a sua gente, parecia contar menos com a bravura do soldado e competência de uma oficialidade leal que com uma hipótese duvidosa: o espanto e o terror dos sertanejos em fuga, colhidos de improviso por centenares de baionetas. Revelou — claro — este pensamento injustificável, em que havia a insciência de princípios rudimentares da sua arte de par com o olvido de acontecimentos recentes; e cumulou tal deslize planeando a mais desastrosa das disposições assaltantes.

De feito, acometendo a um tempo por dois lados, os batalhões, de um e outro extremo, carregando convergentes para um objetivo único, fronteavam-se a breve trecho, trocando entre si as balas destinadas ao jagunço. Enquanto a artilharia, podendo a princípio bombardear as igrejas e centro do povoado, a pouco e pouco ia tendo restringido o âmbito de sua ação, à medida que avançavam aqueles, até perdê-la de todo, obrigada a emudecer na fase aguda da peleja generalizada, fugindo ao perigo de atirar sobre os próprios companheiros, indistintos com os adversários dentro daquele enredamento de casebres.

A previsão de tais inconvenientes, entretanto, não requeria vistas aquilinas de estrategista emérito. Revelaram-se nos primeiros minutos da ação.

Cidadela-mundéu

Esta foi iniciada heroicamente, abalando toda a tropa ao ressoar das cornetas de todos os corpos ao tempo que, vibrando de novo o sino da igreja velha, uma fuzilaria intensa irrompia das paredes e tetos das vivendas mais próximas ao rio e estrondavam, numa explosão única, os bacamartes dos guerrilheiros adensados dentro da igreja nova.

Favorecido pelo terreno, o 7º batalhão marchou em acelerado, sob uma saraivada de chumbo e seixos rolados, até à borda do rio. Em breve, vingando a barranca oposta, viram-se à entrada da praça os primeiros soldados, em grupos, sem coisa alguma que lembrasse a formatura do combate. Alguns ali mesmo tombaram ou rolaram na água, arrastados na corrente, que se listrava de sangue. A maioria avançou, batida de soslaio e de frente. Na extrema esquerda uma ala do 9º, vencendo as dificuldades da marcha cheia de tropeços, tomara posição à retaguarda da igreja nova, enquanto o 16º e a ala direita do 7º investiam pelo centro. O combate desenrolou-se logo em toda a plenitude, resumindo-se naquele avançar temerário. Não teve, depois, a evolução mais simples, ou movimento combinado, que revelasse a presença de um chefe.

Principiou a fracionar-se em conflitos perigosos e inúteis, numa dissipação inglória do valor. Era inevitável. Canudos, entretecido de becos de menos de dois metros de largo, trançados, cruzando-se em todos os sentidos, tinha ilusória fragilidade nos muros de taipa que o formavam. Era pior que uma cidadela inscrita em polígonos ou blindada de casamatas espessas. Largamente aberto aos agressores que podiam derruí-lo a coices de arma, que podiam abater-lhe a pulso as paredes e tetos de barro ou vará-lo por todos os lados, tinha a inconsistência e a flexibilidade traiçoeira de uma rede desmesurada. Era fácil investi-lo, batê-lo, dominá-lo, varejá-lo, aluí-lo; — era dificílimo deixá-lo. Completando a tática perigosa do sertanejo, era temeroso porque não resistia. Não opunha a rijeza de um tijolo à percussão e arrebentamento das granadas, que se amorteciam sem explodirem, furando-lhe de uma vez só dezenas de tetos. Não fazia titubear a mais reduzida secção assaltante, que poderia investi-lo, por qualquer lado, depois de transposto o rio. Atraía os assaltos; e atraía irreprimivelmente o ímpeto das cargas violentas, porque a arremetida dos invasores, embriagados por vislumbres de vitória e disseminando-se, divididos pelas suas vielas em torcicolos, lhe era o recurso tremendo de uma defesa surpreendedora.

Destruição em Canudos.
J.B. Andersen para a edição alemã de *Os Sertões*, Biblioteca Municipal de São Paulo

Na história sombria das cidades batidas, o humílimo vilarejo ia surgir com um traço de trágica originalidade.

Intacto — era fragílimo; feito escombros — formidável.

Rendia-se para vencer, aparecendo, de chofre, ante o conquistador surpreendido, inexpugnável e em ruínas. Porque a envergadura de ferro de um exército, depois de o abalar e desarticular todo, esmagando-o, tornando-o montão informe de adobes e madeiras roliças, se sentia inopinadamente manietada, presa entre tabiques vacilantes de pau a pique e cipós, à maneira de uma suçuarana inexperta agitando-se, vigorosa e inútil, nas malhas de armadilha bem feita.

A prática venatória dos jagunços inspirara-lhes, talvez, a criação pasmosa da "cidadela-mundéu"...

Ora, as tropas do coronel Moreira César faziam-na desabar sobre si mesma.

Conflitos parciais

A princípio, transposto o Vaza-Barris, a despeito de algumas baixas, o acometimento figurara-se fácil. Um grupo, arrastado por subalternos valentes, arrancara atrevidamente contra a igreja nova, sem efeito algum compensando-lhe o arrojo, perdendo dois oficiais e algumas praças. Outros, porém, contornando aquele núcleo resistente, lançaram-se às primeiras casas marginais ao rio. Tomaram-nas e incendiaram-nas; enquanto os que as guarneciam fugiam, adiante, em busca de outros abrigos. Perseguiram-nos. E nesse perseguir tumultuário, realizado logo nos primeiros minutos do combate, começou a esboçar-se o perigo único e gravíssimo daquele fossado monstruoso: os pelotões dissolviam-se. Entalavam-se nas vielas estreitas, enfiando a dois de fundo por ali dentro, atropeladamente. Torciam centenares de esquinas que se sucediam de casa em casa; dobravam-nas em desordem, de armas suspensas uns, atirando outros ao acaso, à toa, para a frente; e dividiam-se, a pouco e pouco, em secções pervagantes para toda a banda; e partiam-se, estas, por seu turno, em grupos aturdidos cada vez mais dispersos e rarefeitos, dissolvendo-se ao cabo em combatentes isolados...

De longe se tinha o espetáculo estranho de um entocamento de batalhões, afundando, de súbito, no casario indistinto, em cujos tetos de argila se enovelava a fumarada dos primeiros incêndios.

Deste modo, o ataque assumiu logo o caráter menos militar possível. Diferenciou-se em conflitos parciais no cunhal das esquinas, à entrada e dentro das casas.

Estas eram tumultuariamente investidas. Não opunham o menor tropeço. Escancarava-as um coice de arma nas portas ou nas paredes, rachando-as,

Forças governamentais em Canudos.
Fotografia de Flávio de Barros. Casa Euclidiana, São José do Rio Pardo

abrindo por qualquer lado passagens francas. Estavam vazias, muitas. Noutras os intrusos tinham, de repente, abocado ao peito um cano de espingarda ou baqueavam batidos de tiros à queima-roupa, rompendo dos resquícios das paredes. Acudiam-nos os companheiros mais próximos. Enredava-se o pugilato corpo a corpo, brutalmente, até que os soldados, mais numerosos, transpusessem o portal estreito do casebre. Lá dentro, encouchado num recanto escuro, o morador repelido descarregava-lhes em cima o último tiro e fugia. Ou então esperava-os a pé firme, defendendo tenazmente o lar paupérrimo. E revidava terrivelmente — sozinho — em porfia com a matula vitoriosa, com a qual se afoitava, apelando para todas as armas: repelindo-a à faca e a tiro; vibrando-lhe foiçadas; aferroando-a com a aguilhada; arremessando-lhe em cima os trastes miseráveis; arrojando-se, afinal, ele próprio, inerme, desesperadamente, resfolegando, procurando estrangular o primeiro que lhe caísse entre os braços vigorosos. Em torno mulheres desatinadas disparavam em choros, e rolavam pelos cantos; até baquear no chão, cosido a baioneta ou esmoído a coronhadas, pisoado sob o rompão dos coturnos, o lutador temerário.

Reproduziam-se tais cenas.

Saque antes do triunfo

Quase sempre, depois de expugnar a casa, o soldado faminto não se forrava à ânsia de almoçar, afinal, em Canudos. Esquadrinhava os jiraus suspensos. Ali estavam carnes secas ao sol; cuias cheias de paçoca, a farinha de guerra do sertanejo; aiós repletos de ouricuris saborosos. A um canto os bogós transudantes, túmidos de água cristalina e fresca. Não havia resistir. Atabalhoadamente fazia a refeição num minuto. Completava-a largo trago de água. Tinha, porém, às vezes, um pospasto crudelíssimo e amargo — uma carga de chumbo...

Os jagunços à porta assaltavam-no. E invertiam-se os papéis, revivendo o conflito, até baquear no chão — cosido à faca e moído a pauladas, pisado pela alpercata dura, o lutador imprudente.

No labirinto das vielas

Muitos se perdiam no inextricável dos becos. Correndo no encalço do sertanejo em fuga, topavam, de súbito, na frente, desembocando duma esquina, cerrado magote de inimigos. Estacavam, atônitos, apenas o tempo necessário para uma pontaria malfeita e uma descarga; e recuavam, depois, metendo-se pelas casas dentro, onde os salteavam, às vezes, novos agressores entocaiados; ou arrojavam-se atrevidamente, dispersando o agrupamento antagonista e dispersando-se — reeditando os mesmos episódios; animados todos pela ilusão de uma vitória vertiginosamente alcançada, de que lhes eram sintoma claro toda aquela desordem, todo aquele espanto, todo aquele alarido e todo aquele pavor do povoado revolto e miserando — alarmado à maneira de um curral invadido por onças bravias e famulentas.

De resto, não tinham insuperáveis obstáculos enfreando-lhes o ímpeto. Os valentes temerários, que apareciam em vários pontos, defendendo os lares, tinham o contrapeso do mulherio acovardado, sacudido das casas à pranchada, à bala e a fogo, e fugindo para toda banda, clamando, rezando; ou uma legião armada de muletas — velhos trementes, aleijões de toda a espécie, enfermos abatidos e mancos.

De sorte que nestas correrias desapoderadas, presos pela vertigem perseguidora, muitos se extraviaram, às tontas, no labirinto das vielas; e, tentando aproximar-se dos companheiros, desgarravam-se mais e mais — quebrando, a esmo, mil esquinas breves, perdidos por fim, no arraial convulsionado e imenso...

Situação inquietadora

À frente do seu estado-maior, na margem direita do rio, o chefe expedicionário observava este assalto, acerca do qual não podia certamente formular uma única hipótese. A tropa desaparecera toda nos mil latíbulos de Canudos. Lá dentro rolava ruidosamente a desordem, numa assonância golpeada de estampidos, de imprecações, de gritos estrídulos, vibrantes no surdo tropear das cargas. Grupos esparsos, secções em desalinho de soldados, magotes diminutos de jagunços, apareciam, por vezes, inopinadamente, no claro da praça; e desapareciam, logo, malvistos entre o fumo, embrulhados, numa luta braço a braço...

Nada mais. A situação era afinal inquietadora.

Nada prenunciava desânimo entre os sertanejos.

Os atiradores da igreja nova permaneciam firmes, visando todos os pontos quase impunemente, porque a artilharia por fim evitava alvejá-la temendo quaisquer desvios de trajetória, que lançassem as balas entre os próprios companheiros encobertos; e estalando em cheio no arruído da refrega, ouviam-se mais altas as pancadas repetidas no sino da igreja velha.

Além disto, a ação abrangia apenas a metade do arraial.

A outra, à direita, onde terminava a estrada de Jeremoabo, estava indene.

Menos compacta — era menos expugnável. Desenrolava-se numa lomba extensa, permitindo a defesa a cavaleiro do inimigo, e obrigando-o a escaladas penosíssimas. De sorte que, ainda quando a parte investida fosse conquistada, aquela restaria impondo talvez maiores fadigas.

Realmente, embora sem o torvelinho dos becos, as casas isoladas, em disposição recordando vagamente tabuleiros de xadrez, facultavam extraordinário cruzamento de fogos, permitindo a um atirador único apontar para os quadrantes sem abandonar uma esquina. Considerando aquele lado do arraial a situação aclarava-se. Era gravíssima. Ainda contando com o sucesso franco na parte combatida, os soldados triunfantes, mas exaustos, arremeteriam, inúteis, com aquela encosta separada da praça pelo fosso natural de uma sanga profunda. Compreendeu-o o coronel Moreira César. E ao chegar a retaguarda, a polícia e o esquadrão de cavalaria, determinou que aquela seguisse à extrema direita, atacando o bairro ainda indene e completando a ação que se desdobrara toda na esquerda. A cavalaria, secundando-a, teve ordem de atacar pelo centro, entre as igrejas.

Uma carga de cavalaria em Canudos...

Era uma excentricidade. A arma clássica das planícies rasas, cuja força é o arremesso do choque, surgindo de improviso no fim das disparadas velozes, ali, constrita entre paredes, carregando, numa desfilada dentro de corredores...

O esquadrão — cavalos abombados, rengueando sobre as pernas bambas — largou em meio galope curto até à beira do rio, cujas águas respingavam chofradas de tiros; e não foi adiante. Os animais, assustadiços, refugavam. Dilacerados à espora, chibateados à espada, mal vadearam até ao meio da corrente, e empinando, e curveteando, freios tomados nos dentes, em galões, cuspindo da sela os cavaleiros, volveram em desordem à posição primitiva. Por seu turno, a polícia, depois de transpor o rio com água pelos joelhos, numa curva a jusante, vacilava ao deparar o álveo resvaladio e fundo da sanga que naquele ponto corre de norte a sul, separando do resto do arraial o subúrbio que devia acometer.

O movimento complementar quebrava-se assim aos primeiros passos. O chefe expedicionário deixou então o lugar em que permanecera, a meia encosta dos Pelados, entre a artilharia e o plaino das quixabeiras:

— Eu vou dar brio àquela gente...

Moreira César fora de combate

E descia. A meio caminho, porém, refreou o cavalo. Inclinou-se, abandonando as rédeas, sobre o arção dianteiro do selim. Fora atingido no ventre por uma bala.

Rodeou-o logo o estado-maior.

— Não foi nada; um ferimento leve — disse, tranquilizando os companheiros dedicados. Estava mortalmente ferido.

Não descavalgou. Volvia amparado pelo tenente Ávila, para o lugar que deixara, quando foi novamente atingido por outro projetil. Estava fora de combate.

Devia substituí-lo o coronel Tamarindo, a quem foi logo comunicado o desastroso incidente. Mas aquele nada podia deliberar recebendo o comando quando desanimava de salvar o seu próprio batalhão, na outra margem do rio.

Era um homem simples, bom e jovial, avesso a bizarrear façanhas. Chegara aos sessenta anos candidato a uma reforma tranquila. Fora, ademais, incluído contra a vontade na empresa. E ainda quando tivesse envergadura para aquela crise não havia mais remediá-la.

A polícia, investindo, copiara afinal o modo de agir dos outros assaltantes — varejando casas e ateando incêndios.

Não se rastreava na desordem o mais leve traço de combinação tática; ou não se podia mesmo imaginá-la.

Aquilo não era um assalto. Era um combater temerário contra barricada monstruosa, que se tornava cada vez mais impenetrável à medida que a arruinavam e carbonizavam, porque sob os escombros, que atravancavam as ruas, sob os tetos abatidos e entre os esteios fumegantes, deslizavam melhor, a salvo, ou tinham mais invioláveis esconderijos, os sertanejos, emboscados.

Além disto, despontava, inevitável, contratempo maior: a noite prestes a confundir os combatentes exaustos de cinco horas de peleja.

Recuo

Mas antes que ela sobreviesse, começou o recuo. Apareceram sobre a ribanceira esquerda, esparsos, em grupos estonteadamente correndo, os primeiros contingentes repelidos. Em breve outros se lhes aliaram no mesmo desalinho, rompendo dos cunhais das igrejas e dentre os casebres marginais: soldados e oficiais de mistura, chamuscados e poentos, fardas em tiras, correndo, disparando ao acaso as espingardas, vociferando, alarmados, tontos, titubeantes, em fuga...

Explosão de igreja.
Gravura de Alfredo Aquino para a edição de *Os Sertões* de 1975

Este refluxo que começara à esquerda propagou-se logo à extrema direita. De sorte que, rebatida às posições primitivas, toda a linha do combate rolou torcida e despedaçada a tiros pela borda do rio abaixo.

Sem comando, cada um lutava a seu modo. Destacaram-se ainda diminutos grupos para queimarem as casas mais próximas ou travarem breves tiroteios. Outros, sem armas e feridos, principiaram a repassar o rio.

Era o desenlace.

Repentinamente, largando as últimas posições, os pelotões, de mistura, numa balbúrdia indefinível, sob a hipnose do pânico, enxurraram na corrente rasa das águas!

Repelindo-se; apisoando os malferidos, que tombavam; afastando rudemente os extenuados trôpegos; derrubando-os, afogando-os, os primeiros grupos bateram contra a margem direita. Aí, ansiando por vingá-la, agarrando-se às gramíneas escassas, especando-se nas armas, filando-se às pernas dos felizes que conseguiam vencê-las, se embaralharam outra vez em congérie ruidosa. Era um fervilhar de corpos transudando vozear estrídulo, e discordante, e longo, dando a ilusão de alguma enchente repentina, em que o Vaza-Barris, engrossado, saltasse, de improviso, fora do leito, borbulhando, acachoando, estrugindo...

Ao bater da Ave-Maria

Naquele momento o sineiro da igreja velha interrompeu o alarma.

Vinha caindo a noite. Dentro da claridade morta do crepúsculo soou, harmoniosamente, a primeira nota da Ave-Maria...

Descobrindo-se, atirando aos pés os chapéus de couro ou os gorros de azulão, e murmurando a prece habitual, os jagunços dispararam a última descarga...

V. Sobre o alto do Mário

Os soldados, transposto o rio, acumularam-se junto à artilharia. Eram uma multidão alvorotada sem coisa alguma recordando a força militar, que se decompusera, restando, como elementos irredutíveis, homens atônitos e inúteis, e tendo agora, como preocupação exclusiva, evitarem o adversário que tão ansiosamente haviam procurado.

O cerro em que se reuniam estava próximo demais daquele, e passível, talvez, de algum assalto, à noite. Era forçoso abandoná-lo. Sem ordem, arrastando os canhões, deslocaram-se logo para o alto do Mário, quatrocentos metros na frente. Ali improvisaram um quadrado incorreto, de fileiras desunidas e bambas, envolvendo a oficialidade, os feridos, as ambulâncias, o trem da artilharia e os cargueiros. Centralizava-o uma palhoça em ruínas — a Fazenda Velha; e dentro dela o comandante em chefe, moribundo.

A expedição era agora aquilo; um bolo de homens, animais, fardas e espingardas, entupindo uma dobra de montanha...

Tinha descido a noite — uma destas noites ardentíssimas vulgares no sertão, em que cada estrela, fixa, sem cintilações, irradia como um foco de calor e os horizontes, sem nuvens, iluminam-se, de minuto em minuto, como se refletissem relâmpagos de tempestades longínquas...

Não se via o arraial. Alguns braseiros sem chamas, de madeiras ardendo sob o barro das paredes e tetos; ou luzes esparsas de lanternas mortiças bruxuleando nas sombras, deslizando vagarosamente, como em pesquisas lúgubres, indicavam-no embaixo, e traindo também a vigília do inimigo. Tinham, porém, cessado os tiros e nem uma voz dali subia. Apenas na difusão luminosa das estrelas desenhavam-se, dúbios, os perfis imponentes das igrejas. Nada mais. A casaria compacta, as colinas circundantes, as montanhas remotas, desapareciam na noite.

O acampamento em desordem contrastava a placidez ambiente. Constritos entre os companheiros, cento e tantos feridos e estropiados por ali se agitavam ou se arrastavam, torturados de dores e da sede, quase pisados pelos cavalos que, espavoridos, nitriam, titubeando no atravancamento das carretas e fardos dos comboios. Não havia curá-los no escuro onde fora temeridade incrível o rápido fulgurar de um fósforo. Além disto não bastava para tantos o número reduzido de médicos, um dos quais — morto, extraviado ou preso — desaparecera à tarde para nunca mais tornar.[73]

O coronel Tamarindo

Faltava, ademais, um comando firme. O novo chefe não suportava as responsabilidades, que o oprimiam. Maldizia talvez, mentalmente, o destino extravagante que o tornara herdeiro forçado de uma catástrofe. Não deliberava. A um oficial que ansiosamente o interpelara sobre aquele transe, respondera com humorismo triste, rimando um dito popular do norte:

É tempo de murici
Cada um cuide de si...

Foi a sua única ordem do dia. Sentado na caixa de um tambor, chupando longo cachimbo, com o estoicismo doente do próprio desalento, o coronel Tamarindo, respondendo de tal jeito, ou por monossílabos, a todas as consultas, abdicara a missão de remodelar a turba esmorecida e ao milagre de subdividi-la em novas unidades de combate.

Ali estavam, certo, homens de valor e uma oficialidade pronta ao sacrifício. O velho comandante, porém, tivera a intuição de que um ajuntamento em tais conjunturas não significa a soma das energias isoladas e avaliara todos os elementos que, nas coletividades presas de emoções violentas, reduzem sempre as qualidades pessoais mais brilhantes. Quedava impassível, alheio à ansiedade geral, passando de modo tácito o comando a toda a gente. Assim, oficiais incansáveis davam por conta própria as providências mais urgentes; retificando o pretenso quadrado, em que se misturavam, a esmo, praças de todos os corpos; organizando ambulâncias e dispondo padiolas; reanimando os ânimos abatidos. Pelo espírito de muitos passara mesmo o intento animador de um revide, um novo assalto, logo ao despontar da manhã, descendo a força toda, em arremetida violenta, sobre os fanáticos, depois que os abalasse um bombardeio maior do que

73. Dr. Fortunato Raimundo de Oliveira.

o realizado. E concertavam-se em planos visando corrigir o revés com um lance de ousadia. Porque a vitória devia ser alcançada a despeito dos maiores sacrifícios. Pensavam: nos quatro lados daquele quadrado malfeito inscreviam-se os destinos da República. Era preciso vencer. Repugnava-os, revoltava-os, humilhava-os angustiosamente aquela situação ridícula e grave, ali, no meio de canhões modernos, sopesando armas primorosas, sentados sobre cunhetes repletos de cartuchos — e encurralados por uma turba de matutos turbulentos...

A maioria, porém, considerava friamente as coisas. Não se iludia. Um rápido confronto entre a tropa que chegara horas antes, entusiasta e confiante na vitória, e a que ali estava, vencida, patenteava-lhe uma solução única — a retirada.

Alvitre de retirada

Não havia alvitrar outro recurso, ou protraí-lo sequer.

Às 11 horas, juntos os oficiais, adotaram-no, unânimes. Um capitão de infantaria foi incumbido de cientificar da resolução o coronel Moreira César. Este impugnou-a logo, dolorosamente surpreendido; a princípio calmo, apresentando os motivos inflexíveis do dever militar e demonstrando que ainda havia elementos para uma tentativa qualquer, mais de dois terços da tropa apta para o combate e munições suficientes; depois, num crescendo de cólera e de angústia, se referiu à mácula que para sempre lhe sombrearia o nome. Finalmente explodiu: não o sacrificassem àquela cobardia imensa...

Protesto de Moreira César

Apesar disto manteve-se a resolução.

Era completar a agonia do valente infeliz. Revoltado deu a sua última ordem: fizessem uma ata de tudo aquilo, deixando-lhe margem para um protesto, em que incluiria o abandono da carreira militar.

A dolorosa reprimenda do chefe ferido por duas balas não moveu, contudo, a oficialidade incólume.

Rodeavam-na, perfeitamente válidos ainda, centenares de soldados, oitocentos talvez; dispunha de dois terços das munições e estava em posição dominante sobre o inimigo...

Mas a luta sertaneja começara, naquela noite, a tomar a feição misteriosa que conservaria até ao fim. Na maioria mestiços, feitos da mesma massa dos matutos, os soldados, abatidos pelo contragolpe de inexplicável revés, em que baqueara o chefe reputado invencível, ficaram sob a sugestão empolgante do maravilhoso, invadidos de terror sobrenatural, que extravagantes comentários agravavam.

O jagunço, brutal e entroncado, diluía-se em duende intangível. Em geral os combatentes, alguns feridos mesmo no recente ataque, não haviam conseguido ver um único; outros, os da expedição anterior, acreditavam, atônitos e absortos ante o milagre estupendo, ter visto, ressurrectos, dois ou três cabecilhas que, afirmavam convictos, tinham sido mortos no Cambaio; e para todos, para os mais incrédulos mesmo, começou a despontar algo de anormal nos lutadores fantasmas, quase invisíveis, ante os quais haviam embatido impotentes, mas os lobrigando, esparsos e diminutos, rompendo temerosos dentre ruínas, e atravessando incólumes os braseiros dos casebres em chamas.

É que grande parte dos soldados era do norte, e criara-se ouvindo, em torno, de envolta com o dos heróis dos contos infantis, o nome de Antônio Conselheiro. E a sua lenda extravagante, os seus milagres, as suas façanhas de feiticeiro sem par, apareciam-lhes — então — verossímeis, esmagadoramente, na contraprova tremenda daquela catástrofe.

Pelo meio da noite todas as apreensões se avolumaram. As sentinelas, que cabeceavam nas fileiras frouxas do quadrado, estremeceram, subitamente despertas, contendo gritos de alarma.

Um rumor indefinível avassalara a mudez ambiente e subia pelas encostas. Não era, porém, um surdo torpear de assalto. Era pior. O inimigo, embaixo, no arraial invisível — rezava.

E aquela placabilidade extraordinária — ladainhas tristes, em que predominavam ao invés de brados varonis vozes de mulheres, surgindo da ruinaria de um campo de combate — era, naquela hora, formidável. Atuava pelo contraste. Pelo burburinho da soldadesca pasma, os *kyries* estropiados e dolentes entravam, piores que intimações enérgicas. Diziam, de maneira eloquente, que não havia reagir contra adversários por tal forma transfigurados pela fé religiosa.

A retirada impunha-se.

Pela madrugada uma nova emocionante tornou-a urgentíssima. Falecera o coronel Moreira César.

Retirada

Era o último empuxo no desânimo geral. Os aprestos da partida fizeram-se, então, no atropelo de um tumulto indescritível. De sorte que, quando ao primeiro bruxulear da manhã uma força, constituída por praças de todos os corpos, abalou fazendo a vanguarda, encalçada pelas ambulâncias, cargueiros, fardos, feridos e padiolas, entre as quais a que levantava o corpo do comandante malogrado, nada indicava naquele movimento a séria operação de guerra que ia realizar-se.

A retirada era a fuga. Avançando pelo espigão do morro no rumo da Favela e dali derivando pelas vertentes opostas, por onde descia a estrada, a expedição espalhava-se longamente pelas encostas, dispersando-se sem ordem, sem formaturas.

Neste dar as costas ao adversário que, desperto, embaixo, não a perturbara ainda, parecia confiar apenas na celeridade do recuo, para se libertar. Não se dividira em escalões, dispondo-se à defesa-ofensiva característica desses momentos críticos da guerra. Precipitava-se, à toa, pelos caminhos fora. Não retirava, fugia. Apenas uma divisão de dois Krupps, sob o mando de um subalterno de valor e fortalecida por um contingente de infantaria, permanecera firme por algum tempo no alto do Mário, como uma barreira anteposta à perseguição inevitável.

Vala

Ao mover-se, afinal, esta fração abnegada foi rudemente investida. O inimigo tinha na ocasião o alento do ataque e a certeza na própria temibilidade. Acometeu ruidosamente, entre vivas entusiásticos, por todos os lados, em arremetida envolvente. Embaixo começou a bater desabaladamente o sino; a igreja nova explodia em descargas, e, adensada no largo, ou correndo para o alto das colinas, toda a população de Canudos contemplava aquela cena, dando ao trágico do lance a nota galhofeira e irritante de milhares de assovios estridentes, longos, implacáveis...

Mais uma vez o drama temeroso da guerra sertaneja tinha o desenlance de uma pateada lúgubre.

O desfecho foi rápido. A última divisão de artilharia replicou por momentos e depois, por sua vez, abalou vagarosamente, pelo declive do espigão acima, retirando.

Era tarde. Adiante até onde alcançava o olhar, a expedição, esparsa e estendida pelos caminhos, estava, de ponta a ponta, flanqueada pelos jagunços...

VI. Debandada. Fuga

E foi uma debandada.

Oitocentos homens desapareciam em fuga, abandonando as espingardas; arriando as padiolas, em que se estorciam feridos; jogando fora as peças de equipamento; desarmando-se; desapertando os cinturões, para a carreira desafogada; e correndo, correndo ao acaso, correndo em grupos, em bandos erradios, correndo pelas estradas e pelas trilhas que as recortam, correndo para o recesso das caatingas, tontos, apavorados, sem chefes...

Entre os fardos atirados à beira do caminho ficara, logo ao desencadear-se o pânico — tristíssimo pormenor! —, o cadáver do comandante. Não o defenderam. Não houve um breve simulacro de repulsa contra o inimigo, que não viam e adivinhavam no estrídulo dos gritos desafiadores e nos estampidos de um tiroteio irregular e escasso, como o de uma caçada. Aos primeiros tiros os batalhões diluíram-se.

Salomão da Rocha

Apenas a artilharia, na extrema retaguarda, seguia vagarosa e unida, solene quase, na marcha habitual de uma revista, em que parava de quando em quando para varrer a disparos as macegas traiçoeiras; e prosseguindo depois, lentamente, rodando, inabordável, terrível...

A dissolução da tropa parara no aço daqueles canhões, cuja guarnição diminuta se destacava maravilhosamente impávida, galvanizada pela força moral de um valente.

De sorte que no fim de algum tempo em torno dela se adensaram, mais numerosos, os perseguidores.

O resto da expedição podia escapar-se a salvo. Aquela bateria libertava-a. De encontro aos quatro Krupps de Salomão da Rocha, como de encontro a uma represa, embatia, e parava, adunava-se, avolumando, e recuava, e partia-se a onda rugidora dos jagunços.

Naquela corrimaça sinistra, em que a ferocidade e a cobardia revoluteavam confundidas sob o mesmo aspecto revoltante, abriu-se de improviso um episódio épico.

Contidos a princípio em distância, os sertanejos constringiam a pouco e pouco o círculo do ataque, em roda das duas divisões, que os afrontavam, seguindo a passo tardo, ou, de súbito, alinhando-se em batalha e arrebentando em descargas, fulminando-os...

Ataque militar.
Gravura de Alfredo Aquino para a edição de *Os Sertões* de 1975

As granadas explodindo entre os restolhos secos do matagal incendiavam-nos; ouviam-se lá dentro, de envolta com o crepitar de queimadas sem labaredas, extintas nos brilhos da manhã claríssima, brados de cólera e de dor; e tontos de fumo, saltando dos esconderijos em chamas, rompentes à ourela da caatinga junto à estrada, os sertanejos em chusma, gritando, correndo, disparando os trabucos e as pistolas — assombrados ante aquela resistência inexplicável, vacilantes no assaltar a zargunchadas e à faca o pequeno grupo de valentes indomáveis.

Estes, entretanto, mal podiam prosseguir. Reduziam-se. Um a um tombavam os soldados da guarnição estoica. Feridos ou espantados os muares da tração empacavam; torciam de rumor; impossibilitavam a marcha.

A bateria afinal parou. Os canhões, emperrados, imobilizaram-se numa volta do caminho...

O coronel Tamarindo, que volvera à retaguarda, agitando-se destemeroso e infatigável entre os fugitivos, penitenciando-se heroicamente, na hora da catástrofe, da tibieza anterior, ao deparar com aquele quadro estupendo, procurou debalde socorrer os únicos soldados que tinham ido a Canudos. Neste pressuposto ordenou toques repetidos de "meia-volta, alto!". As notas das cornetas, convulsivas, emitidas pelos corneteiros sem fôlego, vibraram inutilmente. Ou melhor — aceleraram a fuga. Naquela desordem só havia uma determinação possível: "debandar!"

Debalde alguns oficiais, indignados, engatilhavam revólveres ao peito dos foragidos. Não havia contê-los. Passavam; corriam; corriam doidamente; corriam dos oficiais; corriam dos jagunços; e ao verem aqueles, que eram de preferência alvejados pelos últimos, caírem malferidos, não se comoviam. O capitão Vilarim batera-se valentemente quase só e ao baquear, morto, não encontrou entre os que comandava um braço que o sustivesse. Os próprios feridos e enfermos estropiados lá se iam, cambeteando, arrastando-se penosamente, imprecando os companheiros mais ágeis...

As notas das cornetas vibravam em cima desse tumulto, imperceptíveis, inúteis...

Por fim cessaram. Não tinham a quem chamar. A infantaria desaparecera...

Pela beira da estrada, viam-se apenas peças esparsas de equipamentos, mochilas e espingardas, cinturões e sabres, jogados a esmo por ali fora, como coisas imprestáveis.

Inteiramente só, sem uma única ordenança, o coronel Tamarindo lançou-se desesperadamente, o cavalo a galope, pela estrada — agora deserta — como se procurasse conter ainda, pessoalmente, a vanguarda. E a artilharia ficou afinal inteiramente em abandono, antes de chegar ao Angico.

Os jagunços lançaram-se então sobre ela.

Era o desfecho. O capitão Salomão tinha apenas em torno meia dúzia de combatentes leais. Convergiram-lhe em cima os golpes; e ele tombou, retalhado a foiçadas, junto dos canhões que não abandonara.

Consumara-se a catástrofe...

Logo adiante, na ocasião em que transpunha a galope o córrego do Angico, o coronel Tamarindo foi precipitado do cavalo por uma bala. O engenheiro militar Alfredo do Nascimento alcançou-o ainda com vida. Caído sobre a ribanceira, o velho comandante murmurou ao companheiro que o procurara a sua última ordem:

— Procure o Cunha Matos...

Esta ordem dificilmente podia ser cumprida.

Um arsenal ao ar livre

A terceira expedição anulada, dispersa, desaparecera. E como na maioria os fugitivos evitassem a estrada, desgarraram, sem rumo, errando à toa no deserto, onde muitos, e entres estes os feridos, se perderam para sempre, agonizando e morrendo no absoluto abandono. Alguns, desviando-se da rota, foram bater no Cumbe ou em pontos mais remotos. O resto chegou no outro dia a Monte Santo. O coronel Sousa Meneses, comandante da praça, não os esperou. Ao saber do desastre largou à espora feita para Queimadas, até onde se prolongara aquela disparada.

Enquanto isto sucedia, os sertanejos recolhiam os despojos. Pela estrada e pelos lugares próximos jaziam, esparsas, armas e munições, de envolta com as próprias peças do fardamento, dólmãs e calças de listra carmesim, cujos vivos denunciadores demais no pardo da caatinga os tornavam incompatíveis com a fuga. De sorte que a maior parte da tropa não se desarmara apenas diante do adversário. Despira-se...

Assim na distância que medeia do Rosário a Canudos, havia um arsenal desarrumado, ao ar livre, e os jagunços tinham com que se abastecerem a fartar. A expedição Moreira César parecia ter tido um objetivo único: entregar-lhes tudo aquilo, dar-lhes de graça todo aquele armamento moderno e municiá-los largamente.

Uma diversão cruel

Levaram para o arraial os quatro Krupps; substituíram nas mãos dos lutadores da primeira linha as espingardas velhas e de carregamento moroso pelas Mannlichers e Comblains fulminantes; e como as fardas, cinturões e bonés, tudo quanto havia tocado o corpo maldito das praças, lhes maculariam a epiderme de combatentes sagrados, aproveitaram-nos de um modo cruelmente lúgubre.

Os sucessos anteriores haviam-lhes exacerbado a um tempo o misticismo e a rudeza. Partira-se o prestígio do soldado, e a bazófia dos broncos cabecilhas repastava-se das mínimas peripécias dos acontecimentos. A força do governo era agora realmente a *fraqueza* do governo, denominação irônica destinada a permanecer por todo o curso da campanha. Haviam-na visto chegar — imponente e terrível — apercebida de armas ante as quais eram brincos de criança os clavinotes brutos; tinham-na visto rolar terrivelmente sobre o arraial e assaltá-lo, e invadi-lo, e queimá-lo, varando-o de ponta a ponta; e, depois destes arrancos temerários, presenciaram o recuo, e a fuga, e a disparada doida, e o abandono pelos caminhos fora das armas e bagagens.

Era sem dúvida um milagre. O complexo dos acontecimentos perturbava-os e tinha uma interpretação única: amparava-os visivelmente a potência superior da divindade.

E a crença, revigorada na brutalidade dos combates, crescendo, maior, num reviver de todos os instintos bárbaros, malignou-lhes a índole.

Atesta-o fato estranho, espécie de divertimento sinistro lembrando a religiosidade trágica dos achantis, que rematou estes sucessos.

Concluídas as pesquisas nos arredores, e recolhidas as armas e munições de guerra, os jagunços reuniram os cadáveres que jaziam esparsos em vários pontos. Decapitaram-nos. Queimaram os corpos. Alinharam depois, nas duas bordas da estrada, as cabeças, regularmente espaçadas, fronteando-se, faces volvidas para o caminho. Por cima, nos arbustos marginais mais altos, dependuraram os restos de fardas, calças e dólmãs multicores, selins, cinturões, quepes de listras rubras, capotes, mantas, cantis e mochilas...

A caatinga, mirrada e nua, apareceu repentinamente desabrochando numa florescência extravagantemente colorida no vermelho forte das divisas, no azul desmaiado dos dólmãs e nos brilhos vivos das chapas dos talins e estribos oscilantes...

Um pormenor doloroso completou esta encenação cruel: a uma banda avultava, empalado, erguido num galho seco, de angico, o corpo do coronel Tamarindo.

Era assombroso... Como um manequim terrivelmente lúgubre, o cadáver desaprumado, braços e pernas pendidos, oscilando à feição do vento no galho flexível e vergado, aparecia nos ermos feito uma visão demoníaca.

Ali permaneceu longo tempo...

Quando, três meses mais tarde, novos expedicionários seguiam para Canudos, depararam ainda o mesmo cenário: renques de caveiras branqueando nas orlas do caminho, rodeadas de velhos trapos, esgarçados nos ramos dos arbustos e, de uma banda, — mudo protagonista de um drama formidável — o espectro do velho comandante...

QUARTA EXPEDIÇÃO

Jagunços tomam Canudos.
Fotografia de Flávio de Barros. Casa Euclidiana, São José do Rio Pardo

I. Desastres. Canudos — uma diátese.
A rua do Ouvidor e as caatingas. Versões disparatadas.
Mentiras heroicas. O cabo Roque. Levantamento em massa.
Planos. Um tropear de bárbaros.

II. Mobilização de tropas. Concentração em Queimadas.
Organiza-se a expedição. Delongas.
Não há um plano de campanha. A comissão de engenheiros.
A marcha. Incidentes. Um guia temeroso: Pajeú.
Passagem nas Pitombas. O alto da Favela.
Uma divisão aprisionada.

III. Coluna Savaget. Cocorobó. Diante das trincheiras.
Carga de baionetas excepcional. A travessia.
Macambira e Trabubu. Emissário inesperado.
Destrói-se um plano de campanha.

IV. Vitória singular. Começo de uma batalha crônica.
Aventuras do cerco. Caçadas perigosas. Desânimos.
A atitude do comando-em-chefe.

V. O assalto: preparativos; o recontro. Nova vitória desastrosa.
Nos flancos de Canudos. Triunfos pelo telégrafo.

VI. Pelas estradas. Os feridos. Primeiras notícias certas.
Versões e lendas.

VII. A brigada Girard. Heroísmo estranho. Em viagem para Canudos.

VIII. Novos reforços. O marechal Carlos Machado Bittencourt.
Colaboradores prosaicos demais...

I. Desastres

A nova deste revés foi um desastre maior.

A quarta expedição organizou-se através de grande comoção nacional, que se traduziu em atos contrapostos à própria gravidade dos fatos. Foi a princípio o espanto; depois um desvairamento geral da opinião; um intenso agitar de conjecturas para explicar o inconceptível do acontecimento e induzir uma razão de ser qualquer para aquele esmagamento de uma força numerosa, bem aparelhada e tendo chefe de tal quilate. Na desorientação completa dos espíritos alteou-se logo, primeiro esparsa em vagos comentários, condensada depois em inabalável certeza, a ideia de que não agiam isolados os tabaréus turbulentos. Eram a vanguarda de ignotas falanges prontas a irromperem, de remanente, em toda a parte, convergentes sobre o novo regime. E como nas capitais, federal e estaduais, há muito, meia dúzia de platônicos, revolucionários contemplativos e mansos, se agitavam esterilmente na propaganda da restauração monárquica, fez-se de tal circunstância ponto de partida para a mais contraproducente das reações.

Canudos: uma diátese

Era preciso uma explicação qualquer para sucessos de tanta monta. Encontraram-na: os distúrbios sertanejos significavam pródromos de vastíssima conspiração contra as instituições recentes. Canudos era uma Coblentz de pardieiros. Por detrás da envergadura desengonçada de Pajeú se desenhava o perfil fidalgo de um Brunswick qualquer. A dinastia em disponibilidade, de Bragança, encontrara afinal um Monck, João Abade. E Antônio Conselheiro — um Messias de feira — empolgara nas mãos trementes e frágeis os destinos de um povo...

A República estava em perigo; era preciso salvar a República. Era este o grito dominante sobre o abalo geral...

Canudos destruída.
Gravura de Alfredo Aquino para a edição de *Os Sertões* de 1975

Exageramos?

Deletreemos, ao acaso, qualquer jornal daqueles dias.

Doutrinava-se: "O que de um golpe abalava o prestígio da autoridade constituída e abatia a representação do brio da nossa pátria no seu renome, na sua tradição e na sua força era o movimento armado que, à sombra do fanatismo religioso, marchava acelerado contra as próprias instituições, não sendo lícito a ninguém iludir-se mais sobre o pleito em que audazmente entravam os saudosos do império, francamente em armas".

Concluía-se: "Não há quem a esta hora não compreenda que o monarquismo revolucionário quer destruir com a República a unidade do Brasil".[74]

Explicava-se: "A tragédia de 3 de março em que juntamente com o Moreira César perderam a vida o ilustre coronel Tamarindo e tantos outros oficiais briosíssimos do nosso exército, foi a confirmação de quanto o partido monarquista à sombra da tolerância do poder público, e graças até aos seus involuntários alentos, tem crescido em audácia e força".[75]

Afirmava-se: "Trata-se da Restauração; conspira-se; forma-se o exército imperialista. O mal é grande; que o remédio corra parelhas com o mal. A monarquia arma-se? Que o presidente chame às armas os republicanos".[76]

---

74. *Gazeta de Notícias.*

75. *O País.*

76. *O Estado de S.Paulo.*

E assim por diante. A opinião nacional esbatia-se de tal modo na imprensa. Na imprensa e nas ruas.

Alguns cidadãos ativos congregaram o povo na capital da República e resumiram-lhe a ansiedade patriótica numa moção incisiva:

> *O povo do Rio de Janeiro reunido em* meeting *e ciente do doloroso revés das armas legais nos sertões da Bahia, tomadas pela caudilhagem monárquica, e congregado em torno do governo, aplaudindo todos os atos de energia cívica que praticar pela desafronta do exército e da Pátria, aguarda, ansioso, a sufocação da revolta.*

A mesma toada em tudo. Em tudo a obsessão do espantalho monárquico, transmudando em legião — coorte misteriosa marchando surdamente na sombra — meia dúzia de retardatários, idealistas e teimosos.

O presidente da República por sua vez quebrou a serenidade habitual:

> *Sabemos que, por detrás dos fanáticos de Canudos, trabalha a política. Mas nós estamos preparados, tendo todos os meios para vencer, seja como for contra quem for.*

Empastelamento de jornais monárquicos

Afinal a multidão interveio.

Copiemos: "Já era tarde e a excitação do povo aumentava na proporção de sua massa sempre crescente; assim, nesta indignação, lembraram-se dos jornais monarquistas, e todos por um, em um ímpeto de desabafo, foram às redações e tipografias dos jornais *Gazeta da Tarde*, *Liberdade* e *Apóstolo* e, apesar de ter a polícia corrido para evitar qualquer assalto a esses jornais, não chegou a tempo de evitá-lo pois a multidão aos gritos de viva a República e à memória de Floriano Peixoto invadiu aqueles estabelecimentos e destruiu-os por completo, queimando tudo.

Então começaram a quebrar e inutilizar tudo quanto encontraram atirando depois os objetos, livros, papéis, quadros, móveis, utensílios, tabuletas, divisões, etc., para a rua de onde foram logo conduzidos para o largo de S. Francisco de Paula, onde formaram uma grande fogueira, ficando outros em montes de destroços na mesma rua do Ouvidor".[77]

---

77. *Jornal do Brasil.*

A rua do Ouvidor e as caatingas

Interrompamos, porém, este respigar em ruínas. Mais uma vez, no decorrer dos sucessos que nos propusemos narrar, forramo-nos à demorada análise de acontecimentos que fogem à escala superior da história. As linhas anteriores têm um objetivo único: fixar, de relance, símiles que se emparelham na mesma selvatiqueza. A rua do Ouvidor valia por um desvio das caatingas. A correria do sertão entrava arrebatadamente pela civilização adentro. E a guerra de Canudos era, por bem dizer, sintomática apenas. O mal era maior. Não se confinara num recanto da Bahia. Alastrara-se. Rompia nas capitais do litoral. O homem do sertão, encourado e bruto, tinha parceiros porventura mais perigosos.

Valerá a pena defini-los?

A força portentosa da hereditariedade, aqui, como em toda a parte e em todos os tempos, arrasta para os meios mais adiantados — enluvados e encobertos de tênue verniz de cultura — trogloditas completos. Se o curso normal da civilização em geral os contém, e os domina, e os manieta, e os inutiliza, e a pouco e pouco os destrói, recalcando-os na penumbra de uma existência inútil, de onde os arranca, às vezes, a curiosidade dos sociólogos extravagantes ou as pesquisas da psiquiatria, sempre que um abalo profundo lhes afrouxa em torno a coesão das leis, eles surgem e invadem escandalosamente a história. São o reverso fatal dos acontecimentos, o claro-escuro indispensável aos fatos de maior vulto.

Mas não têm outra função, nem outro valor; não há analisá-los. Considerando-os, o espírito mais robusto permanece inerte a exemplo de uma lente de *flintglass*, admirável no refratar, ampliadas, imagens fulgurantes, mas imprestável se a focalizam na sombra.

Deixemo-los; sigamos.

Antes, porém, insistamos numa proposição única: atribuir a uma conjuração política qualquer a crise sertaneja exprimia palmar insciência das condições naturais da nossa raça.

Considerações

O caso, vimo-lo anteriormente, era mais complexo e mais interessante. Envolvia dados entre os quais nada valiam os sonâmbulos erradios e imersos no sonho da restauração imperial. E esta insciência ocasionou desastres maiores que os das expedições destroçadas. Revelou que pouco nos avantajáramos aos rudes patrícios retardatários. Estes, ao menos, eram lógicos. Insulado no espaço e no tempo, o jagunço, um anacronismo étnico, só podia fazer o que fez — bater, bater terrivelmente a nacionalidade que, depois de o enjeitar cerca de três séculos, procurava levá-lo para os deslumbramentos da nossa idade dentro de um quadrado de baionetas, mostrando-lhe o brilho da civilização através do clarão de descargas.

Reagiu. Era natural. O que surpreende é a surpresa originada por tal fato. Canudos era uma tapera miserável, fora dos nossos mapas, perdida no deserto, aparecendo, indecifrável, como uma página truncada e sem número das nossas tradições. Só sugeria um conceito — e é que, assim como os estratos geológicos não raro se perturbam, invertidos, sotopondo-se uma formação moderna a uma formação antiga, a estratificação moral dos povos por sua vez também se baralha, e se inverte, e ondula riçada de sinclinais abruptas, estalando em *faults*, por onde rompem velhos estádios há muito percorridos.

Sob tal aspecto era, antes de tudo, um ensinamento e poderia ter despertado uma grande curiosidade. A mesma curiosidade do arqueólogo ao deparar as palafitas de uma aldeia lacustre, junto a uma cidade industrial da Suíça...

Entre nós, de um modo geral, despertou rancores. Não vimos o traço superior do acontecimento. Aquele afloramento originalíssimo do passado, patenteando todas as falhas da nossa evolução, era um belo ensejo para estudarmo-las, corrigirmo-las ou anularmo-las. Não entendemos a lição eloquente.

Na primeira cidade da República, os patriotas satisfizeram-se com o auto de fé de alguns jornais adversos, e o governo começou a agir. Agir era isto — agremiar batalhões.

Versões disparatadas

As primeiras notícias do desastre prolongaram por muitos dias a agitação em todo o país. A parte de combate do major Cunha Matos, deficientíssima, mal indicando as fases capitais da ação, eivada de erros singulares, tinha apenas a eloquência do alvoroço com que fora escrita. Incutia nos que a liam o pensamento de uma hecatombe, ulteriormente agravada de outras informações. E estas, instáveis, acirrando num crescendo a comoção e a curiosidade públicas, desencontradamente, lardeadas de afirmativas contraditórias, derivavam pelos espíritos inquietos num desfiar de conjecturas intermináveis.

Não havia acertar no abstruso das opiniões com a mais breve noção sobre as coisas. Ideavam-se sucessos sofregamente aceitos com todos os visos de realidade, até que outros, diversos, os substituíssem, dominando por um dia ou por uma hora as atenções, e extinguindo-se por sua vez diante de outras versões efêmeras. De sorte que num alarma crescente — do boato medrosamente boquejado no recesso dos lares à mentira escandalosa rolando com estardalhaço pelas ruas, se avolumaram apreensões e cuidados. Era uma tortura permanente de dúvidas cruciantes. Nada se sabia de positivo. Nada sabiam mesmo os que haviam compartido o revés. Na inconsistência dos boatos, uma informação única tomava os mais diversos cambiantes.

Mentiras heroicas

Afirmava-se: o coronel Tamarindo não fora morto; salvara-se valorosamente, com um punhado de companheiros leais, e estava a caminho de Queimadas. Contravinha-se: salvara-se, mas estava gravemente ferido em Maçacará, onde chegara exausto.

Depois uma afirmativa lúgubre: o infeliz oficial fora de fato trucidado. E assim em seguida.

Agitavam-se ideias alarmantes: os sertanejos não eram "um bando de carolas fanáticos"; eram um "exército instruído, disciplinado" — admiravelmente armados de carabinas Mauser, tendo ademais artilharia, que manejavam com firmeza. Alguns dos nossos, e entre eles o capitão Vilarim, haviam sido despedaçados por estilhas de granadas...

O cabo Roque

Nessas incertezas, a verdade aparecia, às vezes, sob uma forma heroica. A morte trágica de Salomão da Rocha foi uma satisfação ao amor-próprio nacional. Aditou-se-lhe depois, mais emocionante, a lenda do cabo Roque, abalando comovedoramente a alma popular. Um soldado humilde, transfigurado por um raro lance de coragem, marcara a peripécia culminante da peleja. Ordenança de Moreira César, quando desbaratara-se a tropa e o cadáver daquele ficara em abandono à margem do caminho, o lutador leal permanecera a seu lado, guardando a relíquia veneranda abandonada por um exército. De joelhos, junto ao corpo do comandante, batera-se até ao último cartucho, tombando, afinal, sacrificando-se por um morto...

Cena macabra.
Gravura de Aldemir Martins para a edição de *Os Sertões* de 1968

E a cena maravilhosa, fortemente colorida pela imaginação popular, fez-se quase uma compensação à enormidade do revés. Abriram-se subscrições patrióticas; planearam-se homenagens cívicas e solenes; e, num coro triunfal de artigos vibrantes e odes ferventes, o soldado obscuro transcendia à história quando — vítima da desgraça de não ter morrido — trocando a imortalidade pela vida, apareceu com os últimos retardatários supérstites, em Queimadas.

A este desapontamento aditaram-se outros, à medida que a situação se esclarecia. A pouco e pouco se reduzia por um lado, agravando-se por outro, a catástrofe. Os trezentos e tantos mortos das informações oficiais ressurgiam. Três dias depois do recontro, três dias apenas, já se achava em Queimadas, a duzentos quilômetros de Canudos, grande parte da expedição. Uma semana depois, verificava-se, ali, a existência de 74 oficiais. Duas semanas mais tarde, no dia 19 de março, lá estavam — salvos — 1.081 combatentes.

Vimos quantos entraram em ação. Não subtraiamos. Deixemos aí, registrados, estes algarismos inexoráveis. Eles não diminuíram, com a sua significação singularmente negativa, o fervor das adesões entusiásticas.

Levantamento em massa

Os governadores de estados, os congressos, as corporações municipais, continuaram vibrantes no anelo formidável da vingança. E em todas as mensagens, variantes de um ditado único, monótono pela simulcadência dos mesmos períodos retumbantes, persistiu, como aspiração exclusiva, o esmagamento dos inimigos da República, armados pela caudilhagem monárquica. Como o da capital federal, o povo das demais cidades entendeu também deliberar na altura da situação gravíssima, apoiando todos os atos de energia cívica que praticasse o governo pela desafronta do exército e (esta conjunção valia por cem páginas eloquentes) da Pátria. Decretou-se o luto nacional. Exararam-se votos de pesar nas atas das sessões municipais mais remotas. Sufragaram-se os mortos em todas as igrejas. E dando à tristeza geral a nota supletiva da sanção religiosa, os arcebispados expediram aos sacerdotes dos dois cleros ordem para dizerem nas missas a oração *pro pace*. Congregaram-se em toda a linha cidadãos ativos, aquartelando. Ressurgiram batalhões, o *Tiradentes*, o *Benjamin Constant*, o *Acadêmico* e o *Frei Caneca*, feitos de veteranos já endurados ao fogo da revolta anterior, da armada; — enquanto, agremiando patriotas de todos os matizes, formavam-se outros, o *Deodoro*, o *Silva Jardim*, o *Moreira César*... Não bastava.

Planos

No quartel-general do exército abriram-se inscrições para o preenchimento dos claros de diversos corpos. O presidente da República declarou, em caso extremo, chamar às armas os próprios deputados do Congresso Federal; e, num ímpeto de lirismo patriótico, o vice-presidente escreveu ao Clube Militar propondo-se valentemente cingir o sabre vingador. Fervilhavam planos geniais, ideias raras, incomparáveis. Engenheiros ilustres apresentavam o traçado de um milagre da engenharia — uma estrada de ferro de Vila Nova a Monte Santo, saltando por cima da Itiúba, e feita em trinta dias, e rompendo de chofre, triunfantemente, num coro estrugidor de locomotivas acesas, pelo sertão bravio dentro.

É que estava em jogo, em Canudos, a sorte da República...

Diziam-no informes surpreendedores: aquilo não era um arraial de bandidos truculentos apenas. Lá existiam homens de raro valor — entre os quais se nomeavam conhecidos oficiais do exército e da armada, foragidos desde a Revolta de Setembro, que o Conselheiro avocara ao seu partido.

Um tropear de bárbaros

Garantia-se: um dos chefes do reduto era um engenheiro italiano habilíssimo, adestrado talvez nos polígonos bravios da Abissínia. Expunham-se detalhes extraordinários: havia no arraial tanta gente que tendo desertado cerca de setecentos só lhes deram pela falta muitos dias depois. E sucessivas, impiedosas, novas notícias acumulavam-se sobre o fardo extenuador de apreensões, premindo as almas comovidas. Assim, estavam já expugnadas pelos jagunços Monte Santo, Cumbe, Maçacará e, talvez, Jeremoabo. As hordas invasoras, depois de saquearem aquelas vilas, marchavam convergentes para o sul, reorganizando-se no Tucano, de onde, acrescidas de novos contingentes, demandavam o litoral, avançando sobre a capital da Bahia...

As gentes alucinadas ouviam um surdo tropear de bárbaros...

Os batalhões de Moreira César eram as legiões de Varus... Encalçavam-nos, na fuga, catervas formidandas.

Não eram somente os jagunços. Em Juazeiro, no Ceará, um heresiarca sinistro, o Padre Cícero, conglobava multidões de novos cismáticos em prol do Conselheiro. Em Pernambuco, um maníaco, José Guedes, surpreendia as autoridades, que o interrogavam, com a altaneria estoica de um profeta. Em Minas, um quadrilheiro desempenado, João Brandão, destroçava escoltas e embrenhava-se no alto sertão do S. Francisco, tangendo cargueiros ajoujados de espingardas.

A aura da loucura soprava também pelas bandas do sul: o Monge do Paraná, por sua vez, aparecia nessa concorrência extravagante para a história e para os hospícios.

E tudo isto, punha-se de manifesto, eram feituras de uma conjuração que desde muito vinha solapando as instituições. A reação monárquica tomava afinal a atitude batalhadora precipitando nas primeiras escaramuças, coroadas do melhor êxito, aquela vanguarda de retardatários e de maníacos.

O governo devia agir prontamente.

II. Mobilização de tropas

Deslocaram-se batalhões de todos os estados: 12º, 25º, 30º, 31º, 32º, do Rio Grande do Sul; o 27º, da Paraíba; o 34º, do Rio Grande do Norte; o 33º e o 35º, do Piauí; o 5º, do Maranhão; o 4º, do Pará; o 26º, de Sergipe; o 14º e o 5º, de Pernambuco; o 2º, do Ceará; o 5º e parte do 9º de cavalaria, regimento de artilharia da Capital Federal; o 7º, o 9º e o 16º, da Bahia.

O comandante do 2º distrito militar, general Artur Oscar de Andrade Guimarães, convidado para assumir a direção da luta, aceitou-a, tendo antes, numa proclamação pelo telégrafo, definido o seu pensar sobre as coisas: "Todas as grandes ideias têm os seus mártires; nós estamos votados ao sacrifício de que não fugimos para legar à geração futura uma República honrada, firme e respeitada".

A mesma nota em tudo: era preciso salvar a República...

Concentração em Queimadas

As tropas convergiam na Bahia. Chegavam àquela capital em batalhões destacados e seguiam imediatamente para Queimadas. Esta medida além de corresponder à urgência de uma organização pronta naquela vila — feita base de operações provisória — impunha-se por outro motivo igualmente sério.

É que, generalizando-se de um conceito falso, havia no ânimo dos novos expedicionários uma suspeita extravagante a respeito das crenças monárquicas da Bahia. Ali saltavam com altaneria provocante de triunfadores em praça conquistada. Aquilo, preestabelecera-se, era um Canudos grande. A velha capital com o seu aspecto antigo, alteada sobre a montanha, em que embateram por tanto tempo as chusmas dos "varredores do mar", batavos e normandos; conservando, a despeito do tempo, as linhas tradicionais da antiga metrópole do Oceano; erecta para a defesa, com os seus velhos fortes disjungidos, esparsos pelas eminências, acrópoles desmanteladas, canhoneiras abertas para o mar; com as suas ladeiras a prumo, envesgando pela montanha segundo o mesmo traçado das trincheiras de taipa de Tomé de Sousa; e com as suas ruas estreitas e embaralhadas pelas quais passaria hoje Fernão Cardim ou Gabriel Soares sem notar diferenças sensíveis — aparecia-lhes como uma ampliação da tapera sertaneja. Não os comovia; irritava-os. Eram cossacos em ruas de Varsóvia. Nos lugares públicos a população surpreendida ouvia-lhes comentários acerbos, enunciados num fanfarrear contínuo, sublinhado pelo agudo retinir das esporas e das espadas. E a animadversão gratuita, dia a dia avolumando-se, traduzia-se ao cabo em desacatos e desmandos.

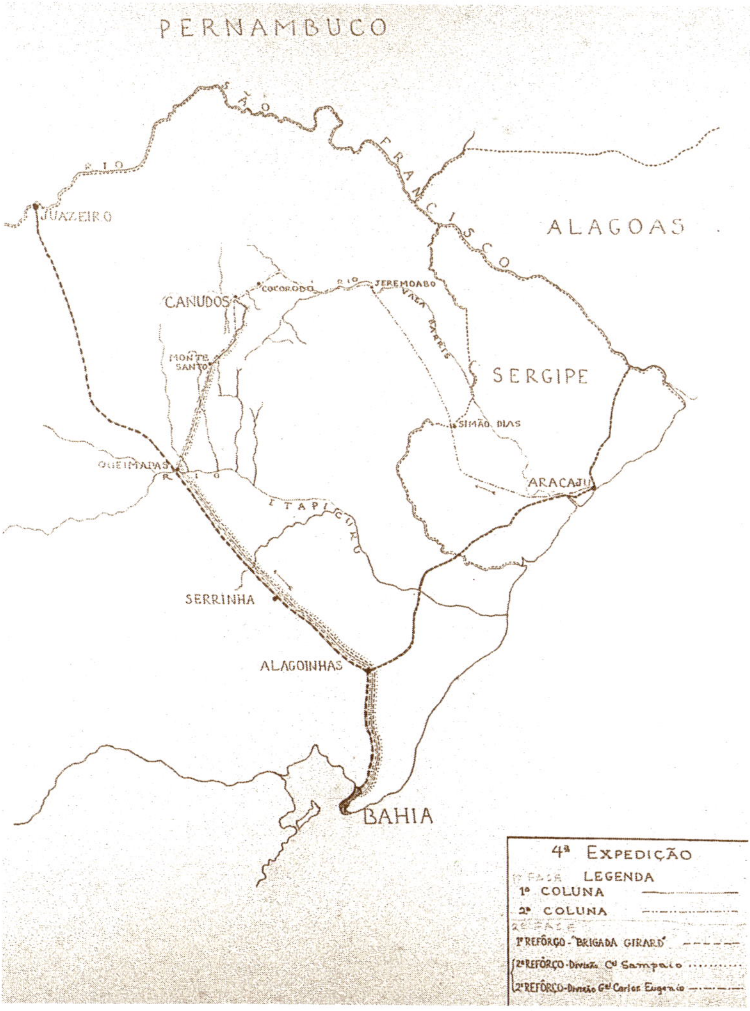

Mapa da 4ª Expedição. 1ª coluna e 2ª coluna: brigada Girard e cel. Sampaio.
Mapa original elaborado pelo cel. Siqueira Meneses. Casa Euclidiana, São José do Rio Pardo

Citemos um caso único: os oficiais de um batalhão, o 30º, levaram a dedicação pela República a um assomo iconoclasta. Em pleno dia tentaram despedaçar, a marretadas, um escudo em que se viam as armas imperiais, erguido no portão da alfândega velha. A soldadesca por seu lado, assim edificada, exercitava-se em correrias e conflitos.

A paixão patriótica roçava, derrancada, pela insânia. A imprensa e a mocidade do norte, afinal, protestaram e, mais eloquente que as mensagens então feitas, falava em toda a parte o descontentamento popular, prestes a explodir.

Assim, como medida preventiva, os batalhões chegavam, desembarcavam, atulhavam os carros da Estrada de Ferro Central e seguiam logo para Queimadas. De sorte que em pouco tempo ali estavam todos os corpos destinados à marcha por Monte Santo; e o comandante-geral das forças, em ordem do dia de 5 de abril, pôde organizar a expedição.

Organiza-se a 4ª expedição

"Nesta data ficam assim definitivamente organizadas as forças sob o meu comando:

Os 7º, 14º e 30º batalhões de infantaria constituem a 1ª brigada sob o comando do coronel Joaquim Manuel de Medeiros; 16º, 25º e 27º batalhões da mesma arma, a 2ª brigada ao mando do coronel Inácio Henrique Gouveia; 5º regimento de artilharia de campanha, 5º e 9º batalhões de infantaria, a 3ª brigada sob o comando do coronel Olímpio da Silveira; 12º, 31º e 33º da mesma arma e uma divisão de artilharia, a 4ª brigada sob o comando do coronel Carlos Maria da Silva Teles; 34º, 35º e 40º, a 5ª brigada sob o comando do coronel Julião Augusto de Serra Martins; 26º, 32º de infantaria e uma divisão de artilharia, a 6ª brigada sob o comando do coronel Donaciano de Araújo Pantoja.

A 1ª, 2ª e 3ª brigadas formaram uma coluna, sob o comando do general João da Silva Barbosa, ficando responsável pela mesma, até a respectiva apresentação daquele general, o coronel comandante da 1ª brigada; as 4ª, 5ª e 6ª brigadas outra coluna, sob o comando do general Cláudio do Amaral Savaget."

Crítica

Estava constituída a expedição.

A ordem do dia nada dizia quanto ao desdobramento das operações, talvez porque este, desde muito conhecido, pouco se desviara do traçado anterior. Resumia-se naquela divisão de colunas. Ao invés de um cerco a distância, para o que eram suficientes aqueles dezesseis corpos, articulando-se em pontos estratégicos e a pouco e pouco constringindo-se em roda do arraial, planeara-se investir com os fanáticos por dois pontos, seguindo uma das colunas, a primeira, por Monte Santo, enquanto a segunda, depois de reunida em Aracaju, atravessaria Sergipe até Jeremoabo.

Destas vilas convergiriam sobre Canudos.

Linhas já escritas dispensam o insistir na importância de semelhante plano — cópia ampliada de erros anteriores, com uma variante única: em lugar de uma eram duas as massas compactas de soldados que iriam tombar, todos a um tempo, englobadamente, nas armadilhas da guerra sertaneja. E quando, agitando as mais favoráveis hipóteses, isto não acontecesse, era fácil verificar que a plena consecução dos itinerários preestabelecidos problematizava ainda um desenlace satisfatório da campanha. À simples observação de um mapa ressaltava que a convergência predeterminada, embora se realizasse, não determinaria o esmagamento da rebelião, mesmo à custa do alvitre extremo e doloroso da batalha.

As estradas escolhidas, do Rosário e de Jeremoabo, interferindo-se fora do povoado, num ponto de sua amplíssima periferia, eram inaptas para o assédio. Os jagunços batidos numa direção única, no quadrante de sudeste, tinham, caso fossem desbaratados, francos, para o ocidente e para o norte, os caminhos do Cambaio, do Uauá e da Várzea da Ema; todo o vasto sertão do S. Francisco, asilo impenetrável a que se acolheriam a salvo e onde se aprestariam para a réplica. Ora, a consideração desse abandono em massa do arraial raiava pelo mais exagerado otimismo. Os sertanejos resistiriam, como resistiram, e reagindo aos assaltos feitos apenas por um único flanco, teriam, como tiveram, pelos outros, mil portas por onde comunicarem com as cercanias e abastecerem-se à vontade.

Eram circunstâncias fáceis de deduzirem-se. E, previstas, apontavam naturalmente um corretivo único: uma terceira coluna, que, partindo de Juazeiro ou Vila Nova, e vencendo uma distância equiparada às percorridas pelas outras, com elas convergisse, trancando a pouco e pouco aquelas estradas, originando por fim um bloqueio efetivo.

Não se cogitou, porém, desta divisão suplementar indispensável. Não havia tempo para tal. O país inteiro ansiava pela desafronta do exército e da pátria...

Era preciso marchar e vencer. O general Savaget seguiu logo, nos primeiros dias de abril, para Aracaju; e o comandante em chefe, em Queimadas, dispôs-se para a investida.

Delongas

Mas esta só se realizaria dois meses depois, em fins de junho. Os lutadores, soldados e patriotas, chegavam à obscura estação da estrada de ferro do S. Francisco e quedavam impotentes para a partida.

O grande movimento de armas de março fora uma ilusão. Não tínhamos exército na significação real do termo em que se inclui, mais valiosa que a existência de alguns milhares de homens e espingardas, uma direção administrativa, técnica e tática, definida por um estado-maior enfeixando todos os serviços, desde o transporte das viaturas aos lineamentos superiores da estratégia, órgão preparador por excelência das operações militares.

Faltava tudo. Não havia um serviço de fornecimento organizado, de sorte que numa base de operações provisória, presa ao litoral por uma estrada de ferro, foi impossível conseguir-se um depósito de víveres. Não havia um serviço de transporte suficiente para cerca de cem toneladas de munições de guerra.

Por fim, não havia soldados: os carregadores de armas, que ali desembarcavam, não vinham dos polígonos de tiro, ou campos de manobra. Os batalhões chegavam, alguns desfalcados, menores que companhias, com o armamento estragado e carecendo das noções táticas mais simples. Era preciso completá-los, armá-los, vesti-los, municiá-los, adestrá-los e instruí-los.

Queimadas fez-se um viveiro de recrutas e um campo de instrução. Os dias começaram a escoar-se monotonamente em evoluções e manobras, ou exercícios de fogo, numa linha de tiro improvisada num sulco aberto na caatinga próxima. E o entusiasmo marcial dos primeiros tempos afrouxava, molificado na insipidez daquela Cápua invertida, em que bocejavam, remansando, centenares de valentes, marcando passo diante do inimigo...

Dali seguiram, batalhão por batalhão, iludindo em transporte parcial a carência de viaturas, para Monte Santo, onde a situação não variou. Continuaram até meados de junho os mesmos exercícios e a mesma existência aleatória de mais de três mil homens em armas, dispostos aos combates mas impotentes para a partida e — registremos esta circunstância singularíssima — vivendo à custa dos recursos ocasionais de um município pobre e talado pelas expedições anteriores.

A custo terminara-se a linha telegráfica de Queimadas, pela comissão de engenheiros militares, dirigida pelo tenente-coronel Siqueira de Meneses. E foi a única coisa apreciável durante tanto tempo perdido. O comandante em chefe, sem carretas para o transporte de munições, desapercebido dos mais elementares recursos, quedava-se, sem deliberar, diante da tropa acampada, e mal avitualhada por alguns bois magros e famintos dispersos em torno sobre as macegas secas das várzeas. O deputado do Quartel-Mestre-General não conseguira sequer um serviço regular de comboios, que partindo de Queimadas abastecessem a base das operações, de modo a armazenar reservas capazes de sustentar por oito dias a tropa. De sorte que ao chegar o mês de julho, quando a 2ª coluna, atravessando Sergipe, se abeirava de Jeremoabo, não havia em Monte Santo um único saco de farinha em depósito. A penúria e uns como prenúncios de fome condenavam à imobilidade a divisão em que se achava o principal chefe da campanha.

Resistente rezando.
Gravura de Alfredo Aquino para a edição de *Os Sertões* de 1975

Esta estagnação desalentava os soldados e alarmava o país. Como um diversivo, ou um pretexto de afastar por alguns dias de Monte Santo mil e tantos concorrentes aos escassos recursos da coluna, duas brigadas seguiram em reconhecimentos inúteis até ao Cumbe e Maçacará. Foi o único movimento militar realizado e não teve sequer o valor de aplacar a impaciência dos expedicionários.

Uma delas, a 3ª de infantaria, — recém-formada com o 5º e o 9º batalhões de artilharia, porque esta se reconstituíra com a anexação de uma bateria de tiro rápido e com o 7º destacado da 1ª — estava sob o comando de um oficial incomparável no combate, mas de temperamento irrequieto demais para aquela apatia. E ao chegar a Maçacará, depois de prear em caminho alguns cargueiros que demandavam o arraial sedicioso, em vez de volver à base de operações esteve na iminência de seguir, isolada, pela estrada do Rosário, para o centro da luta.

O coronel Thompson Flores, planeando este movimento indisciplinado e temerário, mal contido pela sua oficialidade, delatava, bem que exagerada pelo seu forte temperamento nervoso, a situação moral dos combatentes. Revoltava-os a todos a imobilidade em que se amortecera o arranco marcial dos primeiros dias.

Estremeciam muitos imaginando o desapontamento de receberem, de improviso, a nova da tomada de Canudos pelo general Savaget. Calculavam os efeitos daquela dilação ante a opinião pública ansiosa por um desenlace; e consideravam quão útil se tornaria ao adversário, alentado por três vitórias, aquele armistício de três meses.

Esta última consideração era capital.

Não há um plano de campanha

O general Artur Oscar determinou de agir traçando, a 19 de junho, a ordem do dia da partida na qual "deixa à imparcialidade da história a justificativa de tal demora".

Sem o laconismo próprio de tais documentos, o general, após augurar inevitável vitória sobre a gente de Antônio Conselheiro, "o inimigo da República", aponta às tropas os perigos que as saltearão à entrada do sertão, onde "o inimigo as atacará pela retaguarda e flancos" no meio daquelas "matas infelizes" eivadas "de caminhos obstruídos, trincheiras, surpresas de toda a sorte, e tudo quanto a guerra tem de mais odioso".

Em que pese à sua literatura alarmante, eram dados verdadeiros, estes. A comissão de engenharia realizara reconhecimentos acordes no afirmar, mais viva, a aspereza do solo, cujos traços topográficos impunham três condições ao favorável sucesso da campanha: forças bem abastecidas, que dispensassem os recursos das paragens pobres; mobilidade máxima; e plasticidade, que as adaptasse bem às flexuras de terreno revolto e agro.

Crítica

Eram três requisitos essenciais, completando-se. Mas nem um só foi satisfeito. As tropas partiriam da base de operações — à meia ração. Seguiriam chumbadas às toneladas de um canhão de sítio. E avançariam em brigadas cujos batalhões, a quatro de fundo, guardavam escasso intervalo de poucos metros.

Persistiu a obsessão de uma campanha clássica. Mostram-na as instruções entregues, dias antes, aos comandantes de corpos. Resumo de uns velhos preceitos que cada um de nós, leigos no ofício, podemos encontrar nas páginas do Vial, o que em tal documento se depara — é a teimosia no imaginar, impactas, dentro de traçados gráficos, as guerrilhas solertes dos jagunços.

O chefe expedicionário alongou-se exclusivamente numa distribuição de formaturas. Não se preocupou com o aspecto essencial de uma campanha que, reduzida ao domínio estrito da tática — se resumia no aproveitamento do terreno e numa mobilidade vertiginosa. Porque a sua tropa mal distribuída ia seguir para o desconhecido, sem linhas de operações — adstrita aos reconhecimentos ligeiros feitos anteriormente, ou dados colhidos, de relance, por oficiais das outras expedições — e nada existe de prático naquelas instruções sobre serviços de segurança na vanguarda e nos flancos. Em compensação ostenta a preocupação da ordem mista, em que os corpos, na emergência da batalha, se deveriam desenvolver, com as distâncias regulamentares, de modo que cada brigada, desarticulando-se em campo raso, pudesse, geometricamente — cordões de atiradores, linhas de apoio e reforço, e reservas — agir com a segurança mecânica estatuída pelos luminares da guerra. E o chefe expedicionário citou, a propósito, Ther Brun. Não quis inovar. Não imaginou que o frio estrategista invocado, um gênio que não valia na ocasião as ardilezas de um *capitão do mato*, capitularia os dispositivos preceituados de idealização sem nome, nas guerras sertanejas — guerras à gandaia, sem programas rígidos, sem regras regulares, rodeadas de mil casos fortuitos, e aos recontros súbitos em todas as voltas dos caminhos ou tocaias em toda a parte.

Copiou instruções que nada valiam, porque estavam certas demais. Quis desenhar o imprevisto. A luta, que só pedia um chefe esforçado e meia dúzia de sargentos atrevidos e espertos, ia iniciar-se enleada em complexa rede hierárquica — uns tantos batalhões maciços entalando-se em veredas flexuosas e emperrados diante de adversários fugitivos e bravos. Prendeu-se-lhes, além disto, às ilhargas a mole de aço de um Whitworth de 32, pesando 1.700 quilos! A tremenda máquina, feita para a quietude das fortalezas costeiras — era o entupimento dos caminhos, a redução da marcha, a perturbação das viaturas, um trambolho a qualquer deslocação vertiginosa de manobras. Era, porém, preciso assustar os sertões com o monstruoso espantalho de aço, ainda que se pusessem de parte medidas imprescindíveis.

Exemplifiquemos: as colunas partiram da própria base das operações em situação absolutamente inverossímil — à meia ração. Marcharam em desdobramentos que, como veremos em breve, não as forravam dos assaltos. Por fim, não tiveram a garantia de uma vanguarda eficaz, de flanqueadores capazes de as subtraírem a surpresas.

Os que as acompanhavam nada valiam. Tinham que marchar, ladeando o grosso da tropa por dentro das caatingas, e estas tolhiam-lhes o passo. Soldados vestidos de pano, rompendo aqueles acervos de espinheirais e bromélias, mal arriscariam alguns passos, deixando por ali, esgarçados, os fardamentos, em tiras.

Resistência de Canudos.
Gravura de Alfredo Aquino para a edição de *Os Sertões* de 1975

Entretanto, poderiam avançar adrede predispostos à remoção de tais inconvenientes. Bastava que fossem apropriadamente fardados. O hábito dos vaqueiros era um ensinamento. O flanqueador devia meter-se pela caatinga, envolto na armadura de couro do sertanejo — garantido pelas alpercatas fortes, pelos *guarda-pés* e *perneiras* em que roçariam inofensivos os estiletes dos *xiquexiques*, pelos *gibões* e *guarda-peitos*, protegendo-lhe o tórax, e pelos chapéus de couro, firmemente apresilhados ao queixo, habilitando-o a arremessar-se, imune, por ali adentro. Um ou dois corpos assim dispostos e convenientemente adestrados acabariam por copiar as evoluções estonteadoras dos jagunços, sobretudo considerando que ali estavam, em todos os batalhões, filhos do norte, nos quais o uniforme bárbaro não se ajustaria pela primeira vez.

Não seria, isto, excessiva originalidade. Mais extravagantes são os dólmãs europeus de listas vivas e botões fulgentes, entre os gravetos da caatinga decídua. Além disto, atestam-no os nossos admiráveis patrícios dos sertões, aquela vestidura bizarra, capaz, em que pese ao seu rude material, de se afeiçoar aos talhos de uma plástica elegante, parece que robustece e enrija. É um mediador de primeira ordem ante as intempéries. Atenua o calor no estio, atenua o frio no inverno; amortece as mais repentinas variações de temperatura; normaliza a economia fisiológica, e produz atletas. Harmoniza-se com as maiores vicissitudes da guerra. Não se gasta; não se rompe. Depois de um combate longo, o lutador exausto tem o fardamento intacto e pode repousar sobre uma moita de espinhos. Ao ressoar de um alarma súbito, apruma-se, de golpe, na formatura, sem uma prega na sua couraça flexível. Marcha sob uma chuva violenta e não tirita encharcado; depara, adiante, um ervaçal em chamas e rompe-o aforradamente; antolha-se-lhe um ribeirão correntoso e vadeia-o, leve, dentro da véstia impermeável.

Mas isto seria uma inovação extravagante. Temeu-se colar à epiderme do soldado a pele coriácea do jagunço. A expedição devia marchar corretíssima. Corretíssima e fragílima.

Partira em primeiro lugar, no dia 14, a comissão de engenharia, protegida por uma brigada. Levava uma tarefa árdua: afeiçoar à marcha as trilhas sertanejas; e retificá-las, ou alargá-las, ou nivelá-las, ou ligá-las por estivas e pontilhões ligeiros, de modo que em tais veredas, cindidas de boqueirões e envesgando pelos morros, passasse aquela artilharia imprópria — as baterias de Krupp, alguns canhões de tiro rápido, e o aterrador 32, que por si só requeria estrada de rodagem, consolidada e firme.

Esta estrada foi feita. Abriu-a num belo esforço e com tenacidade rara a comissão de engenharia, desenvolvendo-a até ao alto da Favela, num percurso de quinze léguas.

A comissão de engenharia

Para este trabalho notável houve um chefe — o tenente-coronel Siqueira de Meneses.

Siqueira de Meneses

Ninguém até então compreendera com igual lucidez a natureza da campanha, ou era mais bem aparelhado para ela. Firme educação teórica e espírito observador tornavam-no guia exclusivo daqueles milhares de homens, tateantes em região desconhecida e bárbara. Percorrera-a quase só, acompanhado de um ou dois ajudantes, em todos os sentidos. Conhecia-a toda; e infatigável, alheio a temores, aquele campeador, que se formara fora da vida dos quartéis, surpreendia os combatentes mais rudes. Largava pelas chapadas amplas, perdia-se no deserto referto de emboscadas, observando, estudando e muitas vezes lutando. Cavalgando animais estropiados, inaptos a um meio galope frouxo, afundava nos grotões; varava-os; galgava os cerros abruptos, em reconhecimentos perigosos; e surgia no Caipã, em Calumbi e no Cambaio, em toda a parte, mais preocupado com a carteira de notas e os *croquis* ligeiros do que com a vida.

Atraía-o aquela natureza original. A sua flora estranha, o seu *facies* topográfico atormentado, a sua estrutura geognóstica ainda não estudada — antolhavam-se-lhe, largamente expandidas, em torno, escritas numa página revolta da terra que ainda ninguém lera. E o expedicionário destemeroso fazia-se, não raro, o pensador contemplativo. Um pedaço de rocha, o cálice de uma flor ou um acidente do solo despeavam-no das preocupações da guerra, levando-o à região remansada da ciência.

Conheciam-no os vaqueiros amigos das cercanias e por fim os próprios jagunços. Assombrava-os aquele homem frágil, de fisionomia nazarena, que, apontando em toda a parte com uma carabina à bandoleira e um podômetro preso à bota, lhes desafiava a astúcia e não tremia ante as emboscadas e não errava a leitura da bússola portátil entre os estampidos dos bacamartes.

Por sua vez o comandante em chefe avaliara o seu valor. O tenente-coronel Meneses era o olhar da expedição. Oriundo de família sertaneja do norte e tendo até próximos colaterais entre os fanáticos, em Canudos, aquele jagunço aloirado, de aspecto frágil, física e moralmente brunido pela cultura moderna, a um tempo impávido e atilado — era a melhor garantia de uma marcha segura. E deu-lhe um traçado que surpreendeu os próprios sertanejos.

Estrada de Calumbi

Entre os caminhos que demandavam Canudos, dois, o do Cambaio e o de Maçacará, haviam sido trilhados pelas expedições anteriores. Restava o de Calumbi, mais curto e em muitos pontos menos impraticável, sem as trincheiras alterosas do primeiro ou vastos plainos estéreis do último. Tais requisitos faziam crer que fosse inevitavelmente escolhido. Neste pressuposto os sertanejos fortificaram-no de tal maneira que a marcha da expedição por ali acarretaria desastre completo, muito antes do arraial.

O plano esboçado pela comissão de engenharia evitou-o, norteando a estrada mais para o levante, beirando os contrafortes de Aracati.

A marcha para Canudos

Por ali avançaram, parceladamente, as brigadas.

A de artilharia, decampando de Monte Santo, a 17, deparou, logo aos primeiros passos, dificuldades sérias. Enquanto os canhões mais ligeiros chegavam, transcorridos dez quilômetros, ao Rio Pequeno, o obstruente 32 ficara distanciado de uma légua. Pela estrada escorregadia e cheia de tremedais, ronceavam penosamente as vinte juntas de bois que o arrastavam, guiadas por inexpertos carreiros, uns e outros pouco afeitos àquele gênero de transportes, inteiramente novo e em que toda a sorte de empecilhos surgiam a todo o instante e a cada passo, nas flexuras fortes do caminho, na travessia das estivas malfeitas, ou em repentinos desnivelamentos fazendo adernar a máquina pesadíssima.

Somente no dia 19, à tarde, gastando três dias para percorrer três léguas, chegou o canhão retardatário ao Caldeirão Grande, permitindo que se reorganizasse a brigada de artilharia que, juntamente com a 2ª, de infantaria, tendo à vanguarda o 25º batalhão, do tenente-coronel Dantas Barreto, prosseguiria na manhã subsequente para a Gitirana, distante oito quilômetros da estação anterior, com a mesma marcha fatigante e remorada.

Naquele mesmo dia saíra de Monte Santo o comandante-geral e o grosso da coluna constituído pelas 1ª e 3ª brigadas, com o efetivo de 1.933 soldados.

Toda a expedição em caminho, forte de uns três mil combatentes, avançou até ao Aracati, 46 quilômetros além de Monte Santo, de idêntico modo: as grandes divisões progredindo isoladas, ou concentrando-se e dispersando-se logo, distanciando-se às vezes demais, contrastando sempre a investida ligeira da vanguarda com o tardo caminhar da artilharia.

O 5º corpo de polícia baiana

Mais afastado ainda, no coice de toda a tropa, ia o grande comboio geral de munições, sob o mando direto do deputado do Quartel-Mestre-General, coronel Campelo França, e guarnecido com 432 praças, o 5º corpo de polícia baiana — o único entre todos que se talhara pelas condições da campanha. Recém-formara-se com sertanejos engajados nas regiões ribeirinhas do S. Francisco. Mas não era um batalhão de linha, como não era um batalhão de polícia. Aqueles caboclos rijos e bravos, joviais e bravateadores, que mais tarde, nos dias angustiosos do assédio de Canudos, descantariam, ao som dos machetes, modinhas folgazãs, debaixo de fuzilarias rolantes — eram um batalhão de jagunços. Entre as forças regulares de um e outro matiz, imprimiam o traço original da velha bravura a um tempo romanesca e bruta, selvagem e heroica, cavaleira e despiedada, dos primeiros mestiços, batedores de *bandeiras*. Eram o temperamento primitivo de uma raça, guardado, intacto, no insulamento das chapadas, fora da intrusão de outros elementos e aparecendo, de chofre, com a sua feição original; misto interessante de atributos antilógicos, em que uma ingenuidade adorável e a lealdade levada até ao sacrifício e o heroísmo distendido até à barbaridade, se confundem e se revezam, indistintos. Vê-lo-emos ao diante.

Canudos.
Gravura de Alfredo Aquino para a edição de *Os Sertões* de 1975

Alteração da formatura

O 5º corpo e o comboio, partindo por último, de Monte Santo, à reçaga da expedição, quando deviam centralizá-la, seguiam, ao cabo, completamente isolados. E isto acontecia aos demais batalhões. A despeito da formatura estatuída, verificara-se logo a impossibilidade de uma concentração imediata, na emergência da batalha. Adstrito ao trabalho dos sapadores, todo o trem da artilharia ficava, por vezes, longamente separado do resto da coluna, como um trambolho obstruente entre a vanguarda e o comboio geral. De sorte que se, por um golpe de ousadia, os jagunços, em trechos adrede escolhidos, houvessem salteado o último, o refluxo da primeira, correndo em auxílio, estacaria de encontro às baterias engasgadas nas veredas estreitas.

Revela-o o roteiro pormenorizado da marcha. Enquanto o grosso da coluna decampava, no alvorecer de 21, do Rio Pequeno, pouco mais de uma légua além de Monte Santo, e chegava, seriam nove horas da manhã, ao Caldeirão Grande, depois de caminhar duas léguas, já desta escala largara à retaguarda da artilharia o canhão 32, protegido pela brigada Medeiros. Na mesma ocasião, mais avantajada, a brigada Gouveia atingia a Gitirana, à noite, onde já se achavam a comissão de engenheiros e o general Artur Oscar, que até lá fora, escoteiro, seguido de um piquete de vinte praças de cavalaria e do 9º de infantaria. Considerando-se que o comboio dirigido pelo coronel Campelo França e protegido pelo 5º de polícia ficara à retaguarda, vê-se que a tropa se espalhara em longura de quase quatro léguas, violando-se inteiramente as instruções preestabelecidas.

No amanhecer do dia 22, enquanto o general Barbosa, que permanecera o resto do dia anterior em Caldeirão, levantava acampamento seguindo para Gitirana, daí partia o comandante-geral com a 1ª brigada, o 9º batalhão da 3ª, o 25º da 2ª, a ala de cavalaria do major Carlos de Alencar e a artilharia, levando o dispositivo prefixado: na frente o 14º e 30º batalhões, no centro a cavalaria e a artilharia; depois dois outros corpos, o 9º e o 25º. Ora, enquanto o comandante-geral seguia rapidamente naquele dia, chegando em pouco tempo com a vanguarda a Juá, 7.600 metros além de Gitirana, a artilharia imobilizava-se nesta última escala, aguardando que a comissão de engenheiros ultimasse a abertura de picadas e trabalhos de sapa; e como o grosso das forças vinha ainda pela estrada do Caldeirão, estas mais uma vez se subdividiam forçadamente, ficando em condições desvantajosas na emergência de um assalto, porque não vinham adrede dispostas a afastamentos tão largos, que deviam ter sido de antemão estabelecidos, realizando-se não como um vício de mobilidade mas como requisito tático indispensável.

As brigadas reuniram-se, por fim, na noite daquele dia, em Juá. Ali chegou, às 6 horas, logo após a artilharia, o resto da coluna composta dos 5º, 7º, 15º, 16º e 27º corpos de infantaria. Excetuava-se o comboio, retardado num trecho qualquer dos caminhos.

Daquele ponto seguiram os dois generais, na manhã de 23, para Aracati, 12.800 metros na frente, fazendo a vanguarda os batalhões do coronel Gouveia. Mas a artilharia, protegida pelos do coronel Medeiros, só se moveu ao meio-dia, depois que os engenheiros, apoiados pela brigada Flores, executaram penosíssimos trabalhos de reparos.

Pormenorizamos, miudeando-a aos menores incidentes, esta marcha, para que se revelem as condições excepcionais que a rodearam.

Depois da partida de Juá e atingida a velha fazenda do Poço, totalmente em ruínas, sobreveio incidente indicador do quanto era conhecido o terreno em que se avançava.

Incidentes

Ao invés de prosseguirem em rumo para a direita — buscando a fazenda do Sítio, de um sertanejo aliado, Tomás Vila Nova, inteiramente dedicado à nossa gente — entraram os sapadores por um desvio, à esquerda. Quando já iam longe, depois de algumas horas de trabalho, reconheceu o tenente-coronel Siqueira de Meneses a impossibilidade de afeiçoar os caminhos com a presteza necessária. "Tais eram o grande movimento de terras a fazer-se, o cerrado da caatinga, os pesados lajedos a remover-se, além dos acidentes do terreno para a descida e subida dos veículos." Abandonando então todo o trabalho feito, procurou o sítio de Vila Nova. Esclarecido por este, atacou, à tarde, a nova vereda que, embora alongando a distância, tinha melhores condições de viabilidade. A artilharia por ali só avançou ao cair da tarde, passando pelo sítio dos Pereiras. Foi acampar à meia-noite na lagoa da Laje, dois quilômetros aquém de Aracati, onde já estava havia muito toda a coluna. Ficara ainda mais à retaguarda, com a 3ª brigada, o moroso 32, à borda a pique de um ribeirão, o dos Pereiras, que o adiantado da noite obstara se pudesse atravessar.

Entrava-se, no entanto, na zona perigosa. Nesse dia, na lagoa da Laje, o piquete do comando-geral, guiado por um alferes, surpresara alguns rebeldes que destelhavam a casa ali existente. O recontro foi rápido. Os sertanejos, de surpresa acometidos por uma carga, fugiram sem replicar. Um único ficou. Estava sobre o telhado levadio e, ao descer, viu-se circulado. Reagiu apesar de ferido. Afrontou-se com o adversário mais próximo, um anspeçada; desmontou-o; e arrancou-lhe das mãos a clavina, derreando-o com ela a coronhadas. Encostou-se depois à parede do casebre e fez frente aos soldados, girando-lhes à cabeça a arma, em molinete. Batido, porém, de toda a banda, baqueou, exausto e retalhado. Mataram-no. Era a primeira façanha, exígua demais para tanta gente.

Suceder-se-lhe-iam outras.

No dia 24 agravou-se a marcha. A coluna, que decampara de Aracati ao meio-dia, porque teve de aguardar a vinda dos retardatários da véspera,

Prisão de jagunço.
Fotografia de Flávio de Barros, Casa Euclidiana, São José do Rio Pardo

endireitou, unida, para Juetê, distante 13.200 metros, — para mais uma vez se subdividir.

Os caminhos pioravam.

Tornou-se necessário, além dos trabalhos de sapa, abrir mais de uma légua de picada contínua através de uma caatinga feroz que naquele trecho justifica bem o significado da denominação indígena do lugar.[78]

Relata o chefe desse trabalho memorável:[79]

"Ao xiquexique, palmatória, rabo-de-raposa, mandacarus, croás, cabeça-de-frade, calumbi, cansanção, favela, quixaba e a respeitabilíssima macambira, reuniu-se o muito falado e temido *cunanã*, espécie de cipó com aspecto arborescente, imitando no todo a uma planta cultivada nos jardins, cujas folhas são cilíndricas. A poucos centímetros do chão o tronco divide-se em muitos galhos que se multiplicam numa profusão admirável, formando uma grande copa, que se mantém no espaço por seus próprios esforços ou favorecido por algumas plantas que vegetam de permeio. Estende suas franças de folhas cilíndricas com oito

78. *Ju-etê* — espinho grande — por extensão: espinheiral, grande espinheiro.

79. Tenente-coronel Siqueira de Meneses. Artigos publicados no *País*, com o pseudônimo *Hoche*.

caneluras e igual número de filetes em gume e pouco salientes, semelhando-se a um enorme polvo de milhões de antenas, como elas flexíveis e elásticas, cobrindo, não raras vezes, considerável superfície do solo, emaranhando-se, por entre a esquisita e raquítica vegetação destas paragens, em uma trama impenetrável. A foice mais afiada dos nossos soldados do contingente de engenharia ('chineses', na frase gaiata dos companheiros dos corpos combatentes) e polícia dificilmente as decepava nos primeiros golpes, oferecendo, portanto, resistência inesperada ao empenho que todos traziam em ir por diante. Nesse labirinto de nova espécie, teve a comissão de engenharia em poucas horas de abrir mais de seis quilômetros de estrada, tendo ao encalço a artilharia, que a atropelava impaciente. O ingente esforço desenvolvido pelos distintos e patriotas republicanos empenhados neste pesadíssimo labor não impediu que a noite os viesse surpreender, antes de chegar à espécie de clareira denominada pelo povo do lugar de Queimadas, onde esta vegetação traiçoeira desaparecia de sua frente, como que tomada de medo. Antes que o desânimo, o cansaço e o sono se apoderassem dos nossos soldados resignados e trabalhadores, a citada comissão, representada nesta ocasião pelo chefe, tenentes Nascimento e Crisanto, alferes Ponciano, Virgílio e Melquíades, os dois últimos da polícia, o terceiro auxiliar e o quarto comandante do contingente de engenharia, pois o capitão Coriolano e tenente Domingos Ribeiro achavam-se mais atrás em outros trabalhos, tomou o alvitre de mandar acender, já escura a noite, de distância em distância, grandes fogueiras para à sua luz prosseguirem os obreiros da boa causa da Pátria.

Assim concluiu-se com alegria geral e contentamento, das 8 para 9 horas da noite, este último trecho, em que o *cunanã* se dissolveu em mais benigna vegetação ao sair das Queimadas de que já falamos. O canhão 32, não podendo vencer os obstáculos avolumados pela noite, ficou dentro da picada até o dia seguinte e com ele o Dr. Domingos Leite, que trabalhava desde o Rio Pequeno com uma turma de 'chineses' no empenho de levá-lo a Canudos.

Pouco depois de 9 horas estava a comissão reunida e acampada na clareira debaixo de chuvas torrenciais, que se prolongaram até ao dia seguinte, a todos contrariando, a todos causando mal-estar e aborrecimento. Aí também acampou a brigada de artilharia, o 16º e o 25º batalhões de infantaria, tendo-se conservado em proteção ao 32º o 27º, que dormiu na picada. Foi magnífico, esplêndido mesmo, o espetáculo que a todos vivamente impressionou, vendo a artilharia com seus metais faiscantes e polidos, altiva de sua força soberana, atravessar garbosa e imponente, como rainha do mundo, por entre os fantásticos clarões de grandes fogos, acesos no deserto, como que pelo gênio da liberdade, para mostrar-lhe o caminho do dever, da honra e da glória."

Durante este tempo chegava a Juetê, onde pernoitou, o general Oscar, com o estado-maior e o piquete de cavalaria. Ao passo que o general Barbosa, com a 1ª e 3ª brigadas, endireitava para a fazenda do Rosário, 4.700 metros na frente.

Ali chegou na antemanhã seguinte o comandante-geral; e mais tarde o resto da divisão, tendo-se tornado, ainda, necessário taludar as ribanceiras do rio Rosário para que o atravessasse a artilharia.

Um guia temeroso: Pajeú

O inimigo apareceu outra vez. Mas célere, fugitivo. Algum piquete que bombeava a tropa. Dirigia-o Pajeú. O quadrilheiro famoso visara, à primeira vista, um reconhecimento. Mas, de fato, como o denunciaram ulteriores sucessos, trazia objetivo mais inteligente: renovar o delírio das cargas e um marche-marche doido, que tanto haviam prejudicado a expedição anterior. Aferrou a tropa num tiroteio rápido, de flanco, fugitivo, acompanhando-a velozmente por dentro das caatingas. Desapareceu. Surgiu, logo depois, adiante. Caiu num arremesso vivo e fugaz sobre a vanguarda, feita neste dia pelo 9º de infantaria. Passou, num relance, acompanhado de poucos atiradores, por diante, na estrada. Não foi possível distingui-los bem. Trocadas algumas balas, desapareceram. Ficou aprisionado e ferido um curiboca de 12 ou 14 anos, que nada revelou no interrogatório a que o sujeitaram.

No Rosário

A tropa acampou, sem outros sucessos, naquele sítio.

Reuniram-se os combatentes, exceto a 3ª brigada que se avantajara até às Baixas, seis quilômetros na frente.

O comandante em chefe enviou, então, ao general Savaget um emissário, reiterando o compromisso anterior de se encontrarem, a 27, nas cercanias de Canudos.

Decamparam a 26, seguindo para o Rancho do Vigário, 18 quilômetros mais longe, após pequena alta nas Baixas.

Estavam a cerca de 80 quilômetros de Monte Santo. Em plena zona perigosa. A breve troca de balas da véspera pressupunha eventualidades de combates. Talvez esclarecidos pelo reconhecimento feito, os jagunços se dispusessem a refregas mais sérias. Denunciava-os, como sempre, de algum modo, a fisionomia da terra, a conformação do terreno que dali por diante se acidenta, eriçado de cômoros escalvados, até às Baixas, onde se alcantila a serra do Rosário, de flancos duros e vegetação rara.

As tropas iam escalar pelo sul a antemural que circunscreve Canudos. Progrediam cautelosas na rota. Não ressoaram mais as cornetas. Formados cedo, os batalhões marcharam até ao sopé da serrania. Galgaram-na. Derivaram, depois, na descida pelo boqueirão que a separa do Rancho do Vigário.

Toda a coluna se subdividiu, ainda, largamente fracionada: enquanto a vanguarda atingia, ao entardecer, o pouso, a artilharia ligeira, que abandonara com os engenheiros o ronceiro 32, vinha pelos primeiros recostos da vertente e aquele ascendia vagarosamente, do outro lado, à feição dos trabalhos de sapa que lhe estradavam as ladeiras. A noite, e com a noite uma chuva torrencial batida de ventanias violentas, desceu sobre os expedicionários que em tais condições seriam facilmente desbaratados pelas guerrilhas dos adversários, velhos conhecedores do terreno. Não o fizeram. Tinham mais bem disposta outra posição, como veremos. Deixaram também em paz o comboio que seguia, perdido à retaguarda, pela estrada de Juetê. Haviam afrouxado os animais de tiro e toda a carga de 53 carroças e 7 grandes carros de bois passara, subdividida, para as costas dos rijos sertanejos do 5º batalhão da polícia.

Passou, entretanto, em paz, a noite. No dia subsequente, 27, emprazado para o encontro temeroso das duas colunas – apisoando ovantes os escombros do arraial investido – pôs-se tudo em movimento para a última jornada. E na alacridade singular sulcada de impaciências, de apreensões, e de entusiasmo vibrante, que antecede a vinda da batalha, ninguém cogitou nos companheiros remorados.

As brigadas abalaram, deixando de todo esquecido, ao longe, o comboio, desguarnecido por completo, porque os seus soldados, já arcando sob grandes fardos, já auxiliando os raros muares que ainda suportavam as cargas, estavam nas mais impróprias condições para o mais ligeiro recontro.

Seguiram as brigadas: na frente a do coronel Gouveia com duas bocas de fogo; no centro a do coronel Olímpio da Silveira e a cavalaria; e depois, sucessivamente, as dos coronéis Thompson Flores e Medeiros. Atravessaram sobre dois pontilhões ligeiros o riacho do Angico. Estiraram-se vagarosamente, estrada em fora, numa linha de dez quilômetros.

Rompia a marcha o 25º batalhão, ladeado de dois pelotões de flanqueadores, inúteis, mal rompendo a golpes de facão as galhadas.

Passagem nas Pitombas

De sorte que os jagunços os assaltaram, de surpresa, antes da chegada, ao meio-dia, no Angico. Foi mais sério o ataque, ainda que não valesse o nome de combate, que mais tarde lhe deram. Pajeú congregara os piquetes que se sucediam daquele ponto até Canudos e viera, de soslaio, sobre a força. Esta, sobre uma rampa escampada, ficou em alvo ante os tiros por elevação dos sertanejos imperfeitamente distinguidos na orla do matagal, embaixo; mas replicou com firmeza, perdendo apenas dois soldados, um morto e outro ferido. E continuou avançando em ordem, a passo ordinário, até ao sítio memorável de Pitombas, onde houvera o primeiro encontro de Moreira César com os fanáticos.

O lugar era lúgubre.

Recordações cruéis

Despontavam em toda a banda recordações cruéis: mulambos já incolores, de fardas, oscilando à ponta dos esgalhos secos; velhos selins, pedaços de mantas e trapos de capotes esparsos pelo chão, de envolta com fragmentos de ossadas. À margem esquerda do caminho, erguido num tronco – feito um cabide em que estivesse dependurado um fardamento velho – o arcabouço do coronel Tamarindo, decapitado, braços pendidos, mãos esqueléticas calçando luvas pretas...

Jaziam-lhe aos pés o crânio e as botas.

E do correr da borda do caminho ao mais profundo das macegas, outros companheiros de infortúnio: esqueletos vestidos de fardas poentas e rotas, estirados no chão, de supino, num alinhamento de formatura trágica; ou desequilibradamente arrimados aos arbustos flexíveis, que, oscilando à feição do vento, lhes davam singulares movimentos de espectros – delatavam demoníaca encenação adrede engenhada pelos jagunços. Nada lhes haviam tirado, excluídas as munições e as armas. Uma praça do 25º encontrou, no lenço envolto na tíbia descarnada de um deles, um maço de notas somando quatro contos de réis – que o adversário desdenhara, como a outras coisas de valor para ele despiciendas.

Os combatentes, assombrados, mal atentaram naquele cenário; porque o inimigo continuava aferroando-os, de esguelha. Repelido no recontro anterior, depois que o contornara pela direita uma companhia do 25º dirigida pelo capitão Trogílio de Oliveira, recuava, atacando.

Soldado sendo morto.
Gravura de Alfredo Aquino para a edição de *Os Sertões* de 1975

O 25º e logo após o 27º, do major Henrique Severiano da Silva, prosseguiram repelindo-o, até ao Angico.

Era meio-dia. A batalha parecia iminente. Em vários pontos, partindo dos flancos e da frente, estalavam tiros destacados. O comandante-geral tomou as disposições mais convenientes para repelir o adversário que tudo denotava ir aparecer, rodeando-o. Um piquete de cavalaria dirigido pelo alferes Marques da Rocha, de seu estado-maior, enviado a bater o matagal, à esquerda, revelou-o, entretanto, inutilmente. A avançada prosseguiu.

Duas horas depois, ao transpor o general o teso de uma colina, o ataque recrudesceu, de súbito. Fizeram-se alguns disparos de Krupp. Um sargento de cavalaria e algumas praças arrojaram-se temerariamente na caatinga. Varreram-na. A marcha continuou. Na frente o 25º, vanguardeado por uma companhia de exploradores e sucessivamente seguido do 27º e o 16º, replicava aos tiroteios escassos e acelerava a investida.

Aproximava-se a noite. A vanguarda arremeteu com as últimas ladeiras vivas do caminho, nas Umburanas. Subiu-as ofegante, sem vacilar na marcha. Repeliu mais uma vez o ataque sério, pelo flanco.

E vingou a montanha.

No último passo da ascensão se lhe antolhou um plano levemente inclinado, entre duas largas ondulações, fechado adiante por alguns cerros desnudos.

Era o alto da Favela.

O alto da Favela

Naquele ponto este morro lendário é um vale. Subindo-o tem-se a impressão imprevista de se chegar a uma baixada.

Parece que se desceu. Toda a fadiga da ascensão difícil se volve em penoso desapontamento ao viajor exausto. Constringe-se o olhar repelido por toda a sorte de acidentes. Ao contrário de uma linha de cumeadas, depara-se, no prolongamento do caminho do Rosário, um talvegue, um sulco extenso, espécie de calha desmedida trancada, transcorridos trezentos metros, pela barragem de um cerro.

Atingido este, veem-se-lhe aos lados, esbotenando-lhe os flancos e corroendo-os, fundos rasgões de enxurros que drenam a montanha. Por um deles, o da direita, se enfia, entalando-se em passagem estreita de rampas vivas e altas, quase verticais, lembrando restos de antigos túneis, aquele caminho, descendo, em desnivelamentos fortes. À esquerda outra depressão, terminando na encosta suave de um morro, o do Mário, se dilata na extensão maior de norte a sul, fechando-se, naquele primeiro rumo, ante outro cerro, que oculta o povoado e tomba, de chofre, pelo outro, em boqueirão profundo até ao leito do Umburanas. À frente, em nível inferior, a Fazenda Velha. O pequeno serrote dos Pelados cai logo, em seguida, em declive, até ao Vaza-Barris, embaixo. E para todos os quadrantes – para leste buscando o vale do Macambira, aquém das cumeadas de Cocorobó e a estrada de Jeremoabo que o atravessa; para o norte derivando para a vasta planície ondeada; para o ocidente procurando os leitos dos pequenos rios, o Umburanas e o Mucuim perto do extremo da estrada do Cambaio; para todos os lados, o terreno descamba com o mesmo *facies* que lhe imprimem sucessivos cômoros empolando-se numa confusão de topos e talhados. Tem-se a imagem real de uma montanha que desmorona, avergoada pelas tormentas, escancelando-se em gargantas, que as chuvas torrenciais de ano a ano reprofundam, sem o abrigo de vegetação que lhe amorteça a crestadura dos estios e as erosões das torrentes.

Porque o morro da Favela, como os demais daquele trato dos sertões, não tem nem mesmo o revestimento bárbaro da caatinga. É desnudo e áspero. Raros arbúsculos, esmirrados e sem folhas, raríssimos cereus ou bromélias esparsas, despontam-lhe no cimo sobre o chão duro, entre as junturas das placas xistosas justapostas em planos estratigráficos, nitidamente visíveis, expondo, sem o disfarce da mais tênue camada superficial, a estrutura interior do solo. Entretanto, embora desabrigado, quem o alcança pelo sul não vê logo o arraial, ao norte. Tem que descer, como vimos, em suave declive, a larga plicatura em que se arqueia, em diedro, a montanha, numa selada entre lombas paralelas.

Fuzilaria

Por ali enveredou, ao anoitecer, a testa da coluna e uma bateria de Krupp, seguidas do resto da 2ª brigada e da 3ª, ficando a 1ª e o grosso da tropa retardados à retaguarda. Mas deram poucos passos mais. O tiroteio frouxo, que até então acompanhara os expedicionários, progredira num crescendo contínuo, à medida que se realizava a ascensão, transmudando-se ao cabo, no alto, em fuzilaria furiosa.

E desencadeou-se uma refrega original e cruenta.

Não se via o inimigo – encafurnado em todas as socavas, metido dentro das trincheiras-abrigos, que minavam as encostas laterais, e encoberto nas primeiras sombras da noite que descia.

Armas.
Gravura de Alfredo Aquino para a edição de *Os Sertões* de 1975

As duas companhias do 25º batalhão suportaram valentemente o choque. Desenvolvendo-se em atiradores avançaram, disparando, ao acaso, as armas – enquanto as duas brigadas, que as precediam, se abriram para que passasse a bateria. Esta, jogada violentamente para a frente, arrastada mais a pulso que pelos muares exaustos e espantados, passou entre elas, em acelerado, ruidosamente. Subiu o cômoro fronteiro. Alinhou-se em batalha, no alto. Desenrolou-se no ar a bandeira nacional. Uma salva de vinte e um tiros de granadas atroou sobre Canudos...

O general Artur Oscar, a cavalo junto aos canhões, observou pela primeira vez, embaixo, esbatido no clarão do luar deslumbrante, a misteriosa cidade sertaneja; e teve o mais fugaz dos triunfos na eminência varejada em que se expusera temerariamente.

Porque a situação era desesperadora. A sua tropa, batida por todos os flancos, envolta pelo inimigo a cavaleiro, comprimia-se numa flexura estreita que lhe impedia as manobras.

Se estivesse toda reunida era possível uma solução: prosseguir logo, vencendo a perigosa travessia, e juntar-se ao general Savaget que, depois de uma marcha entrecortada de combates, fizera alto três quilômetros adiante. Não havia, porém, chegado a 1ª brigada, que ficara protegendo a bateria de tiro rápido e o 32; e mais moroso ainda, o comboio ficara no Angico, distanciado de duas léguas.

Crítica

Aquele plano de campanha dera o único resultado que podia dar. A expedição homogênea que, pelo seu dispositivo inicial, não podia fracionar-se, porque vinha adstrita a uma direção única e abastecida por um comboio único, dividira-se precisamente ao chegar ao objetivo da luta. De sorte que a arremetida doida rematada por uma salva real, de balas, sobre Canudos, era a mais contraproducente das vitórias. O chefe expedicionário definiu-a depois como um combate de êxito brilhante, mercê do qual o inimigo fugira, abandonando-lhe a posição expugnada. Entretanto todos os sucessos ulteriores revelaram a ânsia irreprimível da tropa por abandoná-la e o empenho persistente, dos jagunços, em impedir que ela dali saísse.

Trincheira dos jagunços

Aquilo era uma armadilha singularmente caprichosa. Quem percorresse mais tarde as encostas da Favela avaliava-a. Estavam minadas. A cada passo uma cava circular e rasa, protegida de tosco espaldão de pedras, demarcava uma trincheira. Eram inúmeras; e volvendo todas para a estrada os planos de fogo quase à flor da terra, indicavam-se adrede dispostas para um cruzamento sobre aquela.

Explicavam-se, assim, os ataques ligeiros feitos em caminho e a insistência, a partir do Angico, do inofensivo tiroteio em que os sertanejos, salteando e correndo, tinham evidente intuito de atrair a expedição segundo um rumo certo, impedindo-lhe a escolha de qualquer atalho entre tantos que dali por diante levam ao arraial.

Triunfara-lhes o ardil. Os expedicionários, sob o estímulo da ânsia perseguidora contra o antagonista disperso na frente, em fuga, haviam imprudentemente enveredado, sem uma exploração preparatória, pela paragem desconhecida, acompanhando, sem o saberem, um guia ardiloso e terrível, com que não contavam – Pajeú...

E tombaram na tocaia com aquele aprumo de triunfadores. Mas a breve trecho o perderam, num tumultuar de fileiras retorcidas, quando, em réplica ao bombardeio que tempesteava a um lado, correu vertiginoso, de extremo e de alto a baixo, nas encostas, incendiando-as, um relampaguear de descargas terríveis e fulminantes, rompentes de centenares de trincheiras, explodindo debaixo do chão como fogaças.

Continua a fuzilaria

Era um fuzilamento em massa...

Os batalhões surpreendidos fizeram-se multidão atônita, assombrada e inquieta: centenares de homens esbarrando-se desorientadamente, tropeçando nos companheiros que baqueavam, atordoados pelos estampidos, deslumbrados pelos clarões dos tiros, e tolhidos, sem poderem arriscar um passo na região ignota sobre que descera a noite.

A réplica alvejando as encostas era inútil. Os jagunços atiravam sem riscos, de cócoras ou deitados no fundo dos fossos, em cuja borda estendiam os canos das espingardas; e excluído o alvitre de os desalojar a cargas de baionetas, lançando-as desesperadamente contra os morros, ou de prosseguirem, aventurando-se a piores assaltos e abandonando a retaguarda, restava aos combatentes o de permanecerem a pé firme na posição perigosa aguardando o amanhecer.

Acampamento na Favela

Esta solução única foi favorecida pelo adversário. O ataque ao fim de uma hora amorteceu-se e afinal cessou inesperadamente. As brigadas acamparam na formatura da batalha. A 2ª desenvolveu-se em linhas avançadas, do centro para a direita, tendo à retaguarda a 1ª; a artilharia alinhou-se próxima, sobre o cerro fronteiro, estremada à direita pela bateria de tiro rápido tendo no centro o Whitworth 32, que se confiara à guarda do 30º, do tenente-coronel Tupi Caldas. O general, que comandara este batalhão quando coronel, pô-lo em pessoa naquele posto perigoso:

"À honra do 30º entrego a artilharia e fico tranquilo".

O resto do 5º regimento, do major Barbedo, emparcou, desenvolvendo-se para a esquerda, tendo próxima a ala de cavalaria do major Carlos Alencar. Perto da depressão, junto ao Alto do Mário, ponto fraco da posição, a que ulteriores sucessos dariam o nome de Vale da Morte, se adensaram os batalhões do coronel Flores. Numa sanga menos enfiada pelos fogos, se improvisou um hospital de sangue. Para lá se arrastaram 55 feridos, que com 20 mortos por ali esparsos, porque não havia como os remover, alteavam a 75 o número de baixas do dia, em pouco mais de uma hora de combate.

Estendeu-se em torno um cordão de sentinelas; e a tropa, comandantes e praças deitados pelo chão na mais niveladora promiscuidade – repousou em paz.

A inopinada quietude do inimigo dera-lhes a ilusão da vitória. Saudaram--na antecipadamente as bandas de música da 3ª brigada, esgotando até desoras um grande repertório de dobrados; e um luar admirável alteou-se sobre os batalhões adormecidos...

Mas era uma placidez enganadora. Os sertanejos haviam conseguido o intento que lhes ditara a astúcia. Tendo arrastado até lá a expedição, restava-lhes, de todo desprotegido, à retaguarda, o comboio de munições de guerra e de boca. No dia imediato assaltariam simultaneamente por dois pontos, na Favela e no Angico – e, ainda quando vitoriosas no primeiro as forças arremetessem com o arraial, alcançá-lo-iam desmuniciadas, inermes.

Canudos

Esta circunstância não pesou, porém, no ânimo dos que se haviam abeirado tão precipitadamente do centro das operações.

Ao clarear da manhã de 28, reunidos na posição dominante da artilharia, oficiais e praças contemplavam, afinal, a "caverna dos bandidos", segundo o dizer pinturesco das ordens do dia do comando em chefe.

Canudos crescera ainda, porém tendo apenas mais amplo o aspecto primitivo: a mesma casaria vermelha, de tetos de argila, alargando-se cada vez mais esparsa pelo alto das colinas em torno do núcleo compacto abraçado pela volta viva do rio. Circunvalada nos quadrantes de sudoeste e noroeste por aquele, abrangida ao norte e a leste pelas linhas ondeantes dos cerros, emergia, a pouco e pouco, na claridade daquela hora matinal com a feição perfeita de uma cidadela de expugnação dificílima. Percebia-se que um corpo de exército ao cair no dédalo de sangas, que lhe enrugam em roda o terreno, marcharia como entre galerias estreitas de uma praça de armas colossal. Não havia lobrigar-se um ponto francamente acessível.

A estrada de Jeremoabo entrando, duzentos metros antes, pelo leito seco do Vaza-Barris, metia-se entre duas trincheiras, que lhe orlavam uma e outra margem, mascaradas de sebes contínuas de gravatás bravios. A vereda sagrada de Maçacará – por onde seguia o Conselheiro nas suas peregrinações para o sul – tombando pelos morros, entre os quais se encaixa o Umburanas, era igualmente impraticável. As do Uauá e Várzea da Ema, ao norte, estavam livres, mas exigiam para atingirem-se longa e perigosa marcha contornante.

A igreja nova, quase pronta, alevantava as duas altas torres, assoberbando a casaria humilde, e completava a defesa. Enfiava pela frente todos os caminhos, batia o alto de todos os morros, batia o fundo de todos os vales. Não tinha ângulo morto à espingarda do atirador alcandorado em suas cimalhas espessas, em que só faltavam planos de fogo de canhoneiras, ou recortes de ameias.

O terreno que na frente da Favela, ao norte, deriva até ao rio, empolado e revolto, abre-se, como vimos, para a esquerda na larga depressão, dando acesso ao morro do Mário e à linha de cumeadas em declive que se dirige para Fazenda Velha.

Ali estava a 3ª brigada, desde cedo, formada em colunas.

Mais para a direita, dominante, a artilharia. Sucessivamente a 2ª e a 1ª brigadas. A tropa amanhecera na formatura da batalha. Atendendo, porém, às vantagens táticas da posição, esta devia principiar e em grande parte sustentar-se com a artilharia, cujo efeito, no bater a tiros mergulhantes o arraial distante mil e duzentos metros, se acreditou capaz de acarretar em pouco tempo a mais completa vitória.

As esperanças concentraram-se, por isto, no primeiro momento, nas baterias do coronel Olímpio da Silveira.

Eram tão grandes que pouco antes de ser feito o primeiro disparo, às 6 horas da manhã, numerosos combatentes de outras armas, aglomerados em volta dos canhões, tinham o papel neutral de espectadores, ansiando por um quadro terrivelmente dramático: Canudos ardendo sob a *tunica molesta* do canhoneio! Uma população fulminada dentro de cinco mil casebres em ruínas!

Era mais uma ilusão a ser duramente desfeita...

O primeiro tiro partiu, disparando o Krupp da extrema direita. E determinou, de fato, um empolgante lance teatral.

Os jagunços haviam dormido ao lado da tropa, por todas aquelas encostas riçadas de algares e, sem aparecerem, circularam-na para logo de descargas.

Chuva de balas

Mais tarde, relatando o feito, o chefe expedicionário se confessou impotente para descrever a imensa "chuva de balas que desciam dos morros e subiam das planícies num sibilo horrível de notas", que atordoavam. Por sua vez o comandante da 1ª coluna afirmou, em ordem do dia, que durante cinco anos, na Guerra do Paraguai, jamais presenciara coisa semelhante.

Realmente, os sertanejos revelaram uma firmeza de tiro surpreendedora. As descargas, nutridas, rolantes e violentíssimas, deflagrando pelos cerros como se as ateasse um rastilho único, depois de abrangerem a tropa desabrigada, bateram, convergentes, sobre a artilharia. Dizimaram-na. Tombaram dezenas de soldados e a metade dos oficiais. Sobre o cerro, varrido em minutos, permaneceu, entretanto, firme, a guarnição rarefeita e no meio dela, atravessando entre as baterias impassível como se desse instrução num polígono de tiro, um velho de bravura serena e inamolgável, – um valente tranquilo, o coronel Olímpio da Silveira. Foi a salvação. Em tal emergência o abandono dos canhões seria o desbarato...

Confusão e desordem

Vibrara o alarma em todos os corpos. Instintivamente, sem direção fixa e sem ordem de comando, três mil espingardas dispararam a um tempo dirigidas contra os morros. Estes fatos passaram em minutos, e em minutos, na área comprimida em que se agitava, inútil, a expedição, viu-se a mais lastimável desordem.

Ninguém deliberava. Todos agiam. Ao acaso, estonteadamente, sem campo para o arremesso das cargas ou para a manobra mais simples, os pelotões englobados atiravam a esmo, em pontarias altas para não se trucidarem mutuamente, contra o inimigo sinistro que os rodeava, intangível, surgindo por toda a parte e por toda a parte invisível. Neste tumulto, a 3ª brigada, no flanco esquerdo, disposta em colunas de batalhões e tendo na vanguarda o 7º, começou a avançar, descendo, na direção da Fazenda Velha, de onde rompiam mais fortes as descargas. Aquele batalhão, que quatro meses antes subira por aquele mesmo caminho em debandada, fugindo e atirando-lhe à margem o cadáver do coronel Moreira César, ia penitenciar-se do desaire. Completando esta circunstância especialíssima, acompanhava-o, logo depois, um sócio de reveses, o 9º. O major Cunha Matos dirigia a vanguarda. Os vencidos da expedição anterior deparavam ensejo raro para a desafronta; e tinham um chefe que, sob muitos aspectos, se equiparava ao comandante infeliz que ali tombara – o coronel Thompson Flores. Era um lutador de primeira ordem. Embora lhe faltassem atributos essenciais de comando e, principalmente, esta serenidade de ânimo, que permite a concepção fria das manobras dentro do afogueamento de um combate – sobravam-lhe coragem a toda a prova e um quase desprezo pelo antagonista por mais temeroso e forte, que o tornavam incomparável na ação. Demonstrou-o o ataque temerário que realizou. Fê-lo indisciplinadamente autônomo, sem determinação superior e com o intento firme de arrebatar, numa carga única, até à praça das igrejas, vitoriosos, os mesmos soldados que lá se tinham debandado, vencidos, quatro meses antes. A sua brigada investiu, batida em cheio pelos fogos diretos do inimigo entrincheirado; e, quase cem metros da posição primitiva, a vanguarda desenvolveu-se em atiradores. O coronel Flores, que a cavalo lhe tomara a frente, descavalgou, então, a fim de pessoalmente ordenar a linha de fogo. Por um requinte dispensável, de bravura, não arrancara dos punhos os galões que o tornavam alvo predileto dos jagunços. Ao reatar-se, logo depois, a avançada, baqueou, ferido em pleno peito, morto.

Ataque ao Arraial.
Otoniel Fernandes Neto. Casa Euclidiana, São José do Rio Pardo

Baixas

Substituiu-o o major Cunha Matos, que dignamente prosseguiu no movimento imprudentemente planeado porque o 7º batalhão, entre os demais corpos, era o único que não podia recuar naquele terreno. O seu comando foi, porém, brevíssimo. Desmontado logo por um projetil certeiro, passou-o ao major Carlos Frederico de Mesquita. Este por sua vez foi, adiante, atingido por uma bala, assumindo a direção da brigada um capitão, Pereira Pinto. Era assombroso: o 7º batalhão teve, em meia hora, cento e quatorze praças fora de combate, e nove oficiais.

Reduzira-se de um terço. Dissolvia-se à bala. Idêntico destroço lavrava noutros pontos. Rapidamente, com um ritmo inflexível, de minuto em minuto, as graduações dos chefes caíam em escala assustadora. O 14º de infantaria, ao abalar em reforço às linhas do flanco direito, perdera, transcorridos alguns metros, o comandante, major Pereira de Melo. Substituiu-o o capitão Martiniano de Oliveira e, a breve trecho, foi retirado da linha, baleado. O capitão Sousa Campos que lhe sucedeu, apenas dados alguns passos, caiu morto. O 14º prosseguiu comandado por um tenente.

A mortandade alastrava-se deste modo por todas as linhas e, como uma agravante, ao fim de duas horas de combate feito sem a mínima combinação tática, viu-se que as munições se esgotavam. A artilharia, dizimada na eminência em que permanecera valentemente, dera o último tiro, calando o canhoneio. Perdera a metade dos oficiais, e entre estes o capitão-fiscal do 5º regimento, Nestor Vilar Barreto Coutinho.

Começaram a chegar ao quartel-general reclamos insistentes para que fossem municiados os batalhões.

Fez-se, então, seguir à retaguarda o capitão Costa e Silva, assistente do deputado do Quartel-Mestre-General, a fim de apressar a vinda do comboio. Resolução tardia. Dois ajudantes-de-ordens, imediatamente enviados depois dele, volveram de rédeas, percorrido um quilômetro. Não podiam romper as fuzilarias que trancavam a passagem. Cortara-se a retaguarda. E se parassem o tumulto, o estrépito de armas, o alarido confuso e estampidos insistentes, que estrugiam os ares em torno dos lutadores, no alto da Favela, eles perceberiam o tiroteio longínquo do 5º de polícia a braços com os jagunços, a duas léguas de distância.

Uma divisão aprisionada

Toda a primeira coluna estava aprisionada. Por mais estranho que se afigure o caso, não havia aos triunfadores um meio de sair da posição que tinham conquistado. Confessa-o o general-em-chefe:[80] "Atacado o comboio e interdita a passagem de qualquer soldado, como demonstraram os casos precedentes, tive de mandar uma força de cavalaria ao general Cláudio do Amaral Savaget, na intenção de receber socorro de munições, o que ainda uma vez contrariou o meu pensamento porque o piquete não pôde atravessar a linha de fogo do inimigo que tiroteava no flanco direito". Deste modo, batida no flanco direito, de onde tornara repelido o piquete de cavalaria; batida à retaguarda, que dois auxiliares destemidos não conseguiram romper; batida no flanco esquerdo, onde se sacrificara gloriosamente e estacara a 3ª brigada; e batida pela frente onde a artilharia, dizimada, perdera quase toda a oficialidade e emudecera, a expedição estava completamente suplantada pelo inimigo.

Restava-lhe um recurso sobremaneira problemático e arriscadíssimo: saltar fora daquele vale sinistro da Favela, que era como uma vala comum imensa, à ponta de baionetas e a golpes de espadas.

Fez-se, porém, uma última tentativa. Um emissário seguiu furtivamente, insinuando-se pelas caatingas, em busca da 2ª coluna, que estacionara menos de meia légua, ao norte...

80. Ordem do dia 118.

III. Coluna Savaget

De Aracaju a Canudos

A tropa do general Cláudio do Amaral Savaget partira de Aracaju. Fizera alto nas cercanias de Canudos, depois de uma marcha de 70 léguas. Viera pelo interior de Sergipe em brigadas isoladas até Jeremoabo, onde se reorganizara em 8 de junho, prosseguindo a 16, unida, para o objetivo das operações.

Forte de 2.350 homens, incluídas as guarnições de dois Krupps ligeiros, caminhara passo folgado e firme, para o que contribuíra dispositivo mais bem composto para as circunstâncias.

Aquele general, sem avocar a si, inteira e rígida, uma autoridade, que sob tal forma seria contraproducente, repartira-a, sem deslize da inteireza militar, com os seus três auxiliares imediatos, coronéis Carlos Maria da Silva Teles, Julião Augusto da Serra Martins e Donaciano de Araújo Pantoja, comandantes das 4ª, 5ª e 6ª brigadas. E estes realizaram até às primeiras casas do arraial uma marcha que se destaca das demais.

Não havia instruções prescritas. Não se ideara justapor ao áspero teatro da guerra a esquadria das formaturas, ou a retitude de planos preconcebidos. A campanha, compreenderam-na como a deviam compreender: imprópria a opulências de teorias guerreiras exercitadas através de um formalismo compacto; e girando toda em tática estreita e selvagem, feita de deliberações de momento.

Pela primeira vez os lutadores suportavam-na numa atitude compatível: subdivididos em brigadas autônomas, para se não dispersarem; e móveis bastante para se modelarem à rapidez máxima das manobras ou movimentos que, subtraindo-as a surpresas, as preparassem a aguardar a única coisa que na guerra aventurosa e sem regras lhes era dado esperar – o inesperado. As três brigadas, ágeis, elásticas e firmes, abastecidas de comboios parciais, que lhes não travavam os movimentos; feitas para desenvolverem a envergadura à ginástica das guerrilhas e às asperezas da terra, repartindo a massa da divisão, substituíam-lhe a importância do número pela da velocidade e vigor das evoluções aptas a se realizarem nas mais circunscritas áreas de combate, sem os entraves dos elefantes de Pirro de uma artilharia imponente e imprestável.

Viera na frente a 4ª, composta dos 12º e 31º batalhões, comandados pelo tenente-coronel Sucupira de Alencar Araripe e major João Pacheco de Assis.

Cabeças degoladas.
Aquarela sobre papel. Tripoli Gaudenzi

Carlos Teles

Dirigia-a o coronel Carlos Teles – a mais inteiriça organização militar do nosso exército nos últimos tempos.

Perfeito espécime desses extraordinários lidadores rio-grandenses – bravos, joviais e fortes – era como eles feito pelo molde de Andrade Neves, um chefe e um soldado: arrojado e refletido, impávido e prudente, misto de arremessos temerários e bravura tranquila; não desadorando o brigar ao lado da praça de pré no mais aceso dos recontros, mas depois de haver planeado friamente a manobra.

A campanha federalista do sul dera-lhe invejável auréola. A sua figura de campeador – porte dominador e alto, envergadura titânica, olhar desassombrado e leal – culminara-lhe o episódio mais heroico, o cerco de Bajé.

A campanha de Canudos ia ampliar-lhe o renome.

Compreendeu-a como poucos. Tinha a intuição guerreira dos gaúchos.

De posse de sua brigada e abalando com ela, isolado, para Simão Dias, onde chegou a 4 de maio, modelara-a em pequeno corpo de exército adaptando-a às exigências da luta.

Aligeirou-a; adestrou-a; e como era impossível transmudar a instrução prática de soldados que vinham de um severo exercício de batalhas nos campos do Rio Grande, procurou, malgrado o antagonismo do terreno, dar-lhe, em parte, a mesma celeridade das marchas, o mesmo arranco vertiginoso das cargas. Escolheu, entre as companhias do 31º, 60 homens, cavaleiros adestrados, decaídos "monarcas das coxilhas" inaptos ao passo tardo dos pelotões de infantaria. E constituiu com eles um esquadrão de lanceiros, entregando-os ao comando de um alferes. Era uma inovação; e parecia um erro. A arma "fria e silenciosa" de Damiroff, feita para os arrancos e choques nas estepes e nos pampas, à primeira vista se impropriava em absoluto àquele solo revolto e recamado de espinheiros.

Entretanto mais tarde se verificou o alcance da medida.

Os improvisados lanceiros tinham a prática das corridas pulando sobre as "covas de touro" das campinas do sul.

Vingaram de idêntico modo os barrocais do sertão. Fizeram reconhecimentos preciosos. E mais tarde, quando se reuniram as colunas no ermo da Favela, a lança fez-se-lhes a aguilhada do vaqueiro, no arrebanhar o gado esparso pelas cercanias, único sustento com que contava a tropa combalida.

Esta função dupla patenteou-se valiosíssima, sob o primeiro aspecto, logo ao partir a divisão do general Savaget de Jeremoabo para Canudos. Levava esclarecida a marcha.

Dias antes vinte soldados daquele esquadrão haviam batido a estrada até às cercanias do povoado, e do reconhecimento resultava estar, aquela, franca até a serra Vermelha onde o terreno se acidenta nos primeiros serros de Cocorobó.

A coluna em marcha de duas léguas por dia, beirando o Vaza-Barris, passando sucessivamente pelos pequenos sítios de Passagem, Canabrava, Brejinho, Mauari, Canché, Estrada Velha e serra Vermelha, chegou àquele ponto a 25 de junho certa de encontrar o inimigo.

Pela primeira vez uma tropa expedicionária dos sertões não se deixava surpreender.

Cocorobó

Cocorobó, nome que caracteriza não uma serra única mas sem-número delas, recorda restos de antiquíssimos *canyons*, vales de erosão ou quebradas, abertos pelo Vaza-Barris em remotas idades, quando incomparavelmente maior efluía talvez de grande lago que cobria a planície rugada de Canudos. A massa de águas, então contida pelos acidentes mais possantes que ondulam da Favela ao Caipã, nos dois quadrantes de SO e NO e deste último espraiando-se pelo de NE, abarreirada pelas serranias de Poço de Cima e Canabrava, efluía para leste em escoadouros estreitos.

Retrospecção geológica

A sua conformação topográfica instiga esta retrospecção geológica. Com efeito, as serranias cortadas de angusturas, fracionando-se em serrotes de aclives vivos, figuram-se ruínas de uma barragem aluída e rota pelas enchentes. Aprumam-se entre várzeas, feito um recorte nas planuras, e a despeito dos contornos incorretos, permitem que se lhes reviva o *facies* primitivo. São uma montanha fóssil. Definido pelas mesmas camadas silurianas, que vimos noutros trechos, o núcleo da terra, ali, aflora à medida que a ablação das torrentes lhe remove as formações sedimentárias mais modernas. E nesse exumar-se a serra primitiva ressurge espelhando na ousadia das curvas hipsométricas a potência dos elementos que há longos séculos a combatem. Porque, como na Favela, a caatinga resistente lhe morre no sopé; evita-a; deixa-lhe desnudos os flancos; e estes, já lastrados de blocos, já descendo a prumo, à maneira de muros em cujas junturas mal se apegam orquídeas enfezadas; ou alcantilando-se em fraguedos, repentinos ressaltos que os rasgam em pontas crivando-os até ao alto, onde se agrupam em grimpas serreadas, contrastam com os terrenos achanados em roda, não já na forma, senão na estrutura definidora.

Quem segue de Canudos para Jeremoabo depara, entretanto, com uma passagem única – a brecha profunda por onde se enfia o Vaza-Barris, correndo para o levante. Rompe-a com ele, porque o rio é a única vereda, trilhando-lhe o leito vazio, e, transcorridos alguns metros, acredita haver varado por um postigo estreito. Acaba-se o desfiladeiro. Afastam-se vivamente as rampas abruptas que o formam; arqueando-se e desatando-se por diante, fronteando-se, contrapostas as concavidades numa arqueadura de anfiteatro amplíssimo. Ali dentro, porém, o terreno continua revolto; erguem-se outros cerros mais baixos, centralizando-o;

e a primitiva passagem bifurca-se, encaixando-se na da direita, em curva, o Vaza-Barris. Estas duas gargantas de larguras variáveis, apertando-se de cerca de vinte metros em dados pontos, progridem, encurvando-se a pouco e pouco, segundo o traçado dos dois galhos exteriores da serra; e, acompanhando-os, aproximam-se convergentes, depois do primitivo afastamento, até se unirem outra vez, formando outra passagem única sobre a estrada de Jeremoabo. Aos lados de ambas, antes deste cruzamento, em grande percurso, fronteiam os taludes dos cerros centrais com os das duas vertentes laterais, envolventes e maiores, eriçadas de penhascos acumulados a esmo ou agrupando-se em socalcos, repartindo-se em sucessivos patamares à maneira de galerias de um coliseu monstruoso.

O desfiladeiro de Cocorobó é em pálido resumo aquele rasgão da terra, de extremos afunilados, que se subdividem de um e outro lado na forquilha de dois outros porventura ainda menos praticáveis. A estrada duplica-se na falsa encruzilhada de dois desvios que o Vaza-Barris percorre por igual nas enchentes, ilhando os cômoros centrais – até sair, unidos os dois braços, numa várzea desimpedida e vasta que o caminho de Jeremoabo corta pelo meio, estirando-se em cheio para leste.

De sorte que quem a trilha em sentido oposto, vindo daquela vila para o ocidente, incide de idêntica maneira na bifurcação que a divide. Atravessa-a, metendo-se por uma das veredas, à direita ou à esquerda, até chegar à outra saída única. Transpõe-na. Mas livre da garganta multívia não encontra uma várzea complanada como a da outra banda. O solo, ainda que em menor escala, continua revolto. O Vaza-Barris, contorcido em meandros, alonga-se, entalado, entre cerros sucessivos. A estrada que o fraldeia, ou acompanha-lhe o leito, perturba-se em atalhos, ondulante, tornejando sem-número de encostas, derivando em aladeirados; e vai até ao vale de um ribeirão efêmero, ao qual deu o nome um dos cabecilhas sertanejos que ali tinha a vivenda, Macambira.

Segue dali, perlongando qualquer das bordas do rio, até Canudos, menos de duas léguas na frente.

Diante das trincheiras

A vanguarda da força marchando neste sentido fez alto uns quinhentos metros antes daquela barreira, no dia 25 de junho, pouco antes do meio-dia.

O esquadrão de lanceiros descobrira o inimigo. Abeirara-se, galopando, dos entrincheiramentos grosseiros e vira-os, de relance. Recebido a tiro, volvera a toda a rédea, perdendo duas praças feridas, para junto da 5ª brigada na testa da coluna, que desenvolveu imediatamente em atiradores um dos seus batalhões, o 40º, do major Nonato de Seixas, enquanto os dois outros, o 34º e o 35º, se dispunham de reforço. O general Savaget, prevenido do encontro, adiantara-se acompanhando a 4ª brigada. Estacou a quatrocentos metros da vanguarda, a fim de aguardar a 6ª, a divisão de artilharia e os comboios marchando ainda cerca de três quilômetros à retaguarda. Enquanto isto passava, os corpos avançados, mais de oitocentos homens ao mando do coronel Serra Martins, iniciavam o ataque num tiroteio nutrido, em que os fogos irregulares da linha de atiradores se intermeavam das descargas rolantes dos pelotões que a reforçavam mais de perto, revidando vigorosamente aos tiros dos antagonistas. Estes sustentaram o choque com valor. "Audaciosos e tenazes, diz a parte do combate do comando-geral, qualidades essas que eram, ao que parece, reforçadas pelas excelentes posições que ocupavam, as quais dominavam a planície em toda a extensão e grande trecho da estrada, não arredaram pé e, ao contrário, aceitaram e sustentaram com firmeza e energia o ataque, rompendo renhida fuzilaria sobre os nossos, tanto que começamos logo a ter algumas baixas por mortes e ferimentos."

Era, como se vê, a reprodução justalinear dos episódios do Cambaio e da Favela.

Os sertanejos reviviam, em cenário idêntico, todas as peripécias do dramalhão sinistro e monótono de que eram protagonistas invisíveis. Um maior tirocínio na guerra não lhes variava o sistema, certo porque este, pela própria excelência, não comportava corretivos ou aditamentos. Atiravam, a seguro, do alto daqueles parapeitos desmantelados, sobre a força inteiramente em alvo na planura descoberta e rasa embaixo. E os seus projetis começaram a rarear-lhe as fileiras mais próximas, derrubando os atiradores, caindo, adiante, entre os corpos que os apoiavam e, irradiando para mais longe em trajetórias altas, sulcando as últimas secções da retaguarda; expandindo-se, dominantes, sobre a expedição inteira.

Não se adensavam, contudo, em descargas por demais cerradas. A justeza substituía-lhes a quantidade. Percebia-se que os atiravam combatentes avaros no contar, um a um, os cartuchos, timbrando em não perderem um único, firmando-os em pontarias cuidadosas. De sorte que, no fim de algum tempo, o tiroteiro calculado, ante o qual estrondavam terrivelmente oitocentas Mannlichers, começou de se tornar funestíssimo.

A 5ª brigada foi admirável de disciplina, afrontando-o por duas horas, na posição em que estacara, à margem do Vaza-Barris, abrigando-se entre os ralos

Resistência entrincheirada.
Gravura de Alfredo Aquino para a edição de *Os Sertões* de 1975

arbustos que a revestem. Não adiantara, em todo esse tempo, um passo. A um simples lance de vista, punham-se de manifesto os riscos de uma investida visando as duas angusturas, que se lhe abriam fronteiras, e imporiam, durante o assalto, um desfilar em secções diminutas, capaz de lhe anular o vigor precisamente na fase mais decisiva. Por outro lado não havia evitá-las, contornando-as. À direita e à esquerda se sucediam montes crespos de contrafortes, e procurar entre eles um desvio qualquer pressupunha uma marcha de flanco, talvez dilatada, sob a vigilância do inimigo, o que seria problematizar ainda mais qualquer sucesso vantajoso.

O general Savaget aquilatou com firmeza a conjuntura gravíssima.

Em que pese aos seus oito batalhões, magnificamente armados, a luta era desigual. Depois de uma marcha segura, esclarecida por explorações eficazes que predeterminaram o dia e a sede do recontro, tinha-os, ali, havia duas horas, manietados, sacrificados e inúteis – sob o espingardeamento impune de um ajuntamento de matutos.

O transe requeria combinações concretas, de momento; improvisos de estratégia, repentinos e de pronto executados. Nas aperturas do dilema acima exposto, porém, e diante do contraste das posições adversas, nenhum ocorria capaz de o resolver. O alvitre do momento resumia-se no reagir, arrostando tudo, ao bárbaro fuzilamento. Foi reforçada a vanguarda. Chegara a divisão de artilharia e um dos Krupps destacou-se logo para junto das linhas avançadas.

Bombardeou-se a montanha. Arrojadas de perto as granadas e lanternetas, batendo-lhe em cheio os flancos ou ricocheteando, confundiam nos ares as balas e estilhas de ferro com o lastro aspérrimo das encostas rijamente varridas; e, arrebentando entre fraguedos, deslocando-os, derrubando-os, fazendo-os rolar com estrépito pelos pendores abaixo, como um súbito derruir de lanços de muralhas, pareciam desmascarar inteiramente as posições contrárias. Mas foram contraproducentes. Estimularam réplica violentíssima, estupenda, inexplicável, expluindo maior e mais viva dentre o desabamento das trincheiras. Os atiradores suportavam-na a custo. Rareavam. Os dois batalhões de reforço, francamente engajados na ação, sacrificavam-se inutilmente tendo, crescente, o número de baixas. O resto da expedição, estirada em colunas numa linha de dois quilômetros para a retaguarda, permanecia imóvel.

Era quase um revés.

No fim de três horas de fogo os atacantes não tinham adquirido um palmo de terreno. A quinhentos metros dos adversários, não tinham – milhares de vistas fixas nas vertentes despidas – lobrigado um único sequer. Não lhes avaliavam o número. Os cerros mais altos, bojando em esporão sobre a várzea, figuravam-se desertos. Batia-os de chapa o sol ofuscante e ardente; viam-se-lhes os mínimos acidentes da estrutura; podiam contar-se-lhes um a um os grandes blocos, que por ali se espalham, a esmo, mal equilibrados em bases estreitas ao modo de *loghans* oscilantes e prestes a caírem uns, outros acumulados em acervos imponentes; e distinguiam-se, intermeando-os, em touceiras, ou encimando-os, esparsas, as bromélias resistentes, caroás e macambiras de espatas lustrosas, retilíneas e longas, rebrilhando à luz como espadas; viam-se, mais raros, cactos esguios e desolados; mais longe, um tumultuar de cimos, do mesmo modo desertos...

E daquele desolamento, daquela solidão absoluta e impressionadora, irrompia, abalando as encostas, uma "fuzilaria cerrada e ininterrupta como se ali estivesse uma divisão inteira de infantaria!"[81]

Carga de baionetas excepcional

Os jagunços eram duzentos ou eram dois mil. Nunca se lhes soube, ao certo, o número. Na frente dos expedicionários o enigmático da campanha se antolhava mais uma vez, destinando-se a ficar para sempre indecifrável. Tolhendo-se-lhes deste modo o passo, só restavam decisões extremas: ou recuarem lentamente, lutando, até se subtraírem ao alcance das balas; ou contornarem o trecho inabordável, buscando um atalho mais acessível, em movimento

81. Ordem do dia do general Savaget.

envolvente aventuroso, de flanco, o que redundaria em desbarate inevitável; ou arremeterem em cheio com os outeiros, conquistando-os. O último alvitre era o mais heroico e o mais simples. Sugeriu-o o coronel Carlos Teles. O general Savaget adotou-o. Conforme confessa em documento oficial onde define, com lastimável desquerer, o adversário temível que o fizera parar, não podia admitir "que duas ou três centenas de bandidos sustivessem a marcha da segunda coluna por tanto tempo". E como empenhara na ação pouco mais de um terço das tropas, esta circunstância salvou-o, tornando factível uma manobra arrojada, certo irrealizável se todos os batalhões, num arremesso único, se tivessem embaralhado desde o começo às duas entradas do desfiladeiro.

Planeou-a: "A 5ª brigada, que se mantinha desde o princípio nas suas posições por entre as caatingas, devia carregar pelo flanco esquerdo e pelo leito do rio, a fim de desalojar o inimigo dos cerros centrais e outeiros, que ficam desse lado; e a 4ª pelo flanco direito devendo, antes, desenvolver-se em linha, ao sair da estrada para a várzea".

O esquadrão de lanceiros, entre ambas, carregaria pelo centro. A 6ª brigada não compartiria o combate, permanecendo à retaguarda em reforço, e garantindo os comboios.

Assim os cinco batalhões destinados à investida se dispunham na ordem perpendicular reforçada numa das alas, a da esquerda, onde os corpos avançados do coronel Serra Martins formavam em colunas sucessivas, enquanto, quatrocentos metros atrás e para a direita, se desdobrava, em linha, a brigada Teles, tendo no flanco esquerdo o esquadrão de lanceiros.

O conjunto da formatura projetava-se na superfície de nível da várzea com a forma exata de um desmedido martelo.

E a carga, que logo depois se executou, – episódio culminante da refrega – semelhou, de fato, uma percussão, uma pancada única de mil e seiscentas baionetas de encontro a uma montanha.

Os assaltantes avançaram todos a um tempo: os pelotões da frente embatendo com os morros e enfiando pela bocaina da passagem esquerda, enquanto a 4ª brigada, a marche-marche, de armas suspensas e sem atirar, vencia velozmente a distância que a separava do inimigo. Tomara-lhe a frente o coronel Carlos Teles. Este oficial notável – recordando Osório na postura e Turenne no arrojo cavalheiresco – sem desembainhar a espada, hábito que conservou em toda a campanha, atravessou com a sua gente todo o trecho do campo varejado de balas.

No sopé da serrania, à esquerda, se abria o desfiladeiro da direita, por onde se meteu atrevidamente, em disparada, o esquadrão de cavalaria. A 4ª brigada, porém, evitou-o. Investiu com as encostas. Os jagunços não haviam contado com este movimento temerário, visando diretamente, a despeito dos obstáculos de uma ascensão difícil, as posições que ocupavam. Pela primeira vez se deixavam surpreender por inesperada combinação tática, que os desnorteava, obrigando-os a deslocarem para outros pontos os lutadores de antemão destinados a trancarem as duas passagens estreitas, por onde acreditavam investiria toda a tropa. A 4ª brigada, realizando a mais original das cargas de baionetas, por uma ladeira íngreme e crespa de tropeços acima, ia decidir do pleito.

Foi um lance admirável. A princípio avançou corretíssima. Uma linha luminosa de centenares de metros se estirou, fulgurando. Ondulou à base dos cerros. Abarcou-os; e começou a subir. Depois inflectiu em vários pontos; envesgou, torcida, pelas encostas; e, a pouco e pouco, desarticulada, fragmentou-se. Os sertanejos, entocaiados a cavaleiro, golpeavam-na; partiam-na, por sua vez, as anfractuosidades do solo. A linha do assalto, rota em todos os pontos, subdividida em pelotões estonteadamente avançando, espalhou-se, revolta, nos pendores da serra...

O coronel Teles, guiando-a pelo flanco direito do 31º de infantaria, perdeu nessa ocasião o cavalo que montava, atravessado por uma bala junto à espenda da sela. Substituiu-o. Reuniu as frações dispersas de combatentes, em que já se misturavam soldados dos seus dois corpos. Animou-os. Arrojou-os valentemente sobre as trincheiras mais próximas. Encontraram-nas vazias, tendo cada uma, ao fundo, dezenas de cartuchos detonados e ainda mornos. Consoante à tática costumeira, os jagunços deslizavam-lhes adiante, recuando, negaceando, apoiando-se em todos os acidentes, deslocando a área do combate, impondo todas as fadigas de uma perseguição improfícua. A breve trecho, porém, dominadas as primeiras posições, viu-se, sobre as vertentes que apertam o desfiladeiro naquele ponto, a 4ª brigada, escalando-as. Dali tombavam os mortos e os feridos, alguns até ao fundo da garganta, embaixo, por onde tinham entrado os sessenta homens do esquadrão de lanceiros e a divisão de artilharia, quebrando-se, ambos, de encontro a forte trincheira posta de uma e outra margem do rio, na bifurcação das duas bocainas, feito uma represa. Nas vertentes da esquerda, a 5ª brigada, perdida igualmente a formatura primitiva, lutava do mesmo modo tumultuário.

A ação tornou-se formidável. Cinco batalhões debatiam-se entre morros, sem vantagem sensível, depois de quatro horas de luta. Aumentara grandemente o número de feridos repulsados do alvoroto das cargas, titubeantes, caindo ou arrimando-se às espingardas, errantes pelas faldas, descendo-as, entre os mortos por ali jacentes, a esmo.

Brigada de Infantaria em Monte Santo.
Fotografia de Flávio de Barros. Casa Euclidiana, São José do Rio Pardo

Embaixo, no vale estreito, viam-se, sem dono, disparados em todos os sentidos, relinchando de pavor, os cavalos do esquadrão de lanceiros, que arrebentara arrojadamente sobre a forte trincheira do rio...

A travessia

Nesta enorme confusão alguns pelotões do 31º de infantaria galgaram, afinal, num ímpeto incomparável de valor, as trincheiras mais altas da vertente da direita. E cortadas, deste modo, as guarnições das que se sucediam a espaços pela linha de cumeadas, abandonaram-nas inesperadamente. Não era o recuo temeroso habitual; era a fuga. Os adversários foram, ali, vistos de relance pela primeira vez: dispersos pelos altos, correndo e sobraçando as armas, rolando e resvalando pelos declives, desaparecendo. Os soldados encalçaram-nos; e revigorada logo em todos os pontos, a investida, num movimento único para a frente, propagou-se até às alas da extrema esquerda. Era a vitória. Minutos depois as duas brigadas, num imenso alvoroto de batalhões a marche-marche, adensavam-se, confundidas, na última e única passagem do desfiladeiro.

Os jagunços em desordem, contudo, depois do primeiro arranco da fuga, volveram ainda ao mesmo resistir inexplicável. Abandonando as posições e franqueando a travessia perigosa, recebiam, de longe, os triunfadores, a tiros longamente espaçados.

O general Savaget foi atingido e desmontado juntamente com um ajudante de ordens e parte do piquete quando, à retaguarda da coluna, penetrava a garganta da direita e já se ouviam, ao longe, as aclamações triunfais dos combatentes da vanguarda. Como sempre, os sertanejos tornavam incompleto o sucesso, ressurgindo inexplicavelmente dentre os estragos de um combate perdido. Batidos, não se deixavam esmagar. Desalojados de todos os pontos, abroquelavam-se noutros, vencidos e ameaçadores, fugindo e trucidando, como os partas. Haviam, entretanto, sofrido sério revés, e a denominação que ulteriormente deram de "batalhão talentoso" à coluna que lho infligira por si só o denota. Porque o combate de Cocorobó, a princípio vacilante, indeciso numa dilação de três horas de tiroteios ineficazes, e ultimando-se por uma carga de baionetas fulminante, foi, de fato, um raro golpe de audácia apenas justificável, senão pelo dispositivo das tropas que o vibraram, pela sua natureza especial. Predominava nas fileiras o soldado rio-grandense. E o gaúcho destemeroso, se é frágil no suportar as lentas provações da guerra, não tem par no se despenhar em súbitos lances temerários.

A infantaria do sul é uma arma de choque. Podem suplantá-las outras tropas, na precisão e na disciplina de fogo, ou no jogo complexo das manobras. Mas nos encontros à arma branca aqueles centauros apeados arremetem com os contrários, como se copiassem a carreira dos ginetes ensofregados dos pampas. E a ocasião sorrira-lhes para a empresa estupenda levada a cabo com brilho inexcedível.

À tarde, acampadas as forças além da passagem, verificaram-se as perdas sofridas: cento e setenta e oito homens fora de combate, dos quais vinte e sete mortos, em que se incluíam dois oficiais mortos e dez feridos.

A 6ª brigada, que não tomara parte na ação, foi encarregada do enterramento dos últimos, e acampou à retaguarda das duas outras, que ocupavam extensa rechã sobranceira à estrada.

Macambira

Depois disto a marcha se fez num combate contínuo. Foi lenta. Todo o dia 26 se despendeu em breve travessia até à confluência do Macambira, poucos quilômetros além de Cocorobó.

O general Savaget comunicou, então, às tropas que no dia subsequente, 27, segundo determinara o comando em chefe, deviam estar na orla de Canudos, de onde, feita a convergência das seis brigadas, iriam dar, reunidas, sobre o arraial. Este devia estar mui perto. Viam-se já, esparsas, pelo teso dos outeiros, as choupanas colmadas, de disposição especial anteriormente descrita: surgindo dentre trincheiras ou fossos mascarados de touceiras de bromélias, feitas a um tempo lares e redutos.

Resistência entrincheirada.
Gravura de Alfredo Aquino para a edição de *Os Sertões* de 1975

A 2ª coluna, ao avançar naquele dia, – nos últimos passos da jornada tendo à vanguarda a 6ª brigada, com o 33º de infantaria à frente, penetrava os subúrbios da tremenda cidadela. E mal percorridos dois quilômetros, quando ainda restava no acampamento o grosso dos combatentes, empenharam-se, batidos de todos os flancos, em combate sério, os batalhões do coronel Pantoja.

Nova carga de baionetas

Foi, de pronto, adotado o expediente que na véspera tivera tão seguros efeitos. Os batalhões 26º, 33º e 39º desdobrando-se em linha, calaram as baionetas e lançaram-se impetuosamente pelos recostos das colinas. Galgaram-nas em tropel. E depararam em torno, por todos os lados, outras, sem-número de outras, apontoando o terreno rugado, desatado por muitos quilômetros em roda...

De todas elas, irrompendo dos casebres que as encimavam, convergiam descargas. O campo do combate, agora amplíssimo, estava adrede modelado às ardilezas do adversário: vencido qualquer um dos cômoros, viam-se centenares de outros a subir. Descida uma baixada, caía-se num dédalo de sangas. A investida seria um colear fatigante pelas linhas flexuosas dos declives. Poucos quilômetros adiante se lobrigava, indistinto, sob o aspecto tristonho de enorme cata abandonada, Canudos...

Fuzilaria

A peleja travara-se-lhe à ilharga e foi renhidíssima.

A breve trecho os três batalhões da vanguarda viram-se impotentes para a suportarem: das choupanas atestadas de lutadores, de todas as trincheiras dispersas pelos cerros, partiam, convergentes, fuzilarias seguras, dizimando-os.

Uma companhia do 39º, logo no começo da ação, fora literalmente esmagada batendo um daqueles redutos selvagens. Vingara improvisamente o outeiro e no topo estacara à borda de um fosso largo, ao tempo que do casebre por este envolvido partiam, dentre as rachas das paredes, batendo-a em cheio e à queima-roupa, descargas furiosas. Perdeu logo o comandante, perdendo imediatamente depois, sucessivamente, dois subalternos que o substituíam, conquistando afinal a posição, depois de grandemente rarefeita, às ordens de um sargento.

Diante desta resistência imprevista, aquela brigada única, inapta para abranger a área extensíssima do combate, foi reforçada pelas duas outras. Sucessivamente os batalhões 12º, 31º 35º e 40º, enviados em reforço, avançaram. Eram mais de mil baionetas, quase toda a coluna, empenhadas no conflito. Os jagunços então recuaram; e recuando lentamente, de colina em colina, desalojados de um ponto para surgirem em outro, obrigando os antagonistas a um contínuo descer e subir de ladeiras, parecia desejarem arrebatá-los até ao arraial, exaustos e torturados de tiroteios. Volviam à tática invariável. O campo do combate começou a fugir debaixo dos pés aos assaltantes. As cargas de baionetas não tiveram então o brilho das de Cocorobó. Amolentava-as a retratibilidade daquele recuo. Arrojados contra os cerros, os pelotões alcançavam os altos sem toparem mais um só adversário. Batidos logo na posição interjacente, enfiada pelos tiros partidos das eminências interopostas, desciam-na, em grupos, precipitadamente, buscando os ângulos mortos das baixadas – para reproduzirem, mais longe, a mesma escalada exaustiva e a mesma exposição perigosa às balas.

Ao anoitecer, o reconhecimento dos companheiros mortos era tarefa difícil e perigosa.
Pastel sobre papel. Tripoli Gaudenzi

Começaram a perder, além de grande número de praças, oficiais altamente graduados. O comandante do 12º, tenente-coronel Tristão Sucupira, tombara moribundo quando seguia em esforço à vanguarda. O do 33º, tenente-coronel Virgínio Napoleão Ramos, fora também retirado, ferido, da ação, assim como o capitão Joaquim de Aguiar, fiscal do mesmo corpo. E outros e muitos outros se sacrificaram nesse mortífero combate de Macambira, nome do sítio adjacente, porque impropriando o terreno quaisquer combinações táticas capazes de balancearem as negaças vertiginosas do inimigo, todas as garantias de sucesso se resumiam na coragem pessoal. Alguns oficiais, como o capitão-ajudante do 32º, com mais de um ferimento sério, se obstinavam no recontro, surdos à intimativa dos próprios comandantes determinando-lhes a retirada das linhas de fogo. Estas desatavam-se por três quilômetros. Deflagravam pelos outeiros, crepitavam, ressoantes, nas baixadas, e rolavam para Canudos...

A noite fê-las parar. A expedição estava a um quarto de légua do arraial. Viam-se, fronteiras e altas, longe, branqueando no empardecer do crepúsculo, as torres da igreja nova...

Estava enfim atingido o termo da marcha por Jeremoabo. A segunda coluna, porém, pagara-o duramente: tivera neste dia cento e quarenta e oito homens fora de combate, entre os quais quarenta mortos, seis oficiais mortos e oito feridos. Somadas às perdas anteriores perfaziam trezentas e vinte e sete baixas, que tanto custara a travessia de menos de três léguas, de Cocorobó até àquele lugar.

Mas tudo delatava sucesso compensador. Realizara-se pontualmente o itinerário preestabelecido: minutos depois de acampadas, as tropas do general Savaget ouviram, no flanco esquerdo, estrugindo o silêncio das noites sertanejas e reboando longamente pelos contrafortes da Favela, o canhoneio àquela hora aberto pela vanguarda da 1ª coluna.

Bombardeio

No dia 28, tendo avançado cedo e tomado posição em pequeno platô, distante dois quilômetros do arraial, começou por sua vez a bombardeá-lo, enquanto os dois batalhões da brigada Carlos Teles se avantajavam mais para a frente ainda, em reconhecimento rápido. Um piquete de cavalaria, dirigido por um valente destinado a uma morte heroica, o alferes Wanderley, explorou o terreno pelo flanco esquerdo, até à Favela, onde àquela hora – 8 da manhã – recrudescera, intenso, o canhoneio.

A dois passos do comando em chefe, a segunda coluna estava pronta para o assalto. Chegara até ali ultimando uma travessia de setenta léguas com um combate de três dias.

Impusera-se ao inimigo; afeiçoara-se ao caráter excepcional da luta; e o movimento irreprimível da carga que iniciara em Cocorobó e prolongara ininterruptamente até àquele ponto, poderia arrebatá-la, triunfante, ao centro de Canudos, em plena praça das igrejas. Vinha, a despeito das perdas que tivera, esperançosa e robusta. A ordem do dia de 26, em que o seu comandante lhe comunicou o próximo assalto, em companhia dos companheiros da 1ª coluna, é expressiva.

Trabubu

Foi dada em Trabubu, na travessia dos desfiladeiros, e diz muito no próprio laconismo. A nova, entusiasticamente recebida, deriva em poucas palavras, corteses e despretensiosas:

"Acampamento no campo de batalha de Cocorobó, 26 de junho de 1897.

Meus camaradas. Acabo de receber do senhor general comandante em chefe um telegrama comunicando-me que amanhã nos abraçaremos em Canudos. Não podemos, portanto, faltar ao honroso convite, que é para nós motivo de justo orgulho e de completa alegria".

A concentração almejada, através de um assalto convergente, far-se-ia, porém, fora do centro da campanha.

Emissário inesperado

Com surpresa geral dos combatentes da 2ª coluna, que – olhos fitos na Favela – esperavam ver, descendo as vertentes do norte, os batalhões da 1ª, apareceu no acampamento um sertanejo notificando-lhes, por ordem do comandante em chefe, as aperturas em que se achava aquela, exigindo imediato socorro. A nova era inverossímil, e pareceu, nos primeiros momentos, uma traça do adversário. O homem ficou retido até que novo emissário a confirmasse. Este, um alferes honorário, adido à comissão de engenharia, não se fez esperar muito. O general-em-chefe apelava instantemente para o concurso da outra coluna. Ante o novo reclamo, e informações que o esclareciam, o general Savaget, que a princípio imaginara enviar apenas uma brigada levando munições, ficando as demais sustentando a posição conquistada, seguiu, inflectindo para a esquerda, com toda a sua gente. Chegou, seriam onze horas, ao alto da Favela, a tempo de libertar a tropa assediada.

Destrói-se um plano de campanha

Preposterara-se, porém, todo o plano da campanha e do mesmo passo se anulara o esforço despendido nas marchas pelo Rosário e Jeremoabo.

Reunidas as colunas, tornou-se possível destacar um contingente para reaver o comboio retido à retaguarda. Foi cometido o encargo ao coronel Serra Martins que prontamente refluiu à reçaga da expedição intercisa, levando a 5ª brigada – num oscilar perigoso entre dois combates – até às Umburanas, onde chegou ainda a tempo de impedir o desbarate do 5º de polícia e salvar parte dos volumes de cento e oitenta cargueiros que, dispersos pelos caminhos, tinham sido grandemente danificados pelos jagunços.

Este movimento feliz, porém, de pouco atenuou as condições estreitas da tropa. Mal paliou o transe. Firmou-se logo um regime desesperador de contrariedades de toda a sorte.

IV. Vitória singular

A ordem do dia relativa ao feito de 28 de junho caracteriza-o "uma página tarjada de horrores, mas perfumada de glória".

Mas fora franco o revés.

Não iludiu a história o fanfarrear do vencido. O exército vitorioso, segundo o brilhante eufemismo das partes oficiais armadas a velarem aquele insucesso, apresentava na noite daquele dia o caráter perfeito de uma aglomeração de foragidos. Triunfadores, que não podiam ensaiar um passo fora da posição conquistada, tinham caído num período crítico da guerra: perdidos os alentos em recontros estéreis, ou duvidosas vitórias, que valiam derrotas, apoucando-lhes do mesmo passo as forças e o ânimo, sentiam-se dissociados e, de algum modo, unidos apenas pela pressão externa do próprio adversário que haviam julgado sopear facilmente. O heroísmo era-lhes, agora, obrigatório. A coragem, a bravura retransida de sobressaltos, um compromisso sério com o terror. Circulavam-nos os mais originais dos vencidos: impiedosos, enterreirando-os em todos os pontos no círculo de um assédio indefinido e transmudando-se em fiscal incorruptível, trancando todas as abertas à deserção. De sorte que, ainda quando não carecessem de valor, os nossos soldados não tinham como se subtrair à emergência gravíssima em que se equiparavam heróis e pusilânimes.

O medo

A história militar, de urdidura tão dramática a recamar-se por vezes das mais singulares antíteses, está cheia das grandes glorificações do medo. A ânsia perseguidora do persa fez a resignação heroica dos "Dez mil"; a fúria brutal dos cossacos imortalizou o marechal Ney...

Íamos enxertar-lhe, idêntico, senão na amplitude do quadro na paridade do contraste, um capítulo emocionante – porque a tenacidade feroz do jagunço transfigurou os batalhões combalidos do general Artur Oscar. E eles ali quedaram unidos, porque os enlaçava a cintura de pedra das trincheiras, impertérritos, porque lhes era impossível o recuo; forçadamente heroicos, encurralados, cosidos à bala numa nesga de chão...

Cinco mil oitocentos e sessenta homens avançaram sobre o arraial de Canudos sitiado.
Técnica mista sobre papel. Tripoli Gaudenzi

Baixas

Nada revelava mesmo breves linhas de acampamento no acervo das brigadas. Não se armaram barracas que roubariam espaço demais na área de si estreita. Não se ordenaram ou se dividiram as unidades combatentes. A tropa – cinco mil soldados, mais de novecentos feridos e mortos, mil e tantos animais de montada e tração, centenares de cargueiros – sem flancos, sem retaguarda, sem vanguarda, desorganizara-se por completo. A primeira coluna tivera naquele dia 524 homens fora de combate que com 75 da véspera somavam 599 baixas. A segunda ligara-se-lhe desfalcada de 327 combatentes. Ao todo 926 vítimas. Fora sem-número de estropiados exauridos das marchas, sem-número de famintos e grande maioria de pusilânimes sob a emoção dos morticínios recentes e vendo por ali estirados, insepultos, companheiros pela manhã ainda entusiastas e vigorosos:

— Thompson Flores, vitimado no comando fatídico do 7º de infantaria; Tristão de Alencar Sucupira, que chegara agonizante com a 2ª coluna; Nestor Vilar, capitão-fiscal do 2º regimento que caíra com mais de dois terços da oficialidade de artilharia; Gutierrez, oficial honorário, um artista que fora até lá atraído pela estética sombria das batalhas; Sousa Campos, que comandara por um minuto o 14º... e outros, de todas as graduações, lançados por toda a parte.

Um rasgão de enxurros se escancelava longo, longitudinalmente, afundando o sulco da garganta. E dentro dele mais de oitocentos baleados punham no tumulto a nota lancinante de sofrimentos irreparáveis. Aquela prega do solo, onde se improvisara um hospital de sangue, era a imagem material do golpe que sulcara a expedição, abrindo-a de meio a meio. Considerando-a, entibiavam-se os mais fortes. Porque, afinal, nada compensava tais perdas ou explicava semelhante desfecho a planos de campanha tão maduramente arquitetados. Triunfantes e unidas, as duas colunas imobilizavam-se impotentes ante a realidade. Apagavam-se as linhas de ordens do dia retumbantes. Estavam no centro das operações – e não podiam dar um passo à frente ou, o que era pior, não podiam dar um passo à retaguarda. Haviam esparzido profusamente pelos ares mais de um milhão de balas; haviam rechaçado o adversário em todos os recontros e sentiam-no porventura mais ameaçador em roda, prendendo-os, cortando-lhes o passo para o recuo, depois de o haverem tolhido para a investida.

Realmente tudo delatava um assédio completo. A 5ª brigada, no movimento que fizera à retaguarda, perdera catorze homens. O 5º de polícia, quarenta e cinco. Foram e voltaram num tirotear incessante pelos caminhos entrincheirados.

A expedição, em pleno território rebelde, insulara-se sem a mais ligeira linha estratégica vinculando-a à base de operações em Monte Santo, a não ser que se considerasse tal a perigosa vereda do Rosário, repleta de emboscadas. E como o comboio reconquistado chegara reduzidíssimo, ficando mais de metade das cargas em poder dos sertanejos, ou inutilizada, a tropa perdera munições de inestimável valor na emergência, e ao mesmo tempo os aparelhara com cerca de quatrocentos e cinquenta mil cartuchos, o bastante para prolongarem indefinidamente a resistência. Municiara-os. Completara o destino singular da expedição anterior que lhes dera espingardas. Estas estrondavam agora, a cavaleiro do acampamento. Os vencidos restituíam daquele modo as balas, estadeando provocações ferozes, aos vitoriosos tontos, que não lhes replicavam.

A noite descera sem que se atreguasse a luta; sem o mais curto armistício, permitindo que se corrigissem as fileiras. Um luar fulgurante desvendava-as às pontarias dos jagunços; e estes, batendo-as calculadamente em tiros longamente pausados, revelavam-lhes a vigilância temerosa, em torno.

Um ou outro soldado, indisciplinadamente, revidava, disparando à toa, a arma, para os ares. Os demais, sucumbidos de fadigas, caídos sobre os fardos por ali esparsos a esmo, estirados sobre o chão duro, quedavam-se inúteis, abraçando as espingardas...

Começo de uma batalha crônica

A noite de 28 de junho iniciara uma batalha crônica.

Daquela data ao termo da campanha a tropa iria viver em permanente alarma.

Começou desde logo um regime deplorável de torturas. Ao amanhecer de 29 verificaram-se insuficientes as munições de boca, para ração completa das praças da 1ª coluna, já abatidas por uma semana de alimentação reduzida.

A 2ª, embora mais bem avitualhada, não tinha por sua vez garantido o sustento por três dias, depois de o repartir com a outra. De sorte que logo no começo desta fase excepcional da luta se lançou mão dos últimos recursos, sendo naquele mesmo dia abatidos os bois mansos, que até lá tinham conduzido o pesado canhão 32. Ao mesmo tempo antolhava-se uma tarefa penosíssima: fazer daquele acervo de homens e bagagens um exército; ordenar os batalhões dissolvidos; reconstituir as brigadas; curar centenares de feridos; enterrar os mortos e desatravancar a área reduzida dos fardos e cargueiros, postos por toda a banda. Estes trabalhos indispensáveis realizavam-se, porém, sem método, atumultuadamente, sem a diretriz de uma vontade firme. A colaboração justificável dos comandantes de corpos, dos próprios subalternos, surgia espontânea, de todos os lados, no sugerir sem-número de medidas urgentes. De modo que, a breve trecho, toda aquela gente, movendo-se às encontroadas, em todos os sentidos; improvisando trincheiras; agrupando-se ao acaso em simulacros de formatura; arrastando fardos e cadáveres; retirando os muares, cujas patas entaloadas eram ameaça permanente aos feridos que lhes rastejavam aos pés, não teve esforços convergentes e úteis.

Não a dominava, todavia, inteiramente, a desesperança.

Volvera-lhe com o amanhecer o valor; e, a despeito de tantos casos expressivos, não avaliara ainda bem a pervicácia feroz dos sertanejos. De sorte que nos espíritos ressurgiu o pensamento consolador de próximo desenlace, ante um bombardeio vigoroso que propiciavam as vantajosas posições da artilharia, emparcada a cavaleiro do arraial. Punha-se de manifesto que um vilarejo aberto do sertão não suportasse por muitas horas as balas mergulhantes de dezenove canhões modernos...

Canhoneio: réplica dos jagunços

Mas o primeiro tiro partiu e bateu em Canudos como um calhau numa colmeia. O acampamento até àquele momento em relativa calma foi, como na véspera, improvisamente varrido de descargas; e, como na véspera, os combatentes compreenderam quase impossível a réplica em tiros divergentes, dispartindo pelo círculo amplíssimo do ataque. Além disto, encafurnados numa dobra de morro, atirando por elevação e sem alvo, as nossas descargas sobre inócuas implicavam estéril malbaratar das munições escassas. Por outro lado, o efeito do canhoneio se patenteou francamente nulo. As granadas, explodindo dentro das casas, perfuravam-lhes as paredes e os tetos e como que se amorteciam entre os frágeis anteparos de argila – estourando sem ampliarem o raio dos estragos, caindo muitas vezes intactas sem arrebentarem as espoletas. Por isso o alvo predileto foi, mais uma vez, a igreja nova, bojando no casario baixo, como um baluarte imponente. Ali se alinhavam os jagunços – por detrás das cimalhas das paredes mestras, engrimpados nas torres ou mais abaixo nas janelas abertas em ogivas, ou ao rés do chão sobre o embasamento cortado de respiradoiros, estreitos à semelhança de troneiras.

Conteirara-se, visando-a, o Whitworth 32, que viera adrede para lhe derrubar os muros. Rugiu, porém, neste dia, sobre ela, sem a atingir: as balas passavam-lhe, silvando, sobre a cumeeira. Perdiam-se nos casebres unidos. Uma única tombou sobre o adro, escaliçando a fachada. As demais se perderam. Essa péssima estreia do colosso proveio, principalmente, do açodamento com que o açulavam.

Era uma nevrose doida. A grande peça – o maior cão de fila daquela montaria – fez-se monstruoso fetiche desafiando o despertar de velhas ilusões primitivas. Rodeavam-no, ofegantes, ansiosamente, mal reprimindo o desapontamento das trajetórias desviadas, toda a espécie de lutadores.

Até um médico, Alfredo Gama, não pôde forrar-se à ânsia de a apontar. Caiu vitimado. O escapamento de gases da peça mal obturada, incendiando um barril de pólvora, perto, fê-la explodir, matando-o e incinerando-o, assim como o 2º tenente Odilon Coriolano e algumas praças.

Este incidente mostra como se combatia...

É natural que a refrega resultasse inútil, traduzindo-se o bombardeio, estoiraz e inofensivo, numa salva imponente à coragem dos matutos.

Ao cair da noite nada se adiantara. Verificara-se contraproducente aquele duelo a distância, ao mesmo passo que as descargas circulantes indicavam, iniludível agora a todos os combatentes, o assédio que os prendia. Era um sítio em regra – embora disfarçado no rarefeito das linhas inimigas, desatando-se, frouxas mas numerosas, em raios indefinidos pelos recostos do morro. Uma brigada, um batalhão, uma companhia mesmo, poderia vará-las pelos claros que as cindiam ou quebrá-las numa carga de baionetas; mas quando estacasse na marcha, sentir-se-ia novamente circulada, batida pelos flancos e tendo outra vez, em roda, como se brotassem do chão, os antagonistas inexoráveis, jarretando-lhes os movimentos. A tática invariável do jagunço expunha-se temerosa naquele resistir às recuadas, restribando-se em todos os acidentes da terra protetora. Era a luta da sucuri flexuosa com o touro pujante. Laçada a presa, distendia os anéis; permitia-lhe a exaustão do movimento livre e a fadiga da carreira solta; depois se constringia repuxando-o, maneando-o nas roscas contráteis, para relaxá-las de novo, deixando-o mais uma vez se esgotar no escarvar, a marradas, o chão; e novamente o atrair, retrátil, arrastando-o – até ao exaurir completo...

Havia ali uma inversão de papéis. Os homens aparelhados pelos recursos bélicos da indústria moderna é que eram materialmente fortes e brutais, jogando pela boca dos canhões toneladas de aço em cima dos rebeldes que lhes antepunham a esgrima magistral de inextricáveis ardis. Davam de bom grado aos adversários o engodo das vitórias inúteis, mas quando eles, depois de calçarem à bala o solo das caatingas, desdobravam bandeiras e enchiam os ermos quietos de toques de alvorada, como não possuíam esses requintes civilizados, compassavam-lhes os hinos triunfais com as balas ressoantes dos trabucos...

O canhoneio de 29 não os abalara. Ao alvorar de 30 todo o acampamento foi investido. Foi, como sempre, um choque, um sobressalto instantâneo, eterno reproduzir dos mesmos fatos. Apontou-se mais uma vitória. Os inimigos, que rolavam de todos os lados, foram repelidos para todos os lados. Para voltarem horas depois, e serem ainda rechaçados; e retomarem, passado breve intervalo, e serem novamente repulsados – intermitentemente, ritmicamente, feito o fluxo e refluxo de uma onda, batendo, monótona, os flancos da montanha. A artilharia, como na véspera, espalhou algumas balas sobre os tetos, embaixo. E uma fuzilaria frouxa, irradiando de lá e dos cerros próximos, como na véspera, sem variante alguma, caiu durante o dia sobre a tropa...

Regime de privações

Firmara-se definitivamente um regime insustentável. A estadia na Favela era sobremaneira inconveniente porque, além de acumular baixas diárias sem efeito algum, desmoralizava dia a dia a expedição, lhe malsinava o renome e tomar-se-ia em breve inaturável pelo esgotamento completo das munições. Abandoná-la era deixar as contingências de um cerco, mais perigosas que as alternativas da batalha franca. Alguns oficiais superiores sugeriram então a única medida – forçada e urgente – a alvitrar-se: o assalto imediato ao arraial.

"Seja, porém, como for, no dia 30 de junho as forças estavam bem dispostas; a artilharia podia continuar a bombardear Canudos durante algumas horas ainda; em seguida era possível levar-se um ataque à cidadela. Havia para isto a melhor disposição dos comandantes das colunas, brigadas e corpos e dos oficiais subalternos e dos soldados cuja aspiração predominante era atingir o Vaza-Barris que lhes representava a abundância de que se achavam privados, numa posição acanhada, enfiada por toda a parte, sem capacidade para dois quanto mais para perto de seis mil homens."[82]

O general-em-chefe, porém, repeliu o alvitre "acreditando que de Monte Santo chegasse, em breve, um comboio de gêneros alimentícios como lhe afiançara o deputado do Quartel-Mestre-General e só então, depois de três dias de ração completa, investiria sobre os baluartes do Conselheiro".

Mas esse comboio não existia. Enviada ao seu encontro, no dia 30, a brigada do coronel Medeiros, para o aguardar nas Baixas e dali o proteger até ao acampamento, aquele comandante, nada encontrando, prosseguiu na jornada para Monte Santo, onde também nada existia. E o exército, que à sua partida já sofria os primeiros aguilhões da fome, entrou num período de provações indescritíveis.

Aventuras do cerco. Caçadas perigosas

Vivia-se à ventura, de expedientes. De moto próprio, sem a formalidade na emergência dispensável, de uma licença qualquer, os soldados principiaram a realizar, isolados ou em pequenos grupos, excursões perigosas pelas cercanias, talando as raras roças de milho ou mandioca, que existiam; caçando cabritos

82. Coronel Dantas Barreto, *Última expedição a Canudos.*

quase selvagens por ali desgarrados, em abandono desde o começo da guerra; e arrebanhando o gado. Não havia evitá-las ou proibi-las. Eram o último recurso. A partir de 2 de julho só houve gêneros – farinha e sal, nada mais – para os doentes. As caçadas faziam-se, pois, obrigatoriamente, a despeito dos maiores riscos. E os que a elas se abalançavam – vestindo a pele do jagunço, copiando--lhe a astúcia requintada, a marcha cautelosa, acobertando-se em todos os sulcos do terreno – aventuravam-se a extremos lances temerários.

Não se podem individuar os episódios parciais desta fase obscura e terrível da campanha. O soldado faminto, cevada a cartucheira de balas, perdia-se nas chapadas, premunindo-se de resguardos como se fosse à caça de leões. Atufava-se no bravio das moiteiras.... Rompia a galhada inflexa, entressachada de gravatás mordentes. E – olhos e ouvidos armados aos mínimos contornos e aos mínimos rumores – atravessava longas horas na perquisição exaustiva...

Às vezes era um esforço vão. Volvia à noite para o acampamento, desinfluído e com as mãos vazias. Outros, mais infelizes, não apareciam mais, perdidos por aqueles ermos; ou mortos nalguma luta feroz, para todo o sempre ignorada. Porque os jagunços por fim opunham tocaias imprevistas aos caçadores bisonhos que, sem lhes pleitearem parelhas na ardileza, não lhas evitavam.

Assim é que, não raro, depois de muitas horas de esforço inútil, o valente faminto dava tento, afinal, de um ressoar de cincerros, pressagos da caça apetecida, porque é costume trazerem-nos as cabras, no sertão; e reanimava-se esperançado.

Recobrava-se um momento das fadigas. Refinando no avançar cauteloso, por não espantar a presa fugidia, retraía-se das trilhas descobertas para o âmago das macegas. Seguia serpejando, deslizando devagar, guiado pelas notas da campainha, a pontilharem, nítidas e claras, o silêncio das chapadas. Adiantava--se até as ouvir perto... e era feliz, em que pese à dolorosa contrariedade, se as ouvia novamente ao longe, indistintas, inatingíveis, ao través do embaralhado dos desvios. Porque não imaginava, em certas ocasiões, os riscos que corria: a um lado, nos recessos da caatinga, em vez do animal arisco, negaceava, sinistro e traiçoeiro, procurando-o por sua vez, o jagunço. Acaroado com o chão, rente da barba a fecharia da espingarda e avançando de rastos, quedo e quedo entre as macegas, e fazendo a cada movimento tanger o cincerro que apresilhara ao próprio pescoço, via-se, ao invés da cabra, o cabreiro feroz. A caça caçava o caçador. Este, inexperto, caía, geralmente abatido por um tiro seguro, a não ser que atirasse primeiro sobre o vulto lobrigado no último momento.

Outras vezes ante um grupo de famintos aparecia, num reverso de colina, uma mangueira fechada. Dentro, alguns bois, presos. Eram um chamariz ardilosamente disposto: e o cercado uma arapuca grande. Ante a imprevista descoberta, porém, mal desfechavam, aqueles, olhos indagadores em roda. Transpunham num pulo as cercas do curral. Arremetiam com os bois, abatendo-os a tiro ou jugando-os à faca... e espalhavam-se, tontos, alarmados, batidos de descargas envolventes, partidas das esperas, adrede predispostas aos lados...

No acampamento ouviam-se muitas vezes tiroteios nutridos e longos, como ecos de combates.

Estas aventuras ao cabo foram regulamentadas. As ordens de detalhe escalavam, de véspera, os batalhões para as caçadas. Eram verdadeiras sortidas de praças de armas em apuros. Mas inglórias. Um triste avançar sem bandeiras e sem clarins pela maninhez dos ermos. As linhas inimigas dobravam-se-lhes em frente, ralas, invisíveis, traidoras. Os corpos em diligência escoavam-se-lhes pelos claros. Batiam longo tempo a terra, onde a entrada da estação sem chuvas se refletia já na flora emurchecida. Recebiam meia dúzia de tiros de adversários incorpóreos, que não viam...

Voltavam abatidos e exaustos.

Apenas o esquadrão de lanceiros agia com algum efeito. Partia diariamente em batidas longas pelos arredores. Montando cavalos estropiados, que rengueavam sob a espora, os gaúchos faziam façanhas de pealadores. Largavam, sem medir distâncias e perigos, pela região desconhecida; e, conseguindo sopear na carreira os bois esquivos, lançavam-nos em tropel, todas as tardes, para dentro de uma caiçara, à ilharga do acampamento. O inimigo perturbava-lhes a montaria. Além do trabalho de reunir as reses espantadiças, tinham o de impedir a sua dispersão ante súbitos assaltos. E nestes recontros rápidos e violentos, contendo do mesmo passo os bois alvorotados prestes a se espalharem por toda a banda, e replicando, a disparos de mosquetão, às tocaias que os aferroavam; caindo, surpresos, numa tocaia ao transpor uma baixada, alvejados por um tiroteio subitamente partindo do alto; e não abandonando nunca a presa irrequieta; circulando-a, arremessando-a para diante e, ao mesmo tempo, contendo-a pelos flancos, fizeram prodígios de equitação e bravura.

O gado diariamente adquirido – oito a dez cabeças – era, porém, um paliativo insuficiente ao minotauro de seis mil estômagos. Além disto, a carne cozida sem sal, sem ingrediente algum, em água salobra e suspeita, ou chamuscada em espetos, era quase intragável. Repugnava à própria fome.

As pequenas roças de milho, feijão da vazante e mandioca, que atenuavam a princípio a sensaboria dessa alimentação de feras, exauriram-se prestes. Tornou-se necessário buscar outros recursos.

Como os *retirantes* infelizes, os soldados apelaram para a flora providencial. Cavavam os umbuzeiros em roda, arrancando-lhes os tubérculos túmidos; catavam cocos de ouricuris, ou talhavam os caules moles dos mandacarus, alimentando-se de cactos que a um tempo lhes disfarçavam ou iludiam a fome e a sede. Não lhes bastava, porém, este recurso, que para os mais inexpertos mesmo era perigoso. Alguns morreram envenenados pela mandioca brava e outras raízes, que não conheciam.

Por fim a própria água faltava – tornando-se de aquisição dificílima. Nos regatos rasos do Vale das Umburanas, não raro ficava de bruços, varado por um tiro, o soldado sequioso.

Cada dia que passava aumentava esses transes. A partir de 7 de julho, cessou a distribuição de gêneros aos doentes.

E os infelizes baleados, mutilados, estropiados, abatidos de febres, começaram a viver da esmola incerta dos próprios companheiros...

Desânimos

À medida que se agravavam estes fatos, surgiam, consequentes, outros, igualmente sérios. Relaxava-se a disciplina; esgotava-se a resignação da soldadesca. Uns murmúrios afrontosos de protestos, ante os quais se fingia surda a oficialidade impotente para os fazer calar, surgiam irreprimíveis, inevitáveis, como borborigmos dos ventres vazios.

Por um contraste irritante, os adversários batidos em todos os combates afiguravam-se fartamente abastecidos, ao ponto de aproveitarem apenas nos comboios assaltados as munições de guerra. A 5ª brigada, ao seguir certa vez até às Baixas, encontrara em suas vizinhanças, orlando os caminhos até próximo ao Angico, malas de carne seca esturradas, montes de farinha, café e açúcar, de mistura com as cinzas das fogueiras que os haviam consumido. Era o traço firme de altivez selvagem com que se arrojavam à luta os jagunços que, afinal, não tinham abastança tal que justificasse tais atos. Afeitos, porém, às parcimônias de frugalidade sem par, os rudes lidadores, que nas quadras benignas atravessam o dia com três manejos de paçoca e um trago d'água, haviam refinado a abstinência disciplinadora, na guerra, ostentando uma capacidade de resistência incomparável. Os nossos soldados não a tinham. Não podiam tê-la. A princípio reagiram bem. Deram um epíteto humorístico à fome. Distraíram-se nas aventuras perigosas das caçadas ou no rastrear os rebotalhos das roças em abandono. Ao soar dos alarmas precipitavam-se às linhas de fogo, sem que o jejum lhes sopeasse o arrojo. Depois fraquearam. Sobre o aniquilamento físico descia dolorosa incerteza do futuro. Estavam em função da sorte de uma brigada única, a 1ª, que seguira à descoberta do comboio e da qual nada se sabia. Cada dia que passava sem novas de sua vinda sobrecarregava-lhes os desalentos. Além disto a insistência inflexível dos ataques tornara-se inaturável. Não havia uma hora de tréguas. Surgiam investidas súbitas à noite, pela manhã, no correr do dia, sempre improvisas, incertas e variáveis; carregando às vezes sobre a artilharia, outras sobre um dos flancos, outras, mais sérias, por toda a banda. Estridulavam os clarins; formava a tropa toda em fileiras bambas, em que mal se distinguiam as menores subdivisões táticas, e batia-se nervosamente por algum tempo. Os assaltantes eram repelidos. Caía-se, de improviso, na calma anterior. Mas o inimigo ali ficava, a dois passos, sinistramente, acotovelando os triunfadores. Cessava o ataque. Mas de minuto em minuto, com precisão inflexível, caía uma bala entre os batalhões. Variava vagarosamente de rumo, percorrendo a pouco e pouco todas as linhas, de um a outro flanco, num giro longo e torturante, indo e vindo, devagar, traçando ponto a ponto o círculo espantoso, como se um atirador único, ao longe, do alto de algum cerro remoto, houvesse o compromisso bárbaro de ser o algoz de um exército. E era-o. Valentes, ainda ofegantes de recontros em que entravam intrêmulos, estremeciam, por fim, ante o assovio daqueles projetis esparsos, transvoando ao acaso para o alvo imenso, escolhendo, entre milhares de homens, uma vítima qualquer...

Assalto ao acampamento. A "matadeira"

E iam-se assim os dias, nesse intermitir de refregas furiosas e rápidas, e longas reticências de calma, pontilhadas de balas...

Os assaltos, às vezes, contra toda a expectativa, não cessavam logo. Num crescendo aterrador, agitavam todas as linhas e tinham vislumbres de batalha. Num deles, a 1º de julho, os sertanejos penetraram em cheio o acampamento até ao centro das baterias. O ódio votado aos canhões, que dia a dia lhes demoliam os templos, arrebatara-os à façanha inverossímil, visando a captura ou a destruição do maior deles, o Whitworth 32, a *matadeira*, conforme o apelidavam. Foram poucos, porém, os que se abalançaram à empresa. Onze apenas, guiados por

Joaquim Macambira, filho do velho cabecilha de igual nome. Mas ante o grupo diminuto formaram-se batalhões inteiros. Deram-se cargas cerradas de baionetas a toques de corneta, como se fosse uma legião; até que baqueassem todos, salvo um único, que escapou miraculosamente, varando pelas fileiras agitadas.

A tropa teve o adminículo de mais uma vitória pouco lisonjeira e acrescido o respeito ao destemor do adversário.

O ascendente deste avultava dia a dia. Descobriam-se mais próximas, avançando num constringir vagaroso, as trincheiras circulantes; pela esquerda, trancando o passo para a Fazenda Velha; pela direita, ameaçando o posto de carneação e reduzindo a área do pequeno pasto em que estavam os animais de tração e montaria; e pela retaguarda, aproximando-se pelo caminho do Rosário. Os corpos destacados para as tomar e demolir tomavam-nas e demoliam-nas facilmente. Tornavam com poucas baixas ou de todo indenes. E no dia subsequente volviam à mesma tarefa, reconstruídos durante a noite, e cada vez mais próximos, os entrincheiramentos ameaçadores.

Enquanto se empregavam de tal modo os dias, reservavam-se as noites para o enterramento dos mortos, missão além de lúgubre perigosa, em que não raro o carregador aumentava a carga, caindo por sua vez entre os cadáveres, baqueando dentro da vala comum, que com as próprias mãos abria.

É natural que uma semana depois da ocupação do morro se generalizasse o desânimo. Afrouxamento em toda a linha. A própria artilharia, verificando-se a ineficácia do canhoneio e a necessidade de poupar a munição reduzida, apenas atirava, certos dias, dois ou três tiros longamente espaçados...

Atitude do comando em chefe

Aguardava-se a brigada salvadora. Se por um golpe de mão, que o inimigo podia e não soube dar, ela tivesse cortada a marcha nas cercanias do Rosário ou do Angico, a expedição estaria perdida. Era a convicção geral. O estado da força facultava-lhe ainda uma defesa frouxa daquela posição, mas impossibilitava-lhe prolongar esse esforço por mais de oito dias. Somente o prestígio de alguns chefes de corpos a salvavam da desorganização completa. Ficara em algumas brigadas, dominando a indisciplina emergente, a dedicação pessoal aos comandantes.

O general Artur Oscar, que se obstinara a permanecer ali, iludido, a princípio, pela miragem de um comboio, justificava-se, agora, pela impossibilidade absoluta de se mover.

Estadeou então a sua única qualidade militar frisante: a tendência a enraizar-se nas posições conquistadas. Este atributo contrasta com qualidades pessoais opostas. Irrequieto e ruidosamente franco; encarando a profissão das armas pelo seu lado cavalheiresco e tumultuoso; quase fanfarrão, embora valente, no relatar façanhas de pasmar; incomparável, no idear surpreendedores recontros; encontrando sempre nas conjunturas mais críticas uma frase explosiva, que as sublinha com traço vigoroso de jovialidade heroica, num calão pinturesco e incisivo e vibrante; patenteando sempre, insofridas, todas as impaciências e todos os arrojos de um temperamento nervoso e forte; – aquele general, numa campanha, no meio de cultura por excelência de tão notáveis requisitos, se transmuda, e, com espanto dos que o conhecem, só tem uma tática – a da imobilidade.

Resiste; não delibera.

Inflexivelmente imóvel diante do adversário, não o perturba com as sortidas bem combinadas e o arremesso das cargas; opõe-lhe a força emperradora da inércia.

Não o combate; cansa-o. Não o vence; esgota-o.

Guiando a expedição, concentrou-se inteiramente no objetivo da luta: absorveu-se desde o começo na sua fase derradeira, abstraindo de todas as circunstâncias intermediárias; e, realizando uma investida original, sem bases e sem linhas de operações, não preestabeleceu a hipótese de um insucesso, a necessidade eventual de um recuo.

Jagunços velando companheiro morto em campanha.
Fotografia de Flávio de Barros. Casa Euclidiana, São José do Rio Pardo

Tinha um plano único – ir a Canudos. Tudo mais era secundário. Levando seis mil baionetas à margem do Vaza-Barris, ganharia a partida, de qualquer modo, desse por onde desse. Não recuaria. Alterou um verbo na frase clássica do romano, e seguiu.

Chegou; viu; e ficou.

Se no dia 28 o erro serodiamente corrigido do abandono do comboio lhe vedava marchar à investida, no dia 30, segundo o depoimento dos seus melhores auxiliares, devia tê-lo feito. Não o fez. Entretanto estavam, afinal, reunidas as duas colunas e o arraial desdobrava-se à distância de um tiro de Mannlicher. Completou, assim, com um erro outro, colocando-se em situação insustentável, de onde, se não ocorresse o curso caprichoso dos acontecimentos, talvez não mais saísse.

Não desanimara, porém. Compartia o destino comum, resignado, estoico, inflexível, imóvel...

"Não lhe afrouxara o garrão!..." frase predileta, que despedia violentamente, como um golpe de sabre, despedaçando o fio dos comentários mais desalentados, ou desalentadoras conjecturas.

Mas presa nos liames de um assédio extravagante cujas linhas se distendiam elásticas, ante todas as cargas e se ligavam logo depois de serem rotas, em todos os pontos; exausta de fazer recuar o adversário, sem o esmagar nunca; sentindo engravescer-se a sua situação precária, a tropa não resistiria. Afrouxava. Surgiam já, traduzindo-se em alusões acerbas, surdos rancores contra imaginários responsáveis por aquelas desventuras. O deputado do Quartel-Mestre-General foi, então e depois, a vítima expiatória de todos os desmandos. Era o único culpado, comentava o desquerer geral. Não se ponderava que a acusação ilógica refluía toda sobre o comando em chefe, do qual a absolvição pressupunha uma culpa maior – o olvido da sua autonomia incondicional de chefe.

De feito, aquele funcionário tinha, pela permanência no cargo, a sua confiança plena. E empunhando febrilmente o lápis calculista com que floreteava a impaciência geral, permanecia, estéril, na Favela: somando, subtraindo, multiplicando e dividindo; pondo em equação a fome; discutindo estupendas soluções sobre cargueiros fantásticos; diferenciando a miséria transcendente; arquitetando fórmulas admiravelmente abstratas com sacos de farinha e malas de carne seca; idealizando comboios...

Era todo o esforço. Não havia notícias da 1ª brigada. Os batalhões, diariamente mandados até às Baixas, voltavam sem rastrear nem um sinal da sua existência, pelas estradas vazias. Um deles, o 15º, comandado pelo capitão Gomes Carneiro, no dia 10, ao tornar da diligência inútil, comboiara como suprema irrisão um boi, um único boi – magro retransido de fome, oscilante sobre as pernas secas – uma arroba de carne para seis mil famintos...

Outro olhar sobre Canudos

E sobre tudo aquilo uma monotonia acabrunhadora... A sucessão invariável das mesmas cenas no mesmo cenário pobre, despontando às mesmas horas com a mesma forma, dava aos lutadores exaustos a impressão indefinível de uma imobilidade no tempo.

À tarde ou durante o dia, nos raros momentos em que se atreguavam os assaltos, alguns se distraíam contemplando o arraial intangível. Lá se iam, então, cautelosamente, desenfiando-se pelo viés das encostas, alongando as distâncias, para atingirem com resguardos um ponto abrigado qualquer, de onde o distinguissem a salvo. Perturbavam-se-lhes, então, as vistas, no emaranhado dos casebres, esbatidos embaixo. E contavam: uma, duas, três, quatro mil, cinco mil casas! Cinco mil casas ou mais! Seis mil casas, talvez! Quinze ou vinte mil almas – encafurnadas naquela tapera babilônica... E invisíveis. De longe em longe, um vulto, rápido, cortava uma viela estreita, correndo, ou apontava, por um segundo, indistinto e fugitivo, à entrada da grande praça vazia, desaparecendo logo. Nada mais. Em torno o debuxo misterioso de uma paisagem bíblica: a infinita tristura das colinas desnudas, ermas, sem árvores. Um rio sem águas, tornejando-as, feito uma estrada poenta e longa. Mais longe, avassalando os quadrantes, a corda ondulante das serras igualmente desertas, rebatidas, nitidamente, na imprimadura do horizonte claro, feito o quadro desmedido daquele cenário estranho.

Era uma evocação. Como se a terra se ataviasse em dados trechos para idênticos dramas, tinha-se, ali, o que quer que era recordando um recanto da Idumeia, na paragem lendária que perlonga as ribas meridionais do Asfaltite, esterilizada para todo o sempre pelo malsinar fatídico dos profetas e pelo reverberar adusto dos plainos do Iêmen...

O arraial – "compacto" como as cidades do Evangelho – completava a ilusão.

Ao cair da noite de lá ascendia, ressoando longamente nos descampados em ondulações sonoras, que vagarosamente se alargavam pela quietude dos ermos e se extinguiam em ecos indistintos, refluindo nas montanhas longínquas, o toque da Ave-Maria...

Os canhões da Favela bramiam, despertos por aquelas vozes tranquilas. Cruzavam-se sobre o campanário humilde as trajetórias das granadas. Estouravam-lhe por cima e em roda os *shrapnels*. Mas, lento e lento, intervaladas de meio minuto, as vozes suavíssimas se espalhavam, silentes, sobre a assonância do ataque. O sineiro impassível não claudicava um segundo no intervalo consagrado. Não perdia uma nota.

Cumprida, porém, a missão religiosa; apenas extintos os ecos da última badalada, o mesmo sino dobrava estridulamente sacudindo as vibrações do alarma. Corria um listrão de flamas pelas cimalhas das igrejas. Caía feito um rastilho no arraial. Alastrava-se pela praça, deflagrando para as faldas do morro; abrangia-as; e uma réplica violenta caía estrepitosamente sobre a tropa. Fazia calar o bombardeio. O silêncio descia amortecedoramente, sobre os dois campos. Os soldados escutavam, então, misteriosa e vaga, coada pelas paredes espessas do templo meio em ruínas, a cadência melancólica das rezas...

Desânimo

Aquele estoicismo singular impressionava-os, e dominava-os; e como tinham mal esvaecidas na alma as mesmas superstições e a mesma religiosidade ingênua, vacilavam por fim ante o adversário, que se aliara à Providência.

Imaginavam-lhe recursos extraordinários. As próprias balas que usavam revelavam efeitos extravagantes. Crepitavam nos ares com estalidos secos e fortes, como se arrebentassem em estilhaços inúmeros. Criou-se, então, a lenda, depois insistentemente propalada, das balas explosivas dos jagunços. Tudo a sugeria. Aceita ainda a hipótese de provirem os estalos do desigual coeficiente de dilatação entre os metais constituintes do projetil, expandindo-se o núcleo de chumbo mais rapidamente do que a camisa de aço, a natureza excepcional dos ferimentos afigurava-se eloquentíssima: a bala, que penetrava os corpos mal deixando visível o círculo do diminuto calibre, saía por um rombo largo de tecido e ossos esmigalhados. Tais fatos arraigavam na soldadesca, inapta ao apercebimento da lei física que os explicava, a convicção de que o adversário, terrivelmente aparelhado, requintava no estadear a selvageria impiedosa.

Deserções heroicas

Principiaram as deserções. Deserções heroicas, incompreensíveis quase, em que o soldado se aventurava aos maiores riscos, sob a fiscalização incorruptível do inimigo. No dia 9, vinte praças do 33º deixaram os companheiros, afundando no deserto. E, uma a uma, diariamente, outras as imitaram, preferindo o tiro de misericórdia do jagunço àquela agonia lenta.

Havia permanente em todos os espíritos o desejo absorvente de deixar afinal aquela paragem sinistra da Favela.

Os batalhões que abalavam em diligência para vários pontos despertavam inveja aos que ficavam. Invejavam-lhes os perigos, as emboscadas, os combates. Tinham ao menos a esperança das presas acaso conquistadas. Viam-se por algum tempo fora do quadro miserando que o acampamento patenteava.

Como nos maus dias dos cercos lendários, rememorados em velhas crônicas, os gêneros mais vulgares adquiriram cotações fantásticas: uma raiz de umbu ou uma rapadura valiam como iguarias suntuárias. Um cigarro reles era um ideal de epicurista.

Falava-se, às vezes, na retirada. O boato surdo, cochichado a medo, por algum desesperado que atirava, anônimo, aquela consulta vacilante aos companheiros, penetrava sussurrando, insidioso, entre os batalhões, despertando ora apóstrofes e protestos violentos, ora um silêncio comprometedor e suspeito. Mas a retirada era inexequível. Uma brigada ligeira podia, impune, varrer os arredores, ir tiroteando para qualquer ponto, e voltar. O exército, não. Se o tentasse, com o tardo movimento que lhe impunham a artilharia, as ambulâncias e o contrapeso de mil e tantos feridos – consumar-se-ia a catástrofe.

Ficar, a despeito de tudo, era o recurso supremo e único.

Se a 1ª brigada, porém, retardasse por mais oito dias a vinda – nem este restaria. Os jagunços partiriam, afinal, num dos assaltos, as linhas de fogo dos soldados inteiramente exaustos...

Um choque galvânico na expedição combalida

Na tarde de 11 de julho, porém, um vaqueiro, escoltado por três praças de cavalaria, apareceu inesperadamente no acampamento. Trazia um ofício do coronel Medeiros notificando a sua vinda e requisitando forças necessárias à proteção de grande comboio que puxava.

Foi um choque galvânico na expedição combalida.

Não há descrevê-lo. De uma à outra ponta das alas, correu, empolgante, a nova auspiciosa e, transfigurados os rostos abatidos, corretas as posturas dobradas, movendo-se febrilmente em alacridade imensa, exposta em abraços, em gritos, em estrepitosas exclamações, entrecruzaram-se em todos os sentidos os lutadores. Desdobraram-se as bandeiras. Ressoaram os clarins, tocando a alvorada. Formaram as bandas de todos os corpos. Restrugiram hinos...

O vaqueiro rude, vestido de couro, montado no *campião* suarento e resfolegante, empunhando ao modo de lança a *guiada* longa, olhava surpreendido para tudo aquilo. A sua corpulência de atleta contrastava com os corpos mirrados que turbilhonavam em roda. Lembrava um gladiador possante entre bosquímanos irrequietos.

A torrente ruidosa das aclamações rolou até à sanga do hospital de sangue. Os doentes e os moribundos calaram os gemidos – transmudando-os em vivas...

O nordeste soprando rijo ruflava as bandeiras ondulantes; e arremessava sobre o arraial, misturadas, baralhadas, as notas metálicas das bandas marciais e milhares de brados de triunfo...

Descia a noite. De Canudos ascendia – vibrando longamente pelos descampados num ondular sonoro, que vagarosamente avassalava o silêncio dos ermos e se extinguia a pouco e pouco em ecos indistintos refluindo nas montanhas longínquas – o toque da Ave-Maria...

V. O Assalto

Preparativos

O comboio chegou ao alto da Favela a 13 de julho; e no dia subsequente convocados os comandantes de brigadas, na tenda do general Savaget, enfermo do ferimento recebido em Cocorobó, concertaram sobre o assalto. O dia era propício: uma data de festa nacional. Logo pela manhã uma salva de vinte e um tiros de bala a comemorara. Os matutos broncos foram varridos cedo – surpreendidos, saltando estonteadamente das redes e dos catres miseráveis –, porque havia pouco mais de cem anos um grupo de sonhadores falara nos direitos do homem e se batera pela utopia maravilhosa da fraternidade humana...

O ataque contra o arraial era urgente.

O comandante da 1ª brigada ao voltar comunicara que na pretensa base de operações nada existia. Encontrara-a desprovida de tudo, tendo-lhe sido necessário organizar com dificuldades o comboio que trouxera. Este em pouco se esgotaria e volver-se-ia de novo à crítica situação anterior.

Deliberou-se. As opiniões, dissentindo em minúcias, firmaram-se acordes no pensamento da investida em grandes massas por um único flanco. Os comandantes da 3ª, 4ª e 5ª brigadas opinaram pelo abandono preliminar da Favela por uma posição mais próxima de onde, depois, empenhassem a ação. Os demais, fortalecidos pelo voto favorável dos três generais, contravieram: permaneceriam na Favela o hospital de sangue, a artilharia e duas brigadas, garantindo-os.

Este alvitre, que afinal pouco divergia do primeiro, prevaleceu. Reincidia-se num erro. O inimigo ia ter, mais uma vez, diante da sua fugacidade a potência ronceira das brigadas. Havia, como se vê, persistente na maioria dos ânimos, o intento de se não executar o que a campanha desde o começo reclamava: a divisão dos corpos combatentes. O ataque por dois pontos, pelo caminho de Jeremoabo e pela extrema esquerda, derivando pelos contrafortes da Fazenda Velha, enquanto a artilharia, sem deixar a sua posição, agisse, bombardeando pelo centro, surgia, entretanto, como único plano imperioso e intuitivo – à mais ligeira observação do teatro da luta. Não se cogitou, porém, de observar o teatro da luta.

O plano firmado era mais simples. As duas colunas combatentes, após uma marcha de flanco de quase dois quilômetros para a direita do acampamento, que se preestabeleceu realizada sem que a perturbasse o inimigo, obliquariam à esquerda demandando o Vaza-Barris. Dali volvendo ainda à esquerda arremeteriam em cheio até à praça das igrejas. O movimento, contornante a princípio, ultimar-se-ia em trajetória retilínea; e se fosse impulsionado com sucesso favorável, os jagunços, mesmo no caso de inteiro desbarate, teriam, francos ao recuo, três ângulos do quadrante. Poderiam, a salvo, deslocar-se para as posições inacessíveis do Caipã, ou qualquer outra de onde renovassem a resistência.

Esta era certa e previa-se a todo o transe.

Diziam-no acontecimentos recentes. Duas semanas de canhoneio e o reforço de munições aos adversários não tinham desinfluído os sertanejos. Revigoraram-nos. No dia 15, como se ideassem atrevida paródia à recente vinda do comboio, foram vistos, em bandos, em que se incluíam mulheres e crianças, avançando pela direita do acampamento, tangendo para o arraial numerosas reses. O 25º batalhão, enviado a atacá-los, não os alcançara. Naquele mesmo dia, os expedicionários, fartos e alentados de novo pela esperança da vitória próxima, não tiveram permissão de andar à vontade na própria posição em que acampavam. A travessia de um para outro abarrancamento era a morte. Tombaram, baleados, o sargento-ajudante do 9º e várias praças. Foi assaltado o pasto, a dois passos da 2ª coluna, e capturados alguns animais de montaria e tração, sem que os retomasse o 30º de infantaria, imediatamente destacado para a diligência. A 16 ostentaram o mesmo afoitar-se desafiador com o adversário abastecido. Bateram todas as linhas. A comissão de engenheiros, para fazer ligeiros reconhecimentos nas cercanias, fê-lo combatendo, levando a escolta formidável de dois batalhões, o 7º e o 5º. Esta atitude indicava-os dispostos a reagir com vigor; e, como se não conheciam os recursos que contavam, o ataque planeado devia ater-se à condição essencial de não ser nele, de chofre, comprometida toda a força, o que ademais impropriava a zona mesma do combate. Vista do alto da Favela, esta parecia ser, de fato, a de mais fácil acesso. Apesar disto, o solo, pregueado de sangas e ondeando em outeiros, impossibilitava o desdobramento rápido das colunas; permitia prever-se o tratamento forçado da investida em massa e sugeria por si mesmo, como corretivo único à sua conformação especial, a ordem largamente dispersa. Mas esta só seria factível se, excluído de todo o alvitre das cargas de pelotões maciços, precipitando-se contra os cerros, a batalha tivesse a preliminar de uma demonstração preparatória ou reconhecimento enérgico feito por uma brigada única livremente desenvolvida e agindo fora da compressão entibiadora de fileiras compactas e inúteis. Esta vanguarda combatente à medida que progredisse, varrendo as trincheiras abertas em todos os altos e em todas as encostas, seria gradativamente seguida pelas outras, que a reforçariam nos pontos mais convenientes, até se operar, afinal, naturalmente, na própria esteira do recuo do antagonista, a concentração de todas, dentro do arraial. Ia fazer-se o contrário. O comandante-geral oscilava entre extremos. Saía da anquilose para o salto; da inércia absoluta para os movimentos impulsivos. Deixou a vacilação inibitória, que o manietava no alto da Favela, para a obsessão delirante das cargas. Nas disposições, dadas a 16, para o combate, são elas a nota preponderante. Postos em plano inferior todos os dispositivos que garantissem o desenlace do recontro, espelha-se, ali, a preocupação absorvente dos choques violentos: três mil e tantas baionetas rolando, como uma caudal de ferro e chamas, pelo leito vazio do Vaza-Barris em fora...

> *Dado o sinal da carga ninguém mais procura evitar a ação dos fogos do inimigo. Carrega-se sem vacilar com a maior impetuosidade. Depois de cada carga cada soldado procura a sua companhia, cada companhia o seu batalhão e assim por diante.*

Caíram cerca de 400 homens em cerca de 2 minutos.
Técnica mista sobre papel. Tripoli Gaudenzi

Estas instruções iam de nível com as tendências gerais. As longas combinações concretas de um combate, adrede elaboradas consoante as condições excepcionais do meio e do adversário, não as satisfaziam. O rancor longamente acumulado por anteriores insucessos, exigia revides fulminantes. Era preciso levar às recuadas os bandidos tontos e, de uma só vez, de pancada, socá-los dentro da cova de Canudos, a coices de armas.

A ordem do dia 17 de julho, marcando o ataque para o imediato, 18, foi recebida com delírio. Esteando-se nas façanhas anteriores, o comandante em chefe, numa dedução atrevida, voltava uma página do futuro e punha diante dos lutadores a miragem da vitória.

> *Valentes oficiais e soldados das forças expedicionárias no interior do estado da Bahia!*
> *Desde Cocorobó até aqui o inimigo não tem podido resistir à vossa bravura. Atestam-no os combates de Cocorobó, Trabubu, Macambira, Angico, dois outros no alto da Favela e dois assaltos que o inimigo trouxe à artilharia. Amanhã vamos abatê-to na sua cidadela de Canudos. A pátria tem os olhos fitos sobre vós, tudo espera da vossa bravura. O inimigo traiçoeiro que não se apresenta de frente, que combate-nos sem ser visto, tem, contudo, sofrido perdas consideráveis. Ele está desmoralizado, e, pois, se...*

Paremos um momento diante de uma condicional comprometedora. Ante ela a ordem do dia, lida com aplausos a 17, devia ter sido trancada ao cair da noite de 18.

> *... se tiverdes constância, se ainda uma vez fordes os bravos de todos os tempos, Canudos estará em vosso poder amanhã; iremos descansar e a Pátria saberá agradecer os vossos sacrifícios.*

Canudos cairia no dia seguinte. Era fatal. O inimigo mesmo parecia ciente da resolução heroica: cessara os tiroteios irritantes. Acolhia-se embaixo, timorato e quedo, vencido de véspera. O acampamento não fora atormentado. À tarde as fanfarras dos corpos vibraram harmoniosamente até cair a noite.

Plano do assalto

Delineou-se o ataque. Ficariam na Favela cerca de 1.500 homens sob o mando geral do general Savaget, guardando a posição: a 2ª e 7ª brigadas dos coronéis Inácio Henrique de Gouveia e Antonino Nery, a última recém-formada, assim como a de artilharia, que secundaria o ataque num bombardeio firme.

A 1ª coluna, dirigida pelo general Barbosa, marcharia na frente para o combate encalçada logo pela ala de cavalaria e uma divisão de dois Krupps de 71/2. A 2ª acompanhá-la-ia fechando a retaguarda.

Entravam na ação 3.349 homens repartidos em cinco brigadas: a 1ª, do coronel Joaquim Manuel de Medeiros, composta de dois batalhões apenas, o 14º e 30º, respectivamente comandados pelo capitão João Antunes Leite e tenente-coronel Antônio Tupi Ferreira Caldas; a 3ª do tenente-coronel Emídio Dantas Barreto, reunia o 5º, 7º , 9º e 25º, todos chefiados por capitães, Antônio Nunes de Sales, Alberto Gavião Pereira Pinto, Carlos Augusto de Sousa e José Xavier dos Anjos; a 4ª do coronel Carlos Maria da Silva Teles, formava-se com o 12º e o 31º sob o mando dos capitães José Luís Buchelle e José Lauriano da Costa; a 5ª, do coronel Julião Augusto da Serra Martins, que substituíra o general Savaget na direção da 2ª coluna, estava sob o comando do major Nonato Seixas e constituía-se com o 35º e 40º batalhões do major Olegário Sampaio e capitão J. Vilar Coutinho; e, finalmente, a 6ª, do coronel Donaciano de Araújo Pantoja, com o 26º e 32º comandados pelo capitão M. Costa e major Colatino Góis. O 5º da polícia baiana, chefiado pelo capitão do exército Salvador Pires de Carvalho Aragão, acompanhava, autônomo, a 2ª coluna.

O tenente-coronel Siqueira de Meneses, com um contingente reduzido, enquanto o grosso da expedição atacasse devia operar ligeira diversão à direita, sobre os contrafortes da Fazenda Velha.

Definidos os lutadores, via-se que ali estavam alguns para os quais o sertão de Canudos era um campo estreito:

Carlos Teles, uma altivez sem par sangrando sob o cilício da farda, lembrava o belo episódio do cerco de Bajé; Tupi Caldas – nervoso, irrequieto e bulhento, trazia invejável reputação de coragem da refrega mortífera de Inhanduí, contra os federalistas do sul; Olímpio da Silveira, o chefe da artilharia, com o seu *facies* de estátua, – face bronzeada vincada de linhas imóveis – realizava a criação rara de um lutador modesto, impassível diante da glória e diante do inimigo, seguindo retilineamente pela vida entre o tumulto das batalhas, como obediente a uma fatalidade incoercível. Nos menos graduados uma oficialidade moça, ávida de renome, anelando perigos, turbulenta, jovial, destemerosa: Salvador Pires, comandante do 5º de polícia, que ele mesmo formara com os tabaréus robustos escolhidos nos povoados do S. Francisco; Wanderley, destinado a tombar heroicamente no último passo de uma carga temerária; Vieira Pacheco, o gaúcho intrépido que chefiava o esquadrão de lanceiros; Frutuoso Mendes e Duque Estrada, que desarticulariam pedra por pedra os muros da igreja nova; Carlos de Alencar, cujo comando se extinguiria pela morte de todos os soldados da ala de cavalaria que dirigia; e outros...

Toda essa gente aguardava com impaciência o combate. Porque o combate era a vitória decisiva. Segundo o velho hábito, os lutadores recomendaram aos que permaneceriam na Favela que tivessem pronto o almoço, para quando tornassem da empresa fatigante...

O recontro

As colunas abalaram, no dia 18, ainda alta a madrugada. Contramarchando à direita do acampamento, seguiram olhando em cheio para o levante, demandando o caminho de Jeremoabo, descendo. No fim de algum tempo, volveram à esquerda, descendo sempre, em rumo certo à borda do Vaza-Barris, embaixo. A marcha, a passo ordinário, realizava-se tranquilamente, sem a menor revelação do inimigo, como se fosse surpreendê-lo aquele movimento contornante. Apenas os dois Krupps, rangendo emperradamente na vereda mal gradada, perturbavam-na, às vezes. Eram tropeços breves, porém, prestamente removidos. O tropear da investida rolava surdamente, ameaçador, contínuo...

A terra despertava triste. As aves tinham abandonado, espavoridas, aqueles ares varridos, havia quase um mês, de balas. A manhã surgia rutilante e muda. Desvendava-se, a pouco e pouco, a região silenciosa e deserta: cômoros despidos ou chapadas breves; caatingas decíduas, *pintando*, já em julho, em grandes nódoas pardo-escuras, a revelarem o alastramento vagaroso da seca. A planície ondeante, alargando-se no quadrante de NE até ao sopé da Canabrava, indefinida para o norte, batendo ao sul contra a Favela, empolava-se para o poente em maciços sucessivamente mais altos, subindo para as grimpas longínquas do Cambaio. O Vaza-Barris, *cortado* em gânglios esparsos, percorria-a em dobras divagantes.

Numa destas, depois de correr direito para o ocidente, torce abruptamente ao sul e volve, transcorridos poucas centenas de metros, para leste, invertendo de todo o sentido da corrente e formando imperfeita península, tendo no extremo o arraial. Assim, bastava aos que o defendessem o estenderem-se ligando os dois galhos paralelos e próximos do rio, segundo a corda daquele círculo extensíssimo de circunvalação, para cortarem toda a frente do ataque. Porque a direção deste a interferia normalmente, como a flecha do enorme semicírculo: depois de transposta a baixada aquém de Trabubu, os assaltantes atravessariam a pés enxutos o Vaza-Barris e, volvendo mais uma vez, a última, à esquerda, carregariam de frente.

Antes de completa esta conversão, porém, o inimigo lhes renteou o passo. Eram sete horas da manhã.

Os exploradores receberam os primeiros tiros ao galgarem a barranca esquerda do rio. O terreno próximo empolava-se num cerro, onde se viam, revestindo-o até ao topo, lembrando muros de pedra seca derruídos, irregulares entrincheiramentos de pedras. O arraial, mil e quinhentos metros na frente, desaparecia numa depressão mais forte, lobrigando-se apenas, o olhar rasante pela crista dos cerros, os vértices das duas torres da igreja. Duas cruzes ameaçadoras e altas, recortando-se, nítidas, na claridade nascente...

A vanguarda atacada, uma companhia do 30º, replicou sem parar, acelerando o passo, ao tempo que o grosso da 1ª, brigada e quatro batalhões da 3ª chegavam, compactos, abeirando-se do leito do rio, transpondo-o.

Toda a 1ª coluna penetrava, reunida, a arena do combate.

Linha de combate

Os breves tropeços à translação dos dois Krupps tinham, em boa hora, remorado a retaguarda. De sorte que atenuando-se, em parte, o grave inconveniente de um acúmulo compressor de batalhões, o general Barbosa pôde tentar o esboço de uma linha de combate: a 1ª brigada distendendo-se em atiradores para a direita; a 3ª, na mesma ordem, para a esquerda – enquanto a ala de cavalaria, avantajando-se a toda brida a estremar o flanco direito, devia obstar que o envolvessem.

Crítica

Mas este movimento geral da tropa, como era de prever, foi mal feito. Sobre ser uma manobra sob o olhar do adversário, impropriava-a o terreno. Faltava-lhe a base física essencial à tática. A linha ideada, feita por um rápido desdobramento de brigadas numa longura de dois quilômetros, ia partir-se em planos verticais, segundo as cotas máximas dos cerros e o fundo das baixadas; e desde que não podia traçar-se com celeridade tal que tornasse o mais possível passageira uma situação de desequilíbrio e fraqueza, forçadamente assumida por todas as unidades combatentes, no se desarticularem e darem o flanco ao inimigo até nova posição de combate – era impraticável.

Impraticável e perigosíssima. Diziam-no todas as condições palpáveis, concretas, em torno, da áspera topografia do solo ao extraordinário vigor de pronto patenteado pelo adversário, que tomara, desde os primeiros minutos, toda a frente à investida, numa fuzilaria impenetrável. E revelariam-no os resultados imediatos da ação. Os soldados – feixes de baionetas arremessando-se contra os morros – embatiam-lhes as ilhargas; tornejavam-nas, vingavam-nas a custo, no vertiginoso desatar-se das linhas de atiradores. Mas tudo isto sem a firmeza e a velocidade que implicava a tática concebida. Além de não conseguirem executá-la deste modo, o que era essencial, alteraram-na logo em pormenores, insignificantes talvez, mas delatadores de um princípio de confusão nas fileiras. Em contraposição à ordem primitiva, a 3ª brigada começou a lutar pelo flanco direito do 30º, que era da primeira. O 9º batalhão, na extrema esquerda, caíra no valo do Vaza-Barris por onde começou a avançar ferido de descargas irradiantes das duas bordas; enquanto o 25º, o 5º e a ala direita do 7º mal centralizavam o conflito.

Confusão

Era impossível estirar-se a formatura dispersa debaixo de balas em semelhante local. As secções, as companhias, os batalhões, destacando-se para a direita, única banda apropriada aos alinhamentos, enfiavam num labirinto de sangas em torcicolos e a breve trecho sentiam-se perdidos, desorientados, iludidos, sem verem o resto dos companheiros, sem poderem distinguir sequer os toques discordes das cornetas.

Recuando, às vezes, no estonteamento da marcha tortuosa, supondo que avançavam, esbarravam, não raro, dados poucos passos, inopinadamente, com outras secções, outras companhias e outros batalhões, a marche-marche em sentido contrário...

Enredavam-se. O próprio general que os atirara em tais forças caudinas, mais tarde, na ordem do dia relativa ao feito, não encontrando no léxico opulento da nossa língua um termo lídimo para caracterizar bem a desordem da refrega, aventurou um gauchismo bárbaro – as forças *entrelisavam-se*...

De sorte que quando, passada meia hora, chegou a 2ª coluna, era já sensível o número de baixas. Vinham mais duas brigadas, a 4ª e a 5ª, ficando apenas de reserva, à reçaga, uma, a 6ª, sob as ordens imediatas do comando em chefe. Os recém-vindos deviam ainda alongar-se para a direita, segundo o plano único imposto pelas circunstâncias, o que, além de tomar toda a frente ao inimigo, obstando-lhe qualquer ação contornante, facultaria, depois, a investida final numa concentração contínua, que o próprio campo de combate indicava, definindo-se como setor amplíssimo de raios convergentes na praça das igrejas. Mas esta concepção tática, aliás rudimentar, não foi ainda efetuada. As brigadas auxiliares, ao chegarem debaixo de uma fuzilaria estonteadora e deparando o tumulto, não podiam mais adaptar-se às linhas de um plano qualquer – articulando-se às que as tinham precedido, revigorando-as, reforçando-lhes os pontos fracos, ou completando-lhes os movimentos; ou ainda, prendendo-se-lhes às alas extremas, expandindo-lhas, ampliando-lhas de modo a estenderem, possante e vibrátil, defronte dos rudes antagonistas, a envergadura de ferro da batalha.

O coronel Carlos Teles em sua parte de combate – documento que não foi contestado – afirmou, depois, nuamente, que ao chegar notara não se acharem as forças nele engajadas com as formaturas que lhes são próprias.

Não obstante, o dever único na ocasião era avançar e carregar...

Avançaram e carregaram.

Eram oito horas da manhã. Formosa e quente manhã sertaneja que naquelas zonas irradia sempre um resplendor belíssimo de centelhas refluídas da terra desnuda e quartzosa... de sorte que se a tropa imprimisse naquele espadanar de brilhos o fulgor metálico de três mil baionetas, como se planeara, o cenário tornar-se-ia singularmente majestoso.

Mas foi lúgubre. Dez batalhões despencaram, de mistura, pelos cerros abaixo. Atulharam as baixadas. Galgaram depois as ladeiras que as apertam. Coalharam o topo das colinas; e desceram-nas de novo, ruidosamente, em tropel – para novamente investirem com as que se sucedem indefinidamente por toda a banda – num ondear de vagas humanas, revoltas, desencadeadas, estrepitosas, arrebentando nas encostas, espraiando-se nas planuras breves, acachoando em tumulto nos declives, represando-se comprimidas nas quebradas...

Os jagunços em roda fulminavam-nas, invisíveis, recuando talvez, talvez concentrando-se-lhes às ilhargas, talvez envolvendo-as...

Nada podia conjecturar-se. Os soldados começaram, certo, desde logo a conquistar bravamente o terreno. Vingavam morros sucessivos. Pisavam de momento em momento à borda de trincheiras, e no fundo destas os cartuchos detonados e ardentes delatavam-lhes a fuga recente do inimigo. Mas não sabiam no fim de algum tempo a direção real do próprio ataque que realizavam. A réplica dos adversários, por sua vez, variando em todos os rumos, parecia adrede disposta a desnorteá-los. Apenas no meio da ação ela se patenteou – uniforme e mais bem definida – na extrema direita, onde não era lícito esperá-la tão constante, sugerindo o pensamento de algum vigoroso ataque de flanco que, se fosse impulsionado com energia, lançaria inevitavelmente os sertanejos, triunfantes, dentro dos batalhões desmantelados. Viu-se, porém, que aqueles realizavam apenas uma demonstração ligeira, deixando escapar a oportunidade para acometimento sério. Revelou-o o esquadrão de lanceiros num reconhecimento temerário. Precipitando-se velozmente naquela direção, deu de chofre, no tombar de uma encosta, com cerca de oitenta jagunços. Estavam dentro de um curral, de onde atiravam de soslaio sobre a tropa. Dispersou-os a pontaços de lança e a patas de cavalos, duma carga violenta. Subiu logo depois a galope, perseguindo-os, por uma ladeira menos abrupta, até ao alto de um dilatado platô, em rechã distendida para nordeste. E o arraial, a menos de trezentos metros, apareceu-lhe inopinadamente, na frente...

Neste comenos, por sua vez, ali chegavam atropeladamente alguns pelotões de infantaria.

A situação era culminante.

À fímbria das primeiras casas esparsas, num recosto fronteiro a cerca de trezentos metros das igrejas, oferecia-se aos combatentes área mais desimpedida e plana. Estes, porém, ali chegavam em grupos e sem ordem, mal repartidos na larga divisão das brigadas: a 5ª marchando pela direita, a 3ª e a 4ª pelo centro e a 6ª, que entrara por último na refrega, pela esquerda, perlongando o rio.

Era o momento agudo do combate.

Naquela eminência, a tropa, sobretudo do centro para a direita, completamente exposta, estava dominada pelas igrejas e de nível com a parte alta do arraial, que se alteia para o norte. E deste último ponto até ao extremo da praça, a oeste, – abrangendo todo o quadrante em longura mínima de dois quilômetros, caiu-lhe em cima, convergente, uma fuzilaria tremenda. As brigadas, entretanto, avançaram ainda. Mas incoerentemente, num dissipar improdutivo de valor e de balas, sem a retitude de um plano, sem uniformidade na marcha. No torvelinho das fileiras sobrevinham paralisações súbitas. Cada soldado tendo levado somente cento e cinquenta cartuchos nas patronas gastara-os logo. De modo que se tornou necessária a parada de batalhões inteiros – em pleno conflito e na eminência completamente batida – para se abrir a machado os cunhetes de munições e distribuí-las.

Além disto, completando os tiroteios nutridos que irrompiam do arraial, onde cada parede se rachava em seteiras, atrevidos guerrilheiros afrontavam-se, de perto, com os assaltantes, alvejando-os à queima-roupa, abrindo-lhes, em descargas esparsas, claros assustadores. Batiam-nos ainda pelo flanco direito. O rarefeito dos estampidos denunciava, naquela banda, raros franco-atiradores. Mas estes, embora diminutos, tolhiam, pelo rigor das pontarias, o passo a pelotões inteiros.

Di-lo episódio expressivo.

Tocaias dos jagunços

Foi no último arranco da investida. A força, na ocasião fortalecida pela 4ª brigada tendo à frente o coronel Carlos Teles, cujo estado-maior quase todo baqueara, abalara transpondo a última ladeira, quando as secções extremas daquele flanco, rudemente batidas, convergiram em acelerado para a direita, na repulsa a adversários que não viam, na planura desnuda e chata, que as vistas, entretanto, num lance devassavam. Arremeteram, ao acaso, na direção de um umbuzeiro, frondente ainda. Era a única árvore que ali aparecia. Os tiros rápidos, porém sucessivos, como feitos por um homem único, bateram-nas, então de frente. Vararam-nas; desfalcaram-nas, derrubando, um a um, inflexivelmente, os que as formavam. Destes, muitos, por fim, estacaram atônitos pelo inconceptível de um fuzilamento em plaino escampo e limpo, onde não havia a ondulação mais ligeira acobertando o adversário inexorável. Outros, porém, teimaram, correndo para a árvore solitária. E a alguns passos dela, viram, afinal, à borda de uma cova circular, ressurgir à flor do chão um rosto bronzeado e duro. E pulando do fojo, sem largar a arena, o jagunço, escorregando célere ao viés da encosta, desapareceu embaixo no afogado das grotas. Na trincheira soterrada trezentos e tantos cartuchos vazios diziam que o caçador feroz estivera largo tempo de tocaia naquela espera ardilosamente escolhida. Outras, idênticas, salpintando o solo, apareciam, salteadamente em roda. E, em todas, os mesmos restos de munições revelavam a estadia recente de um atirador. Eram como fogaças perigosas alastrando-se por toda a banda. O chão explodia sob os pés da tropa. Os sertanejos desalojados desses esconderijos acolhiam-se, recuando, noutros; e as novas trincheiras arrebentavam logo em descargas vivas, até serem por sua vez abandonadas – concentrando-se pouco a pouco, aqueles, no arraial, cujas primeiras casas foram, ao cabo, atingidas às dez horas da manhã.

A vitória desastrosa. Cadáveres do ten-cel. Tupi Caldas, do major Queirós e do alferes Raposo.
Técnica mista sobre papel. Tripoli Gaudenzi

Arrumadas a leste, derramam-se aquelas em lombada extensa, expandida mais ou menos segundo a meridiana e tendo a vertente ocidental suavemente descaída até à praça das igrejas, adiante. A força chegou àquela situação dominante cobrindo-a de uma linha descontínua e torcida, que se alongava para a esquerda até ao Vaza-Barris. Em parte os soldados abrigaram-se então nos casebres conquistados. A maioria, porém, impelida por oficiais, que na conjuntura se revelaram dignos de mais gloriosos feitos, avançou ainda, fulminada, num círculo de descargas, até aos fundos da igreja velha. A 6ª brigada e o 5º de polícia, rompendo pelo álveo seco do rio, completaram esta acometida, que foi o derradeiro ímpeto da tropa.

Dali à frente ela não deu mais um passo. Conquistara um subúrbio diminuto da cidade bárbara e sentia-se impotente para ultimar a ação. As baixas avultaram. A retaguarda, coalhada de feridos e mortos, dava a impressão emocionante de uma derrota. Por entre eles passaram, contudo, ainda, impelidos a pulso, os dois Krupps. Postos logo depois em batalha, sobranceiros às igrejas, iniciaram um canhoneio firme – enquanto no alto da Favela, coroado de fumo, estrugiam dentro de uma cerração de tormenta as baterias do coronel Olímpio da Silveira. Mas, batido pelas granadas que dali tombavam, mergulhantes, batido pelas fuzilarias, que lhe tomavam toda a orla do nascente, o arraial recrudesceu na réplica. As balas irradiando de lá, inúmeras, varavam os tabiques das casas, em que se acolhiam os assaltantes, e matavam-nos lá dentro. A igreja nova, à margem do rio, fulminava a 6ª brigada. O 5º de polícia, rudemente combatido, caiu por fim numa grota estreita e coleante que o livrou de um fuzilamento em massa.

O sol culminou nesta situação gravíssima e dúbia. A batalha iniciada a dois quilômetros continuava mais renhida na orla do casario.

Neste transe os chefes da 3ª e 4ª brigadas, que se tinham avantajado até ao cemitério junto à igreja velha, reclamaram a presença do general Artur Oscar. Este apareceu depois de fazer, a pé, mal encoberto pelas casinhas esparsas da vertente, uma travessia que foi um lance de bravura. Ao chegar encontrou, já gravemente feridos, dentro do próprio pouso em que se haviam acolhido, o coronel Carlos Teles, o comandante do 5º de linha e o capitão Antônio Sales. A conferência – rápida – realizou-se dentro do casebre exíguo. Em torno estalava a desordem: vibrações de tiros, tropear de carreiras doidas, notas estrídulas de cornetas, vozes precípites de comando, brados de cólera, gritos de dor, imprecações e gemidos. O tumulto.

Desorganizados os batalhões, cada um lutava pela vida. Nos grupos combatentes reunidos ao acaso, feitos de praças de todos os corpos, adensando-se por trás de frágeis paredes de taipa ou no cunhal das esquinas, batendo-se a todo o transe, fizera-se uma seleção natural de valentes. Extintas todas as esperanças, o instinto animal da conservação, como sói sempre acontecer nesses epílogos sombrios dos combates, vestia a clâmide do heroísmo, desdobrando brutalmente a forma primitiva da coragem. Alheias ao destino dos outros companheiros, reduzindo a batalha à área estreita em que jogavam a vida, as frações combatentes atulhando os tijupares em cujas paredes, como os jagunços, rasgavam seteiras, negaceando nas esquinas, correndo desencontradamente pelos claros das vielas, com o adversário a dois passos, enleados quase em luta braço a braço, agiam, à toa, por conta própria. Famintos e agoniados de sede, ao penetrarem as pequenas vivendas, dentro das quais no primeiro minuto nada distinguiam, na penumbra dos cômodos estreitos e sem janelas, olvidavam o morador. Percorriam-nos, tateantes, em busca de uma moringa d'água ou um cabaz de farinha. E baqueavam, não raro, por um disparo à queima-roupa. Soldados possantes que vinham resfolegando de uma luta de quatro horas, caíram, alguns mortos por mulheres frágeis. Algumas valiam homens. Velhas megeras de tez baça, faces murchas, olhares afuzilando faúlhas, cabelos corredios e soltos, arremetiam com os invasores num delírio de fúrias. E quando se dobravam, sob o pulso daqueles, juguladas e quase estranguladas pelas mãos potentes, arrastadas pelos cabelos, atiradas ao chão e calcadas pelo tacão dos coturnos – não fraqueavam, morriam num estertor de feras, cuspindo-lhes em cima um esconjuro doloroso e trágico...

Nova vitória desastrosa

No meio desta confusão desastrosa, o comandante em chefe resolveu que se guardasse a posição conquistada. O alvitre impunha-se por si, inflexivelmente. Mais uma vez no fim de uma arremetida violenta, a expedição se via adstrita a estacar, encravando-se em situação insolúvel. Eram por igual impossíveis – o avançamento e o recuo.

Imobilizou-se ao cair da tarde numa ourela estreita do arraial – uma quinta parte deste, limitando-o pelo levante – na larga coxilha expandida de norte a sul e descendo em declive para a praça. As casas que ali se erigiam, menos unidas que as demais, tinham data recente. Canudos, no seu crescimento surpreendedor, desbordara da depressão, em que se formara, para o viso das colinas envolventes.

A tropa ocupara um desses subúrbios. A cidadela propriamente dita, com a sua feição original e bárbara, não fora a bem dizer atingida. Ali estava, perto, em frente – ameaçadoramente – sem muros, mas inexpugnável, pondo diante da invasão milhares de portas, milhares de entradas abertas para a rede inextricável dos becos tortuosos.

Mas não se podia ultrapassar o esforço temerário feito. A linha avançada dos corpos que mais se tinham adiantado firmou-se definitivamente. Numa grota profunda, que drenava os flancos da Favela, na extrema esquerda, entrincheirou-se o 5º de polícia, distendendo-se até à borda direita do Vaza-Barris, onde se ligava ao 26º de infantaria. Este, por sua vez, desdobrando-se, ia unir-se na margem oposta ao 5º de linha, junto ao cemitério. Seguiam-se, sucessivamente: o 25º, nos fundos da igreja velha; o 7º, paralelamente à face oriental da praça; e depois o 25º, o 40º e o 30º entranhando-se num dédalo de casebres, para o norte. Inflectindo deste ponto à retaguarda, a linha, com as forças desenvolvidas do 12º, 31º e 38º, encurvava-se, convexa, afastando-se do casario e guardando o flanco direito do acampamento, onde ficou o quartel-general, na vertente oposta, protegido pelos 14º, 32º, 33º e 34º batalhões e pela ala de cavalaria.

O resto do dia, e grande parte da noite, empregaram-no na construção dos entrincheiramentos, blindando-se de tábuas ou pedras as paredes das casas, ou escolhendo-se raros pontos menos enfiados pelos projetis. Estes trabalhos impunham os máximos resguardos. Os expedicionários entalavam-se numa ilharga do arraial e o inimigo vigiava-os, implacável. Afrouxara a fuzilaria, mas para recair na praxe costumeira das tocaias: em cada frestão de parede insinuavam-se um cano de espingarda e um olhar indagador. Cada passo do soldado fora do ângulo de uma esquina era a morte.

Começou-se a sentir o império de uma situação mais incômoda que a anterior, da Favela. Ali havia, ao menos, a esperança do assalto e da vitória; desprezava-se ainda o adversário, que só revidava de longe, entre ciladas. Agora nem este engano restava. O jagunço ali estava – indomável – desafiando um choque braço a braço. Não o atemorizara a proximidade dos contendores, profissionais da guerra, que lhe enviavam as gentes das *terras grandes*. Eles estavam-lhe, agora, ao lado, a dois passos, acotovelando-o, acolhidos sob os mesmos tetos de taipa e aumentando, de repente, em poucos minutos, de três mil almas, a população do lugarejo sagrado. Mas não lhe haviam modificado sequer o primitivo regime. Ao empardecer do dia, o sino da igreja velha batia, calmamente, a Ave-Maria; e, logo depois, do seio amplíssimo da outra, ressudava o salmear merencório das rezas...

Toda a agitação do dia fora como incidente vulgar e esperado.

Baixas

No entanto, a expedição atravessara violentíssima crise. Tivera cerca de mil homens, 947, entre mortos e feridos, e estes, com os caídos nos recontros anteriores, reduziam-na consideravelmente. Impressionavam-na, ademais, os resultados imediatos do acometimento. Três comandantes de brigadas, Carlos Teles, Serra Martins e Antonino Nery, que viera à tarde com a 7ª, estavam fora de combate. Numa escala ascendente, avultavam baixas de oficiais menos graduados e praças. Alferes e tenentes haviam, com desassombro incrível, malbaratado a vida em toda a linha. De alguns citavam-se, depois, os arrojados lances: Cunha Lima, estudante da Escola Militar de Porto Alegre, que, ferido em pleno peito numa carga de lanceiros, concentrara os últimos alentos no último arremesso da lança caindo, em cheio, sobre o inimigo, feito um dardo; Wanderley, que, precipitando-se a galope pela encosta aspérrima da última colina, fora abatido ao mesmo tempo que o cavalo, no topo da escarpa, rolando por ela abaixo em queda prodigiosa, de titã fulminado; e outros, baqueando todos, valentemente — entre vivas retumbantes à República – haviam dado à refrega um traço singular de heroicidade antiga, revivendo o desprendimento doentio dos místicos lidadores da média idade. O paralelo é perfeito. Há nas sociedades retrocessos atávicos notáveis; e entre nós os dias revoltos da República tinham imprimido, sobretudo na mocidade militar, um lirismo patriótico que lhe desequilibrara todo o estado emocional, desvairando-a e arrebatando-a em idealizações de iluminados. A luta pela República, e contra os seus imaginários inimigos, era uma cruzada. Os modernos templários, se não envergavam a armadura debaixo do hábito e não levavam a cruz aberta nos copos da espada, combatiam com a mesma fé inamolgável. Os que daquele modo se abatiam à entrada de Canudos tinham todos, sem excetuar um único, colgada ao peito esquerdo, em medalhas de bronze, a efígie do marechal Floriano Peixoto e, morrendo, saudavam a sua memória – com o mesmo entusiasmo delirante, com a mesma dedicação incoercível e com a mesma aberração fanática, com que os jagunços bradavam pelo Bom Jesus misericordioso e milagreiro...

Ora, esse entusiasmo febril, à parte as precipitações desastrosas decorrentes, no dia 18 de julho foi a salvação...

Uma tropa exclusivamente robustecida pela disciplina, que se desorganizasse daquela maneira, estaria perdida. Mas os soldados rudes, em cujo ânimo combalido penetravam desalentos e incertezas, imobilizaram-se sob o hipnotismo da coragem pessoal dos chefes ou dominados pelo prestígio de oficiais que, gravemente feridos, alguns mal sustendo a espada, avançavam em cambaleios para as linhas de fogo – moribundos e desafiando a morte.

Ficaram de algum modo sitiados entre eles e os jagunços.

Nos flancos de Canudos

A noite de 18 de julho, contra a expectativa geral, passou em relativa calma. Os sertanejos, por sua vez, claudicavam. No ânimo do chefe expedicionário pairara o temor de um assalto noturno para o qual não havia reação possível. As frágeis linhas de defesa, ainda quando não fossem rotas por qualquer de seus pontos, podiam ser envolvidas pelos lados e, postas entre dois fogos e contidas na frente pelo arraial impenetrável, seriam facilmente destruídas. A situação, porém, resolvera-se pela inércia dos adversários. No dia subsequente uma linha de bandeirolas vermelhas, feitas de cobertores reiunos, demarcava um segmento de cerco diminutíssimo: um quinto da periferia enorme do arraial. Mal o fechava pelo levante. Nesta banda mesmo estava em claro a extrema direita; do mesmo modo que à esquerda, entre as vertentes da Favela e os primeiros sulcos do arroio da Providência, onde jazia o corpo policial, se via um largo espaço livre. Para se ultimar a circunferência fazia-se mister um traçado que, prolongando-se para a direita em cheio ao norte, inflectindo depois para oeste, ladeando o rio e acompanhando-o na sua curvatura para o sul, galgando as ondulações maiores do solo no primeiro socalco das serras do Calumbi e Cambaio, volvesse finalmente a leste pelo esporão dos Pelados. Um circuito de seis quilômetros, aproximadamente. Ora a expedição reduzida a pouco mais de três mil homens válidos, centenares dos quais se removiam à guarda da Favela, não poderia ajustar-se a tão ampla cercadura, mesmo que lha permitisse o adversário. A paralisação temporária das operações impunha-se inevitável, resumindo-se na defesa da posição ocupada, até que maiores reforços facultassem novos esforços.

Posição crítica

O general Artur Oscar avaliou, então, com segurança, o estado das coisas. Pediu um corpo auxiliar de cinco mil homens e curou de dispositivos para garantir a força que triunfara de maneira singular, a pique de uma derrota. Estava, depois de mais um triunfo, na conjuntura torturante de não poder arriscar nem um passo à frente, nem um passo atrás. Oficialmente, as ordens do dia decretavam o começo do sítio. Mas, de fato, como sempre sucedera desde 27 de junho, a expedição é que estava sitiada. Tolhia-a o arraial a oeste. Ao sul os altos da Favela fechavam-se-lhes atravancados de feridos e doentes. Para o norte e o nascente, se desenrolava o deserto impenetrável. A área da sua ação aparentemente aumentara. Dois acampamentos distintos pareciam denotar mais larga movimentação, liberta da constrição de trincheiras envolventes. Esta ilusão, porém, extinguiu-se no próprio dia do assalto. Os cerros, varridos a cargas de baionetas poucas horas antes, figuravam-se de novo guarnecidos. As comunicações com a Favela tornaram-se logo dificílimas. Tombavam, novamente baleados, os feridos que para lá se arrastavam; e um médico, o dr. Tolentino, que na tarde do combate dali descera, caíra, gravemente ferido, na ribanceira do rio. A travessia no campo conquistado fez-se problema sério aos conquistadores. Por outro lado os que haviam invadido o breve trecho do arraial copiavam, linha a linha, a reclusão que antes observavam nos jagunços. Como estes, apinhavam-se nos casebres ardentes como fornos, ao reverberar dos meios-dias mormacentos e jaziam horas esquecidas, olhos enfiados pelas rachas das paredes, caindo escandalosamente na mesma guerrilha de tocaias, sondando com as vistas o casario e disparando as espingardas todas a um tempo – cem, duzentos, trezentos tiros! – contra um vulto, um trapo qualquer, percebido de relance, indistinto e fugitivo, ao longe, no torvelinho dos becos.

Distribuída a última ração – um litro de farinha para sete praças e um boi para um batalhão – restos do comboio salvador, era-lhes impossível preparar convenientemente a refeição escassa. Um fio de fumo branqueando no teto de barro da choupana era um chamariz de balas! À noite um fósforo aceso punha fogo a rastilhos de descargas.

Os jagunços sabiam que podiam fulminar dentro dos casebres – frágeis anteparos de argila – os moradores intrusos. O coronel Antonino Nery fora ferido justamente quando, depois de atravessar com a sua brigada a zona perigosa e aberta do combate, se acolhera a um deles. Casamataram-nos, então. Espessaram-lhes as paredes com muros interiores, de pedras, ou revestiram-nas de tábuas. E assim mais garantidos, atravessando grande parte do dia, de bruços, sobre os jiraus, olhares rasantes pelos esvãos do colmo, dedos enclavinhados nos fechos da espingarda – os vitoriosos cheios de sustos tocaiavam os vencidos...

Sobre o quartel-general, centralizado pela barraca do comandante em chefe, na vertente oposta, os projetis passavam inofensivos, repelidos pelo ângulo morto da colina. E aquele teve, durante todo o correr da noite que lhe fechara a jornada trabalhosa, passando-lhe em sibilos ásperos sobre a tenda, os respingos dos tiroteios que se renhiam do outro lado com as linhas avançadas. Os comandantes destas, tenentes-coronéis Tupi Caldas e Dantas Barreto, destemerosos ambos, sentiam-se todavia na iminência de um desastre, compreendendo "que um passo à retaguarda em qualquer ponto da linha central lhes seria a perdição total".[83] Porque esta preocupação de uma catástrofe próxima, iniludível, ninguém a ocultava. Deduzia-se irresistivelmente na sequência de anteriores sucessos. Impunha-se. Durante muitos dias dominou todos os espíritos.

"Um inimigo habituado à luta regular que soubesse tirar partido de nossas desvantagens táticas não teria certamente deixado passar esse momento em que a vingança e a desforra teriam a consequência da mais requintada selvageria."

Mas o jagunço não era afeito à luta regular. Fora até demasia de frase caracterizá-lo inimigo, termo extemporâneo, esquisito eufemismo suplantando

83. Coronel Dantas Barreto, *Última expedição a Canudos.*

o "bandido famigerado" da literatura marcial das ordens do dia. O sertanejo defendia o lar invadido, nada mais. Enquanto os que lho ameaçavam permaneciam distantes, rodeava-os de ciladas que lhes tolhessem o passo. Mas quando eles, ao cabo, lhe bateram às portas e arrombaram-lhas a coices de armas, aventou-se-lhe, como único expediente, a resistência a pé firme, afrontando-os face a face, adstrito à preocupação digna da defesa e ao nobre compromisso da desforra. Canudos só seria conquistado casa por casa. Toda a expedição iria despender três meses para a travessia de cem metros, que a separavam da abside da igreja nova. E no último dia de sua resistência inconcebível, como bem poucas idênticas na história, os seus últimos defensores, três ou quatro anônimos, três ou quatro magros titãs famintos e andrajosos, iriam queimar os últimos cartuchos em cima de seis mil homens!

Aquela pertinácia formidável começou no dia 18 e não fraqueou mais. Terminara o ataque mas a batalha continuou, interminável, monótona, aterradora, com a mesma intercadência espelhada na Favela: difundida em tiros que sulcavam o espaço de minuto em minuto, ou tiroteios alastrando-se furiosamente por todas as linhas, em arrancos súbitos, repentinos combates de quartos de hora, prestes travados, prestes desfeitos, antes que terminassem as notas emocionantes dos alarmas. Esses assaltos subitâneos, intermeados de longas horas de repouso relativo, traduziam sempre uma inversão de papéis. Os assaltantes eram, por via de regra, os assaltados. O inimigo encantoado é quem lhes marcava o momento angustioso das refregas, e estas surgiam sempre de chofre.

Noite velha, às vezes, quebrando um armistício de minutos, que os soldados da vanguarda aproveitavam para descanso ilusório, cabeceando abraçados às carabinas, um foguetão ascendia rechiando asperamente, feito um rasgão no firmamento escuro. E à sua luz fugaz viam-se as cimalhas das igrejas debruadas de uma orla negra e fervilhante. O combate feria-se na treva, aos fulgores intermitentes das fuzilarias.

Outras vezes, contra o que era de esperar, era ao romper do dia, em plena manhã esplendorosa e ardente, que os jagunços acometiam desassombradamente, às claras.

Notas de um diário

Um diário minucioso da luta naqueles primeiros dias lhe patenteia o caráter anormalmente bárbaro. Esbocemo-lo em traços largos até ao dia 24 de julho, apenas para definir uma situação que daquela data em diante não se transmudou.

Dia 19 – A fuzilaria inimiga principia às 5 horas da manhã. Prossegue durante o dia. Entra pela noite dentro. O comandante da 1ª coluna, para revigorar a repulsa, determina a vinda de mais dois canhões Krupps, que estavam na retaguarda, a fim de serem assestados à noite. Às 12h30 foi ferido, em seu acampamento, dentro de um casebre onde descansava, numa rede, o comandante da 7ª brigada. Às 2 horas da tarde, depois de apontar e disparar o canhão da direita para uma das torres da igreja nova, morre trespassado por uma bala o tenente Tomás Braga. À tarde descem com dificuldade da Favela algumas reses para alimento da tropa. A boiada dispersa-se, fustigada a tiros, ao atravessar o Vaza-Barris, sendo a custo reunida, perdendo-se algumas cabeças. Ao toque de recolher os jagunços investem contra as linhas, perdurando o ataque até às 9h30 e continuando, frouxo, daí por diante. Resultado: um comandante superior ferido; um subalterno morto, dez ou doze praças fora de combate.

Dia 20 – O acampamento é subitamente atacado quando as cornetas de todos os corpos tocam a alvorada. Tiroteios durante o dia todo. Consegue-se assestar apenas um dos canhões reconduzidos. Há o mesmo número de baixas da véspera; um soldado morto.

Dia 21 – Madrugada tranquila. Poucos ataques durante o dia. Os canhões da Favela bombardeiam até à boca da noite. Dia relativamente calmo. Poucas baixas.

Dia 22 – Sem aguardar a iniciativa do adversário, a artilharia abre o canhoneio às 5 horas da manhã – provocando revide pronto e virulento de atiradores encobertos nos muros das igrejas. São penosamente conduzidos do campo da ação para o acampamento da Favela os últimos feridos. Segue em reconhecimento pelas cercanias o tenente-coronel Siqueira de Meneses. Ao voltar declara estar o inimigo muito forte, e que muito poucas casas de Canudos estão em nosso poder, atenta a comparação com o número das que formam o povoado. Somente à noite se torna possível distribuir parcas rações de gêneros aos soldados da linha da frente, o que foi impossível fazer durante o dia, pela vigilância dos antagonistas. Às 9 horas da noite assalto violento pelos dois flancos. Resultado: 25 homens fora de combate.

Dia 23 – Alvorada tranquila. Repentinamente, uma hora depois, às 6 da manhã, os jagunços, depois de um movimento contornante despercebido, caem impetuosamente sobre a retaguarda do campo de batalha. São repelidos pelo 34º batalhão e corpo policial, deixando 15 mortos, uma cabocla prisioneira e um surrão de farinha. À noite tiroteios cerrados. Os três canhões deram apenas nove disparos por falta de munições.

Dia 24 – Começou o bombardeio ao levantar do sol. O povoado, contra o costume, suporta-o sem réplica. Os *shrapnels* da Favela caem lá dentro e estouram, como se batessem numa tapera deserta. Durante largo tempo trucida-o o canhoneio impunemente. Às 8 horas, porém, ouvem-se alguns estampidos, raros, à direita; e logo depois são assaltados os canhões daquele flanco. Enreda-se o conflito braço a braço, carabinas abocadas aos peitos, e generaliza-se num crescendo apavorante. Vibram de ponta a ponta dezenas de cornetas. Toda a tropa forma para a batalha. O ataque visava cortar a retaguarda da linha da frente. Um movimento temerário. Cortando-a cairiam sobre o quartel-general, e poriam os sitiantes entre dois fogos. Era um plano de Pajeú que, tendo deposto os demais cabecilhas, assumira a direção da luta. Esse assalto durou meia hora. Os jagunços repelidos, porém, volveram, minutos depois, outra vez sobre a tropa, arremetendo com maior arrojo sobre a direita. A custo repelidos recuam até às primeiras casas não conquistadas de onde reatam o tiroteio, cerrado, contínuo. Tombam o comandante do 33º, Antônio Nunes Sales, e muitos oficiais e praças. Ao meio-dia cessa a agitação.

Súbito silêncio desce sobre os dois campos. À 1 hora novo assalto, mais impetuoso ainda. Formam-se todos os batalhões. Era como a oscilação de um aríete. A nova pancada percutiu, insistente, nas linhas do flanco direito. O impetuoso Pajeú baqueia mortalmente ferido. Tombam do nosso lado muitos combatentes entre os quais, morto, o tenente Figueira, de Taubaté; feridos o comandante do 33º, o capitão Joaquim Pereira Lobo e muitos oficiais. A fim de distrair o inimigo, o comandante em chefe determina que atirem os corpos do flanco esquerdo, ainda não investidos. A força toda descarrega as armas contra o arraial. Segue em acelerado uma metralhadora para reforçar a direita.

Atroam no alto todas as baterias da Favela...

Repele-se o inimigo. À noite tirotear constante até à madrugada.

No dia 25... Nesse dia, como nos outros, as mesmas cenas, pouco destoantes, imprimindo na campanha uma monotonia dolorosa. Os entrincheiramentos da linha de cerco faziam-se nesse intermitir de combates; e somente à noite podia ser distribuída a refeição insuficiente aos soldados famintos ou conseguiam estes, ajoujados de cantis e marmitas, arriscar a tentativa heroica de alguns passos até às cacimbas do Vaza-Barris, buscando a água que lhes mitigasse a sede longamente suportada. Iam-se assim os dias.

Triunfos pelo telégrafo

Estes fatos chegavam às capitais da República e dos estados inteiramente baralhados.

Do exposto pode bem inferir-se que era isto inevitável.

Quando os próprios lidadores mal rastreavam, na discordância dos sucessos, um juízo qualquer sobre a própria situação, é natural que os que atentavam, de longe, para o drama imerso na profundura dos sertões desandassem em conjecturas, sobre instáveis, falsas. Falou-se a princípio na vitória. A travessia de Cocorobó, anteriormente sabida, pressagiava que o exército houvesse abatido, de um salto, os rebeldes. Notícias esparsas provindas do campo de ação, ou telegramas incisivos, marcavam além disto, à luta, um desenlace em três dias.

Volvidos, porém, quinze, patenteou-se a inanidade de esforços dos que se haviam entrado do capricho de fantasiar triunfos. Viu-se que os jagunços haviam mais uma vez vingado o círculo cortante das baionetas. De sorte que enquanto a expedição se exauria no ermo da Favela e ia tombar, exaurida por uma sangria profunda, num trecho de Canudos – a opinião nacional, pela imprensa, extravagava, balanceando as mais aventurosas hipóteses que ainda saltaram dos prelos.

O espantalho da restauração monárquica negrejava, de novo, no horizonte político atroado de tormentas. A despeito das ordens do dia em que se cantava vitória, os sertanejos apareciam como os *chouans* depois de Fontenay.

Olhava-se para a história através de uma ocular invertida: o bronco Pajeú emergia com o *facies* dominador de Chatelineau. João Abade era um Charette de chapéu de couro.

Depois do dia 18 a ansiedade geral cresceu. A notícia do acometimento, como a dos anteriores, principiando num entoar de vitória, descambava depois, a pouco e pouco, recortando-se de lancinantes dúvidas, até quase à convicção de uma derrota. Chegavam, todavia, da zona das operações, telegramas paradoxais e deploravelmente extravagantes.

Calcavam-se numa norma única: – *Bandidos encurralados! Vitória certa! Dentro de dois dias estará em nosso poder a cidadela de Canudos! Fanáticos visivelmente abatidos!*

Mais verídicos, porém, começaram desde o dia 27 de julho a seguir para o litoral, demandando a capital da Bahia – os documentos vivos da catástrofe...

VI. Pelas estradas. Os feridos

A remoção dos doentes e feridos para Monte Santo era urgente.

Assim, partiram logo as primeiras turmas protegidas por praças de infantaria até ao extremo sul da zona perigosa, Juá.

Começou, então, a derivar lastimavelmente pelos caminhos o refluxo da campanha. Golfava-o o morro da Favela. Diariamente, em sucessivas levas, abalavam dali, em inúmeros bandos, todos os desfalecidos e todos os inúteis, em redes de caroá ou jiraus de paus roliços os enfermos mais graves, outros cavalgando penosamente cavalos imprestáveis e rengues, ou apinhados em carroças ronceiras. A grande maioria, a pé.

Saíam quase sem recursos, combalidos, exaustos de provações, afundando, resignados, na região ermada pela guerra.

Era à entrada do estio. O sertão principiava a mostrar um *facies* melancólico, de deserto. Sugadas dos sóis as árvores dobravam-se murchas, despindo-se dia a dia das folhas e das flores; e, alastrando-se pelo solo, os restolhos pardo-escuros das gramíneas murchas refletiam já a ação latente do incêndio surdo das secas. A luz crua e viva dos dias claríssimos e cálidos descia, deslumbrante e implacável, dos céus sem nuvens, sem transições apreciáveis, sem auroras e sem crepúsculos, irrompendo, de chofre, nas manhãs douradas, apagando-se repentinamente na noite, requeimando a terra. Deprimia-se o nível das cacimbas. Esgotavam-se os regatos efêmeros, de leitos lastrados de seixos, onde tênues fios de água defluíam imperceptíveis como nos uedes africanos; e, na atmosfera adurente, no chão gretado e poento, pressentia-se a invasão periódica do regime desértico sobre aquelas paragens infelizes.

O clima extremava-se em variações enormes: os dias repontavam queimosos, as noites sobrevinham frigidíssimas.

As marchas só podiam realizar-se às primeiras horas da manhã e ao descer das tardes. Mal culminava o sol, era forçoso interrompê-las: todo o seu ardor parecia varar, intacto, o ambiente puríssimo e, refluído pelo solo mal protegido por vegetação rarefeita, aumentar de intensidade. Ao mesmo tempo, dispersos, refletindo em todas as dobras do terreno, os seus raios rebrilhavam, ofuscantes, nos visos das serranias; e pelos ares irrespiráveis e quentes passavam como que fulgurações de queimadas extensas alastrando-se pelos tabuleiros. Assim, a partir das dez horas da manhã, estacionavam as caravanas nos lugares menos impróprios ao descanso, à beira dos cursos d'água ganglionados em poças esparsas, onde a umidade remanente alentava a folhagem das caraíbas e baraúnas altas; junto aos tanques ainda cheios, perto dos sítios em abandono; ou, em falta destes, à fímbria das ipueiras rasas salpintando pequenas várzeas sombreadas pelas ramagens virentes dos icozeiros.

Acampavam.

Neste mesmo dia, ao entardecer, mal refeitas as forças, reatavam a rota, progredindo, sem ordem, na medida do vigor de cada um. Saindo unidas da Favela, as turmas a pouco e pouco se distendiam pelos caminhos, fragmentando-se em pequenos grupos; esparsas, afinal, em caminhantes solitários.

Mulheres e crianças prisioneiras dos soldados vitoriosos.
Técnica mista sobre papel. Tripoli Gaudenzi

Os mais fortes ou mais bem montados avantajavam-se rápidos, cortando escoteiros para Monte Santo, alheios aos companheiros retardatários. Acompanhavam-nos logo, conduzidos em redes aos ombros de soldados possantes, os oficiais feridos. A grande maioria não os encalçava; seguia vagarosamente, dissolvendo-se pelos caminhos. Alguns, quando os demais abalavam dos pousos transitórios, se deixavam ficar, quietos, à sombra dos arbustos murchos, de todo sucumbidos de fadigas – enquanto outros, aguilhoados pela sede, mal extinta nas águas impuras das almácegas sertanejas e impelidos pela fome, torcendo o rumo, batiam afanosamente os desvios multívios das caatingas, apelando para os recursos da flora singular transbordante de frutos e de espinhos – e desgarravam, desarraigando tubérculos de umbuzeiros, sugando os cladódios túmidos dos cardos espinescentes, catando os últimos frutos das árvores desfolhadas.

Deslembravam-se do inimigo. A ferocidade do jagunço era balanceada pela selvatiqueza da terra.

Ao fim de poucos dias a tortuosa vereda do Rosário encheu-se de foragidos. Ali estava a mesma trilha que um mês antes haviam percorrido, impávidos ante quaisquer recontros com o adversário esquivo, fascinados pelo irradiar de quatro mil baionetas, sacudidas no ritmo febricitante das cargas. Parecia-lhes agora mais áspera e impraticável – coleando em curvas sucessivas, tombando em ladeiras resvalantes, empinando-se em cerros, tornejando encostas, insinuando-se, impacta, entre montanhas.

E reviam-lhe, pasmos, os trechos memoráveis.

Nas cercanias de Umburanas, o casebre estruído, onde os sertanejos, de tocaia, tinham aferrado de um choque o grande comboio da expedição Artur Oscar; além das Baixas, as margens do caminho debruando-se de ossadas brancas, adrede dispostas numa encenação cruel – recordavam o morticínio de março; numa inflexão antes do Angico, o ponto em que Salomão da Rocha alteara, por minutos, diante da onda rugidora que vinha em cima da coluna Moreira César, a barragem de aço de suas divisões de artilharia; no córrego seco, mais longe, a ribanceira a pique em que tombara do cavalo, pesadamente, morto, o coronel Tamarindo; nas proximidades do Aracati e Juetê, choupanas em ruínas, esteios e traves roídos dos incêndios, cercas arrombadas e invadidas de mato, velhas roças em abandono, estereografando, indelével, o rastro das expedições anteriores...

Perto do Rancho do Vigário, por requinte de lúgubre ironia os jagunços cobriram de floração fantástica a flora tolhiça e decídua: dos galhos tortos dos angicos pendiam restos de divisas vermelhas, trapos de dólmãs azuis e brancos, molambos de calças carmesins ou negras, e pedaços de mantas rubras – como se a ramaria morta desabotoasse toda em flores sanguinolentas...

Em torno, sem variantes no aspecto entristecedor, a mesma natureza bárbara. Morros enterroados, formas evanescentes de montanhas roídas pelos aguaceiros fortes e repentinos, tendo às ilhargas, à mostra, a romper, a ossatura íntima da terra, repontando em apófises rígidas ou desarticulando-se em blocos amontoados, em que há traços violentos de cataclismos; plainos desnudos e chatos feito *lhanos* desmedidos; e, por toda a parte, mil reagindo à atrofia no fundo das baixadas úmidas, uma vegetação agonizante e raquítica, esgalhada num baralhamento de ramos retorcidos – reptantes pelo chão, contorcendo-se nos ares num bracejar de torturas...

Choupanas paupérrimas, portas abertas para o caminho, surgiam em vários trechos, ainda não descolmadas, mas vazias, porque as deixara o vaqueiro que a guerra espavorira ou o fanático que endireitara para Canudos.

Eram logo tumultuariamente invadidas, ao tempo que as deixavam outros hóspedes surpreendidos: raposas ariscas e medrosas, saltando das janelas e esvãos da cobertura – olhos em chamas e pelo arrepiado – e atufando-se, aos pinchos, nas macegas; ou centenares de morcegos, esvoaçando desequilibradamente dos cômodos escuros, tontos, rechiantes.

A estância desolada animava-se por algumas horas. Armavam-se redes pelos quartos exíguos, na saleta sem soalho e fora, nos troncos das árvores do terreiro; amarravam-se os muares nas estacas cruzadas do curral deserto; estendiam-se pelas cercas frangalhos de capotes, cobertores e fardas velhas. Grupos erradios circuitavam a vivenda, esquadrinhando, curiosos, a horta maltratada, de canteiros invadidos pelas palmatórias de flores rutilantes; e um ressoar quase festivo, de vozes, relembrava, um instante, a quadra feliz em que os matutos ali passavam a vida, nas horas aligeiradas pela paz dos sertões. Os mais fortes enveredavam logo para a cacimba pouco distante onde, indiferentes aos retardatários e esquecidos dos que viriam depois e por muitas semanas ou meses ainda fariam a mesma escala obrigatória, se banhavam, lavavam os cavalos suados e poentos e abluíam as chagas no líquido que só se renova de ano em ano, pelas chuvas, passageiras. Volviam com os cantis e marmitas cheios, avaramente sobraçados.

Não raro, alguns bois – rebotalhos de manadas grandes tresmalhadas pelo alvoroto da guerra – ao lobrigarem, de longe, a azáfama que movimentava de novo a paragem a que se haviam aquerenciado, o rancho tranquilo onde tinham sofrido a primeira *ferra*, para lá abalavam velozmente. Vinham urrando, numa alegria ruidosa e forte. Buscavam o vaqueiro amigo que os campeara outrora e iria, de novo, ao som das cantigas conhecidas ou ao toar tristonho do *aboiado*, levá-los às *soltas* prediletas, aos *logradouros* fartos e às aguadas frescas.

Irrompiam, troteando, no terreiro...

E tinham recepção cruel. A turba faminta circulava-os em tumulto numa assonância de gritos discordantes. Estrondavam as espingardas. Avivados todos os corpos combalidos, arremetiam em montaria doida com os animais surpresos

Feridos.
Gravura de Alfredo Aquino para a edição de *Os Sertões* de 1975

e refluindo logo estonteadamente, embolados, para a trama do matagal bravio. Depois de se afadigarem em correrias exaustivas, irritando nos espinhos as chagas recém-abertas e agravando a febre, matavam afinal um, dois, três bois no máximo, em tiroteios vivos, que lembravam combates. Carneavam. E quedavam-se, após esses incidentes providenciais, fartos, quase felizes pelo contraste da própria penúria, aguardando o amanhecer para reatarem o êxodo...

Então, naquela quietude breve, salteava-os uma ideia empolgante – um assalto dos jagunços! Viam-se inermes, depauperados, andrajosos e repulsivos quase, lívidos de fome, varridos para o deserto como trambolhos inúteis – e tinham temores infantis. O adversário, que se afoitara com as brigadas aguerridas e levara os assomos cegos ao ponto de aferrar canhões a pulso, trucidá-los-ia em minutos. E a noite descia cheia de ameaças...

Valentes endurados no regime bruto das batalhas tinham sobressaltos de pavor ante as coisas mais vulgares, e velavam, cautos, a despeito das fadigas, armando os ouvidos aos rumores vagos e longínquos das chapadas...

Torturavam-nos alucinações cruéis. A deiscência das vagens das caatingueiras, abrindo-se com estalidos secos e fortes, soava-lhes feito percussão de gatilhos ou estalos de espoleta, dando a ilusão de súbitas descargas de alguma algara noturna repentina; e as grinaldas fosforescentes dos *cunanãs* irradiavam, ao longe, esbatidas nas sombras, como restos de fogueiras, em torno às quais velassem, em silêncio, expectantes, tocaias inumerosas...

A manhã libertava-os. Deixavam a paragem assombradora. Lá ficavam, porém, às vezes, rigidamente quietos, pelos cantos, os companheiros que a morte libertara. Não os enterravam. Escasseava o tempo. O chão duro, de grés, despedaçaria os alviões, opondo-lhes consistência de pedra. Alguns, depois dos primeiros passos, fraqueavam de vez. Deixavam-se ficar, exaustos, pelas curvas do caminho. Ninguém lhes dava pela falta. Desapareciam, eternamente esquecidos, agonizando no absoluto abandono. Morriam. E dias, semanas e meses sucessivos, os viandantes, passando, viam-nos na mesma postura: estendidos à sombra mosqueada de brilhos das ramagens secas, o braço direito arqueando-se à fronte, como se a resguardasse do sol, com a aparência exata de combatentes fatigados, descansando. Não se decompunham. A atmosfera ressequida e ardente conservava-lhes os corpos. Murchavam apenas, refegando a pele, e permaneciam longo tempo à margem dos caminhos – múmias aterradoras revestidas de fardas andrajosas...

Por fim, não impressionavam. Quem se aventura nos estios quentes à travessia dos sertões do norte afeiçoa-se a quadros singulares. A terra, despindo-se de toda a umidade – numa intercadência de dias adustivos e noites quase frias –, ao derivar para o ciclo das secas parece cair em vida latente, imobilizando apenas, sem os decompor, os seres que sobre ela vivem. Realiza, em alta escala, o fato fisiológico de uma existência virtual, imperceptível e surda – energias encadeadas, adormidas apenas, prestes a rebentarem todas, de chofre, à volta das condições exteriores favoráveis, originando ressurreições improvisas e surpreendedoras. E como as árvores recrestadas e nuas que, à vinda das primeiras chuvas, se cobrem, exuberando seiva, de flores, sem esperar pelas folhas, transmudando em poucos dias aqueles desertos em prados – as aves que tombam mortas dos ares estagnados, a fauna resistente das caatingas que se aniquila, e o homem que sucumbe à insolação fulminante, parecem, jazendo largo tempo intactos, sem que os vermes lhes alterem os tecidos, esperar também pela volta das quadras benfazejas. Por ali ficam, patenteando, por vezes, singulares aparências de vida; as suçuaranas – que não puderam vingar, demandando outras paragens, o círculo incandescente das secas – contorcidas, garras fincadas no chão, como em saltos paralisados; e – à beira das cacimbas extintas – o pescoço alongado, procurando um líquido que não existe, os magros bois, mortos há três meses ou mais, caídos sobre as pernas ressequidas, agrupando-se em manadas imóveis...

Os primeiros aguaceiros varrem, de pronto, esses espantalhos sinistros. A decomposição é, então, vertiginosa, como se os devorassem flamas vorazes. É a sucção formidável da terra, arrebatando-lhes, ávida, todos os princípios elementares, para a revivescência triunfal da flora.

Os foragidos avançavam considerando, de relance, aqueles cenários lúgubres. Empolgara-os de todo o pensamento exclusivo do abandono, no menor tempo possível, do sertão maninho e bruto. O terror e a imagem da própria miséria venciam, por fim, a sobrecarga muscular das caminhadas feitas. Galvanizavam-nos; lançavam-nos desesperadamente pela estrada desmedida em fora...

Seguiam sem que entre eles se rastreassem breves laivos sequer de organização militar. Tendo, na maior parte, por adaptação forçada, copiado os hábitos do sertanejo, nem os distinguia o uniforme desbotado e em tiras. E calçando alpercatas duras; vestindo camisas de algodão; sem bonés ou barretinas, cobertos de chapéus de couro, figuravam famílias de *retirantes* demandando em atropelo o litoral, fustigados pela seca.

Algumas mulheres, amantes de soldados, vivandeiras-bruxas, de rosto escaveirado e envelhecido, completavam a ilusão.

Oficiais ilustres, o general Savaget, os coronéis Teles e Nery e outros, volvendo feridos ou enfermos, passavam pelo meio desses bandos envoltos numa indiferença doentia. Não recebiam continência. Eram companheiros menos infelizes, nada mais. Passavam, desapareciam céleres, adiante, levantando ondas de pó. E recebiam pelas costas olhares ameaçadores, em que afuzilavam mal sopitados desapontamentos dos que lhes invejavam os cavalos ligeiros.

Os mais ditosos alcançavam, por fim, depois de quatro dias de marcha, na trifurcação das estradas do Rosário, Monte Santo e Calumbi, o sítio de Juá, outra casinha de taipas no recosto de uma lomba, pela qual descai o terreno sombreado de juazeiros altos, tendo em frente os sem-fins das chapadas. Julgavam-se salvos. Mais um dia de jornada levava-os ao Caldeirão Grande, a melhor fazenda daqueles lugares, vivenda quase senhoril, ereta sobre um cerro largo, tendo ao sopé as águas de um riacho represadas em açude farto. Aí, num raio de poucos quilômetros, a natureza é outra. Transfigura-se, movimentando-se em serranias pequenas orladas de vegetação mais viva, e os caminhantes forravam-se, durante algumas horas, à obsessão acabrunhadora dos plainos estéreis e das serras devastadas.

Estavam à entrada do que se chamava – "a base de operações" da campanha.

Ao outro dia prosseguiam para Monte Santo. E, depois de duas horas de caminho, reanimava-os o aspecto da pequena vila, percebida à distância de uma légua. Repontava ridente no ondear dos tabuleiros amplos – casinhas reunidas derramando-se por um socalco suavemente inclinado às plantas da montanha abrupta, em cujo vértice a capela branca, arremessada na altura, destacando-se nítida, a projetar-se no firmamento azul, parecia enviar-lhes, de longe, um aceno carinhoso e amigo.

Ao alcançarem-na, porém, volviam as desesperanças. Era ainda o deserto. O vilarejo morto, vazio, desprovido de tudo, mal os abrigava por um dia. Havia-o deixado a população, *caindo na caatinga*, consoante o dizer dos matutos, fugindo, amedrontada por igual do jagunço e do soldado. Uma guarnição exígua tomara conta da praça humílima e lá atravessava, inútil, os dias, numa mândria mais insuportável que as marchas e as batalhas. Fantasiara-se um casarão acaçapado e escuro em hospital militar. Mas este era o pavor e a condenação suprema de todos os feridos e doentes. De sorte que o vilarejo, com as suas vielas tortas, condecoradas de nomes sonoros – rua Moreira César! rua Capitão Salomão! – era uma agravante na região ingrata; era o deserto metido entre paredes e afogado na trama de alguns becos imundos, cheios de detritos e da farragem repugnante dos batalhões que ali tinham acampado, mais deplorável que o deserto franco purificado pelos sóis e varrido pelos ventos.

Os caminhantes, ao chegarem, fugindo à parceria incômoda dos morcegos nas casas em abandono, acampavam na única praça quadrangular e grande, disputando a sombra do velho tamarineiro, ao lado do barracão da feira. No outro dia, cedo, cada um por sua conta, largava para Queimadas, renovando a travessia. Eram mais dezesseis léguas extenuantes, mais seis ou oito dias de amarguras, sob o cautério dos mormaços crestadores, adstritos a escalas inevitáveis à borda das cacimbas, por Quirinquinquá – duas vivendas tristes, circuitadas de mandacarus silentes, eretas sobre larga bossa de granito exposto; pelo Cansanção, lugarejo minúsculo – uma dúzia de casas cingidas de ipueiras; – pela serra Branca, lembrando uma rancharia de tropeiros, de aspecto festivo, ensombrada de ouricurizeiros apendoados; pelo Jacurici; por todas as lagoas de águas esverdinhadas e suspeitas...

Depredações

E aquele caminho, até então povoado, ermou-se. Os bandos revoltos rompiam-no espalhando estragos, como se foram restos de uma caravana de bárbaros claudicantes. Doentes e feridos, em magotes ameaçadores, de onde transudavam alaridos, imprecações e frases arrepiadoras de angústias e revoltas irrefreáveis, abeiravam-se das choupanas, apelando para a hospitalidade incondicional dos tabaréus. Fizeram a princípio pedidos coléricos, mais irritantes que intimações. Depois o assalto franco. Repruía-lhes o ânimo, escandalizando-lhes a vida tormentosa, o quadro tranquilo daqueles lares pobres, onde deriva, quieta, a existência dos matutos. E varejavam-nos – impulsivamente, numa irreprimível hipnose de destruição – fazendo saltar as portas a coice d'armas, enquanto a família sertaneja, apavorada, fugia para os recessos das macegas.

Incêndios

Depois – era preciso uma diversão qualquer estupidamente dramática que lhes distraísse um momento as agonias fundas! – tomando de tições em fogo chegavam-nos aos colmos de sapê. Irrompiam as flamas, num deflagrar instantâneo. Passavam os haustos rijos do nordeste e esparziam as fagulhas pela caatinga seca. Em breve, céleres, arrebatadas pelo vento, enoveladas em rolos de fumo cindidos de labaredas, rolando pelas quebradas e transpondo-as, circundando todas as encostas, avassalando o topo dos morros, repentinamente acesos num relampaguear de crateras súbitas, crepitavam as queimadas, inextinguíveis, derramando-se por muitas léguas em roda.

Os foragidos, já agora salvos, suportavam os últimos transes do êxodo penosíssimo requintando nas tropelias, ampliando o círculo de ruínas da guerra e iam-se de abalada para o litoral – ao mesmo tempo miserandos e maus, inspirando a piedade e o ódio – rudemente vitimados, brutalmente vitimando. Chegavam a Queimadas esparsos e exaustos, alguns quase moribundos. Atulhavam os trens da estrada de ferro e desciam para a Bahia.

Primeiras notícias certas

Aguardava-os uma curiosidade ansiosa.

Iam chegar, afinal, as primeiras vítimas da luta que empolgara a atenção do país inteiro. A multidão desbordando da estação terminal da linha férrea, na Calçada, derramando-se pelas ruas próximas até ao forte de Jiquitaia, contemplava diariamente a passagem do heroísmo infeliz. E nunca lhe imaginou aspectos tão dramáticos.

Sacudiam-na frêmitos de emoções nunca sentidas.

Os feridos chegavam em estado miserando. Prolongavam pelas ruas da cidade aquela onda repulsiva de trapos e carcaças, que vinha rolando pelas veredas sertanejas o refluxo repugnante da campanha.

Canudos era devastada pela querosene e pela dinamite.
Técnica mista sobre papel. Tripoli Gaudenzi

Era um desfilar cruel. Oficiais e soldados, uniformizados pela miséria, vinham indistintos, revestidos do mesmo fardamento inclassificável: calças em fiapos, mal os resguardando, como tangas; camisas estraçoadas; farrapos de dólmãs sobre os ombros; farrapos de capotes, em tiras, escorridos pelos torsos desfibrados, dando ao conjunto um traço de miséria trágica. Coxeando, arrastando-se penosamente, em cambaleios, titubeantes e imprestáveis, traziam no escavado das faces e na atitude dobrada um traço comovente da campanha. Esta desvendava pela primeira vez a sua feição real, naqueles corpos combalidos, varados de balas e de espinhos, retalhados de golpes. E chegavam às centenas todos os dias: a 6 de agosto, 216 praças e 26 oficiais; a 8, 150; a 11, 400; a 12, 260; a 14, 270; a 18, 53; e assim por diante.

A população da capital recebia-os comovida. Como sempre sucede, o sentimento coletivo ampliara as impressões individuais. O grande número de pessoas, identificadas pela mesma comoção, fez-se o expoente do sentir de cada um e, vibrando uníssonas todas as almas, presas do mesmo contágio, e sugestionadas pelas mesmas imagens, todas as individualidades se apagaram no anonimato nobilitador da multidão piedosa que bem poucas vezes apareceu tão digna na história. A vasta cidade fez-se um grande lar. Organizaram-se em toda a linha comissões patrióticas, para agenciar donativos, que espontaneamente surgiram numerosos, constantes. No Arsenal de Guerra, na faculdade médica, nos hospitais, nos próprios conventos, se improvisaram enfermarias. Em cada uma destas os gloriosos mutilados foram postos sob o patrocínio de algum nome ilustre: Esmarch, Claude Bernard, Duplay, Pasteur, jamais tiveram tão bela consagração do futuro.

Avantajando-se à ação do governo, o povo constituíra-se tutor natural dos enfermos, amparando-os incondicionalmente, abrindo-lhes os lares, rodeando-os, animando-os, auxiliando-lhes os passos trôpegos nas ruas. Nos dias facultados às visitas, invadia os hospitais, em massa, em silêncio – religiosamente. Abeiravam-se então os visitantes dos leitos como se neles jazessem velhos conhecidos; tratavam com os doentes menos graves sobre as provações sofridas e lances arriscados ocorridos; e, ao deixarem aquelas trágicas exposições da guerra, feitas de traumatismos e moléstias horríveis, levavam, afinal, um juízo claro sobre a luta mais brutal dos nossos tempos. Mas, por um contraste inexplicável, sobre esta comiseração profunda e geral pairava, intenso, um entusiasmo vibrante. Os mártires tinham ovações de triunfadores. E estas despontavam ao acaso, sem combinações prévias, rápidas, espontâneas, incisivas, aparecendo e desaparecendo em quartos de hora, num desencadear intermitente de movimentos impulsivos. Os dias sucediam-se agitados numa larga movimentação de multidões ruidosas, turbilhonando nas ruas e nas praças, no meio de expansões discordes, numa alacridade singular rorejada de prantos, por meio da qual se fazia a comemoração sombria do heroísmo. Os feridos eram uma revelação dolorosíssima, certo, mas de algum modo alentadora. Naquelas sevícias retratava-se a energia de uma raça. Aqueles homens, que chegavam dilacerados pelas garras do jagunço e pelos espinhos da terra, eram o vigor de um povo posto à prova do ferro, à prova do fogo e à prova da fome. Abaladas pelo cataclismo da guerra, as camadas superficiais de uma nacionalidade cindiam-se, pondo à luz os seus elementos profundos naqueles titãs resignados e estoicos. Sobre tudo isto um pensamento diverso, não boquejado sequer mas por igual dominador, latente em todos os espíritos: a admiração pela ousadia dos sertanejos incultos, homens da mesma raça, de encontro aos quais se despedaçavam daquele modo batalhões inteiros...

E um longo frêmito tonificador vibrava nas almas. Faziam-se romarias ao quartel da Palma, onde estava ferido o coronel Carlos Teles; à Jiquitaia, onde convalescia o general Savaget; e quando este último pôde arriscar alguns passos nas ruas, paralisou-se inteiramente toda a azáfama comercial da Cidade Baixa, em ovação espontânea e imensa, que irradiando de repente e congregando a população em torno do heroico chefe da 2ª coluna, transmudou um dia comum de trabalho em dia de festa nacional.

Baixas

Sobre esta agitação chegavam diuturnamente pormenores que a acirravam. Sabia-se, por fim, positivamente, com rigor aritmético, a extensão do desastre. Era surpreendente.

De 25 de junho, em que trocara os primeiros tiros com o inimigo, até 10 de agosto, tivera a expedição 2.049 baixas.

Detalhavam-nas os mapas oficiais.

No total entrava a 1ª coluna com 1.171 homens e a 2ª com 878. Discriminadamente eram estes os algarismos:

"1ª coluna – Artilharia: 9 oficiais e 47 praças feridas, 2 oficiais e 12 praças mortas; ala de cavalaria: 4 oficiais e 46 praças feridas, 30 oficiais e 16 praças mortas; engenheiros: 1 oficial e 3 praças feridas, 1 praça morta; corpos de polícia: 6 oficiais e 46 praças feridas, 3 oficiais e 24 praças mortas; 5º batalhão de infantaria: 4 oficiais e 66 praças feridas, 1 oficial e 25 praças mortas; 7º: 8 oficiais e 95 praças feridas, 5 oficiais e 52 praças mortas; 9º: 6 oficiais e 59 praças feridas, 2 oficiais e 22 praças mortas; 14º: 8 oficiais e 119 praças feridas, 5 oficiais e 42 praças mortas; 15º: 5 oficiais e 30 praças feridas, 10 praças mortas; 16º: 5 oficiais e 24 praças feridas, 10 praças mortas; 25º: 9 oficiais e 134 praças feridas,

3 oficiais e 55 praças mortas; 27º: 6 oficiais e 45 praças feridas, 24 praças mortas; 30º: 10 oficiais e 120 praças feridas, 4 oficiais e 35 praças mortas.

2ª coluna – 1 general ferido; artilharia: 1 oficial morto; 12º de infantaria: 6 oficiais e 128 praças feridas, 1 oficial e 50 praças mortas; 26º: 6 oficiais e 36 praças feridas, 2 oficiais e 22 praças mortas; 31º: 7 oficiais e 99 praças feridas, 4 oficiais e 48 praças mortas; 32º: 6 oficiais e 62 praças feridas, 4 oficiais e 31 praças mortas; 33º: 10 oficiais e 65 praças feridas, 1 oficial e 15 praças mortas; 34º: 4 oficiais e 18 praças feridas, 7 praças mortas; 35º: 4 oficiais e 91 praças feridas, 1 oficial e 22 praças mortas; 40º: 9 oficiais e 75 praças feridas, 2 oficiais e 30 praças mortas."

E a hecatombe progredia com uma média diária de oito homens fora de combate. Por outro lado, os adversários pareciam dispor de extraordinários recursos.

Versões e lendas

Transfiguravam-nos, além disto, numa distensão exagerada, as imaginações superexcitadas. Recente mensagem do Senado Federal, onde batera também a onda da comoção geral, tendo requerido, esteada em veementes denúncias, esclarecimentos sobre o terem sido despachadas em Buenos Aires com destino aos portos de Santos e Bahia, armas, que tudo delatava se destinarem aos *conselheiristas*; tal incidente, em que incidiam todas as fantasias, assumiu, ampliado pela nevrose comum, visos de realidade.

Completavam-no, justificando e do mesmo passo refletindo o modo de pensar das Repúblicas Americanas, todas as notícias transmitidas pelos seus órgãos mais sérios. O de mais peso talvez na América do Sul,[84] depois de se referir aos curiosos sucessos da campanha, aditava-lhes pormenores de um simbolismo estranho e pavoroso: "Trata-se de duas missivas que, com intervalo de dois dias, recebemos da '*Sección Buenos Aires de la unión internacional de los amigos del imperio del Brasil*' comunicando-nos por ordem da secção executiva em Nova York, que a referida União tem ainda uma reserva de não menos 15.000 homens – só no Estado da Bahia – para reforçar, em caso de necessidade, o exército dos fanáticos; além de 100.000 em vários Estados do norte do Brasil e mais 67.000 em certos pontos dos Estados Unidos da América do Norte, prontos a sair em qualquer momento para as costas do ex-império, todos muito bem armados e

84. *La Nación*, de Buenos Aires, 30 de julho.

preparados para a guerra. Também temos, ajuntam as missivas, armas dos mais modernos sistemas, munições e dinheiro em abundância.

De uma redação, caligrafia e ortografia corretas, estas enigmáticas comunicações trazem à sua frente a mesma inscrição que as subscreve, escrita com tinta que faz recordar a violácea cor dos mortos, destacando-se as maiúsculas em vermelho, da vermelha cor do sangue.

Ante o quadro formidável de homens e armas que nos oferecem os misteriosos amigos do império, de forma não menos misteriosa, não sabemos se pensar em uma daquelas terríveis associações que forjam nas trevas seus planos de destruição ou em alguns cavalheiros dados à mistificação do próximo.

Entretanto, pelo que possa haver no fundo de tudo isto, é que fazemos constar e acusamos recebimento das repetidas missivas".

Acreditava-se. A quarta expedição ilhara-se de todo, no território conflagrado a pique de uma catástrofe. Diziam-no insuspeitos informes. Só do município de Itapicuru, garantia-se, haviam partido 3.000 fanáticos para Canudos, conduzidos por um padre que, aberrando dos princípios ortodoxos, lá se ia comungar das tolices abstrusas do cismático. Pela Barroca passavam centenares de quadrilheiros armados, seguindo o mesmo rumo. Citavam-se nomes de novos cabecilhas. Apelidos funambulescos, como os dos *chouans*: Pedro, o *Invisível*, *José Gamo*, *Caco de Ouro*; e outros.

Cerco a Canudos.
Aquarela sobre papel. Tripoli Gaudenzi

Agravando estas conjecturas vinham notícias verdadeiras. Os sertanejos dispartiam pelo sertão em algaras atrevidas: atacaram o termo de Mirandela, guiados por Antônio Fogueteiro; investiram, tomaram e saquearam a Vila de Santana do Brejo; irradiavam para toda a banda. Alargavam o âmbito da campanha, revelando mesmo lineamentos firmes de estratégia segura. Além do arraial, duas novas posições de primeira ordem e defensáveis estavam guarnecidas: as vertentes caóticas do Caipã e as cordas de cerros em torno da Várzea da Ema. Desbordando de Canudos, a insurreição espraiava-se desta maneira pelos lados de um triângulo enorme, em que podiam inscrever-se cinquenta mil baionetas. Alastrava-se.

Os comboios que partiam de Monte Santo, ainda que reforçados não por batalhões mas por brigadas, tinham viagem acidentada, tolhida de constantes assaltos. Atingido o Aracati, era indispensável que viessem de Canudos dois ou três batalhões a protegê-los. O sinistro trecho de estrada, entre o Rancho do Vigário e as Baixas, tornara-se o pavor dos mais provados valentes. Era o lugar clássico do estouro das boiadas e da dispersão dos cargueiros, espantados pelos tiroteios vivos e atropelando pelotões inteiros no recuar precípite da fuga.

E nesses recontros sucessivos, adrede feitos à perturbação das marchas, começara-se a lobrigar, por fim, uma variante do jagunço, auxiliando-o, indiretamente, com outros intuitos. Distinguiam-se entre os claros das galhadas rarefeitas, passando, céleres, no vertiginoso pervagar das guerrilhas, brilhos de botões de fardas, laivos rubros de calças carmesins...

O desertor faminto atacava os antigos companheiros.

Era um lastimável sintoma, completando com um outro caráter a campanha, cuja feição dia a dia se agravava num episodiar extremado de sucessos mais triviais.

Os soldados enfermos, em perene contato com o povo, que os conversava, tinham-se, ademais, constituído rudes cronistas dos acontecimentos e confirmavam-nos mercê da forma imaginosa por que a própria ingenuidade lhes ditava os casos, verídicos na essência, mas deformados de exageros, que narravam. Urdiam-se estranhos episódios. O jagunço começou a aparecer como um ente à parte, teratológico e monstruoso, meio homem e meio trasgo; violando as leis biológicas, no estadear resistências inconceptíveis; arrojando-se, nunca visto, intangível, sobre o adversário; deslizando, invisível, pela caatinga, como as cobras; resvalando ou tombando pelos despenhadeiros fundos, como espectro; mais leve que a espingarda que arrastava; e magro, seco, fantástico, diluindo-se em duende, pesando menos que uma criança, tendo a pele bronzeada colada sobre os ossos, áspera como a epiderme das múmias...

A imaginação popular, daí por diante, delirava na ebriez dos casos estupendos, amontoados de fantasias.

Alguns eram rápidos, espelhando incisivamente a energia inamolgável daqueles caçadores de exércitos.

"Viva o Bom Jesus"

Numa das refregas subsequentes ao assalto, ficara prisioneiro um curiboca ainda moço que a todas as perguntas respondia, automaticamente, com indiferença altiva:

— Sei não!

Perguntaram-lhe por fim como queria morrer.

— De tiro!

— Pois há de ser a faca! – contraveio, terrivelmente, o soldado.

Assim foi. E quando o ferro embotado lhe rangia nas cartilagens da glote, a primeira onda de sangue borbulhou, escumando, à passagem do último grito gargarejando na boca ensanguentada:

— Viva o Bom Jesus!...

Um lance épico

Outros tinham delineamentos épicos:

No dia 1º de julho, o filho mais velho de Joaquim Macambira, rapaz de dezoito anos, abeirou-se do ardiloso cabecilha:

— Pai! Quero escangalhar a *matadeira*!

O astuto guerrilheiro, espécie grosseira de Imanus, acobreado e bronco, encarou-o impassível:

— Consulta o Conselheiro – e vai.

O valente abalou, seguido de onze companheiros dispostos. Transpuseram o Vaza-Barris, *cortado* em cacimbas. Investiram com a larga encosta ondulante da Favela. Embrenharam-se, num deslizar flexuoso de cobras, pelas caatingas ralas.

Ia em meio o dia. O sol irradiava a pino sobre a terra, jorrando, sem fazer sombras, até ao fundo dos grotões mais fundos, os raios verticais e ardentes...

Naquelas paragens o meio-dia é mais silencioso e lúgubre que a meia-noite. Transverberando nas rochas expostas, refletindo nas chapadas nuas, repelido pelo solo recrestado e duro, todo o calor emitido para a terra reflui, tresdobrado, para o espaço, nas colunas ascensionais dos ares irrespiráveis e candentes. A natureza queda-se, enervada em quietude absoluta. Não sopra a viração mais leve. Não bate uma asa nos ares, cuja transparência junto ao chão se perturba em ondulações rápidas e ferventes. Repousa, estivando, a fauna das caatingas. Pendem, murchos, os ramos das árvores estonadas...

O exército descansava no alto da montanha, abatido pela canícula. Deitados a esmo pelas encostas, bonés caídos sobre os rostos para os resguardar, dormitando ou pensando nos lares distantes, as praças aproveitavam alguns momentos de tréguas, refazendo forças para a afanosa lide. Em frente, derramado sobre colinas – minúsculas casinhas em desordem, sem ruas e sem praças, acervo incoerente de casebres – aparecia Canudos, deserto e mudo, como uma tapera antiga.

Todo o exército repousava...

Nisto despontam, cautos, emergindo à ourela do matagal rasteiro e trançado, de arbúsculos em esgalhos, na clareira, no alto, onde estaciona a artilharia, doze rostos inquietos, olhares felinos, rápidos, percorrendo todos os pontos. Doze rostos apenas de homens ainda jacentes, de rastro, nos tufos das bromélias. Surgem lentamente. Ninguém os vê; ninguém os pode ver. Dão-lhes as costas com indiferença soberana vinte batalhões tranquilos. Adiante divisam a presa cobiçada. Como um animal fantástico, prestes a um bote repentino, o canhão Whitworth, a *matadeira*, empina-se no reparo sólido. Volta para Belo Monte a boca truculenta e rugidora que tantas granadas revessou já sobre as igrejas sacrossantas. Caem-lhe sobre o dorso luzidio e negro os raios do sol, ajaezando-a de lampejos. Os fanáticos contemplam-na algum tempo. Aprumam-se depois à borda da clareira. Arrojam-se sobre o monstro. Assaltam-no; aferram-no; jugulam-no. Um traz uma alavanca rígida. Ergue-a num gesto ameaçador e rápido...

E a pancada bate, estrídula e alta, retinindo...

E um brado de alarma estala na mudez universal das coisas; multiplica-se nas quebradas; enche o espaço todo; e detona em ecos que, atroando os vales, ressaltam pelos morros numa vibração triunfal e estrugidora, sacudindo num repelão violento o acampamento inteiro...

Formam-se em acelerado as divisões. Num segundo os assaltantes se veem num círculo de espingardas e sabres, sob uma irradiação de golpes e de tiros. Um apenas se salva – chamuscado, baleado, golpeado – correndo, saltando, rolando, impalpável entre os soldados tontos, varando redes de balas, transpondo cercas dilaceradoras de baionetas, caindo em cheio nas macegas, rompendo-as vertiginosamente e despenhando-se, livre afinal, alcandorado sobre abismos, pelos pendores abruptos da montanha...

Estes e outros casos – exagerado romancear dos mais triviais sucessos –, dando à campanha um tom impressionante e lendário, abalavam a opinião pública da velha capital e, por fim, a de todo o país...

VII. Outros reforços

Era urgente uma intervenção mais enérgica do governo. Impunham-na, do mesmo passo, as apreensões crescentes, as últimas peripécias da luta e a própria insciência sobre o curso real das operações. As opiniões como sempre disparatavam, discordes. Para a maioria os rebeldes contavam com elementos sérios. Era evidente. Não se compreendia que batidos em todas as ordens do dia – heroicamente escritas – eles, tendo ainda franca a fuga para os sertões de S. Francisco, onde não havia descobri-los, esperassem, pertinazes, no arraial, que se lhes fechassem, pelo complemento do assédio, as derradeiras saídas. Deduziam-se, lógicos, corolários graves. À parte a hipótese do sobre-humano devotamento, fazendo-os sucumbir em massa sob os escombros dos templos consagrados, imaginavam-se-lhes traças guerreiras formidáveis embaralhando de todo a estratégia regular. O número, que se dizia diminuto, dos que permaneciam em Canudos arrostando tudo era, certo, um engodo armado a arrastar para ali exclusivamente o exército e iludi-lo em combates estéreis, até que se congregassem, noutros lugares, fortes contingentes para o assalto final, por toda a banda, sobre os sitiantes, pondo-os entre dois fogos.

Contravinham, porém, juízos mais animadores. O coronel Carlos Teles, em carta dirigida à imprensa, afirmou de maneira clara o número reduzido de jagunços – duzentos homens válidos, talvez sem recursos nenhuns – abastecidos e aparelhados apenas do que haviam tomado às anteriores expedições. O otimismo, de fato exageradíssimo, do valente, porém, afogou-se na incredulidade geral. Aniilavam-no todos os fatos e sobretudo aquelas irrupções diárias de feridos, abalando num crescendo a comoção nacional.

A brigada Girard

Sobrevieram outros por igual desastrosos. Atendendo aos primeiros reclamos do general Artur Oscar, o governo tinha prontamente organizado uma brigada auxiliar que, ao revés das demais, não entrava na luta distinta por um número seco e inexpressivo. Tinha, segundo louvável praxe, sem curso entre nós, mercê da qual se amplia sobre os comandados a glória do comandante, um nome – brigada Girard.

Dirigia-a o general Miguel Maria Girard e formavam-na três corpos, saídos da guarnição da Capital Federal: o 22º, do coronel Bento Tomás Gonçalves, o 24º do tenente-coronel Rafael Tobias, e o 38º, do coronel Filomeno José da Cunha. Eram 1.042 praças e 68 oficiais, perfeitamente armados e levando para a luta insaciável o repasto esplêndido de 850.000 cartuchos Mauser.

Mas, por um conjunto de circunstâncias, que fora longo miudear, ao invés de auxiliar, esta tropa tornou-se um agente debilitante. Abalou do Rio de Janeiro comandada pelo chefe que lhe dera o nome e foi com ele até Queimadas, onde se reuniu a 31 de julho. Partiu de Queimadas a 3 de agosto, dirigida por um coronel, até Monte Santo. Largou de Monte Santo para Canudos, a 10 de agosto, sob o comando de um major. Deixara na Bahia um coronel e alguns oficiais – doentes. Deixara em Queimadas um general, um tenente-coronel e mais alguns oficiais – doentes. Deixara em Monte Santo um coronel e mais alguns oficiais – doentes...

Heroísmo estranho

Decompunha-se pelas estradas. Partiam-lhe do seio pedidos de reforma mais alarmantes do que aniquilamentos de brigadas. Salteara-a um beribéri excepcional exigindo não já a perícia de provectos médicos senão o exame de psicólogos argutos. Porque afinal o medo teve ali os seus grandes heróis, revelando a coragem estupenda de dizer a um país inteiro que eram covardes.

Ao endireitar de Queimadas para o sertão, aquela força encontrara as primeiras turmas de feridos e fora sulcada pelo assombro da guerra. Passaram-lhe pelo meio do acampamento, em Contendas, o general Savaget, o coronel Nery, o major Cunha Matos, o capitão Chachá Pereira e outros oficiais. Recebeu-os ainda entusiasticamente: oficiais e praças enfileirados às margens do caminho, saudando-os. Mas depois amorteceu-se-lhe o fervor. Apenas com três dias de viagem, começou de sofrer privações, vendo diminuídos os víveres que levava e repartia com as sucessivas turmas de feridos encontrados, chegando exausta e esmorecida a Monte Santo.

Em viagem para Canudos

Tomou para Canudos, onde era ansiosamente esperada, a 10 de agosto, despida inteiramente do esplêndido aparato hierárquico com que nascera. Dirigia-a o fiscal do 24º, Henrique de Magalhães, estando os corpos comandados pelo major Lídio Porto e capitães Afonso de Oliveira e Tito Escobar. A marcha foi difícil e morosa. Desde Queimadas lutava-se com dificuldades sérias de transporte. Os cargueiros, animais imprestáveis, velhos e cansados muares refugados das carroças da Bahia e tropeiros improvisados – rengueavam, tropeçando pelos caminhos, imobilizando os batalhões, e remorando a avançada.

Chegou desse modo a Aracati, onde lhe foi entregue um comboio que devia guarnecer até Canudos.

Neste comenos dizimava-a a varíola. Destacavam-se das suas fileiras, diariamente, dois ou três enfermos, volvendo para o hospital, em Monte Santo. Outros, estropiados, naquela repentina transição das ruas calçadas da Capital Federal para aquelas ásperas veredas, distanciavam-se, perdidos à retaguarda, confundindo-se com os feridos, que vinham em direção oposta.

De sorte que ao passar em Juetê, no dia 14 de agosto, lhe foi providencial o encontro com o 15º batalhão de infantaria, já endurado na luta, e que viera de Canudos. Porque no dia seguinte, depois de decampar das Baixas, onde parara na véspera para aguardar a vinda de grande número de praças retardatárias, foi no Rancho do Vigário violentamente atacada. Os jagunços aferraram-na de flanco, pela direita, do alto de um cerro dominante, e quase de frente, de uma trincheira marginal. Abrangeram-na toda numa descarga única. Tombaram mortos na guarda da frente um alferes do 24º e, na extrema retaguarda, outro, do 38º. Baquearam algumas praças nas fileiras intermédias. Alguns pelotões se embaralharam estonteadamente, surpresos, bisonhos ainda ante os guerrilheiros ferozes. A maioria disparou desesperadamente as armas. Estrugiram cornetas, vozes tremidas, altas, entrecortadas, desencontradas, de comando. Dispararam, espavoridos, os cargueiros. A boiada estourou, mergulhando na caatinga...

O 15º batalhão, tomando a vanguarda, guiou os lutadores vacilantes. Não se repeliu o inimigo. A retaguarda, ao passar pelo mesmo ponto, foi, por sua vez, alvejada.

Depois deste revés, porque o foi, bastando dizer-se que de cento e dois bois que comboiava restaram apenas onze, foi a brigada novamente investida no Angico. Deu uma carga de baionetas platônica, em que não perdeu um soldado, entrando afinal em Canudos, onde os enrijados campeadores, que ali estavam sob a disciplina tirânica dos tiroteios diuturnos, a acolheram com a denominação de Mimosa, nome que, entretanto, mais tarde, os seus bravos oficiais fizeram que se apagasse, a exemplo do primeiro título.

Capas de *Os Sertões*, na versão dinamarquesa (*Oproret*, Copenhague, 1948) e na versão sueca (*Markerna Brinna*, Estocolmo, 1945).

VIII. Outros reforços

Este ataque chegou à Bahia com as proporções de batalha perdida, pondo mais um solavanco no desequilíbrio geral, mais uma dúzia de boatos no turbilhonar das conjecturas; e o governo começou a agir com a presteza requerida pela situação. Reconhecida a ineficácia dos reforços recém-enviados, cuidou de formar uma nova divisão, arrebanhando os últimos batalhões dispersos pelos estados, capazes de mobilização rápida. E, para pulsear de perto a crise, resolveu enviar para a base de operações um de seus membros, o secretário de Estado dos Negócios da Guerra, marechal Carlos Machado de Bittencourt.

Este seguiu em agosto para a Bahia, ao tempo que de todos os ângulos do país abalavam novos lutadores. O movimento armado repentinamente se generalizara, assumindo a forma de um levantamento em massa.

As tropas confluíam do extremo norte e do extremo sul, acrescidas dos corpos policiais de S. Paulo, Pará e Amazonas. Nessa convergência para o seio da antiga metrópole, o paulista, forma delida do bandeirante aventuroso; o rio-grandense, cavaleiro e bravo; e o curiboca nortista, resistente como poucos – índoles díspares, homens de opostos climas, contrastando nos usos e tendências étnicas, do mestiço escuro ao caboclo trigueiro e ao branco, ali se agremiavam sob o liame de uma aspiração uniforme. A antiga capital agasalhava-os no recinto de seus velhos baluartes, rodeando num mesmo afago carinhoso e ardente a imensa prole havia três séculos erradia. Depois de longamente dispersos, os vários fatores da nossa raça volviam repentinamente ao ponto de onde tinham partido, tendendo para um entrelaçamento belíssimo. A Bahia ataviara-se para os receber. Transfigurou-a aquele fluxo e refluxo da campanha – mártires que chegavam, combatentes que seguiam – e, partida a habitual apatia, revestiu a feição guerreira do passado. As inúteis fortalezas, que se lhe intercalam, decaídas à parceria burguesa das casas, no alinhamento das ruas, prontamente reparadas, cortadas as árvores que nasciam nas fendas das suas muralhas, ressurgiam à luz, recordando as quadras em que rugiam naquelas ameias as longas colubrinas de bronze.

Nelas aquartelavam os contingentes recém-vindos: o 1º batalhão policial de São Paulo, com 458 praças e 21 oficiais, comandado pelo tenente-coronel Joaquim Elesbão dos Reis; os 29º, 39º, 37º, 28º e 4º, dirigidos pelo coronel João César de Sampaio, tenentes-coronéis José da Cruz, Firmino Lopes Rego e Antônio Bernardo de Figueiredo e major Frederico Mara, com efetivos sucessivos de 240 praças e 27 oficiais, 250 praças e 40 oficiais, 332 praças e 51 oficiais, 250 praças e 11 oficiais além de 36 alferes adidos, e o 4º com 219 praças e 11 alferes que eram toda a oficialidade, não tendo nem capitães nem tenentes. Por fim dois corpos: o regimento policial do Pará, somando 640 combatentes, comandados pelo coronel José Sotero de Meneses, e um da polícia do Amazonas, sob o comando do tenente Cândido José Mariano, com 328 soldados.

Estes reforços, que montavam a 2.914 homens incluídos perto de trezentos oficiais, foram repartidos em duas brigadas, a de linha, ao mando do coronel Sampaio, e os da polícia – excluída a de S. Paulo que seguira isolada na frente, sob o comando do coronel Sotero – constituindo uma divisão que foi entregue ao general de brigada Carlos Eugênio de Andrade Guimarães.

Todo o mês de agosto gastou-se em mobilizá-los. Chegavam destacadamente à Bahia; municiavam-se e embarcavam para Queimadas e dali para Monte Santo, onde deviam concentrar-se nos primeiros dias de setembro.

Os batalhões de linha, além de desfalcados, como o indicam os números acima, reduzidos quase a duas companhias, vinham desprovidos de tudo, sem os mais simples apetrechos bélicos – à parte as espingardas velhas e fardamento ruço, que haviam servido na recente campanha federalista do sul.

O marechal Bittencourt

O marechal Carlos Machado de Bittencourt, principal árbitro da situação, desenvolveu, então, atividade notável.

Vinha de molde para todas as dificuldades do momento. Era um homem frio, eivado de um ceticismo tranquilo e inofensivo. Na sua simplicidade perfeitamente plebeia se amorteciam todas as expansões generosas. Militar às direitas, seria capaz – e demonstrou-o mais tarde ultimando tragicamente a vida – de se abalançar aos maiores riscos. Mas friamente, equilibradamente, encarrilhado nas linhas inextensíveis do dever. Não era um bravo e não era um pusilânime.

Ninguém podia compreendê-lo arrebatado num lance de heroísmo. Ninguém podia imaginá-lo subtraindo-se tortuosamente a uma conjuntura perigosa. Sem ser uma organização militar completa e inteiriça, afeiçoara-se todavia ao automatismo típico dessas máquinas de músculos e nervos feitas para agirem mecanicamente à pressão inflexível das leis.

Mas isto menos por educação disciplinar e sólida que por temperamento, inerte, movendo-se passivo, comodamente endentado na entrosagem complexa das portarias e dos regulamentos. Fora disto era um nulo. Tinha o fetichismo das determinações escritas. Não as interpretava, não as criticava: cumpria-as. Boas ou péssimas, absurdas, extravagantes, anacrônicas, estúpidas ou úteis, fecundas, generosas e dignas, tornavam-no proteiforme, espelhando-as – bom ou detestável, extravagante ou generoso e digno. Estava escrito. Por isto todas as vezes que os abalos políticos lhas baralhavam, se retraía cautelosamente ao olvido.

O marechal Floriano Peixoto – profundo conhecedor dos homens do seu tempo – nos períodos críticos de seu governo, em que a índole pessoal de adeptos ou adversários influía, deixou-o sempre, sistematicamente, de parte. Não o chamou; não o afastou; não o prendeu. Era-lhe por igual desvalioso como adversário ou como partidário. Sabia que o homem, cuja carreira se desatava numa linha reta seca, inexpressiva e intorcível, não daria um passo a favor ou contra no travamento dos estados de sítio.

A República fora-lhe acidente inesperado no fim da vida. Não a amou nunca. Sabem-no quantos com ele lidaram. Foi-lhe sempre novidade irritante, não porque mudasse os destinos de um povo senão porque alterara umas tantas ordenanças e uns tantos decretos, e umas tantas fórmulas, velhos preceitos que sabia de cor e salteado.

Ao seguir para a Bahia desinfluíra todos os entusiasmos. Quem dele se abeirasse, buscando alentos de uma intuição feliz ou um traço varonil, sulcando a situação emocionante e grave, que até lá o arrastava, topava, surpreso, a esterilidade de uns conceitos triviais, longas frivolidades cruelmente enfadonhas sobre paradas de tropas, intermináveis minúcias sobre distribuição de gêneros e remontas de cavalhadas – como se este mundo todo fosse uma imensa Casa da Ordem, e a História uma variante da escrituração dos sargentos.

Saltou naquela capital quando ia em sua plenitude o fervor patriótico de todas as classes; e de algum modo o amorteceu. Manifestações ruidosas, versos flamívomos, oradores explosivos, passaram-lhe por diante, estrondaram-lhe em torno, deflagraram-lhe aos ouvidos, num estrepitar de palmas e aplausos. Ouviu-os indiferente e contrafeito. Não sabia respondê-los. Tinha a frase emperrada e pobre. Além disso, tudo quanto saía do passo ordinário da vida não o comovia, desorientava-o, contrariava-o.

Recém-vindos da luta, requerendo uma transferência ou uma licença, nada adiantavam se, dispensando a formalidade de um atestado médico, lhe pusessem à vista apenas o rombo de um tiro de trabuco ou um gilvaz sanguíneo ou um rosto cadavérico de esmaleitado. Eram coisas banais, do ofício.

Quadro lancinante

Certa vez essa insensibilidade lastimável calou profundamente. Foi numa visita a um dos hospitais.

O quadro do amplo salão era impressionador...

Imaginem-se dois extensos renques de leitos alvadios, e sobre eles – em todas as atitudes, rígidos debaixo dos lençóis escorridos como mortalhas; de bruços, ou acaroados com os travesseiros, em mudos paroxismos de dores; sentados, ou acurvados, ou estorcendo-se, em gemidos – quatrocentos baleados! Cabeças envoltas em tiras sanguinolentas; braços partidos, em tipoias; pernas encanadas, em talas rigidamente estendidas; pés disformes pela inchação, atravessados de espinhos; peitos broqueados à bala ou sarjados à faca; todos os traumatismos e todas as misérias...

A comitiva que encalçava o ministro – autoridades estaduais e militares, jornalistas, homens de toda a condição – ali entrou silenciosamente, tolhida de assombros.

Começou a lúgubre visita. O marechal aproximava-se de um ou outro leito, lendo maquinalmente a papeleta pendida à cabeceira; e seguia.

Mas teve que estacar um momento. Surgira-lhe em frente, emergindo dos cobertores, a face abatida de um velho, um cabo de esquadra, veterano de trinta e cinco anos de fileira. Uma vida batida a coice de armas desde os pântanos do Paraguai às caatingas de Canudos... E no rosto macilento do infeliz resplandecia um belo riso jovial e forte. Reconhecera o ministro do qual fora ordenança nos bons tempos de moço, em que o acompanhara na batalha, nos acantonamentos, nas longas marchas fatigantes. E dizia-o, agitado, voz sacudida e rouca, numa alegria dolorosíssima, num delírio de frases rudes e sinceras – olhos refulgentes de alacridade e de febre, e forçando por erguer-se, abordoando o tronco esmirrado aos braços finos e trêmulos; entreaberta a camisa de algodão deixando ver, na clavícula, a nódoa de uma cicatriz antiga...

Era empolgante a cena. Resfolegaram surdamente, opressos, todos os peitos. Empanaram-se todas as vistas, de lágrimas... e o marechal Bittencourt prosseguiu, tranquilamente, continuando a leitura maquinal das papeletas.

É que tudo aquilo – fortes emoções ou quadros lancinantes – estava fora do programa. Não o distraía.

Nas enfermarias improvisadas de Alagoinhas a falta de higiene e os maus-tratos elevaram a taxa de mortalidade.
Nanquim e carvão sobre papel. Tripoli Gaudenzi

Era realmente o homem feito para aquela emergência. O governo não depararia quem melhor lhe transmitisse a ação, intacta, rompendo retilineamente no tumulto da crise.

Nesse abnegar-se a si próprio, abdicando todas as regalias da própria posição, fez-se, na lídima significação do termo, o Quartel-Mestre-General de uma campanha em que era chefe supremo um seu inferior hierárquico.

É que um bom senso sólido, blindado da frieza que o libertava de quaisquer perturbações, fizera que ele apanhasse, de um lance, as exigências reais da luta. Destas – compreendeu-o logo – a menos valiosa era, decerto, a acumulação de um maior número de combatentes no conflito. Estes, penetrando a região conflagrada, agravariam antes o estado dos companheiros que pretendessem auxiliar, se lá fossem compartir as mesmas provações, reduzindo-lhes os recursos escassos no concorrerem à mesma penúria. O que era preciso combater a todo o transe, e vencer, não era o jagunço, era o deserto. Fazia-se imprescindível dar à campanha o que ela ainda não tivera: uma linha e uma base de operações. Terminava-se por onde devia começar-se. E foi essa a empresa impulsionada com sucesso pelo ministro. Atraído durante toda a estadia na Bahia por sem-número de questões de pormenores – equipamento dos batalhões que chegavam e acomodações para as turmas incessantes de feridos – o seu espírito superpunha-lhes sempre aquele objetivo capital, condição preponderante, e talvez única, do sério problema a resolver. Venceu-o, por fim, num destruir tenaz de numerosas dificuldades.

Nos últimos dias de agosto organizara-se, afinal, definitivamente, um corpo regular de comboios, atravessando continuamente os caminhos e ligando de modo efetivo, com breves intervalos de dias, o exército em operações a Monte Santo.

Este resultado pressagiava o desenlace próximo da contenda. Porque desde o começo, revelam-no as expedições antecedentes, as causas do insucesso em grande parte repousavam no insulamento em que cegamente se encravavam os expedicionários, perdendo-se na região estéril, isolando-se adiante do inimigo em espetaculosas diligências policiais, onde não havia rastrear-se os mínimos preceitos da estratégia.

O marechal Bittencourt fez, pelo menos, isto: transmudou um conflito enorme em campanha regular. A que até então se fizera traduzira-se num prodigalizar inútil da bravura, mas o heroísmo e abnegação mais rara não a impulsionariam. Cristalizara num assédio platônico e dúbio, recortado de fuzilarias inúteis, em que se jogava nobremente e estupidamente a vida. E este prolongar-se-ia, indeterminado, até que o arraial sinistro absorvesse, um a um, os que o acometiam. Em tal caso a simples substituição dos que ali tombavam – oito ou dez por dia – por outros tornava-se um círculo vicioso crudelíssimo. Além disto, numerosos assaltantes eram uma agravante. Circulariam todo o povoado, trancar-lhe-iam todas as saídas, mas teriam, passados poucos dias, latentes em roda, as linhas de outro cerco intangível e formidável – o deserto recrestado, das caatingas, pondo-os nas aperturas crescentes e inelutáveis da fome.

Previu-o o marechal Bittencourt.

Colaboradores prosaicos demais

Um estrategista superior, atraído pela forma técnica e alta da questão, gizaria rasgos estupendos de tática e não a resolveria. Um lidador brilhante idearia novas arrancadas impetuosas, que esmagassem de vez a rebeldia, e extenuar-se-ia, inútil, a marche-marche pelas caatingas. O marechal Bittencourt, indiferente a tudo isto – impassível dentro da impaciência geral – organizava comboios e comprava muares...

De feito, aquela campanha cruenta e, na verdade, dramática só tinha uma solução, e esta singularmente humorística.

Mil burros mansos valiam na emergência por dez mil heróis. A luta com todo o seu cortejo de combates sanguentos descambava, deploravelmente prosaica, a um plano obscuro.

Dispensava o heroísmo, desdenhava o gênio militar, excluía o arremesso das brigadas, e queria tropeiros e azêmolas. Esta maneira de ver implicava com o lirismo patriótico e doía, feito um epigrama malévolo da História, mas era a única. Era forçada a intrusão pouco lisonjeira de tais colaboradores em nossos destinos. O mais caluniado dos animais ia assentar, dominadoramente, as patas entaloadas em cima de uma crise, e esmagá-la...

Ademais, somente eles podiam dar às operações a celeridade exigida pelas circunstâncias. É o caso que a guerra só podia delongar-se por mais dois meses, no máximo. Mais três meses seriam, e não havia remover a conclusão inabalável, a derrota, o abandono de quanto se havia feito, a paralisação obrigada.

Ia entrar, em novembro, sobre aquela zona, o regime torrencial e dele decorreriam consequências insanáveis.

Nos leitos até então secos, dos regatos, acachoariam rios de águas barrentas, e o Vaza-Barris, intumescido de repente, transmudar-se-ia em onda enorme e dilatada, rolando transbordante, intransponível, cortando todas as comunicações.

Depois, quando as caudais se extinguissem, rápidas – porque o turbilhão das águas, derivando para o S. Francisco e para o mar, se esgota com a mesma celeridade com que se forma – despontariam entraves mais graves. Sob a adustão dos dias ardentíssimos, cada banhado, cada lagoa efêmera, cada caldeirão encovado nas pedras, cada poça de água – é um laboratório infernal, destilando a febre que irradia latente nos germes do impaludismo, profusamente disseminados nos ares, ascendendo em número infinito de cada ponto em que bata um raio de sol e descendo sobre as tropas, milhares de organismos em que as fadigas criavam receptividade mórbida funesta.

Era preciso liquidar a pendência antes dessa quadra perigosa, dispondo as coisas para um sítio real e firme determinando a rendição imediata. E vencido o inimigo que podia ser vencido, recuar incontinenti ante o inimigo invencível e eterno – a terra desolada e estéril. Mas para tal era indispensável garantir-se a subsistência do exército que, com os recentes reforços, montaria cerca de oito mil homens.

Conseguiu-o o ministro da Guerra.

De sorte que ao partir, em começo de setembro, para Queimadas – estavam dispostos todos os elementos para desenlace próximo: aguardavam-no, concentradas em Monte Santo, as brigadas da divisão auxiliar; seguiam, ainda que raros, os primeiros comboios regulares para Canudos.

Em Canudos

Iam ainda a tempo de reanimar a expedição que até àquela data atravessara, presa aos flancos do arraial, quarenta e tantos dias de agitação perigosa e inútil. Definimo-la já, em breve diário que não alongamos para evitar a mesmice dolorosa de episódios sucedendo-se sem variantes apreciáveis.

Os mesmos tiroteios improvisos, violentos, instantâneos, em horas incertas; os mesmos armistícios enganadores; a mesma apatia recortada de alarmas; a mesma calma estranha e esmagadora, intermitentemente rota de descargas... Combates diários, ora mortíferos, rareando as fileiras e desfalcando-as de oficiais prestimosos, ora ruidosos e longos, mas à maneira dos recontros entre os mercenários na Idade Média, esgotando-se num dispêndio de milhares de balas, sem um ferido, sem um escoriado sequer, de lado a lado. Por fim a existência aleatória, a terços de rações, quando as havia, dividindo-se um boi por batalhão e um litro de farinha por esquadra; e, como nos maus dias da Favela, as empresas diárias, em que se escalavam corpos para arrebanharem gado.

Os comboios eram raros e incertos. Chegavam escassos, extraviando-se parte das cargas pelos caminhos. Diante dos expedicionários se levantou de novo, como perigo único, a fome.

Metidos nos casebres, ou nas tendas por detrás dos morros, ou colados às escarpas das trincheiras, pouco se temiam do jagunço. Os perigos consistiam, exclusivos, nas caçadas, que estes faziam, de incautos que se afastavam dos abrigos. As duas torres da igreja nova lá estavam sobranceiras na altura, como dois *mutãs* sinistros sobre o exército. E nada escapava à pontaria dos que as guarneciam e que não as abandonavam no maior fragor dos canhoneios. A travessia para a Favela continuava, por isto, perigosa, tornando-se necessário estacionar uma guarda à margem do rio, no ponto em que ia dar o caminho, a fim de impedir que para lá seguissem soldados imprudentes. Naquele ponto recebiam o batismo de fogo os reforços que chegavam: a brigada Girard, a 15 de agosto, reduzida a 892 praças e 56 oficiais; o batalhão paulista a 23, com 424 praças e 21 oficiais; o 37º de infantaria, que precedera a divisão auxiliar, com 205 praças e 16 oficiais, comandado pelo tenente-coronel Firmino Lopes Rego. Os rudes adversários deixavam-nos descer em paz as últimas abas da montanha, timbrando em lhes fazer no último passo, embaixo, no álveo do rio, uma recepção retumbante e teatral, de tiros, cortada invariavelmente de estrídulos assovios terrivelmente irônicos.

É que não os assustavam os novos antagonistas. Permaneciam na mesma atitude desafiadora, inamolgáveis. E pareciam disciplinar-se. Correspondiam-se,

Canudos não se rendeu...
Óleo sobre tela. Tripoli Gaudenzi

de um a outro extremo do povoado, ao través do casario, a disparos combinados de bacamartes. Arrojavam-se mais ordenados e seguros nos assaltos. Recebiam, por sua vez, comboios, entrando pelos caminhos da Várzea da Ema, sem que lhos capturasse a tropa assaltante para não desguarnecer as posições ocupadas ou, consideração mais séria, evitar ciladas perigosas. Porque pelas cercanias, derivando invisíveis pelas colinas do norte e dali para Canabrava e Cocorobó, circulando de longe os batalhões, rondavam rápidas colunas volantes de jagunços, das quais havia sinais iniludíveis. Não raro o soldado inexperto, ao avultar sobre um cerro, baqueava atravessado por uma bala, que partia de fora do arraial, das linhas intangíveis daquele outro assédio abarcando a tropa. Os animais de montaria e tração eram muitas vezes espavoridos a tiro, nas pastagens que se alongavam pelas duas margens do rio; e em certo dia de agosto 20 muares da artilharia foram capturados, apesar de estarem sob a guarda de um batalhão aguerrido, o 5º de linha, sobre o qual se fez carga da importância da presa.

Estes incidentes delatavam raro alento entre os rebeldes.

Não lhes davam, entretanto, tréguas os assaltantes. Os três Krupps que desde 19 de julho emparcavam sobre a encosta, tendo no sopé a vanguarda do 25º sobranceando a praça, batiam-nos noite e dia, ateando incêndios a custo debelados e arruinando inteiramente a igreja velha, de madeiramento já todo exposto, a ressaltar no telhado abatido em parte e em cujo campanário não se compreendia que ainda subisse à tarde o impávido sineiro, tangendo as notas consagradas da Ave-Maria.

O sino da igreja

Como se não bastasse aquele bombardeio à queima-roupa, descera, a 23 de agosto, do alto da Favela, o Whitworth 32. Naquele dia fora ferido o general Barbosa, quando inspecionava a bateria do centro, próxima ao quartel-general da 1ª coluna. De sorte que a vinda do monstruoso canhão dava oportunidade a revide imediato. Este realizou-se logo ao amanhecer do dia subsequente. E foi, de fato, formidando. A grande peça detonou: viu-se arrebentar, com estrondo, o enorme *shrapnel* entre as paredes da igreja, esfarelando-lhe o teto, derrubando os restos do campanário e fazendo saltar pelos ares, revoluteando, estridulamente badalando, como se ainda vibrasse um alarma, o velho sino que chamava ao descer das tardes os combatentes para as rezas...

Fuzilaria

Mas, tirante este incidente, fora perdida a jornada: quebrara-se uma peça do aparelho obturador do canhão fazendo-o emudecer para sempre. Caíram nas linhas de fogo oito soldados, e uma fuzilaria fechada, estupenda, incomparável, entrou pela noite dentro até ao amanhecer. Reatou-se durante o dia, após ligeiro armistício, vitimando mais quatro soldados, que, com seis do 26º que, aproveitando o tumulto, desertaram, elevaram a dez as perdas do dia. Continuou no dia 26, abatendo cinco praças; matando quatro no dia 27; quatro, no dia 28; no dia 29, quatro soldados e um oficial; e assim por diante, na mesma escala inflexível, que exauria a tropa.

As baixas, somando-se diariamente em parcelas pouco díspares, com os claros abertos em todas as fileiras pelos combates anteriores, tinham já, desde meados de agosto, imposto a reorganização das forças rarescentes. Na diminuição que tivera o número de brigadas, passando de 7 a 5, e no descair das graduações dos comandos, percebia-se, apesar dos reforços recém-vindos, o enfraquecimento da expedição.[85]

85. "Quartel-General do Comando em chefe – Campo de combate em Canudos, 17 de agosto de 1897 – Ordem do dia n. 102 – Reorganização das forças em operação no interior do Estado.
Nesta data passa a ter a seguinte organização a força do meu comando: 14º batalhão de infantaria sob o comando do capitão do 32º Antônio da Silva Paraguaçu; 22º sob o comando do major do mesmo corpo Lídio Porto; 24º sob o comando do major do mesmo corpo Henrique José de Magalhães; 38º sob o comando do capitão do mesmo corpo Afonso Pinto de Oliveira, todos da arma de infantaria, constituindo a 1ª brigada, sob o comando do coronel do 14º Joaquim Manuel de Medeiros; 15º sob o comando do capitão do 38º José Xavier de Figueiredo Brito; 16º sob o comando do capitão do 24º Napoleão Felipe Aché; 27º sob o comando do capitão do 24º Tito Pedro Escobar; 33º sob o comando

Dos vinte batalhões de infantaria que lá estavam – à parte o 5º regimento de artilharia, o 5º da polícia baiana, uma bateria de tiro rápido e um esquadrão de cavalaria – quinze eram comandados por capitães e duas das brigadas por tenentes-coronéis, não descendo o das companhias aos sargentos por ser maior que o destes o número de alferes.

Breve, porém, a situação mudaria. Canudos teria em torno, em algarismos rigorosamente exatos, trinta batalhões, excluídos os corpos de outras armas.[86]

Avançava pelos caminhos a divisão salvadora.

---

do capitão José Soares de Melo, constituindo a 2ª brigada, sob o comando do coronel do 27º Inácio Henrique de Gouveia; 5º comandado pelo capitão Leopoldo Barros e Vasconcelos, do mesmo corpo; 7º sob o comando do capitão do mesmo corpo Alberto Gavião Pereira Pinto; 25º sob o comando do major Henrique Severiano da Silva; 34º comandado pelo capitão Pedro de Barros Falcão, constituindo a 3ª brigada, sob o comando do tenente-coronel do 25º Emídio Dantas Barreto; 5º regimento de artilharia, comandado pelo capitão do mesmo João Carlos Pereira Ibiapina; bateria do 2º regimento sob o comando do 1º tenente do 5º batalhão de posição Afrodísio Borba e bateria de tiro rápido comandada pelo capitão do 1º de posição Antônio Afonso de Carvalho, constituindo a brigada de artilharia, sob o comando do coronel do 5º regimento Antônio Olímpio da Silveira, cujas brigadas ficam fazendo parte da 1ª coluna, sob o comando do general de brigada João da Silva Barbosa; 9º batalhão de infantaria, sob o comando do capitão do 31º José Lauriano da Costa; 26º do comando do capitão do 40º Francisco de Moura Costa; 32º sob o comando do major do mesmo corpo Florismundo Colatino dos Reis Araújo Góis; 35º comandado pelo capitão Fortunato de Sena Dias, constituindo a 4ª brigada, do comando do coronel do 32º Donaciano de Araújo Pantoja; 12º de infantaria do comando do capitão do 31º Joaquim Gomes da Silva; 30º comandado pelo capitão Altino Dias Ribeiro; 31º sob o comando do major do mesmo corpo João Pacheco de Assis; 40º sob o comando do major Manuel Nonato Neves de Seixas, constituindo a 5ª brigada do comando do tenente-coronel do 30º Antônio Tupi Ferreira Caldas, as quais formarão a 2ª coluna sob o comando interino do coronel Joaquim Manuel de Medeiros, passando a comandar interinamente a 1ª brigada o major do 16º, Aristides Rodrigues Vaz.
O contingente de cavalaria, comandado pelo alferes do 1º de cavalaria João Batista Pires de Almeida, fará parte da 1ª brigada e à disposição deste comando com o contingente de engenharia e o 5º corpo de polícia. – Artur Oscar de Andrade Guimarães, general de brigada."

86. 4º, 5º, 7º, 9º, 12º, 14º, 15º, 16º, 22º, 23º, 24º, 25º, 26º, 27º, 28º, 29º, 30º, 31º, 32º, 33º, 34º, 35º, 37º, 38º, 40º de linha; 5º da Bahia; 1 de São Paulo; 2 do Pará; 1 do Amazonas. Ao todo 30.
Adite-se: 5º regimento de artilharia; bateria do 2º, regimento da mesma arma; uma bateria de tiro rápido; um esquadrão de cavalaria; o 4º corpo de polícia baiana e o batalhão patriótico "Moreira César", dos comboios.

Conselheirista preso.
Foto de Flávio de Barros, Museu da República

NOVA FASE DA LUTA

As cercanias de Umburanas: o rastro trágico das malogradas expedições.
Técnica mista sobre papel. Tripoli Gaudenzi

I. Queimadas. Uma ficção geográfica. Fora da Pátria.
Diante de uma criança. Na estrada de Monte Santo.
Novas animadoras. Uma *vaia entusiástica*...
Trincheira Sete de Setembro. Estrada de Calumbi.

II. Marcha da divisão auxiliar. Medo glorioso.
Aspecto do acampamento.
Em busca de uma meia ração de glória.
O charlatanismo da coragem.

III. Embaixada ao céu. Complemento do assédio.

Retrato de Euclides da Cunha e assinatura.

I. Queimadas

Queimadas, povoado desde o começo deste século, mas em plena decadência, fez-se um acampamento ruidoso. O casario pobre, desajeitadamente arrumado aos lados da praça irregular, fundamente arada pelos enxurros – um claro no matagal bravio que o rodeia – e, principalmente, a monotonia das chapadas que se desatam em volta, entre os morros desnudos, dão-lhe um ar tristonho completando-lhe o aspecto de vilarejo morto, em franco descambar para tapera em ruínas.

Prendiam-se-lhe, ademais, recordações penosas. Ali tinham parado todas as forças anteriormente envolvidas na luta, no mesmo prolongamento do largo aberto para a caatinga cujos tons pardos e brancacentos, de folhas requeimadas, sugeriram a denominação da vila. Acervos repugnantes de farrapos e molambos; trapos multicores e imundos, de fardamentos velhos; botinas e coturnos acalcanhados; quepes e bonés; cantis estrondados; todos os rebotalhos de caserna, esparsos em área extensa, em que branqueavam restos de fogueiras, delatavam a passagem dos lutadores, que lá armaram as tendas, a partir da expedição Febrônio. Naquele chão batido dos rastros de dez mil homens, haviam turbilhonado na vozeria dos bivaques – paixões, ansiedades, esperanças, desalentos indescritíveis.

Páginas demoníacas

Transposta acessível ondulação, via-se, recortando o cerrado dos arbustos, um sulco largo de roçada, retilíneo e longo, que um alvo extremava – a linha de tiro, onde se exercitara a divisão Artur Oscar. Perto, ao lado, a capela exígua e baixa, como um barracão murado. E nas suas paredes, cabriolando doidamente, a caligrafia manca e a literatura bronca do soldado. Todos os batalhões haviam colaborado nas mesmas páginas, escarificando-as a ponta de sabre ou tisnando-as a carvão, no gravarem as impressões do momento. Eram páginas demoníacas aqueles muros sacrossantos: períodos curtos, incisivos, arrepiadores; blasfêmias fulminantes; imprecações, e brados, e vivas calorosos, rajavam-nas em todo o sentido, profanando-as, mascarando-as, em caracteres negros espetados em pontos de admiração, compridos como lanças.

Dali para baixo, no descair de insensível descida, uma vereda estreita e mal-afamada – a estrada de Monte Santo, por onde tinham abalado, esperançosas, três expedições sucessivas, e de onde chegavam, agora, sucessivamente, bandos miserandos de foragidos. Vadeado o Jacurici, volvendo águas rasas e mansas, ela enfiava, inflexa, pelas chapadas fora, ladeada, em começo, por uma outra que demarcavam os postes da linha telegráfica recentemente estabelecida.

Uma ficção geográfica

A linha férrea corre no lado oposto. Aquele liame do progresso passa, porém, por ali, inútil, sem atenuar sequer o caráter genuinamente roceiro do arraial. Salta-se do trem; transpõem-se poucas centenas de metros entre casas deprimidas; e topa-se para logo, à fímbria da praça – o sertão...

Canudos incendiada.
Técnica mista sobre papel. Tripoli Gaudenzi

Está-se no ponto de tangência de duas sociedades, de todo alheias uma à outra. O vaqueiro encourado emerge da caatinga, rompe entre a casaria desgraciosa, e estaca o *campião* junto aos trilhos, em que passam, vertiginosamente, os patrícios do litoral, que o não conhecem.

Fora da pátria

Os novos expedicionários ao atingirem-no perceberam esta transição violenta. Discordância absoluta e radical entre as cidades da costa e as malocas de telha do interior, que desequilibra tanto o ritmo de nosso desenvolvimento evolutivo e perturba deploravelmente a unidade nacional. Viam-se em terra estranha. Outros hábitos. Outros quadros. Outra gente. Outra língua mesmo, articulada em gíria original e pinturesca. Invadia-os o sentimento exato de seguirem para uma guerra externa. Sentiam-se fora do Brasil. A separação social completa dilatava a distância geográfica; criava a sensação nostálgica de longo afastamento da pátria.

Além disto, a missão que ali os conduzia frisava, mais fundo, o antagonismo. O inimigo lá estava, para leste e para o norte, homiziado nos sem-fins das chapadas, e no extremo delas, ao longe, se desenrolava um drama formidável...

Convinha-se em que era terrivelmente paradoxal uma pátria que os filhos procuravam, armados até aos dentes, em som de guerra, despedaçando as suas entranhas a disparos de Krupps, desconhecendo-a de todo, nunca a tendo visto, surpreendidos ante a própria forma da terra árida, e revolta, e brutal, esvurmando espinheiros, tumultuando em pedregais, esboroando em montanhas derruídas, escancelada em grotões, ondeando em tabuleiros secos, estirando-se em planuras nuas, de estepes...

O que ia fazer-se era o que haviam feito as tropas anteriores – uma invasão – em território estrangeiro. Tudo aquilo era uma ficção geográfica. A realidade, tangível, enquadrada por todos os sucessos, ressaltando à observação mais simples, era aquela. Os novos campeadores sentiam-na dominadoramente. E como aquele povo desconhecido de matutos lhes devolvia, dia a dia, mutilados e abatidos, os companheiros que, meses antes, tinham avançado robustos e altaneiros, não havia ânimo varonil que atentasse impassível para as bandas do sertão misterioso e agro...

Em Canudos

Felizmente tiveram, ao chegar, o contrachoque de notícias animadoras recém-vindas do campo de operações.

Nenhum outro desastre ocorrera. Guardavam-se, malgrado tiroteios diários, as posições conquistadas. A brigada Girard e o batalhão paulista tinham ido a tempo de preencher os claros da linha rarefeita do sítio. Com este reforço coincidiam os primeiros sintomas de desânimo entre os rebeldes: não batia mais com a sua serenidade gloriosa o sino da igreja velha, que caíra; não mais se ouviam ladainhas melancólicas entre os intervalos das fuzilarias; cessavam os ataques atrevidos às linhas; e à noite, sem o bruxulear de uma luz, o arraial mergulhava silenciosamente nas sombras. Reproduzia-se a atoarda de que o *Conselheiro* lá estava, agora, coacto, preso pelos próprios sequazes, revoltados pelo intento, que manifestara, de se entregar, dispondo-se ao martírio.

E citavam-se pormenores incidindo todos no denunciar o afrouxamento rápido da conflagração.

Prisioneiros

Os novos combatentes imaginaram-na extinta antes de chegarem a Canudos. Tudo o indicava. Por fim os próprios prisioneiros que chegavam e eram, no fim de tantos meses de guerra, os primeiros que apareciam. Notou-se apenas, sem que se explicasse a singularidade, que entre eles não surgia um único homem feito. Os vencidos, varonilmente ladeados de escoltas, eram fragílimos: meia dúzia de mulheres tendo ao colo crianças engelhadas como fetos, seguidas dos filhos maiores, de seis a dez anos. Passaram pelo arraial entre compactas alas de curiosos, em que se apertavam fardas de todas as armas e de todas as patentes. Um espetáculo triste.

As infelizes, em andrajos, camisas entre cujas tiras esfiapadas se repastavam olhares insaciáveis, entraram pelo largo, mal conduzindo pelo braço os filhos pequeninos, arrastados.

Eram como animais raros num divertimento de feira.

Em volta cruzavam-se, em todos os tons, comentários de toda a sorte, num burburinho de vozes golpeadas de interjeições vivíssimas, de espanto. O agrupamento miserando foi por algum tempo um derivativo, uma variante feliz aligeirando as horas enfadonhas do acampamento.

Mas acirrou a curiosidade geral, sem abalar os corações.

Diante de uma criança

Um dos pequenos – franzino e cambaleante – trazia à cabeça, ocultando-a inteiramente, porque descia até aos ombros, um velho quepe reiuno, apanhado no caminho. O quepe, largo e grande demais, oscilava grotescamente a cada passo, sobre o busto esmirrado que ele encobria por um terço. E alguns espectadores tiveram a coragem singular de rir. A criança alçou o rosto, procurando vê-los. Os risos extinguiram-se: a boca era uma chaga aberta de lado a lado por um tiro!

As mulheres eram, na maioria, repugnantes. Fisionomias ríspidas, de viragos, de olhos zanagas e maus.

Destacava-se, porém, uma. A miséria escavara-lhe a face, sem destruir a mocidade. Uma beleza olímpica ressurgia na moldura firme de um perfil judaico, perturbados embora os traços impecáveis pela angulosidade dos ossos apontando duramente no rosto emagrecido e pálido, aclarado de olhos grandes e negros, cheios de tristeza soberana e profunda.

Esta satisfez a ânsia curiosa contando uma história simples. Uma tragédia em meia dúzia de palavras. Um drama a bem dizer trivial, então, com o epílogo invariável de uma bala ou de um estilhaço de granada.

Postas na saleta térrea de casebre comprimido, junto ao largo, as infelizes, rodeadas pelos grupos insistentes, foram vítimas de perguntas intermináveis.

Estas deslocaram-se por fim às crianças. Procurava-se a sinceridade na ingenuidade infantil.

Outra criança

Uma delas, porém, menor de nove anos, figurinha entroncada de atleta em embrião, face acobreada e olhos escuríssimos e vivos, surpreendeu-os pelo desgarre e ardileza precoce. Respondia entre baforadas fartas de fumo de um cigarro, que sugava com a bonomia satisfeita de velho viciado. E as informações caíam, a fio, quase todas falsas, denunciando astúcias de tratante consumado. Os inquiridores registravam-nas religiosamente. Falava uma criança. Num dado momento, porém, ao entrar um soldado sobraçando a Comblain, a criança interrompeu a algaravia. Observou, convicto, entre o espanto geral, que a *Comblé* não prestava. Era uma arma à toa, *xixilada*: fazia um *zoadão danado*, mas não tinha força. Tomou-a; manejou-a com perícia de soldado pronto; e confessou, ao cabo, que preferia a *manulixe*, um clavinote de *talento*. Deram-lhe, então, uma Mannlicher. Desarticulou-lhe agilmente os fechos, como se fosse aquilo um brinco infantil predileto.

Perguntaram-lhe se havia atirado com ela, em Canudos.

Teve um sorriso de superioridade adorável:

— E por que não? Pois se havia *tribuzana* velha!... *Havera* de levar pancada, como boi acuado, e ficar *quarando* à toa, quando *a cabrada fechava o samba desautorizando as praças*?!

Aquela criança era, certo, um aleijão estupendo. Mas um ensinamento. Repontava, bandido feito, à tona da luta, tendo sobre os ombros pequeninos um legado formidável de erros. Nove anos de vida em que se adensavam três séculos de barbárie.

A defesa de Canudos.
Óleo sobre tela. Tripoli Gaudenzi

Decididamente era indispensável que a campanha de Canudos tivesse um objetivo superior à função estúpida e bem pouco gloriosa de destruir um povoado dos sertões. Havia um inimigo mais sério a combater, em guerra mais demorada e digna. Toda aquela campanha seria um crime inútil e bárbaro, se não se aproveitassem os caminhos abertos à artilharia para uma propaganda tenaz, contínua e persistente, visando trazer para o nosso tempo e incorporar à nossa existência aqueles rudes compatriotas retardatários.

Mas sob a pressão de dificuldades exigindo solução imediata e segura, não havia lugar para essas visões longínquas do futuro. O ministro da Guerra, depois de se demorar quatro dias em Queimadas removendo os últimos entraves à mobilização das forças, seguiu para Monte Santo.

Na estrada de Monte Santo

Acompanhado apenas dos estados-maiores, seu e do general Carlos Eugênio, ia atingir a base das operações, atravessando a região coalhada de feridos e aquilatando pelas fadigas que assaltaram a sua comitiva bem montada e abastecida, em caminhos livremente trafegados, as torturas que assaltariam os caminhantes que seguiam, a pé, pelas trilhas aspérrimas do sertão. Naquela travessia folgada, feita em três dias, antolhara-se-lhe em cada volta da vereda um traço lúgubre da guerra, cuja encenação a par e passo se acentuava, acompanhando a aspereza crescente da terra calcinada e estéril. O primeiro pouso em que parara, o Tanquinho, prefigurara os demais. Era o melhor e era inaturável: um sítio meio destruído, duas casas em abandono imersas na galhada fina do alecrim-dos-tabuleiros, de onde irrompiam cereus esguios e melancólicos. O tanque que o batiza provém de um afloramento granítico originando reduzida mancha de solo impermeável sobre que jazem, estagnadas, as águas livres da sucção ávida do terreno de grés, envolvente. À sua borda, como à de todas as ipueiras marginais à estrada, sesteavam dezenas de feridos, e acampava a recovagem dos comboios. Mas isto sem a azáfama característica e ruidosa dos abarracamentos, soturnamente, silenciosamente; acúmulo entristecedor de homens macilentos, em grupos imóveis, paralisados na quietude de exaustão completa.

À noite, sobretudo, acesas as fogueiras rebrilhantes na superfície d'água escura, eles formavam, uns acocorados junto ao fogo e tiritando de maleitas, arrastando-se outros vagarosos e claudicantes e projetando sobre a tela unida da lagoa as sombras disformes, conjunto trágico e emocionante. Oficiais que se abeiravam sequiosos da ourela do pântano davam, de chofre, com espectros mal aprumados tentando fazer-lhes a continência militar; e volviam entristecidos. Dali por diante os mesmos quadros: pelos caminhos os mesmos retirantes abatidos, e, à beira dos pântanos verde-negros, recamados de algas, os mesmos agrupamentos miserandos.

Como contraste permanente, a nota superior da força e da robustez era dada, intermitentemente, pelos homens mais tranquilos e inofensivos, irrompendo, isolados, dentre as caravanas dos guerreiros sucumbidos. No volver das inflexões da vereda, topava-se, às vezes, um vaqueiro amigo, um aliado, que se empregara nos serviços de transporte. A cavalo, entrajado de couro, sombrero largo galhardamente revirado à testa trigueira e franca; à cinta o longo facão jacaré; à destra a lança arpoada do ferrão – quedava o matuto imóvel, à orla da passagem, desviando-se, deixando livre o curso à cavalgata, numa atitude respeitosa e altiva de valente disciplinado, muito firme dentro de sua couraça vermelho-parda feito uma armadura de bronze, figurando um campeador robusto, coberto ainda da poeira das batalhas.

A comitiva avançava e esquecia logo a imagem do sertanejo robusto – constantemente atraída pelos bandos incessantes de foragidos; soldados caminhando tardos, abordoando-se às espingardas; oficiais carregados em redes, chapéus caídos aos olhos, surdos ao tropel da cavalgata, que estrepitava a um lado, imóveis, rígidos como cadáveres; e aqui, ali, largas nódoas negras na caatinga, rastros escurentos dos incêndios, em que repontavam esteios e cumeeiras dos casebres combustos, tracejando por aqueles ermos, numa urdidura de ruínas, o cenário terrivelmente estúpido da guerra.

Em Cansanção atreguaram-se estas impressões cruéis. Houve por duas horas um remanso consolador. O vilarejo era um clã. Pertence a uma família única. O seu chefe, genuíno patriarca, congregara filhos, netos e bisnetos em ovação ruidosa ao marechal, o monarca, conforme bradava convicto, numa alacridade ingênua e sã, ao alevantar nos braços cansados de um labutar de oitenta anos o ministro surpreendido.

Esta escala foi providencial. Cansanção era um parêntese feliz naquele desolamento. E o robusto velho que o governava, surgindo blindado de uma satisfação sadia ante homens que nunca vira, e apresentando-lhes um filho de cabelos brancos e netos quase grisalhos, era, por sua vez, uma revelação. Antítese do facínora precoce de Queimadas, revelava, animadora, esta robustez miraculosa, esta nobreza orgânica completada por uma alma sem refolhos, tão característica dos matutos, quando os não derrancam o fanatismo e o crime.

Por isto o lugarejo minúsculo, uma dúzia de casas adensadas em rua de poucas braças, é o único que não desperta, nas narrativas da campanha, recordações dolorosas. Era a única zona tranquila naquela balbúrdia. Um pequeno hospital, entregue à solicitude de dois franciscanos, ali acolhia os romeiros sem forças que iam para Queimadas.

Deixando-o, os viajantes volviam logo às amarguras da trilha poenta, desesperadamente torcida em voltas infinitas, retalhando-se em desvios, orlada de choupanas estruídas e palmilhada de ponta a ponta pelas turmas sucessivas de foragidos.

Palimpsestos ultrajantes

E em toda a parte – a partir de Contendas – em cada parede branca de qualquer vivenda mais apresentável, aparecendo rara entre os casebres de taipa, se abria uma página de protestos infernais. Cada ferido, ao passar, nelas deixava, a riscos de carvão, um reflexo das agruras que o alanceavam, liberrimamente, acobertando-se no anonimato comum. A mão de ferro do exército ali se espalmara, traçando em caracteres enormes o entrecho do drama; fotografando, exata, naquelas grandes placas, o *facies* tremendo da luta em inscrições lapidares, numa grafia bronca, onde se colhia em flagrante o sentir dos que o haviam gravado.

Sem a preocupação da forma, sem fantasias enganadoras, aqueles cronistas rudes deixavam por ali, indelével, o esboço real do maior escândalo da nossa história – mas brutalmente, ferozmente, em pasquinadas incríveis – libelos brutos, em que se casavam pornografias revoltantes e desesperanças fundas, sem uma frase varonil e digna. A onda escura de rancores que rolava na estrada chofrava aqueles muros, entrava pelas casas dentro, afogava as paredes até o teto...

A comitiva, penetrando-as, repousava envolta num coro silencioso de impropérios e pragas. Versos cambeteantes, riçados de rimas duras, enfeitando torpezas incríveis na moldura de desenhos pavorosos; imprecações revoluteando pelos cantos numa coreia fantástica de letras tumultuárias, em que caíam, violentamente, pontos de admiração rígidos como estocadas de sabre; vivas! morras! saltando por toda a banda em cima de nomes ilustres, infamando-os, esbarrando-se discordes; trocadilhos ferinos; convícios desfibradores; alusões atrevidas; zombarias lôbregas de caserna...

E a empresa perdia repentinamente a feição heroica, sem brilho, sem altitude. Os narradores futuros tentariam em vão velá-la em descrições gloriosas. Teriam em cada página, indestrutíveis, aqueles palimpsestos ultrajantes.

Em Monte Santo

Os novos lutadores chegavam a Monte Santo sem o mesmo anelo de arrancar das espadas. Desinfluídos. Reanimavam-se, porém, ao entrarem na base de operações.

Despindo-se em poucos dias da aparência comum aos arraiais sertanejos, engrunhidos e estacionários, onde há cem anos não se constrói uma casa, a vila ampliara-se, tendo às ilhargas, branqueando sobre as chapadas, num bairro novo e maior que ela – duas mil barracas, num alinhamento de avenidas longas, destacando-se distintas sobre o chão limpo e descalhoado, em seis agrupamentos, sobre que ruflavam bandeiras ondulantes, e de onde irrompiam, de instante a instante, vibrações metálicas de clarins e o toar cadente dos tambores.

Uma multidão de habitantes adventícios enchera-a, de súbito, acotovelando-se no âmbito da praça, derivando às encontroadas pelas vielas; e contemplando-os tinha-se um acervo heterogêneo em que se ombreavam todas as posições sociais. Oficiais de todas as graduações e armas; carreiros poentos das viagens longas; soldados arcando sob o equipamento; feridos e convalescentes trôpegos; mulheres maltrapilhas; fornecedores azafamados; grupos alegres de estudantes; e num inquirir incessante, jornalistas sequiosos de notícias, davam-lhe um tom de praça concorrida em dia de parada. O marechal Bittencourt pô-la numa regulamentação rigorosa e demasiou-se no adotar medidas acordes com as exigências complexas da situação. O hospital militar tornou-se uma realidade, perfeitamente abastecido e dirigido por cirurgiões a que aliavam esforços desinteressados alguns alunos da Faculdade da Bahia. Formou-se em tudo aquilo uma disciplina correta. Por fim a questão primordial que até lá o atraíra – o serviço de transporte – se ultimou definitivamente.

Diariamente quase, chegavam e volviam comboios parciais para Canudos.

Os resultados deste esforço foram imediatos. Diziam-no as notícias supervenientes da sede das operações, acordes todas no indicarem maior alento entre os sitiantes, levando-os mesmo a movimentos táticos decisivos.

É que aquele homem sem entusiasmos, que até na base das operações não despira o paletó de alpaca com que burguesmente recebia a continência das brigadas, se tornara, mercê de rara dedicação e sem apisoar melindres dos que se afoitavam de perto com o inimigo, o diretor supremo da luta. A dezesseis léguas do centro desta, dirigia-a de fato, sem alardo, sem balancear alvitres estratégicos, atravessando os dias na convivência rude dos tropeiros em Monte Santo, entre os quais não raro surgia impaciente, de relógio em punho, e dava a voz de partida.

Porque cada comboio que seguia valia batalhões. Era uma batalha vencida. Punha entre os combatentes alentos de vitórias; e pouco a pouco destruía a estagnação em que se paralisara o assédio. É o que se colhia das últimas notícias.

Em Canudos

De feito, o mês de setembro principiara auspicioso.

Logo em começo, no dia 4, uma bala de carabina havia abatido no arraial um cabecilha de valor. Baqueara junto às igrejas; e o açodamento com que os habitantes se precipitaram sobre o cadáver, e o levaram, delatava-lhe o prestígio.

A 6, sucesso de maior monta: caíram, uma após outra, as torres da igreja nova. O caso ocorrera depois de seis horas consecutivas de bombardeios. E fora inteiramente imprevisto.

Determinara-o mesmo circunstância desagradável: um engano na remessa das munições tendo levado ao arraial, ao invés de granadas, balas rasas de Krupp pouco eficazes no canhoneio, resolvera-se gastá-las logo, revessando-as, de vez, sobre as igrejas, até se acabarem.

E o resultado fora surpreendente, rememorado em duas ordens do dia entusiásticas. O exército ficara, afinal, livre das seteiras altíssimas de onde o fulminavam os sitiados, porque as duas torres, assoberbando toda a linha do assédio, reduziam por toda a banda os ângulos mortos das trincheiras.

Desde 18 de julho revezavam-se nos seus campanários atiradores peritos – olhos percucientes devassando tudo – a que não se subtraía o menor vulto desviado do anteparo das casas.

Os comboios, ao chegarem, dali recebiam, em cheio, no último passo, ao transporem o rio, antes da sanga em passagem coberta que os levava ao acampamento, descargas violentas.

As forças recém-vindas, a brigada auxiliar, o batalhão paulista e o 37º de infantaria, como vimos, do alto de suas arestas tinham recebido a primeira saudação ferocíssima do inimigo.

Uma "vaia entusiástica"

Haviam, afinal, caído. E ao vê-las baquear, uma após outra, imponentes, arrastando grandes panos de muro, desarticulando-se em grandes blocos em que vinham agarrados, tombando de borco, atiradores atrevidos – e batendo pesadamente no chão do largo, entre nuvens de poeira da argamassa esboroada, o exército inteiro, calando a fuzilaria, atroou os ares em alaridos retumbantes.

O comandante da 1ª coluna caracterizou-o bem na ordem do dia correspondente ao feito:

"... prorrompendo nessa ocasião a linha de segurança e forças em apoio no acampamento entusiástica e violenta vaia na jagunçada."[87]

A campanha era aquilo mesmo. Do início ao termo, uma corrimaça lúgubre. *Entusiástica vaia...*

Como quer que seja terminara o encanto do inimigo. O arraial enorme repentinamente diminuíra; e decaíra; e se acaçapara, parecendo ainda mais afundado na depressão em que se adensava, sem mais as duas balizas brancas que o indicavam aos pegureiros – muito altas e esbeltas, arremessadas no firmamento azul, branqueando nas noites estreladas, diluindo-se misteriosamente na altura, objetivando o misticismo ingênuo e pondo junto dos céus as rezas propiciatórias dos sertanejos rudes e crendeiros...

Trincheira Sete de Setembro

Fora, além disto, o acontecimento de mau agouro. No dia subsequente sobreveio maior desastre. Desde muito entrincheirados na Fazenda Velha, algumas dezenas de guerrilheiros zombavam dos canhões do coronel Olímpio – que se emparcavam no alto num rebordo da Favela. A dois passos da artilharia e dos contingentes que a reforçavam, tinham durante mais de dois meses tolhido a dilatação do cerco por aquela banda, a despeito da tormenta de disparos que lhes estrugia a cavaleiro. Numa situação dominante sobre o grosso das linhas ajustadas à orla do povoado, enfiavam-nas de ponta a ponta, contribuindo muito para as baixas diárias que as rareavam, e emparelhando-se com as torres no devassar os mais bem escolhidos parapeitos ou abrigos. Mas no dia 7, às 10 horas da noite, foram, de improviso, suplantados. Animado pelos sucessos da véspera, aquele coronel,

87. "Quartel-General do comando da 1ª coluna. – Canudos, 6 de setembro de 1897. Ordem do dia n. 13. Para conhecimento das forças sob meu comando publico o seguinte:
Determinando hoje aos comandantes das bocas de fogo que bombardeassem as torres da igreja nova, pontos escolhidos pelo inimigo para nos tirotear com mais eficácia, fazendo-nos muitas baixas por mortes e ferimentos e resguardados de nossas pontarias, tive a satisfação de ver em seis horas consecutivas despenharem-se as torres, devido aos certeiros tiros dirigidos pelos 2ºs tenentes Manuel Félix de Menezes, Frutuoso Mendes e alferes H. Duque Estrada Macedo Soares, se bem se achasse com parte de doente o primeiro.
Louvo, portanto, esses bravos oficiais, que ainda mais uma vez deram prova de sua perícia na direção dos canhões que comandam, acrescendo mais ter-se o 2º tenente Manuel Félix apresentado pronto, estando com parte de doente, entusiasmado com o efeito que produziu não só a este como a todo o exército, que observava com interesse o efeito da artilharia, prorrompendo nessa ocasião a linha de segurança e forças em apoio no acampamento entusiástica e violenta vaia na jagunçada, e ter sido esse oficial o primeiro a iniciar o bombardeio e o último a atirar sobre a torre da direita, tendo o alferes Duque Estrada disparado o último sobre a da esquerda, conseguindo derribá-la" etc.

obediente ao que lhe determinara o comando da 1ª coluna, abalou com uma força composta do 27º, sob o comando do capitão Tito Escobar, um contingente da 4ª bateria do 2º regimento, um outro do 5º regimento e uma boca de fogo. À frente e à retaguarda, seguiam ex-alunos das escolas militares. O coronel Olímpio dispôs o resto da sua pequena força em atiradores pelos dois flancos. Fê-la descer em silêncio os primeiros boléus das vertentes. Arrojou-a, por fim, num rolar de avalanche, pelo morro abaixo. Surpresos, derreando-se ao embate de trezentas baionetas repartidas em duas cargas laterais, tendo de permeio a metralha que os fulminava à queima-roupa, os jagunços mal resistiram, sendo de pronto desalojados das trincheiras de pedra, que ali tinham em torno à vivenda estruída da Fazenda Velha.

Durara cinco minutos a refrega.

Os adversários rechaçados, esparsos, perseguidos até ao cerro dos Pelados pela vanguarda, tombaram dali no rio, transpondo-o e embrenhando-se em Canudos.

A força teve apenas duas praças fora de combate.

Expugnada a posição, largo degrau sobre a vertente do morro, entre o alto do Mário anteriormente ocupado e o Vaza-Barris, aquele coronel armou a sua barraca no lugar onde expirara seis meses antes o chefe da 3ª expedição. Empregou-se todo o resto da noite em construir, reunindo as próprias pedras das trincheiras do inimigo, forte reduto de cerca de um metro de alto, orlando toda a borda avançada do socalco. E no outro dia, cedo, a "Trincheira Sete de Setembro" sobranceava o arraial. A periferia do sítio aumentara de uns quinhentos metros para a esquerda, na direção do sul, trancando inteiramente os dois quadrantes de leste.

Estrada de Calumbi

Ora, naquele mesmo dia, à tarde, ela se dilataria ainda mais, inflectindo a partir do ponto conquistado para o poente, até estremar a estrada do Cambaio, perto da confluência do Mucuim, abarcando toda a face de oeste.

Operara-se um movimento mais sério; talvez a ação realmente estratégica da campanha. Ideara-a, planeara-a e executara-a o tenente-coronel Siqueira de Meneses. Esclarecido por informações de alguns vaqueiros leais, aquele oficial viera a saber das vantagens de uma outra estrada, a do Calumbi, ainda desconhecida, que correndo entre as do Rosário e do Cambaio, e mais curta que ambas, facilitava travessia rápida para Monte Santo, onde ia ter em traçado quase retilíneo, seguindo firmemente a linha norte-sul. E propôs-se explorá-la afrontando-se com os maiores riscos.

Os sobreviventes lutavam.
Técnica mista sobre papel. Tripoli Gaudenzi

Realizou a empresa em três dias. Saiu no dia 4 de Canudos, à frente de quinhentos homens, que a tanto montavam, reunidos, os batalhões 22º, 9º e 34º, sob o imediato comando do major Lídio Porto. Varou pelo novo caminho descoberto, voltando, a 7, pelo do Cambaio, num movimento rápido, ousado, feliz, e de resultados extraordinários para o desenlace da guerra.

De feito, a nova vereda franca à translação das tropas e comboios e fechada aos jagunços, que a trilhavam de preferência nas suas excursões para o sul, encurtava de mais de um dia a jornada para Monte Santo. Era entre todas a mais bem preparada para reagir à invasão. Partia de Juá, onde bifurcava com a do Rosário, derivando à esquerda desta no rumo certo do norte, perlongando por muitos quilômetros o ribeirão das Caraíbas, ou cortando-lhe os meandros intermináveis. Avançava, invariável no rumo, tocando em pequenos sítios, até a um outro riacho de existência efêmera, o Caxomongó. Daí para a frente era uma estrada estratégica incomparável.

Alongando-se na direção de sudeste, a serrania de Calumbi flanqueia-a toda em largo trato, à direita, distante menos de trezentos metros. Um exército atravessando-a daria todo o flanco ao adversário que guarnecesse as encostas. E ao deixar esta situação gravíssima cairia em outra pior. Porque o caminho, depois de galgar extensa lombada, se constringe, de repente, em angustura estreita. Nada denuncia o desfiladeiro breve e mascarado pelos esgalhos tortuosos dos pés de umburanas, que se alevantam perto. É uma muralha de mármore silicoso pouco acima do chão, à maneira de barbacã grosseira, aberta ao meio por uma diáclase, rachando-a em postigo estreito. Ali não havia trincheiras. Eram dispensáveis. As espingardas, estendidas na crista daquele anteparo natural, varreriam colunas sucessivas. E se estas vingassem transpô-lo, o que pressupunha rara felicidade contra antagonistas de tal modo abrigados e batendo-as a salvo, tombariam surpreendidas, logo aos primeiros passos, em terreno impraticável quase.

Um fato geológico vulgar nos sertões do norte substituía, em seguida, estes acidentes, no criar idênticos empecilhos. Assim, transposta a passagem, o solo descai para o sítio da Várzea, aparentando travessia fácil mas realmente dificílima para uma tropa nas agitações do combate. Larga camada calcária derrama-se por ali, aspérrima, patenteando notável fenômeno de decomposição atmosférica. Broqueada de infinitas cavidades tangenciando-se em bordas de quinas vivas e cortantes, sarjada de sulcos fundos de longas arestas rígidas e finas, feito lâminas de facas; erriçada de ressaltos pontiagudos; duramente rugosa em todos os pontos; escavando-se salteadamente em caldeirões largos e brunidos, patenteia impressionadoramente o influxo secular dos reagentes enérgicos, que longamente a trabalham. Corroeram-na, e perfuraram-na, e minaram-na as chuvas ácidas das tempestades, depois das secas demoradas. Ela reflete, imóvel e corroída, a agitação revolta das tormentas.

Pisando naqueles estrepes unidos e fortes, estraçoar-se-iam as mais resistentes botas e não haveria resguardos para topadas e tombos perigosíssimos. O combate seria inexequível em tal lugar, onde caminhantes tranquilos só conseguiam avançar a um de fundo, por uma trilha intermediária levando à Várzea, embaixo – ampla bacia lastrada de fragmentos de sílex e cingida de caatingas espessas. De sorte que, em ali chegando, os invasores seriam inteiramente circulados de balas. E dado que conseguissem avançar, ainda teriam adiante, transcorrido um quilômetro, o aniquilamento inevitável. A estrada desaparece caindo dentro do rio Sargento, de leito sinuoso e fundo, e bordas nas quais rompem em grandes placas luzentes de cor azul-escura as camadas superpostas de um talcoxisto, riscadas de veios brancos de quartzo, alongando-se em certos pontos horizontalmente, quase de uma margem à outra, e dando a impressão de se passar por dentro de enorme encanamento em ruínas, conservando ainda, em vários trechos, restos da antiga abóbada desabada. Este fosso extenso que, como os demais das cercanias, não é um rio, mas um dreno transitoriamente cheio pelos enxurros que ele canaliza para o Vaza-Barris, substitui o caminho numa longura de meia légua. De uma e outra banda, apontando-lhe às margens, viam-se as trincheiras dos jagunços, pouco espaçadas, cruzando-lhe por cima os fogos, enfiando-o de esguelha ou batendo-o em cheio em todas as voltas.

Os três mil homens da coluna Artur Oscar não lograriam atravessá-lo. A marcha pelo Rosário fora a salvação. As antecedentes expedições, seguindo sucessivamente pelo Uauá, pelo Cambaio, por Maçacará e pelo Rosário, variando sempre na rota escolhida, tinham feito crer aos sertanejos que a última, adotada a mesma norma, tomaria pelo caminho do Calumbi, que ainda se não trilhara. E se tal sucedesse nem um soldado chegaria a Canudos. Um desastre maior agravaria a campanha. Tinham-se contornado por acaso, na mais completa insciência daquelas disposições formidáveis, dificuldades sérias.

O tenente-coronel Siqueira de Meneses, na sua rota admirável e feita com vantagem, porque os jagunços refluindo para o arraial haviam largado aquelas posições, foi guarnecendo os principais pontos da estrada até Juá. Daí enveredou para o Cambaio. Atravessou-lhe os entrincheiramentos desguarnecidos, onde deixou, ocupando-os, uma ala do 22º. Passou pela Lagoa do Cipó, onde alvejavam ossadas, recordando os morticínios da expedição Febrônio. Surpreendeu, aí, alguns piquetes inimigos, apresando-lhes treze cargueiros. E foi surgir na confluência do Mucuim, tomando de surpresa duas trincheiras inimigas ali existentes.

O sítio ampliara-se. Rasgara-se à mobilização das forças estrada rápida e segura. O seu trecho principal desde o rio Sargento ao sítio de Suçuarana, passando pela Várzea e Caxomongó, foi logo guarnecido pelos 33º, 16º e 28º batalhões, da 2ª brigada e uma ala do batalhão Paulista.

Canudos tinha agora circuitando-o, do extremo norte ao sul, na Fazenda Velha, e daí para o ocidente, na ponta da estrada do Cambaio, um desmedido semicírculo de assédio.

Restavam apenas aos jagunços, no quadrante de noroeste, as veredas do Uauá e Várzea da Ema.

Prefigurava-se próximo o termo da campanha.

II. Marcha da divisão auxiliar

Os novos expedicionários, abalando de Monte Santo pela estrada recém-aberta, levavam um temor singularmente original: o medo cruelmente ansioso de não depararem mais um só jagunço a combater. Certo iam encontrar tudo liquidado; e sentiam-se escandalosamente traídos pelos acontecimentos.

Partira em primeiro lugar, a 13 de setembro, a brigada dos corpos policiais do norte, e tal precedência, oriunda exclusivamente de motivos de ordem administrativa, doera fundo no ânimo dos que compunham a brigada de linha, que marcharia alguns dias mais tarde, com o general Carlos Eugênio.

Medo glorioso

É que os rebeldes decaíam tanto todos os dias, tão cheios de reveses e repelidos dos melhores pontos de apoio, e tão enleados nas malhas constritoras do cerco, que cada hora passada era para o heroísmo retardatário crudelíssimo diminuir nas probabilidades de compartir as glorificações do triunfo.

A brigada nortista fez, por isto, um avançar vertiginoso, tropeando pelos caminhos desde o primeiro alvor da antemanhã e estacando somente quando as soalheiras queimosas esgotavam a soldadesca. A de linha encalçou-a, copiando a mesma celeridade, marchando aforradamente, aguilhoada identicamente pelo anelo doido de se medir, ao menos num recontro fugitivo, com aqueles pobres adversários.

E arrojando-se pelos caminhos, os campeadores – nutridos, garbosos e sãos – lá se iam de abalada demandando a cidadela de barro, havia três meses varrida pelos canhoneios, rota pelos assaltos, devorada pelos incêndios e defendida por uma guarnição única.

Ao alcançarem o sítio da Suçuarana, seis léguas distante de Canudos, reanimavam-se. Chegavam até lá, soturnamente reboando, os estampidos da artilharia. Em Caxomongó, se o vento era de feição, distinguiam mesmo o crebro crepitar dos tiroteios...

Caxomongó

Entretanto nessa alacridade guerreira despontavam ainda inopinados sobressaltos. A luta sertaneja não perdera por completo o traço misterioso, que conservaria até o fim. Avantajando-se no sertão, os sôfregos lutadores, à medida que se sentiam cada vez mais longe entre as chapadas ermas, passando pelos sítios tristonhos e destruídos – em pleno deserto – tinham entre as fileiras aguerridas irrefreáveis frêmitos de espanto. Fui testemunha de um deles.

A brigada do coronel Sotero chegara no terceiro dia de marcha, a 15 de setembro, ao sítio de Caxomongó, à entrada da zona perigosa. A escala para quem vinha de Boa Esperança, numa várzea desimpedida rodeada de pinturescas serranias, ou da Suçuarana, à borda de uma ipueira farta, era estéril e lúgubre. O terreno, de grés vermelho e grosseiro, de estratos exageradamente inclinados de 45°, absorvendo logo, em virtude de tal disposição, as raras chuvas que ali tombam, engravescera a dureza da caatinga.

O sítio, um pouso miserável, surge à borda do rio, e este, um valo de ribanceiras a prumo, altas de três metros, inteiramente entupido de pedras de todos os tamanhos, inteiramente seco, desaparece logo metendo-se entre colinas pouco altas e nuas.

A tropa ali chegou em plena manhã. Os dois corpos do Pará, disciplinados como os melhores de linha, e o do Amazonas, com o uniforme característico que adotara desde a Bahia: cobertos, oficiais e soldados, de grandes chapéus de palha de carnaúba, desabados, dando-lhes aparência de numeroso bando de mateiros.

Apesar da hora matinal, como encontrassem água bastante numa cacimba próxima, profundíssima e escura, lembrando a boca de uma mina, acamparam. Era a última escala. No outro dia atingiriam o arraial. A paragem morta reanimou-se então, de súbito, cheia de tendas e barracas, armas em sarilhos, e a animação ruidosa de 968 combatentes. Pelas margens do rio alteavam-se ingaranas altas, cruzando-lhe as ramagens ainda enfolhadas sobre o leito. Armaram-se por ali fora, suspensas, à maneira de redouças oscilantes nos galhos flexíveis, dezenas de redes.

E o dia derivou tranquilamente.

Nada havia a temer-se.

Desceu a noite. Ouvia-se, muito longe, ao norte, soturno e compassado, rolando surdamente no silêncio, o bombardeio de Canudos...

O inimigo ali constrito não tinha mais alentos para aventurosas algaras nos caminhos. A noite, como o dia, derivaria na mais completa placidez. Mas, dado que aparecessem, os jagunços viriam ao encontro de ainda não satisfeito anelo.

Rebate falso

E a tropa adormeceu cedo, em paz... para despertar toda, às 10 horas da noite, num abalo único.

Detonara, no flanco esquerdo, um tiro. Uma sentinela do cordão de segurança que se estendera em torno dos abarracamentos lobrigara ou julgara lobrigar vulto suspeito deslizando na sombra; e disparara a espingarda. Era, certo, o inimigo anelado. Vinha como viera sobre outros expedicionários, de improviso, num arranco atrevido, e subitâneo, e célere.

Então sobre os que ansiavam tanto a medir-se com ele passou, alucinadoramente, a visão misteriosa da campanha. Avaliaram-na de perto. Dominou para logo os batalhões a hipnose de um espanto indescritível; estridularam cornetas, gritos de alarmas, brados de comandos, inquirições ansiosas; despencaram das redes, caindo sobre o lastro do rio, oficiais surpresos, pulando-lhe, às tontas, as bordas; esbarrando-se; caindo; precipitando-se – espadas desembainhadas, revólveres erguidos – entre as fileiras que se alinhavam num longo crepitar de estalidos de baionetas armando-se. E desencadeou-se o tumulto. Pelotões e companhias formando-se ao acaso; quadrados precipitadamente feitos como esperando cargas de cavalaria; secções de armas cruzadas prontas a carregarem contra o vácuo; e entre as secções, e os pelotões, e as companhias, parte dos combatentes pervagando, correndo, em busca da formatura embaralhada...

Transcorridos minutos, os lutadores, presos de uma emoção que jamais imaginaram sentir, aguardavam o assalto. A brigada aparecia como uma longa esteira, revolta e coruscante, na onda luminosa do luar tranquilo e grande, que abrangia a natureza adormecida e quieta.

E fora um rebate falso...

Em busca de meia ração de glória

Ao amanhecer extinguiam-se os temores. Volviam à impaciência heroica. Prosseguiam rápidos. Rompiam, intrêmulos, por dentro do valo sinuoso do rio Sargento, que desbordava numa enchente repentina de fardas. Galgavam logo adiante o morro desnudo cujas vertentes opostas abruptamente caíam para o vale de Umburanas. E tinham, de surpresa, na frente e embaixo, distante dois quilômetros – Canudos...

Era um desafogo. Lá estavam as duas igrejas derruídas fronteando-se na praça lendária: – a nova sem torres, alteando as paredes mestras arrombadas, fendidas de alto a baixo, um muradal cheio de entulhos; a velha em ruínas e denegrida, sem fachada, erguendo um pedaço do campanário derruído, onde o fantástico sineiro tantas vezes apelidara os fiéis para a oração e para o combate. Em volta a casaria unida. Tinham chegado a tempo. Já agora não lhes faltaria a meia ração de glória disputada. Entravam ovantes pelo acampamento, num belo aprumo de candidatos à História, procurando o pleito sanguinolento e fácil.

Aspecto do acampamento

O acampamento mudara; perdera a aparência revolta dos primeiros dias. Era como um outro arraial despontando à ilharga de Canudos. Atravessando o leito vazio do Vaza-Barris, os recém-vindos enveredavam por uma sanga flexuosa; topavam, a meio caminho, à direita, entranhado em larga reentrância, vasto alpendre coberto de couro – o hospital de sangue; – e a breve trecho atingiam a tenda do comandante-geral.

Nesse trajeto viam-se dentro de um novo povoado.

Havia-se reconstruído o bairro conquistado. De uma e outra banda do caminho, erectas ao viés das encostas, arruadas ou acumuladas pelos vales diminutos, pintalgando, numerosas e esparsas, o tom pardo dos abarracamentos, sucediam-se pequenas casas de aspecto original e festivo – feitas todas de folhagens, tetos e paredes verdes de ramas de juazeiros, de forma singularmente imprópria aos habitadores. Mas eram as únicas ajustáveis ao meio. A canícula abrasante, transmudando as barracas em fornos adurentes, inspirara aquela arquitetura bucólica e primitiva.

Nada que denunciasse, ao primeiro lance de vistas, a estadia de um exército. Tinha-se a impressão de chegar em vilarejo suspeito dos sertões. E

Acampamento. Boia na bateria do perigo.
Fotografia de Flávio de Barros. Casa Euclidiana, São José do Rio Pardo

encontrando-se os primeiros povoadores – homens à paisana, mal compostos, arrastando espadas e sobraçando espingardas; na maior parte cobertos de chapéus de couro com presilhas; descalços ou calçando alpercatas; e, num ou noutro ponto, mulheres maltrapilhas cosendo tranquilamente às portas ou passando arcadas sob achas de lenha, completava-se a ilusão. O estranho entrava a desconfiar que um engano na rota o havia desnorteado para o meio dos jagunços – até atingir a tenda do general, mais longe. Galgado o cerro em cujo sopé esta se erigia, chegava-se, no topo, à comissão de engenharia, em casebre que não fora destruído; e metido o olhar pelos resquícios das paredes espessas de rachões de pedra, via-se, de perto, dali cem metros, a praça das igrejas. Estava-se sobre a encosta que tinha à base as paliçadas e palancas do trecho mais perigoso do sítio, centralizado pelo 25º batalhão – *a linha negra* – lado por onde entrara mais fundo nos flancos do arraial o assalto de 18 de julho. Volvendo à esquerda, sob o anteparo da linha descontínua de choupanas por ali dispersas, passava-se, dados mais alguns passos, pelo quartel-general da 1ª coluna. Descia-se a vertente sul seguindo por um releixo coleante, tendo à meia encosta, noutro casebre exíguo, o da segunda. Chegava-se à Repartição do Quartel-Mestre-General e acampamento do batalhão Paulista, embaixo, numa planura arenosa, que o Vaza-Barris alaga nas enchentes. Continuando a rota, depois de atravessar o leito daquele sob o abrigo do espaldão de pedra, abarreirando-o de uma margem à outra e guarnecido pelo 26º, alcançava-se a tranqueira extrema do cerco, prolongada pelo 5º da Bahia distendido na acanaladura funda do rio da Providência. Dali duzentos metros, atentando para a esquerda, contemplava-se, alcandorada no alto, bojando na corcova da Fazenda Velha, à maneira de um baluarte pênsil – a trincheira Sete de Setembro.

Percorrendo desse modo a cercadura dos entrincheiramentos, os novos expedicionários tinham, nítida, a situação, traduzindo-se o exame feito num diluente do otimismo anterior. Aquele segmento do sítio era ainda escasso se o defrontavam com a amplitude do arraial. Este surpreendia-os. Afeitos às proporções exíguas das cidades sertanejas, tolhiças e minúsculas, assombrava-os aquela Babilônia de casebres, avassalando colinas.

Canudos

Canudos tinha, naquela ocasião – foram uma a uma contadas depois –, cinco mil e duzentas vivendas; e como estas, cobertas de tetos de argila vermelha, mesmo nos pontos em que se erigiam isoladas mal se destacavam, em relevo, no solo, acontecia que as vistas, acomodadas em princípio ao acervo de pardieiros compactos em torno da praça, se iludiam, avolumando-a desproporcionalmente. A perspectiva era empolgante. Agravava-a o tom misterioso do lugar. Repugnava admitir-se que houvesse ali embaixo tantas vidas. A observação mais afincada, quando transitório armistício a permitia, não lograva distinguir um vulto único, a sombra fugitiva de um homem; e não se ouvia o rumor mais fugaz. Lembrava uma necrópole antiga ou então, confundidos todos aqueles tetos e paredes no mesmo esboroamento, – uma cata enterroada e enorme, roída de erosões, abrindo-se em voçorocas e pregueando-se em algares.

Que o observador, porém, não avultasse demais sobre o parapeito: as balas ressaltando a súbitas, de baixo, revelavam-lhe, de pronto, a população entocada. Bastava que um disparo qualquer, a qualquer hora, atroasse o alto do morro para que dali refluísse, inevitável, o revide imediato. Porque os jagunços, se não tinham mais a iniciativa dos ataques, replicavam com o vigor antigo. Exauriam-se sem perder o prumo, timbrando no disfarçar quaisquer sintomas de enfraquecimento. Compreendia-se, no entanto, que este era completo. Objetivavam-no os próprios escombros em que se entaliscavam, ocultos. Além disso, lá não estava apenas uma guarnição de valentes incorrigíveis. Havia mulheres e crianças sobre que rolavam durante três meses massas de ferro e de chamas, e elas punham muitas vezes no fragor das refregas a nota comovedora do pranto.

Dias antes um *shrapnel* arrojado da Favela, e que passara beirando as cimalhas da igreja nova, arrebentara dentro do casario anexo à latada das orações. E dali ascendera imediatamente uma réplica cruel perturbando os artilheiros do coronel Olímpio: um longo e indefinível choro; assonância dolorosíssima de clamores angustiosos, fazendo que o canhoneio cessasse à voz austera e comovida daquele comandante...

Assim, duplamente bloqueados, entre milhares de soldados e milhares de mulheres – entre lamentações e bramidos, entre lágrimas e balas – os rebeldes se renderiam de um momento para outro. Era fatal. A segurança do pleito já dera mesmo ensanchas a grandes temeridades. Um sargento do 5º de artilharia por duas vezes se aventurara, à noite, a atravessar todo o largo, penetrando no templo em ruínas e atirando lá dentro duas bombas de dinamite, que não explodiram. Um alferes do 25º, dias depois, copiando-lhe o arrojo, lançara fogo aos restos da igreja velha, que ardera toda.

De sorte que os lutadores, vindo noviciar na pendência desigual, cientes destas coisas, recaíam na preocupação primitiva: que o inimigo *in extremis* tivesse ainda fôlego para lhes facultar desdobrassem o destemor e a força. A musculatura de ferro das brigadas novas ansiava a medir-se com o espernear da insurreição. Os que ali estavam havia tantos meses tinham glórias demais. Fartos, impando de triunfos e agora, mercê dos comboios diários, com a subsistência garantida, julgavam inútil despender mais vidas para que se apressasse a rendição inevitável. Quedavam numa mornidão irritante.

O acampamento, afora os intervalos, que se tornavam maiores, dos assaltos, tinha a placabilidade de uma pequena povoação bem policiada. Nada que recordasse a campanha feroz. Na sede da comissão de engenharia o general Artur Oscar, com a atração irresistível de um temperamento franco e jovial, centralizava longas palestras. Discorria-se sobre assuntos vários de todo opostos à guerra: casos felizes d'antanho, anedotas hílares, ou então alentadas discussões sobre política geral. Enquanto observadores tenazes, num invejável apego à ciência, registravam, hora por hora, pressões e temperaturas; inscreviam, invariável, um zero na nebulosidade do céu; e consultavam muito graves o higrômetro. Na farmácia militar, estudantes em férias forçadas riam ruidosamente e recitavam versos; e pelas paredes ralas de todas as choupanas ridentes, de folhagens pintalgadas de flores murchas de juazeiros, transudavam vozes e risos dos que lá dentro não tinham temores, que lhes agourentassem as horas ligeiras e tranquilas. As balas que passavam, raras, repelidas pelas cristas dos cerros em trajetórias altas, eram inofensivas. Ninguém as percebia mais. Eram, indicava-o a precisão rítmica com que estalavam ou esfusiavam nos ares, lançadas por atiradores certos, que em Canudos parecia estarem apostados a lembrar os sitiantes que o sertanejo velava. Mas não impressionavam, embora algumas, em trajetórias baixas, batessem no pano das barracas em vergastadas rijas; como não impressionavam mais os tiroteios fortes, que ainda surgiam, às vezes, inopinadamente, à noite.

A vida normalizara-se naquela anormalidade. Despontavam peripécias extravagantes. Os soldados da linha negra, na tranqueira avançada do cerco, travavam, às vezes, noite velha, longas conversas com os jagunços. O interlocutor da nossa banda subia à berma da trincheira e, voltado para a praça, fazia ao acaso um reclamo qualquer, enunciando um nome vulgar, o primeiro que lhe acudia ao intento, com voz amiga e lhana, como se apelidasse algum velho camarada; e invariavelmente, do âmago da casaria ou, de mais perto, de dentro dos entulhos das igrejas, lhe respondiam logo, com a mesma tonalidade mansa, dolorosamente irônica. Entabulava-se o colóquio original através das sombras, num reciprocar de informações sobre tudo, do nome de batismo, ao lugar do nascimento, à família e às condições de vida. Não raro a palestra singular derivava a coisas escabrosamente jocosas e pelas linhas próximas, no escuro, ia rolando um cascalhar de risos abafados. O diálogo delongava-se até apontar a primeira divergência de opiniões. Salteavam-no, então, de lado a lado, meia dúzia de convícios ríspidos, num calão enérgico. E logo depois um ponto final – a bala...

Os soldados do 5º de polícia, malgrado o ilusório abrigo dos espaldões de terra, que os acobertavam, matavam o tempo, em descantes, mitigando saudades dos rincões do S. Francisco. Se a fuzilaria apertava, pulavam de arremesso aos planos de fogo; batiam-se como demônios, terrivelmente, freneticamente, disparando as carabinas; e tendo nas bocas, ressoantes, cadenciadas a estampidos, as rimas das trovas prediletas. Baqueavam, alguns, cantando; e aplacada a refrega volviam ao folguedo sertanejo, ao toar langoroso das tiranas, aos *rasgados* nos machetes, como se fosse aquilo uma rancharia grande de tropeiros felizes, sesteando.

O charlatanismo da coragem

Toda a gente se adaptara à situação. O espetáculo diário da morte dera-lhe a despreocupação da vida. Os antigos lutadores andavam, por fim, pelo acampamento inteiro, da extrema direita à extrema esquerda, sem as primitivas cautelas. Ao chegarem aos altos expostos mal estugavam o passo ante os projetis, que lhes caíam logo à roda, batendo, ríspidos, no chão. Riam-se dos recém-vindos inexpertos, que transpunham os pontos enfiados, retransidos de sustos, correndo, encolhidos, quase de cócoras, num agachamento medonhamente cômico; ou que não refreavam sobressaltos ante a bala que esfusiava perto, riscando um assovio suavíssimo nos ares, como um *psiu* insidiosamente acariciador da morte; ou que não tolhiam interjeições vivas ante incidentes triviais – dois, três ou quatro moribundos, diariamente removidos dos pontos avançados.

Alguns estadeavam o charlatanismo da coragem. Um esnobismo lúgubre. Fardados – vivos dos galões irradiantes ao sol, botões de fardas rebrilhando – quedavam numa aberta qualquer livremente devassada ou aprumavam-se, longe, no cabeço desabrigado de um cerro distante dois quilômetros do arraial, para avaliarem o rigor da mira dos jagunços em alcance máximo. Calejara-os a luta. Narravam aos novos companheiros, insistindo muito nos pormenores dramáticos, as provações sofridas. Os episódios sombrios da Favela com o seu cortejo temeroso de combate e agruras. Os longos dias de privações que vitimavam os próprios oficiais, um alferes, por exemplo, morrendo embuchado, ao desjejuar com punhados de farinha após três dias de fome. As lides afanosas das caçadas aos cabritos ariscos ou das colheitas de frutos avelados nos arbustos mortos. Todos os incidentes. Todas as minúcias. E concluíam que o que restava fazer era pouco – um magro respigar no rebotalho da seara guerreira inteiramente ceifada – porque o antagonista desairado e frágil estertorava agonizando. Aquilo agora era um passatempo ruidoso, e nada mais.

A divisão auxiliar, porém, não podia ater-se a papel tão secundário: fazer trinta léguas de sertão, apenas para contemplar – espectadora inofensiva e armada dos pés à cabeça – o perdimento do arraial cedendo a pouco e pouco àquele estrangulamento vagaroso, sem a movimentação febril e convulsiva de uma batalha...

III. Embaixada ao céu

Mas o bloqueio, incompleto e com extenso claro ao norte, não reduzira o inimigo aos últimos recursos. Os caminhos para a Várzea da Ema e o Uauá estavam francos, subdividindo-se multívios pelas chapadas em fora, para a extensa faixa do S. Francisco, atravessando rincões de todo desconhecidos, até atingirem os insignificantes lugarejos marginais àquele rio, entre Xorroxó e Santo Antônio da Glória. Por ali chegavam pequenos fornecimentos e poderiam entrar, à vontade, novos reforços de lutadores. Porque se dirigiam precisamente nos rumos mais favoráveis, atravessando vasto trato de um território que é o núcleo onde se ligam e se confundem os fundos dos sertões de seis estados, da Bahia ao Piauí.

Canudos destruída.
Técnica mista sobre papel. Tripoli Gaudenzi

Desse modo formavam aos sertanejos a melhor saída, levando-os à matriz em que se haviam gerado todos os elementos da revolta. Em último caso, eram um escape à salvação. A população, trilhando-os, mal seria perseguida nas primeiras léguas, na pior alternativa. Abrigá-la-ia – impérvio e indefinido – o deserto.

Não o fez, porém, embora sentisse acrescida, em torno, a força dos adversários, coincidindo-lhe com o próprio deperecimento. Haviam desaparecido os principais guerrilheiros: Pajeú, nos últimos combates de julho; o sinistro João Abade, em agosto; o ardiloso Macambira, recentemente; José Venâncio e outros. Restavam como figuras principais Pedrão, o terrível defensor de Cocorobó, e Joaquim Norberto, guindado ao comando pela carência de outros melhores. Por outro lado, escasseavam os mantimentos e acentuava-se cada vez mais o desequilíbrio entre o número de combatentes válidos, continuamente diminuído e o de mulheres, crianças, velhos, aleijados e enfermos, continuamente crescente. Esta maioria imprestável tolhia o movimento dos primeiros e reduzia os recursos. Podia fugir, escoar-se a pouco e pouco, em bandos diminutos, pelas veredas que restavam, deixando aqueles desafogados e forrando-se ao último sacrifício. Não o quis. De moto próprio todos os seres frágeis e abatidos, certos da própria desvalia, se devotaram a quase completo jejum, em prol dos que os defendiam. Não os deixaram.

A vida no arraial tornou-se então atroz. Revelaram-na depois a miséria, o abatimento completo e a espantosa magreza de seiscentas prisioneiras. Dias de angústia indescritíveis foram suportados diante das derradeiras portas abertas para a liberdade e para a vida. E permaneceriam para todo o sempre inexplicáveis, se, mais tarde, os mesmos que os atravessaram não revelassem a origem daquele estoicismo admirável. É simples.

Falecera a 22 de setembro Antônio Conselheiro.

Ao ver tombarem as igrejas, arrombando o santuário, santos feitos em estilhas, altares caídos, relíquias sacudidas no encaliçamento das paredes e – alucinadora visão! – o bom Jesus repentinamente a apear-se do altar-mor, baqueando sinistramente em terra, despedaçado por uma granada, o seu organismo combalido dobrou-se ferido de emoções violentas. Começou a morrer. Requintou na abstinência costumeira, levando-a a absoluto jejum. E imobilizou-se certo dia, de bruços, a fronte colada à terra, dentro do templo em ruínas.

Ali o encontrou numa manhã Antônio Beatinho.

Estava rígido e frio, tendo aconchegado do peito um crucifixo de prata.

Ora, esse acontecimento – capital na história da campanha – e de que parecia dever de correr o seu termo imediato, contra o que era de esperar aviventou a insurreição. É que, gizada talvez pelo espírito astucioso de algum cabecilha, que prefigurara as consequências desastrosas do fato, ou, o que se pode também acreditar, nascida espontaneamente da hipnose coletiva, logo que a beataria impressionada notou a falta do apóstolo, embora este, nos últimos tempos, aparecesse várias vezes – se divulgou extraordinária notícia.

Relataram-na depois, ingenuamente, os vencidos:

Antônio Conselheiro seguira em viagem para o céu. Ao ver mortos os seus principais ajudantes e maior o número de soldados, resolvera dirigir-se diretamente à Providência. O fantástico embaixador estava àquela hora junto de Deus. Deixara tudo prevenido. Assim é que os soldados, ainda quando caíssem nas maiores aperturas, não podiam sair do lugar em que se achavam. Nem mesmo para se irem embora, como das outras vezes. Estavam chumbados às trincheiras. Fazia-se mister que ali permanecessem para a expiação suprema, no próprio local dos seus crimes. Porque o profeta volveria em breve, entre milhões de arcanjos descendo – gládios flamívomos coruscando na altura – numa revoada olímpica, caindo sobre os sitiantes, fulminando-os e começando o dia do Juízo...

Desoprimiram-se todas as almas; dispuseram-se os crentes para os maiores tratos daquela penitência, que os salvava; e nenhum deles notou que logo depois, sob pretextos vários, alguns incrédulos, e entre eles Vila Nova, abandonavam a povoação, tomando por ignoradas trilhas.

Saíam ainda em tempo. Eram os últimos que escapavam porque no dia 24 a situação mudou.

Complemento do assédio

Logo ao alvorecer, enquanto a esquerda da linha e os canhões da Favela iniciavam renhido ataque atraindo para aquele lado a atenção do inimigo, o tenente-coronel Siqueira de Meneses, seguido pelos 24º, 38º e 32º batalhões de linha, comandados pelo major Henrique de Magalhães, capitão Afonso Pinto de Oliveira e tenente Joaquim Potengi; o do Amazonas; a ala direita do de S. Paulo, guiada pelo major José Pedro de Oliveira; e um contingente de cavalaria ao mando do alferes Pires de Almeida – abalara para o segmento ainda desguarnecido do assédio, assaltando os pequenos contingentes que o guarneciam dentro das últimas vivendas, que se derramavam, esparsas, por aquela banda.

Os jagunços não contavam que fossem até lá. Era o ponto de Canudos diametralmente oposto à Fazenda Velha e mais distante da primitiva frente do assalto.

Via-se ali um subúrbio novo, as Casas Vermelhas, ereto depois do fracasso da 3ª expedição, e nele edificações mais corretas, cobertas, algumas, de telhas. Não estava guarnecido convenientemente. Faltavam-lhe as trincheiras-abrigos, que abrolhavam tão numerosas noutros pontos, e, circunstância na emergência desastrosa para os rebeldes, todas as vivendas pelo fato de serem as mais remotas se atestavam de mulheres e crianças.

A força, tendo à vanguarda o 24º, marchando pelo leito do rio, caiu-lhes em cima e varejou-as em minutos. Como em geral acontecia, os guerrilheiros viram-se tolhidos na balbúrdia do mulherio medroso. Entretanto não cederam desde logo a posição. Recuaram, resistindo; e acompanhando-os os soldados foram embrenhando-se nas vielas.

Tomando a ofensiva, reeditavam episódios inevitáveis. Enfiavam as espingardas pelos tabiques de taipa, disparando-as, a esmo, para dentro; arrombavam-nos depois a coronhadas; e sobre a acendalha de trapos e móveis miseráveis, atiravam fósforos acesos. Os incêndios deflagravam, abrindo-lhes caminho. Adiante recuava o sertanejo, recuando pelos cômodos escuros. Aqui, ali, destacadamente uma resistência estupenda de um ou outro, jogando alto a vida. Um deles, abraçado pela esposa e a filha, no momento em que a porta da choupana se escancarou, estrondada em lascas, atirou-as rudemente de si: assomou de um salto ao limiar e abateu, num revide terrível, o primeiro agressor que deparou, um alferes, Pedro Simões Pinto, do 24º. Baqueou logo, circulado pelos soldados, a cutiladas. E ao expirar teve uma frase lúgubre: "Ao menos matei um..."

Outro distraiu os soldados. Episódio truanesco e medonho: num recanto da saleta invadida, caído de banda, sem alento sequer para sentar-se, adelgaçado de magreza extrema, um curiboca velho, meio desnudo, revestido de esparadrapos, forcejava por disparar uma lazarina antiga. Sem forças para aperrá-la, levantava-a a custo. Deixava-a logo descair nos braços frouxos, desesperado, refegada a face ossuda, num esgar de cólera impotente. As praças rodearam-no um momento; e seguiram num coro estrepitoso de risadas.

Mas este resistir a todo o transe, em que entravam os próprios moribundos, cortou-lhes, afinal, o passo. Em pouco tempo tiveram treze baixas. Além disto o adversário recuava, mas não fugia. Ficava na frente, a dois passos, na mesma vivenda, no cômodo próximo, separado por alguns centímetros de taipa. Estacaram. Para não perderem o avançamento feito abarreiraram, com os móveis e destroços das casas, toda a frente da posição. Era o processo usual e obrigatório. Defronte não havia terreno neutro. O jagunço ficava colado – indomável – na escarpa oposta do parapeito, vigilante, tenteando a pontaria.

Cenário da tragédia

Esta refrega, atroando ao norte, ecoava no acampamento, alarmando-o. Atestadas de curiosos, todas as casinhas adjacentes à comissão de engenharia formavam a plateia enorme para a contemplação do drama. Assestavam-se binóculos em todos os rasgões das paredes. Aplaudia-se. Pateava-se. Estrugiam bravos. A cena – real, concreta, iniludível – aparecia-lhes aos olhos como se fora uma ficção estupenda, naquele palco revolto, no resplendor sinistro de uma gambiarra de incêndios. Estes progrediam constrangidos, ao arrepio do sopro do nordeste, esgarçando-lhes a fumarada amarelenta, ou girando-a em rebojos largos em que fulguravam e se diluíam listrões fugazes de labaredas. Era o sombreado do quadro, abrangendo-o de extremo a extremo e velando-o de todos, às vezes, como o telão descido sobre um ato de tragédia.

A degradação de Canudos.
Técnica mista sobre papel. Tripoli Gaudenzi

Nesses intervalos desaparecia o arraial. Desaparecia inteiramente a casaria. Diante dos espectadores estendia-se, lisa e pardacenta, a imprimadura, sem relevos, do fumo. Recortava-a, rubro e sem brilhos, – uma chapa circular em brasa – um sol bruxuleante, de eclipse. Rompia-a, porém, de súbito, uma lufada rija. Pelo rasgão enorme, de alto a baixo aberto, divisava-se uma nesga do arraial – bandos estonteados de mulheres e crianças correndo para o sul, em tumulto, indistintos entre as folhagens secas da latada. As baterias da Favela batiam-nos de frente. Os grupos miserandos, entre dois fogos, fustigados pela fuzilaria, repelidos pelo canhoneio, desapareciam, por fim, entaliscados nos escombros, ao fundo do santuário. Ou escondiam-nos outra vez, promanando da combustão lenta e inextinguível e rolando vagarosamente sobre os tetos, os novelos do fumo, compactos, em *cumulus*, alongando-se pelo solo, empolando-se na altura, num tardo ondular de grandes vagas silenciosas, adensando-se e desfazendo-se à feição dos ventos; chofrando a frontaria truncada da igreja nova, deixando lobrigar-se um pedaço de muramento esboroado, e encobrindo-o logo; dissolvendo-se adiante sobre um trecho deserto do rio; espraiando-se mais longe, delidos, pelo topo dos outeiros...

As vistas curiosas, dos que pelo próprio afastamento não compartiam a peleja, coavam-se naquele sendal de brumas. E quando estas se adunavam impenetráveis, em toda a cercadura de camarotes grosseiros do monstruoso anfiteatro explodiam irreprimíveis clamores de contrariedades e desapontamentos de espectadores frenéticos, agitando os binóculos inúteis, procurando adivinhar o enredo inopinadamente encoberto.

Porque a ação se delongava. Delongava-se anormal, sem o intermitir das descargas intervaladas, o tiroteio cerrado e vivo, crepitando num estrepitar estrídulo de tabocas estourando nos taquarais em fogo. De sorte que, por vezes, pairava no ânimo dos que o escutavam, ansiosos, o pensamento de uma sortida feliz dos sertanejos, saindo pelas tranqueiras rotas ao norte. Os ecos dos estampidos, variando de rumos, torcidos em ricochete pelos flancos das colinas, subindo de intensidade no nevoeiro compacto, desviavam-se. Estalavam-lhes perto, à direita e à retaguarda, dando a ilusão de um ataque do inimigo escapo e precipitando-se, em tropel, num revide repentino. Trocavam-se ordens precípites. Formavam-se os corpos de reserva. Cruzavam-se inquirições comovidas...

Ouvia-se, porém, longínquo, um ressoar de brados e vivas. Corria-se aos mirantes acasamatados. Retomavam-se os binóculos. Uma rajada corria, em sulco largo e límpido, pela cerração dentro, talhando-a de meio a meio, e desvendando de novo o cenário.

Era um desafogo. Vozeavam aclamações e aplausos. Os jagunços recuavam.

Por fim se viu, estirando-se até o caminho do Cambaio, uma linha de bandeirolas vermelhas.

Estava bloqueado Canudos.

A nova chegou em pouco ao acampamento de onde largaram, à espora fita, correios para Monte Santo, levando-a, para que de lá o telégrafo a espalhasse no país inteiro.

Circuitava agora toda a periferia do povoado uma linha interrompida de tranqueiras, nos intervalos das quais não havia escoar-se mais um único habitante: a leste, o centro do acampamento; à retaguarda da linha negra, centralizada pela 3ª brigada; ao norte, as posições recém-expugnadas, alongando-se guarnecidas sucessivamente pelo 31º, ala esquerda do 24º, 38º, ala direita do batalhão Paulista e o 32º, de infantaria, cortando as estradas do Uauá e a Várzea da Ema; em todo o quadrante do noroeste, guarnições espaçadas, ladeando o redente artilhado no extremo da vereda do Cambaio; a Favela e o baluarte dominante da Sete de Setembro, ao sul.

Ainda que em fragmentos, traçara-se a curva fechada do assédio real, efetivo.

A insurreição estava morta.

ÚLTIMOS DIAS

Rendição dos conselheiristas em 2 de outubro.
Foto de Flávio de Barros, Museu da República

I. O estrebuchar dos vencidos. Os prisioneiros.
II. Depoimento de uma testemunha.
III. Titãs contra moribundos. Em torno das cacimbas. Sobre os muradais da igreja nova.
IV. Passeio dentro de Canudos.
V. O assalto. Notas de um diário.
VI. O fim. Crânio do Conselheiro.
VII. Duas linhas.

Retrato de Euclides da Cunha por F. Domingos.
Óleo sobre tela

I. O estrebuchar dos vencidos

Sucedeu, então, um fato extraordinário de todo em todo imprevisto.

O inimigo desairado revivesceu com vigor incrível. Os combatentes, que o enfrentavam desde o começo, desconheceram-no. Haviam-no visto, até aquele dia, astucioso, negaceando na maranha das tocaias, indomável na repulsa às mais valentes cargas, sem par na fugacidade com que se subtraía aos mais improvisos ataques. Começaram a vê-lo heroico.

A constrição de milhares de baionetas circulantes estimulara-o, enrijara-o; e dera-lhe, de novo, a iniciativa nos combates. Estes principiaram desde 23, insistentes como nunca, sulcando todos os pontos, num rumo girante, estonteador, batendo, trincheira por trincheira, toda a cercadura do sítio.

Era como uma vaga revolta, desencadeando-se num tumulto de voragem. Repelida pelas tranqueiras avançadas de leste, refluía numa esteira fulgurante de descargas na direção do Cambaio; arrebentava nas encostas que ali descem, clivosas, para o rio; recebia, em cima e em cheio, a réplica das guarnições que as encimavam, e rolava, envesgando para o norte, acachoando dentro do álveo do Vaza-Barris, até se despedaçar de encontro às paliçadas que naquele sentido o represavam; volvia vertiginosamente ao sul; viam-na ondular, célere e agitante, por dentro do arraial, atravessando-o, e logo depois marulhar, recortada de tiros, na base dos primeiros esporões da Favela; saltava de novo para o leste, torcida, embaralhada, estrepitosa – e batia a esquerda do 5º da Bahia: era repelida; caía adiante sobre a barreira do 26º: era repelida; retraía-se daquele ponto para o centro da praça, inflectindo, serpeante, rápida, e quebrava-se, um minuto depois, sobre a linha negra; passava indistinta, mal vista ao clarão fugaz das fuzilarias, e corria mais uma vez para o norte, chofrando os mesmos pontos, repulsada sempre e atacando sempre, num remoinhar irreprimível e rítmico de ciclone... Parava. Súbita quietude substituía o torvelinho furioso. Absoluto silêncio descia sobre os dois campos. Os sitiantes deixavam a formatura do combate.

Mas repousavam alguns minutos breves.

Um estampido atroava na igreja nova, e viam-se-lhe sobre as cimalhas fendidas, engrimponados nas pedras vacilantes, vultos erradios, cruzando-se, mal firmes sobre escombros, correndo numa ronda doida. Tombavam-lhes logo em cima, revessadas de todos os trechos artilhados, lanternetas desabrolhando em balas. Não as suportavam. Desciam, em despenhos e resvalos de símios, daqueles muradais. Perdiam-se nos pardieiros próximos ao santuário. E ressurgiam, inopinadamente, junto de um ponto qualquer da linha. Batiam-no, eram repelidos; atacavam as outras trincheiras anexas, eram repelidos; caíam sobre as que se sucediam, e prosseguiam no giro, arrebatados na rotação enorme dos assaltos.

Os que na véspera desdenhavam o adversário entaipado naqueles casebres assombravam-se. Como nos maus dias passados, mais intensamente ainda, jugulou-os o espanto.

Cessaram os desafios imprudentes. Determinou-se, de novo, que não soassem as cornetas. Só havia um toque possível – o de alarma – e este o inimigo eloquentemente o dava.

Despovoaram-se os cerros. Terminou o fanfarrear dos que por ali se estadeavam, desafiando tiros. Valentes de fama, premunidos de cautelas, fraldejavam-nos às rebatinhas pelas passagens cobertas, curvando-se, e transpondo aos pinchos os pontos enfiados. Tornaram-se outra vez dificílimas as comunicações. Os comboios, desde que apontavam ao sul, na crista dos morros, pela estrada do Calumbi, começavam a ser alvejados; desciam-nos precípites e alguns comboieiros vinham cair feridos no último passo, à entrada do acampamento.

Prisioneiro.
Gravura de Alfredo Aquino para a edição de *Os Sertões* de 1975

A situação tornou-se, de repente, inaturável.

Não se compreendia que os jagunços tivessem ainda, após tantos meses de luta, tanta munição de guerra. E não a poupavam. Em certas ocasiões, no mais agudo dos tiroteios, pairava sobre os abarracamentos um longo uivar de ventania forte.

Projetis de toda a espécie, sibilos finos de Mannlicher e Mauser, zunidos cheios de sonoros de Comblain, rechinos duros de trabucos, rijos como os de canhões-revólveres, transvoando a todos os pontos: sobre o âmbito das linhas; sobre as tendas próximas aos quartéis-generais; sobre todos os morros até ao colo abrigado da Favela, onde sesteavam cargueiros e feridos; sobre todas as trilhas; sobre o álveo longo e tortuoso do rio e sobre as depressões mais escondidas; resvalando com estrondo pela tolda de couro da alpendrada do hospital de sangue e despertando os enfermos retransidos de espanto; despedaçando vidros na farmácia militar, anexa; varando, sem que se explicasse tal abatimento de trajetória, as choupanas de folhagens, a um palmo das redes, de onde pulavam, surpreendidos, combatentes exaustos; percutindo, como pedradas rijas, as paredes espessas dos casebres da comissão de engenharia e quartel-general da 1ª coluna; zimbrando, em sibilos de vergastas, o pano das barracas; e fora das barracas, dos casebres, dos toldos, das tendas, estrelando, ricochetando, ressaltando, desparzinho nos flancos das colinas, sobre as placas xistosas, quebrando-as e esfarelando-as em estilhas, numa profusão incomparável de metralha...

A luta atingia febrilmente o desenlace da batalha decisiva que a remataria. Mas aquele paroxismo estupendo acorbardava os vitoriosos.

Os prisioneiros

Chegaram no dia 24 os primeiros prisioneiros.

Voltando triunfante, a tropa, que a princípio colhera em caminho meia dúzia de crianças, de quatro a oito anos, por ali dispersas e tolhidas de susto, ao esquadrinhar melhor os casebres conquistados encontrara algumas mulheres e alguns lutadores, feridos.

Estes últimos eram poucos e vinham em estado deplorável: trôpegos, arrastados, exaustos.

Um suspenso pelas axilas entre duas praças, meio desmaiado, tinha, diagonalmente, sobre o peito nu, a desenhar-se num recalque forte, a lâmina do sabre que o abatera. Outro, o velho curiboca desfalecido que não vingara disparar a carabina sobre os soldados, parecia um desenterrado claudicante. Ferido, havia meses, por estilhaços de granada, no ventre, ali tinha dois furos, de bordos vermelhos e cicatrizados, por onde extravasavam os intestinos. A voz morria-lhe na garganta, num regougo opresso. Não o interrogaram. Posto à sombra de uma barraca continuou na agonia, que o devorava, talvez havia três meses.

Prisioneiros eram amarrados, depois degolados e eventrados.
Nanquim sobre papel. Tripoli Gaudenzi

Algumas mulheres fizeram revelações: Vila Nova seguira, na véspera, para a Várzea da Ema. Sentia-se, já há tempos, fome no arraial, sendo quase todos os mantimentos destinados aos que combatiam; e, revelação mais grave, o Conselheiro não aparecia desde muito.

Ainda mais, trancadas todas as saídas, começara para todos, lá dentro, o suplício crescente da sede.

Não iam além das informações. Os que as faziam, inteiramente sucumbidos, mal respondiam às perguntas. Um único não refletia na postura abatida as provações que vitimavam os demais. Forte, de estatura meã e entroncada – espécime sem falhas desses hércules das feiras sertanejas, de ossatura de ferro articulando em juntas nodosas e apontando em apófises rígidas – era, tudo o revelava, um lutador de primeira linha, talvez um dos guerrilheiros acrobatas que se dependuravam ágeis nos dentilhões abalados da igreja nova. Primitivamente branco, requeimara-se-lhe inteiramente o rosto, mosqueado de sardas. Pendia--lhe à cintura, oscilante, batendo abaixo do joelho, a bainha vazia de uma faca de arrasto. Fora preso em plena refrega. Conseguira derribar, num arremessão valente, três ou quatro praças, e lograria escapar se não caísse, tonto, ferido de esconso por uma bala na órbita esquerda. Entrou, jugulado como uma fera, na tenda do comandante da 1ª coluna. Ali o largaram. O resfôlego precípite arguia o cansaço da luta. Alevantou a cabeça e o olhar singular que lhe saía dos olhos – um cheio de brilhos, outro cheio de sangue – assustava. Tartamudeou, desajeitadamente, algumas frases mal percebidas. Tirou o largo chapéu de couro e, ingenuamente, fez menção de sentar-se.

Era a suprema petulância do bandido!

Brutalmente repelido, rolou aos tombos pela outra porta, escorjado sob punhos possantes.

Fora, passaram-lhe, sem que protestasse, uma corda de sedenho na garganta. E, levado aos repelões para o flanco direito do acampamento, o infeliz perdeu-se com os sinistros companheiros que o ladeavam no seio misterioso da caatinga.

A degola

Chegando à primeira canhada encoberta, realizava-se uma cena vulgar. Os soldados impunham invariavelmente à vítima um viva à República, que era poucas vezes satisfeito. Era o prólogo invariável de uma cena cruel. Agarravam-na pelos cabelos, dobrando-lhe a cabeça, esgargalando-lhe o pescoço; e, francamente exposta a garganta, degolavam-na. Não raro a sofreguidão do assassino repulsava esses preparativos lúgubres. O processo era, então, mais expedito: varavam-na, prestes, a facão.

Um golpe único, entrando pelo baixo ventre. Um destripamento rápido...

Tínhamos valentes que ansiavam por essas cobardias repugnantes, tácita e explicitamente sancionadas pelos chefes militares. Apesar de três séculos de atraso, os sertanejos não lhes levavam a palma no estadear idênticas barbaridades.

II. Depoimento do autor

Desvendemo-las rudemente.

Deponhamos.

O fato era vulgar. Fizera-se pormenor insignificante.

Começara sob o esporear da irritação dos primeiros reveses, terminava friamente feito praxe costumeira, minúscula, equiparada às últimas exigências da guerra. Preso o jagunço válido e capaz de aguentar o peso da espingarda, não havia malbaratar-se um segundo em consulta inútil. Degolava-se; estripava-se. Um ou outro comandante se dava ao trabalho de um gesto expressivo. Era uma redundância capaz de surpreender.

Dispensava-a o soldado atreito à tarefa.

Esta era, como vimos, simples. Enlear ao pescoço da vítima uma tira de couro, num cabresto ou numa ponta de chiquerador; impeli-la por diante; atravessar entre as barracas, sem que ninguém se surpreendesse; e sem temer que se escapasse a presa, porque ao mínimo sinal de resistência ou fuga um puxão para trás faria que o laço se antecipasse à faca e o estrangulamento à degola. Avançar até à primeira covanca profunda, o que era um requinte de formalismo: e, ali chegados, esfaqueá-la. Nesse momento, conforme o humor dos carrascos, surgiam ligeiras variantes. Como se sabia, o supremo pavor dos sertanejos era morrer a ferro frio, não pelo temor da morte senão pelas suas consequências, porque acreditavam que, por tal forma, não se lhes salvaria a alma.

Exploravam esta superstição ingênua. Prometiam-lhes não raro a esmola de um tiro, à custa de revelações. Raros as faziam. Na maioria emudeciam, estoicos, inquebráveis – defrontando a perdição eterna. Exigiam-lhes vivas à República. Ou substituíam essa irrisão dolorosa pelo chasquear franco e insultuoso de alusões cruéis, num coro hílare e bruto de facécias pungentes. E degolavam-nos, ou cosiam-nos a pontaços. Pronto. Sobre a tragédia anônima, obscura, desenrolando-se no cenário pobre e tristonho das encostas eriçadas de cactos e pedras, cascalhavam rinchavelhadas lúgubres, e os matadores volviam para o acampamento.

Conselheiro morto.
Gravura de Alfredo Aquino para a edição de *Os Sertões* de 1975

Nem lhes inquiriam pelos incidentes da empresa. O fato descambara lastimavelmente à vulgaridade completa. Os próprios jagunços, ao serem prisioneiros, conheciam a sorte que os aguardava. Sabia-se no arraial daquele processo sumaríssimo e isto, em grande parte, contribuiu para a resistência doida que patentearam. Render-se-iam, certo, atenuando os estragos e o aspecto odioso da campanha, a outros adversários. Diante dos que lá estavam, porém, lutariam até à morte.

E quando, afinal, jugulados, eram conduzidos à presença dos chefes militares, iam conformados ao destino deplorável. Revestiam-se de serenidade estranha e uniforme, inexplicável entre lutadores de tão variados matizes, e tão discordes caracteres, mestiços de toda a sorte, variando, díspares, na índole e na cor.

Alguns se aprumavam, com altaneria incrível, no degrau inferior e último de nossa raça. Notemos alguns exemplos.

Um negro, um dos raros negros puros que ali havia, preso em fins de setembro, foi conduzido à presença do comandante da 1ª coluna, general João da Silva Barbosa. Chegou arfando, exausto da marcha aos encontrões e do rencontro em que fora colhido. Era espigado e seco. Delatava na organização desfibrada os rigores da fome e do combate. A magreza alongara-lhe o porte, ligeiramente curvo. A grenha, demasiadamente crescida, afogava-lhe a fronte estreita e fugitiva; e o rosto, onde o prognatismo se acentuara, desaparecia na lanugem espessa da barba, feito uma máscara amarrotada e imunda. Chegou em cambaleios. O passo claudicante e infirme, a cabeça lanzuda, a cara exígua, um nariz chato sobre lábios grossos, entreabertos pelos dentes oblíquos e saltados, os olhos pequeninos, luzindo vivamente dentro das órbitas profundas, os longos braços desnudos, oscilando – davam-lhe a aparência rebarbativa de um orango valetudinário.

Não transpôs a coiceira da tenda.

Era um animal. Não valia a pena interrogá-lo.

O general de brigada João da Silva Barbosa, da rede em que convalescia de ferimento recente, fez um gesto. Um cabo de esquadra, empregado na comissão de engenharia e famoso naquelas façanhas, adivinhou-lhe o intento. Achegou-se com o baraço. Diminuto na altura, entretanto, custou a enleá-lo ao pescoço do condenado. Este, porém, auxiliou-o tranquilamente; desceu o nó embaralhado; enfiou-o pelas próprias mãos, jugulando-se...

Perto, um tenente de estado-maior de primeira classe e um quintanista de medicina contemplavam aquela cena.

E viram transmudar-se o infeliz, apenas dados os primeiros passos para o suplício. Daquele arcabouço denegrido e repugnante, mal soerguido nas longas pernas murchas, despontaram, repentinamente, linhas admiráveis – terrivelmente esculturais – de uma plástica estupenda.

Um primor de estatuária modelado em lama.

Retificara-se de súbito a envergadura abatida do negro, aprumando-se, vertical e rígida, numa bela atitude singularmente altiva. A cabeça firmou-se-lhe sobre os ombros, que se retraíram dilatando o peito, alçada num gesto desafiador de sobranceria fidalga, e o olhar, num lampejo varonil, iluminou-lhe a fronte. Seguiu impassível e firme; mudo, a face imóvel, a musculatura gasta duramente em relevo sobre os ossos, num desempenho impecável, feito uma estátua, uma velha estátua de titã, soterrada havia quatro séculos e aflorando, denegrida e mutilada, naquela imensa ruinaria de Canudos. Era uma inversão de papéis. Uma antinomia vergonhosa...

E estas coisas não impressionavam...

Fizera-se uma concessão ao gênero humano: não se trucidavam mulheres e crianças. Fazia-se mister, porém, que se não revelassem perigosas. Foi o caso de uma mamaluca quarentona, que apareceu certa vez, presa, na barraca do comando em chefe. O general estava doente. Interrogou-a no seu leito de campanha – rodeado de grande número de oficiais. O inquérito se resumia às perguntas de costume – acerca do número de combatentes, estado em que se achavam, recursos que possuíam, e outras, de ordinário respondidas por um "Sei não!" decisivo ou um "E eu sei?" vacilante e ambíguo. A mulher, porém, desenvolta, enérgica e irritadiça, espraiou-se em considerações imprudentes.

"Nada valiam tantas perguntas. Os que as faziam sabiam bem que estavam perdidos. Não eram sitiantes, eram presos. Não seriam capazes de voltar, como os das outras expedições; e em breve teriam desdita maior – ficariam, todos, cegos e tateando à toa por aquelas colinas..." E tinha a gesticulação incorreta, desabrida e livre.

Irritou. Era um virago perigoso. Não merecia o bem-querer dos triunfadores. Ao sair da barraca, um alferes e algumas praças seguraram-na.

Aquela mulher, aquele demônio de anáguas, aquela bruxa agourentando a vitória próxima – foi degolada...

Poupavam-se as tímidas, em geral consideradas trambolhos incômodos no acampamento, atravancando-o, como bruacas imprestáveis.

Em 30 de setembro Canudos era derrubada.
Aquarela sobre papel. Tripoli Gaudenzi

Era o caso de uma velha que se aboletara com dois netos de cerca de dez anos junto à vertente em que acampava o piquete de cavalaria. Os pequenos, tolhiços, num definhamento absoluto, não andavam mais; tinham volvido a engatinhar. Choravam desapoderadamente, de fome. E a avó, desatinada, esmolando pelas tendas os restos das marmitas, e correndo logo a acalentá-los, aconchegando-lhes dos corpos os frangalhos das camisas; e deixando-os outra vez, agitante, infatigável no desvelo, andando aqui, ali, à cata de uma blusa velha, de uma bolacha caída do bolso dos soldados, ou de um pouco d'água; acurvada pelo sofrimento e pela idade, titubeando de um para outro lado, indo e vindo, cambeteante e sacudida sempre por uma tosse renitente, de tísica, – constringia os corações mais duros. Tinha o quer que fosse de um castigo; passava e repassava como a sombra impertinente e recalcitrante de um remorso...

A degolação era, por isto, infinitamente mais prática, dizia-se nuamente. Aquilo não era uma campanha, era uma charqueada. Não era a ação severa das leis, era a vingança. Dente por dente. Naqueles ares pairava, ainda, a poeira de Moreira César, queimado; devia-se queimar. Adiante, o arcabouço decapitado de Tamarindo; devia-se degolar. A repressão tinha dois polos – o incêndio e a faca.

Justificavam-se: o coronel Carlos Teles poupara certa vez um sertanejo prisioneiro. A ferocidade dos sicários retraíra-se diante da alma generosa de um herói...

Mas este pagara o deslize imperdoável de ser bom. O jagunço, que salvara, conseguira fugir e dera-lhe o tiro que o removera do teatro da luta. Acreditava-se nessas coisas. Inventavam-nas. Eram antecipados recursos absolutórios. Exageravam-se, calculadamente, outras: os martírios dos amigos trucidados, caídos nas tocaias traiçoeiras, ludibriados depois de cadáveres e postos como espantalhos à orla dos caminhos... A selvageria impiedosa amparava-se à piedade pelos companheiros mortos. Vestia o luto chinês da púrpura e, lavada em lágrimas, lavava-se em sangue.

Um grito de protesto

Ademais, não havia temer-se o juízo tremendo do futuro.

A História não iria até ali.

Afeiçoara-se a ver a fisionomia temerosa dos povos na ruinaria majestosa das cidades vastas, na imponência soberana dos coliseus ciclópicos, nas gloriosas chacinas das batalhas clássicas e na selvatiqueza épica das grandes invasões. Nada tinha que ver naquele matadouro.

O sertão é o homízio. Quem lhe rompe as trilhas, ao divisar à beira da estrada a cruz sobre a cova do assassinado, não indaga do crime. Tira o chapéu, e passa.

E lá não chegaria, certo, a correção dos poderes constituídos. O atentado era público. Conhecia-o, em Monte Santo, o principal representante do governo, e silenciara. Coonestara-o com a indiferença culposa. Desse modo a consciência da impunidade, do mesmo passo fortalecida pelo anonimato da culpa e pela cumplicidade tácita dos únicos que podiam reprimi-la, amalgamou-se a todos os rancores acumulados, e arrojou, armada até aos dentes, em cima da mísera sociedade sertaneja, a multidão criminosa e paga para matar.

Canudos tinha muito apropriadamente, em roda, uma cercadura de montanhas. Era um parêntese; era um hiato; era um vácuo. Não existia. Transposto aquele cordão de serras, ninguém mais pecava.

Realizava-se um recuo prodigioso no tempo; um resvalar estonteador por alguns séculos abaixo.

Descidas as vertentes, em que se entalava aquela furna enorme, podia representar-se lá dentro, obscuramente, um drama sanguinolento da idade das cavernas. O cenário era sugestivo. Os atores, de um e de outro lado, negros, caboclos, brancos e amarelos, traziam, intacta, nas faces, a caracterização indelével e multiforme das raças – e só podiam unificar-se sobre a base comum dos instintos inferiores e maus.

A animalidade primitiva, lentamente expungida pela civilização, ressurgiu inteiriça. Desforrava-se afinal. Encontrou nas mãos, ao invés do machado de diorito e do arpão de osso, a espada e a carabina. Mas a faca relembrava-lhe melhor o antigo punhal de sílex lascado. Vibrou-a. Nada tinha a temer. Nem mesmo o juízo remoto do futuro.

Mas que entre os deslumbramentos do futuro caia, implacável e revolta; sem altitude, porque a deprime o assunto; brutalmente violenta, porque é um grito de protesto; sombria, porque reflete uma nódoa – esta página sem brilhos...

III. Titãs contra moribundos

O combate de 24 precipitara o desfecho. À compressão que se realizara ao norte, correspondeu, do mesmo modo vigoroso, outra, a 25, avançando ao sul. O cerco constringia-se num apertão de tenaz. Entraram naquele dia em ação, descendendo os pendores do alto do Mário, onde acampavam, num colo abrigado à retaguarda de Sete de Setembro, os dois batalhões do Pará e o 37º de linha. E fizeram-no de moto próprio, alheios a qualquer ordem do comando-geral.

Tinham motivos graves para aquele ato.

A derrocada de Canudos figurava-se-lhes iminente.

Da altura em que se abarracavam, no ângulo morto do boléu da vertente, examinavam-no a todo o instante; e viam arrochar-se embaixo a cintura do sítio; e ampliar-se, continuamente maior, a moldura lutuosa dos incêndios; e o povoado cada vez mais reduzido à grande praça deserta sempre, larga clareira onde por igual temiam penetrar os lutadores dos dois campos. Adiante, perto, estimulando-os, atroava o redente artilhado; embaixo, longe, crepitavam os tiroteios incessantes... e eles ali quedavam, inúteis, desdenhados pelas mesmas balas perdidas, que lhe zuniam por cima, muito altas, inofensivas.

De um momento para o outro aquilo terminaria; e restar-lhes-ia a volta inglória – espadas virginalmente novas, bandeiras intactas, sem o rendado precioso das batalhas. Porque o general em chefe não encobria o propósito de não precipitar os acontecimentos num dispêndio inútil de vidas, quando a rendição em poucos dias era inevitável. Este intento, expresso sem rodeios, sobre ser mais prático, era mais humano. Mas implicava o renome guerreiro por se fazer dos que não tinham ainda combatido. Desairava-lhes a fama. Coagia-os ao constrangimento de receberem, grátis, as coroas antecipadamente bordadas nos estados nativos pelas mães, pelas esposas ou pelas noivas e pelas irmãs saudosas. E não puderam conter-se. Desceram ruidosamente as vertentes.

Travaram então um combate que foi uma surpresa, menos para os atacados que para o resto das linhas sitiantes. Desencadeara-se para os lados do

Cambaio, secundado pela artilharia do coronel Olímpio da Silveira e, a breve trecho, cresceu com extraordinária intensidade.

Ao que se propalou depois, aqueles heróis impacientes, dirigidos pelos coronéis Sotero de Meneses e Firmino Rego, levavam o objetivo de tomar o arraial. Carregariam até ao rio. Transpô-lo-iam batendo-se sem parar, numa arrancada. Romperiam pela praça vazia. Enfiariam, a marche-marche, numa dispersão de cargas e baionetas, por aqueles becos fora. Varrê-los-iam. Pulariam os entulhos fumegantes, apisoando os matutos atônitos. E iriam tombar – numa explosão de aplausos – sobre a tranqueira do norte, entre as guarnições surpreendidas e pasmas...

Era um golpe de audácia estupendo. Mas não conheciam os sertanejos. Estes tomaram-lhes vigorosamente o passo. Jarretaram-nos. Anularam-lhes, no fim de algum tempo, o intento. E vingaram-se sem o saberem. Porque havia, de feito, algo de doloramente insolente e irritante no afogo, na inquietação, na ânsia desapoderada, com que aqueles bravos militares – robustos, bem fardados, bem nutridos, bem armados, bem dispostos – procuravam morcegar a organização desfibrada de adversários que desviviam há três meses, famintos, baleados, queimados, dessangrados gota a gota, e as forças perdidas, e os ânimos frouxos, e as esperanças mortas, sucumbindo dia a dia num esgotamento absoluto. Dariam a última punctura de baioneta no peito do agonizante; o tiro de misericórdia no ouvido do fuzilado. E cobrariam, certo, pouca fama, com a façanha.

Mas nem esta tiveram.

Apertara-se mais o cerco, é certo, mas sem que o resultado atingido ressarcisse os sacrifícios feitos: cerca de oitenta homens fora de combate e entre eles, ferido, o coronel Sotero, e morto o capitão Manuel Batista Cordeiro, do regimento do Pará.

Constringe-se o assédio

Em compensação, dizia-se, fora enorme a perda do inimigo – centenares de mortos, centenares de casas conquistadas. Com efeito, a parte do arraial em poder daqueles reduzia-se agora a menos de terço – à orla setentrional da praça e casebres juntos à igreja.

Onze batalhões (16º, 22º, 24º, 27º, 32º, 33º, 37º, 38º, de linha, o do Amazonas, a ala direita do de São Paulo, e o 2º, do Pará), mais de dois mil e quinhentos homens, tinham-se apoderado, nos últimos dias, de cerca de duas mil casas e comprimiam os sertanejos, atirando-os de encontro à vertente da

Fazenda Velha ao sul, e a leste contra igual número de baionetas dos 25º, 7º, 9º, 35º, 40º, 30º, 12º, 36º, de linha e 5º de polícia.

Eram cinco mil soldados, em números redondos, excluídos os que permaneciam de guarda ao acampamento e guarnecendo a estrada de Monte Santo.

A população combatida tinha, ao invés das linhas frouxas de um assédio largo, um círculo inteiriço de 20 batalhões; e amoitava-se em menos de quinhentos casebres, ao fundo da igreja, na última volta do rio. Os incêndios reduziam-lhe, além disso, hora por hora, o campo. E embora as casas, com o seu madeiramento escasso, pouco alimentassem as chamas, estas progrediam devagar, no abafamento das fumaradas pardacentas, lembrando a combustão imperfeita de centenares de fornos catalães – nos densos rolos de fumo afuliginando o firmamento, espraiando-se pelos tetos, tornando ainda mais tristonho o cenário desolado e monótono. A artilharia dos morros pouco atirava, exigindo as pontarias grandes resguardos porque o mínimo desvio ou variação das alças arrojaria as balas sobre os assaltantes.

Apesar disto, continuava inteiramente vazia a praça. Ninguém se abalançara ainda a tomar as casas que a limitavam pelo norte, perpendicularmente à latada; e dentro destas e das que se seguiam compactas, junto à igreja, se acolheram os últimos jagunços. Os mais afoitos guarneciam ainda os muramentos desmantelados do templo. Comandavam-nos chefes sem grande nomeada. Esses heróis anônimos, porém, dispuseram a sua gente para a morte e, voando a todos os pontos, alentavam resistência incompreensível, tomando todas as medidas que delongassem indefinidamente o desfecho.

Assim os lutadores, a partir de 26, se revezavam das trincheiras, de onde respondiam aos ataques, para outros misteres porventura mais pesados e sérios.

Cavando o próprio túmulo

Preparavam, junto ao santuário, o último reduto – uma escavação retangular e larga. Abriam o próprio túmulo. Batidos de todos os lados, iriam recuando, palmo a palmo, braço a braço, todos, para aquela cova onde se sepultariam, indomáveis.

Escavavam, buscando a água que lhes faltava, cacimbas profundas. As mulheres, e as crianças, e os velhos, e os enfermos, colaboravam nestes trabalhos brutos. Mal reprofundavam, porém, além de dois metros de estratos duríssimos, de modo a atingirem as camadas sobre que repousavam tênues lençóis, filtrados

Prisioneiro.
Gravura de Alfredo Aquino para a edição de *Os Sertões* de 1975

pelos últimos estagnados do rio. Alcançavam-nos, às vezes; para vê-los, uma hora depois, extintos, sugados na avidez de esponja da atmosfera exsicada. E começou logo a torturá-los a sede, avivada pelas comoções e pela canícula queimosa. O combate fez-se-lhes, então, um divertimento lúgubre, uma atenuante a maiores misérias. Atiravam desordenadamente, a esmo, sem o antigo rigor da pontaria, para toda a banda, num dispêndio de munições capaz de esgotar o arsenal mais rico. Os que se encurralavam na igreja nova continuavam varejando os altos, enquanto os demais tolhiam de frente, a dois passos, os batalhões entranhados no casario. Aí se realizavam episódios brutais. A apertura do campo e o estreito das bistegas impropriando o movimento às secções mais diminutas, davam à luta o traço exclusivo de uma bravura feroz. Alguns oficiais, ao avançarem, desapertavam os talins e jogavam a um lado a espada. Batiam-se à faca.

Mas a empresa tornara-se, ao cabo, dificílima. A constrição do sítio condensara nas casas os que as defendiam e estes, enchendo-as, opunham resistência crescente. Quando cediam num ou outro ponto, os vencedores tinham, ainda, inopinadas surpresas. A traça dos sertanejos colhia-os mesmo naquele transe doloroso.

Trincheira de cadáveres

Foi o que sucedeu ao ser conquistado um casebre, depois de tenazmente defendido. Os soldados invadiram-no atumultuadamente. E depararam um monte de cadáveres; seis ou oito, caídos uns sobre outros, abarreirando a entrada. Não se impressionaram com o quadro. Enveredaram pelos cômodos escuros. Mas receberam em cheio, pelas costas, partindo daquela pilha de trapos sanguinolentos, um tiro. Voltando-se, pasmos, detonou-lhes outro, à queima-roupa, de frente. Sopitando o espanto, comprimidos na saleta estreita, viram então saltar e fugir o lutador fantástico, que adotara o estratagema profanador, batendo-se por trás de uma trincheira de mortos...

Em torno das cacimbas

O lento avançar do assédio estacou, então, novamente. Imobilizava-o pela última vez o vencido. Ademais a situação não requeria maiores esforços. A vitória viria por si mesma. Bastava que se conservassem as posições. Fechadas todas as saídas e francamente batidas as cacimbas marginais do rio, o perdimento do arraial era inevitável, em dois dias no máximo – mesmo admitida a presunção de poderem, os assediados, por tanto tempo e naqueles dias ardentes, suportar a sede que os flagelava.

Mas a resistência duraria uma semana ainda. Porque aquele círculo maçico de batalhões começou a ser partido, intermitentemente, pelos sertanejos, à noite.

Na de 26 houvera quatro ataques violentos; na de 27, dezoito; nas dos dias subsequentes, um único, porque já não intermitiram, prolongando-se, contínuos, das seis da tarde às cinco do amanhecer.

Não visavam rasgar um caminho à fuga. Empenhando-se todos ao sul atendiam à conquista momentânea das cacimbas, ou gânglios rebalsados do Vaza-Barris. Enquanto o grosso dos companheiros se batia, atraindo para o âmago do arraial a maior parte dos sitiantes, alguns valentes sem armas, carregando as borrachas vazias, aventuravam-se até à borda do rio. Avançavam cautelosamente. Abeiravam-se das poças esparsas e raras, que salpintavam o leito; e, enchendo as vasilhas de couro, volviam, correndo, acardos sob as cargas preciosas.

Ora, esta empresa, a princípio apenas difícil, foi-se tornando, a pouco e pouco, insuperável.

Descoberto o motivo único daqueles ataques, os sitiantes das posições ribeirinhas convergiam os fogos sobre as cacimbas, facilmente percebidas – breves placas líquidas rebrilhando ao luar ou joeirando, na treva, o brilho das estrelas...

De sorte que, atingindo-lhes as bordas, os sertanejos tinham, em torno e na frente, o chão varrido à bala.

Avançavam e caíam, às vezes, sucessivamente, todos.

Alguns antes que chegassem às ipueiras esgotadas, reduzidas a repugnantes lameiros; outros quando, de bruços, sugavam o líquido salobro e impuro; e outros quando, no termo da tarefa, volviam arcando sob os bogós repletos. Substituíam-nos outros, rompendo desesperadamente contra os tiroteios, afrontando-se com a morte. Ou, o que em geral sucedia, deixavam que se atreguasse a repulsa enérgica e mortífera e se descuidassem os soldados vigilantes. Mas estes, conhecendo-lhes os ardis, sabiam que tornariam outra vez em breve. Aguardavam-nos, pontarias imóveis, ouvidos armados ao menor ruído, olhos frechando, fitos, as sombras, como caçadores numa espera. E divisavam-nos, de fato, transcorridos minutos, indistintos, vultos diluídos no escuro, na barraca fronteira; e viam-nos, descendo lento e lento por ela abaixo, de bruços, rentes com o chão, vagarosamente, num rastejar serpeante de grandes sáurios silenciosos; e viam-nos depois, embaixo, arrastando-se pelo esteiro areento do rio...

Seguravam as pontarias. Deixavam-nos aproximar-se, e deixavam-nos atingir os estagnados que eram o chamariz único daquela ceva monstruosa.

Então lampejava o fulgor das descargas subitâneas! Fulminavam-nos. Percebiam-se, adiante quinze metros, gritos dilacerantes de cólera e de dor; dois ou três corpos escabujando à beira das cacimbas; correndo outros, espavoridos; outros, feridos, em cambaleios; e outros desafiando o fuzilamento, pulando, sem resguardos agora, das barrancas – e velozes, terríveis, desafiadores – passando sobre os companheiros moribundos, arremetendo com a barreira infernal que os devorava.

Um único às vezes escapava, às carreiras. Transpunha a barranca de um salto, e perdia-se nos escombros do casario, levando aos companheiros alguns litros de água que custavam hecatombes. E era um líquido suspeito, contaminado de detritos orgânicos, de sabor detestável em que se pressentia o tóxico das ptomaínas e fosfatos dos cadáveres decompostos jazentes desde muito insepultos por toda aquela orla do Vaza-Barris.

Estes episódios culminaram o heroísmo dos matutos. Comoviam, por fim, aos próprios adversários.

Sobre os muradais da igreja nova

Não raro, quando toda a linha de sítio, ao norte, estrugia os ares em descargas compactas, sem que se distinguissem os tiros singulares, num ressoar intenso lembrando o de represas repentinamente abertas, e o bombardeio as completava, tombando dos morros – os combatentes da linha central do acampamento, arriscando-se aos projetis perdidos, borrifados pela refrega, faziam-se espectadores de uma cena extraordinária.

Em muitos despontou, ao cabo, irreprimível e sincero entusiasmo pelos valentes martirizados. Não o encobriam. O quadro que se lhes oferecia imortalizava os vencidos. Cada vez que os contemplavam tinham, crescente, o assombro:

A igreja sinistra boiava, em relevo, sobre o casario em ruínas; e impávidos ante as balas que sobre ela convergiam, viam-se, no resplendor fugaz das fuzilarias, deslizando-lhe pelas paredes e entulhos, subindo-lhes pelas torres derrocadas ou caindo por elas abaixo, de borco, presos aos blocos disjungidos, como titãs fulminados, vistos de relance num coriscar de raios, aqueles rudes patrícios indomáveis...

O 30º Batalhão de Infantaria na trincheira, em Canudos.
Fotografia de Flávio de Barros. Casa Euclidiana, São José do Rio Pardo

IV. Passeio dentro de Canudos

Percebia-se-lhes, contudo, hora por hora, a exaustão.

Durante o dia o povoado, silencioso, marasmava na estagnação do bloqueio. Nem um ataque, às vezes. A 28 de setembro não replicaram às duas salvas de vinte e um tiros, de bala, com que foi criminosamente saudada, pela manhã e à tarde, a data belíssima que resume um dos episódios mais viris da nossa história. Era o fim.

Faziam-se já no acampamento preparativos para a volta; soavam livremente as cornetas; andava-se à vontade por toda a banda; entravam impunemente os comboios diários e correios, levando, os últimos, para os lares distantes, as esperanças e as saudades dos triunfadores; grupos descuidados seguiam perlustrando pelas cercanias; improvisavam-se banquetes; e à tarde, formadas à frente dos quartéis de vários comandos, tocavam, nas retretas, as fanfarras dos corpos.

Percorria-se, ao cabo, quase todo o arraial.

A 29 o general em chefe e o comandante da 2ª coluna realizaram, com os estados-maiores respectivos, esse passeio atraentíssimo.

Seguiram, a princípio, pelo alto das colinas à direita do acampamento e, depois de uma inflexão à esquerda descendo por dentro de sanga flexuosa, onde repontavam grandes placas de filades dando-lhes a feição de longa passagem coberta, avançaram até toparem as primeiras casas e, simultaneamente, esparsos, jazentes a esmo sobre montes de esteios, traves e ripas carbonizadas, os primeiros cadáveres insepultos do inimigo.

Tinha-se neste momento a impressão de uma entrada em velha necrópole que surgisse, desvendando-se de repente, à flor da terra. As ruínas agravavam a desordem das pequenas vivendas, construídas ao acaso, defrontando-se em bitesgas de um metro de largo, empachadas pelos tetos de argila abatidos. De sorte que a marcha se fazia adstrita a desvios tortuosos e longos. E a cada passo, passando junto aos casebres que ainda pemaneciam em pé, oscilantes e arrombados, livres ainda das chamas, despontava ante o visitante atônito um traço pungente da vida angustiosa que se atravessara ali dentro.

Dizia-o, mais expressiva, a nudez dos cadáveres. Estavam em todas as posições: estendidos, de supino, face para os céus; desnudos os peitos, onde se viam os bentinhos prediletos; inflexos no último crispar da agonia; mal vistos, às vezes, caídos sob madeiramentos, ou de bruços sobre as trincheiras improvisadas, na atitude de combate em que os colhera a morte.

Em todos, nos corpos emagrecidos e nas vestes em pedaços, liam-se as provações sofridas. Alguns ardiam, lentamente, sem chamas, revelados por tênues fios de fumaça, que se alteavam em diversos pontos. Outros, incinerados, se desenhavam, salteadamente, nítidos, esbatida a brancura das cinzas no chão poento e pardo, à maneira de toscas e grandes caricaturas feitas a giz...

Seguia-se. A marcha gradativamente se tornava mais penosa, através de entulhos sucessivos de um esterquilínio pavoroso. A soldadesca varejando as casas pusera fora, às portas, entupindo os becos em monturos, toda a ciscalhagem de trastes em pedaços, de envolta com a farragem de molambos inclassificáveis: pequenos baús de cedro; bancos e jiraus grosseiros; redes em fiapos; berços de cipó e balaios de taquara; jacás sem fundo; roupas de algodão, de cor indefinível; vasilhames amassados, de ferro; caqueiradas de pratos, e xícaras, e garrafas; oratórios de todos os feitios; bruacas de couro cru; alpercatas imprestáveis; candeeiros amolgados, de azeite; canos estrondados, de trabucos; lascas de ferrões ou fueiros; caxerenguengues rombos...

E nestes acervos, nada, o mais simples objeto que não delatasse uma existência miseranda e primitiva. Pululavam rosários de toda a espécie, dos mais simples, de contas policrômicas de vidro, aos mais caprichados, feitos de ouricuris; e, igualmente inúmeras, rocas e fusos, usança avoenga tenazmente conservada, como tantas outras, pelas mulheres sertanejas. Sobre tudo aquilo, incontáveis, esparsos pelo solo, apisoados, rasgados – registros, cartas santas, benditos em caderninhos costurados, doutrinas cristãs velhíssimas, imagens amarfanhadas de santos milagreiros, verônicas encardidas, crucifixos partidos; e figas, e cruzes, e bentinhos imundos...

Em alguns lugares – um claro limpo, cuidadosamente varrido, um aceiro para que os incêndios não atingissem os entrincheiramentos. Varava-se mais facilmente por ali, penetrando fundo no casario e aproximando-se daqueles.

Topava-se, então, adiante, uma sentinela que recomendava em voz baixa prosseguir com cautela: o jagunço estava perto, menos de três metros, da outra banda da paliçada...

Os visitantes, – generais, coronéis, até ao último posto – na ansiedade de quem contorna uma emboscada, avançavam agachados, heroicamente cômicos, céleres, de cócoras, correndo. Transpunham a linha perigosa. Quebravam dois ou três becos. Chegavam a outra trincheira: soldados imóveis, expectantes, mudos, ou conversando em cochichos. Reproduzia-se a mesma travessia com o coração e as pernas aos saltos, a mesma corrida ansiosa, até outra trincheira adiante: idênticos lutadores, cautos, silenciosos, estendidas ou enfiadas as carabinas pelos parapeitos, que os resguardavam.

Transcorridos quinhentos metros, volvia-se à esquerda deixando à retaguarda as Casas Vermelhas e tinha-se uma surpresa – uma rua, uma verdadeira rua, a do Monte Alegre, a única que merecia tal nome, alinhada, larga de uns três metros e alongando-se de norte a sul até à praça, cortando todo o arraial. Nela se erigiam as melhores vivendas, algumas casas de telhas e soalho, e entre essas a de Antônio Vila Nova, onde dias antes se tinham encontrado restos de munições da coluna Moreira César.

Descia-se por ela em suave declive, divisando-se no extremo, na praça, um lanço derruído da igreja. Mas a breve trecho estacava-se de encontro a outro entrincheiramento, onde se adensava maior número de combatentes. Era o último, naquele rumo. Dali por diante um passo mais era o espingardeamento certo. Toda a parte do arraial à direita e na frente estava ainda em poder dos habitantes. Os adversários acotovelavam-se. Ouvia-se, transudando das paredes de taipa, o surdo e indefinível arruído da população entocada: vozes precípites, cautas, segredando sob o abafamento dos colmos; arrastamento de móveis; soar de passos; e uns como longínquos clamores e gemidos; e às vezes – notas cruelmente dramáticas! – gritos, e choros, e risos, de crianças...

Volvia-se dali para a esquerda, voltando ao ponto de partida, através das casas tomadas nas vésperas, e o passeio tornava-se amedrontador. Em todo este novo segmento da linha do sítio, definindo-lhe o avançamento máximo depois dos combates da última semana, não se tinham destruído os casebres. Derrubadas apenas as paredes interiores e as empenas, as coberturas de barro sucediam-se unidas ou pouco espaçadas, feito o teto de longuíssimo armazém abarracado. A barreira de esteios e vigas, canastras e trastes de toda a sorte, por detrás da qual se alinhavam os batalhões, progredia por ela dentro, torcida e longa, desaparecendo de todo numa distância de trinta metros, perdida na penumbra. Adivinhavam-se os soldados, a um lado, guarnecendo-a. Pelos recantos escuros, à retaguarda, lobrigavam-se os corpos dos jagunços mortos nos últimos dias, que fora perigoso queimar entre acervos de farrapos e estilhas de madeira, esparsos por toda a parte.

Impregnava o ambiente um bafio angulhento de caverna.

Era preciso valor para atravessar aquela espécie de túnel, em cuja boca, ao longe, mal se divisava um reflexo pálido do dia. Porque, a dois passos, ladeando-o, paralelamente, se estendia o estrincheiramento invisível do inimigo, interpostas as paredes fronteiras, enfrestadas. De sorte que o mínimo descuido, o mais rápido olhar por cima daqueles parapeitos de ciscalhos, era duramente pago. É que de parte a parte estavam as mesmas astúcias, avivadas dos mesmos ódios. Naquele sombrio finalizar da luta os antagonistas temiam-se por igual. Evitavam por igual o recontro franco. Negaceavam, estadeando as mesmas ardilezas e a mesma proditória quietude. Imóveis largo tempo, um em frente ao outro, abrigados na mesma sombra, parecendo refletir a adinamia do mesmo esgotamento – espiavam-se, solertes, traiçoeiros, tocaiando-se. E não podiam encontrar melhor cenário para ostentarem, ambos, soldados e jagunços, a forma mais repugnante do heroísmo do que aquele esterquilínio de cadáveres e trapos, imersos na obscuridade de uma furna.

Seguia-se por ali envolto de um silêncio lúgubre. Percebiam-se os soldados esfrangalhados, imundos, sem bonés, sem fardas, cobertos de chapéu de couro ou de palha, calçando alpercatas velhas, vestidos com o mesmo uniforme do adversário. E acreditava-se que, com alguma presença de espírito, o sertanejo pudesse insinuar-se pelos rombos do tapume extenso, e aparecer entre eles, e achegar-se com a espingarda ao parapeito, e ali se quedar forrando-se às torturas do cerco, sem que o conhecessem – o que, ademais, era facilitado pela mistura dos diversos batalhões. Nem o atraiçoaria palmar ignorância dos deveres ou exigências da vida militar, porque esta se extinguira por completo. Não havia revistas, formaturas, nem toques, nem vozes de comando. Distribuídos os cartuchos, cada um se encostava ao espaldão de cacaréus pronto ao que desse e viesse.

Distribuídas as rações diárias, fartas agora, cada um as preparava quando se lhe antojava ensejo. Aqui, ali, à retaguarda da linha ou dentro dos cubículos estreitos, sobre trempes de adobes ou pedras, chiavam as chaleiras aquentando água para o café; ferviam panelas; destacavam-se grandes quartos de boi, pendurados aos caibros, avermelhados no escuro, sobre braseiros, assando. Em torno, acocorados, carabinas sobraçadas, viam-se, em grupos, os combatentes que aproveitavam ligeira trégua para almoçar ou jantar. Dali corriam, não raro, em tumulto, jogando fora os canecos de jacuba ou nacos de churrasco, precipitando-se para a estacada quando, de súbito, estalava um tiro adiante e zuniam logo as balas esfuziantes, varando os tetos, estilhaçando ripas e traves, esbotenando paredes, emborcando caldeirões – espalhando soldados como um pé de vento sobre palhas. No parapeito, adiante, replicavam de pronto os que já lá estavam, atirando a esmo contra o tabique que defrontavam e donde partira a agressão. Imitavam-nos os companheiros laterais. Logo depois vibrava um abalo nervoso único, estendendo-se daquele ponto aos dois extremos, com uma trepidação vibrátil de descargas; e travava-se o combate, de improviso, furiosamente, desordenadamente, entre adversários que se não viam...

Baqueavam algumas praças, mortas ou feridas. Conquistavam-se dois ou três casebres mais – empurrando-se logo por diante toda a cangalhada de móveis, encurvando-se a tranqueira num ângulo saliente em talhante avançado. Volviam, prestes, os lutadores que mais se tinham avantajado, às posições primitivas. E o silêncio descia de novo, reinando outra vez o mesmo silêncio formidável: soldados mudos e imóveis, acaroados com a borda da tapada sinistra, expectantes, na tocaia; ou, ao fundo, em roda dos brasidos, reatando as merendas ligeiras, que tinham, às vezes, uns trágicos convivas – os moradores assassinados, estirados pelos recantos...

Deixava-se, por fim, este segmento sinistro do bloqueio, que trancava quase todo o quadrante do norte. Prosseguia-se, a céu aberto agora, em pleno dia, atravessando quintalejos pobres de cercas caídas e canteiros rasos, sem mais uma flor, e atravancados da mesma ciscalhagem indefinível, em montes. Sobre estes, corpos de sacrificados ainda: pernas surdindo inteiriçadas; braços repontando desnudos, num retesamento de angústia; mãos espalmadas e rígidas, mãos contorcidas em crispaduras de garras, apodrecendo, sinistras, em gestos tremendos de ameaça ou apelos excruciantes...

Deparavam-se novos viventes: gozos magríssimos, famélicos lebréus, pelados, envurmando lepra, farejando e respigando aqueles monturos, numa ânsia de chacais, devorando talvez os próprios donos. Fugiam rápidos. Alguns cães de fila, porém, grandes molossos ossudos e ferozes, afastavam-se devagar, em rosnaduras ameaçadoras, adivinhando no visitante o inimigo, o intruso irritante e mau.

Ia-se descendo sempre, até à sanga escavada, embaixo, correndo, em direção perpendicular à que se levava, para o Vaza-Barris, ao longe, para onde canalizavam, nas quadras chuvosas, as águas das vertentes interpostas. Ali terminava, batendo contra o topo da colina, onde estava a comissão de engenharia, a parte do arraial expugnada a 18 de julho. Podia atingir-se diretamente o acampamento seguindo em frente, transpondo o valo, subindo e atravessando, à meia encosta, a bateria de Krupps emparcada ao fundo do quartel-general da 1ª coluna; ou, num desvio longo, volvendo à direita, acompanhando o valo, perlongando a linha primitiva do assédio, descendo para o sul. A travessia era sem riscos. As casas – num desordenado arruamento às bordas daquele sulco de erosão, acompanhando-lhe o declive, caindo-lhe pelos ressaltos, envesgando-lhe pelas curvas vivas – tinham, na maioria, sido desmanchadas, salvante poucas, as melhores, onde se improvisavam salas de ordem das brigadas, quartéis e ranchos da oficialidade. Uma delas era digna de nota. Fora uma tenda de ferreiro. Mostravam-no ainda alguns gastos marrões, tenazes partidas e derruída forja fixa, de adobes. E aquela ferraria pobre do sertão tinha uma bigorna luxuosa, do mais fino aço, que se fundira em Essen: um dos canhões tomados à expedição Moreira César.

Continuando a marcha topava-se a "linha negra", nome que primitivos sucessos justificavam, mas agora inexplicável para quem vinha das sombrias trincheiras deixadas ao norte.

Seguia-se acompanhando-a pelo fundo de um fosso, até se abrir a meio caminho, à direita, um claro amplo – a praça das igrejas, deserta, achanada, varrida, fazendo avultar maior, mais dominador, mais brutal, mais sinistro, com os seus paredões incumbentes, fendidos de alto a baixo, com a sua fachada estupenda esboroando em monólitos, com as suas torres ruídas, e o adro entupido de blocos encaliçados, e a nave, lá dentro, vazia, escura, misteriosa – o templo monstruoso dos jagunços.

Dados mais alguns passos fronteava-se a igreja velha, inteiramente queimada, reduzida às quatro paredes exteriores.

Tinha-se nesse momento, à esquerda, o mais miserando dos campos santos, centenares de cruzes – dois paus roliços amarrados com cipós – fincados sobre sepulturas rasas.

Transpunha-se depois o Vaza-Barris; enfiava-se pelo sulco profundo do rio da Providência, percorrendo, em torcicolos, as fileiras dizimadas do 5º de polícia, reduzido ao terço do primitivo quadro – e chegava-se, no tombador da Favela, a uma clareira em declive. No alto o baluarte Sete de Setembro sobressaía em balcão, dominante. Percorria-se rapidamente aquele intervalo perigoso, alcançando-o.

Contemplava-se o arraial embaixo. Modificara-se-lhe, afinal, o aspecto – sombreado de largas manchas escurentas, de incêndios; erriçado de madeiramentos varando pelos rombos do teto; tumultuando em montões de argila – num esmagamento completo, arruinado, queimado, devastado...

Apenas estreita fímbria da face norte da praça e o núcleo de casebres junto à latada e à retaguarda da igreja se figuravam intactos. Mas eram em número diminuto, quatrocentos talvez, comprimidos em área reduzida. E os que neles se abrigavam certo não suportariam por uma hora um assalto de seis mil homens.

Valia a pena tentá-lo.

V. O Assalto

Foi o que fez o comando em chefe, contravindo ao propósito de aguardar a rendição sem dispêndio inútil de vidas, pelo enfraquecimento contínuo dos rebeldes.

Reunidos a 30 de setembro os principiais chefes militares, concertaram nos dispositivos do recontro para o dia imediato. E, de acordo com os lineamentos dos planos adotados, naquele mesmo dia à noite mobilizaram-se as unidades do combate, ocupando, assim, de véspera, as posições para a investida.[88]

O assalto seria iniciado por duas brigadas, a 3ª e 6ª, dos coronéis Dantas Barreto e João César Sampaio, a primeira endurada por três meses de contínuos recontros e a última, recém-vinda, de combatentes que ansiavam a medir-se com os jagunços. Aquela deixou, então, a sua antiga posição na linha negra, sendo substituída por três batalhões, 9º, 22º e 34º, e contramarchando para a direita, seguiu rumo à Fazenda Velha, de onde juntamente com a outra, formada dos 29º, 39º e 4º batalhões, se moveu até estacionar à retaguarda e flancos da igreja nova, objetivo central do acometimento.

Completariam este movimento primordial, outros, secundários e supletivos: no momento da carga, o 26º de linha, o 5º da Bahia e ala direita do batalhão de S. Paulo tomariam rapidamente posições junto à barranca esquerda do Vaza-Barris, à ourela da praça, onde se conservariam até nova ordem. À sua retaguarda se estenderiam em apoio os dois corpos do Pará, prontos a substituírem-nos ou a reforçarem-nos, segundo as eventualidades do combate. De sorte que este, iniciado à retaguarda e aos flancos da igreja, iria, a pouco e pouco, deslocando-se para a linha de baionetas que se cosia à barranca lateral do rio, na face sul da praça.

Era, como se vê, um arrochar vigoroso – em que colaborariam os demais corpos guarnecendo as posições recém-conquistadas e o acampamento. Interviriam na ação à medida das circunstâncias, ou quando tombassem diante das trincheiras e das barrancas as chusmas de inimigos repulsados.

---

88. Segundo os mapas dos batalhões havia, no dia 30 de setembro, 5.871 homens sob as armas.

Sobre tudo isto – preliminar preparatória e indispensável – um bombardeio firme, em que entrariam todos os canhões do sítio, batendo por espaço de uma hora a estreita área a expugnar-se. Somente depois que eles emudecessem, arremeteriam as brigadas assaltantes, de baionetas caladas, sem fazerem fogo, salvo se o exigissem as circunstâncias. Em tal caso, porém, devia ser feito na direção única da meridiana, a fim de não serem atingidos os batalhões jazentes nas posições próximas ao conflito. A 3ª brigada, ao toque geral, partido do comando em chefe, de "infantaria avançar!", seguiria a marche-marche, procurando o flanco esquerdo da igreja, junto ao qual se estenderia distante cento e cinquenta metros; enquanto dois batalhões da 6ª, o 29º e o 39º, investissem para a retaguarda daquela, e o 4º, transpondo também o Vaza-Barris, a acometesse pelo flanco direito. Os demais combatentes seriam, a não ser que o imprevisto determinasse ulteriores combinações, simples espectadores da ação.

O canhoneio

E no amanhecer de 1º de outubro começou o canhoneio.

Convergia sobre o núcleo reduzido dos últimos casebres, partindo de longo semicírculo de dois quilômetros, das baterias próximas ao acampamento até ao redente extremo, da outra banda, onde findava a estrada do Cambaio. Durou quarenta e oito minutos apenas, mas foi esmagador. As pontarias estavam feitas de véspera. Não havia errar o alvo imóvel.

Dava-se, além disso, a última lição à rebeldia impenitente. Era preciso que, francamente desbravado o chão para o assalto, não sobreviessem mais surpresas dolorosas e ele se executasse, de pronto, fulminante e implacável, com os entraves únicos de um passo de cargas sobre ruínas. Fizeram-se as ruínas.

Via-se a transmutação do trecho torturado: tetos em desabamentos, prensando, certo, os que se lhes acolhiam por baixo, nos cômodos estreitos; tabiques esboroando, voando em estilhas e terrões; e aqui, e ali, em começo dispersos e logo depois ligando-se rapidamente, sarjando de flamas a poeira dos escombros, novos incêndios, de súbito deflagrando.

Por cima – toldada a manhã luminosa dos sertões – uma rede vibrante de parábolas...

Não havia perder-se uma granada única. Batiam nas cimalhas rotas das igrejas, explodindo em estilhas, ou saltando em ricochetes largos, para diante, sobre o santuário e a latada; arrebentavam nos ares; arrebentavam sobre a praça; arrebentavam sobre os colmos, esfarelando as coberturas de barro; entravam, arrebentando, pelos colmos dentro; basculhavam os becos enredados, revolvendo-lhes os ciscalhos; e revolviam, de ponta a ponta, inflexivelmente, batendo-o casa por casa, o último segmento de Canudos. Não havia anteparos ou pontos desenfiados, que o resguardassem. O abrigo de um ângulo morto formado pelos muros da igreja nova, antepostos aos disparos da Sete de Setembro, era inteiramente destruído pelas trajetórias das baterias de leste e oeste. Os últimos jagunços tinham, intacta, fulminando-os, sem perda de uma esquírola de ferro, toda a virulência daquele bombardeio impiedoso.

Entretanto, não se notou um grito irreprimível de dor, um vulto qualquer fugindo, ou a agitação mais breve. E quando se deu o último disparo, e cessou o fragor dos estampidos, a inexplicável quietude do casario fulminado fazia supor o arraial deserto, como se durante a noite a população houvesse, miraculosamente, fugido.

Houve um breve silêncio. Vibrou um clarim no alto da Fazenda Velha. Principiou o assalto.

Consoante as disposições anteriores, os batalhões abalaram, convergentes de três pontos, sobre a igreja nova. Seguiram, invisíveis, entre os casebres ou pelo talvegue do Vaza-Barris. Um único, pela direção que trilhava, se destacou à contemplação do resto dos combatentes, o 4º de infantaria. Viram-no atravessar a marche-marche, de armas suspensas, o rio; transpô-lo; galgar a barranca; aparecer, alinhado e firme, à entrada da praça.

Era a primeira vez que ali chegavam lutadores numa atitude corretamente militar.

Réplica dos jagunços

Feito esse movimento, aquele corpo marchou heroicamente, avançando. Mas desarticulou-se, dados alguns passos, num desequilíbrio instantâneo. Baquearam alguns soldados, de bruços, como se se preparassem para atirar melhor por trás dos blocos da fachada destruída: viram-se outros, recuando, fora da forma; distanciaram-se, arremetendo para a frente, outros; depois um enredado de baionetas entrebatendo-se, em grupos dispersos – erradios. E logo após, pelos ares ainda silenciosos, um estouro, lembrando arrebentamento de minas...

Jagunço de Canudos.
Aquarela de AVR, Museu da República, RJ

O jagunço despertava, como sempre, de improviso, surpreendedoramente, teatralmente e gloriosamente, renteando o passo aos agressores.

Estacou o 4º, batido de chapa pelos adversários emboscados à ourela da praça; estacaram o 39º e o 29º, ante descargas à queima-roupa, através das paredes ao fundo do santuário; e, pela sua esquerda, imobilizou-se a carga da brigada Dantas Barreto. Fortemente atacada por um dos flancos, esta teve que avançar sentido, abandonando a direção inicial da investida, o que foi imperfeitamente conseguido por três companhias dispersas, destacadas do grosso dos batalhões.

Modificavam-se todos os movimentos táticos preestabelecidos. Ao invés da convergência sobre a igreja, as brigadas paravam ou fracionavam-se embitesgando nas vielas.

Durante cerca de uma hora os combatentes que contemplavam a refrega, no alto das colinas circunjacentes, nada mais distinguiram, fora da assonância crescente dos estampidos e brados longínquos – arruído confuso de onde expluíam, constantes, sucessivos, quase angustiosos, abafados clangores de cornetas. Desapareceram as duas brigadas, embebidas de todo na casaria indistinta. Mas, contra o que era de esperar, os sertanejos permaneceram invisíveis e nem um só apareceu, correndo para a praça. Batidos, entretanto, por três lados, deviam, recuando por ali e precipitando-se na fuga, ir de encontro às baionetas das forças estacionadas nas linhas centrais e nas beiradas do rio. Era este, como vimos, o objetivo primordial do assalto. Falhou completamente. E o malogro valia por um revés. Porque os assaltantes, deparando resistências com que não contavam, paravam; entrincheiravam-se; e assumiam atitude de todo contraposta à missão que levavam. Quedaram na defensiva franca.

Caíam-lhes em cima, desbordando dos casebres fumegantes e assaltando-os, os jagunços.

Apenas a igreja nova fora tomada e, dentro de sua nave resolvida, os soldados do 4º, trepados em montões de blocos e caliça, embaralhavam-se, em tumulto, com os das companhias pertencentes à 3ª brigada. Este sucesso, porém, verificara-se inútil. A um lado, estrepitava, feroz, contínua, ensurdecedora, a trabucada dos guerrilheiros, que enchiam o santuário.

E a praça, onde devia aparecer o inimigo repelido, ferretoado à baioneta, permanecia deserta.

Era urgente ampliar o plano primitivo do ataque, lançando no conflito novos lutadores. Do alto da Sete de Setembro partiu o sinal do comando em chefe, e logo depois o toque de avançar para o 5º da Bahia. Lançava-se o jagunço contra o jagunço.

O batalhão de sertanejos avançou. Não foi a investida militar, cadente, derivando a marche-marche, num ritmo seguro. Viu-se um como serpear rapidíssimo de baionetas ondulantes, desdobradas, de chofre, numa deflagração luminosa, traçando em segundos uma listra de lampejos desde o leito do rio até aos muros da igreja...

O mesmo avançar dos jagunços, célere, estonteador, escapante à trajetória retilínea, num colear indescritível. Não foi uma carga, foi um bote. Em momentos uma linha flexível, de aço, enleou o baluarte sagrado do inimigo. Coruscou um relâmpago de duzentas baionetas: o 5º desapareceu mergulhando nos escombros...

Mas a situação não mudou. Aquele fragmento revolto do arraial, para cuja expugnação pareciam excessivas duas brigadas, absorvera-as; absorvera o reforço enviado; ia absorver batalhões inteiros. Seguiram, logo depois, o 34º, o 40º, o 30º e o 31º de infantaria. Duplicavam as forças assaltantes. Aumentou, num crescendo, o estrépito da batalha invisível; ampliaram-se os incêndios; ardeu toda a latada. Mas na espessa afumadura dos ares embruscados, branqueava, embaixo, a praça absolutamente vazia.

Baixas

Ao fim de três horas de combate, tinham-se mobilizado dois mil homens sem efeito algum. As nossas baixas avultavam. Além de grande número de praças e oficiais de menor patente, baquearam mortos, logo pela manhã, o comandante do 29º, major Queirós, e o da 5ª brigada, tenente-coronel Tupi Ferreira Caldas.

Tupi Caldas

A deste originara raro lance de bravura. Os soldados do 30º idolatravam-no. Era uma rara vocação militar. Irrequieto, nervoso e impulsivo, o seu temperamento casava-se bem à vertigem das cargas e à rudeza das casernas. Nesta campanha mesmo jogara várias vezes a vida. Fora o comandante da vanguarda a 18 de julho; e depois daquele dia saíra indene dos mais mortíferos tiroteios. As balas tinham-no até então poupado, arranhando-o, rendando-lhe o chapéu, amolgando-lhe a chapa do talim. A última fulminou-o. Entrou por um dos braços, soerguido para sustentar o binóculo com que contemplava o assalto, e traspassou-lhe o peito. Atirou-o em terra, instantaneamente, morto. O 30º procurou vingá-lo. Correu-lhe pelas fileiras um frêmito de pavor e de cólera, e depois transmontou de um pulo a tranqueira em que se abrigava. Embateu contra os casebres entrincheirados, de onde partira o projetil e arrojou-se a marche-marche, envesgando por uma viela em torcicolos. Não se ouviu um tiro. Soldados alvejados à queima-roupa caíam por terra rugindo, enquanto os companheiros lhes passavam por cima esbarrando contra as portas, arrombando-as a coronhadas, penetrando os cômodos escuros, travando-se, lá dentro, em pugilatos corpo a corpo.

Esta arremetia, porém, das mais temerárias que se fizeram em todo o decorrer da luta, como as demais, reduziu-se ao primeiro ímpeto. Sopeou-a a tenacidade incoercível dos jagunços. O 30º, consideravelmente desfalcado, refluiu em desordem à posição primitiva.

Por toda a banda realizavam-se idênticos arremessos e idênticos recuos. O último estortegar dos vencidos quebrava a musculatura de ferro das brigadas.

Entretanto, pouco antes de nove horas, alentou-as a ilusão arrebatadora da vitória. Ao avançar um dos batalhões de reforço, um cadete do 7º cravara nas junturas das paredes estaladas da igreja a bandeira nacional. Ressoaram dezenas de cornetas e um viva à República saltou, retumbando, de milhares de peitos. Surpreendidos com o inopinado da manisfestação, os sertanejos amorteceram e cessaram o tiroteio. E a praça, pela primeira vez, desbordou de combatentes. Muitos espectadores desceram, rápido, as encostas. Desceram os três generais. Ao passarem pela baixada da linha negra, viram às encontroadas entre quatro praças, dois jagunços presos. Adiante e aos lados – agitando os chapéus, agitando as espadas e as espingardas, cruzando-se, correndo, esbarrando-se, abraçando-se, torvelinhando pelo largo – combatentes de todos os postos em delírios de brados e ovações estrepitosas.

Exilados de Canudos.
Gravura de Aldemir Martins para a edição de *Os Sertões* de 1968

Terminara afinal a luta crudelíssima...

Mas os generais seguiam com dificuldades, rompendo pela massa tumultuária e ruidosa, na direção da latada, quando, ao atingirem grande depósito de cal que a defrontava, perceberam surpreendidos, sobre as cabeças, zimbrando rijamente os ares, as balas...

O combate continuava. Esvaziou-se, de repente, a praça.

Foi uma vassourada.

A dinamite

E volvendo de improviso às trincheiras, volvendo em corridas, para os pontos abrigados, agachados em todos os anteparos, esgueirando-se cosidos às barrancas protetoras do rio, retransidos de espanto, tragando amargos desapontamentos, singularmente menoscabados na iminência do triunfo, chasqueados em pleno agonizar dos vencidos – os triunfadores, aqueles triunfadores, os mais originais entre todos os triunfadores memorados pela história, compreenderam que naquele andar acabaria por devorá-los, um a um, o último reduto combatido. Não lhes bastavam seis mil Mannlichers e seis mil sabres; e o golpear de doze mil braços, e o acalcanhar de doze mil coturnos; e seis mil revólveres; e vinte canhões, e milhares de granadas, e milhares de *shrapnels*; e os degolamentos, e os incêndios, e a fome, e a sede; e dez meses de combates, e cem dias de canhoneio contínuo; e o esmagamento das ruínas; e o quadro indefinível dos templos derrocados; e, por fim, nas ciscalhagem das imagens rotas, dos altares abatidos, dos santos em pedaços – sob a impassibilidade dos céus tranquilos e claros – a queda de um ideal ardente, a extinção absoluta de uma crença consoladora e forte...

Impunham-se outras medidas. Ao adversário irresignável as forças máximas da natureza, engenhadas à destruição e aos estragos. Tinham-nas, previdentes. Havia-se prefigurado aquele epílogo assombroso do drama. Um tenente, ajudante de ordens do comandante-geral, fez conduzir do acampamento dezenas de bombas de dinamite. Era justo; era absolutamente imprescindível. Os sertanejos invertiam toda a psicologia da guerra: enrijavam-nos os reveses, robustecia-os a fome, empedernia-os a derrota.

Ademais entalhava-se o cerne de uma nacionalidade.

Atacava-se a fundo a rocha viva de nossa raça. Vinha de molde a dinamite... Era uma consagração.

Cessaram as fuzilarias; e desceu sobre todas as linhas um grande silêncio de expectativa ansiosa... Logo depois correu um frêmito pela cercadura do sítio; espraiou-se pela periferia dilatada; passou, vibrátil, pelo acampamento; passou, num súbito estremeção, pelas baterias dos morros; e avassalou a redondeza, num trêmulo vibrante de curvas sismais cruzando-se pelo solo. Tombaram os dentilhões despegados das igrejas; desaprumaram-se paredes, caindo; voaram tetos e tetos; tufou um *cumulus* de poeira espessando a afumadura dos ares; e, dentre centenares de exclamações irreprimidas, de espanto, retumbou a atroada de explosões fortíssimas. Parecia tudo acabado. O último trecho de Canudos arrebentava todo.

Os batalhões, embolados pelos becos, fora da zona mortífera das traves e cumeeiras que zuniam, em estilhas, sulcando para toda a banda o espaço, aguardavam que se diluísse aquele bulcão de chamas e pó, para o derradeiro acometimento.

Mas não o executaram. Houve, ao contrário, um recuo repentino. Batidos de descargas que não se compreendia como eram feitas daqueles braseiros e entulhos, os assaltantes acobertaram-se em todas as esquinas, esgueiraram-se pelas abas dos casebres e pularam, na maioria, para trás dos entrincheiramentos.

Adiante atordoava-os assonância indescritível de gritos, lamentos, choros e imprecações, refletindo do mesmo passo o espanto, a dor, o exaspero e a cólera da multidão torturada que rugia e chorava. Via-se indistinto entre lumaréus um convulsivo pervagar de sombras: mulheres fugindo dos habitáculos em fogo, carregando ou arrastando crianças e entranhando-se, às carreiras, no mais fundo do casario; vultos desorientados, fugindo ao acaso para toda a banda; vultos escabujando por terra, vestes presas das chamas, ardendo; corpos esturrados, estorcidos, sob tições fumarentos... E, dominantes, sobre este cenário estupendo, esparsos, sem cuidarem de ocultar-se, saltando sobre os braseiros e aprumando-se sobre os colmos ainda erguidos, os últimos defensores do arraial. Ouviam-se as suas apóstrofes rudes; distinguiam-se vagamente os seus perfis revoluteando por dentro da fumarada; e por toda a parte, salteadamente, a dois passos da linha de fogo, aparecendo, improvisas, fisionomias sinistras, laivadas de mascarras, bustos desnudos chamuscados, escoriados, embatendo-as, em assaltos temerários e doidos...

Continua a réplica

Vinham matar os adversários sobre as próprias trincheiras. Estes esmoreciam. Verificaram a inanidade do bombardeio, das cargas repetidas e do recurso extremo da dinamite. Desanimavam. Perderam a unidade da ação e do comando. Os toques das cornetas contrabatiam-se, discordes, interferentes nos ares, sem que ninguém os entendesse. Não havia obedecê-los, variando as condições táticas a cada minuto e a cada passo. As secções de uma mesma companhia avançavam, recuavam ou imobilizavam-se; subdividiam-se em todas as esquinas; misturavam-se com as de outros corpos; embatiam com as casas ou contornavam-nas, ou dispersavam-se aliando-se a outros grupos e reeditando, dados alguns passos, as mesmas avançadas e os mesmos recuos, e a mesma dispersão. De sorte que, por fim, se agitavam em bandos desorientados, em que se amalgamavam praças de todos os batalhões.

Baixas

Aproveitando este tumulto, os jagunços fuzilavam-nos a salvo e sem piedade. A breve trecho os combatentes, que não tinham o anteparo dos espaldões, acumularam-se às abas das vivendas ainda intactas, ou alongaram-se, distanciados, pelos becos da parte conquistada – evitando a zona perigosa. Esta, porém, alastrava-se. Baqueavam combatentes para além das trincheiras; caíam inteiramente para fora da órbita flamejante do combate e, como nos maus dias da primeira semana do assédio, a mínima imprevidência e o mais rápido afastamento daqueles abrigos frágeis eram uma temeridade.

O capitão-secretário do comando da 2ª coluna, Aguiar e Silva, quando lhe passava por perto um pelotão em marcha, retirou-se por um instante do cunhal que o acobertava e, para animar o ataque, tirou entusiasticamente o chapéu, levantando um viva à República. Mas não pronunciou as últimas sílabas. Varou-o uma bala, em pleno peito, derribando-o.

O comandante do 25º, major Henrique Severiano, teve idêntico destino. Era uma alma belíssima, de valente. Viu em plena refrega uma criança a debater-se entre as chamas. Afrontou-se com o incêndio. Tomou-a nos braços; aconchegou-a do peito – criando com um belo gesto carinhoso o único traço de heroísmo que houve naquela jornada feroz – e salvou-a.

Mas expusera-se. Baqueou, malferido, falecendo poucas horas depois.

E assim por diante. O combate transformara-se em tortura inaturável para os dois antagonistas.

No hospital de sangue

As nossas baixas avultavam. Os espectadores, atestando os mirantes acasamatados da colina extrema do acampamento, avaliavam-nas pela lúgubre procissão de andores, padiolas e redes que lhes passava de permeio, subindo. Saía da sanga, embaixo; derivava vagarosa na ascensão contorneando em desvios as casas por ali espalhadas; galgava o alto e prosseguia, descendo para o hospital de sangue, onde, à 1 hora da tarde, já haviam chegado cerca de trezentos feridos.

Mas aquela alpendrada de couro, cobrindo a reentrância que se abrigava entre as colinas, não os continha. Os feridos entulhavam-na; desbordavam para as abas das encostas envolventes, ao sol, sobre as pedras; e arrastavam-se, disputando as sombras das barracas, até à farmácia anexa e pavilhão dos médicos, por onde se cruzavam, correndo, enfermeiros e médicos diminutos demais para os satisfazer a todos. Ao fundo do barracão, arrimados aos cotovelos, de bruços, os antigos doentes, e feridos dos dias anteriores, olhavam inquietos para os novos sócios de infortúnio. A um lado, sobre o chão duro, corpos rígidos francamente batidos pelo sol, jaziam os cadáveres de alguns oficiais, o tenente-coronel Tupi, o major Queirós, os alferes Raposo, Neville, Carvalho e outros.

Mortos.
Gravura de Alfredo Aquino para a edição de *Os Sertões* de 1975

Soldados ofegantes e suarentos entravam e saíam intermitentemente, arcados sob padiolas. Despejavam-nas, volvendo, prestes, naquela azáfama fúnebre que ameaçava prolongar-se pelo dia todo. Porque até aquela hora a situação não melhorara. Persistia indecisa. Mantinha-se a réplica feroz dos adversários. Insistentes, imprimindo no tumulto a nota de uma monotonia cruel, reproduziam-se em todas as linhas os toques das cornetas, determinando as cargas; e estas realizavam-se, sucessivas, rápidas, impetuosas – pelotões, batalhões, brigadas, vagas de metal e flamas, fulgurando, rolando, arrebentando e detonando de encontro a represas intransponíveis.

As bombas de dinamite (foram arrojadas noventa nesse dia) estouravam de momento em momento, mas com absoluto insucesso. Adicionaram-se-lhes outros expedientes: latas de querosene derramadas por toda a orla da casaria, avivando os incêndios.

Este recurso bárbaro, porém, por sua vez, resultaria inútil.

Por fim, às 2 horas da tarde, se paralisou inteiramente o assalto; cessaram de todo as cargas; e no ânimo dos sitiantes, em franca defensiva nas posições primitivas, doíam desapontamentos de derrota. Defluindo da baixada, a leste da praça, continuou largo tempo a romaria penosa dos feridos, em busca do hospital de sangue. Em padiolas, em redes, ou suspensos pelos braços entre os companheiros, ascendiam exaustos, titubeantes, arrimando-se e cosendo-se às casas. E sobre eles, sobre as colinas, varrendo-as, sobre os morros artilhados, varejando-os, sobre o acampamento todo, ao cair da tarde, ao anoitecer e durante a noite inteira, visando todos os pontos da periferia do assédio, sibilando em todos os tons pelos ares, da zona reduzidíssima onde se acantonavam os jagunços irrompiam as balas...

O combate fora cruento e estéril. Desfalcara-nos de quinhentos e sessenta e sete lutadores, sem resultado apreciável.

Como sempre, a vibração forte da batalha amortecera a pouco e pouco, atenuando-se em tiroteios escassos; e toda a noite passou, velando-a, a tropa combalida na expectativa cruel de novos recontros, novos sacrifícios inúteis e novos esforços malogrados.

Entretanto, a situação dos sertanejos piorara. Tinham, com a perda da igreja nova, perdido as últimas cacimbas. Cercavam-nos braseiros enormes, progredindo-lhes em roda e avançando de três pontos – do norte, leste e oeste – obstringindo-os no último reduto.

Mas à madrugada de 2 os triunfadores fatigados despertaram com uma descarga desafiadora e firme.

Notas de um diário

Nesse dia...

Transladamos, sem lhes alterar uma linha, as últimas notas de um "Diário", escrita à medida que se desenrolavam os acontecimentos.[89]

"... Chegam à 1 hora em grande número novos prisioneiros – sintoma claro de enfraquecimento entre os rebeldes. Eram esperados. Agitara-se pouco depois do meio-dia uma bandeira branca no centro dos últimos casebres e os ataques cessaram imediatamente do nosso lado. Rendiam-se, afinal. Entretanto não soaram os clarins. Um grande silêncio avassalou as linhas e o acampamento.

A bandeira, um trapo nervosamente agitado, desapareceu; e, logo depois, dois sertanejos, saindo de um atravancamento impenetrável, se apresentaram ao comandante de um dos batalhões. Foram para logo conduzidos à presença do comando em chefe, na comissão de engenharia.

---

89. Estas notas, esboçadas durante o dia no acampamento e completadas à noite, no alto da favela, têm o valor da própria incorreção derivada do tumulto em que se traçaram.

Antônio, o Beatinho

Um deles era Antônio, o Beatinho, acólito e auxiliar do Conselheiro. Mulato claro e alto, excessivamente pálido e magro, ereto o busto adelgaçado. Levantara, com altivez de resignado, a fronte. A barba rala e curta emoldurava-lhe o rosto pequeno animado de olhos inteligentes e límpidos. Vestia camisa de azulão e, a exemplo do chefe da grei, arrimava-se a um bordão a que se esteava, andando. Veio com outro companheiro, entre algumas praças, seguido de um séquito de curiosos.

As chegar à presença do general, tirou tranquilamente o gorro azul, de listras e borlas brancas, de linho; e quedou, correto, a primeira palavra do triunfador.

Não foi perdida uma sílaba única do diálogo prontamente travado.

— Quem é você?

— Saiba o *seu doutor general*[90] que sou Antônio Beato e eu mesmo vim por meu pé me entregar porque a gente não tem mais opinião e não aguenta mais.

E rodava lentamente o gorro nas mãos lançando sobre os circunstantes um olhar sereno.

— Bem. E o Conselheiro?...

— O nosso bom Conselheiro está no céu...

Beatinho se entregou ao exército diante de mulheres e crianças.
Técnica mista sobre papel. Tripoli Gaudenzi

90. A extravagante denominação é textual. Devem recordar-se dela todos os que assistiram à interessante conferência. Ademais, no que aí vai escrito só se altera a prosódia do sertanejo refratário aos rr, ll, etc. A reprodução do diálogo é integral.

Morte do Conselheiro

Explicou então que aquele, agravando-se antigo ferimento, que recebera de um estilhaço de granada atingindo-o quando em certa ocasião passava da igreja para o Santuário, morrera a 22 de setembro, de uma disenteria, uma *caminheira* – expressão horrendamente cômica que pôs repentinamente um burburinho de risos irreprimidos naquele lance doloroso e grave.

O Beato não os percebeu. Fingiu, talvez, não os perceber. Quedou imóvel, face impenetrável e tranquila, de frecha sobre o general, o olhar a um tempo humilde e firme. O diálogo logo prosseguiu:

— E os homens não estão dispostos a se entregarem?

— Batalhei com uma porção deles para virem e não vieram porque há um bando lá que não querem. São de muita opinião. Mas não aguentam mais. Quase tudo mete a cabeça no chão de necessidade. Quase tudo está seco de sede...

— E não pode trazê-los?

— Posso não.[91] Eles estavam em tempo de me atirar quando saí...

— Já viu quanta gente aí está, toda bem armada e bem disposta.

— Eu fiquei espantado!

A resposta foi sincera, ou admiravelmente calculada. O rosto do altareiro desmanchou-se numa expressão incisiva e rápida, de espanto.

— Pois bem. A sua gente não pode resistir, nem fugir. Volte para lá e diga aos homens que se entreguem. Não morrerão. Garanto-lhes a vida. Serão entregues ao governo da República. E diga-lhes que o governo da República é bom para todos os brasileiros. Que se entreguem. Mas sem condições; não aceito a mais pequena condição...

O Beatinho, porém, recusava-se, obstinado, à missão. Temia os próprios companheiros. Apresentava as melhores razões para não ir.

Nessa ocasião interveio o outro prisioneiro, que até então permanecera mudo.

Viu-se, pela primeira vez, um jagunço bem nutrido e destacando-se do tipo uniforme dos sertanejos. Chamava-se Bernabé José de Carvalho e era um chefe de segunda linha.

Tinha o tipo flamengo, lembrando talvez, o que não é exagerada conjectura, a ascendência dos holandeses que tão largos anos por aqueles territórios do norte trataram com o indígena.

91. Um traço do falar enérgico dos sertões, este sistema de negativa.

Brilhavam-lhe, varonis, os olhos azuis e grandes; o cabelo alourado revestia-lhe, basto, a cabeça chata e enérgica.

Apresentou logo como credencial o mostrar-se duma linhagem superior. Não era um matuto largado. Era casado com uma sobrinha do capitão Pedro Celeste, do Bom Conselho...

Depois contraveio, num desgarre desabusado, insistindo com o Beatinho recalcitrante:

— Vamos! Homem! Vamos embora... eu falo uma fala com eles... deixe tudo comigo. Vamos!

E foram.

Prisioneiros

O efeito da comissão, porém, foi de todo inesperado. O Beatinho voltou, passada uma hora, seguido de umas trezentas mulheres e crianças e meia dúzia de velhos imprestáveis. Parecia que os jagunços realizavam com maestria sem par o seu último ardil. Com efeito, viam-se libertos daquela multidão inútil, concorrente aos escassos recursos que acaso possuíam, e podiam, agora, mais folgadamente delongar o combate.

O Beatinho dera – quem sabe? – um golpe de mestre. Consumado diplomata, do mesmo passo poupara às chamas e às balas tantos entes miserandos e aliviara o resto dos companheiros daqueles trambolhos prejudiciais.

A crítica dos acontecimentos indica que aquilo foi, talvez, uma cilada. Nem a exclui a circunstância de ter voltado o asceta ardiloso que a engenhara. Era uma condição favorável, adrede e astuciosamente aventurada como prova iniludível da boa-fé com que agira. Mas mesmo que assim não considerassem, alentava-o uma aspiração de todo admissível: fazer o último sacrifício em prol da crença comum; devotar-se, volvendo ao acampamento, à sagração do martírio, que desejava, porventura, ardentemente, com o misticismo doentio de um iluminado. Não há interpretar de outra maneira o fato, esclarecido, ademais, pelo proceder do outro parlamentar que não voltara, permanecendo entre os lutadores, instruindo-os sem dúvida da disposição das forças sitiantes.

A entrada dos prisioneiros foi comovedora. Vinha solene, na frente, o Beatinho, teso o torso desfibrado, olhos presos no chão, e com o passo cadente e tardo exercitado desde muito nas lentas procissões que compartira. O longo cajado oscilava-lhe à mão direita, isocronamente, feito enorme batuta, compassando a marcha verdadeiramente fúnebre. A um de fundo, a fila extensa, tracejando ondulada curva pelo pendor da colina, seguia na direção do acampamento, passando ao lado do quartel da primeira coluna e acumulando-se, cem metros adiante, em repugnante congérie de corpos repulsivos em andrajos.

Os combatentes contemplavam-nos entristecidos. Surpreendiam-se; comoviam-se. O arraial, *in extremis*, punha-lhes adiante, naquele armistício transitório, uma legião desarmada, mutilada, faminta e claudicante, num assalto mais duro que o das trincheiras em fogo. Custava-lhes admitir que toda aquela gente inútil e frágil saísse tão numerosa ainda dos casebres bombardeados durante três meses. Contemplando-lhes os rostos baços, os arcabouços esmirrados e sujos, cujos molambos em tiras não encobriam lanhos, escaras e escalavros – a vitória tão longamente apetecida decaía de súbito. Repugnava aquele triunfo. Envergonhava. Era, com efeito, contraproducente compensação a tão luxuosos gastos de combates, de reveses e de milhares de vidas, o apresamento daquela caqueirada humana – do mesmo passo angulhenta e sinistra, entre trágica e imunda, passando-lhes pelos olhos, num longo enxurro de carcaças e molambos...

Nem um rosto viril, nem um braço capaz de suspender uma arma, nem um peito resfolegante de campeador domado: mulheres, sem-número de mulheres, velhas espectrais, moças envelhecidas, velhas e moças indistintas na mesma fealdade, escaveiradas e sujas, filhos escanchados nos quadris desnalgados, filhos encarapitados às costas, filhos suspensos aos peitos murchos, filhos arrastados pelos braços, passando; crianças, sem-número de crianças; velhos, sem-número de velhos; raros homens, enfermos opilados, faces túmidas e mortas, de cera, bustos dobrados, andar cambaleante.

Pormenorizava-se. Um velho absolutamente alquebrado, soerguido por alguns companheiros, perturbava o cortejo. Vinha contrafeito. Forçava por se livrar e volver atrás os passos. Voltava-se, braços trêmulos e agitados, para o arraial onde deixara certo os filhos robustos, na última refrega. E chorava. Era o único que chorava. Os demais prosseguiam impassíveis. Rígidos anciãos, aquele desfecho cruento, culminado-lhes a velhice, era um episódio somenos entre os transes da vida dos sertões. Alguns respeitosamente se desbarretavam ao passarem pelos grupos de curiosos. Destacou-se, por momentos, um. Octogenário, não se lhe dobrava o tronco. Marchava devagar e de quando em quando parava. Considerava por instantes a igreja e reatava a marcha; para estacar outra vez, dados alguns passos, voltar-se lançando novo olhar ao templo em ruínas e prosseguir, intermitentemente, à medida que se escoavam pelos seus dedos as contas de um rosário. Rezava. Era um crente. Aguardava talvez ainda o grande milagre prometido...

Alguns enfermos graves vinham carregados. Caídos logo aos primeiros passos, passavam, suspensos pelas pernas e pelos braços, entre quatro praças. Não gemiam, não estortegavam; lá se iam imóveis e mudos, olhos muito abertos e muito fixos, feito mortos. Aos lados, desorientadamente, procurando os pais que ali estavam entre os bandos ou lá embaixo mortos, adolescentes franzinos, chorando, clamando, correndo. Os menores vinham às costas dos soldados agarrados às grenhas despenteadas há três meses daqueles valentes que, havia meia hora, ainda jogavam a vida nas trincheiras e ali estavam, agora, resolvendo desastradamente, canhestras amas-secas, o problema difícil de carregar uma criança. Uma megera assustadora, bruxa rebarbativa e magra – a velha mais hedionda talvez desses sertões – a única que alevantava a cabeça espalhando sobre os espectadores, como faúlhas, olhares ameaçadores; e nervosa e agitante, ágil, apesar da idade, tendo sobre as espáduas de todo despidas, emaranhados, os cabelos brancos e cheios de terra, – rompia, em andar sacudido, pelos grupos miserandos, atraindo a atenção geral. Tinha nos braços finos uma menina, neta, bisneta, tataraneta talvez. E essa criança horrorizava. A sua face esquerda fora arrancada, havia tempos, por um estilhaço de granada; de sorte que os ossos dos maxilares se destacavam alvíssimos, entre os bordos vermelhos da ferida já cicatrizada... A face direita sorria. E era apavorante aquele riso incompleto e dolorosíssimo aformoseando uma face e extinguindo-se repentinamente na outra, no vácuo de um gilvaz.

Nina Rodrigues analisa o crânio de Antônio Conselheiro concluindo por sua normalidade.
Carvão sobre papel. Tripoli Gaudenzi

Aquela velha carregava a criança mais monstruosa da campanha. Lá se foi com o seu andar agitante, de atáxica, seguindo a extensa fila de infelizes...

Esta parara adiante, a um lado das tendas do esquadrão de cavalaria, represando entre as quatro linhas de um quadrado. Via-se, então, pela primeira vez, em globo, a população de Canudos; e, à parte as variantes impressas pelo sofrer diversamente suportado, sobressaía um traço de uniformidade rara nas linhas fisionômicas mais características. Raro um branco ou um negro puro. Um ar de família em todos delatando, iniludível, a fusão perfeita de três raças.

Predominava o pardo lídimo, misto de cafre, português e tapuia, – faces brônzeas, cabelos corredios e duros ou anelados, troncos deselegantes; e aqui, e ali, um perfil corretíssimo recordando o elemento superior da mestiçagem. Em roda, vitoriosos, díspares e desunidos, o branco, o negro, o cafuz e o mulato proteiformes com todas as gradações da cor... Um contraste: a raça forte e íntegra abatida dentro de um quadrado de mestiços indefinidos e pusilânimes. Quebrara-a de todo a luta. Humilhava-se. Do ajuntamento miserando partiam pedidos flébeis e lamurientos, de esmola... Devoravam-na a fome e a sede de muitos dias."

O comandante-geral concedera naquele mesmo dia aos últimos rebeldes um armistício de poucas horas. Mas este só teve o efeito contraproducente de retirar do trecho combatido aqueles prisioneiros inúteis.

Ao cair da tarde estavam desafogados os jagunços.

Deixaram que se esgotasse a trégua. E quando lhes anunciou o termo uma intimativa severa de dois tiros de pólvora seca seguidos logo de outro, de bala rasa, estenderam sobre os sitiantes uma descarga divergente e firme.

A noite de 2, ruidosamente, entrou sulcada de tiroteios vivos.

VI. O fim

Não há relatar o que houve a 3 e a 4.

A luta, que viera perdendo dia a dia o caráter militar, degenerou, ao cabo, inteiramente. Foram-se os últimos traços de um formalismo inútil: deliberações de comando, movimentos combinados, distribuições de forças, os mesmos toques de cornetas, e por fim a própria hierarquia, já materialmente extinta num exército sem distintivos e sem fardas.

Exilados de Canudos.
Gravura de Alfredo Aquino para a edição de *Os Sertões* de 1975

Sabia-se de uma coisa única: os jagunços não poderiam resistir por muitas horas. Alguns soldados se haviam abeirado do último reduto e colhido de um lance a situação dos adversários. Era incrível: numa cava quadrangular, de pouco mais de metro de fundo, ao lado da igreja nova, uns vinte lutadores, esfomeados e rotos, medonhos de ver--se, predispunham-se a um suicídio formidável. Chamou-se aquilo o "hospital de sangue" dos jagunços. Era um túmulo. De feito, lá estavam, em maior número, os mortos, alguns de muitos dias já, enfileirados ao longo das quatro bordas da escavação e formando o quadrado assombroso dentro do qual uma dúzia de moribundos, vidas concentradas na última contração dos dedos nos gatilhos das espingardas, combatiam contra um exército.

E lutavam com relativa vantagem ainda.

Pelo menos fizeram parar os adversários. Destes os que mais se aproximaram lá ficaram, aumentando a trincheira sinistra de corpos esmigalhados e sangrentos. Viam-se, salpintando o acervo de cadáveres andrajosos dos jagunços, listras vermelhas de fardas e entre elas as divisas do sargento-ajudante do 39º, que lá entrara, baqueando logo. Outros tiveram igual destino. Tinham a ilusão do último recontro feliz e fácil: romperem pelos últimos casebres envolventes, caindo de chofre sobre os titãs combalidos, fulminando-os, esmagando-os...

Mas eram terríveis lances, obscuros para todo o sempre. Raro tornavam os que os faziam. Aprumavam-se sobre o fosso e sopeava-lhes o arrojo o horror de um quadro onde a realidade tangível de uma trincheira de mortos, argamassada de sangue e esvurmando pus, vencia todos os exageros da idealização mais ousada. E salteava-os a atonia do assombro...

Canudos não se rendeu

Fechemos este livro.

Canudos não se rendeu. Exemplo único em toda a história, resistiu até ao esgotamento completo. Expugnado palmo a palmo, na precisão integral do termo, caiu no dia 5, ao entardecer, quando caíram os seus últimos defensores, que todos morreram. Eram quatro apenas: um velho, dois homens feitos e uma criança, na frente dos quais rugiam raivosamente cinco mil soldados.

Forremo-nos à tarefa de escrever os seus últimos momentos. Nem poderíamos fazê-lo. Esta página, imaginamo-la sempre profundamente emocionante e trágica; mas cerramo-la vacilante e sem brilhos.

Vimos como quem vinga uma montanha altíssima. No alto, a par de uma perspectiva maior, a vertigem...

Ademais não desafiaria a incredulidade do futuro a narrativa de pormenores em que se amostrassem mulheres precipitando-se nas fogueiras dos próprios lares, abraçadas aos filhos pequeninos?...

E de que modo comentaríamos, com a só fragilidade da palavra humana, o fato singular de não aparecerem mais, desde a manhã de 3, os prisioneiros válidos colhidos na véspera, e entre eles aquele Antônio Beatinho que se nos entregara, confiante – e a quem devemos preciosos esclarecimentos sobre esta fase obscura da nossa história?

Caiu o arraial a 5. No dia 6 acabaram de o destruir desmanchando-lhe as casas, 5.200, cuidadosamente contadas.

O cadáver do Conselheiro

Antes, no amanhecer daquele dia, comissão adrede escolhida descobrira o cadáver de Antônio Conselheiro.[92]

Jazia num dos casebres anexos à latada, e foi encontrado graças à indicação de um prisioneiro. Removida breve camada de terra, apareceu no triste sudário de um lençol imundo, em que mãos piedosas haviam desparzido algumas flores murchas, e repousando sobre uma esteira velha, de taboa, o corpo do "famigerado e bárbaro" agitador. Estava hediondo. Envolto no velho hábito azul de brim americano, mãos cruzadas ao peito, rosto tumefacto e esquálido, olhos fundos cheios de terra – mal o reconheceram os que mais de perto o haviam tratado durante a vida.

Desenterraram-no cuidadosamente. Dádiva preciosa – único prêmio, únicos despojos opimos de tal guerra! – faziam-se mister os máximos resguardos para que se não desarticulasse ou deformasse, reduzindo-se a uma massa angulhenta de tecidos decompostos.

Fotografaram-no depois. E lavrou-se uma ata rigorosa firmando a sua identidade: importava que o país se convencesse bem de que estava afinal extinto aquele terribilíssimo antagonista.

Restituíram-no à cova. Pensaram, porém, depois em guardar a sua cabeça tantas vezes maldita – e como fora malbaratar o tempo exumando-o de novo, uma faca jeitosamente brandida, naquela mesma atitude, cortou-lha; e a face

92. Trecho da parte de combate, do comandante da 1ª coluna: "... pelo que ordenei que se retirasse daquela cova, com todo o cuidado, o defunto, e o levassem para a praça e assim se poder melhor verificar a identidade de pessoa: tendo-se reconhecido ser o do famigerado e bárbaro Antônio Vicente Mendes Maciel (vulgo Bom Jesus Conselheiro), como consta da ata lavrada; mandei-o fotografar para terem certeza de ser ele aqueles que o conheceram."

Antônio Conselheiro morto.
Fotografia de Flávio de Barros. Casa Euclidiana, São José do Rio Pardo

horrenda, empastada de escaras e de sânie, apareceu ainda uma vez ante aqueles triunfadores...

Trouxeram depois para o litoral, onde deliravam multidões em festa, aquele crânio. Que a ciência dissesse a última palavra. Ali estavam, no relevo de circunvoluções expressivas, as linhas essenciais do crime e da loucura...

VII. Duas linhas

É que ainda não existe um Maudsley para as loucuras e os crimes das nacionalidades...

Antônio Conselheiro morto.
Gravura de Alfredo Aquino para a edição de *Os Sertões* de 1975

Notas do Autor à 2ª edição

Aldemir Martins para a edição de *Os Sertões* de 1968

Este livro, secamente atirado à publicidade, sem amparo de qualquer natureza, para que os protestos contra as falsidades que acaso encerrasse se exercitassem perfeitamente desafogados, conquistou – franca e espontânea – expressa pelos seus melhores órgãos, a grande simpatia nobilitadora da minha terra, que não solicitei e que me desvanece. Os únicos deslizes apontados pela crítica são, pela própria desvalia, bastante eloquentes no delatarem a segurança das ideias e proposições aventadas.

É o que demonstra esta resenha rápida:

I. ... *Mercenários inconscientes.*

(p. 18).[93] Estranhou-se a expressão. Mas devo mantê-la; mantenho-a.

93. Os números das páginas citadas, originalmente referentes à 2ª edição, foram alterados para facilitar a consulta do leitor. As páginas entre parênteses correspondem, portanto, a esta edição. (N. do E.)

Não tive o intuito de defender os sertanejos porque este livro não é um livro de defesa; é, infelizmente, de ataque.

Ataque franco e, devo dizê-lo, involuntário. Nesse investir, aparentemente desafiador, com os singularíssimos civilizados que nos sertões, diante de semibárbaros, estadearam tão lastimáveis selvatiquezas, obedeci ao rigor incoercível da verdade. Ninguém o negará.

E se não temesse envaidar-me em paralelo que não mereço, gravaria na primeira página a frase nobremente sincera de Tucídides, ao escrever a história da guerra do Peloponeso – porque eu também, embora sem a mesma visão aquilina, escrevi

> *sem dar crédito às primeiras testemunhas que encontrei, nem às minhas próprias impressões, mas narrando apenas os acontecimentos de que fui espectador ou sobre os quais tive informações seguras.*

II. ... *desabrigadas de todo ante a acidez corrosiva dos aguaceiros tempestuosos...* (p. 33)

Viu-se nesta frase uma inexatidão e um dos imaginosos traços do meu apedrejado nefelibatismo científico.[94]

Ora, escasseando-me o tempo para citar autores, limito-me a apontar a página 168 da Geologia de Contejean sobre a erosão das rochas: "des actions physiques et chimiques produites par les eaux pluviales plus ou moins chargés d'acide carbonique – principalement sur les roches les plus attaquables aux acides, comme les calcaires, etc".

Para o caso especial do Brasil, encontra-se ainda à página 151 do livro de Emmanuel Liais, sobre a nossa conformação geológica, a caracterização do fenômeno que "se montre en très grande échelle, sans doute à cause de la fréquence et de l'acidité des pluies d'orage".

No entanto o crítico leciona: "Nem as chuvas causam erosões por conterem algumas moléculas a mais de nitro ou amoníaco, senão pela rijeza da camada horizontal superior em relação às camadas moles inferiores, etc".

Extraordinária geologia, esta...

III. *as favelas têm [...], nas folhas, de estômatos expandidos em vilosidades...* (p. 53)

Apresso-me em corrigir evidentíssimo engano, tratando-se de noção tão simples.

Leia-se: *nas folhas, de células expandidas em vilosidades.*

94. *Revista do Centro de Letras e Artes*, de Campinas, n.2, de 31 de janeiro de 1903.

IV. *É que a morfologia da terra viola as leis gerais do clima* (p. 63)

Outro dizer malsinado. Impugna-o respeitável cientista:

"Penso que se a natureza combate os desertos, apenas o *facies* geográfico modifica as condições extrínsecas do meio. E se a violência importa modificação, violar é desobedecer ao preestabelecido. Assim, não há violação contra as leis gerais dos climas, eis o que não padece dúvida."[95]

Inexplicável contradita, esta, que investe com todas as conclusões da meteorologia moderna! Basta saber-se que sendo as leis gerais de um clima as que se derivam das relações astronômicas – as próprias ondulações das isotermas, indisciplinadamente recurvas, mas que seguiriam os paralelos se respeitassem aquelas leis, são um atestado da violação.

Nem precisávamos exemplificar o predomínio permanente das causas particulares ou secundárias na constituição climática de qualquer país. De Santos, cujo clima equatorial é uma anomalia em latitude superior à do trópico, à Groenlândia coberta de gelo fronteira às paragens benignas da Noruega, encontraríamos esplêndidos exemplos.

Ainda recentemente, no belo livro sobre a psicologia dos ingleses, Boutmy assinala o fato de ter a Inglaterra, no paralelo de 52°, temperatura igual a 32° de latitude, dos Estados Unidos.

Quem quer que acompanhe num mapa a isoterma de 0°, partirá da frigidíssima Islândia, avançará para o sul, numa curva caprichosa, para a Inglaterra, que não tocará; torcerá depois para o extremo norte da Noruega; e volverá de novo ao sul e se aproximará, nos meses frios, de Paris e de Viena – que assim se ligam, malgrado latitudes muito mais baixas, à enregelada terra polar.

E o viajante que perlonga a nossa costa, do Rio à Bahia, demandando o Equador, não vai também por uma linha quase inalterável, traduzindo geometricamente um regime constante, espelhado na uniforme opulência das matas que ajardinam o litoral vastíssimo?

Mas se parar em qualquer ponto e avançar para o ocidente, por um paralelo, pela linha definidora, astronomicamente, da uniformidade climática, deparará transcorridas poucos dezenas de léguas *habitats* inteiramente outros.

Não estão, nestes exemplos, que multiplicaríamos se quiséssemos, palmares violações das leis gerais dos climas?

V. Uma contradição apontada pelo mesmo crítico, diz ele:

"... vejo à p. 77 os dizeres categóricos: *Não temos unidade de raça. Não a teremos, talvez, nunca.* E à p. 521 lá está a proposição de que em Canudos se atacava a rocha viva da nossa raça".

95. *Correio da Manhã*, de 3 de fevereiro de 1903.

Neste salto mortal de 521-77 = 444 páginas, é natural que se encontrem coisas disparatadas. Mas quem segue as considerações que alinhei acerca da nossa gênese, se compreende que de fato não temos unidade de raça, admite também que nos vários caldeamentos operados eu encontrei no tipo sertanejo uma subcategoria étnica já formada (p. 76-77) liberta pelas condições históricas (p. 84) das exigências de uma civilização de empréstimo que lhe perturbariam a constituição definitiva.

Quer isto dizer que neste composto indefinível – o brasileiro – encontrei alguma coisa que é estável, um ponto de resistência recordando a molécula integrante das cristalizações iniciadas. E era natural que, admitida a arrojada e animadora conjectura de que estamos destinados à integridade nacional, eu visse naqueles rijos caboclos o núcleo de força da nossa constituição futura, a rocha viva de nossa raça.

Rocha viva... A locução sugere-me um símile eloquente.

De fato, a nossa formação como a do granito surge de três elementos principais. Entretanto quem ascende por um cerro granítico encontra os mais diversos elementos: aqui a argila pura, do feldspato decomposto, variavelmente colorida; além a mica fracionada, rebrilhando escassamente sobre o chão; diante a arena friável, do quartzo triturado; mais longe o bloco *moutonné*, de aparência errática; e por toda a banda a mistura desses mesmos elementos com a adição de outros, adventícios, formando o incaracterístico solo arável, altamente complexo. Ao fundo, porém, removida a camada superficial, está o núcleo compacto e rijo de pedra. Os elementos esparsos, em cima, nas mais diversas misturas, porque o solo exposto guarda até os materiais estranhos trazidos pelos ventos, ali estão, embaixo, fixos numa dosagem segura, e resistentes, e íntegros.

Assim, à medida que aprofunda, o observador se aproxima da matriz de todo definida, do local. Ora o nosso caso é idêntico – desde que sigamos das cidades do litoral para os vilarejos do sertão.

A princípio uma dispersão estonteadora de atributos, que vão de todas as nuanças da cor a todos os aspectos do caráter. Não há distinguir-se o brasileiro no intricado misto de brancos, negros e mulatos de todos os sangues e de todos os matizes. Estamos à superfície da nossa *gens*, ou melhor, seguindo à letra a comparação de há pouco, calcamos o húmus indefinido da nossa raça. Mas, entranhando-nos na terra, vemos os primeiros grupos fixos – o caipira, no sul, e o *tabaréu*, ao norte – onde já se tornam raros o branco, o negro e o índio puros. A mestiçagem generalizada produz, entretanto, ainda todas as variedades das dosagens díspares do cruzamento. Mas, à medida que prosseguimos, estas últimas se atenuam.

Vai-se notando maior uniformidade de caracteres físicos e morais. Por fim, a rocha viva – o sertanejo.

VI. Mas não fujo ainda a nova objeção, porque

se tivermos inopinadamente ressurgida e armada em nossa frente uma sociedade velha, uma sociedade morta, galvanizada por um doido, se tivermos aquilo (continua o crítico) não se compreende como na guerra de Canudos se atacasse a "rocha viva de nossa raça"

Ao falar em sociedade morta, referi-me a uma situação excepcional da gente sertaneja corrompida por um núcleo de agitados (p. 193). O mesmo paralelo feito na mesma página com estados idênticos de outros povos delata-lhe o caráter excepcional. De modo algum enunciei uma proposição geral e permanente, senão transitória e especial, reduzida a um fragmento do espaço – Canudos – e a um intervalo de tempo – o ano de 1897.

Nada mais límpido. Encontraríamos perfeito símile nessa misteriosa isomeria, mercê da qual corpos identicamente constituídos, com os mesmos átomos num arranjo semelhante, apresentam todavia propriedades diversíssimas. Assim pensando – e que se não irritem demais as sensitivas do nosso meio científico com mais esta arrancada feroz de nefelibatismo – eu vejo, e todos podem ver no jagunço um corpo isômero do sertanejo. E compreendo que Antônio Conselheiro repontasse como uma "integração de caracteres diferenciais, vagos e indefinidos, mal percebidos quando dispersos pela multidão" – e não como simples caso patológico, porque a sua figura de pequeno grande homem se explica precisamente pela circunstância rara de sintetizar, de uma maneira empolgante e sugestiva, todos os erros, todas as crendices e superstições, que são o lastro do nosso temperamento.

VII. *A própria caatinga ali assume aspecto novo. E uma melhor caracterização talvez a definisse mais acertadamente como a paragem clássica das catanduvas, etc.* (p. 215).

Isso também sugeriu reparos. Prestadios amadores, estremecendo por todas as corolas da botânica apisoada pelo meu nefelibatismo científico (eterno labéu!), puseram embargos ao dizer, doutrina (sic) errônea do livro.

E pontificaram: "*caatinga* (mato ruim) é o resultado não do terreno mas da secura do ar, ao passo que as *catanduvas* são florestas cloróticas (mato doente) resultantes da porosidade e da secura do solo".[96]

Adorável objeção. Começa insurgindo-se contra o tupi; termina insurgindo--se contra o português.

Caatinga (mato ruim!)... *Catanduva* (mato doente!)...

Florestas cloróticas... Clorose de uma planta significando, em vernáculo,

96. *Revista do Centro de Letras e Artes.*

o seu "estiolamento", isto é, alteração mórbida determinada pela falta de luz... São originalíssimas aquelas matas nas regiões brasileiras onde vegetam em pleno fustigar dos sóis!

Quanto à celebre doutrina, duas palavras. A discriminação dos aspectos da nossa flora é ainda um problema que aguarda solução clara.

Observando que o aspecto principal da caatinga (mato branco) é o de um cerrado rarefeito e tolhiço; e que o da catanduva (mato mau, áspero, doente) é o de uma mata enfezada e dura, tracei a frase combatida porque a flórula indicada, diversa da que preponderava no sertão, me despontou aos olhos realmente com a última aparência.

VIII. Notaram-se, em todas as páginas, termos que vários críticos caracterizaram como invenções ou galicismos imperdoáveis. Mas foram infelizes com os que apontaram. Cito-os e defendo-os.

Esbotenar – esboicelar, esborcinar. (*Novo dicionário da língua portuguesa*, de Cândido Figueiredo.)

Ensofregar – tornar sôfrego. (*Novo dicionário contemporâneo*, de Aulete.)

Preposterar – inverter a ordem de qualquer coisa. (Idem.)

Impacto – metido à força. (Idem.)

Refrão – consideraram-no galicismo. Replico com a frase de um mestre, Castilho: "Eis o eterno refrão com que nos quebram o bichinho do ouvido".

Inusitado – também se considerou francesismo. Em latim, *inusitatus*.

Não notaram outros. Antes considerassem à p. 126, linha 27ª, a deplorável tortura de um verbo intransitivo que sucessivas revisões não libertaram; e outros que exigem mais séria mondadura.

27-4-1903
Euclides da Cunha

Este livro, composto em Adobe Garamond Pro e Cronos Pro, foi impresso
pela Edigraf sobre papel offset 90g para a Ediouro em agosto de 2009.